GEBROKEN ENGELEN

DE BOEKEN VAN KARIN SLAUGHTER

Nachtschade
Zoenoffer
Een lichte koude huivering
Onzichtbaar
Trouweloos
Triptiek
Onaantastbaar
Versplinterd
Genesis
Verbroken
Gevallen
Genadeloos
Stille zonde
Veroordeeld
Mooie meisjes
Verborgen
Goede dochter
Gespleten/Pieces of Her
Laatste weduwe
Schoon goud (met Lee Child)
Verzwegen
Valse getuige
Puntgaaf (verhalen)
Gewetenloos
Na die nacht
Waarom we logen
Loepzuiver (verhalen)

KARIN SLAUGHTER

GEBROKEN ENGELEN

Vertaling Ineke Lenting

HarperCollins

MIX
Paper | Supporting responsible forestry
FSC® C021394
www.fsc.org

Voor het papieren boek is papier gebruikt dat onafhankelijk is gecertificeerd door FSC®
om verantwoord bosbeheer te waarborgen.
Kijk voor meer informatie op www.harpercollins.co.uk/green

HarperCollins is een imprint van Uitgeverij HarperCollins Holland, Amsterdam

Oorspronkelijke titel: *We Are All Guilty Here*

Omslagontwerp: Buro Blikgoed
Omslagbeeld: © Buro Blikgoed
Foto auteur: © Alison Rosa
Zetwerk: Mat-Zet B.V.
Druk: ScandBook UAB, Lithuania, met gebruik van 100% groene stroom

ISBN 978 94 027 1764 8 (paperback)
ISBN 978 94 027 1825 6 (gebonden)
ISBN 978 94 027 1846 1 (limited edition)
ISBN 978 94 027 7427 6 (e-book)
NUR 305
Eerste druk juni 2025

Originele uitgave verschenen bij HarperCollins Publishers LLC, New York, U.S.A.
Deze uitgave is uitgegeven in samenwerking met HarperCollins Publishers LLC.
HarperCollins Holland is een divisie van Harlequin Enterprises ULC.

www.harpercollins.nl

Beste lezer,

Het doet me veel plezier dat je hebt besloten *Gebroken engelen*, mijn nieuwe thriller, te gaan lezen. Het boek betekent veel voor me, allereerst omdat het vijfentwintig jaar na mijn eerste thriller uitkomt, maar ook omdat het een volledig frisse start betekent. Het is namelijk het begin van een nieuwe serie en voelt ook echt als een creatieve 'reset'. En hopelijk betekent het ook een startpunt voor nieuwe lezers.

Aan het begin van deze nieuwe serie heb ik veel nagedacht over wat me inspireert, en in allerlei opzichten werd ik teruggevoerd naar wat me in eerste instantie tot schrijven heeft aangezet: het creëren van een groep onderling verbonden personages in een kleinsteedse gemeenschap, die allemaal een bepaalde verandering doormaken. Het was heerlijk om dit boek te schrijven en nieuwe personages te creëren, van wie ik hoop dat ook mijn lezers ze in hun hart zullen sluiten. Ik wens je heel veel leesplezier.

Met warme groet,

Karin

Voor Kate en Kitty Sunshine, die het een en ander hebben meegemaakt

'Als je een goede afloop wilt, moet je natuurlijk op tijd stoppen met je verhaal.'

Orson Welles

The Big Brass Ring, 1982

1

Madison Dalrymple leunde met haar schouder tegen de reuzeneik en probeerde haar paniek te beteugelen. Cheyenne was laat. Later dan laat. Zo hadden ze het niet afgesproken. Ze zouden elkaar uiterlijk om acht uur treffen in het park, onder de eik. Hoewel het al twintig over was, had Cheyenne zich nog niet laten zien, nog niet gebeld, nog geen berichtje gestuurd, en ze reageerde al evenmin op Madisons telefoontjes en berichtjes. Van alle stress en hitte zweette Madison als een otter. Haar shirt plakte tegen haar rug. Haar short zat opgepropt in haar kruis. Het zakje wiet dat ze van de oude Viespeuk had gekocht brandde zo ongeveer in haar voorzak.

Misschien was het niet zo'n goed idee geweest om in het park af te spreken, maar haar vader had hun niet veel keus gelaten. De vorige dag had hij Madison bij wijze van verrassing verteld dat ze met het hele gezin haar verjaardag op het vuurwerkterrein zouden vieren, alsof ze daarop zat te wachten. Vergeleken met zestien stelde vijftien niet zoveel voor, dus waarom ze met haar pa, haar stiefmoeder en haar jankerd van een halfbroertje werd meegesleept naar het park was haar een raadsel. Het stikte er van de muggen. Het eten was ranzig. De punch smaakte naar hoestsiroop. In afwachting van het vuurwerk vermaakten de meer dan tweehonderd mensen zich op het veld of in het meer, en Madison haatte ze allemaal.

'Cheyenne,' mompelde ze, terwijl ze haar blik over matjes en poedelpermanentjes liet gaan. 'Waar ben je?'

In elk geval ging de zon eindelijk onder. Die ochtend om tien uur was de temperatuur al naar de veertig graden gestegen. Het meer voelde warmer dan badwater. Haar zonnebrand was uren geleden al weggezweet.

Haar huid was gloeiend heet. Ze zag de hitte trillen boven het parkeerterrein op de heuvel. Auto's stonden dicht opeen in de parkeervakken. Fietsen waren achtergelaten op het trottoir en langs de trap. Iemand had de straatverlichting uitgedaan. Het vuurwerk kon elk moment beginnen. Het hele stadje deed alsof Independence Day van het allergrootste belang was, maar er was niemand die het verschil wist tussen de grondwet en de onafhankelijkheidsverklaring, en als de schoolband het volkslied speelde, werd de tekst grotendeels meegeneuried.

Het was gewoon een excuus om te zuipen en je vol te vreten zodat je even kon vergeten dat je gevangenzat in deze stinkende, vieze strontstad.

Ze klemde haar telefoon vast. Haar stiefmoeder had al twee keer gebeld om te vragen waar ze bleef, want ze wilde zo graag het gelukkige gezinnetje spelen, maar Madison wist dat het één grote show was. Ze deed alsof ze haar echte moeder was. Ze deed alsof ze niet stiekem de pest aan Madison had. Het ergste was nog dat haar vader deed alsof Madison het probleem was. Hoewel haar echte moeder pas acht jaar dood was, gedroeg hij zich alsof zijn vrouw nooit had bestaan.

'Godver,' vloekte Madison.

Ze ging dit niet door Hannah laten verpesten. Niet deze keer. Weer keek ze op haar telefoon om te zien hoe laat het was. Cheyenne was nu officieel zesentwintig minuten te laat. Madison haalde diep adem en zei tegen zichzelf dat zesentwintig minuten niks voorstelden. Ooit was Cheyenne een uur te laat geweest, voordat ze zich uiteindelijk door een onbekende auto voor Madisons huis had laten afzetten. Het was niet eens een Mustang of een Corvette geweest, maar een stationcar met achterop van die stripfiguurtjes van een moeder, een vader, twee kinderen en een hond. Hannah had de auto niet gezien, maar toen ze de verse zuigplek op Cheyennes hals in de peiling kreeg, had ze als de afkeurende stiefmoeder die ze was haar ogen dichtgeknepen, zo van: *Wat een hoer.*

'Madison?'

'Wat!' piepte Madison. Het zweet brak haar uit toen ze besefte dat haar naam was uitgesproken door de vrouw die al een eeuwigheid Hannahs beste vriendin was. Dat Emmy Clifton-Lang toevallig ook politieagent was, dreef haar paniek nog verder op.

'Wat ben je schrikkerig,' zei Emmy. 'Wat is er aan de hand, jarig jetje?'

'Niks.' Madison had bijna haar hand over het wietzakje in haar broekzak geslagen, maar ze hield zich op tijd in. 'Alles goed, hoor.'

'Je ziet er anders niet zo goed uit. Drink je wel genoeg water?' Emmy nam haar hoed af. Ze had prachtige, natuurlijke krullen, maar die stak ze op in een knot, als een oud dametje, ook al waren Hannah en zij de vorige maand pas dertig geworden. 'Het is hier warmer dan de meeste mensen doorhebben.'

'Weet ik,' zei Madison. Dacht Emmy nou echt dat ze stom was? 'Daarom sta ik ook onder een boom. In de schaduw. In m'n eentje.'

Emmy negeerde de hint. Ze legde haar hand tegen de boom. 'Ken je die uitdrukking: door de bomen het bos niet meer zien?'

Madison rolde met haar ogen. De laatste tijd gaf iedereen haar advies waar ze niet om gevraagd had. 'Hoezo?'

'Soms denk je dat je degene kent met wie je omgaat, zonder op de tekenen te letten die je vertellen dat zo iemand misschien niet het beste met je voorheeft.' Emmy haalde haar schouders op. 'Soms zie je het grote plaatje niet omdat je alleen maar oog hebt voor de kleine dingen, zoals lol hebben, stiekem het huis uit glippen en dingen doen waarvan je weet dat ze niet mogen. En dan word je op een dag opeens geconfronteerd met de gevolgen van je daden.'

'O god,' zei Madison kreunend. Ze wist maar al te goed waar dit riedeltje 'Cheyenne Baker heeft een slechte invloed op je' vandaan kwam. 'Hannah moet zich met haar eigen zaken bemoeien, zeg dat maar, oké? En ook dat ze niet iedereen op me af moet sturen om met me te praten. Zo gauw ik kan, ben ik weg uit dit stomme gat.'

'Snap ik,' zei Emmy. 'Maar het duurt nog even voor je gaat studeren. In drie jaar kan er veel gebeuren.'

'Ja, hoor.' Madison ging haar niet vertellen dat als alles volgens plan liep, Cheyenne en zij alleen nog maar de komende vier maanden hoefden uit te zitten, omdat ze daarna naar Atlanta zouden vertrekken, waar ze nooit meer last zouden hebben van allerlei mensen die hun de les kwamen lezen.

'Als je het leuk vindt, wil ik je wel een keer op Mercer rondleiden,' opperde Emmy. 'Het is een prachtige campus. Ik heb het daar zo naar mijn zin gehad. En ik heb er fantastische mensen ontmoet.'

Weer rolde Madison met haar ogen. 'Dat hele studeren boeit me niet, oké?'

'Nu misschien nog niet, maar moet je horen. Volgend weekend zou je toch op Cole passen? Als je wat vroeger komt, kunnen we even praten over –'

'Ik ben al laat,' zei Madison op ijzige toon. 'Ik had tien minuten geleden met Cheyenne afgesproken bij de SnoBall-kraam.'

'Oké, maar nog heel even graag.' Emmy pakte Madisons hand, wat raar was. Toen kneep ze in haar vingers. 'Eén ding moet je goed weten – zou je allang moeten weten – namelijk dat Hannah echt van je houdt.'

Madisons hart sloeg een slag over. Ze voelde de warmte van Emmy's hand om die van haar. Vreemd genoeg moest ze bijna huilen.

'Ze heeft je zien opgroeien.' Emmy glimlachte. 'We hebben je allebei zien opgroeien. We houden allebei van je.'

Madison slikte de brok in haar keel weg. 'Boeien.'

Ze trok haar hand los en liep weg bij Emmy met haar oudewijvenknot, haar stomme lach en haar stomme zoontje, dat op zijn elfde nog steeds naar tekenfilmpjes voor kleuters keek.

Pas toen ze bij de tribune was aangekomen, veegde ze met de rug van haar hand langs haar neus. Weer keek ze op haar telefoon om te zien hoe laat het was, en opnieuw sloeg de paniek toe. Cheyenne was nu officieel eenendertig minuten te laat. Had zij het misschien verkeerd begrepen? Hadden ze misschien thuis afgesproken?

Ze schudde haar hoofd, want dat klopte niet. Ze had niets verkeerd begrepen. Ze hadden het plan tientallen keren doorgenomen, hadden de hele route zelfs met een stopwatch gelopen voordat ze hun fietsen hadden gepakt, omdat het veiliger voelde om de landweggetjes te nemen in plaats van door het centrum te gaan, waar een of andere bemoeial Cheyenne zou kunnen zien zodat haar alibi naar de klote was.

Madison popelde om Cheyenne te vertellen dat ze Emmy recht in haar gezicht had voorgelogen. Ze hadden niet bij de SnoBall-kraam afgesproken. Ze hadden onder de eik afgesproken, waarna ze zouden terugfietsen naar het huis van Cheyenne, waar ze de auto van Cheyennes vader gingen lenen en wat van zijn whisky achterover zouden drukken, en daarna zouden ze door de stad scheuren terwijl al die stomkoppen naar het vuurwerk keken. Ze had er zo vaak aan gedacht dat het bijna leek alsof het al gebeurd was: Mr Bakers splinternieuwe Jetta die met een noodvaart van ruim honderdzestig over Main Street zoefde, terwijl ze zelf boven het open dak uitstak, met haar armen wijd en de wind door haar haren en Rihanna die uit de speakers knalde.

Vier maanden. Daar moest ze zich nu op richten. Het plan ging door. Ze gingen hier echt weg. Het ging echt gebeuren. Ze hoefden het alleen maar tot eind oktober uit te zingen. Ze gingen liften naar Atlanta, waar ze in een suite in het Ritz-Carlton zouden logeren, viptickets voor Music Midtown zouden kopen en het met een stel oudere mannen zouden aanleggen om clubs binnen te komen. Uiteindelijk zouden ze met footballers trouwen en in villa's wonen.

Dat had Cheyenne tenminste allemaal zo bedacht, en net als in de onderbouw mocht Madison meedoen. Voor Madison was dat alles geweldig. Ze was nooit populair geweest. Ze had er nooit bij gehoord, was altijd te nerdy geweest of te raar. Tot Cheyennes vader zijn gezin vanwege een baan in de fabriek naar Clifton had verkast, wat Madisons leven totaal had veranderd. Voor die tijd had ze nooit in de problemen gezeten, nooit aandacht getrokken, nooit een grote mond opgezet, nooit make-up op gehad, zelfs nog nooit met een jongen gezoend.

Ze had net zo goed dood kunnen zijn.

Cheyenne had haar tot leven gewekt. Met haar kon je lol hebben en er nog mee wegkomen ook, wat Emmy Oudewijvenknot ook kletste. Van Cheyenne had Madison geleerd hoe ze haar lippen moest tuiten, een kleinemeisjesstem moest opzetten en zich dom moest voordoen zodat mannen het gevoel hadden dat ze grote, sterke beschermers waren en je vervolgens alles gaven wat je hartje begeerde.

Dat was Cheyennes geheime truc: mannen verleiden.

Jongens van hun eigen leeftijd waren freaks en stommelingen. Die wisten niet wat ze wilden of hoe ze het moesten regelen. Mannen waren anders. Ze luisterden naar je. Ze wisten wat je wilde, kochten spullen voor je, gaven je het gevoel dat je bijzonder was, zeiden de hele tijd dat je zo mooi was, waren blij je te zien en mopperden nooit wanneer je te laat of in een rotbui was. Volgens Cheyenne was zelfs de seks beter, maar dat wist Madison zo net nog niet. Ze had nog nooit echte seks gehad, had hooguit wat aftrekwerk gedaan, maar dat was vooral saai en plakkerig geweest en veel minder spannend dan Cheyenne het deed voorkomen.

'Kom op, Shy,' fluisterde Madison. 'Waar zit je in godsnaam?'

Iemand duwde tegen haar aan. Een troep kinderen in natte zwemkleding rende naar de tafels met hapjes. Ze keek omhoog. Het licht was minder fel, alsof iemand de zon had gedimd, en opeens viel de schemering in. Rook wolkte omhoog vanaf de grills, waar hotdogs en hamburgers waren geroosterd voor het publiek. De kerkdames zetten cupcakes met sterretjes klaar en haalden kleffe aardappelsalade en sperziebonenschotels weer weg. Madison liep naar de voorkant van de tribune en speurde de mensenzee af, die zich uitstrekte tot aan het meer, op zoek naar Cheyennes donkere stekelhaar.

De enige die ze zag was de ouwe sheriff Gerald Clifton, die te veel ruimte in beslag nam op een stel dekens, die zijn vrouw al bij het krieken van de dag had uitgespreid om maar de beste plek in te pikken. Pal in het midden van het veld. Niet te dicht bij het meer, niet te ver van de mobiele wc's. Iedereen benaderde de sheriff alsof hij van koninklijken bloede was, wat hij misschien ook wel was, want het hele district was genoemd naar zijn over-over-en-nog-wat-overgrootvader. Emmy was een van zijn hulpsheriffs. Zijn vrouw gaf les in de onderbouw. Zijn zoon in de bovenbouw. Zijn broer was de baas van de fabriek. Zijn tweehonderd jaar oude zus bespeelde het orgel van de Second Baptist Church. Het stikte in het district van de Cliftons, neven en oudooms en veel te veel tantes. Madisons vader grapte altijd dat iedereen die geen Clifton was voor de Cliftons werkte of weleens door een Clifton was gearresteerd.

Plotseling kwam er een duistere, misselijkmakende gedachte bij Madison op.

Misschien ging die stomme bomen/bos-preek van Emmy wel over iets specifieks.

Misschien was Cheyenne gearresteerd. Misschien zat ze nu in de cel.

Weer speurde Madison wanhopig het publiek af. Ze zag Emmy, die met haar man sprak. Of liever gezegd tegen hem tekeerging, zo leek het tenminste. Ze priemde met haar vinger tegen Jonahs borst, alsof het een mes was waarmee ze hem wilde steken. Er moest hier ergens nóg een smeris rondlopen. Madison draaide rond in een wanhopige poging de andere hulpsheriff te vinden. Ze slaakte een diepe zucht toen ze Brett Temple bespeurde in de lange rij voor de wc's. Zelfs zij zag dat hij maar een beetje stond te lanterfanten. In plaats van alert te zijn op moeilijkheden frunnikte hij aan zijn breedgerande hoed. Madison zag een felrode streep over zijn nek lopen, daar waar hij verbrand was.

Weer haalde ze diep adem in een poging rustig te worden. Opnieuw liet ze haar blik over de mensenmassa gaan, speurend naar Cheyenne. Nog steeds geen teken van haar, maar nu dook Hannah als een prairiehond tussen de mensen op. Zoekend keek ze naar de groep jongens en meiden die cupcakes aten, waarschijnlijk om Madison te vinden zodat ze een volmaakte gezinsfoto konden maken om op Facebook te posten.

Met een zelfgenoegzaam lachje verschool Madison zich achter de oude Mr Singh van de ijzerwarenwinkel. Hannah droeg een gestreept haltertopje, dat drijfnat was van het zweet. Haar tepels staken als gummetjes naar voren, wat Cheyenne hilarisch zou hebben gevonden, want Hannah liep altijd te zeuren dat Cheyenne te veel bloot liet zien.

Madison keek op haar telefoon. Negendertig minuten te laat. Dit duurde veel te lang. Cheyenne had gezegd dat het plan niet gevaarlijk was, maar eigenlijk was het heel gevaarlijk. Wie anderen besodemieterde, moest niet verwachten dat die het erbij lieten zitten. En al helemaal niet als ze van het soort waren dat zij hadden besodemieterd.

Zonder na te denken speurde Madison weer naar Emmy. Die zag je moeilijk over het hoofd in haar strontbruine uniform. De ruzie met Jonah was voorbij. Emmy liep de heuvel op in de richting van de tribune. Ze had haar hoofd gebogen. Haar gezicht ging schuil achter de brede rand van haar hoed. Haar vuisten had ze gebald. Mensen keken haar na, fluisterden over haar ruzie met Jonah.

Zo ging dat nou eenmaal in North Falls, iedereen stak zijn neus in je zaken. Er was niemand die niet op de hoogte was van Emmy's levensverhaal: haar geboorte, dat ze opgescheept had gezeten met die kneus van een oudere broer, dat ze de school had vertegenwoordigd bij de spellingwedstrijd van de staat, dat ze was gaan studeren, met haar jeugdvriendje was getrouwd, een zoon had gekregen, op het politiebureau was aangenomen en ervan overtuigd was dat haar loser van een echtgenoot ooit een beroemde muzikant ging worden, terwijl het hele stadje wist dat hij het grootste deel van de dag wiet rokend op de bank doorbracht, in het huis waarvan Emmy de hypotheek betaalde.

Cheyenne zei altijd dat Emmy haar schoonheid verspilde door bij de politie te werken, maar het was een feit dat ze een prima agent was. Ze was heel anders dan haar vader, die je ouders op hun werk belde als hij je ergens zag waar je volgens hem niet hoorde te zijn. Of dan Brett Temple, die niets liever deed dan de eikel uithangen. Ooit had Emmy Madison op roken betrapt, maar het enige wat ze had gezegd was dat ze de sigaret moest uitmaken. Ze had haar niet aan Hannah verraden en was niet bij haar vaders winkel langsgegaan om even met hem te praten, wat makkelijk zat zou zijn geweest, want die winkel bevond zich recht tegenover het politiebureau.

Je kon Emmy dus wel vertrouwen.

Met ineengeslagen handen wachtte Madison tot Emmy boven op de heuvel was aangekomen. Ze probeerde een verhaal te verzinnen. Iets wat niet helemaal maar toch enigszins waar was. Iets wat hen uit de problemen zou helpen, want ze was bang dat ze misschien, waarschijnlijk, dik in de problemen zaten. Of in elk geval Cheyenne, want die kwam vaak te laat, maar nooit als het om zoiets als dit ging. Ze hadden geoefend. Ze hadden met alle mogelijkheden rekening gehouden. Er was maar één verklaring: er was iets ergs gebeurd.

Net toen Madison haar mond wilde openen, keek Emmy op.

'Niet nu,' zei ze afgemeten. De tranen stonden in haar ogen. Haar neus was rood, maar niet van de zon.

Er zat voor Madison niets anders op dan een stap opzij te doen. Ze volgde Emmy tot achter de tribune, zag hoe ze zich aansloot in de rij voor een mobiele wc, naar binnen ging en de deur achter zich dichttrok.

'Shit,' mompelde Madison.

Wat nu?

Ze zag hulpsheriff Temple nog steeds met zijn hoed spelen. Hij was wel de allerlaatste die ze om hulp zou vragen. Hij was niet alleen een eikel, maar ook zo vals als de neten.

Weer keek ze omhoog, naar de hemel, alsof ze daar het antwoord kon vinden. Het zonlicht was opnieuw een paar watt gedimd. De sterren waren vage lichtpuntjes. Ze keek naar de oude eik. Er was niemand. Voor de zoveelste keer liet ze haar blik over de menigte gaan, tot aan het meer. Zwemmers kwamen uit het water, droogden zich af en liepen naar hun plek op de heuvelhelling. Nog even en het zou aardedonker zijn. Er hing opwinding in de lucht. Iedereen zat te wachten tot het vuurwerk begon.

Ze keek hoe laat het was. Nu was Cheyenne zevenenveertig minuten te laat. Ze kwam niet meer. Er moest iets vreselijk mis zijn gegaan.

Ze moest haar zoeken.

Er was nog net genoeg licht om haar fiets terug te vinden. Met een zekere doelbewustheid liep ze even later de trap naar het parkeerterrein op. Haar fietsbanden stuiterden over de treden omhoog. Eenmaal boven speurde ze het terrein af voor het geval Cheyenne een vent met een fles of een waterpijp tegen het lijf was gelopen. De auto's stonden zo dicht op elkaar geparkeerd dat ze er niet tussendoor kon met haar fiets en gedwongen was het trottoir te volgen dat evenwijdig liep aan de eerste rij.

Nu moest ze zelf een plan bedenken.

Ze zou haar fiets over het gele afzetlint tillen dat mensen ervan moest weerhouden het sportveld naast het parkeerterrein op te rijden. Dan zou ze de heuvel af gaan, naar Long Street, linksaf naar Carver, en ten slotte zou ze het grote terrein met de vijver oversteken naar de landweggetjes. Precies tegen de route in die Cheyenne had moeten nemen. Misschien had ze een lekke band gekregen. Misschien had ze iets gebruikt en was ze te stoned geweest om iets anders te doen dan languit op haar rug naar de hemel kijken.

Net toen Madison op haar fiets wilde stappen, hoorde ze de eerste knetterende flits. Het vuurwerk was eindelijk begonnen. Het werd afgestoken vanaf de overkant van het meer, ver van het publiek. Madison hoorde een zacht gefluit en zag één helderwitte streep naar de nachthemel vlammen, die vervolgens in duizend speldenprikjes explodeerde. Ze hoorde geklap en geschreeuw toen de sterretjes als minislangetjes knisperden en sisten en ten slotte langzaam doofden.

Even bleef het stil. Toen klonk er weer geknetter. Weer dat zachte gefluit. Weer een vuurstreep, ditmaal gevolgd door een bal van wervelend blauw en wit, de kleuren van de schoolmascotte. Onder het gejuich van de menigte ging een derde stuk vuurwerk de lucht in, dat luid zoemend rondtolde tot er een smiley verscheen.

Heel even vergat Madison haar zorgen. Onwillekeurig werd ze door verwondering gegrepen. Toen ze klein was, toen haar moeder nog leefde, voordat Hannah hun leven was binnengedrongen, gingen ze op Independence Day altijd met het gezin naar het vuurwerk kijken, alleen zij drieën. Haar moeder nam dan een taartje en chocolade-ijs mee voor haar verjaardag. Haar vader ging met haar zwemmen in het meer. Wanneer het vuurwerk begon, sloeg hij zijn arm om Madisons schouders zodat ze niet bang hoefde te zijn. En dan benoemde hij alle soorten vuurwerk. De crossette met sterren die in vieren spleten en elkaar kruisten. De diadeem met zijn stilstaande sterren in het midden. De halovormige ring met smileys. De lange cilinder van een Romeinse kaars, of de vuurwerkcake met bijna duizend shots, wel vijf Romeinse kaarsen bij elkaar. En dan waren er nog de bloemen – het wilgenroosje, de pioenroos en haar lievelings, de chrysant – allemaal kleurige, adembenemende explosies.

Adembenemend waren ze nog steeds.

Madison veegde langs haar ogen, boos op zichzelf omdat ze moest huilen. Ze had tegen Hannah gezegd dat ze te oud was voor vuurwerk, maar eigenlijk miste ze het gevoel dat ze kreeg als haar vader zijn arm om haar schouders sloeg en haar lekker veilig dicht tegen zich aan drukte. Bij elk 'o' en 'a' van het publiek, bij elke luide knal die tot in haar keel doortrilde, dacht ze aan alles wat ze kwijt was.

Ze ging zo op in haar verdriet dat ze het nauwelijks merkte toen een auto het parkeerterrein op draaide. Het duurde even voor haar ogen zich aan het donker hadden aangepast. De koplampen waren uit. Ze kon de bestuurder niet zien toen hij langs de eerste rij reed. Hij stopte niet. De remlichten bleven uit toen de voorwielen over de stoeprand hobbelden en door het gele afzetlint braken. Pas toen een nieuwe explosie het veld in al zijn groene glorie verlichtte, besefte ze wat ze zag.

Cheyenne!

Eindelijk, godzijdank, ze was er.

Madisons kreet van opluchting ging over in een geschrokken lachje. Nog even en Cheyenne reed de kostbare, splinternieuwe Jetta van haar vader over het voetbalveld. Ze had haar kenmerkende neonblauwe fiets in de kofferbak geschoven. De felroze glitterkwasten aan de handvatten zwaaiden heen en weer. De spaakkralen fonkelden als kerstboomlampjes. Ze had de klep niet stevig genoeg vastgebonden, want hij floepte open toen de achterwielen over de stoeprand reden en klapte zo hard op de fiets dat Madison het metalige geknerp boven het laatste geknetter van een gele pioenroos uit kon horen.

'Shy!' Met haar fiets naast zich en over het stuur gebogen rende Madison achter de auto aan. Ze zag de remlichten opgloeien toen Cheyenne het midden van het voetbalveld naderde. Ze durfde het afzetlint niet op een nieuwe plek te doorbreken. Op een sukkeldrafje ging ze naar de plek waar Cheyenne het al doorbroken had. Haar tanden klapperden toen ze de fiets over de stoeprand liet hobbelen. Ze beet per ongeluk op de binnenkant van haar wang, maar ze was zo opgetogen dat ze de pijn nauwelijks voelde.

Weer typisch Cheyenne. Ze had het plan dus gewijzigd zonder het haar te laten weten. Ze had besloten eerst de Jetta en de whisky te halen en elkaar dan in het park te treffen – wat veel slimmer was. Daar hadden ze eerder aan moeten denken. Waarom zouden ze dat hele eind teruggaan als Cheyenne op weg naar het park ook even langs haar huis kon gaan?

Aan de rand van het veld bleef de auto staan, met de voorkant naar een groepje bomen. Madison hoorde de motor stationair draaien. Ze begon weer te huilen, dit keer van opluchting. Nu pas durfde ze toe te geven hoe doodsbenauwd ze was geweest. Cheyenne had gezegd dat het uitvoeren van het plan een makkie zou zijn, maar niets was ooit een makkie. Vooral niet als Cheyenne erbij betrokken was. Ze kon mensen het bloed onder de nagels vandaan halen. Madison had het talloze keren zien gebeuren. Een grote bek opzetten tegen een leraar, de rector op de kast jagen, tekeergaan tegen een winkelbediende, zo hard schreeuwen tegen haar moeder, haar vader of haar zusje dat haar moeder op een keer – en vast niet voor het eerst – haar hand naar achteren had gezwaaid om Cheyenne met een klap het zwijgen op te leggen.

'Shy!' riep Madison weer, maar haar stem ging verloren in het *pop-pop-pop* van een chrysant die openbloeide in felle tinten paars, groen en wit.

Ze liet haar fiets op de grond vallen en legde de laatste paar meters rennend af. De rappe *pops* waren nu zo luid dat ze ze voelde knetteren in haar kiezen. Door het stroboscooplicht kreeg elke beweging iets schokkerigs. Ze stak haar hand uit en greep het achterwiel van Cheyennes fiets. De ketting lag eraf en was als een afgedankte armband over de spaken gedrapeerd.

Het werd aardedonker.

De chrysant was uitgebrand. In de stilte kon Madison haar eigen gejaagde ademhaling horen – tot haar gehijg werd overstemd door weer een zacht gefluit, gevolgd door zo'n luid gesnor dat haar trommelvliezen ervan trilden. Ze keerde zich naar het meer toe en zag twee lichtsporen het donker in zoeven, beide weerspiegeld in het wateroppervlak. Toen hoorde ze de opeenvolging van keiharde knallen en zag ze een explosie van enorme slierten in de vorm van twee gigantische palmen naar beneden vallen.

Het gebulder van de menigte stierf weg. Het gepop en geknetter, het gesis en geknisper.

Toen klonk er een ander geluid. Heel zwak, maar wel hoorbaar. Veel dichterbij dan het publiek. Bijna nog dichterbij dan haar eigen hijgende adem.

Zacht gejammer.

Madison keek in de kofferbak. In het felle licht van de palmen sprong elk detail eruit. Het neonblauwe frame van de fiets. Het verbogen achterwiel. De kapotte ketting. Het blauwe zeildoek waarmee de kofferbak was bekleed. De uitgerekte waslijn die aan de klep hing.

De van angst vervulde blik in Cheyennes ogen.

'O,' fluisterde Madison.

Het was niet de Jetta van Mr Baker.

De hemel werd donker. Weer een korte pauze.

Hoewel Madison even verblind werd, kon ze Cheyenne nog steeds zien daar in de kofferbak. Vastgeklemd onder de fiets. Haar ogen opengesperd. Doodsbang. Tijd om na te denken was er niet. Ze moest handelen. Ze wrikte de fiets uit de auto, smeet hem op de grond, greep Cheyennes arm en probeerde haar uit de kofferbak te helpen.

Weer een zacht gefluit. Weer een spoor van vuur. Weer een explosie van verblindend licht.

Madison verstijfde. Met haar hand nog om Cheyennes arm geslagen liet ze de waarheid in al haar angstaanjagende tinten tot zich doordringen. Felrode steekwonden. Roestkleurig opgedroogd bloed. Het wit van Cheyennes ogen bezaaid met roze speldenprikjes. Haar mond was dichtgetapet. Haar neus leek gebroken. Haar shirt was gescheurd. Over haar borst liepen nog meer vegen bloed, dat zich had verzameld in de bovenkant van haar bh. Haar polsen waren samengebonden. Ze had haar benen opgetrokken. Haar enkels waren vastgebonden. Vanachter de tape probeerde ze te schreeuwen. Ze wrong zich in bochten om los te komen, smeekte Madison om op te schieten, om haar alsjeblieft te helpen.

Het was op dat moment – eerder een echo dan een korte stilte – dat Madison zich herinnerde wat Emmy tegen haar had gezegd.

Door de bomen het bos niet meer zien.

Richt je aandacht even niet op Cheyenne, die daar vastgebonden in de kofferbak ligt.

Richt je aandacht op de man die haar erin heeft gelegd.

De volgende explosie was zo luid dat Madisons tanden pijn deden. Ze voelde dat haar kaak verstrakte, haar spieren zich spanden, ze voelde de angst door haar lichaam stromen. Het felle ontvlammen van een chrysant zette de hele lucht in lichterlaaie.

Madison draaide zich om. Ze zag het gezicht van de man, toen –

Duisternis.

2

Emmy duwde de deur van het mobiele toilet open en zoog een mondvol warme, klamme lucht op. Haar oren tuitten nog steeds. De vuurwerkshow was geëindigd met explosies die een oorlogsgebied waardig waren. Ze rook de stank van buskruit en zwavel, die zich mengde met die van penetrant zweet en verschaalde alcohol toen de feestgangers dekens, koelboxen en peuters begonnen te verzamelen en zich afvroegen waar ze hun auto hadden geparkeerd. Zaklampen werden tevoorschijn gehaald. De straatlantaarns floepten aan. Eerst op de parkeerterreinen bij de sportvelden. Toen op het parkeerterrein boven op de heuvel. Vervolgens de lampen achter de tribune en beneden bij het meer. Toen sloeg de stemming om, want opeens besefte iedereen dat de Fourth of July op een woensdag viel en dat ze de volgende ochtend allemaal weer vroeg op moesten voor hun werk.

'Trusten, Emmy!' hoorde ze iemand roepen.

'Hou je haaks!' zei een ander.

Met een moeizaam lachje sloeg Emmy de deur achter zich dicht. Achteraf gezien was het niet zo'n goed idee geweest om zich te verstoppen in een met pis en poep gevulde kunststoffen doos, die twaalf uur in de genadeloze zon had staan bakken. Maar het was nog altijd beter dan haar idee om Jonah Lang iets simpels toe te vertrouwen zoals een oogje op hun elfjarig kind te houden.

'Ik ken die blik.' Grijnzend liet Brett Temple zijn hoed tussen zijn handen ronddraaien. Zijn nek had een gebruinde rednecktint. 'Wat heeft-ie nou weer gedaan?'

'Hij zei dat hij geen babysit voor Cole ging spelen.' Brett keek wat onnozel, dus zei ze ter verduidelijking: 'Als het je eigen kind is, ben je niet aan het babysitten.'

'En zo is het.' Vanna, Bretts zelfvoldane zwangere vrouw, mengde zich in het gesprek. Haar van zweet doordrenkte paarse jurk slobberde om haar buik als een hoeslaken in een hoerentent. 'Zo word jij niet, hè, schat?'

Brett keek op haar neer en loog dat hij barstte. 'Natuurlijk niet, liefje.'

Emmy kon het niet aanzien toen ze elkaar gingen zoenen. Ze bestudeerde de menigte. Ondertussen had ze een knagend schuldgevoel omdat ze Madison had afgepoeierd. Het meisje had met haar willen praten. 'Heeft een van jullie Madison Dalrymple gezien?'

'Wie van de twee is dat?' vroeg Brett.

'De dikke,' zei Vanna.

Emmy's kaak verstrakte. 'Ze is niet dik.'

'Nou, ze is niet bepaald mager.' Lachend lonkte Vanna naar Brett, net een verliefde brakhond. 'Madison gaat om met dat ettertje van een Cheyenne Baker met haar grote bek. Die heb je vorige week het bureau binnengesleept, weet je nog?'

'Cheyenne Baker.' Brett begon te knikken. 'Ze had bij de Good Dollar een doos chocolaatjes gestolen. Maar die had ze al gedumpt voor ik haar te pakken kreeg.'

'Dat psychopaatje wilde ze waarschijnlijk met fentanyl versnijden,' zei Vanna met alle gezag van de wereld. 'Die kun je maar het beste meteen naar de gevangenis sturen. Daar eindigt ze toch al.'

'Hé.' Emmy probeerde haar stem in bedwang te houden. 'Het is nog maar een kind, hoor.'

'Een kind met het kwaad er al ingebakken,' zei Vanna. 'En dan nog iets: Hannah is echt een heilige zoals ze alles van Madison slikt. Die zou ze naar zo'n school moeten sturen waar ze de kinderen midden in de nacht meenemen en ergens in een woestijn in Utah droppen. Weg van alle duistere invloed.'

Emmy was verbluft bij het horen van zoveel achteloze wreedheid. 'Hannah houdt van Madison alsof het haar eigen dochter is.'

'Daarom juist. Zo'n kind moet je hard aanpakken.' Vanna wreef over haar ronde buik alsof ze zeker wist dat háár kind nooit problemen zou veroorzaken. 'God, ik knap zowat. Vond je de laatste weken van Cole ook zo zwaar, Emmy?'

'Niet echt. Ik voelde me geweldig.' Emmy bedacht dat de slapeloosheid, de rugpijn, de zes gaatjes in haar kiezen en de extra slip die ze altijd meenam voor het geval ze zich weer eens onderpiste een eitje waren vergeleken met de bekkenontwrichting, de twee liter bloed die ze verloor en het projectielbraken van de pijn tijdens de bevalling. 'Ik kan het me niet eens meer goed herinneren.'

Vanna schonk haar een irritant verzaligd lachje. 'Baby's zijn een wonder van God.'

'Wat je zegt.'

'Waar heb je die Madison voor het laatst gezien?' vroeg Brett. 'Ik wil wel helpen zoeken.'

'Niet nodig.' Emmy ging ervan uit dat de dringende reden waarom Madison in wanhoop had besloten haar mond open te doen hoogstwaarschijnlijk weer tot het verleden behoorde. 'Ik ga later wel even met haar praten.'

Brett keek haar onderzoekend aan, maar Emmy haalde haar schouders op, vooral omdat het de politie aan tijd en middelen ontbrak om zich om een wrokkige vijftienjarige te bekommeren. Honderden mensen probeerden allemaal tegelijk te vertrekken, terwijl er maar één weg van en naar het park liep. Op de heuvel stonden de auto's als sardientjes op elkaar gepakt. Op de twee kleine parkeerterreinen bij de honkbalvelden stonden ze dubbelgeparkeerd. Tel daar de hitte en de alcohol bij op en de kans was groot dat iemand voor het einde van hun dienst naar het ziekenhuis vervoerd moest worden. Het was gedaan met rondlummelen en kletsen.

'Kies maar,' zei Emmy, 'verkeersagent of scheids?'

Kreunend deed Brett alsof hij nadacht. 'Verkeersagent. De vorige keer dat ik voor scheidsrechter speelde, kreeg ik een hengst voor m'n kop.'

Vanna kneep even in zijn wang. 'Maar je hebt hem goed teruggepakt, hè, schat?'

Emmy probeerde het dwaze, hese gekir van het mens te negeren. Hoewel Vanna maar vijf jaar jonger was dan zij, gedroeg ze zich nog als een tiener. Dat was over een paar maanden wel afgelopen, als ze geen oog meer dichtdeed en Brett dubbele diensten draaide omdat de kans om bij een aanhouding te worden neergeschoten nog altijd te verkiezen was boven een krijsende baby.

'Geef maar een seintje als je me nodig hebt,' zei ze. Ze zette haar hoed weer op en liep heuvelafwaarts tegen de deinende mensenmassa in die zich heuvelopwaarts bewoog. Ze bestudeerde de gezichten in een poging uit te vogelen wie te veel had gedronken, wie herrie ging schoppen, wie naar zijn auto begeleid moest worden en wie zich alleen maar ergerde omdat het veel te lang duurde om op het parkeerterrein te komen.

Dergelijk voorspellend politiewerk leerde je niet op de academie. Na zes dienstjaren had Emmy zich eindelijk een soort beroepsintuïtie eigen gemaakt. Soms werd die getriggerd door plotseling lawaai, soms door doodse stilte, maar meestal was het niet meer dan een subtiele verandering in de lucht, een soort statische lading die ze voelde op haar huid en die aangaf dat er iets verschrikkelijks stond te gebeuren. Haar vader noemde het 'de kriebel', en Emmy vond dat een man die al bij de politie zat toen Eisenhower nog in het Witte Huis zetelde het mocht noemen zoals hij het wilde. Zelf kende ze het stadje als haar broekzak, maar haar vader kende het tot in zijn botten.

Clifton County lag in het zuidwesten van Georgia, met een inwonertal van rond de twintigduizend. Daarvan woonden er minder dan duizend in North Falls, de districtshoofdstad. Van de vier stadjes was Verona het grootst, dankzij de fabriek voor auto-onderdelen die er was gevestigd. Ocmulgee stond bekend om zijn outletshops langs US19, en Clayville had een van de grootste scholen voor beroepsonderwijs van de hele staat, die vakpersoneel leverde aan de fabriek. Zowel North Falls als Verona lag aan de Flint River, die ontsprong onder het vliegveld van Atlanta en via het zuiden van de staat naar de Florida Panhandle stroomde om uiteindelijk in de Golf van Mexico uit te komen.

De drie grotere steden hadden een eigen politiebureau, maar het bureau van de sheriff, waar zestien mensen werkten, was in North Falls gevestigd, en niet zonder reden. In het centrum stond de rechtbank. Hulpsheriffs waren verantwoordelijk voor het cellenblok en het gevangenenvervoer. Anderen werkten als schoolagent, draaiden straatdiensten, hielpen in het hele district bij politieonderzoek en werden ingezet bij crowdcontrol tijdens openbare festiviteiten, en dat laatste was de reden dat Emmy en Brett nu in het park waren.

Aan de oever van de Flint vond een veel groter onafhankelijkheidsfeest plaats, maar North Falls had het altijd op zijn eigen manier gedaan. Hier zat het geld. Hier woonden de mensen die het in het district voor het zeggen hadden. In een streek waar iedere buitenstaander verdacht was, heerste er vooral wantrouwen jegens alles wat niet geboren en getogen was binnen de tachtig hectare die het stadje besloeg.

Om die reden kende Emmy de meeste gezichten in de menigte. Van de supermarkt tot het centrum, van de sportschool tot de *diner* en de kapsalon in het souterrain van Peggy Ingram. Sommigen glimlachten toen ze haar zagen. Anderen keken nors. En dan waren er nog de bemoeiallen die haar ongegeneerd aanstaarden omdat ze de ruzie met Jonah hadden gezien en geen genoeg konden krijgen van het geroddel.

Emmy keek op haar telefoon, alsof ze net een heel belangrijk bericht had ontvangen. Het stomme ding zat al een uur in haar zak te trillen, maar ze had al die tijd in zalige onwetendheid verkeerd over wat er gaande was. Ze had zes gemiste oproepen van haar gestoorde tante, die hoogstwaarschijnlijk klaagde over zuiplappen die in haar vijver zwommen of over zwervers die de bramen langs haar erfafscheiding pikten.

Haar nicht Taybee had aan alle nichten een bericht gestuurd waarin ze hen uitnodigde voor een potluck op haar grote, wat rommelige boerderij. Verboden voor jongens, had ze geschreven, wat aan één nicht onmiddellijk de reactie had ontlokt dat ze aan omgekeerd seksisme deed. Drie nichten hadden het potentiële ruzietje genegeerd en vroegen wat ze mee moesten nemen. Een vierde had Emmy een persoonlijk bericht gestuurd om te melden dat ze niet ging, want Taybee en zij spraken nog steeds niet met elkaar. Van een andere nicht had ze ook een privébericht ontvangen met het voorstel in een restaurant te gaan eten, zodat niemand hoefde te koken. En toen had Taybee haar een privéberichtje gestuurd met de vraag of Emmy soms over 'dat alternatieve etentje' had gehoord.

Een dikke zweetdruppel viel van het puntje van haar neus op het scherm.

Ze ging zich in geen geval in dat nichtendrama mengen, en al helemaal niet met Taybee erbij, een stinkend rijke advocaat die elk meningsverschil benaderde alsof ze een bijlmoordenaar aan een kruisverhoor onderwierp. Emmy scrolde door de lijst tot ze op een bericht van Jonah stuitte. Hij had als zoenoffer een foto gestuurd van Cole die in een met chocola bedekt ijshoorntje hapte, wat zonder meer geweldig was, want welke elfjarige had nou niet het recht om vlak voor bedtijd een pond suiker te freebasen?

Emmy slaakte een diepe zucht. Ze bracht het niet op Jonah opnieuw op zijn flikker te geven, dus reageerde ze met een smiley, waarna ze haar telefoon weer in haar zak schoof. Ze hoorde te werken in plaats van zich druk te maken om haar huwelijk. Ze trok haar koppelriem recht, die inclusief haar wapen, extra munitie, pepperspray, portofoon, zaklamp, taser, knuppel, multitool en sleutels zo'n drieduizend kilo woog. Ze nam haar hoed af en streek met haar arm over haar voorhoofd.

Jezus, wat was het warm.

Haar huid plakte. Het voelde alsof haar haar met spray op haar schedel was gespoten. Het kogelwerende vest onder haar uniform was in het zwaarste schuurpapier ter wereld veranderd en haar bh-beugels staken in haar ribben. En ze had knallende koppijn, dat kon er ook nog wel bij. Ze had tegen Madison gezegd dat ze water moest drinken, maar ze had haar eigen advies niet opgevolgd.

Madison.

Er was geen SnoBall-kraampje. En Cheyenne was ook nergens te bekennen. Van Hannah had Emmy een soort sluimerende bezorgdheid overgenomen wat de twee meiden betrof. Het tweetal was onderwerp van menig telefoontje laat op de avond en van de nodige drankgelagen in de Clifton Biergarten. Madison was altijd al heel beïnvloedbaar geweest. Cheyenne was het soort tiener dat het leven interessant en opwindend maakte, iets wat Emmy maar al te goed begreep. Zelf had ze op die leeftijd alles en iedereen dodelijk saai gevonden. Dat was een van de redenen geweest waarom ze als een blok voor Jonah was gevallen.

En kijk wat dat haar had opgeleverd.

'Em?' Hannah kwam de heuvel op. Net als iedereen had ze het warm, was ze bezweet en wist ze niet hoe snel ze weg moest komen. 'Jonah, eh…'

Emmy rolde zo heftig met haar ogen dat ze bijna een extra dimensie zag. Hannah vroeg niet naar bijzonderheden. Ze wist maar al te goed hoe het was om getrouwd te zijn met een teleurstellende man.

'Sorry.' Uit solidariteit gaf Hannah een kneepje in haar arm, maar omdat het zo warm was, liet ze snel weer los. 'Heb je met Madison gepraat?'

'Het ging precies zoals jij al voorspeld had.' Emmy kon niet zeggen dat ze niet gewaarschuwd was. Hannah balanceerde al vijf jaar tussen liefdevolle volwassene en stiefmonster. 'Sorry, maar ik heb een poging gedaan.'

'Dat waardeer ik,' zei Hannah. 'Maar god, wat is het raar. Hoe valser ze doet, hoe meer ik van haar hou.'

Ondanks alles deelde Emmy dat gevoel. Hannah en zij waren al sinds de kleuterschool hartsvriendinnen. Sindsdien hadden ze elkaar praktisch elke dag gezien of gesproken. Haar liefde voor Hannah was moeiteloos overgegaan op het gecompliceerde meisje van wie Hannah hield. 'Zo waren wij toch niet, hè?'

'Tuurlijk niet, we waren echte engeltjes.' Hannah knikte in de richting van de tribune. 'En wat had Tinky Winky te melden?'

Emmy lachte snuivend. In die paarse jurk leek Vanna inderdaad sprekend op een Teletubby. '"Baby's zijn een wonder van God."'

'Die schijt zich helemaal onder wanneer dat ding zich naar buiten scheurt.'

Emmy perste haar lippen op elkaar om niet weer in lachen uit te barsten.

'Over tien jaar loopt ze door de Walmart, en als ze dan heel hard moet niezen, valt haar baarmoeder tussen haar benen naar beneden, als de klepel van een klok.'

'Dat is wel heel plastisch.'

'Het overkwam de vriendin van mijn tante Barb.'

'Die met de moedervlek?'

'O shit, ik moet gaan.'

Emmy keek Hannah na toen die achter haar man aan rende. Paul had de hele dag af en aan gedronken, als troost omdat Madison weigerde haar verjaardag met het gezin te vieren. De stumper kon amper rechtuit lopen, en al helemaal niet met een tweejarige op sleeptouw. Emmy's wangen gloeiden van mededogen toen ze de gegeneerde blik in Hannahs ogen zag.

'Emmy Lou?'

De diepe bariton van haar vader drong door de ruis van de mensenmassa. Ze schoof haar hoed weer op haar hoofd en stapte op hem af.

Emmy probeerde niet al te zeer stil te staan bij de recente schraperigheid in zijn stem. Gerald Clifton was in januari vierenzeventig geworden en opeens, tot haar schrik, begon haar sterke, capabele vader af te takelen. Slechte knieën. Slechte rug. Akelige artritis in zijn handen. Zelfs zijn hoest was veranderd van een snelle, korte blaf in een rommelig gebrom.

Met haar moeder was het niet veel beter gesteld. Vier jaar geleden was Myrna met spoed naar Atlanta overgebracht voor een openhartoperatie. Ze vergat voortdurend waar ze haar sleutels had gelaten, wie ze moest bellen en wat er de vorige week in haar favoriete tv-serie was voorgevallen. De leeftijd begon ook Emmy's broer parten te spelen. Tommy was eenenvijftig en lag hele weekenden op de bank naar golfwedstrijden te kijken, of hij bestelde vintage petten op eBay.

En zo stond Emmy er weer alleen voor. Ze was een ongelukje geweest, zoals dat heette. Tommy studeerde al toen zij werd geboren, en tussen hen in hadden hun ouders twee andere kinderen ten grave gedragen, eerst Henry en een jaar later Martha. Gerald was te oud geweest om Emmy achterna te zitten op het voetbalveld, en Myrna te vastgeroest in haar gewoontes voor sportdagen en uitstapjes naar de outletmall. Ze waren de enige ouders in Emmy's klas geweest die een studielening moesten afwegen tegen het moment waarop ze een ouderdomsuitkering zouden aanvragen.

Uiteraard was Emmy zich altijd bewust geweest van het leeftijdsverschil, maar nu drong de schok van het rekensommetje pas echt tot haar door. Terwijl zij in de bloei van haar leven was, gleden zij de andere kant op. Zelfs Celia, Tommy's eigenzinnige vrouw, deed al een stapje terug. Als onderdirecteur had ze de scepter gezwaaid over de halve middelbare school, maar een week geleden had ze Emmy toevertrouwd dat haar beeld van de hemel een plek was waar ze de hele dag in haar pyjama mocht rondhangen en alleen het huis uit ging om naar de Dairy Queen drive-through te rijden.

'Emmy Lou.' Uit het niets dook Myrna op. Met een afkeurende blik reikte ze haar een hoek van de deken aan die opgevouwen moest worden. 'Heb je gehoord dat je vader je riep?'

'Ik had geen idee, mam. Ik liep gewoon zomaar zijn kant op.'

'Interessante toon sla je nu aan. Wilde je eigenlijk het tegenovergestelde zeggen?'

'Dat zou je eruit kunnen afleiden.' Ondertussen had Emmy de deken opgevouwen. Ze wist maar al te goed waarom haar moeder haar moest hebben. 'Kom op, zeg het maar. Ik weet dat je hebt gezien wat er tussen Jonah en mij aan de hand was.'

'Ik heb het gezien. Erover gehoord. En er nog een keer over gehoord. En nog een keer.' Myrna pakte een nieuwe deken en klopte de aarde van de achterkant. 'Ik zeg niet dat ik je gewaarschuwd heb.'

'Interessante toon sla je nu aan.'

'En je mag er zelf uit afleiden wat ik ermee bedoelde.'

Emmy nam het automatisch voor Jonah op. 'Hij had gisteravond een optreden in Macon dat nogal uitliep. Hij moest achter de kroegbaas aan om zijn geld te krijgen. Hij is doodmoe.'

'Jij bent anders heel goed in staat om je fulltimebaan met de zorg voor je kind te combineren.' Myrna legde de randen van de deken op elkaar. 'Ondertussen was Jonah nog te beroerd om lang genoeg te blijven om samen met zijn zoon naar het vuurwerk te kijken.'

Het chocolade-ijshoorntje. Jonah had het in de stad gekocht. Emmy ging hem vermoorden. 'Hij zei dat hij met Cole naar de Falls zou rijden om het beter te kunnen zien.'

'En heeft hij dat gedaan?'

Emmy kon niet langer liegen. 'Mam.'

Myrna slaakte een diepe zucht. Ze stapelde de dekens boven op de koelbox op wielen. Toen ze opkeek, was haar blik weer wat neutraler. 'Ik heb tegen Jonah gezegd dat hij Cole later bij ons kan brengen. Dan zorg ik dat hij lekker gaat slapen.'

'Bedankt.'

'"Wie nooit geleden heeft, kent ook geen zegen."'

Emmy keek haar vragend aan.

'Edgar Allan Poe,' zei haar moeder, de lerares Engels. 'Waar is je broer trouwens gebleven? Ik kan die koelbox niet in m'n eentje de heuvel op sjouwen en Celia steekt gegarandeerd geen vinger uit.'

In plaats van op zoek te gaan naar Tommy ging Emmy op zoek naar haar vader. Ze had Gerald al snel gevonden. Hij stond zo'n tien meter verderop en stak met zijn hoofd boven de menigte uit. Iemand praatte tegen hem, of deed in elk geval een poging. Gerald Clifton deed zijn mond alleen open als hij dacht dat iets de moeite van het vertellen waard was. Zelfs thuis liet hij het liefst Myrna de stiltes opvullen.

In de hoop op het allerzachtste briesje van het meer nam ze haar hoed weer af. Haar telefoon zoemde in haar zak. Vast de zoveelste nicht die een derde geheim etentje wilde, of haar gestoorde tante die een wasbeer wilde aangeven wegens landloperij.

Toen Emmy haar vader wat dichter naderde, besefte ze dat hij geen aandacht schonk aan de man die pal voor hem stond. Hij keek naar haar. Hun blikken kruisten elkaar. Er was iets mis. Zijn politieradar was veel scherper afgesteld dan de hare, maar nu voelde ze het zelf ook, die elektrische lading in de lucht waardoor haar nekhaartjes overeind gingen staan.

De kriebel.

Zelf noemde Emmy het 'een slecht gevoel'. Collega's had ze ernaar horen verwijzen als 'een voorgevoel' of 'instinct' of als het een vrouw betrof als 'intuïtie'. Hoe je het ook noemde, het kwam erop neer dat er iets ergs was gebeurd of dat er elk moment iets ergs kon gebeuren.

Ze baande zich een weg door een groep achterblijvers en klikte de schoudermicrofoon aan haar shirt. 'Brett, melden graag.'

'Oké.' Bretts stem knetterde door de ruis. 'Ik ben op Long Street. Een pick-up heeft de achterkant van een Prius geramd. De Prius knalde tegen een telefoonpaal. De weg is beide kanten op gestremd. De sleepwagen komt over twintig minuten. Wat is er?'

Emmy dacht niet dat een botsing een halve kilometer verderop de aanleiding kon zijn voor haar slechte gevoel. 'Zou je...' begon ze.

Voorzichtig nam Gerald de microfoon van haar over. Hij hield hem voor zijn mond en drukte op de knop. 'Vraag om back-up voor dat ongeluk. Dan kom je naar ons, op het bovenste parkeerterrein. En ogen open, begrepen?'

Weer klonk er wat ruis. 'Ja, baas,' antwoordde Brett.

Gerald gaf de microfoon weer aan Emmy. Een uitgebreide discussie was niet nodig, want over een slecht gevoel sprak je niet. Je ging op onderzoek uit. Als je het mis had, was je opgelucht, maar als het klopte, was je dankzij dat gevoel op de juiste plek.

Emmy klikte de microfoon weer aan haar schouder en volgde Gerald de heuvel op. Mensen weken voor hem opzij, maar niet alleen omdat hij de sheriff was. Haar vader was een forse man, één meter vijfentachtig en met meer kilo's rond zijn middel dan goed voor hem was. Tegen de tijd dat ze de lege tribune passeerden en de betonnen trap beklommen, haalde hij zwoegend adem. Emmy hield haar blik naar beneden gericht om niet op zijn hielen te trappen. Hij was niet in functie, maar hij had nog steeds de uitstraling van een echte smeris, ook al droeg hij een paar oude Keds met zwarte enkelsokken, een grijs nylon sportshort en een verschoten zwart T-shirt van een concert van Reba McEntire uit 2005.

Pas toen ze bovenaan de trap waren, bleef Gerald staan om op adem te komen. Emmy liet haar blik over het parkeerterrein gaan. Tegelijk met haar vader draaide ze haar hoofd alle kanten op. Auto's stonden schots en scheef op het asfalt. Ze zag remlichten opgloeien, mensen uit autoraampjes hangen, handen die in de lucht werden geworpen. De spanning liep zo hoog op dat ze die tot in haar botten voelde.

Gerald keek haar aan. 'VNG?'

Emmy knikte. 'Ja.'

Voelt Niet Goed.

Gerald stapte van het trottoir. Emmy volgde hem langs de eerste rij, een soort hindernisparcours van stilstaande auto's en geïrriteerde bestuurders. Zwijgend zocht ze contact met haar lichaam. Ze probeerde haar hartslag in toom en haar hoofd helder te houden. Bij politiewerk ging het om het afwegen van kansen, en de kans dat het om iets gruwelijks zoals een massaschietpartij ging was verwaarloosbaar. Hoogstwaarschijnlijk betrof het weer een ingedeukt spatbord of ruzie om wie het eerst mocht invoegen.

'Sheriff?' Sylvia Wrigley, de hoofdredacteur van de plaatselijke krant, stond naast het open portier van haar auto. 'Wat is er aan de hand?'

Met opgeheven vinger vroeg Gerald om een momentje geduld terwijl hij zich een weg baande tussen auto's door. Algauw zagen ze wat het probleem was.

Alle spanning vloeide uit Emmy's lichaam, als water rond een afvoerputje.

Een maand geleden was het hek rond het voetbalveld verwijderd omdat er nieuwe graszoden werden gelegd. Er waren rijen geel afzetlint gespannen om ervoor te zorgen dat niemand over de nieuwe zoden liep tot het gras geworteld was, maar kennelijk had de bestuurder van een rode Miata besloten om de waarschuwing in de wind te slaan. In elk geval had hij een poging gedaan. De lage sportwagen was al hobbelend op de steile betonnen stoeprand beland. De voorkant stak in de lucht als de boeg van de Titanic.

'Sukkel,' mompelde Emmy. Ze herkende de auto van Lance Culpepper. Hij werkte als klerk in de rechtbank. Hij had beter moeten weten.

Emmy keek naar haar vader, maar Gerald had geen belangstelling voor de Miata. Hij tuurde over het veld. Emmy kneep haar ogen tot spleetjes om beter te kunnen zien. Lance was niet de eerste slimmerik geweest die een kortere route naar de weg had gezocht. Midden op het veld stond een witte Chevy Equinox, evenwijdig aan het parkeerterrein, met alle portieren en raampjes dicht en de lampen uit.

De spanning kwam weer opzetten. Haar politiebrein tolde langs de ergste scenario's.

Massaschutter, huiselijk geweld, verkeersagressie, moord-zelfmoord.

Emmy trok het veiligheidsriempje van haar Glock los. Ze nam de zware zaklamp van haar riem en liet die op haar schouder rusten. Het licht van de lantaarns op het parkeerterrein reikte niet verder dan de strafschoplijn. De Maglite die bij haar uitrusting hoorde had vier D-batterijen van achthonderd lumen, voldoende om het veld tot aan het midden te bestrijken. De SUV had donker getint glas, waardoor het vanuit de verte niet te zien was of er iemand in zat.

Voor Gerald op de stoeprand stapte, wees hij zwijgend naar een grote olieplas, die aan de Miata moest worden toegeschreven. Lance Culpepper haalde met een hopeloos gebaar zijn schouders op toen Emmy in de auto keek. Zo te zien had Dervla, zijn vrouw, die haar armen over elkaar had geslagen, hem al verteld dat dit een bijzonder slecht idee was.

'Hebben jullie verder nog iemand op het veld gezien?' vroeg Emmy.

Lance schudde zijn hoofd.

'Hij was te druk met de auto de vernieling in te rijden,' merkte Dervla op.

'Hier blijven,' zei Emmy tegen het tweetal.

Met de zaklamp schuin naar beneden gericht liep ze het veld op. Het kapotte afzetlint was de grond in gedrukt door een band met een dik loopvlak. Na een ruw stuk terrein zakten haar voeten weg in het dichte, nieuwe gras. De zoden waren nog niet goed aan elkaar gegroeid, waardoor het veld net een slordig gestikte quilt leek. De grashalmen waren ongeveer acht centimeter hoog. Ze zag wat los afval: kauwgomwikkels, een plastic vork. Afgezien van de gigantische witte SUV was het terrein grotendeels ongeschonden.

Ze liep een aantal passen rechts achter haar vader en zei ondertussen tegen zichzelf dat ze moest blijven ademen. Wellicht zat iemand zich achter het stuur te bezinnen op zijn abominabele besluitvorming. Of misschien wachtte hij de twee politiemensen met een wapen in zijn hand op.

Emmy maande zichzelf tot kalmte. Ze ademde diep in, hield de lucht even vast en ademde langzaam weer uit. Toen ze dichterbij kwam, hoorde ze de motor lopen. De kentekenplaat was van Clifton County. Op de bumper zat een sticker van North Falls Elementary School. Ze spitste haar oren. Stemmen. Een man en een vrouw, die zich aan de andere kant van de auto bevonden. Fel gefluister. Spanning. Woede.

'Laat je zien!' riep Gerald.

Weer vergat Emmy te ademen. Terwijl ze wachtte, klemde ze haar Glock nog steviger vast.

Het tweetal liep om de achterkant van de wagen heen.

Emmy ademde uit. Ze richtte haar lamp op de twee volwassenen die achter de Chevy stonden. Hun handen waren leeg, en hun gezichten stonden strak. Hugo en Angela Sanders waren duidelijk in een verhitte discussie verwikkeld geweest voor Gerald hen had onderbroken. Emmy zag dat Tyler, hun zoontje van zes, in zijn stoeltje op de achterbank zat te slapen. Vanwege de airconditioning hadden ze de motor laten lopen. Door de lak op de zijkant van de auto liep een diepe kras. Een stuk van de voorbumper hing los. Er zat een barst in de linkerwielkast. Emmy's eerste gedachte was dat dit een vreemde plek was voor een botsing. Toen scheen ze met haar lamp over de grond.

'Ik heb hem niet gezien,' zei Hugo tegen Gerald. 'Ik kon er niks aan doen.'

Emmy's hart kwam huiverend tot stilstand. Er lag een fiets onder het rechterachterwiel van de SUV. Ze liet zich op haar knieën zakken en speurde als een bezetene naar een lichaam onder de wagen.

Aan de voorkant. Erachter. Ernaast.

Ze vond geen lijk, maar ze herkende de fiets. Op het lichtpaarse frame waren roze en gele cartoonmadeliefjes geschilderd. Aan de spaken zaten lichtgevende kralen. Een pastelgele mand hing aan het stuur. Op het witleren zadel waren nog meer madeliefjes genaaid. Emmy had de fiets ontelbare keren gezien, achtergelaten in Hannahs voortuin, dwars over haar oprit, tegen haar verandaleuning gesmeten waardoor de verf er af was geschraapt. Hij was van Madison Dalrymple. Dezelfde Madison met wie Emmy onder de eik had proberen te praten. Dezelfde Madison die ze bijna een uur geleden had afgepoeierd.

'Hugo.' Emmy's knieën trilden toen ze weer overeind kwam. Haar VNG was in een flikkerende rode sirene veranderd. 'Ken jij Madison Dalrymple?'

'Nee.' Hugo haalde zijn schouders op. 'Zou kunnen. Wat heeft dat met –'

'Is dat haar fiets?' vroeg Angela. 'Waar zijn haar ouders? We hebben deze auto nog maar een week. Paul kan de reparatie beter betalen dan wij, zeker weten.'

'O, echt?' Lance Culpepper had besloten Emmy's bevel om zich gedeisd te houden te negeren. 'Dit kan toch nooit Pauls schuld zijn? Jullie zijn degenen die het halve voetbalveld op zijn gereden.'

'Net als jij.' Hugo wierp een chagrijnige blik op de Miata. 'Bij wijze van.'

'Ik reed achter jou aan,' zei Lance. 'Heb je dat gele afzetlint niet gezien?'

'Dat was al doormidden,' zei Hugo. 'Wil je beweren dat ik dingen had moeten zien die jij niet eens zag?'

'Jezus, Lance,' bitste Angela. 'Als jij nou eens teruggaat naar je speelgoedautootje?'

'Als ik jou was, zou ik de naam van de Heer niet ijdel gebruiken.'

'Jij hoeft mijn vrouw niet te vertellen wat ze moet doen en laten.'

'Kappen!' riep Emmy, zo luid dat ze meteen hun mond hielden. 'Lance, terug naar je auto en daar blijven. En Hugo, wil jij op de bon omdat je van een gemarkeerde route bent afgeweken? Angela, jij gaat bij Tyler kijken.'

Emmy verzekerde zichzelf ervan dat ze allemaal weg waren voor ze weer naar haar vader keek. Gerald had hen volledig genegeerd. Hij tuurde naar de fiets. Zijn gezicht stond strak. Toen Emmy klein was, had ze haar vaders ijzige stilzwijgen altijd met misprijzen verward. Inmiddels wist ze dat hij dan in gedachten met een probleem bezig was.

'Die fiets betekent Madisons vrijheid,' zei ze. 'Ze is vijftien. Ze mag nog niet autorijden. Die fiets zou ze nooit midden op een voetbalveld achterlaten.'

Met zijn blik op de grond gericht keerde hij zich weer naar het parkeerterrein toe.

Emmy keek ook die kant op. Hij bestudeerde het pad dat de SUV had genomen toen die het veld op reed. De grasmat was zo nieuw dat de banden evengoed door klei hadden kunnen rijden. De afdrukken lieten zich lezen als een wegenkaart.

'Pap?' zei ze.

Gerald begon naar het parkeerterrein te lopen. Emmy volgde, maar zorgde ervoor dat ze niet op de bandafdrukken stapte. Ze hadden nog maar een paar meter afgelegd toen haar vader vroeg: 'Wat zien we nog meer over het hoofd?'

Emmy keerde zich weer naar de SUV toe. In de verte zag ze een sleepwagen die op de plek van het ongeluk af reed. Op Long Street stond een lange rij auto's. Had Madison binnendoor over het voetbalveld naar huis willen rijden en had ze haar fiets toen om de een of andere reden achtergelaten?

'De Chevy raakte eerst het voorwiel van de fiets, dus die was naar het westen gericht.'

'Je maakt het te groot. Je moet kleiner denken.'

Emmy's gedachten tuimelden weer over elkaar. Ze zei tegen zichzelf dat Gerald haar niet op de proef stelde. Hij bracht haar iets bij. Als er één ding was waarin haar vader uitblonk, dan was het luisteren. In gedachten ging ze terug naar toen ze naar de SUV liepen. Het stomme gebekvecht tussen Lance, Hugo en Angela. Het antwoord sloeg in als een bliksemschicht. 'Hugo zei dat het afzetlint al kapot was toen hij het veld op reed.'

'Yep.'

'Als dat waar is, dan wil dat zeggen dat een andere auto al vóór Hugo het veld op is gereden, waarschijnlijk tijdens de vuurwerkshow, want Hugo en Lance gaven geen van beiden aan dat er al eerder iemand het veld op was gereden.'

'Yep.'

Emmy richtte haar lamp weer op de Miata en vond moeiteloos de diepe afdruk van de brede banden van Hugo's SUV. Toen zag ze wat ze over het hoofd had gezien. Naast de afdrukken liep een soort schaduw mee, een tweede stel afdrukken, van smallere banden.

'Hugo had gelijk,' zei Emmy. 'Een andere auto is als eerste door het lint gebroken.'

'Een sedan,' zei Gerald. 'Lager gewicht.'

Op zo'n twintig meter vanwaar ze stonden, bogen de schaduwbandafdrukken van de sedan af naar een dennenbosje dat op de heuvel uitkeek. Emmy liep voorzichtig het veld op, parallel aan het pad van de sedan. Ze dwong haar bevende hart tot kalmte. Er konden allerlei verklaringen zijn voor het feit dat Madison haar fiets midden op het voetbalveld had achtergelaten, en ze hoefden niet allemaal even erg te zijn. Emmy probeerde haar hoop levend te houden tot ze bij de rand van het veld was aangekomen. Daar stopte het spoor. De sedan was tot stilstand gekomen. Ze richtte haar lamp op de bomen.

Weer sloeg haar hart over, maar deze keer was het alsof een mes haar had doorstoken. Ze zag een tweede fiets. Felblauw. Met veelkleurige kralen aan de spaken. Roze linten hingen van de handvatten. Aan het stuur zat een bijpassende blauwe mand. Ze had de fiets ontelbare keren gezien, achtergelaten in Hannahs voortuin, dwars over haar oprit, tegen haar verandaleuning gesmeten waardoor de verf er af was geschraapt, op een meter afstand van Madisons lichtpaarse fiets met de gele mand, want de twee meiden waren zo ongeveer bij de heupen aan elkaar vastgegroeid.

'Dat is de fiets van Cheyenne Baker,' zei ze tegen haar vader.

Gerald keek haar aan. Hij had haar stem horen trillen. Ook hij had de verandering in de lucht gevoeld. De kriebel. Het slechte gevoel. De *Voelt Niet Goed*-tinteling. Er waren geen positieve verklaringen meer.

'Zijn dit meiden die weglopen?' vroeg hij voorzichtig.

Nog voor hij zijn vraag had voltooid, schudde Emmy haar hoofd al. Ze kende Cheyenne niet zo goed, maar Madison was te verstandig om haar fiets op een voetbalveld achter te laten en om tien uur 's avonds weg te lopen terwijl haar ouders haar thuis verwachtten.

'Ze zou ervandoor kunnen gaan, maar niet op deze manier.'

'Heb je haar nummer?'

Emmy haalde haar telefoon tevoorschijn en tikte door naar Madisons mobiel. Ze vocht tegen haar tranen toen haar oproep na één ringtoon op de voicemail overging. De mailbox zat vol. Weer schudde ze haar hoofd. Ze verbrak de verbinding. Inmiddels trilden haar handen. Dit was mis. Dit was foute boel.

'Emmy?' Hannah riep haar vanaf de overkant van het veld.

Snel draaide Emmy haar lamp weg van Cheyennes fiets. Hannah had kennelijk over Hugo's ongeluk gehoord. Met Davey dansend op haar heup kwam ze op een drafje op hen af. Daveys oogleden zakten dicht terwijl hij vocht tegen de slaap.

'Wat is er aan de hand?' vroeg ze. 'Ik heb gehoord dat Hugo over Madisons fiets is gereden.'

'Weet je waar ze is?' vroeg Gerald.

'Ze moet om elf uur thuis zijn, maar...' Hannah keek Emmy aan. Alle kleur trok uit haar gezicht. Al sinds de kleuterschool waren ze beste vriendinnen. Ze kenden elkaars donkerste geheimen en wildste dromen. Er was maar weinig wat Emmy voor haar verborgen kon houden.

'Is ze...' Weer haperde Hannahs stem. 'Wat is er gebeurd?'

'Dat weten we niet,' zei Emmy, want dat was de zuivere waarheid. 'Toen ik Madison zag, had ze haar telefoon in haar hand. Kan Paul die natrekken?'

'Wat?'

'Je zei toch dat Paul een tracker of iets dergelijks op haar telefoon had geïnstalleerd? En dat jij die niet mocht gebruiken?'

'J-Ja,' stamelde Hannah. Ze wist dat dit niets goeds voorspelde. 'Hij kan... Misschien kan hij...'

Hannah maakte haar zin niet af. Ze rende terug naar het parkeerterrein. Davey keek over zijn moeders schouder naar Emmy. Zijn ogen stonden wijdopen. Hij had Hannahs paniek opgezogen.

Net als Emmy.

'Rustig.' Gerald legde zijn hand op haar onderrug. 'Je kunt haar alleen maar helpen door kalm te blijven en je werk te doen.'

Emmy knikte, maar het was vreselijk moeilijk.

'Vertel eens over Madisons telefoon.'

Met moeite wendde Emmy haar blik van Hannah af. Ze sloot haar ogen en probeerde zich de telefoon te herinneren die Madison in haar hand had gehad. De drukkende hitte. De stank van zweet en bier. Madison, die ze onder de boom had zien staan. De gedachte dat dit het geschikte moment was om voor Hannah op te komen.

Madison had roze ballerina's gedragen, met groene vegen van het gras. Ze had haar lippen peinzend getuit. Te strakke, witte short. Een lichtblauw T-shirt van North Falls Choral Club, dat aan haar borst plakte. Ongedurig, geïrriteerd. Had ze een bezorgde indruk gemaakt? Haar huid was roze verbrand. Emmy was op het meisje afgestapt met het voornemen niet negatief te doen en over zonnebrand te beginnen, maar toen was ze zo dom geweest om te zeggen dat ze meer water moest drinken.

'Oké,' zei ze tegen haar vader. 'Het was een iPhone. Wit met bloemenstickers op de achterkant. Die heeft ze al heel lang.'

'Hoe laat was het?'

'Ik heb haar twee keer gezien. De eerste keer was rond kwart over acht, halfnegen. Ze stond onder de eik. Ik was naar haar op zoek omdat ik dacht dat ik haar kon helpen met...' Emmy wist dat haar vader niet geïnteresseerd was in hun wat gespannen relatie. 'Madison leek zich te ergeren omdat ik haar aansprak. Niet gewoon ergeren, maar eerder alsof ze ergens anders moest zijn. Ze zei dat ze tien minuten daarvoor met Cheyenne bij de SnoBall-kraam had afgesproken. Maar er is geen SnoBall-kraam.'

'En er was ook geen Cheyenne?'

'Nee, ik heb haar de hele dag nog niet gezien. Meestal is ze niet bij Madison weg te slaan.'

'En de tweede keer?' vroeg Gerald.

'Dat was ongeveer tien minuten voor het vuurwerk begon. Toen ik de heuvel op liep, zag ik Madison bij de tribune staan. Volgens mij wilde ze met me praten, maar ik scheepte haar af. Ik ging naar het toilet. Na het vuurwerk ging ik naar haar op zoek, maar ik kon haar niet vinden.'

Gerald keek haar aandachtig aan met zijn felblauwe ogen. 'Had ze verder nog iets bij zich? Een zonnebril? Een tas?'

'Niks,' zei Emmy. 'Volgens Hannah heeft ze alleen een tas bij zich als ze ongesteld is. Er zat wel een bobbel in de voorzak van haar short. Geen tampon of lipgloss. Iets groters. Misschien een ziplockzakje met iets lekkers of zo.'

'Goed,' zei hij. 'Laten we eens naar die fiets gaan kijken.'

Gerald nam de zaklamp van Emmy over. Hij hield zijn hand tegen haar rug toen ze de langste afstand van haar leven aflegden. Het voelde alsof haar hart in haar borst rondkolkte. Met moeite hield ze haar tranen in. Nog voor haar verstand het toeliet, reageerde haar lichaam al op het afschuwelijke van de situatie.

Cheyennes fiets was neergegooid in plaats van neergelegd. Het stuur zat omgedraaid. Een van de handvatten stak in de aarde. De fiets was een paar meter doorgegleden tot hij tegen een boomstam tot stilstand was gekomen. Door het tapijt van dennennaalden liepen groeven, de grond was doorploegd. De fiets was met kracht weggesmeten. Aan de onderkant van de boomstam was een stuk bast weggeslagen.

Het was het werk van een volwassene. Hoogstwaarschijnlijk een man.

Emmy hield haar adem in toen Gerald het licht over het felblauwe frame liet glijden, over de kleurige spaken, de pedalen, de handvatten. De ketting was gebroken. Het achterwiel was verbogen. De band was lek. Hij zocht met het licht van de zaklamp de omgeving af. Naar rechts. Naar links. Haar hart verkrampte toen ze op zo'n anderhalve meter van het achterwiel een telefoon zag. Witte hoes. Bloemenstickers op de achterkant. Een iPhone. Het scherm was versplinterd.

Gerald richtte de lichtbundel een halve meter voorbij de telefoon. 'Zie je dat?'

Emmy zag het. De aarde was doordrenkt, donker vocht dat een plas had gevormd, net als de olie onder de Miata van Lance Culpepper.

Alleen was dit geen olie.

Het was bloed.

'Oké,' zei Gerald. 'We hebben een ontvoering.'

3

Emmy zat op de bijrijdersstoel van haar patrouillewagen, naast haar vader, die met een noodvaart over de weg scheurde. Ze gingen de ouders van Cheyenne Baker het ergste nieuws van hun leven brengen. Hun kwetsbare dochter van vijftien en haar beste vriendin werden vermist. Hun fietsen waren gevonden. Een telefoon was met opzet vernield. Ter plekke was bloed aangetroffen, niet één of twee spatjes, maar een plas bloed die de aarde had doordrenkt. Het was geen geintje van de meiden, en al evenmin een ongeluk. De enorme hoeveelheid bloed veranderde alles. Het betekende dat degene die hen had meegenomen er niet voor terugdeinsde hun iets aan te doen.

Het was slechts een kwestie van tijd voor hun ontvoerder tot iets nog ergers zou overgaan.

Emmy was zich er pijnlijk van bewust dat dit een race tegen de klok was. Op Mercer had ze haar afstudeerscriptie geschreven over de gestage toename van het aantal kinderontvoeringen in de Verenigde Staten. Zelfs in haar slaap kon ze de cijfers nog opdreunen.

Bij bijna de helft van alle vermissingen was de dader een ouder of een familielid. Gewoonlijk was het slachtoffer nog geen zes jaar oud. Doorgaans lag er een scheiding of een voogdijgeschil aan ten grondslag, maar soms was er sprake van een seksueel element.

Cheyenne en Madison waren tieners. Beide ouderparen waren nog getrouwd. En het lag niet voor de hand dat een familielid van een van de meisjes hen allebei zou ontvoeren.

In zevenentwintig procent van de gevallen was de ontvoerder een bekende, meestal een minderjarige delinquent. De slachtoffers waren doorgaans tienermeisjes. Het motief was bijna altijd seksueel van aard en er kwam vaak fysiek geweld bij kijken.

Maar net als een familielid had een bekende betere mogelijkheden om twee meisjes te ontvoeren dan te hopen dat ze zich op een pas gerenoveerd voetbalveld lieten zien, met op driehonderd meter afstand de halve populatie van North Falls.

Dus moest het een willekeurige onbekende zijn. Iemand die erop uit was een kind mee te nemen. Iemand die op een afgelegen plek twee jonge meisjes zag. Iemand die zich niet kon beheersen.

Nog niet één procent van alle kinderontvoeringen werd gepleegd door kinderlokkers. De slachtoffers waren bijna allemaal meisjes, met een gemiddelde leeftijd van veertien. Ze werden in de meeste gevallen buitenshuis ontvoerd, onder bedreiging van een vuurwapen. De ontvoerder had doorgaans een auto. In vierenveertig procent van de gevallen werd het slachtoffer binnen een uur vermoord. Achtenzeventig procent stierf binnen de eerste drie uur. Binnen vierentwintig uur waren praktisch alle slachtoffers dood.

Emmy keek op haar horloge: 22.58 uur. Officieel waren ze nog geen uur naar de meisjes op zoek. Rond 20.50 uur had ze Madison voor het laatst gezien, bij de tribune. Hugo was om ongeveer 22.15 uur met zijn auto op haar fiets geklapt. Dat gaf de ontvoerder meer dan een uur voorsprong.

Meer dan een uur om hun doodsangst aan te jagen

Meer dan een uur om hen te martelen.

Meer dan een uur om hen te doden.

Emmy hield zichzelf voor dat ze naar de levende meisjes zochten, dat Madison en Cheyenne het tegen alle verwachtingen in zouden halen. Maar met elke seconde die verstreek voelde ze haar hoop verder vervliegen.

Gerald reed met matige snelheid door rood, de wijk Verona Heights in. Hij toetste op zijn klaptelefoon een nieuw nummer in en drukte het toestel tegen zijn oor. Net zo goed als Emmy wist hij wat de kansen waren. Hij had al gesproken met de special agent van het Georgia Bureau of Investigation, die de leiding had over de regio Zuid-West. Hij had om een forensisch team verzocht dat de fietsen en het voetbalveld moest onderzoeken. Hij had de vier reserveagenten van Clifton opgeroepen en opdracht gegeven om zich bij het zoekteam aan te sluiten. De verkeerspolitie kamde elke straat, autoweg en snelweg uit, tot aan Alabama. De politiechefs van Verona, Ocmulgee en Clayville hadden allen agenten gestuurd. Half North

Falls bood aan om te zoeken. Hannah en Paul gingen alle routes langs die naar hun huis voerden. Hannahs tante Barb paste op Davey zodat ze zo nodig de hele nacht weg konden blijven. Hannah had Emmy één keer gebeld, maar ze had er vrijwel geen woord uit gekregen. Ze was panisch, doodsbang, wanhopig.

Net als Emmy zelf.

Madison was nog maar zeven geweest toen haar moeder was gestorven aan baarmoederkanker. Ze zat in groep drie en Hannah was haar geliefde juf, die met alle genoegen was bijgesprongen toen Pauls leven kapotging: eerst door Madison te helpen met haar huiswerk en wat lekkers voor haar mee te nemen, later door Madison bij zich te laten logeren, schoolkleren voor haar uit te kiezen, met haar naar de film te gaan, haar naar verjaarspartijtjes en speelafspraken te brengen, en uiteindelijk door smoorverliefd op Madisons vader te worden.

Het had een romantische film moeten zijn, maar Hannah en Paul waren nog maar net aan het daten toen Madison in een ziedend, nukkig monster veranderde. Het huwelijk had alles alleen maar erger gemaakt. Ze hadden gezinstherapie geprobeerd. Ze hadden vader-dochterdagen geprobeerd. Ze hadden geprobeerd Madison om te kopen met de nieuwe fiets, met kleren die ze niet nodig had en een iPhone die veel te duur was voor een meisje van vijftien. Dezelfde telefoon die naast een plas bloed was aangetroffen.

De vuurwerkshow zou eventuele harde geluiden hebben overstemd.

Een gil. Een hulpkreet. Een schot.

Emmy balde haar vuisten om het beven tegen te gaan. Ze was ziek van bezorgdheid, vervuld van pure angst om wat de meisjes moesten doorstaan, en het liefst had ze de klok teruggezet. Met haar vuist tegen haar mond keek ze door het zijraampje. Telkens weer zag ze Madison voor zich zoals ze daar bij de tribune op haar had staan wachten. Bezweet en prikkelbaar. Zo van: *Schiet nou op, Emmy.* Ze had een bezorgde rimpel op haar voorhoofd. Haar lippen getuit van spanning. Eindelijk, godzijdank, klaar om te praten.

Niet nu.

Wat had Emmy bezield? 'Niet nu' was wel het laatste wat je tegen een ongeruste tiener zei. Je verplaatste je in haar. Je schoof al het andere aan de kant. En al helemaal als die angstige tiener de dochter van je beste vriendin was. Iedere andere vriendin zou hebben geluisterd. Iedere andere moeder zou het hebben aangevoeld.

'Yep,' sprak Gerald in de telefoon. 'Begrepen.'

Emmy hoorde de klaptelefoon dichtslaan. Gerald minderde vaart. Iets verderop zag ze een donkerbruine patrouillewagen, die al geparkeerd stond voor de splitlevelwoning van de Bakers. Er zat niemand achter het stuur, maar ze herkende de auto van plaatsvervangend sheriff Virgil Ingram.

Gerald reed naar de stoeprand en zette de auto in de parkeerstand. 'Er is niemand thuis. Volgens de rechterbuur is het gezin rond drie uur in hun minibus weggereden. Een halfuur later vertrok Cheyenne op haar fiets. Het gezin reed naar de rivier. Zij ging naar de stad. Virgil probeert het mobiele nummer van de vader te achterhalen.'

Emmy knikte. Virgil was één rang lager dan haar vader. Ze was blij dat hij haar plaats zou innemen. Ze kon Cheyennes ouders nu niet onder ogen komen.

'Geef even door dat iemand me komt halen. Dan kan ik helpen zoeken.'

'Nee,' zei Gerald. 'Gooi het er maar uit.'

'Pap...'

Emmy zweeg toen ze zijn onbewogen gezicht zag. Ze wreef haar lippen over elkaar. Af en toe deden ze dit, als ze samen in een auto zaten, twee zwijgzame mensen die het gesprek aangingen.

'Ik heb het verkloot.' Emmy had dat woord nog nooit tegenover haar vader gebezigd, maar in haar bezorgdheid was het haar ontglipt. 'Ik wist dat Madison met me wilde praten. Ik zag dat er iets mis was – ik vóélde het – maar ik was met mijn gedachten bij Jonah, ik wilde alleen zijn en toen... toen heb ik het verkloot. Ik had Madison binnen handbereik. Ze was eindelijk zover dat ze me om hulp wilde vragen, maar in plaats van haar te helpen dook ik de plee in en nu is ze weg.'

Gerald leunde opzij om zijn zakdoek uit zijn achterzak te halen. Het katoen was klam van de hitte, maar niettemin veegde Emmy haar neus ermee af.

'Weet Hannah dit?' vroeg hij.

Ze schudde haar hoofd. 'Ik weet niet hoe ik het haar moet vertellen.'

'Als je het niet doet, gaat het aan je vreten.'

Emmy vouwde de zakdoek dubbel op zoek naar een droog plekje. 'Je riep me toen ik door die mensenmassa liep. Dat moet rond dezelfde tijd zijn geweest dat Hugo het voetbalveld op reed en Madisons fiets raakte. Hoe wist je dat?'

Hij haalde zijn schouders op. 'Gewoon, een kriebel.'

'Ik voelde het ook.' Ze keek naar haar handen, voelde weer hoe ze Madisons hand had vastgehouden daar onder de eik. 'Niet op dat moment, maar eerder. Ik voelde bij Madison dat er iets mis was, maar ik negeerde het.'

'Fouten bieden je een kans om te vergeven.'

'Wie vergeef je dan, jezelf of anderen?' vroeg Emmy. 'Of bedoel je dat anderen jou dan vergeven?'

'Maakt niet uit.' Weer haalde hij zijn schouders op. 'Alles.'

Ze deed alsof ze hem niet begreep. 'Jij hebt nog nooit een fout gemaakt.'

'Met de grote fouten had ik al snel afgerekend,' zei hij. 'Vroeger was ik te star. Zag ik alles in zwart-wit. Met sommige mensen wilde ik niks meer te maken hebben. Had ik niet moeten doen. Dat kan ik niet meer veranderen. Voor sorry is het te laat. Zo leerde ik dat soort dingen nooit meer te doen. Ik moest leren vergeven.'

Ze bestudeerde haar vaders krachtige kop. Van Tommy had ze begrepen hoe anders hun ouders voor haar geboorte waren geweest, maar zelf had ze haar vader alleen gekend als een geduldige man vol begrip. 'Zo kan ik me je helemaal niet voorstellen.'

'Gelukkig maar.'

Emmy keek uit het raampje. Virgil kwam de oprit af lopen, gekleed in T-shirt en jeans. Hij drukte zijn zakdoek tegen zijn onderarm, alsof hij zich bezeerd had. Hoofdschuddend gaf hij aan dat er geen teken van de meisjes te bekennen was.

Voor hij het portier opende, klopte Gerald op Emmy's hand. Ze bleef nog even zitten om te kijken of ze nieuwe berichten had. Niets van Hannah, maar haar moeder liet weten dat Jonah Cole bij haar had afgezet. Emmy's opluchting werd vertroebeld door een enorm schuldgevoel, want het voelde verkeerd dat ze wist dat haar kind in veilige handen was, terwijl Hannah doodsangsten uitstond.

Ze stapte uit, de verstikkende hitte in. In de airco was haar bezwete uniform opgedroogd, waardoor de stijve boord nu langs haar nek schuurde. Virgil was er niet veel beter aan toe. Met een vertrokken gezicht nam hij de zakdoek van zijn arm om de diepe krassen te bekijken. Eigenlijk was dit zijn vrije avond, maar hij leek bepaald niet uitgerust. Hij had haar in januari verteld dat hij kalmpjes aan toeleefde naar zijn pensioen aan het einde van het jaar. De twee fietsen in het park hadden zijn vredige droom ruw verstoord. Zijn doorgroefde gezicht zag grauw. Zijn voorhoofd was nog gerimpelder dan anders. Emmy liet haar blik over de oprit gaan, naar het huis van de Bakers. De garagedeur stond open. Aan de ene kant stond een donkere Jetta. De andere kant was leeg.

'Ik wilde door het keukenraam kijken, en toen heb ik mijn arm opengehaald aan zo'n stomme wilde roos,' zei Virgil op sombere toon, met een blik achterom naar het huis. 'Er is niemand thuis, maar ik heb Felix Baker op zijn mobiel te pakken gekregen. Ik heb hem verteld wat er aan de hand is. Ze hebben niets meer van Cheyenne gehoord sinds ze rond drie uur van huis gingen. Ze dachten dat ze samen met Madison in het park was. Ze kunnen hier elk moment zijn.'

Emmy voelde het gewicht van zijn woorden. Ze was zo op Madison gericht geweest dat ze Cheyenne bijna als bijzaak had beschouwd. De Bakers moesten wel doodsbang zijn. Ze kon zich niet voorstellen hoe die rit naar huis voelde.

Haar vader wist het maar al te goed. Evenals haar moeder. Twee keer in hun leven hadden ze een telefoontje gekregen met het bericht dat een van hun kinderen dood was. Eerst Henry, later Martha. Beiden waren op vreselijke wijze verongelukt. Emmy snapte niet hoe ze hun leven weer hadden kunnen oppakken. Als ze ook maar een seconde de gedachte toeliet dat ze Cole zou verliezen, kreeg ze geen lucht meer.

'Oké,' zei Gerald. 'Wat weten we?'

Emmy was blij met de vraag, want daardoor kon ze zich op de feiten concentreren. 'Er zitten vijfentachtig minuten tussen de laatste keer dat ik Madison heb gezien en het moment dat Hugo over haar fiets reed. Cheyennes fiets werd ergens tussen de bomen gevonden, samen met Madisons geplette iPhone en een grote plas bloed. Bandensporen geven aan dat de twee meisjes in een sedan zijn meegenomen.'

Virgil vulde haar aan: 'Cheyenne is voor het laatst rond drie uur vanmiddag thuis gezien, toen Felix, haar vader, Ruth, haar moeder, en Pamela, haar zusje van tien, in hun blauwe Honda Odyssey-minivan naar het park vertrokken om bij de Flint River naar het vuurwerk te kijken. Cheyenne zou op de fiets naar het park gaan om samen met Madison te kijken, en daarna zou ze meteen weer naar huis gaan. Voor zover bekend heeft niemand Cheyenne in het park gezien. Ze heeft een mobiel, maar ze neemt niet op. Haar ouders hebben er geen tracker op gezet. Ze dachten dat ze thuis zou zijn tegen de tijd dat ze zelf terugkwamen.'

'Wat dénken we te weten?' vroeg Gerald.

Weer nam Emmy als eerste het woord. 'Nadat ik Madison had gezien, moet ze haar fiets hebben gepakt. Die heeft ze hoogstwaarschijnlijk de trap op geduwd naar het parkeerterrein. Misschien wilde ze een stuk afsnijden door via het voetbalveld naar Long Street te rijden. Ik denk dat ze op zoek ging naar Cheyenne. Ze was nerveus toen ik haar zag. Ik heb het vermoeden dat Cheyenne haar op een afgesproken tijdstip zou treffen, maar niet kwam opdagen.'

'Hoe laat, denk je?' vroeg Gerald.

Emmy nam in gedachten de route door. 'Via de landweggetjes zou Cheyenne er hooguit twintig minuten over gedaan hebben om van hier naar het park te fietsen. Dan zou ze daar rond halfvier moeten aankomen. Toen ik Madison om halfnegen zag, maakte ze een bezorgde indruk, maar ze was niet panisch, zoals je zou verwachten als Cheyenne er na vijf uur nog niet was.'

'Misschien wilde Cheyenne die middag alleen zijn,' opperde Virgil, 'en dan vlak voor het vuurwerk met Madison afspreken om samen te kijken.'

'Zo werkt het niet bij meiden,' zei Emmy. 'Ze spraken niet in het park af om naar het vuurwerk te kijken, maar om samen te zijn. Bovendien is Madison vandaag jarig. Cheyenne zou echt niet op het allerlaatste moment verschijnen. En al helemaal niet omdat ze op tijd thuis moest zijn.'

'Ik geloof je op je woord.' Virgil had alleen zonen. 'Denk je dat Madison een rekensommetje maakte toen ze besefte dat Cheyenne aan de late kant was? Zoals je al zei is het een ritje van hooguit twintig minuten. Na hoeveel tijd zou Madison op haar fiets springen en bij Cheyenne thuis gaan kijken?'

'Na hooguit een uur, denk ik,' zei Emmy. 'Madison zou haar vast berichtjes sturen, haar bellen, naar haar huis bellen.'

'Ik zit op het bevelschrift te wachten om de telefoongegevens op te vragen. Van beide meisjes. En ook van beide vaste telefoonlijnen.'

'Er is nog iets.' Emmy haalde haar notitieboekje tevoorschijn. Ze maakte een ruwe schets van het voetbalveld, markeerde de plekken waar de fietsen waren gevonden en van de plek waar het afzetlint was verbroken. Met een stippellijn gaf ze de route van de sedan aan. 'De bandensporen voeren naar hier, naar Cheyennes fiets. Madisons fiets lag daar, zo'n honderd meter terug op het open veld. De bandensporen tonen aan dat de sedan niet eens in de buurt van Madisons fiets is geweest.'

'Oké,' zei Virgil. 'Dus Cheyenne verscheen heel laat, en zij en Madison waren met hun fietsen in de buurt van dat groepje bomen. De ontvoerder komt aangereden in zijn sedan. Stapt uit. Misschien praten ze even. Dan grijpt hij Cheyenne en geeft haar een klap op haar hoofd. Ze raakt buiten westen en ligt bloedend op de grond. Madison laat haar telefoon vallen, springt op haar fiets en racet weg over het veld. Hij is te voet, zet het op een lopen en krijgt ook haar te pakken. Hij laat de fiets liggen, hijst beide meiden in de auto en rijdt weg.'

Emmy had het bloed gezien. 'Volgens mij is een van beiden neergeschoten.'

Gerald knikte. 'Mee eens.'

Emmy voelde gal naar haar mond stijgen. Kokhalzend probeerde ze het weer in te slikken.

'En wie is onze verdachte?' vroeg Virgil. 'Familie? Een bekende? Een onbekende?'

'Een onbekende,' zei Gerald. 'Emmy is Hannahs beste vriendin.'

Weer moest ze slikken. Haar vader had geen cijfers nodig. Hij had genoeg aan zijn ogen. Emmy's patrouillewagen stond regelmatig voor Hannahs huis geparkeerd. Meestal was ze in uniform als ze na het werk nog iets gingen drinken. Bovendien was Emmy de dochter van de sheriff. De hele stad was op de hoogte van de onderlinge banden. Ook iedereen in Madisons vriendenkring wist het. Zelfs de verachtelijkste crimineel zou niet zo roekeloos zijn om zich aan Hannahs dochter te vergrijpen.

Het moest een onbekende zijn.

'Madisons fiets lag open en bloot op het voetbalveld,' zei Gerald. 'Die van Cheyenne was onder de bomen gesmeten.'

'Hij raakte in paniek,' zei Virgil. 'Het was aardedonker. Hij dacht dat als één fiets werd gevonden, niemand op zoek zou gaan naar de andere. Dat we ons op één meisje zouden concentreren in plaats van op allebei. Dat we waarschijnlijk bij de ouders zouden beginnen en van daaruit verder zouden gaan.'

'Hij wilde dat we tijd verspilden,' zei Gerald. 'Zodat hij weg kon komen.'

Emmy haalde even diep adem voor ze zich er weer in mengde. 'Logistiek bekeken is het ongelooflijk riskant om in één klap twee vijftienjarigen te pakken. Die zijn te onvoorspelbaar. De kans op verzet van een of van allebei is te groot.'

'Hij heeft eerst Cheyenne gepakt,' zei Gerald.

'Hij moet haar hebben aangesproken,' vermoedde Emmy. 'Misschien haalde hij haar in op straat. Ze zat op haar fiets. Hij toonde zijn wapen en zei dat ze in de auto moest stappen. Ze begon met hem te onderhandelen, probeerde hem op andere gedachten te brengen, zei zoiets als: "Mijn vriendin staat op me te wachten. Als ik niet kom opdagen, gaat ze me zoeken. Ze weet waar ik ben. De beste vriendin van haar stiefmoeder zit bij de politie." En vervolgens besloot de kidnapper om Cheyenne als middel te gebruiken om Madison te lokken.'

'We kunnen straks aan hun telefoongegevens zien of ze Madison heeft gebeld of een bericht heeft gestuurd,' zei Virgil. 'Misschien handelde de kidnapper vanuit een of andere zieke fantasie die hij altijd al had willen uitvoeren. Twee meisjes tegelijk.'

Emmy keek naar de grond zodat ze haar gezicht niet konden zien.

'Van het GBI moeten we de FBI bellen,' zei Gerald.

Emmy wist dat haar vader de federale dienst er het liefst buiten hield. Die richtte doorgaans meer schade aan dan dat er iets werd opgelost. 'Wat ga je doen?'

'Weet ik niet.'

Ze keerden zich alle drie om toen een stel koplampen de straat in zwenkte. Emmy keek op haar horloge. De drie-uursgrens was gepasseerd. De kans dat de meisjes nog leefden was gedaald naar tweeëntwintig procent.

Virgil stapte de oprit op toen het blauwe busje met een vaart op hen afkwam. Nog voor haar man de auto tot stilstand had gebracht, sprong Ruth Baker er al uit. Haar gezicht was rood aangelopen en haar ogen waren opgezwollen van het huilen. Ze was uitgeput, bang, panisch. 'Hebben jullie haar gevonden? Waar is ze? Zeg wat er gebeurd is.'

'*Ma'am*,' zei Gerald. 'We hebben haar niet gevonden. Ik wil u een paar vragen stellen.'

'Wat voor vragen?' Ze greep zijn arm. 'Jullie moeten met Hannah en Paul gaan praten. We hebben tegen ze gezegd dat Madison een slechte invloed op Cheyenne had. Als Cheyenne nu in de problemen zit, is het de schuld van dat krengetje.'

Emmy probeerde haar kalmte te bewaren. De vrouw was buiten zinnen, graaide naar strohalmen. Het was nog niet tot haar doorgedrongen dat kleinigheden er niet meer toe deden. Alsof die de kidnapper interesseerden.

'Ma'am,' zei Gerald. 'De meisjes zijn onder dwang meegenomen. We hebben ter plekke behoorlijk veel bloed aangetroffen. De situatie is zeer zorgwekkend.'

Ruth opende haar mond, maar ze zei niets, te verbijsterd om ook maar met haar ogen te knipperen.

'Sheriff.' Felix Baker hield de hand van zijn jongste dochter vast. Net als haar moeder had Pamela grote ogen van ontzetting. 'Wat kunnen we doen?'

'Vertel eens over vanmiddag,' zei Gerald.

'Ja, uiteraard.' Felix ademde diep in. Emmy herkende het copingmechanisme. Hij deed zijn best kalm en duidelijk te zijn. 'Ik had nog wat werk, maar ging even naar huis om de spullen voor de picknick in het busje te helpen laden. Rond drie uur zijn we naar de rivier gereden. Ik zei tegen Cheyenne dat ze meteen na het vuurwerk thuis moest komen.'

'Was dat de laatste keer dat u haar zag of van haar hoorde?'

'Ja.' Felix' lip trilde toen hij naar zijn vrouw keek. 'Dat was voor ons allebei de laatste keer.'

'Ze ging niet met jullie mee naar de Flint?'

'Ze wilde samen met Madison kijken.' Ruths stem klonk gespannen. 'Ze smeekte me. Ik had nee moeten zeggen, maar...'

Gerald hield zijn aandacht op Felix gericht. 'Reden jullie rechtstreeks naar de Flint River?'

'Ik heb hen afgezet.' Felix knikte in de richting van zijn vrouw en kind. 'Ik moest nog een paar uur werken. Ik ben werktuigbouwkundige. Ik ging terug naar de fabriek om een paar schematische diagrammen te beoordelen, vertrok om een uur of zeven en trof Ruth en Pamela bij de rivier.'

Emmy maakte een snel rekensommetje. Dat was meer dan een paar uur. Misschien hadden ze het mis wat hun daderprofiel betrof. Het ontging haar niet dat een vader van wie de dochter en haar beste vriendin werden vermist een wankel alibi had.

'Waarom verdoen jullie je tijd met onbenulligheden?' Ruth had haar stem weer terug. 'Wat er ook gebeurd is, Madison is de aanstichtster van dit alles. Met Cheyenne hadden we nooit problemen, tot we naar dit gat verhuisden. Felix! Vertel het ze maar!'

Felix schudde zijn hoofd, maar toen zei hij: 'Ze heeft gelijk. Cheyenne veranderde nadat ze Madison had ontmoet.'

'Wanneer was dat?' wilde Gerald weten.

'Twee jaar geleden.' Ruth liet een geschrokken lachje horen, alsof ze niet kon geloven dat het nog maar zo kort geleden was. 'In twee jaar tijd heeft ze ons hele leven de vernieling in geholpen.'

Emmy wierp een blik op Pamela, maar het kind staarde naar de grond. Dit was geen gesprek voor de oren van een tienjarige. Of van de buren. Emmy zag licht branden in de omringende huizen. Ze was verbaasd dat Gerald niet had voorgesteld om naar binnen te gaan.

'Sheriff,' zei Felix, 'weet u zeker dat ze niet is weggelopen?'

'Denkt u zelf dat ze is weggelopen?' vroeg Gerald op zijn beurt.

'Ik dacht...' Felix slikte iets weg. Zijn zelfbeheersing liet het afweten. 'We hadden het over... dat was nog voor dit alles... we hadden het erover om terug te gaan naar Iowa. Om dichter bij onze familie te zijn. Maar Cheyenne wilde niet. Ze zei dat ze in dat geval zou weglopen.'

'Hadden jullie al een definitieve beslissing genomen?' vroeg Gerald.

'Nee.' Hij keek zijn vrouw even aan. 'Nee, nog niet.'

'Je weet het niet!' riep Ruth uit. 'Ze kan zijn weggelopen!'

'Nee,' zei Gerald. 'De meisjes zijn niet weggelopen.'

'Hoe weet u dat zo zeker?' wilde Ruth weten. 'Van wie was het bloed dat jullie hebben gevonden? Misschien heeft Madison haar aangevallen. Misschien hebben ze zich samen ergens verstopt.'

'Mrs Baker,' zei Gerald, 'vertelt u eens in welk opzicht Cheyenne is veranderd.'

Ruth deed haar mond al open, maar sloot hem meteen weer. Ze antwoordde niet omdat ze zich vastklampte aan het fantasietje dat de meiden een akelig spelletje aan het spelen waren.

Felix kuchte. 'Het ging zo snel. Ze leerde Madison kennen en bijna van de ene op de andere dag was ze een ander kind.'

'In welk opzicht?' drong Gerald aan.

'In alle opzichten.' Ruth probeerde met de onderkant van haar shirt haar ogen te drogen, maar haar handen trilden te erg. 'Voor ze Madison leerde kennen, was Cheyenne ons volmaakte meisje. Maar opeens wilde ze niet eens meer met ons gezien worden. Ze ging niet meer mee naar de kerk. Begon te spijbelen. Alles was opeens een geheim. En toen begon het liegen. Ze loog over waar ze naartoe ging en met wie. Ze zat de hele tijd alleen op haar kamer. Deed heel onaardig tegen Pamela.'

In Emmy's oren klonk het verdacht veel als pubergedrag.

'Had ze vriendjes?' vroeg Gerald.

'Nee,' antwoordde Ruth met klem. 'Nooit.'

Als Emmy niet al die tijd naar Pamela had gekeken, zou ze haar steelse blik hebben gemist.

'Cheyenne mag nog niet met jongens uitgaan,' vulde Felix Ruth aan. 'Ze is nog niet oud genoeg.'

Emmy beet op haar lip. Van Hannah wist ze dat Cheyenne meer dan eens een zuigplek op haar hals had gehad.

'Hebben jullie familie hier in de buurt?' vroeg Gerald.

Felix schudde zijn hoofd. 'Die wonen allemaal in Iowa.'

'Had Cheyenne verder nog vriendinnen?' was Geralds volgende vraag.

'Nee,' zei Ruth. 'Toen we hier pas woonden, was ze best wel populair. Maar dat kringetje werd steeds kleiner en kleiner tot...'

Emmy zag tranen over haar wangen glijden. Ruths keel verstrakte toen ze slikte. Ze kon geen excuses en verwijten meer verzinnen. Alleen de kille, harde feiten waren overgebleven: haar dochter werd vermist. Misschien kwam ze nooit meer thuis.

'Oké,' zei Gerald. 'Mijn hulpsheriff wil graag Cheyennes kamer doorzoeken. Mr Baker, wilt u haar de weg wijzen?'

Felix keek verbaasd omdat het verzoek aan hem was gericht. Hij was ervan uitgegaan dat de sheriff het liefst met de kalmere ouder zou willen praten. Wat hij niet wist, was dat deze sheriff maar al te goed besefte dat kalme mensen alert waren op wat er over hun lippen kwam.

Het was Gerald ook opgevallen dat Felix een wankel alibi had.

'Uiteraard.' Felix reikte naar Pamela's hand. 'Ga je mee, schatje?'

Voor Pamela haar vader over de oprit volgde, keek ze net iets te lang naar Emmy. Die voegde zich naar hun trage tempo. Ze dacht aan Pamela's steelse blik toen Gerald naar vriendjes had gevraagd. Het meisje was vijf jaar jonger dan haar zus. Emmy scheelde eenentwintig jaar met haar broer, maar ze was altijd buitengewoon in hem geïnteresseerd geweest. Hij kon geen mail versturen en geen telefoontje plegen zonder dat zij hem als een speurhond op de huid zat. Ze had nog eerder dan hijzelf geweten dat hij Celia ten huwelijk ging vragen.

Met zussen was het ongetwijfeld nog erger.

'Sorry.' Felix stak de sleutel in het slot van de voordeur. 'We hebben geen tijd gehad om op te ruimen.'

'Geeft niet.'

Emmy keek goed om zich heen toen hij haar voorging de trap op naar de hoofdverdieping. Vanaf de straat had ze de indeling van de woning al kunnen uittekenen. Bijna elk huis in deze buurt had hetzelfde ontwerp. Tientallen jaren geleden hadden enkele verre neven Clifton in heel Verona splitlevelwoningen gebouwd. De ingenieurs die aan de fabriek waren verbonden hielden van de moderne, twintigste-eeuwse stijl. Hun vrouwen moesten niets hebben van de wasruimte in het souterrain en de twee trappen die je moest beklimmen om van de garage in de keuken te komen.

Ook al woonden er twee drukke volwassenen, een puber en een prepuber, toch was het niet rommelig in het huis van de Bakers. Het meubilair was keurig, maar karakterloos. Het echtpaar leek een voorkeur te hebben voor bruine en witte tinten. In de keuken, de gang en het toilet zag Emmy hetzelfde kleurenschema. Zo te zien hadden ze geen huisdieren. Aan de muren hingen maar een paar schilderijen. Tapijten voor een warmere aanblik ontbraken, evenals kleedjes en kussens om het wat huiselijker te maken. Als ze het huis met één woord moest beschrijven, zou ze voor 'tijdelijk' kiezen.

Het was niet vanwege Madison Dalrymple dat het gezin een terugkeer naar Iowa overwoog. Ruth had duidelijk geweigerd om hier wortel te schieten. Ze zou elk excuus aangrijpen om terug te kunnen gaan.

'Deze kant op,' zei Felix met een knikje.

Alle deuren op de overloop waren dicht. Emmy vermoedde dat dit typisch voor Iowa was. De hardhouten vloeren waren oud en stonden krom van het vocht. Elke voetstap ging vergezeld van een eigen knerp. Het zou nog niet zo gemakkelijk zijn om er 's nachts tussenuit te knijpen, maar Emmy ging ervan uit dat Cheyenne daar wel een oplossing voor had gevonden.

Bij de laatste gesloten deur aan de rechterkant bleef Felix staan. Hij sloeg zijn hand om de kruk, maar deed hem nog niet open. Emmy gunde hem zijn momentje.

'Papa,' fluisterde Pamela, alsof ze zich schaamde dat haar vader was vergeten hoe je deuren opende.

'Rustig maar, schatje.' Hij lachte wat opgelaten. 'Je zus wordt woedend als ze merkt dat ik een onbekende in haar kamer heb gelaten.'

Emmy hoorde zijn stem beven. Ze gaf hem wat ruimte om de beslissing te nemen. Als hij de deur opende, betekende het dat Cheyenne echt vermist werd. Dat ze misschien niet meer thuiskwam. Dat iemand haar hoogstwaarschijnlijk iets had aangedaan.

Felix haalde diep adem en deed de deur open.

Emmy had de gebruikelijke tienerzooi verwacht, maar de troep op Cheyennes slaapkamer was een graadje erger. Anders dan haar moeder had zij hier wel degelijk wortel geschoten. Op de muren waren posters geplakt van elke band en iedere zanger die je kon verwachten. Er was een keur aan verzamelingen: knuffels, paardenbeeldjes, geurtjes, lipgloss, oorbellen, droogbloemen, kaarsen, *Harry Potter*, de *Twilight*-serie, make-upsetjes, en zoveel kleren en schoenen dat de kastdeur niet meer sloot.

Felix lachte wrang. 'Ze is dol op spullen.'

'Zoals de meeste meiden.'

'Ik ben vanmiddag nog tegen haar tekeergegaan,' zei hij. 'Ik wilde dat ze met ons naar de rivier ging. Ik zei dat het belangrijk was om dingen als gezin te ondernemen.'

'Tieners grootbrengen is een hele klus,' zei Emmy toegeeflijk.

Hij gebaarde naar de oogschaduw en blush waarmee het bureau was bezaaid. 'De strijd over haar make-up hebben we verloren. Ruth vond haar te jong, maar zodra ze de deur uit was, deed ze het op, dus...'

Emmy hoorde hem slikken.

'Cheyenne had gelijk,' zei hij. 'Tegen mij zei ze dat ik zelf niet eens bij de rivier zou zijn. Dat ik te druk was met mijn werk en pas later zou komen, dus wat maakte het uit of ze bij ons was of bij Madison?'

Emmy keek hem eens goed aan. Zijn spijt was oprecht, voelde ze, maar het voordeel van de twijfel kon ze zich niet veroorloven. 'Had ze een laptop of –'

'Ruth heeft haar laptop vorig jaar afgepakt.' Hij haalde zijn schouders op. 'Cheyenne had een manier gevonden om onder de ouderlijke controle uit te komen. Ze mocht van ons niet op sociale media. Ze mag alleen de computer beneden gebruiken als ze huiswerk moet maken.'

'Zou u me die laptop kunnen geven?'

'Sorry, maar Ruth heeft hem volgens mij aan de kerk gedoneerd. De nonnen hebben een programma voor kansarme jongeren.'

'Geeft niet.' Daar ging Emmy later werk van maken. 'En haar telefoon?'

'Het is een oude klaptelefoon die ik een paar jaar geleden in een bureaula had gedumpt. Ruth was woedend toen ze haar initialen in het kunststof had gekrast...' Zijn stem stierf weg toen hij kennelijk besefte dat hij te veel tijd had verspild door zich kwaad te maken om onbenullige dingen. 'We hielden toezicht op al haar onlineactiviteiten. Ze mocht alleen thuis of op school op internet. Er zit daar zoveel slecht volk dat...'

Emmy zag zijn gezicht grauw worden toen hij besefte dat zijn dochter desondanks toch in handen van slecht volk was gevallen. 'Ik ga maar eens beginnen,' zei ze.

'Ga uw gang.' Felix sloeg zijn handen ineen. 'Hebt u mijn hulp nodig of –'

'Ik denk dat de sheriff nog een paar vragen voor u heeft.'

'Oké,' zei hij. 'Oké.'

Emmy keek hem na toen hij wegliep. Zijn voetstappen dreunden op de overloop, en elke plank knerpte. Ze hoorde hem de splitleveltrap afdalen. De klik van de voordeur. Net toen ze de kamer wilde gaan doorzoeken, hoorde ze dichterbij een zacht geknars.

Pamela gluurde om de hoek van de deuropening. Emmy lachte even naar haar, maar het meisje deed snel een stap terug. Muisstil liep ze over de overloop. Een van de slaapkamerdeuren ging open en weer dicht.

Emmy zou naar haar toe kunnen gaan, maar ze moest het feit dat Pamela een meisje van tien was van wie het zusje werd vermist afwegen tegen de mogelijkheid dat ze nuttige informatie had. Waarschijnlijk zou ze zich elke seconde van deze avond voor altijd herinneren. Een agressieve hulpsheriff die haar de stuipen op het lijf joeg kon ze er niet bij hebben. Bovendien was er geen slechtere manier om iets uit een kind los te krijgen dan haar tot praten te dwingen.

Emmy begon het onderzoek van Cheyennes slaapkamer met een snelle blik om zich heen, voor het geval er meteen iets in het oog sprong. Kennelijk hield Cheyenne van roze en blauw, wat niet verrassend was als je bedacht hoe ze haar fiets had versierd. Maar dit was niet het soort roze dat een klein meisje voor haar muren zou kiezen. Deze kleur was veel feller en diende waarschijnlijk om haar moeder op stang te jagen.

Het helderblauw van de sprei had vrijwel dezelfde kleur als Cheyennes fiets. De lakens waren een explosie van veelkleurige bloemen. Hetzelfde gold voor de sierkussentjes. Op het plafond en de bladen van de plafondventilator waren lichtgevende sterren geplakt. Op de vloer lag een nepschapenvacht. De randen krulden om. Over het hardhout liepen een paar diepe groeven. Het bureaublad ging vrijwel helemaal schuil onder allerlei soorten make-up. Drie flesjes donkere nagellak stonden naast een geschiedenisboek, dat op een schrijfblok lag waarop met paarse inkt figuurtjes waren gekrabbeld. Emmy wist dat beide meisjes de zomerschool bezochten omdat ze tijdens het schooljaar een onvoldoende voor maatschappijleer hadden gehaald.

Ze keek even of er niemand in de deuropening stond, haalde een paar handschoenen uit haar zak en trok die aan. Ze bladerde door het studieboek en nam de aantekeningen vluchtig door. Cheyenne had een meisjesachtig schuinschrift met rondjes in plaats van punten. Voor zover Emmy kon zien, was geen van haar aantekeningen persoonlijk van aard. Tegen de zijkant van het bureau stond een rugzak. Ze bukte zich om erin te kijken. Een tweede studieboek, een exemplaar van *Romeo and Juliet*, een Twix, een leeg waterflesje, haar school-ID, drie verkreukelde dollarbriefjes, tweeendertig cent aan losse munten en iets wat op een pluizig snoepje leek.

Emmy kwam weer overeind. Ze begon simpel, streek met haar handen tussen de matras en de boxspring, tuurde onder het bed, trok de lades van het nachtkastje open, keek erin en schoof haar vingers langs de houten onderkanten. Hetzelfde deed ze met de ladekast. Ze doorzocht de planken van de kledingkast. Rommelde in de prullenbak. Stak haar hand hier en daar in de zakken van een kledingstuk. Keek in de ontelbare schoenen die lukraak in de kast waren gesmeten.

Bingo!

Helemaal achter in een hoek van de kast stuitte ze op een afsluitbaar metalen kistje. Naar een sleutel hoefde ze niet te zoeken, want het was een gammel geval, zo'n ding dat je aan een kind gaf en dat het zonder gepatenteerd slot van Fort Knox moest stellen. Emmy klikte de multitool van haar riem en pakte de boor. Die ramde ze in het slot en toen gaf ze er een draai aan. Het kistje sprong open.

'Hm,' mompelde ze

Er zat minstens drieduizend dollar in. Ze pakte de briefjes en telde ze. Cheyenne had niet alleen geld in het kistje verstopt. Er zat ook een zakje wiet in, meer zaad dan stengels, maar toch. Ze legde alles op de vloer.

Nu lag er alleen nog een strook foto's in het kistje, zoals je die in een fotoautomaat maakte. Op elk van de vierkantjes stonden Madison en Cheyenne met hun armen om elkaar heen voor de camera te poseren. Ze hadden zich mooi uitgedost, waarschijnlijk voor een feestje waarvan geen van beide ouderparen op de hoogte was. Madisons eyeliner was te dik opgebracht en haar lippen waren zwaar aangezet met kersenrode lippenstift. Cheyennes te strakke blouse hing zo wijd open dat haar zwarte beha zichtbaar was. De gouden ketting met haar naam in schuinschrift verdween zo ongeveer in haar decolleté. Madison had een identieke ketting met háár naam om haar hals, maar ze was wat ingetogener gekleed, alsof ze zich de stijl niet volledig eigen had gemaakt. De laatste foto op de strook wierp een interessante vraag op. Cheyenne hield Madisons hoofd in haar handen en kuste haar op haar gezicht.

Niet op haar wang of op haar lippen, maar ergens ertussenin.

Emmy wilde niet te veel betekenis aan de kus hechten. Op die leeftijd was ze zelf voortdurend verliefd geweest op meisjes, maar altijd zonder seksuele component. Alsof ze zo'n meisje wilde zijn in plaats van met haar samen te zijn. Ze wilde Celia's gevatheid, Taybees onwankelbare zelfverzekerdheid of Hannahs duistere gevoel voor humor. Zolang ze maar niet zichzelf hoefde te zijn.

Een meisje van vijftien had het verdomd zwaar.

Weer hoorde Emmy de vloerplanken op de overloop knerpen. Ze wierp een blik in de spiegel boven de ladekast en zag Pamela om de deurpost gluren.

Ze ging rechtop zitten. Opnieuw dacht ze aan Pamela's steelse blik toen ze nog op straat hadden gestaan. Op haar tiende was het meisje oud genoeg om te snappen dat er iets ergs met Cheyenne was gebeurd, maar nog niet oud genoeg om te beseffen dat ze echt moest helpen. Een erewoord, een pinkbelofte of zelfs omkoperij gold nu niet meer. Pamela zou alles moeten opbiechten. Emmy probeerde een manier te bedenken om haar daarvan te doordringen zonder te veel druk op haar uit te oefenen. Cole was een jaar ouder, maar niet half zo rijp. De enige echte macht die je op die leeftijd had, was zwijgen.

Ze haalde haar telefoon tevoorschijn en fotografeerde zorgvuldig alles wat ze had gevonden. Daarna stopte ze de fotostrip weer in het metalen kistje. Vervolgens het zakje wiet. Opnieuw telde ze het geld. Hoofdzakelijk briefjes van twintig. Een paar van tien. Verscheidene briefjes van vijftig, wat opmerkelijk was. Emmy had het bedrag verkeerd ingeschat. Er zat eerder zo'n vijfduizend dollar in het kistje. Voor een tiener verbijsterend veel geld om in haar kast te verstoppen. En het was ook niet zo dat Cheyenne even naar een pinautomaat kon gaan. Wie had in godsnaam tientallen gloednieuwe briefjes van vijftig dollar aan een meisje van vijftien gegeven?

Op dat moment viel de schaduw van Pamela over de verzameling schoenen. Het kind hurkte naast Emmy neer. Ze droeg een gele jurk die aan de voorkant vol vlekken zat, alsof ze een rode lolly had gegeten. Haar knokige knieën zaten vol sneetjes en schrammen. Ze had rode klei onder haar vingernagels van het spelen bij de rivier. Er hing een sterke zweetlucht om haar heen, die ergens ook lekker was, zoals dat het geval kon zijn bij kinderen.

Zonder iets te zeggen begon Emmy het geld nog eens te tellen, waarbij ze de bankbiljetten in stapeltjes uitstalde, net als bij monopoly. Vanuit haar ooghoek zag ze dat Pamela op de zaadjes in het zakje drukte, alsof het noppenfolie was. Emmy maakte nette stapeltjes van het geld. Ze beet op haar tong om dit moment niet te verpesten. Soms had ze zich urenlang druk gemaakt in de keuken, gedaan alsof ze de boeken in de kast afstofte of de PlayStation-cd's op volgorde zette, terwijl ze wachtte tot Cole haar eindelijk vertelde wat hem dwarszat. Dit zou in vergelijking een makkie moeten zijn, maar ze wilde zo wanhopig graag Madison en Cheyenne vinden dat ze Pamela het liefst bij haar armen door elkaar had geschud.

In plaats daarvan pakte ze de briefjes van vijftig en begon ze met de bovenkant in dezelfde richting te leggen.

Pamela drukte nog steeds met haar duim op de zaadjes.

Emmy besloot het erop te wagen. 'Je vader weet vast niet dat Cheyenne een iPhone heeft.'

Pamela verstijfde.

'Zo erg is dat nou ook weer niet.' Emmy had Cheyenne met haar iPhone bij Hannah op de bank zien zitten. Hoewel de twee meisjes nog geen halve meter van elkaar af zaten, stuurden ze elkaar liever berichtjes dan dat ze hun mond opendeden. 'Ik zal het niet doorvertellen.'

Pamela begon weer op de zaadjes te drukken. De meeste had ze inmiddels kapotgedrukt.

Emmy vroeg zich af of ze wist wat er in het zakje zat. In plaats van het te vragen pakte ze de briefjes van twintig en begon ook die met de bovenkant in dezelfde richting te leggen.

'Er is nog meer,' zei Pamela.

'Meer geld?' Emmy ging door met sorteren.

'Ja.'

Pas toen ze klaar was met de briefjes, vroeg ze: 'Waar?'

Pamela antwoordde niet. Dat ze Cheyennes geheim had verraden woog duidelijk zwaar. Weer dwong Emmy haar lippen op elkaar, terwijl ze een nieuw stapeltje biljetten pakte, maar ze spitste haar oren om elk geluid op te vangen dat de stilte verbrak.

Ten slotte tikte Pamela op Emmy's arm. Ze wachtte tot ze opkeek en liet haar blik toen naar het plafond van de kast gaan.

Boven in de kast zat een luik dat toegang bood tot de zolder.

Pamela stond op, wierp de schapenvacht aan de kant en sleepte de bureaustoel over de vloer. Dat verklaarde de groeven in het hout. Net toen Emmy zich afvroeg hoe het kind bij het luik kon komen, begon Pamela boeken op de zitting te stapelen, wat niet alleen gevaarlijk maar ook onnodig was.

'Laat mij maar, schat,' zei ze. Ze stapte op de stoel, stak haar armen omhoog en duwde het luik weg. Blindelings tastte ze rond de zolderbalken. Roze isolatiemateriaal dwarrelde in haar mond en ogen. Hoestend veegde ze met haar arm het gruis uit haar ogen. Net toen ze Pamela weer om aanwijzingen wilde vragen, stuitten haar vingers op de rand van een plastic zak. Een ziplock. Drieënhalve liter. Stevig genoeg voor de vriezer. Ze trok de zak door de opening en knipperde toen met haar ogen, maar niet vanwege het isolatiegruis. Ze kon simpelweg niet geloven wat ze zag.

Weer een gigantisch pak bankbiljetten. Een strip anticonceptiepillen waaraan er vier ontbraken. Nog meer wiet. Zo'n zeven gram cocaïne en tien molly's.

Emmy keek naar beneden, naar Pamela. Ze gooide alle behoedzaamheid overboord en vroeg: 'Heeft Cheyenne een vriendje?'

'Ja,' was het antwoord. 'Hij heet Jack.'

4

Weer zat Emmy naast haar vader, die achter het stuur van haar patrouillewagen had plaatsgenomen, en deze keer waren ze op weg naar weer een huis met weer een gezin waarvan het leven straks op z'n kop werd gezet – maar om heel andere redenen. De Jack die Pamela genoemd had, was de zestienjarige zoon van dokter Carl Whitlock, een kinderarts van wie het patiëntenbestand bijna heel North Falls bestreek, inclusief Emmy zelf, die als tiener patiënt van hem was geweest, en Cole, die nooit een andere arts had gekend. Carls vrouw, Priscilla, was bijna twintig jaar jonger dan hij en had nooit aan het leven in een kleine stad kunnen wennen. Een paar jaar geleden was ze hertrouwd en naar Atlanta vertrokken, maar Jack was in North Falls gebleven om de middelbare school af te maken.

'Had je haar op je radar?' vroeg Gerald.

Hij vroeg naar Cheyenne. Iedere agent had een lijst met potentiële misdadigers, mensen die door geluk of slimheid nooit gearresteerd waren. Emmy had niets anders dan puberale onzekerheid vermoed achter de ijzige stilte waarmee Cheyenne en Madison haar begroetten wanneer ze de kamer binnenkwam. De voorraad drugs en geld had haar totaal overrompeld.

'Ik wist dat de meiden soms high waren,' zei ze, 'maar ik had geen idee dat Cheyenne bij iets dergelijks betrokken was. Als ik het had geweten, zou ik tegen Hannah hebben gezegd dat ze Madison als de bliksem bij haar weg moest halen.'

'Oké.'

Emmy keek haar vader van opzij aan. Zijn 'okés' hadden verschillende lagen. Soms waren ze simpelweg instemmend bedoeld, soms gaven ze aan dat hij had gehoord wat je zei, maar daar was alles mee gezegd. Zo wisten ze allebei dat Jonah zijn dagen doorgaans vulde met drank of drugs, maar ze hadden verkozen er niet over te praten.

'Pap, er is een groot verschil tussen een paar joints en een voorraad cocaïne en molly's.' Emmy probeerde niet kregel te klinken. 'Door de harddrugs wordt dit een heel ander verhaal. Alles bij elkaar opgeteld bezat Cheyenne bijna zestienduizend dollar in cash en voor nog eens duizend aan drugs. Dat is geen kattenpis.'

'Hoe is Jack erbij betrokken?'

'Bedoel je of hij dealde of dat ze het voor hem bewaarden?' Emmy had haar blik op de weg gericht, die in een waas voorbijtrok, en woog de mogelijkheden af. 'Zijn vader is arts, maar ik denk niet dat dokter Carl geen zicht heeft op zijn receptenblok. En de drugs die we hebben gevonden zijn geen legale medicijnen. Als ik drugsdealer was, zou ik Cheyenne wel mijn voorraad toevertrouwen, maar niet al dat geld. Bovendien, als hij de meisjes zou hebben ontvoerd om het geld terug te krijgen, zou dat nu al weg zijn. Volgens de buren is er vanaf halfvier niemand meer in het huis van de Bakers geweest.'

'Laat die drugs eens buiten beschouwing.'

'Dat verandert er niets aan. Jack zou betere kansen hebben gehad om de meisjes te ontvoeren. Hij had kunnen vragen of ze bij hem langs wilden komen. Waarom zou hij ze eigenlijk ontvoeren? Waar zou hij ze moeten vasthouden? En waarom twee tegelijk? Dat voelt te berekenend en te doordacht voor een jongen van zestien.'

'Wat zijn de andere scenario's?' wilde Gerald weten.

Emmy probeerde te bedenken hoe de drugs gelinkt konden worden aan de verdwijning van de twee meisjes. 'De motorbendes uit Macon gaan over de coke en de oxy. De milities gaan over –'

'Emmy Lou,' zei hij, op een toon die het midden hield tussen plagerig en serieus. Het vernederende was dat hij gelijk had. Degene die de drugs aan Cheyenne had geleverd stond minstens tien treden lager dan de organisatie die ze de staat binnensmokkelde.

'Het zijn meisjes van vijftien,' zei Emmy. 'Ze mogen niet autorijden. Ze mogen niet in bars rondhangen. Eigenlijk mogen ze zonder toestemming het huis niet uit. Als ze ergens naartoe gaan, is het op de fiets, dus dat maakt hun wereldje nog kleiner. Ze zijn niet geïnteresseerd in politiek of het nieuws. Hun hele leven draait om wat er op school en in de outletmall gebeurt. En dan nog zien ze alles alleen door de smalle lens van hun eigen bestaan.'

'Dus?'

'Waarschijnlijk kwam hij hen tegen in de mall.' In gedachten ging Emmy de lijst met kleine drugsdealers in het district langs. De meesten waren kalende mannen van middelbare leeftijd die nauwelijks het hoofd boven water konden houden. 'Zelfs de straatdealers hebben een moreel kompas, zou ik zeggen. Die verkopen misschien nog wel aan wat oudere jongeren, maar ik zie ze nog niet twee meisjes ontvoeren, wat die ook uitgespookt hebben.'

'Concentreer je eens op Madison,' zei Gerald.

Emmy's keel snoerde dicht. Door het theoretisch te benaderen had ze enige afstand geschapen, maar nu werd ze er weer aan herinnerd dat het in de kern om twee doodsbange, in gevaar verkerende kinderen ging. Niet om gewetenloze drugsdealers of gewiekste scharrelaars. Het ging om de oudste dochter van Felix en Ruth Baker. Om het lieve meisje van Paul en Hannah.

'Zestienduizend dollar is een hoop geld voor een tiener,' zei Emmy. 'Het vergt nogal wat discipline om het niet aan kleren en make-up uit te geven. Ze waren voor iets belangrijks aan het sparen. Waarschijnlijk wilden ze ervandoor gaan.'

'Waarom?'

'Omdat tieners dat nu eenmaal willen. Iedereen behandelt je als een kind, maar zelf denk je dat je al volwassen bent. Je ouders zijn stom. School is zonde van je tijd. Het is saai om elke dag in de mall rond te hangen. Je ziet altijd en eeuwig dezelfde mensen. Hoort dezelfde verhalen.' Emmy zweeg even en dacht terug aan de tijd dat ze zelf in die ongewisse hel had verkeerd. 'Volgens de Bakers heeft Madison Cheyenne op het verkeerde pad gebracht. Hannah en Paul zeggen dat Cheyenne de rotte appel is. Het lijkt me waarschijnlijker dat ze elkaar hebben opgehitst. Cheyenne komt van buiten. Alles aan haar is spannend en opvallend. Madison zuigt als een spons alle drama en emotie op. Om Madison te blijven boeien moet Cheyenne steeds grotere risico's nemen. Stel dat ik zo'n ongure drugsdealer ben, dan zou ik het bij Cheyenne proberen.'

'Paul en Hannah zijn echte North Fallers,' zei Gerald.

Emmy wist wat hij bedoelde. Er zaten nogal wat aannames besloten in de woorden 'echte North Fallers'. De huizenmarkt in het stadje was krap, met veel beperkingen. De bewoners, en dan vooral de vrouwen, waren doorgaans taai en bereikten een hoge leeftijd. Als je een huis binnen de stadsgrenzen bezat, had je dat van je grootmoeder geërfd, die het weer van haar grootmoeder had geërfd. In de grote stad hadden de mensen meer geld. Ze waren beter opgeleid en beschikten over meer politieke invloed en meer middelen. Met andere woorden: als je iets clandestiens of illegaals uitspookte, bleef je zo ver mogelijk uit de buurt van echte North Fallers.

En al helemaal uit de buurt van hun bevoorrechte, verwende kinderen.

'Waarschijnlijk heeft de ontvoerder hen een tijd in de gaten gehouden voor hij besloot toe te slaan.' Emmy's maag schoot in een knoop toen ze de mogelijkheden liet bezinken. 'Misschien verkocht hij ze in het begin alleen maar wat wiet. Vervolgens raakte hij met hen aan de praat. Toen hij doorkreeg dat Cheyenne de leider was, koos hij haar.'

'Oké,' zei Gerald. 'Wat is zijn motief?'

'Seks.' Ze voelde het bloed naar haar wangen stijgen. 'Toen Madison dertien werd, hebben Hannah en ik het erover gehad. Opeens doken er uit alle hoeken en gaten van die enge volwassen mannen op. We konden ons allebei nog herinneren dat het ons ook overkwam op die leeftijd. Wat je draagt, hoe je loopt, hoe je praat, hoe je ademt – er is altijd wel een vieze oudere vent die aandacht aan je schenkt, ziet waar je kwetsbaar bent, die je complimentjes geeft, met je flirt, want zo probeert hij je te groomen.'

'Voor seks?'

'Dat zeker, maar het gaat ook om macht, controle, manipulatie. Miezerige mannetjes zijn bang voor volwassen vrouwen. Ze hebben het op meisjes voorzien, want de meeste meisjes zijn plooibaar en hongeren naar goedkeuring van buitenaf. Op die leeftijd doe je bijna alles voor aandacht, ook al voelt het slecht en weet je dat het verkeerd is.'

Emmy haalde haar schouders op toen Gerald haar aankeek, want zo eenvoudig was het nu eenmaal.

'Zeggen ze niks tegen hun ouders?' vroeg hij.

'Ouders worden kwaad om de verkeerde dingen. Waarom praatte je met hem? Wat had je daar te zoeken? Waarom liep je niet weg? Wat had je aan? Waarom lokte je het uit?'

'Oké.' Hij gaf een draai aan het stuur bij een scherpe bocht. 'En nu die drugs.'

De knoop werd strakker aangetrokken. 'Hij heeft hen vast gebruikt om zijn drugshandel naar de school uit te breiden. De zomerschool duurt tot aan het einde van de maand. Beide meisjes zijn ingeschreven. Het gaat om leerlingen uit Verona, Ocmulgee, Clayville en North Falls.'

'Niet best.'

'Ik zal eens vragen wat Dylan weet.' Emmy pakte haar telefoon en stuurde een bericht naar Dylan Alvarez, de politieman die het contact met de middelbare school onderhield, om te vragen of hij bruikbare informatie had over dealers of over de meisjes. 'Dylan loopt elke dag de gangen door. Hij weet vast met welke leerlingen we een praatje moeten maken.'

Op dat moment ging Geralds telefoon. Hij klapte hem open en zette hem op de speaker. 'We luisteren allebei.'

'Geen nieuws over de meisjes.' Virgil stond blijkbaar buiten. Op de achtergrond klonk het getjirp van krekels. 'Paul is online gegaan en heeft de mobieletelefoongegevens van Madison van het afgelopen halfjaar gedownload. Behalve naar Paul en Hannah heeft ze maar naar drie nummers gebeld. Het eerste komt overeen met dat van de klaptelefoon waar Cheyennes ouders van wisten. Het tweede nummer stond geregistreerd als prepaid.'

'Een wegwerptelefoon,' zei Emmy. 'Het nummer zou van de ontvoerder kunnen zijn. Hoe frequent zijn die telefoontjes?'

'Vrijwel non-stop, en bepaald niet kort,' zei Virgil. 'Sommige duurden dertig à veertig minuten. Andere wel meer dan twee uur. Het aantal berichten is gewoon idioot. Ik heb de inhoud niet, maar wel de tijdsaanduiding. Het gaat om een lawine aan berichtjes, soms om de vier of vijf seconden.'

'Dat klinkt eerder als twee meiden,' zei Emmy. 'Zie je een patroon tussen Madisons telefoon, Cheyennes klaptelefoon en het wegwerptoestel? Bijvoorbeeld dat Madison tegelijkertijd berichtjes stuurde naar Cheyenne en het andere toestel?'

'Momentje.' Virgil nam kennelijk de gegevens door. 'Goed, het korte antwoord is: nee. Zo te zien belde Madison alleen voor en na zomerschooltijden naar de klaptelefoon van Cheyenne. Tijdens schooluren nam ze uitsluitend contact op met het wegwerptoestel, en dat zijn... jezus, ook niet weinig... vijftig, misschien wel honderd berichtjes in de loop van zes uur. Dat stopt zodra de school uit is, dan begint het weer rond middernacht en gaat met onderbrekingen door tot de ochtend.'

'Dat wegwerptoestel moet wel van Cheyenne zijn,' zei Emmy. 'Een kinderlokker of dealer maakt veel minder gebruik van de telefoon, want die laat sporen na. Hij wil liever persoonlijk contact. De kans is dan kleiner dat hij afgeluisterd wordt. Of dat de ouders erachter komen.'

'En dat derde nummer?' vroeg Gerald.

'Nu wordt het interessant,' zei Virgil. 'Acht dagen geleden raakte de wegwerptelefoon uit beeld, maar er kwam wel een derde nummer online, ook prepaid. Madison communiceerde niet meer met het oude nummer, maar ging over op het nieuwe. Dezelfde frequentie, dezelfde tijden.'

'Zou het andere toestel kwijtgeraakt zijn?' vroeg Emmy zich af. 'Of gestolen?'

'Ongeacht de reden moeten we die telefoons te pakken zien te krijgen,' zei Virgil. 'Alleen als je het toestel in handen hebt, kun je de berichten lezen. Paul heeft ons het wachtwoord van Madisons iPhone gegeven, maar ik kreeg dat stomme ding niet aan de praat. Niet alleen het glas is gebarsten, ook vanbinnen rammelt de zaak.'

'Was er een back-up naar de cloud?' vroeg Emmy.

'Nee, die hadden ze geblokkeerd, want ze had zoveel berichtjes en foto's dat hun datalimiet werd overschreden,' zei Virgil. 'Ik heb de telefoon veiliggesteld. Die gaat straks naar het GBI-lab, samen met de computer van de Bakers.'

'Wacht daar nog even mee,' zei Gerald.

Emmy keek haar vader aan. Ze wist dat hij had besloten de FBI in te schakelen.

'Hoe zit het met de Bakers?' vroeg ze aan Virgil. 'Kunnen die bij de gegevens van Cheyennes klaptelefoon?'

'Felix heeft geen onlineaccount. Om dat te activeren heb je een code nodig. Hij belt erachteraan zodra het kantoor morgenochtend opengaat.'

Emmy vond het vreemd dat een werktuigbouwkundige niet alles elektronisch had opgetuigd. 'Als je voor stiekem gaat, koop je een wegwerptelefoon, want die kun je cash betalen zonder dat je je echte naam hoeft op te geven. Je koopt hem niet online, want dan moet je een creditcard gebruiken, dus je gaat naar een echte winkel. Er zijn maar een paar plekken waar Cheyenne of Madison een wegwerptoestel zou kunnen kopen. Ik zou beginnen met de Good Dollar en de kiosk in de mall.'

'Mogelijk heeft de ontvoerder de telefoons gekocht,' opperde Gerald.

Daar had ze nog niet aan gedacht, maar het leek haar logisch dat de man die Cheyenne in zijn macht had ook bepaalde met wie ze sprak.

'Die bobbel in Madisons zak,' merkte Gerald op.

Emmy werd er moedeloos van. Dom genoeg had ze gedacht dat Madison een zak met snacks had meegenomen 'Misschien had ze een klaptelefoon bij zich toen ze in het park was. Dit kan gewoon geen toeval zijn, pap. De ontvoerder is geraffineerd en door de wol geverfd wat het groomen van meisjes betreft.'

'Zet maar een team op de Lijst,' zei Gerald.

Emmy had geweten dat het zou komen, maar niettemin voelde het als een klap met een hamer. 'De Lijst' betrof alle geregistreerde zedendelinquenten in het district.

'Shit,' mompelde Virgil. Hij ervoer hetzelfde. 'Komt voor elkaar, chef.'

Gerald klapte zijn telefoon dicht en schoof die in zijn zak. Hij hield zijn blik op de weg gericht. Emmy luisterde naar het ruisen van de autowielen over het asfalt. Ze waren nu op Vernon Road, genoemd naar haar betovergrootvader. Straks zouden ze links afslaan naar Delilah Avenue, genoemd naar haar betovergrootmoeder. Hannah woonde vlak achter Delilah Avenue, aan Clay Street, genoemd naar de eerste Clifton die in 1822 land had gestolen van de Creek-stam en het hele district met zijn naam had bepleisterd.

'Emmy Lou?' zei Gerald.

Ze keek hem aan. Nog voor hij zijn mond opendeed, wist ze al wat hij ging zeggen.

'Je moet met Hannah gaan praten.'

Emmy gaf een mat knikje.

'Madisons kamer moet doorzocht worden. Kijk of ze iets heeft verstopt. Zoek naar de ontbrekende wegwerptelefoon. Misschien zijn er nog meer. En naar cash. Drugs. Pillen.'

Emmy bleef knikken.

Gerald zette de richtingaanwijzer aan en sloeg links af naar Delilah. Emmy keek op haar horloge. Het was één uur 's nachts, maar in alle huizen brandde nog licht. Garagedeuren stonden open, carports waren leeg, en er liepen zoveel mensen met zaklampen op straat dat het net een zwerm vuurvliegjes leek.

Ze zochten allemaal naar Madison en Cheyenne.

Gerald stuurde de auto naar de stoeprand voor het huis van dokter Carl. Emmy keek op haar telefoon toen ze uitstapte. Twee nieuwe berichten van haar gestoorde tante. De berichtenexplosie van de nichten ging onverminderd door, maar in de kwestie potluck of restaurant was een vergelijk bereikt. Taybee had een spreadsheet gemaakt die correspondeerde met een kaart met zoekgebieden die ze aan uiteenlopende takken van de familie Clifton had toegewezen. Niemand trok haar gezag in twijfel. Bij wijze van uitzondering waren ze het allemaal volledig eens over wat er gedaan moest worden.

Het laatste bericht was van haar moeder. Cole was eindelijk in Emmy's oude bed in slaap gesukkeld. Even stond ze zichzelf opluchting toe nu ze wist dat haar kind in goede handen was. Net toen ze haar telefoon weer in haar zak wilde stoppen, ging die over.

Ze zette het apparaat op de speaker zodat haar vader kon meeluisteren. 'Dylan, we horen je allebei. Wat heb je gevonden?'

'Niks,' zei hij. 'Ik ken Cheyenne en Madison van gezicht, op de gang, maar ik heb nooit problemen met ze gehad.'

Emmy was teleurgesteld, maar het verbaasde haar niet dat de twee meisjes een confrontatie met de schoolpolitie uit de weg waren gegaan. Ze waren aantoonbaar goed in het bewaren van geheimen. 'En wat kun je over Jack Whitlock vertellen?'

'De zoon van dokter Carl?' Dylan klonk lichtelijk geschrokken. Waarschijnlijk was zijn veertienjarige dochter een patiënt van de dokter. 'Jack hoort in elk geval niet bij de populaire jongens. Hij is wat stil. Een eenling, zou je hem kunnen noemen. Ik heb nooit een akkefietje met hem gehad.'

Ook dat wekte geen verbazing. De schoolpolitie ging hoofdzakelijk over veiligheid en misdaadpreventie. Dylan had zijn handen vol aan het uit elkaar halen van vechtjassen, het opsporen van kruimeldieven en de ronde doen door de gangen zodat de leerlingen wisten dat er politie aanwezig was. Niets van dat alles bracht hem in rechtstreeks contact met jongeren die uit de problemen wisten te blijven. Of in elk geval de schijn ophielden.

'Wie zijn de dealers op school?' vroeg Emmy.

'Niemand,' zei Dylan. 'North Falls High heeft geen drugsprobleem.'

Emmy moest bijna lachen. 'Grapje, zeker?'

Gerald kuchte. 'Dylan, Emmy komt morgenochtend vroeg naar de school. Dan breng je verslag aan haar uit. Verder moet ze met de decanen praten, met de docenten en met leerlingen. Stel maar een lijst op.'

Heel even aarzelde hij, net als Virgil had gedaan. 'Komt in orde, chef.'

Emmy verbrak de verbinding. 'Waar ging dat over?' vroeg ze.

Gerald antwoordde niet. Hij liep de oprit op naar het huis van dokter Carl. Emmy volgde hem, terwijl ze probeerde het vreemde telefoongesprek uit haar hoofd te zetten en zich te richten op de taak die voor haar lag.

Op dat moment was Jack Whitlock hun enige aanknopingspunt in de verdwijning van Cheyenne Baker en Madison Dalrymple. De meisjes werden inmiddels vier uur vermist. De kans dat ze nog levend werden aangetroffen zakte onder de tien procent.

Emmy liet haar blik over het terrein gaan. De bungalow van rode baksteen met zijn helderwitte lijsten en een carport aan de linkerkant was de zoveelste specialiteit van de familie Clifton, in dit geval ontworpen om te profiteren van door de staat gefinancierde hypotheken voor veteranen uit de Tweede Wereldoorlog die graag een gezin wilden stichten. Drie slaapkamers. Een aparte badkamer bij de ouderslaapkamer. Een wc op de gang. Woonkamer. Keuken. Hobbykamer. Geen souterrain.

In de carport stond maar één auto, de zwarte Volkswagen Jetta van dokter Carl. De rest van de ruimte werd in beslag genomen door een lange werkbank en verscheidene metalen opslagkasten. Het was er keurig netjes, alles stond op zijn plek, heel anders dan de tuin, die sinds Priscilla's vertrek was verwilderd. In de bloembedden groeide voornamelijk onkruid. Het gras maakte een verdorde indruk. Het was lang geleden dat de goten waren schoongemaakt.

Een groter probleem was dat er in tegenstelling tot de andere huizen in de straat geen enkele lamp brandde. Zelfs de verandalamp was uit.

Gerald keek even achterom, naar Emmy. Alle negatieve verklaringen werden woordloos uitgewisseld.

Marteling. Verkrachting. Moord. Vadermoord. Zelfmoord.

Jack Whitlock was een zestienjarige witte jongeman, die niet populair was op school en werd beschreven als een stille eenling. Emmy wist dat dokter Carl in elk geval één wapen in huis had. Ze had hem op de schietbaan gezien met een Sig MCX, met een veertig centimeter lange gesmede loop, een verkorte klapkolf en een magazijn voor dertig kogels. Het geweer van bijna drieduizend dollar werd als zelfverdedigingswapen verkocht, maar door de militaire uitstraling was het bijzonder populair bij weekendsoldaten, gescheiden vaders en schoolschutters.

Voor de tweede keer die avond klikte Emmy het riempje van haar Glock los.

Gerald liep de twee traptreden naar de veranda op. Hij wachtte tot Emmy zich rechts achter hem had opgesteld, hief zijn vuist en klopte drie keer hard op de deur. Elke klop klonk als een schot, wat ook de bedoeling was. Een aarzelend klopje hielp niet als je niet wist wat je aan de andere kant van de deur te wachten stond.

Emmy zag ergens diep in het huis een licht aangaan. Ze wist dat het uit de ouderslaapkamer kwam. In gedachten telde ze het aantal stappen naar de voordeur. De lange gang door. De woonkamer in. Bij de keuken links. Weer een gang, ditmaal een korte. En dan de hal.

Binnen ging weer een lamp aan. Het licht fonkelde door de geëtste ruitjes boven in de deur. Toen gloeide het verandalicht amberkleurig op. De deur ging open, en daar stond dokter Carl, in een wit hemd dat hij in een witte boxershort had gestopt. Zijn ogen knipperden achter zijn brillenglazen.

'Gerald?' Carl klonk verbaasd. Hij keek de straat in. 'Wat is er gebeurd?'

'Cheyenne Baker en Madison Dalrymple worden vermist. Mogen we binnenkomen?' vroeg Gerald met een knikje naar de gang.

'J-Ja.' Carl deed een stap naar achteren en trok de deur verder open. 'Hoe kan ik helpen? Wanneer is het gebeurd?'

Emmy keek toe terwijl Carl in de woonkamer lampen aandeed. Hoewel hij een bezorgde indruk maakte, bespeurde ze geen spoor van paniek. 'Madison is voor het laatst gezien tijdens het Fourth of July-feest in het park,' zei ze. 'Cheyenne is vanmiddag voor het laatst thuis gezien. We vermoeden kwade opzet.'

'Jezus.' Carls bril schoot omhoog toen hij in zijn ogen wreef. Hij zweefde nog steeds tussen slapen en waken in. 'Wil je, eh... Gebitsgegevens zouden weleens –'

'Daarom zijn we hier niet,' zei Emmy. 'Kunnen we Jack even spreken?'

'Jack?' vroeg Carl, maar hij drong niet aan op nadere uitleg. Hij keerde zich naar de donkere gang toe. 'Ik dacht dat hij sliep.'

Emmy zag een vage blauwe gloed onder een dichte slaapkamerdeur door schemeren. Zonder op een uitnodiging te wachten liep ze de gang door, met haar hand aan haar Glock, die nog in de holster zat.

'Gerald,' zei Carl. 'Wat gebeurt er allemaal?'

Achter zich hoorde Emmy het lage timbre van haar vaders zware stem toen hij de vraag beantwoordde, maar al haar aandacht was nu op de deur gericht. Ze stak haar hand uit en legde haar vingers voorzichtig op de deurklink. Al die tijd had ze haar adem ingehouden, maar nu ademde ze uit en opende de deur.

Jack zat achter zijn computer, met zijn rug naar Emmy. De grote monitor was de enige lichtbron in de kamer. Hij zat op een kantoorstoel op wieltjes achter een groot houten bureau vol stapels papieren en boeken. Een Beats-koptelefoon was met een rood snoertje aan zijn iPhone gekoppeld, maar het geluid stond zo hard dat Emmy de stampende synthpop van 'Poker Face' rond zijn oren naar buiten kon horen lekken. Als er een atoombom achter zijn rug was afgegaan, zou hij er niets van gemerkt hebben.

Voorzichtig stapte ze de kamer in, haar mond geopend zodat ze kon ademen. De geur sloeg haar tegemoet: zweet en testosteron met een vleugje Axe Body Spray en handcrème. Het bed was niet opgemaakt, het hoeslaken was naar achteren getrokken zodat de kale matras blootlag. De vloer lag bezaaid met kleren. In de open kast waren planken aangebracht. Op de posters aan de muur stonden vrouwen suggestief vintage sportauto's te strelen. Het was één grote rommel, een ongeregeld zootje neergekwakte spullen.

Emmy keek naar de monitor. Jack had de Facebook-pagina voor zich van een zekere Rex Delilah. Ze vermoedde dat hij in een phishingtruc was gestonken, zo eentje die je zogenaamd van een pornonaam voorzag, maar ondertussen de naam van je eerste huisdier en de straat uit je kindertijd noteerde zodat de dief je wachtwoorden kon jatten.

Terwijl ze toekeek, ververste Jack de comments. Tientallen nieuwe berichten werden geladen. Ze tuurde naar de monitor, die zo groot was dat ze de tekst op anderhalve meter afstand kon lezen:

Ik denk de hele tijd aan het laatste wat Cheyenne tegen me gezegd heeft. Ze wilde mijn huiswerk overschrijven, maar ik zei nee. Als ik ja had gezegd, zou ze nu misschien niet vermist worden.

Vroeger, toen Cheyenne hier pas woonde, at ik tussen de middag weleens met haar. Mensen groeien uit elkaar, maar ik heb haar altijd als een vriendin beschouwd. Ik bid voor haar veilige thuiskomst. #Clifton-Strong

Ze is altijd al een BITCH geweest, net als Madison

Mad stuurde me een foto van haar poesje wil je die zien?

Ik hou van Madison we waren vriendinnen in de onderbouw en haar moeder was superlief. Die maakte de allerlekkerste cupcakes, weten jullie nog? Ik vond Mrs Dalrymple heel aardig al was ze mijn lerares.

Cheyenne zei dat ze me voor 50 dollar zou pijpen

Cheyenne we houden van jou en Madison kom alsjeblieft weer naar huis! #CliftonStrong

LINK naar Mads poesje

Laten we bidden dat ze allebei weer veilig thuiskomen. De Heer luistert vooral naar de gebeden van kinderen. Morgen op het schoolplein moeten we onze stem laten horen. #CliftonStrong

Kniel voor me neer, dan geef ik je iets om keihard voor te bidden lmfao!!! #CliftonPikkemans

Emmy hoorde Jack snuivend lachen.

Was het uit triomf? Of uit indirect genot?

Hij herlaadde de pagina als een junkie op zoek naar een fix. Er kwamen nog meer berichten langs. Emmy keek even waar haar vader was. Gerald stond in de gang. Voor een grote man had hij een lichte tred. Ze stapte naar links en stelde zich op tussen het bed en het raam. Gerald blokkeerde de deuropening zodat ontsnappen onmogelijk was. Hij schoof zijn vinger onder de lichtschakelaar. Na een knikje van Emmy knipte hij het licht aan.

'Pa!' riep Jack, die zo snel opstond dat zijn stoel tegen het bed klapte. Zijn Beats werd van zijn hoofd gerukt. 'Poker Face' was bij het refrein beland. De drums klonken blikkerig toen de koptelefoon tegen het tapijt sloeg. 'What the –'

Emmy hoorde de scherpe klak van zijn tanden toen hij zijn mond sloot. Hij keek eerst haar en toen haar vader aan. Ze voelde dat hij iets verborg.

'Waar zijn Madison en Cheyenne?' vroeg ze.

'Wat?' zei hij. 'Hoe moet ik dat weten?'

'Je weet dat ze vermist worden.'

'Ja, maar –'

'Je zit al de hele avond op die Facebook-pagina.'

'Dat is niet –'

'Wat kom ik tegen als ik je kamer doorzoek?'

Jack deed zijn mond al open om te antwoorden, maar klapte hem meteen weer dicht. Zijn blik ging naar de deur. Carl stond achter Gerald. 'Ik ben minderjarig, pa. Zonder jouw toestemming mogen ze niet met me praten.'

'Weet je waarom ze hier zijn?' vroeg Carl.

Jack schudde zijn hoofd. 'Nee.'

'Jongen, je wist duidelijk dat die meisjes vermist worden.' Carl klonk ontzet. 'Waarom heb je me niet wakker gemaakt? Madison was als baby al mijn patiënt. Hannah en Paul zijn vast doodongerust. Is het niet bij je opgekomen dat ik zou willen helpen zoeken?'

Jacks hoofd hing schuin naar beneden, maar het had iets ingestudeerds. 'Sorry, pa.'

Emmy keek naar Gerald. Die nam de kamer in zich op. De posters. De wanorde. De giftige berichten op de Facebook-pagina. Ook zonder dichterbij te komen kon hij lezen wat er stond. Sinds zijn staaroperatie was zijn zicht scherper dan dat van haar ooit was geweest.

Gerald keerde zich naar Carl toe. 'Vind je het goed als Emmy onder vier ogen met je zoon praat?'

Hoewel Carl zijn hoofd schudde, zei hij: 'Ja, uiteraard vind ik dat goed. Kom, dan gaan wij weer naar de woonkamer. Ik heb nog wat whisky, of –'

Emmy sloot zich af voor de rest van het gesprek toen de twee mannen zich verwijderden. Met al haar aandacht op Jack gericht vroeg ze: 'Wat kom ik tegen in je kamer?'

'Niks.'

'Dus als ik onder je bed kijk –'

'Shit,' siste hij. 'Oké, dan.' Jack knielde neer en stak zijn hand tussen de matras en de boxspring. Hij gooide een voorwerp op de verkreukelde lakens.

Ze zag een zaklamp van zwarte kunststof, alleen was het gedeelte waar het lampje hoorde te zitten van siliconen, en de siliconen hadden de vorm van schaamlippen. Alsof dat niet erg genoeg was, stond er op de zijkant POCKET PUSSY gegraveerd.

'Tevreden?' vroeg Jack.

Emmy was helemaal niet tevreden. 'Leg dat ding op de vloer en ga op de stoel zitten, maar zo dat ik je beide handen kan zien.'

Brommend gaf Jack gehoor aan het bevel. 'Verder is er niks. Dat zweer ik.'

Emmy wist hoe een schuldbewuste jongen van elf eruitzag. Ze vermoedde dat een jongen van zestien niet veel beter was in het veinzen van onschuld. Ze nam een paar handschoenen uit haar zak, maar was niet van plan op de tast te zoeken. Ze zette de dubbele matras op zijn kant. Van de kinky troep die Jack eronder verborgen hield herkende ze nog niet de helft, maar de jongen bevond zich ongetwijfeld op het toppunt van zijn seksuele ontwaken. Voor al het geld van de wereld was ze nog niet bereid met een blacklight door deze kamer te gaan.

Even keek ze naar Jack. Hij schommelde heen en weer op zijn stoel, woedend, machteloos, beschaamd. Ze moest denken aan een zin die ze had gelezen in een studie over schoolschutters.

Ze proberen hun mannelijkheid te bevestigen door leerlingen en docenten aan te vallen die in hun ogen gedijen binnen de sociale eenheid die naar hun gevoel hun mannelijkheid heeft aangetast.

Emmy liet de matras weer op zijn plek vallen. Ze keek in het nachtkastje en de ladekast. Niets. Ze doorzocht de kastplanken. Niets. De wasmand was vol. Ze schopte het ding omver. Niets.

Terwijl ze Jack in de gaten bleef houden, bladerde ze door de paperbacks op het bureau. *The Last of the Mohicans*, *A Room with a View*, *Beloved*. De ruggen waren gebarsten. Post-its staken tussen de bladzijden uit. Ze vermoedde dat hij deze zomer als een gek door zijn boekenlijst ging. Met de punt van haar schoen duwde ze zijn rugzak omver. Nog meer boeken, waaronder *The Complete Stories* van Flannery O'Connor. Zijn bureaula zat vol systeemkaartjes en pennen. Als je de hele sekswinkel onder zijn matras buiten beschouwing liet, was er niets schokkends of onverwachts in de kamer te vinden.

Jack sloeg zijn armen over elkaar. 'Ik zei toch dat er verder niks was.'

'Inderdaad.' Emmy liep door de kamer en leunde tegen de vensterbank. 'Vertel eens over Madison en Cheyenne.'

'Ik haat ze. Ik hoop dat ze dood zijn.'

Emmy beluisterde de klank van zijn stem. Die had iets zakelijks. 'Worden ze door veel mensen gehaat?' vroeg ze.

Schouderophalend zei hij: 'Zoals de hele school, bedoel je? Absoluut.'

'Waarom?'

'Het zijn bitches. Allebei. Als je ze verkeerd aankijkt, ben je dood.'

'Hoezo?'

'Ze vertellen rond dat je een klein pikkie hebt. Of dat je waardeloos bent in bed. Of dat je ze probeerde aan te raken, ook al was dat niet waar.'

'Heb je seks gehad met een van hen?'

'Ze zijn mijn type niet.' Zijn stem was zo vervuld van woede en verlangen dat Emmy het bijna op haar huid kon voelen. 'Ik heb een vriendin.'

'Hoe heet ze?'

Hij sloeg zijn blik weer neer. Nu begon zijn been te trillen. 'Madison zei tegen iedereen dat ik gay ben. Ik ben niet gay.'

'Oké,' zei Emmy. 'Niet dat het mij iets uitmaakt als je het wel bent.'

'Maar ik ben het niet,' zei hij met klem. 'Ze loog tegen de hele school en iedereen geloofde haar.'

'Wat rot dat ze dat soort dingen deed, Jack. Soms kunnen mensen heel vals zijn, alleen omdat ze vals willen zijn.' Emmy had geen tijd voor een analyse van de gecompliceerde wreedheden van schoolmeiden. 'Vertel eens wat er vanavond volgens jou met Madison en Cheyenne is gebeurd.'

Hoewel Jack zijn hoofd schudde, had ze de indruk dat hij over de vraag nadacht. 'Eigenlijk... Het is niet best dat ze vermist worden, toch? Ik haat ze, maar wat er ook gebeurd is, het is vreselijk.'

'Wat je zegt,' beaamde ze. 'Heb je vanavond naar het vuurwerk bij de rivier gekeken of –'

Snuivend liet hij een cynisch lachje horen. 'Ik heb er samen met mijn pa achter op de veranda naar gekeken. Voor het geval je het niet begrepen hebt uit de laatste vijf minuten van ons gesprek: ik ben niet bepaald populair.'

Dat vermoedde Emmy al vanaf het moment dat ze hem in zijn witte slip en verschoten Weezer-T-shirt achter de computer had zien zitten. In gedachten deed ze een stap terug om hem eens goed te bekijken. Zijn haar was vettig. Zijn wangen zaten vol puistjes. Ooit zou hij tot een knappe vent uitgroeien, maar voorlopig zat zijn lijf klem tussen jongen en man: schriele armen en benen, een holle borst, plukjes haar op zijn bovenlip, die hij waarschijnlijk eens in de drie dagen moest scheren. Hij las niet alleen zijn boeken, hij maakte ook aantekeningen. Hij gebruikte een pseudoniem om zijn leeftijdgenoten zo nu en dan te stalken. De kans was groot dat hij telkens wanneer hij een voet over de drempel van de school zette een lading pesterijen over zich heen kreeg.

'Laten we eens opnieuw beginnen, Jack,' zei ze. 'Ik ben hier niet om je in verlegenheid te brengen. Ik weet dat school lastig kan zijn.'

Weer die snuivende lach. 'Je bent toch een Clifton?'

'Niet van het goede soort.' Emmy probeerde een andere benadering. 'Mijn grootvader wilde niet in de fabriek werken. Hij verkocht zijn aandelen en ging bij een rondreizend circus.'

Jack staarde haar aan. 'Echt waar?'

'Yep,' zei ze. 'Het waren de crisisjaren. Het had niet veel gescheeld of de fabriek moest sluiten. Opa besloot het geld te pakken en ervandoor te gaan. Alleen kwam hij niet ver. Hij brak zijn rug op de trapeze en kwam thuis in een rolstoel. Daarom kapte mijn vader met school en ging voor de sheriff werken. Hij moest het gezin helpen onderhouden.'

'Jezus,' zei Jack. 'En het geld dan dat hij aan de verkoop van zijn aandelen had overgehouden?'

‘Dat was opgegaan aan hoeren en gokschulden.’

‘Jezus.’

‘Jezus, wat je zegt.’ Het was niet zonder reden dat Taybee zo irritant was. Ze bezat de arrogantie van een Rijke Clifton, wat voor een Arme Clifton moeilijk te verteren was. ‘Ik zal eerlijk met je zijn, Jack. Wat jij hier allemaal op je kamer hebt is jouw zaak. Je vriendin, je speeltjes of je browsergeschiedenis, dat boeit me totaal niet. Ik wil alleen weten hoe ik Madison en Cheyenne kan vinden.’

Hij haalde zijn rechterschouder op. ‘Die zijn al dood.’

‘Je moet niet alles geloven wat je online leest.’ Emmy probeerde niet te laten doorschemeren dat ze alle hoop aan het verliezen was. ‘Moet ik aan je uitleggen wat er op dit moment zou kunnen gebeuren met twee tienermeisjes die door een onbekende ontvoerd zijn?’

Hij beet op zijn onderlip. Ze zag dat de vraag hem raakte. ‘Nee, ma’am.’

‘Was er voor zover je weet iemand boos op een van beiden?’

‘Niet een specifiek iemand, maar ik loog zonet niet. De hele school heeft de pest aan ze, wat er ook op Facebook speelt.’

‘Wat speelt er op Facebook?’

‘Alle populaire meiden doen opeens alsof het geen ongelooflijke bitches waren. Alsof Shy en Mad met iedereen bevriend waren. Maar ze waren alleen met elkaar bevriend. Niemand vond ze aardig. Niet echt. Ze waren alleen populair omdat iedereen bang was het met ze aan de stok te krijgen. En nu ze weg zijn, lijkt niemand zich te herinneren hoe wreed ze zijn.’

Jack keek uit het raam, maar Emmy wist dat hij alleen zijn spiegelbeeld kon zien. Hij zag er niet verkeerd uit, maar hij had iets over zich – dat pijnlijke verlangen om geaccepteerd te worden – dat als een felrode schietschijf op zijn rug stond geschilderd.

‘Ik weet dat Cheyenne in harddrugs dealde,’ zei Emmy.

Jack keek verbaasd, maar niet om het feit op zich. ‘Hoe heb je dat ontdekt?’

‘Ik ben een smeris. Dingen ontdekken is mijn vak.’ Ze glimlachte, maar alleen om de volgende vraag te verzachten. ‘Zou het kunnen dat Cheyenne bonje heeft gekregen met een van de andere drugsdealers op school?’

‘Ik bemoei me niet met dat soort zaken,’ zei Jack, maar hij had haar gesterkt in haar overtuiging dat een middelbare school die elk jaar zo’n tweeduizend nieuwe leerlingen uit alle socio-economische lagen binnenkreeg onvermijdelijk een drugsprobleem had.

‘Wat weet je over de outletmall?’ vroeg ze.

'Daar kom ik niet,' zei hij. 'Het is er saai en die troep daar is trouwens veel te duur.'

'Oké,' zei ze. 'Laten we ons op school concentreren. Dit is echt heel belangrijk, Jack. Voor degene die ze heeft meegenomen is dit geen spelletje. Ik snap waarom je ze niet mag, maar je hebt toch niet zo'n hekel aan ze dat je je mond houdt terwijl hun iets vreselijks wordt aangedaan?'

Weer haalde hij een schouder op, maar hij dacht duidelijk over de implicaties na. 'Eh... op school is er maar één gast die sowieso voor een gangster kan doorgaan, Woody, maar ik betwijfel of dit alles hem iets kan schelen.'

Emmy knikte om hem aan de praat te houden.

'In het echt heet hij Wesley Woodrow. Heb je weleens van hem gehoord?'

'Nee.'

'Want hij is echt sluw,' vervolgde Jack. 'Hij woont in Clayville, maar hij verkoopt niet aan leerlingen van North Falls. Dat weigert hij. Dus het zou hem niet uitmaken als Shy en Mad wel dealen op school. Hij zou het waarschijnlijk niet eens weten.'

'Stel dat Cheyenne klanten van hem begon af te snoepen?'

'Meen je dat?' zei hij. 'Geen denken aan. Woody is doodeng en Shy is niet dom. Alsof ze hem kan tegenhouden door praatjes te verspreiden. Hij zou haar halfdood slaan.'

'Ook al is het een meisje?'

Hij knikte. 'Echt wel. Dat heeft hij vaker gedaan.'

Emmy besloot dat nader uit te zoeken. 'Was Cheyenne de enige die dealde, of was Madison er ook bij betrokken?'

'Echt niet. Madison sjokt er maar een beetje achteraan. Ik ken haar al vanaf de kleuterschool. Ze is altijd al een schijterd geweest. Die is overal bang voor.'

Emmy voelde zich merkwaardig opgelucht nu bleek dat ze het meisje goed had ingeschat. 'Sprak Madison met iemand af? Had ze een vriendje? Een vriendin?'

Hij schudde zijn hoofd. 'Nee.'

'Weet je dat zeker?' drong Emmy aan. 'Ze ging met niemand anders om en was op niemand verliefd?'

'Op school zag ik haar alleen met Cheyenne. Ze kan best verliefd zijn geweest, maar sinds de onderbouw heeft Mad niet meer met me gepraat. Geen van de meiden die ik van vroeger ken ziet me tegenwoordig nog staan.' Weer haalde hij zijn ene schouder op, maar kennelijk was de afwijzing nog een open wond. 'Ik zit in het koor en in de band. En ik maar denken dat het sexy zou zijn om viool te spelen en "The Seal Lullaby" te zingen.'

Emmy moest lachen om het grapje. 'Cheyennes zusje dacht dat jij Cheyennes vriendje was.'

Zonder ook maar te lachen of te schamperen om het bizarre idee haalde hij voor de zoveelste keer zijn schouder op. 'Soms was Shy best aardig. Zolang ze maar bij anderen uit de buurt was. En zolang je alles deed zoals zij het wilde.'

Emmy dacht aan het bericht op Facebook, waarin beweerd werd dat Cheyenne je voor vijftig dollar wel wilde pijpen. In dat kistje in haar kast hadden een heleboel briefjes van vijftig gezeten. 'Heb jij haar weleens voor seks betaald?'

Jack likte over zijn lippen, maar antwoordde niet. 'In de voorjaarsvakantie heb ik haar vader geholpen zijn schuur uit te ruimen. Dat kostte altijd veel tijd, omdat telkens als hij iets weg wilde doen, zoals sneeuwbanden en winterspullen, Shy's moeder in alle staten was, want volgens haar hadden ze die weer nodig als ze teruggingen naar Iowa, en dan moesten we alles weer op z'n plek leggen. En zo ging dat ruim een week. Waarschijnlijk heeft Pamela me met Shy zien praten. Zoals ik al zei, ze was heel anders als er verder niemand in de buurt was. Zachter. Aardiger.'

'De voorjaarsvakantie,' zei Emmy. 'Kwam je er toen achter dat Cheyenne dealde?'

'Dat wist ik al, misschien al wel vanaf kerst vorig jaar. Maar tegen mij heeft ze het er nooit over gehad. Eerlijk gezegd schrok ik me rot toen ik het voor het eerst hoorde. Niet omdat ik dacht dat ze zoiets stoms nooit zou doen, maar omdat haar ouwelui superstreng zijn. Ze mag bijvoorbeeld niet eens een eigen computer. Op een keer kwam ze later thuis dan afgesproken, en toen kreeg ze de hele maand huisarrest.'

'Je lijkt nogal veel over haar te weten.'

'Het is makkelijk om dingen te zien als je in feite onzichtbaar bent.'

Het ontbrak Emmy aan tijd om te treuren om deze jongen. 'Heb je Cheyenne ooit zien dealen op school?'

'Nee, maar ik heb erover gehoord in de kleedkamer. Gasten die zeiden dat je bij Shy terechtkon als je oxy's of addy's wilde.'

Die oxycodon en adderall waren nieuw voor Emmy. Het ging van kwaad tot erger. 'Weet je ook waar ze de drugs vandaan had?'

Hij schudde zijn hoofd. 'Nee.'

'Zou Woody ze geleverd hebben?'

'Zou kunnen, maar lijkt me niet waarschijnlijk. Die is zo voorzichtig. Hij praatte niet eens met je als je van North Falls kwam. En iedereen weet –'

Emmy wachtte tot hij zijn zin afmaakte, maar het enige wat ze hoorde was het einde van 'The Fame' uit de Beats-koptelefoon op de vloer.

'Wat weet iedereen?' drong ze aan.

Weer die half opgehaalde schouder. 'Dat jij een smeris bent en altijd voor Madison klaarstaat.'

Emmy liet zijn woorden even bezinken. Die avond had ze niet voor haar klaargestaan, net nu het waarschijnlijk de enige keer in al die vijftien jaar van Madisons leven was dat ze het verschil had kunnen maken.

'Oké,' zei ze, het gelaagde stopwoordje dat ze van haar vader had geleend. 'Wie zou Cheyenne drugs kunnen leveren als Woody ze niet wilde verkopen?'

Hij schudde zijn hoofd, maar zei toen: 'De Viespeuk, waarschijnlijk.'

Emmy's nekharen gingen overeind staan. 'Wie is de Viespeuk?'

'Ik weet niet hoe hij echt heet. Iedereen noemt hem simpelweg de Viespeuk. Het is een oude vent. Die hangt soms rond bij de Chilly Treat.'

De ijssalon was niet ver van het politiebureau. 'Hoe bedoel je oud? Zoals ik of zoals je vader?'

'Weet ik het, gewoon oud.'

'Donker haar? Blond haar? Groot? Klein? Dik? Dun?'

Weer schudde Jack zijn hoofd. 'In elk geval donker haar. Niet groot of klein, maar gemiddeld. Ook een gemiddeld gewicht. Weet ik het. Het is ook weer niet zo dat ik vaak meegevraagd word. Ik heb hem gewoon een paar keer gezien toen ik ijs ging halen bij de Chilly.'

'Waarom wordt hij de Viespeuk genoemd?'

Opnieuw dat schouderophalen. 'Volgens mij omdat hij soms op feestjes is. Feestjes met mensen uit mijn klas, maar hij is een stuk ouder, allang van school, dus dat is raar.'

'Wat zijn dat voor feestjes?'

'Niet bij iemand thuis of zo, maar soms gaan ze naar de waterval. Gewoon een stel jongeren, zonder dat het van tevoren aangekondigd wordt. Dan komt er een berichtje door en gaan mensen ernaartoe met bier en ander spul.'

Vroeger, toen ze nog op school zaten, ging Emmy weleens met Jonah en

Hannah naar de waterval. Ze wist wat zich daar afspeelde. 'Drugs bijvoorbeeld?'

Hij knikte. 'Ja. Tenminste, dat hoor ik weleens.'

'Was de Viespeuk daarom op die feestjes, om drugs te dealen?'

'Zou kunnen. Maar ook om te feesten?' Jacks schouder ging weer afwerend omhoog. 'Ik heb het alleen van horen zeggen, dan zeiden ze bijvoorbeeld: "Heb je gezien hoe bezopen de Viespeuk was gisteravond?" of "Ik ga bij de Viespeuk langs voor nog wat wiet." Dat soort dingen.'

'Wie waren er verder op die feestjes?' vroeg Emmy. 'Als je moest raden.'

'In elk geval het footballteam. De populaire meiden – Kaitlynn, Ashleigh, Brandi, Connor.'

Emmy haalde haar notitieboekje tevoorschijn en schreef de namen op. 'Als ik je wat foto's laat zien, denk je dat je die zogenoemde Viespeuk eruit kunt pikken?'

'Zoals bij een line-up?'

'Precies.'

'Oké, ja. Yes, ma'am, bedoel ik,' zei hij. 'Ik denk van wel.'

Er werd zachtjes op de openstaande deur geklopt. Haar vader gaf met een knikje aan dat het tijd was om te vertrekken.

'Ik neem morgenochtend contact met je op, oké?' zei Emmy. 'Probeer wat te slapen. Doe die computer uit. Je moet scherp en geconcentreerd zijn wanneer je morgen naar de line-up kijkt, afgesproken?'

'Yes, ma'am.'

'Bedankt voor je hulp, Jack. Dat waardeer ik, echt.'

Hij zei niets, maar ze zag de blos op zijn wangen toen hij naar zijn koptelefoon reikte.

Emmy volgde haar vader naar de woonkamer. Carl stond tegen de armleuning van de bank. Hij had jeans en een T-shirt aangetrokken. Tegen Gerald zei hij: 'Ik heb met pastoor Nate gesproken. Hij zegt dat er voldoende mensen voor de zoekteams zijn. Ik heb mezelf aangeboden voor de eet- en koffieploeg.'

'Mooi,' zei Gerald. 'We nemen contact met je op.'

Emmy opende de deur en liep de veranda aan de voorkant op. De vochtige lucht wikkelde zich als een natte handdoek om haar heen. Het zweet brak haar uit. Tegen de tijd dat ze halverwege de oprit was, schuurde haar boord weer langs haar nek.

'Heb je gehoord wat Jack over de Viespeuk zei?' vroeg ze aan haar vader.

'Yep. En Carl heeft thuis samen met Jack naar het vuurwerk gekeken.'

'Dat zei Jack ook al,' beaamde Emmy. 'Taybees dochter, Kaitlynn, stond op Jacks lijstje met populaire meiden. Ik kan morgen voor school wel even bij hen langsgaan, misschien heeft zij nog informatie. Ook wil ik erachter komen waarom Dylan zo terughoudend doet over drugs op school.'

'Oké.' Gerald bleef bij de auto staan, maar stapte niet in. 'De verkeerspolitie heeft op een van de landweggetjes een halsketting gevonden. Van goud. Zo'n goedkoop ding. Doormidden gebroken. Er ontbreekt iets aan, misschien een medaillon. Het lijkt erop dat er een handgemeen heeft plaatsgevonden. Sporen van fietsbanden. Schoenafdrukken. Grote, als van een volwassen man. En kleine, die van een meisje kunnen zijn. Er lag ook bloed.'

Emmy voelde de brok in haar keel weer. Even was er opluchting geweest toen ze bij Jack het gevoel had dat ze informatie ontving en dat er schot in zat. Nu sloeg de werkelijkheid weer toe. Statistisch was de kans dat de meisjes nog leefden al bijna nihil.

'Het is geen medaillon.' Emmy viste haar telefoon uit haar zak en liet haar vader de opname zien die ze had gemaakt van de reeks pasfoto's die Cheyenne in haar kistje had bewaard. 'Cheyenne en Madison hebben allebei dezelfde gouden halsketting met hun namen in schuinschrift. Die hebben ze elkaar met kerst gegeven. Ze doen ze nooit af.'

Met een knik naar Carls huis zei Gerald: 'Hij zei dat Madison vanaf vorig jaar maart anticonceptie gebruikte.'

'Mag hij haar persoonlijke medische informatie met anderen delen?'

'Nee.'

Emmy vermoedde dat Carl de consequenties had afgewogen. 'Hannah wist er niks van. Anders had ze het me wel verteld. Heeft dokter Carl nog iets over Cheyenne gezegd?'

'Zij is geen patiënt van hem.'

'Jack wist dat Cheyenne dealde. Hij gaf niet toe dat hij haar betaald had, maar zo te horen prostitueerde ze zichzelf. Vijftig dollar voor orale seks. Dat zou een deel van het geld kunnen verklaren.'

'En Madison?'

Emmy werd misselijk bij de gedachte dat Madison geld aannam in ruil voor seks. Ze was nog maar een kind. Dat gold voor beiden. 'Ik weet het niet, pap. Ik hoop van niet.'

Gerald nam de autosleutels uit zijn zak. 'Hannah is thuis.'

En daarmee was het gesprek afgelopen, begreep Emmy. Hij klom achter het stuur. Ze wachtte tot de patrouillewagen het eind van de straat had bereikt, voor ze haar hoofd in haar handen nam. Haar huid voelde korrelig. Eindelijk sloeg de uitputting toe. Angst klemde zich om elke spier in haar lichaam.

Niets van wat Jack haar had verteld wees naar iets anders dan rampspoed voor Cheyenne en Madison. Het was verschrikkelijk om over de drugs en de seks te horen, maar de meiden waren daar niet uit zichzelf in verstrikt geraakt. Iemand had hun de weg gewezen. Iemand had hen gegroomd, hen bespeeld, hun veiligheid op het spel gezet, en al die tijd hadden hun ouders niets doorgehad.

Het afschuwelijke was dat Ruth en Felix zeer betrokken waren bij het leven van hun dochter. Ook Hannah en Paul lieten zich meeslepen in Madisons dagelijkse drama's, zozeer zelfs dat het iets claustrofobisch had. Beide ouderparen hadden hun best willen doen. Ze hadden ook hun best gedaan. Ze hadden van hun dochters gehouden. Naar hen geluisterd. Hen gekoesterd. Ze hadden hen willen beschermen.

En toch had iemand hen geroofd.

Met moeite zette Emmy zich in beweging, dwong ze haar voeten de straat door. Ze sloeg links af. Toen rechts af. Toen stond ze voor Hannahs huis.

Een bungalow van rode baksteen. Kozijnen in strak saliegroen. Aan de rechterkant een carport.

Emmy had de kleur van de kozijnen helpen uitkiezen. Ze was met Hannah meegegaan om de jeep te kopen die op de oprit stond. Ze had Hannah aangemoedigd Pauls uitnodiging voor een eerste date te accepteren. Ze had naast Hannah in de badkamer gestaan en samen met haar naar het urinestaafje gekeken dat aangaf dat Hannah zwanger was van Davey.

Een wattenprop zwol op in Emmy's keel. Ze moest haar mond opendoen om te kunnen ademen. In het voorbijgaan streek ze even zachtjes over de motorkap van de jeep. Het metaal voelde warm. Hannah was nog maar net thuis. Pauls Honda was nergens te bekennen. Ze vermoedde dat hij de straten uitkamde, Madisons naam riep, wanhopig op zoek naar zijn kind.

Nog voor Emmy had aangeklopt, deed Hannah de deur al open.

'We hebben ze niet gevonden,' zei Emmy.

Ze zag het laatste restje hoop wegtrekken uit Hannahs gezicht. Het volgende moment liet ze zich in Emmy's armen vallen, jammerend van verdriet. Emmy moest haar overeind houden, anders was ze op de grond gevallen. Zelf voelde ze ook tranen opkomen, want dit was verschrikkelijk, en ze wisten allebei dat het niet goed zou aflopen. Ze klemden elkaar vast zoals ze dat sinds hun kindertijd niet meer gedaan hadden.

Hun vriendschap had een lange geschiedenis en daarin hadden ze hartzeer en tranen gekend, maar niets wat hierop leek. Hannah begon te beven onder het gewicht van haar verdriet. Haar gesnik, dat klonk als een rouwklacht, was als een scheermes dat Emmy's hart opensneed. Ze sloot haar ogen. Het enige wat ze zag, was Madison. Niet met een pak koekjes op de bank of met rollende ogen in de keuken, en zelfs niet zoals ze onder die eik had gestaan. Ze stond boven op de heuvel, voor de tribune, op Emmy te wachten. Haar lippen getuit. Haar telefoon in haar hand geklemd. Haar blik gespannen. Klaar om Emmy in vertrouwen te nemen. Klaar om iets met haar te delen.

Niet nu.

'Emmy,' zei Hannah kreunend. 'Emmy, wat moet ik nu?'

Emmy probeerde te slikken. De wattenprop in haar keel veranderde in glas. Ze dacht aan haar vaders woorden: *Je kunt haar alleen helpen door kalm te blijven en je werk te doen.*

'Hannah.' Emmy greep Hannahs armen. De aanblik van haar betraande, opgezwollen gezicht was haast niet te verdragen. 'Denk eens heel goed na. Was er iemand die Madison niet met rust kon laten? Die haar een akelig gevoel bezorgde? Haar vreemd aankeek of –'

'Nee,' zei Hannah. 'Dan had ik het je wel verteld. Je weet dat ik het je verteld zou hebben.'

'Oké.' Emmy geloofde haar. 'En haar laptop?'

'Ik heb al geprobeerd die te openen, maar ik kon het wachtwoord niet raden.'

'Oké,' zei Emmy weer. Met bloedend hart werkte ze haar volgende stappen uit. 'En geld?'

'Bedoel je haar zakgeld?'

'Had ze meer geld dan je zou verwachten?'

'Geld?' Hannah schudde haar hoofd. 'Nee, ze zeurde altijd om meer. Waarom vraag je naar geld?'

'Laat maar,' zei Emmy. 'Ik wil Madisons kamer graag doorzoeken.'

'Ja! Daar was ik net mee bezig!' Gejaagd pakte Hannah Emmy's hand en trok haar mee naar het achterste deel van het huis. Emmy struikelde bijna over het kleed in de woonkamer. Het huis was van Hannahs moeder geweest. Ze was hier opgegroeid, had Emmy wel duizend keer meegesleept naar haar kamer om geheimen met haar te delen, liefdesverdriet aan te horen of om bij haar moeder weg te zijn.

Maar nooit om iets zoals dit.

'Ik heb alles al doorzocht, maar jij bent hier beter in.' Hannah ging de hoek om en stapte Madisons kamer binnen. 'Neem jij die kant, dan doorzoek ik deze kant nog een keer. Misschien heb ik iets over het hoofd gezien. Een briefje of een aanwijzing. Je weet hoe slim ze is.'

Emmy kon het niet over haar hart verkrijgen om te zeggen dat ze niet in de kamer had moeten komen. In plaats van echt te zoeken had Hannah kleren uit lades gegooid en als een razende door paperbacks gebladerd, die ze daarna op de vloer had laten vallen.

'Hannah.' Emmy probeerde het zo voorzichtig mogelijk aan te pakken. 'Zal ik het maar doen?'

'Ik kan wel helpen,' zei Hannah. 'O shit, de matras. Je zegt altijd dat je onder –'

'Hannah.' Emmy pakte haar polsen. 'Laat mij dit maar doen, oké?'

Weer vulden Hannahs ogen zich met tranen, maar ze knikte en week terug, tot ze in de deuropening stond. Ze keek toe terwijl Emmy een paar schone handschoenen aantrok en de matras optilde. Niets. Handenwringend zag ze Emmy de onder- en bovenkant van de lades controleren, met haar hand langs de kastplank strijken, de schoenen verplaatsen, in zakken voelen en kleren nakijken.

Vanuit de kast kon je niet op de zolder komen. Er was geen kluisje. Er waren geen ziplockzakjes. En er was ook geen geheime bergplaats.

'Wat zei ze de tweede keer tegen je?' vroeg Hannah.

Emmy keek op van Madisons rugzak. 'Wat?'

'Louis Singh zei dat hij jou met Madison had gezien, bij de tribune.'

Langzaam liet Emmy de rugzak op het bed vallen. Het voelde alsof haar gezicht in brand stond. 'We hebben niet met elkaar gesproken.'

Hannah keek verbaasd. 'Maar volgens Louis zei je iets tegen haar, waarna Madison je volgde naar de achterkant van de tribune.'

Emmy's hand ging naar haar maag. Ze had geen idee gehad dat Madison haar was gevolgd.

'Em?' Verward keek Hannah haar aan, haar hoofd schuin. 'Wat verzwijg je voor me?'

'Ik heb niet...' Emmy ademde snel in. 'Ik wist niet dat ze me volgde. Ik ging naar het toilet.'

'Maar wat zei ze?'

'Ze zei niet...' Hoewel ze haar mond openhield, kreeg ze geen lucht. 'We hebben niet gepraat.'

‘Maar volgens Louis zei je iets tegen haar.’ Hannah zette haar handen in haar zij. Emmy had weleens grapjes gemaakt over haar typische lerarenhouding, die ze aannam als een leerling haar probeerde te belazeren. ‘Wil je beweren dat Louis loog?’

‘Nee, ik...’ Emmy zoog met kracht lucht in haar longen. ‘Hannah, ik heb niet...’

Hannah zweeg afwachtend, maar toen Emmy de woorden niet kon vinden, vroeg ze: ‘Wat heb je niet?’

Ze gaf het op. ‘Ruth Baker zei tegen mijn vader dat ze met jou over Madison had gepraat. Ze vond dat die een slechte invloed op Cheyenne had.’

Hannah lachte zo hard dat het klonk alsof ze blafte. ‘Meen je dat nou? Dat kreng maakte op de gang in het voorbijgaan een opmerking over Madison, dat zij het probleem was. Ik heb het destijds aan je verteld. Het was op een ouderavond, vlak voor de kerstvakantie. Weet je dat niet meer?’

Emmy wist het weer.

‘Waarom?’ vroeg Hannah. ‘Probeert Ruth de schuld voor dit alles op Madison te schuiven? En wat doet het er in godsnaam toe?’

‘Hannah...’ Emmy drukte haar vingers op haar oogleden. Ze kon het niet langer uit de weg gaan. Het was te wreed. Ze dwong zichzelf Hannah aan te kijken. ‘Madison stond me op te wachten toen ik de heuvel op liep. Ik wist dat ze wilde praten, maar ik zei “niet nu”.’

Hannah rimpelde haar voorhoofd. ‘Wat?’

‘Ik was... Ik ging naar het toilet. Ik wist niet dat ze me gevolgd was naar de achterkant van de tribune. Ik had wat tijd nodig om... om tot mezelf te komen.’

‘Hoezo tot jezelf te komen?’ Er vlamde iets op in Hannahs blik. Ze blies de lucht tussen haar lippen door naar buiten. ‘Jonah.’

‘Hij was...’ Emmy wist niet eens meer waar die ruzie om ging. ‘We kregen het aan de stok waar iedereen bij was. Ik had gewoon wat tijd nodig.’

‘Je had wat tijd nodig.’

‘Je weet hoe het is, Han.’ Emmy probeerde luchtig te doen over iets wat totaal niet luchtig was. ‘We klagen de hele tijd over onze mannen.’

‘Ik klaag over Pauls schoenen, dat die niet bij zijn riem passen. Jij klaagt over Jonah, die zo stoned was dat hij vergat Cole van school te halen.’ Hannah klonk nu ijzig. ‘Dat is niet hetzelfde.’

Even zocht Emmy vergeefs naar woorden. In de stilte voelde ze haar borst zachtjes op- en neergaan. Zo had ze Hannah nog nooit meegemaakt. Er hing een aura van zinderende smart en woede om haar heen.

'Toen ik weer buiten was, ben ik Madison gaan zoeken,' zei Emmy. 'Na afloop van het vuurwerk heb ik naar haar gezocht. Je hebt me samen met Brett gezien. Ik vroeg hem en Vanna of ze haar gezien hadden, omdat ik –'

'Omdat je Madison genegeerd had zodat je je op het toilet kon verstoppen om te janken om Jonah Fucking Lang.'

'Dat is niet –'

'Dat is niet wat? Niet waar? Is het niet hetzelfde wat je al die tijd gedaan hebt sinds die waardeloze stumperd in de onderbouw tijdens de lunchpauze aan onze tafel kwam zitten?' Hannah wachtte niet op een reactie. Strijdvaardig zette ze een stap naar voren. 'Weet je waarom je je niet kunt herinneren dat Ruth Baker tegen me zei dat Madison misschien het probleem was?'

Emmy voelde haar mond verdrogen. 'Ik –'

'Omdat Jonah de volgende dag met jouw creditcard een nieuwe versterker van achthonderd dollar voor zijn gitaar kocht en jij helemaal door het lint ging. Je hebt toen hier op onze bank geslapen. Weet je dat nog? We zaten aan de keukentafel aan de andere kant van de gang en bespraken dat je bij hem weg zou gaan. We maakten plannen. We stelden een budget op. En een lijst met spullen die je naar het huis van je ouders zou brengen. En, ben je bij hem weggegaan?'

Het kostte Emmy moeite om haar blik niet af te wenden. 'Nee.'

'Nee, je bent niet bij hem weggegaan. Maar je had het wel kunnen doen. Jij brengt het geld binnen. Het huis is van jou. De auto is van jou. Je zou de volledige voogdij over Cole krijgen. Je hoeft in de rechtbank alleen maar je Clifton-referenties op tafel te leggen en je krijgt alles wat je hartje begeert.'

'Hannah –'

'En als je daadwerkelijk bij hem weg was gegaan, had je vandaag niet zo met jezelf overhoopgelegen toen Madison je nodig had.'

'Dat is niet –'

'Je wilde niet met Madison praten omdat je kwaad was op Jonah. Dat heb je net zelf gezegd. Corrigeer me maar als ik me vergis.'

Emmy haalde haperend adem. 'A-Alsjeblieft, ik...'

'Nou, wat?' drong Hannah aan. 'Jezus christus, Em! Hoe vaak heeft Jonah je niet teleurgesteld? Hoe vaak heeft hij je niet op stang gejaagd? Bonje met je getrapt? In het openbaar ruzie met je gemaakt? Je vernederd? Tegen je gelogen? Je genaaid? Je auto total loss gereden? Je bedonderd toen je zwanger was? Je in de steek gelaten toen je beviel van Cole? Hij heeft je zelfs van de trap geduwd! En de enige keer – de énige keer – dat mijn dochter je nodig heeft, met je wil praten, je nota bene boven op de heuvel staat op te wachten en je als een verdwaalde pup achternaloopt, zit je zo diep in Jonahs bullshit dat je niet eens blijft staan om te luisteren?'

'Het... Het spijt me, ik –'

'Nee!' riep Hannah uit. 'Het spijt je helemaal niet! Mensen met spijt gaan niet telkens opnieuw de fout in, en al helemaal niet bij hun zogenaamde beste vriendin.'

Emmy wist niet wat ze moest zeggen. Het voelde alsof haar hersens vol stekende wespen zaten. Dit was verschrikkelijk. Als ze geen manier vond om dit een halt toe te roepen, zou het tussen hen nooit meer goed komen. Ze zou zich op haar knieën moeten laten zakken. Ze zou om vergeving moeten smeken. Hannah had gelijk. Alles wat ze zei, klopte.

'Moet je jezelf nu eens zien! Je kunt je niet eens verdedigen! Je weet heel goed wat je gedaan hebt. Je hebt voor hem gekozen. Je hebt die valse, narcistische klootzak verkozen boven een dierbaar jong meisje dat met zichzelf in de knoop zat.' Witheet van woede wierp Hannah haar armen in de lucht. 'Ze is niet alleen mij dierbaar, Em. Jij hebt haar ook zien opgroeien. Je houdt bijna evenveel van haar als ik. En nu is ze weg. Dat weten we allebei. Een afgrijselijk monster heeft haar van ons afgepakt, en nu verkracht hij haar waarschijnlijk, of hij vermoordt haar, en je kon niet eens drie tellen wachten om dat te voorkomen, want je gaf alleen maar om dat waardeloze stuk stront dat nooit van jou zal houden zoals jij van hem houdt!'

Hannah schreeuwde zo hard dat haar stem weergalmde door het huis. Ze leek te bezwijken onder haar eigen woorden, maar ze hield nog steeds niet op.

'Heb ik gelijk of niet?' drong ze aan.

'Ik... Ik...' Weer haalde Emmy haperend adem 'Je hebt gelijk. Ik weet dat ik –'

'Bij hem weg had moeten gaan?' Opnieuw blies Hannah een stoot lucht uit, deze keer vol walging. 'Jezus, nee toch, niet weer, hè? Je gaat niet bij hem weg. We hebben dit riedeltje zo vaak afgedraaid dat ik de tel kwijt ben geraakt. Al bijna twintig jaar lang is het van: "Deze keer ga ik bij hem weg. Nee, deze keer. Nee, deze keer meen ik het echt, Han. Ik meen het, dat zweer ik, Han." Het is allemaal bullshit! Fucking bullshit!'

Emmy's handen vlogen omhoog toen Hannah haar bij haar schouders greep en haar met kracht omdraaide.

'Mijn huis uit.' Hannah duwde haar de gang in. 'Je moet hier weg. Niet bellen. Niet mailen. Geen berichtjes. Niet met me praten. En je stuurt me ook geen brieven, begrepen?'

'Alsjeblieft, Hannah –'

'Je houdt niet van Jonah. Je bent verslaafd aan alles wat kapot aan hem is. Aan je verklote familie valt niks te repareren, en daarom probeer je het bij hem.' Hannah had haar handen weer in haar zij gezet. 'Paul en ik moeten erom lachen, weet je dat? Dat je zo'n stoer wijf bent dat een wapen draagt en boeven opsluit, tot je naar huis gaat en je meteen weer op je rug ligt voor Jonah en al zijn bullshit.'

'Alsjeblieft, Hannah.'

'Nee.' Hannah greep haar opnieuw bij haar schouders en duwde haar de gang door. 'Ik heb het gehad, Emmy. Ik doe niet meer mee. Als je me op straat ziet, ga je naar de overkant. Als je me in de winkel ziet, draai je je om en ga je naar huis.'

Emmy struikelde toen Hannah haar met een harde duw de woonkamer in dwong. Ze kon zich nog net overeind houden voor ze met haar hoofd tegen de muur sloeg. Tientallen ingelijste foto's keken haar aan. Madison toen ze acht was en nog steeds af en toe bij Hannah op schoot kroop. Paul en Madison toen ze afscheid nam van de onderbouw. Madison op haar fiets. Madison die met haar ogen rolde, glimlachte, schaterde, leefde, en dat alles zou nog mogelijk zijn geweest als Emmy was blijven staan om naar haar te luisteren.

Hannah smeet de voordeur open: 'Weg jij.'

Emmy veegde tranen af die ze nu pas voelde. 'Alsjeblieft, Hannah.'

'Je kiest altijd voor Jonah.' De woede was uit Hannahs stem verdwenen. Ze sprak nu alsof alles al voorbij was. 'Zelfs op school, als ik je meevroeg naar de film of naar de mall of als ik wilde zeuren over mijn moeder, dan hoefde Jonah maar met zijn vingers te knippen en weg was je. Je koos altijd voor hem in plaats van voor mij. Altijd.'

'Dat is niet...' Emmy hield zich in, want ze wist dat het wel waar was.

'Ik zou alle uren wel terug willen waarin ik naar jouw eeuwige gezeik over die lul heb geluisterd. Alle smoesjes waarmee je kwam aanzetten. Alle leugens die je jezelf voorhield. Jezus christus.'

'Je hebt gelijk,' zei Emmy. 'Je hebt helemaal gelijk. Wat je zegt over Jonah, over Madison. Het spijt me. Het spijt me verschrikkelijk. Hoe kan ik het goedmaken?'

'Hoe kan dit ooit goedgemaakt worden?'

Daar had Emmy geen antwoord op.

'Zelfs als Madison nog leeft, zelfs als ze door een wonder weer thuisgebracht wordt, bij mij en Paul, hoe zal haar leven er dan uitzien? Hoe moet ze hier in godsnaam van herstellen? En hoe kan ik je ooit weer een plek in mijn leven geven als je me alleen maar herinnert aan het verlies van het dierbaarste wat ik ooit heb gehad?'

Emmy schudde haar hoofd. Het was te veel. Het was allemaal te veel.

'Paul zal je dit nooit vergeven,' zei Hannah. 'Ik weet niet of ík het je ooit zal kunnen vergeven.'

'Alsjeblieft,' zei Emmy. 'Je bent mijn allerbeste vriendin. Ik weet niet eens hoe ik verder moet zonder jou.'

'Zie maar,' zei Hannah. 'Jij hebt voor jouw man gekozen. Nu kies ik voor de mijne.'

5

Emmy liep de trap af naar haar moeders keuken, haar ogen half dichtgeknepen tegen de reep vroege-ochtendzon die door het raam boven de spoelbak viel. Ze had bonkende koppijn van verdriet, hittestress en slapeloosheid. Nadat ze bij Hannah was weggegaan, had ze zichzelf voortgedreven, haar emoties ingeslikt, en op de ene na de andere deur geklopt van daders op de lijst zedendelinquenten.

Er stonden honderdachtentwintig daders in het district geregistreerd, van wie er zevenentachtig waren veroordeeld wegens een delict waarbij een minderjarige was betrokken. Emmy was aan het team toegewezen dat Clayville bestreek. De details in de arrestatierapporten waren misselijkmakend. Seksuele uitbuiting van een kind. Molesteren van een kind. Uitlokken van seks met een kind. Sodomie met een minderjarige. Ernstige criminele sodomie met een minderjarige. Verkrachting volgens het wetboek van strafrecht. Incest.

Madison. Cheyenne. Madison. Cheyenne. Madison. Cheyenne.

Geen van de plegers leek iets met de ontvoering te maken te hebben, maar al die walgelijke mannen hadden haar stuk voor stuk kippenvel bezorgd. Niet omdat ze eruitzagen als weerzinwekkende monsters, maar als de personen die ze in hun vorige leven waren geweest: conciërge op een basisschool, manager van een fastfoodrestaurant, zondagschoolleraar, vrijwilliger in het kinderziekenhuis. Dikke brillenglazen, mollige lijven, nerveuze lachjes en vriendelijke rimpeltjes rond hun ogen. Tegen de tijd dat Emmy bij het huis van haar ouders was aangekomen, had ze alleen nog maar zo heet mogelijk willen douchen, waarna ze naast haar prachtige zoon in bed was gekropen.

Op dat moment kwam het pas echt bij haar binnen. Haar zenuwen hadden al op scherp gestaan vanwege haar zorgen om Cheyenne en Madison, maar de confrontatie met Hannah was tot op het bot gegaan.

Hoe kan ik je ooit weer een plek in mijn leven geven als je me alleen maar herinnert aan het verlies van het dierbaarste wat ik ooit heb gehad?

Ze had gelijk. Ze had in alles gelijk.

'Goeiemorgen.' Haar moeder stapte in haar ochtendjas en op haar bijpassende sloffen de keuken binnen. Voor het lege koffieapparaat bleef ze staan. 'Heb je geen koffie gezet?'

Een antwoord was overbodig.

'Nee, laat mij maar.' Met een afkeurende frons pakte Myrna de kan en vulde die met water. Haar lange grijze haar hing om haar schouders. Met een wazige blik in haar ogen keerde ze zich naar Emmy toe en vroeg: 'Hoeveel schepjes?'

Emmy kuchte het verdriet uit haar keel. 'Twaalf.'

'Ik weet niet waar mijn verstand is gebleven.' Hoofdschuddend pakte Myrna de koffiebus. 'Je vader is al naar het bureau. Geen nieuws van afgelopen nacht. Hij heeft de sleutels in je auto laten zitten. De FBI heeft een team uit Atlanta gestuurd. Hij zei dat hij je later zou bellen, maar zoals afgesproken moet je vanochtend naar de school.'

Weer kuchte Emmy. 'Hoe laat komt het personeel op school?'

Myrna keek op haar horloge. 'Dat duurt nog wel een halfuur, maar als je je schoonzus wilt spreken: Mrs Clifton komt binnenwalsen wanneer het haar belieft.'

Emmy keek haar moeder geërgerd aan. Myrna had nooit met Tommy's vrouw overweg gekund, vooral omdat beiden koppige vrouwen waren, allebei afgestudeerd in de Engelse taal- en letterkunde, waarover ze voortdurend botsten. Vier jaar geleden had de strijd het kookpunt bereikt en sindsdien hadden ze geen woord meer met elkaar gewisseld.

Myrna beantwoordde haar blik. 'Wat is er met je gezicht? Heb je gehuild?'

'Mam...' Emmy wist niet waar ze moest beginnen. De botsing met Hannah was een open wond, maar Myrna was nooit het soort moeder geweest dat je in haar armen sloot als je huilde. Ze wilde handelen. Actie ondernemen. Er iets aan doen.

'Wat is er dan?' vroeg Myrna ongeduldig. Ze had haar handen in haar zij gezet. De klassieke docentenhouding, het spiegelbeeld van die van Hannah.

Verslagen zei Emmy: 'Ik ben bang dat de meisjes dood zijn.'

'Ik vrees het ook.' Myrna keek even naar de woonkamerdeur voor ze op de aanknop van het koffieapparaat drukte. Vervaagde streepjes op het deurkozijn markeerden de groei van haar vier kinderen. Emmy Lou en Tommy. Martha en Henry. Ze wist als geen ander hoe verpletterend het was om een kind op de drempel van de volwassenheid aan een tragisch ongeluk te verliezen. En in haar geval ging het niet om één tiener en één ongeluk, maar om twee.

'Hannah heeft je nu meer dan ooit nodig,' zei ze.

'Ik weet het niet, mam. Gisteravond...' Emmy wilde haar over de aanvaring vertellen, maar het ontbrak haar aan woorden. Alles was nog zo pijnlijk rauw. Terugdraaien was niet mogelijk. De wond zou de rest van haar leven blijven etteren. 'Die regel van Edgar Allan Poe die je laatst in het park citeerde – "zonder leed is er geen zegen" of iets dergelijks.'

Met een diepe zucht ging Myrna aan tafel zitten. Ze vouwde haar handen samen op de placemat, keek Emmy aan en zei: 'Wie nooit geleden heeft, kent ook geen zegen.'

'Bedoelde je dat ik onder Jonah moet lijden in ruil voor de zegen van Cole?'

'Poe moest niets hebben van schoolmeesterwijsheid en allegorie, maar zoals alle schrijvers hield hij zich zelden aan zijn eigen regels.'

'Ik vermoed dat je met dit zijpaadje iets over mijn huwelijk wilde zeggen.'

'Dat vermoeden is dan correct.'

Emmy's keel snoerde weer dicht. Hannah had gezegd dat zij en Paul hadden moeten lachen omdat ze Jonahs bullshit geloofde. Wat hadden haar ouders tegen elkaar gezegd? Lachten Tommy en Celia haar ook uit? Waren de nichten achter haar rug aan het roddelen, zoals ze over iedereen roddelden? Ze werd misselijk bij de gedachte aan alle berichtenketens waaruit ze verbannen was. Wat was ze stom geweest.

'Nou?' vroeg Myrna.

Verdere vernedering werd Emmy bespaard door het geknerp van autobanden over het grind van de oprit. Ze stond op om naar buiten te kijken en herkende de zilverkleurige Mercedes ML 400 aan de rode kentekenplaat met UGA LAW SCHOOL ALUMNI aan de voorkant.

Met haar handen in een wurggreep om het stuur reed Taybee de oprit op. Naast haar zat Kaitlynn, haar dochter, die naar het dashboard greep toen Taybee abrupt op de rem trapte. De handrem ratelde omhoog. Het linkerportier vloog open. Taybee stapte uit, in witte cowboylaarzen en een lange witte linnen rok en blouse. Hoewel haar sieraden bescheiden waren, slaagde ze er toch in de macht uit te stralen van het kille Clifton-geld, dat haar kant van de familie van het ene succes naar het andere had gestuwd.

In een reflex balde Emmy haar vuisten toen Taybee het portier dichtsloeg, weer opende en weer dichtsloeg. Toen klopte haar nicht met haar knokkels op de motorkap, wees naar Kaitlynn en stapte op het huis af. Haar make-up was smetteloos. Ze had de huid van een porseleinen pop. Ze had altijd al iets beangstigends gehad. Ze was adembenemend mooi, slank als een den en zo bazig als de pest.

'Hé.' Emmy duwde de hordeur open. 'Wat is er?'

'Ik heb het op me genomen om alle kinderen bijeen te drijven. Met alles wat er nu aan de hand is, lijkt het me het beste om ze op de boerderij te dumpen. Kunnen ze lekker met z'n allen in het zand spelen. Ik word over een uur in de rechtszaal verwacht, dus zeg tegen Cole dat hij moet opschieten. Laat ook maar. Ik haal hem zelf wel. Ik heb Kaitlynn meegenomen zodat jullie kunnen praten. Snel een beetje, schat. Je tante Emmy heeft niet de hele dag.'

Taybee snelde het huis in, wierp Myrna een onnodig luid 'Goeiemorgen!' toe en vloog de trap op om Cole te halen. Ze roffelde met haar vingers over de trapleuning, op de maat van iets wat alleen zij kon horen. Het was een uitgemaakte zaak wie deze ochtend de xbox-oorlog ging winnen.

Emmy schoot in een paar slippers en daalde het verandatrapje af. De hitte was nu al genadeloos. Met haar hand beschermde ze haar ogen tegen het felle zonlicht, dat brandde op haar huid. Haar short en mouwloze shirt voelden als schuurpapier. Het zei veel over de staat van haar huwelijk dat ze op tien minuten lopen van haar ouderlijk huis woonde, maar nog steeds een stel extra kleren bij haar ouders bewaarde.

Kaitlynn stapte op haar dooie gemak uit de auto en liet ondertussen haar duimen over het schermpje van haar telefoon razen. Met haar donkere haar en olijfkleurige huid was ze het tegenbeeld van haar moeder, die blond en bijna doorschijnend was. Ze had haar teint aan haar vader Terrell te danken, ook een Clifton, maar van een andere tak dan Taybee, wat de laatste om onbegrijpelijke redenen had genoopt om haar achternaam in Clifton-Clifton te veranderen. Dubbel C, zo noemde Hannah haar.

'Goeiemorgen, schat,' zei Emmy.

'Morgen, tante Emmy.' Een glimlach trilde om Kaitlynns lippen toen ze haar telefoon in de zak van haar jurk stopte. Ze was zeventien, twee jaar ouder dan Madison en Cheyenne, in het bezit van een schoonheid en een hoeveelheid geld die haar voordelen hadden geschonken waar de andere meisjes alleen maar van konden dromen. Het was niet zonder reden dat Jack Whitlock Kaitlynn bovenaan de lijst met populaire meiden had geplaatst. Net als haar moeder blaakte ze van zelfvertrouwen, maar mooi en slim zijn had ook nadelen.

'Wilde je met me praten?' vroeg Emmy.

Kaitlynn knikte. 'Ja, graag.'

'Kom, dan zoeken we een schaduwplek op.' Emmy ging haar voor over de oprit. Onder het lopen streek ze met haar duim over haar handpalm. In haar herinnering voelde ze nog steeds Madisons hand in de hare, toen ze samen onder de eik stonden. Het leek passend om met Kaitlynn onder de magnolia te gaan staan, die zijn takken over de halve voortuin drapeerde. Het was de tweede keer in evenveel dagen dat Emmy met een bezorgde tiener onder een boom stond. Ook Kaitlynn was zichtbaar aangeslagen. Voorzichtig streek Emmy het haar van het meisje achter haar oor. Ze kon soms vreselijk irritant zijn, maar haar moeder was de enige tegen wie ze echt rot deed.

'Wat je ook zegt, het blijft tussen ons,' bezwoer Emmy haar.

'Je mag het wel met mama bespreken,' zei Kaitlynn. 'Ik heb het er al met haar over gehad. Daarom heeft ze me hier mee naartoe gesleept. Ze zei dat jij moest weten wat ze in hun schild voerden.'

'Cheyenne en Madison?'

'Ja.' Kaitlynn greep Emmy's hand alsof ze naar fysieke geruststelling zocht. Haar handpalm was nog koel van de airco in de auto. 'Veel weet ik niet, maar wel dat Cheyenne met een oudere man omging. Tijdens de laatste schoolweek hoorde ik haar erover praten met Madison. We stonden te wachten tot Mr Loudermilk ons in de aula liet om te repeteren met het koor.'

Voor Emmy's geestesoog doemde het beeld op van Madison, die de vorige dag een lichtblauw T-shirt van de North Falls Choral Club had gedragen. 'Weet je nog wat ze precies zei?'

'Niet letterlijk, maar Cheyenne maakte een grapje over die man, dat hij zo oud was dat hij hem soms niet overeind kreeg, en toen zei ze dat ze wou dat zijn pik even groot was als zijn portemonnee.'

Emmy zag geen teken van gêne op Kaitlynns gezicht. Taybee werkte als familierechtadvocaat. Ze had nooit geschroomd om de dingen bij hun naam te noemen. 'En verder?'

'Ze zei dat het een saaie vent was, maar dat seks met hem de enige manier was om genoeg geld te vangen om ervandoor te kunnen gaan.' Kaitlynn klemde Emmy's hand nog steviger vast. 'Madison begon te lachen en zei zoiets als dat ze samen in een suite in het Ritz-Carlton in Atlanta gingen logeren, maar toen ze mij aan de andere kant van de hal zagen staan, hielden ze hun mond. Dat was alles. Ik heb nooit aanleiding gehad om met ze te praten. Ze zaten niet bij mij in de klas. Heb je hier iets aan?'

'Jazeker. Dank je, schat.' Emmy veegde Kaitlynns haar weer naar achteren, maar het liefst had ze de zorgrimpel van het voorhoofd van het meisje gestreken. 'En drugs? Gebruikten ze?'

'Ik weet niet of ze drugs gebruikten, maar het zou me niet verbazen. Ik heb gehoord dat Cheyenne wel aan anderen leverde, maar daar hou ik me buiten. Niet dat ik het erg vind als mensen gebruiken, maar zelf vind ik het niet prettig om stoned te zijn, en alcohol smaakt ranzig.'

Emmy hoopte dat dit nooit zou veranderen. 'Ken jij een man die de Viespeuk wordt genoemd?'

Ze schudde haar hoofd. 'Nee. Wie is dat?'

'Ik heb gehoord dat het een drugsdealer is. Hij is al wat ouder. Donker haar. Hij vertoont zich op feestjes bij de waterval.'

'Daar wil je echt niet zijn. Connor heeft daar vorige maand mijnworm opgelopen. Niemand gaat er meer naartoe.'

Het verbaasde Emmy niet dat Jacks informatie in de loop van de zomervakantie alweer verouderd was. Hij hoefde geen onvoldoendes op te halen zoals Cheyenne en Madison. 'Weet je soms of er verder nog iemand bij de meisjes of in de buurt van de school rondhing? Iemand die er niet hoorde of die je een akelig gevoel bezorgde?'

'Nee. Dan zou ik het tegen mijn moeder hebben gezegd. Meteen.'

Emmy geloofde haar. 'En de mall?'

'Daar gaan alleen kinderen naartoe. Dat is echt saai.'

Emmy zei maar niet dat ze zelf ook nog een kind was. 'Waarschijnlijk heb je met je vrienden over de vermiste meisjes gepraat. Gaan er bepaalde theorieën rond? Geruchten? Ook al zijn ze nog zo bizar?'

'Nee. Daarom is iedereen ook zo in de war. Niemand weet wat er is gebeurd. Of ze veilig zijn. Of ze ooit weer thuiskomen. Ze gingen verder met niemand om. Ze hadden alleen elkaar. En nu zijn ze allebei...'

Emmy zag dat haar lippen begonnen te trillen. Ze nam het meisje in haar armen. Kaitlynn begroef haar hoofd in Emmy's hals. 'Rustig maar, schat,' zei Emmy. 'Ik weet dat het op dit moment heel moeilijk is. We komen er wel achter wat er gebeurd is.'

Nu begon Kaitlynn pas echt te huilen. Emmy wreef over haar rug, over de scherpe randen van haar schouderbladen, die als vleugels naar buiten staken. Kaitlynn was groter dan Cheyenne, slanker dan Madison. Emmy kon alleen nog aan de Lijst denken. Aan de arrestatierapporten van mannen van één meter vijf- of zevenentachtig, die ruim negentig kilo wogen, aan de schade die ze konden toebrengen aan het lichaam van een jong meisje.

De hordeur vloog open. Cole stormde het trapje af. 'Mam! We gaan naar de boerderij! Een van de paarden krijgt een veulen!'

Kaitlynn maakte zich los van Emmy. Ze pakte haar telefoon en boog zich eroverheen zodat haar haar voor haar gezicht viel. Emmy glimlachte toen Cole haar in het voorbijgaan omhelsde. Hij stond nog geen twee tellen met zijn armen om haar middel voordat hij op de achterbank van de Mercedes sprong. Hij droeg een T-shirt met een bijpassend short, waaruit Emmy concludeerde dat Taybee haar magische krachten had aangewend. Zijn kuif was getemd. De veters van beide schoenen waren gestrikt. Haar nicht kon toveren.

'Riemen om allemaal. Kaitlynn, geen getreuzel. Instappen.' Taybee roffelde weer drie keer met haar knokkels op de motorkap, waarna ze op Emmy afstapte. 'Schat, ik vergat te vertellen dat tante Millie gisteren maar bleef bellen, want ze wil je spreken over de man die ze heeft ingehuurd voor werk aan haar vijver en die alsmaar sigaretten staat te roken en allerlei uitschot aantrekt. Ik had geen tijd om me met haar malligheid te bemoeien, maar je moet haar even bellen voor ik naar haar toe rij om haar te wurgen. Je vindt het toch goed, hè, dat Cole meegaat naar de boerderij?'

Emmy lachte, want de vraag kwam iets aan de late kant. 'Ik zal tegen Jonah zeggen dat hij hem vóór het eten ophaalt.'

'In orde.' Taybee plakte een lachje op haar gezicht toen ze het portier opende. Ze wisten allebei dat Jonah niet op tijd zou komen – als hij er al aan dacht. 'Weet je wat, Em? Vind je het goed als Cole blijft logeren? Terrell heeft een merrie die moet bevallen, en hij wil vast graag gezelschap.'

Emmy voelde haar mond droog worden. Voor het eerst besefte ze hoe vaardig Taybee het Jonah-probleem wist op te lossen. 'Bedankt.'

'Bedank me maar wanneer ik hem onder de paardenstront en nageboorte naar huis stuur.' Taybee wilde al instappen, maar bleef nog even staan en keek Emmy aan. 'Je hebt een zware dag voor de boeg. Ga je het redden, meid?'

Emmy knikte. 'Ik ga het redden.'

'Bel maar als je me nodig hebt.'

Het portier sloot met een resonerende klap terwijl Taybee de auto startte. Ze stelde de spiegels bij en schoof haar stoel een eindje naar voren zodat Cole meer ruimte had achterin. Hij begon verwoed te zwaaien toen ze achteruit de oprit af reden. Emmy zwaaide terug tot de Mercedes de hoek omging. Opeens bedacht ze dat Taybee had gezegd dat ze alle kinderen bijeen ging drijven, maar ze had maar één kind in de auto dat niet van haarzelf was.

Ze sloeg haar armen om haar middel. Haar ogen werden wazig van de tranen die ze met alle geweld tegenhield. Op haar duisterste momenten had ze zichzelf voorgehouden dat ze alleen vanwege Cole bij Jonah bleef, maar wat leerde ze haar zoon op die manier over vrouwen? Dat ze op het werk sterke, stoere wijven konden zijn, maar zich bij thuiskomst direct schikten naar alle mogelijke bullshit die hun echtgenoten uitbraakten?

'Emmy Lou?' riep haar moeder vanuit de keukendeur. 'Je vader aan de telefoon.'

Het was alsof Emmy een aambeeld op haar hoofd meetorste toen ze terugliep naar het huis. Myrna was niet in de keuken, maar ze had de hoorn op de muurtelefoon gelegd. Het koord bungelde als een beulstouw naar beneden. Boven tikten de leidingen. Myrna had de douche aangezet.

'Pap?' sprak Emmy in de hoorn.

'Het bloed op de plaats delict. Twee liter, volgens de patholoog. Het lijkt op een hoofdwond. Waarschijnlijk een schot.'

Twee liter. Zoveel bloed had Emmy tijdens haar bevalling verloren. De arts had gezegd dat ze zonder bloedtransfusie dood zou zijn geweest. 'We weten dus dat een van hen dood is.'

'Het bloedtype is O-positief,' vervolgde Gerald. 'Ik heb dokter Carl naar dat van Madison gevraagd. Zij is A-positief.'

Ondanks de afgrijselijke implicaties voelde Emmy een sprankje hoop. 'Dus misschien leeft Madison nog.'

'Misschien.' Geralds toon was van alle hoop verstoken. 'De FBI wil een persconferentie. Het zal wel druk worden op de tiplijn.'

'Ik ga langs de school en meld me dan op het bureau.' Ze wilde al ophangen toen ze besefte dat haar vader nog steeds aan het woord was.

'Hoe ging het bij Hannah?'

'Madisons kamer was schoon. Geen geld, geen wegwerptelefoons, geen drugs. Niks.' Emmy luisterde naar zijn geladen zwijgen. 'Het was niet best, pap. Ze zal het me nooit vergeven.'

'Oké,' zei hij, maar hij was nog niet uitgepraat. 'Ik heb eens nagedacht over wat je in de auto vertelde. Daar moeten we het eens serieus over hebben.'

Emmy leunde met haar rug tegen de muur. Onder zijn schrapende adem hoorde ze het lawaai van het bureau. Hij had het niet over de zaak. Je sprak ergens serieus over als het iets zeer persoonlijks betrof.

'Laat maar horen,' zei ze.

'Toen je even oud was als Madison. Die mannen die opeens overal opdoken. Die je een rotgevoel gaven. Je had gelijk. Zelf zou ik ook om het verkeerde kwaad zijn geworden. Het spijt me.'

'Ik had het over ouders in het algemeen, niet over jou.' Weer luisterde Emmy naar de stilte die hij liet vallen. Hij geloofde haar niet. Waarschijnlijk omdat ze de waarheid verzweeg. 'Het is goed, pap. Het is al zo lang geleden.'

Het bleef nog een tijd stil. 'Oké.'

Emmy ademde langzaam uit. Ze kon dit gesprek er nu niet bij hebben. Ze was een kind van haar moeder. Ze wilde handelen. In actie komen. Iets doen. 'Kaitlynn zei dat ze Cheyenne aan Madison hoorde vertellen over een seksuele relatie die ze had met een oudere man. Ze nam geld van hem aan. De meiden waren van plan samen weg te lopen, naar Atlanta.'

'Wanneer was dat?'

'Aan het eind van het schooljaar, dus de laatste week van mei.'

'Kortgeleden dus.'

'Zestienduizend dollar in een kluisje heb je niet in twee maanden bij elkaar gespaard. Misschien was de ontvoerder niet de enige oudere man die Cheyenne voor seks betaalde.'

'Zette hij haar aan het werk?'

'Pooiers vertrouwen hun meiden niet met dat soort geld.'

'Jaloezie in het spel?'

'Zou kunnen, maar waarom nam hij Madison dan ook mee?' Emmy besefte dat het hun niet ontbrak aan verklaringen voor Cheyenne, maar wel voor Madison. Ze konden niet in dat kringetje rond blijven draaien. Wat de meisjes verbond zou hen uiteindelijk naar de ontvoerder leiden. 'Is het gelukt om vingerafdrukken te halen van de kapotte halsketting die op dat weggetje is gevonden?'

'Het is een klein kettinkje. Daar is een speciaal proces voor nodig. De FBI heeft het naar Quantico gestuurd.'

'Is er verder nog iets gevonden op dat terrein? Kogelhulzen of –'

'Onduidelijk,' zei Gerald. 'De FBI trekt de bandenafdrukken na. Het GBI werkt aan het sporenbewijs.'

'Ik heb tegen Jack Whitlock gezegd dat hij vanochtend bij het bureau langs moet gaan om een line-up te bekijken. Ik moet wat stoere jongens zien te verzamelen. Hopelijk kan Dylan of iemand anders op school me de goede richting op sturen. Zo'n Viespeuk moet toch bij ons geregistreerd staan?' Emmy's brein werd eindelijk wakker. Ze moest dit alles noteren. 'Ook ga ik proberen Cheyennes laptop op te sporen, die haar moeder aan de kerk heeft gedoneerd. En we moeten de klaptelefoon lokaliseren die op het gezinsabonnement staat. De vader zei gisteravond dat Cheyenne haar initialen in het kunststof had gekrast. We moeten de zoekopdracht updaten zodat iedereen weet waarnaar gezocht moet worden. Ik ga zo snel mogelijk naar het bureau.'

'Oké.'

Emmy legde de hoorn weer op de haak. Ze keek op haar horloge. Waarschijnlijk kwam het personeel nu de school binnendruppelen. Tijd voor bezinning was er niet. Op de plaats delict was maar één bloedtype aangetroffen. Meer dan de helft van de vierentwintig uur na de ontvoering was al verstreken. Fuck de cijfers.

Madison kon nog in leven zijn.

Emmy rende de trap op. Ze trok een schoon uniform aan en draaide haar haar in een knot boven op haar hoofd. Ze stormde de trap weer af naar de keuken, vulde een thermoskan met koffie, en net toen ze de deur uit liep, begonnen de leidingen in de muur weer te tikken omdat Myrna de douche dichtdraaide.

North Falls High School was een kwartier lopen van het huis van haar ouders; met de auto was het vijf minuten. Emmy gebruikte de tijd die ze alleen in haar patrouillewagen zat om haar gedachten op het onderzoek te richten. Drugs. Seks. Geld. Alles wat ze tot dusver ontdekt hadden, wees erop dat Cheyenne Baker was betrokken bij iets waarover ze geen macht meer had. Maar misschien benaderden ze het van de verkeerde kant. Misschien was Madison geen toeschouwer. Misschien zat ze er ook tot over haar oren in, maar was zij van de twee meiden de betere leugenaar.

Emmy zag de blauwe Honda CRV van haar broer voor het hoofdgebouw staan. Tommy had zijn auto naast de jagersgroene Alfa Romeo-cabrio van Celia geparkeerd, die van haar vader was geweest. Ze was een van de zes onderdirecteuren en werkte het hele jaar door. Tommy gaf les aan de zomerschool om wat bij te verdienen. Emmy ging ervan uit dat ze het al zouden hebben gemeld als ze iets bruikbaars over de meisjes wisten, maar het leek haar toch beter om met beiden te gaan praten voor ze weer vertrok.

Net toen ze uitstapte, begon haar telefoon te zoemen in haar zak. Weer tante Millie. Zonder op te nemen liep Emmy de school in. Hulpsheriff Dylan Alvarez stond haar al op te wachten bij de receptie. Hij bladerde een dossier door, maar keek op toen Emmy's koppelriem de metaaldetector deed afgaan. Dylan was een aantrekkelijke man, pas gescheiden en doorgaans moeilijk te doorgronden. Haar hart kromp ineen toen ze in zijn ogen hoop zag opgloeien.

'We hebben ze niet gevonden.' Emmy voelde zijn teleurstelling, alsof een paar handen op haar schouders drukte. 'Wat heb je voor me?'

'Ik heb hun roosters nagetrokken. Ze hadden allebei een onvoldoende voor maatschappijleer, en ze hadden van acht tot twaalf zomerschool, bij Mrs Burrough. Cheyenne moest ook personal fitness en gezondheidsleer inhalen, dus die bleef tot vier uur.'

'Had ze een onvoldoende voor gym?'

'Coach T, de gymleraar, stonk er niet in dat ze een halfjaar lang elke dag ongesteld was.'

'Heb je hem al gesproken?'

Hij keek wat benauwd. 'Ik hoop dat je het goed vindt. Ik heb ook met Mrs Burrough gesproken. Het leek me beter om alvast te beginnen voor de leerlingen komen. Niet dat ik veel uit ze los heb gekregen. Je weet hoe dat gaat met potentiële getuigen als er iets ergs gebeurt met gecompliceerde mensen. Vooral als het kinderen betreft.'

Dat had Emmy niet kunnen opmaken uit Jacks Facebook-pagina. Over de eventuele doden niets dan goed, maar niet heus. 'Kon je tussen de regels door lezen?'

'Beide meiden waren zeer op zichzelf, maar ze hingen erg aan elkaar. Dat zie je soms op deze leeftijd, dat meisjes helemaal in elkaar opgaan. Ze zwelgen in het feit dat ze geïsoleerd zijn. Wij tegen de rest. Niemand begrijpt ons. We zijn slimmer dan de anderen. Ik ben blij dat mijn dochter niet zo is. Het is geen gemakkelijk leven.'

Emmy wist dat Dylan onder andere schoolagent was geworden om een oogje op zijn veertienjarige dochter te kunnen houden. 'En de docenten van het reguliere schooljaar? Werken sommigen de hele zomer door?'

'Behalve Coach T...' Hij bladerde door Cheyennes dossier en liep met zijn vinger langs haar rooster van het voorgaande schooljaar. Hij deed hetzelfde met Madisons dossier. 'Mr Hardy is hier. Hij geeft scheikunde. Nogal een mafkees. Beide meisjes waren bij het koor. Dat verbaast me. Ik kreeg de indruk dat ze nogal veel praatjes hadden. Mr Loudermilk laat anders niet met zich sollen.'

Emmy kende Dale Loudermilk nog van haar eigen schooltijd. Hij leidde zijn klas als een drilmeester bij de commando's. 'Is hij nu aanwezig?'

'Nee, hij werkt 's zomers parttime in de sporthal. Hij komt pas terug in de voorbereidingsweek, als er audities zijn voor het showkoor.'

'Voor ik vertrek, wil ik Hardy spreken. Op weg naar het bureau zoek ik Loudermilk wel op. Wat bedoelde je gisteravond toen je zei dat North Falls High geen drugspobleem heeft?'

Dylan keek even nerveus naar de kamer van de directrice. 'Kom maar mee. Ik heb met Mrs Clifton afgesproken bij de kluisjes van Cheyenne en Madison, op de afdeling Taal en Cultuur.'

Emmy liep met Dylan de centrale hal door. Opeens klonk er een luid gezoem, als van een straalmotor. Een van de conciërges duwde een vloerreiniger voort. Een tweede man in schildersoverall werkte met een roller de muren bij. Een derde stelde deurtjes af van de kluisjes op de gang. Het systeem werkte volgens een jaarkalender. Alle reparaties moesten klaar zijn voor de school in de eerste week van augustus weer begon.

Het was geen geringe opdracht. North Falls High had zoveel leerlingen dat het gebouw in secties was verdeeld die zich als de spaken van een karrenwiel vanaf de centrale hal uitstrekten. De middenbouw, de exacte vakken, Engels, geschiedenis, sport en de taal- en cultuurvakken hadden alle een eigen afdeling, met lokalen, een decaankantoor en een kantoor voor de onderdirecteur. De architectuur was nog van voor de vloedgolf aan schoolschietpartijen. Overal waren grote open ruimtes en ramen, die weinig dekking boden.

Emmy voelde zich buitengewoon onbeschut toen ze door de kantine liepen, die de afmetingen had van een vliegtuighangar, met rondom een galerij als een scherpschuttersnest. Vanuit de keuken klonk het gekletter van potten en pannen. Net als zijzelf was Dylan in volledig uniform. De zware stappen van hun hoge werkschoenen en het gekraak van hun koppelriemen echoden door de holle ruimte. Net toen Emmy een poging wilde doen om Dylan aan de praat te krijgen, liep een vrouw met een papieren kapje op door de klapdeuren. Ze begon bestek over de houders te verdelen. Een tweede vrouw kwam haar helpen. Het nieuws dat Emmy op school was had duidelijk de ronde gedaan. Emmy was met docenten opgegroeid, dus ze wist hoe snel een roddel zich door een school kon verspreiden.

'In welke klas zit je dochter?' vroeg ze aan Dylan.

'Jenna,' zei hij. 'Ze is net klaar met de derde. Een zesenhalf voor algebra, maar voor de rest allemaal negens.'

'Je zult wel opgelucht zijn.' Emmy dempte haar stem. 'Vanwege de scheiding, bedoel ik. Dat moet niet gemakkelijk voor haar zijn geweest.'

'Eerst was ze behoorlijk overstuur, maar toen we de voogdij eenmaal geregeld hadden en ze een vaste routine had opgebouwd, ging het een stuk beter. Je weet hoe kinderen zijn. Dingen moeten voorspelbaar zijn.'

'Was je tevreden met je advocaat? Was hij eerlijk, bedoel ik?'

Dylan keek haar onderzoekend aan toen hij de deur voor haar openhield. De gang was verlaten. De lampen waren uit. Toch antwoordde hij pas toen ze al een eind van de kantine verwijderd waren. 'Bij een scheidingsadvocaat gaat het niet om eerlijk. Als je om een aanbeveling vraagt: je nicht Taybee lustte me rauw. Zo iemand heb je nodig.'

Emmy kreeg het opeens heel warm. Ze wist dat het besluit was genomen. Er was geen weg terug. 'Taybee is geen optie. Mijn familie mag niet weten hoe ik me heb laten vernederen.'

Ze wilde haar hand al voor haar mond slaan, maar het was te laat. De woorden hingen als een sluier van schaamte tussen hen in. Dylan sloeg zijn blik neer toen ze doorliepen. Emmy voelde het bloed naar haar wangen stijgen. Ze wist niet of hij geschokt was of ontzet of medelijden met haar had. Geen van die opties voelde goed. Ze had hem niet zo'n persoonlijke vraag moeten stellen, laat staan dat ze zoiets ellendigs over zichzelf had moeten prijsgeven. Zo'n soort relatie hadden ze niet.

'Ik had Ramon Rodriguez als advocaat,' zei Dylan. 'Intelligent, eerlijk, rechtdoorzee, maar niet bang om vuile handen te maken als het moet. Ik zal je zijn contactgegevens sturen.'

'Oké.' Emmy ademde langzaam uit. In het voorbijgaan keek ze door de ramen van de lokalen. Er brandde nergens licht. In dat deel van het gebouw werkte niemand. Eindelijk waren ze alleen. 'Vertel eens over de drugs.'

Ook Dylan slaakte een zucht, maar in zijn geval van ergernis. 'Alle scholen in onze staat gebruiken een softwareprogramma genaamd SchoolPlusOne. Alles krijgt een code. Uiteraard cijfers, maar ook schorsingen, ruzies, geweld, diefstal, stalken, drugs. De gegevens worden doorgestuurd naar de onderwijsafdeling van de staat. Slechte data betekenen een slechte naam, meer staatsbemoeienis, mogelijk verlies van fondsen, gedoe met accreditatie, het schoolbestuur wordt kwaad en de ouders zijn pissig.'

'De drugs worden niet naar behoren gecodeerd.' Hoewel Emmy teleurgesteld was, verbaasde het haar niet. 'Hoe worden de schorsingen verklaard?'

'Niet als schorsingen, maar als nablijven. Overtredingen worden gecodeerd als ruzies, ordeverstoring in de klas, onbeduidende problemen. Je schoonzus weigert hieraan mee te werken, maar zodra de code de poort uit is, wordt hij als bij toverslag gewijzigd.'

Hij doelde op de onderwijsraad van Clifton County. Het verbaasde Emmy niet dat Celia het districtsbureau vertelde dat het de pot op kon. Ze kon als geen ander tegendraads zijn. 'Vertel eens over Wesley Woodrow.'

'Boef in de dop. Handelt in wiet, oxy, addy's, molly's.'

'Coke?'

'Dat zie je meer onder studenten,' zei Dylan. 'Woody is een dealer van het ergste soort, want hij is slim. Zestien jaar. Woont bij zijn oma, in Clayville. Heeft één keer in de jeugdgevangenis gezeten. Is nog niet gepromoveerd naar de grotejongensgevangenis, maar de verjaardag van dat etterbakje staat in mijn ziel gegrift. Op 16 februari, een seconde na middernacht, weet ik hem te vinden.'

'Nu volg ik het niet.'

Hij bleef staan, en Emmy stopte ook.

'De schoolwet verschilt van de reguliere wet,' legde Dylan uit. 'Tot hun zeventiende kan ik leerlingen niet aanpakken. Tot die tijd is het een zaak van de schoolleiding. Wat vaak niet verkeerd is, want bij gerede verdenking mag de school een leerling fouilleren. Als politieman ben ik aan hogere eisen gehouden. Ik mag drugshonden laten komen, maar ik mag alleen de kluisjes doorzoeken, wat op zijn zachtst gezegd voor de bühne is. Ik mag de leerlingen niet fouilleren. Ik mag hun auto's of rugzakken niet overhoophalen. Woody kent de regels als geen ander. Hij zou zo een van mijn vakken kunnen doceren.'

Emmy was vergeten dat Dylan 's avonds rechten studeerde. 'Ik heb gehoord dat Woody niet aan leerlingen van North Falls levert.'

Dylan moest lachen. 'Onzin. Wie heeft je dat verteld?'

'Jack Whitlock.'

Hij trok een scheef gezicht. 'Tja, voor informatie moet je niet bij die knaap zijn. Hij bungelt onderaan de voedselketen. Ik doe mijn best om de jongens die gay zijn te beschermen, maar ze hebben het hier niet makkelijk.'

'Is hij gay?'

'Supergay.' Dylan haalde zijn schouders op. 'Maar een aardige jongen, hoor. Wat heb je verder nog uit hem gekregen?'

Emmy kreeg de woorden 'pocket pussy' niet over haar lippen, maar ze zei wel: 'Volgens mij is hij niet gay. Hij wilde me wijsmaken dat hij Cheyenne vijftig dollar had betaald voor een pijpbeurt.'

'Dat kan toch?' Weer haalde Dylan zijn schouders op. 'Op die leeftijd is de seksualiteit soms fluïde, vooral wanneer het om pijpen gaat.'

'En de prijs dan? Voor twintig dollar kun je je al laten afzuigen bij het truckerscafé langs de snelweg.'

'Geen idee wat het lopende tarief is, maar het gaat erom wat de gek ervoor geeft. Trouwens, Jack zou gigantisch op zijn flikker krijgen daar bij het truckerscafé. Echt valse krengen, die meiden daar.'

'Het verbaast je kennelijk niet dat een meisje van vijftien seks levert voor geld.'

'Het is vreselijk, maar school is nou eenmaal vreselijk. De helft zou van een rots springen als een Kardashian het voordeed. De andere helft zou ze staan aanmoedigen. Die kinderen maken verbijsterend slechte keuzes. Soms kijk ik naar zo iemand en dan denk ik: hoe bestaat het dat die sukkel nog leeft?' Hij leek te beseffen wat hij zei. 'Dus, nee, het verbaast me niet dat Cheyenne zichzelf te koop aanbood. Wel ben ik er kapot van, als je het wilt weten.'

Emmy deelde zijn gevoel. 'Wat weet je van een oudere man die door de leerlingen de Viespeuk wordt genoemd?'

'De Viespeuk?' Dylan keek verward, maar hij schudde zijn hoofd. 'Nooit van gehoord. Hoe kom je aan die naam?'

'Van Jack,' zei Emmy, die zich inmiddels afvroeg hoe betrouwbaar zijn informatie was. 'Hij zei dat de Viespeuk een dealer is die zich vaak ophoudt bij jongeren in de Chilly Treat en bij de waterval. Donker haar. Niet groot, maar ook niet klein. Gemiddeld postuur. Heel hulpvaardig.'

'Ik kan weleens rondvragen, maar als die Viespeuk inderdaad een foute gast is, zou het wel heel raar zijn als ik hem nog niet op mijn radar heb.'

Daar twijfelde Emmy niet aan. 'Wist je dat Cheyenne ook dealde? Dat heb ik niet van Jack. Toen ik haar slaapkamer doorzocht, vond ik twee lijntjes cocaïne, wat wiet en molly, en een gigantische berg geld.'

'Meen je dat?' Hij keek verbaasd. 'Ik had geen idee, maar dat zegt niets. Wanneer ik op een zaak zit, beweeg ik me meestal door overlappende cirkels. Zo gaan sommige stoners met de nerds om, en zo'n nerd kent op zijn beurt een goth, die een van de popi meiden kent, die misschien weer een sportjongen kent, en uiteindelijk voert dat me naar de bron van het probleem. Niemand overlapte met het kringetje van Cheyenne en Madison. Die waren altijd met z'n tweeën.'

Emmy was door haar vragen heen. De cirkel was weer rond. 'Gisteren in het park wilde Madison met me praten. Ik heb haar afgekapt. Nog geen uur later werd ze meegenomen.'

'Shit, wat erg. Maar dat mag je jezelf niet verwijten. Ook al had je met haar gepraat, dan is dat nog geen garantie dat ze eerlijk zou zijn geweest en al helemaal niet dat ze zich door jou had laten helpen.' Dylan keek de gang in. 'Daar heb je Mrs Clifton.'

Tommy's vrouw was lang en slank, met een voorkeur voor soepel vallende jurken en vlinderclips die haar opgestoken donkerbruine haar keurig op zijn plek hielden. Die dag droeg ze jeans en een T-shirt van de North Falls Cougars. Haar leesbril rustte boven op haar hoofd. Om haar pols had ze een grote sleutelring en in haar hand een portofoon. Emmy hoorde het zachte geknetter van het apparaat waarmee Celia zichzelf op de hoogte hield van eventuele onrust in andere delen van het gebouw.

'Ik laat jullie verder alleen,' zei Dylan. 'Straks staan de leerlingen voor de deur. Laat maar weten, Emmy, wanneer je zover bent dat je met hun docenten wilt praten.'

Ze zag hem naar zijn telefoon reiken toen hij zich omdraaide. Een paar tellen later zoemde haar eigen telefoon in haar zak. Ze wist dat hij haar de contactgegevens van zijn echtscheidingsadvocaat had gestuurd.

'Ik moet hier ergens de loper hebben.' Celia had haar leesbril opgezet om de sleutelring te doorzoeken. 'Wat een totale puinzooi. Het districtsbureau hijgt in mijn nek. Ouders gaan tegen me tekeer over de telefoon. Docenten melden dat ze niet naar school kunnen komen.'

'Hoezo niet?'

Celia keek haar aan alsof ze onnozel was. 'Ze zijn bang dat hun kinderen hierna aan de beurt zijn.'

Emmy was inderdaad onnozel. Het enige waaraan ze had gedacht was dat de stad de handen ineen zou slaan om naar de meisjes te zoeken. Ze had niet beseft dat ze zich uit angst tegen elkaar zouden keren. 'Hoe goed kende je Cheyenne en Madison?'

'Moet ik er iets achter zoeken dat je in de verleden tijd spreekt?'

Emmy wist zich omringd door betweterige taaldocenten. 'Cheyenne leeft waarschijnlijk niet meer.'

Geschokt liet Celia het nieuws bezinken. 'En Madison?'

'Die zou...' Emmy voelde haar hoop weer vervliegen. 'Het ziet er niet goed uit.'

'Shit,' verzuchtte Celia. 'Ik heb ze deze zomer allebei een keer of drie op mijn kamer gehad. Meestal was Cheyenne de leider, maar toen Madison in de problemen raakte, was ze een en al gluiperigheid. Het zijn altijd de stillen die je onder de douche neersteken.'

Emmy had kunnen weten dat Celia de enige op deze school was die de keiharde waarheid zou spreken. 'Wat spookten ze uit?'

'Grote mond. Niet opletten. Geklooi met hun telefoon in de klas. Niet echt de reden waarvoor ik mijn PhD in twintigste-eeuwse Amerikaanse literatuur heb gehaald.' Celia klonk fel, maar toen ze opkeek van haar sleutels, had ze een zachte blik in haar ogen. 'Vreemd genoeg vond ik ze nog aardig ook. Cheyenne haalde altijd het bloed onder je nagels vandaan, maar ze kon verdomd grappig zijn. En Madison was zo slim. Veel te slim. Bij haar moest ik eeuwig op mijn tenen lopen. Begrijp me niet verkeerd, ze schoten helemaal door, maar mettertijd zou het met die twee uiteindelijk goed zijn gekomen.'

Emmy hoorde de pijn in haar stem. 'Het is vreselijk.'

'Nou, als je die klootzak vindt, laat hem dan maar vijf minuten alleen met mij, dan zorg ik ervoor dat hij nooit meer iemand kwaad doet.'

Celia schoof een sleutel in Cheyennes kluisje. Emmy hoorde een klik. Het deurtje zwaaide open. Ze zag een studieboek en een bruine papieren boterhamzak, en toen sloeg de wietgeur als een sloophamer in haar gezicht.

Maar dat was niet het ergste.

Pas nadat Emmy haar keel had geschraapt, kon ze weer praten. 'Kun je even achteruitgaan?' vroeg ze aan Celia.

Met haar zaklamp scheen ze in het kluisje. Tegen de achterwand waren zes foto's geplakt. Tien bij vijftien. Twee horizontaal, drie verticaal. Madison en Cheyenne poseerden voor de camera: lippen getuit, één hand op een heup, één knie gebogen, borst naar voren. Op vier van de foto's stonden beide meisjes. Op de andere twee hadden ze zich om de beurt languit op een kingsize matras uitgestrekt. Ze droegen een dikke laag make-up en de goedkope nepsieraden waar ze zo dol op waren. Ze waren allebei gekleed in een minieme kanten bh en bijpassende string. Madisons setje was wit. Dat van Cheyenne was zwart. Goed tegenover kwaad. Engel tegenover feeks.

Met tegenzin boog Emmy zich voorover om de foto's van dichterbij te bekijken. De matras lag op de grond, op een ruwe betonnen vloer. De muur achter de matras was wit geschilderd. Geen boekenplanken of iets van kunst. Geen lakens. Niets wat te herleiden viel. Alleen een kingsize matras en twee kwetsbare kinderen.

'Jezus,' fluisterde Celia. 'Dat had ik liever niet gezien.'

Emmy deelde haar walging. De blik in hun ogen had iets buitengewoon pijnlijks. Ze lachten, pruilden en keken plagerig. Het was overduidelijk dat ze dachten dat zij de situatie in de hand hadden in plaats van de smeerlap van wie ze hun lichaam voor de camera in seksueel uitdagende houdingen moesten wringen.

'Laten we hopen dat het maar spel was,' zei Celia.

'Yep,' beaamde Emmy, maar de foto's stonden ongetwijfeld al op het internet. Niemand deed zoveel moeite voor een privéverzameling. Je deed het om te bluffen. Om te delen. Om te vernederen. Om te misbruiken.

Emmy klikte de lamp weer aan haar riem. Met haar mobiel fotografeerde ze wat ze tot dusver had gevonden, daarna trok ze een paar handschoenen aan om de inhoud te inspecteren.

Cheyennes naam stond in krullerig schuinschrift op de bruine papieren zak. Emmy vermoedde dat Ruth Baker haar dochters lunch had ingepakt, maar ze betwijfelde of de vrouw er ook de zes zakjes wiet en vier kleinere pakjes met gele pillen bij had gedaan. Ze maakte een foto van het geheel. Het werd tijd om wat bewijszakken uit haar auto te halen.

'Alvarez.' Celia hield de portofoon al voor haar mond. 'Hou personeel en leerlingen buiten de afdeling Taal en Cultuur.'

Een golf van ruis ging aan Dylans antwoord vooraf. 'Yes, ma'am.'

Emmy bladerde door het studieboek gezondheidsleer en legde het toen op de vloer, met de papieren zak erbovenop. Nu lag er nog één ding in het kluisje. Een witte envelop, die ze ook weer met haar telefoon vastlegde. Bij het adres van de afzender stond een plaatje van een C-vormig stuk gereedschap met een bliksemschicht door het midden. Emmy herkende het logo van de Clifton Tool and Die Company. Het familiewapen.

'Cheyennes vader werkt toch op de fabriek?' vroeg Celia.

'Felix Baker. Hij is werktuigbouwkundige.'

Emmy maakte de envelop open. Weer een foto, deze keer van een spiernaakte Cheyenne. Op de kale matras. Op haar rug. Met haar benen wijd. Haar armen gespreid. Haar mond open.

'O god,' zei Celia. 'Waar waren ze mee bezig?'

Emmy legde de foto omgekeerd terug in het kluisje. Ze wilde hem niet aanraken, wilde niet weten wat Cheyenne Baker allemaal was kwijtgeraakt in dat ene moment waarop de camera dat beeld had gevangen.

'Cheyenne nam geld aan voor seks,' zei ze.

'Verdomme,' zei Celia vol walging, maar die gold eerder zichzelf dan het meisje. 'Ik had geen idee. Deed ze dat ook op school?'

'Dat weet ik niet. Ik wil graag kopieën van alle bewakingsbeelden van de afgelopen maand.'

'De camera's staan alleen op de deuren en de gangen gericht. Misschien ging ze een leeg lokaal binnen. Een toilet. Een kleedkamer. Niet dat het nodig was. Iedereen weet dat het systeem rammelt.' Celia wees naar de camera achter Emmy. 'Die daar kwam vorige week pas weer online.'

'Misschien hebben we geluk.' Hoewel Emmy eraan twijfelde, besloot ze de opnamen toch door te nemen. 'Heb jij leerlingen weleens over iemand horen praten die de Viespeuk wordt genoemd?'

'Dat kan er ook nog wel bij,' zei Celia. 'Maar nee, nooit van gehoord. Is hij je verdachte?'

'Mogelijk,' zei Emmy, maar ze twijfelde aan Jacks betrouwbaarheid. 'Waar is het kluisje van Madison?'

'Hier.'

Emmy wachtte toen Celia de sleutel in het slot stak. Met ingehouden adem bereidde ze zich alvast voor op de gruwelen die hun hier te wachten stonden. Het deurtje zwaaide open, maar ze zagen niets wat zich kon meten met de inhoud van Cheyennes kluisje. Geen foto's. Geen boek. Geen bruine papieren zak. Integendeel, het kluisje was leeg, op een simkaart na die in drie stukken was geknipt.

'Die kleine heksen,' mompelde Celia. 'Vorige week heb ik Cheyennes telefoon in beslag genomen. Madison moet de simkaart hebben gestolen.'

Meteen dacht Emmy aan het gesprek over Cheyennes wegwerptelefoons. Acht dagen geleden was een van de nummers offline gegaan; een nieuw nummer was ervoor in de plaats gekomen. 'Waar is die telefoon?'

'Als ik hem nog heb, moet hij hier ergens zijn.' Celia wenkte haar mee. 'Twee dagen nadat ik Cheyennes telefoon had afgepakt, kwam Madison naar mijn kamer en vroeg om een tampon. Ik zei dat ze naar de verpleegpost moest gaan, maar ze zei dat ze dat te gênant vond. Niet te geloven dat ik erin gestonken ben. Ik liet haar op mijn kamer achter. Toen moet ze die simkaart hebben gestolen.'

'Weet je zeker dat het twee dagen later was?'

'Heel zeker. We hadden die ochtend brandoefening. Madison stond bij mijn deur toen ik terugkwam van het footballveld.'

'Zat je kamer op slot tijdens die oefening?'

'Ja, maar ik deed de deur weer open zodat ze binnen kon wachten. Ik zei toch dat ze heel gluiperig was.'

Het ging Emmy eerder om de logistiek. Waarom had ze de telefoon niet meegenomen? Waarom had ze alleen de simkaart gestolen? En waarom had ze die doorgeknipt?

Als hun vermoedens over Madisons telefoongegevens klopten, had Cheyenne de geconfisqueerde telefoon dezelfde dag nog vervangen door een nieuw wegwerptoestel. Twee dagen later had Madison de simkaart gestolen. Cheyenne had haar telefoon toen al niet meer nodig. Wie had gezegd dat ze de simkaart terug moesten zien te krijgen? En waarom zou je die stukjes plastic bewaren nadat je hem kapot had geknipt, waarmee alle informatie op het kaartje verloren was gegaan?

Misschien moesten ze het aan iemand laten zien om te bewijzen dat het vernietigd was. Misschien had de ontvoerder Madison eropuit gestuurd om het te stelen.

Celia liep door het decaankantoor naar haar kamer erachter. Haar bureau ging schuil onder nette stapels papier. Ook waren er twee ingelijste foto's: een van Emmy met Cole in haar armen en een van Tommy die banjo speelde. Het was een oude foto, waarop hij vrijwel al zijn haar nog had.

Emmy liet haar blik langs de reeks monitors gaan boven de dossierkasten tegenover het bureau. Ze boden zicht op de verlaten gangen, de ingang naar de aula, de deuren aan de achterkant van het gebouw. Dylan had de leerlingen buiten weten te houden. Het enige wat opviel was de inhoud van Cheyennes kluisje, die nog steeds over de vloer verspreid lag. Emmy dacht aan de foto's in het kluisje. Madison was de vorige dag vijftien geworden. Haar lichaam was eerder dat van een kind dan van een vrouw.

'Alsjeblieft.' Celia pakte een kartonnen doos van een van de dossierkasten en dumpte die op haar bureau.

De moed zonk Emmy in de schoenen. Ze zag enorm veel telefoons. 'Weet je het merk nog waarmee Cheyenne werd betrapt?'

'Na een tijdje is het allemaal één pot nat. Ik krijg een punthoofd van al die telefoons.' Celia reikte haar een klembord aan met een lijst namen en datums. 'De leerlingen moeten ze zelf aftekenen zodat ik de schermpjes niet hoef aan te raken. Ik zit niet op conjunctivitis te wachten. Als je ze in de klas gebruikt, zo luidt de regel, hou ik ze vier schooldagen vast. Als daar een weekend of een vrije dag bij zit, heb je pech gehad.'

Emmy keek naar de lange lijst neergekrabbelde namen. Ze zag geen streepjes of kruisjes ten teken dat een telefoon aan een leerling was teruggegeven. 'Hoe weet je of een leerling z'n telefoon terugkrijgt?'

'Tegen de vierde dag krabben ze aan mijn deur. Telefoons zijn bepaald niet goedkoop.'

'Zou je het merken als er eentje ontbrak uit die doos?'

'Nee,' zei Celia. 'Maar dat weten zij niet. Negenennegentig procent van mijn taak bestaat uit leerlingen wijsmaken dat ik over de tijd en middelen beschik om ze te slim af te zijn.'

Dus daarom had Madison de simkaart gestolen, maar de telefoon laten liggen, vermoedde Emmy. Ze zag Cheyennes naam op de lijst. 'Vorige week dinsdag heeft Cheyenne haar telefoon afgetekend. Weet je nog of ze er maandag naar gevraagd heeft?'

Celia fronste nadenkend haar voorhoofd: 'Ik kan het me eerlijk gezegd niet herinneren.'

Emmy had haar handschoenen nog aan. Ze rommelde in de doos. Klaptelefoons lagen gebroederlijk naast iPhones, Androids en een kloeke Samsung. Ze waren allemaal uitgeschakeld. Er zaten allerlei hoesjes omheen. Op sommige stonden sportmascottes of regenbogen. Er waren veel kattenplaatjes bij. Maar op geen van de klaptelefoons stonden initialen in het kunststof gekerfd. Net toen Emmy had besloten ze een voor een te onderzoeken, zag ze een iPhone-hoesje met een zeer opvallende blauwe tint. Hetzelfde blauw als dat van Cheyennes fiets. Hetzelfde blauw als van haar lakens.

'Heb je een paperclip?' vroeg ze.

Celia trok er eentje van een stapel papier. Zonder dat Emmy het hoefde te vragen verdraaide ze het ding zodat het puntige uiteinde naar voren wees. Emmy stak de paperclip in het gaatje aan de zijkant van de iPhone. De simkaarthouder sprong open. Die was leeg.

'Dat is raar,' zei Celia. 'Wat doet hij hier?'

Emmy draaide zich om. Celia keek naar een van de monitors. Dale Loudermilk stond op de gang. Zijn uiterlijk viel naadloos samen met zijn status: veertiger, dirigent van het schoolkoor, getrouwd met een kerksecretaresse. Dikke brillenglazen. Borstelsnor. Ned Flanders-kapsel. Stevig postuur. Hij droeg het groene shirt en de kakishort van het North Falls Recreation Center.

Hij was voor Cheyennes kluisje blijven staan, zich waarschijnlijk afvragend waarom al haar spullen op de vloer lagen. Opeens moest hij het beseft hebben, alleen al vanwege de suggestieve foto's op de achterkant van het kluisje. In plaats van weg te lopen keek hij naar links en naar rechts en stak toen zijn hand naar binnen. Hij pakte de foto die Emmy ondersteboven in het kluisje had achtergelaten.

Ze verwachtte dat hij de foto vol afschuw meteen weer terug zou leggen, misselijk en walgend, maar in werkelijkheid deed hij het tegenovergestelde.

Hij keek naar de obscene foto van Cheyenne die wijdbeens op de matras lag. Zijn gezicht was volkomen uitdrukkingloos. Emmy ging wat dichter bij de monitor staan om zijn emotieloze trekken beter te kunnen zien, de achteloze manier waarop hij naar een stukje kinderporno keek alsof het een busdienstregeling was. Ze telde de seconden af. Tot tien, toen tot twintig. Ze was al bijna bij dertig toen Loudermilk de foto uiteindelijk weer in het kluisje legde en wegliep.

'Neem contact op met Dylan,' zei ze tegen Celia. 'Zeg dat hij onmiddellijk hiernaartoe moet komen.'

Ze wachtte niet op een reactie, maar keerde snel terug naar het decaankantoor. Het was alsof haar huid in brand stond. De kriebel. Het slechte voorgevoel. Wat Dale Loudermilk had gedaan, voelde allesbehalve goed.

In plaats van de hal in te stormen om hem aan te spreken, gluurde ze om de deuropening. Loudermilk liep bij haar weg en begaf zich naar de aula. Hij had zijn handen in de zakken van zijn short en liep met geheven hoofd. Hij zette er flink de pas in en stopte pas toen hij bij de deuren van de aula was aangekomen. Eerst keek hij naar links, toen naar rechts en vervolgens ging hij naar binnen.

Met haar handen aan haar riem volgde Emmy hem op een drafje. Voor de deuren bleef ze even staan om afstand te bewaren. Toen liep ze de hal in en vervolgens de donkere aula. Zachtjes trok ze de deur achter zich dicht. De UIT-borden fungeerden als nachtlampjes. Ze zag Loudermilk, met zijn handen nog steeds in zijn zakken, over het middelste gangpad lopen. Emmy bleef iets achter. Ze wachtte tot hij tussen de coulissen was verdwenen, waarna ze hem over het podium volgde. Ze klemde haar kiezen op elkaar, want de zolen van haar zware schoenen knerpten over de zwarte vloer.

Hij scheen haar niet te horen, want al zijn aandacht was naar voren gericht. Emmy passeerde kleedkamers en toiletten. Ze bleef even wachten tot hij links afsloeg, een smalle gang in. Er floepten geen lampen aan. Er gingen geen deuren open of dicht. Ze gluurde om de hoek. Loudermilk liep naar het einde van de gang. Iets verderop gloeide het UIT-bord. Inmiddels had hij zijn handen uit zijn zakken gehaald. Ze vermoedde dat hij iets kleins vasthield wat precies in zijn handpalm paste. In plaats van naar de uitgang te gaan sloeg hij opeens af en liep het kantoor van de toneelmeester in. Emmy bleef in de schaduw en schuifelde de gang door, tot ze het punt had bereikt vanwaar ze door het raam in het kantoor kon kijken.

Loudermilk stak zijn hand achter een dossierkast en haalde een laptop tevoorschijn. Hij nam achter het bureau plaats, opende de laptop en stak een USB-stick in de zijkant. Meteen begon hij te klikken en met zijn vingers over de touchpad te strijken. Het licht van het scherm werd weerspiegeld in zijn brillenglazen. In de stilte hoorde ze de harde schijf draaien en de ventilatoren in actie komen. Hij kopieerde bestanden naar de USB-stick.

Emmy klopte op het raam.

'Jezus!' Loudermilk sloeg de laptop dicht en sprong op. 'Wat is er?'

Emmy liep het kantoortje in. Ze deed de plafondlampen aan. 'Wat waren dat voor bestanden die u kopieerde?'

'Ik...' Zijn blik schoot naar de laptop en toen weer naar haar. 'Bladmuziek. Volgende week zijn de audities voor het showkoor. Ik moet me voorbereiden.'

'De audities zijn pas aan het eind van de maand.'

'Wat ik bedoelde... Ik moet volgende week alles klaar hebben. Voor de komende audities. Dat vergt voorbereiding.' Zijn blik schoot naar het raam. Celia was hen gevolgd. Hij rechtte zijn schouders in een poging wat gezag uit te stralen. 'Mrs Clifton, zou u aan deze jongedame willen uitleggen dat ik werk te doen heb?'

'Die laptop is schooleigendom,' zei Celia tegen Emmy. 'Die valt onder mijn bevoegdheid.'

Met een knikje liet Emmy Celia haar gang gaan.

'U mag niet...' Loudermilk wilde de laptop pakken, maar Emmy ging voor hem staan.

'Waarom verstopte u uw laptop achter de dossierkast?' vroeg ze.

'Die had ik niet verstopt. Ik bewaarde hem op een veilige plek voor de zomer, maar...' Met afgewende blik zocht hij wanhopig naar een verklaring. 'Iedereen kon erbij. Ik ben hier na de planningsvergadering niet meer geweest. Een van de conciërges had kunnen...'

'Had wat kunnen doen?' Emmy ging pal voor hem staan. 'Wat voor dossiers was u aan het kopiëren?'

'N-Niks, ik...' Loudermilk bracht zijn hand naar zijn mond. 'Alsjeblieft, dit is een misverstand. Het is niet wat jullie denken. Ik ben een goed mens.'

'Hebbes,' zei Celia.

Emmy boog zich over de laptop. Midden op het scherm stond een voortgangsbalk. Er werden negenhonderdachtenzestig bestanden gekopieerd. Emmy opende de USB-stick, met de naam BLADMUZIEK. Er waren meer mappen dan ze kon tellen. HYMNEN. ORATORIA. MAGNIFICAT. CANTATES. PSALMEN. KERSTMIS.

'Zie je wel?' Loudermilk wees naar de bestanden. Ik zei toch dat ik wat bladmuziek met liederen moest printen voor –'

'Mond houden.' Emmy schakelde tussen de datums om het recentste bestand boven te halen. SACRALE CONCERTEN schoot naar de top van de lijst. De inhoud moest gigantisch zijn. De voortgangsbalk beraamde de opdracht op ongeveer achtenveertig minuten.

Ze bewoog de cursor naar de map.

'Niet doen, alsjeblieft,' smeekte Loudermilk. 'Ga nu maar weg. We kunnen gewoon weggaan met z'n allen.'

Emmy klikte de SACRALE CONCERTEN aan. Het was net een Russische matroesjka. Er verschenen meer mappen, voor praktisch elke letter van het alfabet één. Ze begon bij de A. Er werden thumbnails geladen voor tientallen jpegs. De namen van alle bestanden vertoonden hetzelfde patroon: naam, streepje, nummer.

Abigail-10
Allyson-10
Andie-11
Angela-10
Anna-9

De gal steeg Emmy naar de mond. Ze opende de B-map. Toen de C. Ze waren allemaal hetzelfde. Gealfabetiseerd. Geïndexeerd. Een naam. Een streepje. Een nummer. Ze opende geen van de foto's. De thumbnails alleen al waren misselijkmakend.

'Ik kan het uitleggen,' zei Loudermilk.

Emmy had geen uitleg nodig.

Dale Loudermilk was een pedofiel die moeiteloos toegang had tot beide vermiste meisjes.

6

Emmy zat naast haar vader in de observatiekamer van het politiebureau. De lampen waren uit. Op de tafel voor hen stonden twee monitors, die verschillende invalshoeken toonden van de verhoorkamer, zo'n tien meter verderop. Eén camera was gericht op Dale Loudermilk, die met kaarsrechte rug en zijn handen gevouwen op schoot op een stoel zat. De andere camera was op Lionel Faulkner gericht, de leidinggevende FBI-agent uit Atlanta, die al drie uur bezig was Dale te laten bekennen dat hij Cheyenne Baker en Madison Dalrymple had ontvoerd en waarschijnlijk vermoord.

Tot nu toe had het alleen maar krachtige ontkenningen opgeleverd.

'Dale.' Lionels stem klonk tergend kalm door de goedkope speaker die tussen de twee schermen in stond. 'Waar zijn de meisjes?'

Emmy zag Dale zijn hoofd schudden, zoals hij telkens had gedaan wanneer Lionel hem die vraag stelde. De man die in paniek was geraakt toen Emmy het kantoor van de toneelmeester binnen was gelopen, was slechts een vage herinnering. Deze kant van Dale kende ze nog uit haar schooltijd: zelfingenomen en neerbuigend, lichtelijk verstoord omdat je het woord tot hem durfde te richten. Hij dacht kennelijk dat hij slim genoeg was om zich uit de problemen te kletsen, maar als hij echt slim was, zou hij zijn mond houden en om een advocaat vragen.

'Agent Faulkner, ik heb dit nu al duizend keer verteld,' zei Dale. 'Het antwoord blijft hetzelfde. Ik heb geen idee waar de meisjes zijn. Ik heb niets met hun verdwijning te maken gehad. Ik ben volkomen onschuldig.'

'Waarom blijf je maar liegen?'

'Ik lieg niet. Ik zeg alleen iets wat u niet wilt horen.' Dale klonk alsof hij een leerling de les las. 'Ik ben een leraar. Ik zou een kind nooit kwaad doen. Het idee alleen al botst met alles waarin ik geloof.'

'Laten we het daar eens over hebben.' Lionel leunde achterover. Hij sloeg zijn benen over elkaar en deed alsof hij alle tijd van de wereld had. 'Waarom wilde je eigenlijk leraar worden?'

Emmy zuchtte geërgerd. Ze had Lionels aanpak al snel doorgehad. De agent boog zich naar voren om Dales persoonlijke ruimte fysiek binnen te dringen terwijl hij hem op agressieve wijze ondervroeg over de vermiste meisjes, waarna hij achteroverleunde en een onschuldige vraag stelde over koorarrangementen of hoe het was om in de sporthal te werken.

De techniek kwam regelrecht uit het boekje en was bedoeld om de verdachte geleidelijk aan de controle te laten verliezen. Jij bepaalde de toon. Jij koos de onderwerpen. Jij zei waar hij moest gaan zitten, waar hij moest gaan staan, wanneer hij mocht praten, wanneer hij mocht eten, wanneer hij mocht pissen, en uiteindelijk was hij zo wanhopig dat hij het opgaf en bekende. Het was een variatie op 'good cop/bad cop meets stockholmsyndroom', maar voor zover Emmy het kon beoordelen, stonk Dale Louderdale er niet in.

Hij zweette niet. Hij pleitte of smeekte niet. Hij beefde en huilde niet. Hij wipte niet met zijn benen. Hij wrong zijn handen niet. Voor hetzelfde geld zou hij nu op een ouderavond kunnen zijn, met een ouder die hem probeerde over te halen een cijfer te wijzigen.

Van Dale viel niets te verwachten.

'Dit is idioot, pap.' Emmy kon haar ergernis niet langer bedwingen. 'Faulkner is nu al drie uur heen en weer aan het jojoën. Dale heeft geen millimeter toegegeven. Waarom gebruikt hij de informatie niet die we hem gegeven hebben?'

'Geen idee,' zei Gerald.

'Moet je hem nou zien.' Emmy gebaarde naar Dales hooghartige gezicht op het scherm. 'Hij denkt nog steeds dat hij hiermee wegkomt. Faulkner moet hem eens flink de duimschroeven aandraaien. Over Cheyennes telefoons beginnen, de simkaart, de seks, de drugs, de beelden van de beveiligingscamera's op school. De halve FBI is Dales huis en auto overhoop aan het halen en een colonoscopie aan het uitvoeren bij iedereen die hij ooit heeft ontmoet. Faulkner moet Dale aan het verstand brengen dat het net zich om hem sluit. Misschien is Madison nog in leven.'

'Frustrerend,' zei Gerald.

'Wat je zegt.' Emmy kreeg steeds meer de pest in. 'Als we nou eens naar binnen gaan.'

'Nee.'

'Hij moet hem keihard aanpakken, pap.'

'Keihard is niet altijd hard genoeg.'

'Wat bedoel je daar nou weer mee?' wilde Emmy weten. 'Je hebt altijd tegen me gezegd dat je het over een andere boeg moet gooien als iets niet werkt. Misschien ligt Madison nu te stikken in een kofferbak of geboeid in een jachthut. Hoelang houdt ze het in deze hitte uit zonder water?'

Gerald gaf geen antwoord. Al zijn aandacht was op de monitor gericht, met Dale Loudermilk op de eerste rang. Net toen Emmy haar vader om een of andere klus wilde vragen zodat ze weg kon uit deze verstikkende, donkere kamer, klonk er een scherpe, schorre hoest door de speaker. Dale bracht zijn hand naar zijn mond. Weer hoestte hij.

Emmy zag Lionel Faulkner naar het plastic bekertje op tafel wijzen.

'Neem maar een slok,' zei hij.

Met het nodige vertoon pakte Dale de beker en nam een paar luidruchtige teugen. Hij smakte met zijn lippen en zette de beker terug.

Emmy kneep haar handen samen tot ze de botjes voelde verschuiven. Ze dacht de hele tijd aan hoe ze onder die eik had gestaan met Madisons hand in de hare. Ze had het meisje één keer in de steek gelaten. Nu zag ze hoe een tweede agent haar ook weer in de steek liet. Dale ging niet tegen Faulkner zeggen waar ze waren. Ze had al haar wilskracht nodig om niet door de gang te rennen, de verhoorkamer binnen te stormen en die verwaande grijns van zijn kop te slaan.

'Je hebt Cheyenne en Madison gerekruteerd toen ze in de derde zaten,' zei Lionel.

Dale zuchtte eens diep. 'Het is geen rekruteren. Ik hou audities. Elk kind kan een poging doen. Cheyenne is een mooie alt. Madison heeft een zeer krachtige tessituur die goed samengaat met mijn oudere tenoren.'

'Oftewel: een omslachtige manier om te zeggen dat ze prachtig kan zingen, toch?' Lionel wachtte tot Dale een knikje gaf. 'Het zijn mooie meisjes, vind je niet? Vooral Cheyenne.'

'Doe niet zo walgelijk.'

'Maar Madison...' Lionel klakte met zijn tong tegen zijn tanden. 'Die heeft van die gave rondingen. Iets om je aan vast te houden.'

Emmy voelde het zuur branden in haar maag.

'Madison zat in je showkoor,' vervolgde Lionel. 'Vorig jaar mocht ze mee naar het staatskampioenschap in Atlanta.'

'Ik heb toen een hele bus vol leerlingen meegenomen. Madison Dalrymple was er maar een van.'

'Je verbleef in hetzelfde hotel als Madison. Het Marriott Marquis aan Peachtree Center Avenue. Je kamer was pal naast die van haar.'

'En mijn vrouw lag pal naast me in bed.' Dale leek van het woordspel te genieten. 'Ze was een van de begeleiders op die reis. Ga maar met haar praten. Dan zult u horen dat ze niets heeft gezien.'

'Ik betwijfel of Esther over voldoende mensenkennis beschikt.' Lionels toon kreeg iets vertrouwelijks. 'Per slot van rekening had ze geen idee dat ze al twintig jaar met een pedofiel onder één dak woont.'

Dale had zijn vuisten gebald. Langzaam strekte hij zijn vingers, als om zichzelf eraan te herinneren dat hij rustig moest blijven. 'Jullie hadden het recht niet om zonder mijn toestemming met mijn vrouw te praten.'

'Ik heb de indruk dat je niet begrijpt hoe je ervoor staat,' zei Lionel. 'Je bent gearresteerd wegens het bezit van kinderporno. Je bent op heterdaad betrapt.'

'Volgens mij bent u degene die het niet begrijpt,' reageerde Dale. 'Ik heb herhaaldelijk gezegd dat ik mijn oude laptop aan de toneelafdeling heb geschonken. Ik heb het ding al ruim een jaar niet meer gezien.'

'Het hoofd van de toneelafdeling kan zich niet herinneren dat je de laptop aan haar hebt gegeven.'

'Dat verbaast me niks van dat getikte mens.'

'Volgens Mrs Clifton staat de laptop nog steeds op jouw naam.'

'Ik zou haar documentatiesysteem niet vertrouwen als ik u was. Ze is heel slordig.'

'We hebben de laptop op vingerafdrukken onderzocht, Dale. Er werden maar twee stel aangetroffen. Die van Mrs Clifton op het toetsenbord, en dat kan wel kloppen, want zij heeft de computer ontsloten. Jouw afdrukken werden op de binnenkant en de buitenkant aangetroffen, en op de USB-stick waarop je de porno downloadde.'

'Ah, nu zie ik het misverstand. Het apparaat zat onder het stof. Ik heb het schoongeveegd voor ik het ging gebruiken.' Dale pakte de beker met water, maar dronk er niet van. 'Ik zei toch dat ik het ding al een jaar niet gezien heb. Niet sinds ik die nieuwe heb.'

'Oké,' zei Lionel. 'Van de ouderrraad kreeg je een splinternieuwe Macbook Pro nadat de koorclub de regionale competitie had gewonnen. Die hebben we in het koffertje in je auto gevonden.'

Dale zette de beker weer op tafel. 'Ik zal u het wachtwoord geven. Van mij mag u hem doorzoeken. Het enige wat erop staat zijn lesplannen, koorarrangementen en bladmuziek.'

Weer boog Lionel zich naar voren. 'Mag ik eens uitleggen hoe de FBI te werk gaat wanneer we een dergelijke zaak krijgen? Ja?'

Dale slaakte een diepe, verongelijkte zucht. Hij snapte niet dat Lionel door hem om toestemming te vragen en daarbij herhaaldelijk 'mag ik' te gebruiken de indruk wilde wekken dat de keuze aan hem was.

'Ik luister,' zei hij met een handgebaar.

'We doorzoeken je huis. We doorzoeken je auto's. We doorzoeken je werkplek, het schuurtje waar je je tuingereedschap bewaart, je kluisje bij de sportzaal, met de pot antischuurcrème. We praten met je vrouw. We praten met je familie. We praten met je buren, je collega's, je dominee, de mannen van je softbalteam, de vent van de veevoederzaak die vorige week zes zakken mulch in je pick-up heeft geladen, de vrouw die vrijdag je haar heeft geknipt.'

Emmy ademde sissend uit. Eindelijk legde Faulkner de feiten op tafel waaruit Dale moest afleiden dat zijn hele leven onder een microscoop lag.

'Mag ik je de keiharde waarheid vertellen, Dale?' vroeg de agent.

'Wilt u daarmee zeggen dat het voorgaande niet de keiharde waarheid was?'

'Je gaat de bak in.'

Dale schudde zijn hoofd. 'Ik ga echt de bak niet in.'

Hij was zo zeker van zijn zaak dat Lionel hem in zijn gezicht uitlachte. 'Gast, je bent door een hulpsheriff op heterdaad betrapt.'

'Emmy Clifton is nog een kind. Die heeft haar baan alleen aan haar vader te danken.' Kennelijk dacht Dale dat hij daarmee een punt had gescoord. 'Gást.'

'Echt, man, je klinkt zo high als een aap. Zal ik je op drugs laten testen?'

Dale snoof vol verachting. 'Ik drink niet eens alcohol.'

'Nou moet je eens goed luisteren, Dale. Ik weet niet in wat voor sprookjeswereld je je op dit moment bevindt, maar mag ik uitleggen hoe het er in de echte wereld aan toegaat? We laten even buiten beschouwing wat je met Cheyenne en Madison hebt uitgespookt, oké?'

'Dat is belachelijk,' mompelde Dale.

'De staat Georgia gaat finaal over je heen walsen. Je weet het nog niet, maar je wordt zo plat als een pannenkoek. Op het bezit van kinderporno staan in dit land de allerzwaarste straffen. Elke download wordt als een misdrijf beschouwd. Echt élke download. Volg je me nog?'

Dale reageerde niet, maar lette opeens wel heel goed op.

'En dan hebben we het over een ernstig misdrijf, niet over een overtreding. We hebben het over boetes tot honderdduizend dollar per kéér. Richtlijnen voor straffen gaan van vijf tot twintig jaar per kéér.' Lionel had zich weer in Dales persoonlijke ruimte gemanoeuvreerd. 'Ik weet dat je geen wiskundeleraar bent, dus ik zal de cijfers voor je op een rijtje zetten. Stel dat je de minimumstraf krijgt, oké? Die krijg je niet, maar om het makkelijk voor je te maken. Vijf jaar keer negenhonderdachtenzestig pornografische plaatjes van meisjes tussen de negen en elf jaar betekent dat je in de gevangenis de pijp uit gaat.'

Emmy zag Dales tong onder zijn snor uit schieten toen hij over zijn lippen likte. De informatie was hard aangekomen, maar zijn onverstoorbare houding hield stand.

'Ik ga de bak niet in,' herhaalde hij met klem.

'Daar blijf je maar op hameren, maar zoals ik het zie, is er maar één vraag, namelijk in welke gevangenis je doodgaat en hoelang dat nog gaat duren.'

'Dat zijn twee vragen.'

'Mag ik ze allebei voor je beantwoorden?' vroeg Lionel. 'Of het wordt Dooly State Prison, waar alle andere pedo's worden opgeborgen, of het wordt Georgia Diagnostic and Classification Prison, waar je zo'n vijftien jaar in de isoleer doorbrengt tot je wordt meegenomen door de gang, aan een brancard wordt vastgebonden, een naald in je arm krijgt en dan ben je er geweest.'

Dales mond viel open. Zijn scherpe adem floot door de speaker.

'Kijk eens om je heen, naar dit kleine kutkamertje. Dit is de Taj Mahal vergeleken met de cel die je te wachten staat. Als je je armen uitstrekt, kun je beide muren aanraken.'

Onwillekeurig keek Dale de kamer rond.

'We weten dat Cheyenne al dood is,' zei Lionel.

Dale beet op zijn onderlip om zijn mond dicht te houden.

'Is Madison ook dood?' vroeg Lionel.

Weer hoorde Emmy die fluitende adem. Dale kuchte. Hij keek naar de muur tegenover zijn stoel. Zijn blik was leeg, maar ze zag een dikke zweetdruppel over een van zijn bakkebaarden glijden.

'Dit alles is een vergissing,' zei hij.

'Weet je hoeveel gasten er in de gevangenis zitten vanwege een vergissing?'

'Ik zei niet dat ík een vergissing heb gemaakt. Ik zei dat júllie een vergissing hebben gemaakt.' Dale zweeg even en dronk om kalm te worden de beker leeg. Met een klap werd de plastic beker weer op tafel gezet. 'Wat moet ik met twee laptops? Mijn Macbook Pro is een veel beter apparaat. Zoals ik herhaaldelijk heb gezegd, heb ik al maanden niet meer naar dat oude geval gekeken.'

Emmy voelde alle lucht uit haar lichaam ontsnappen. Hij had de stilte benut om een nieuwe smoes te verzinnen.

'Oké,' zei Lionel, die op het verhaal inhaakte. 'Hoe wist je dat de laptop achter de dossierkast was verstopt?'

'Iedereen wist dat. Hij was niet verstopt. Hij was daar opgeborgen.'

'Wie z'n werk was dat?'

'Wíéns werk, en ik heb geen idee.'

'Hoelang lag hij daar al?'

'Geen idee.'

'Oké,' zei Lionel. 'Als ik het goed begrijp, is het als volgt gegaan: Cheyenne Baker en Madison Dalrymple worden ontvoerd, en door een of ander merkwaardig toeval kom jij de volgende ochtend in alle vroegte fris en fruitig de school binnenwandelen om een laptop te pakken die je al ruim een jaar of precies een jaar of al maanden of je weet niet hoelang niet meer gezien hebt, maar je weet wel dat hij is "opgeborgen" tussen een dossierkast en een muur, dat iedereen hem wel heeft gezien maar dat verder niemand eraan heeft gezeten, want je wilde wat bladmuziek kopiëren, maar buiten jouw medeweten om is het enige bestand dat je kopieerde op de USB-stick die je van huis had meegenomen toevallig het enige bestand op de laptop met bijna duizend kinderpornofoto's.'

Dale likte weer over zijn lippen. Hij besefte hoe ongerijmd het allemaal klonk. 'Ja.'

'Esther was bij haar zus in Carrolton om samen met haar kinderen naar het vuurwerk te kijken. Ze zei dat ze je over de telefoon had gesproken, maar dat ze je niet had gezien. Buren waren allemaal bij het vuurwerk. Niemand heeft je gezien. Je hebt geen alibi.'

'Ik was thuis.'

'Je buurman zegt dat je vanochtend op de oprit je auto stond schoon te maken en uit te zuigen. Doe je dat meestal om halfzes 's morgens?'

'Is het in Atlanta soms geen zomer?' Dale was weer een en al zelfgenoegzaamheid. 'Omdat het later op de dag te warm is, ga je 's ochtends aan de slag.'

'Dat kan kloppen,' beaamde Lionel. 'Maar wat ik raar vind, is dat ik nog nooit gehoord heb dat iemand zijn auto met bleekmiddel schoonmaakt. Niet als hij onschuldig is.'

Dales blik ging weer naar de lege muur voor hem.

'In die forensische programma's hoor je altijd dat bleekmiddel bloed- en DNA-sporen vernietigt. Daar kunnen we met al onze testen niet tegenop, of wel?' Lionel zweeg even, maar er kwam geen reactie. 'Dus als jij je auto met bleekmiddel schoonmaakt, gaat er een alarmbel af. Dan weet ik dat je bang was dat we DNA en vingerafdrukken zouden vinden, en sporenbewijs van Cheyenne en Madison.'

'Dat zou me dan niks verbazen,' wierp Dale tegen. 'Ik breng de hele tijd leerlingen thuis na koorrepetitie. Maar wel altijd met toestemming van de ouders. Vraag maar aan Hannah en Ruth.'

'Dat hebben we al gedaan,' zei Lionel. 'Je hebt Cheyenne heel vaak thuisgebracht. Verona is twintig minuten rijden van je eigen huis.'

Dale zweeg.

'Vertel eens over de Glock 20 die op jouw naam staat.' Lionel wachtte, maar weer reageerde Dale niet. 'Die hebben we niet in je huis of in je auto aangetroffen. Waar is dat wapen?'

Dale liet zijn hoofd hangen. Hij staarde naar de lege beker op tafel.

'Het ziet er niet best voor je uit, man.' Weer zweeg Lionel even. 'Dom ben je niet. Je weet heel goed hoe beroerd je ervoor staat.'

Emmy zag Lionel weer vooroverbuigen. Het viel haar nu pas op dat Dales houding de laatste minuten opvallend was veranderd. Hij zat niet meer kaarsrecht overeind, maar hing onderuitgezakt op zijn stoel, met zijn schouders gebogen. Hij sloot zich af.

Volgens het boekje was dit het riskantste moment tijdens een verhoor. Er konden drie dingen gebeuren: hij bekende, hij vroeg om een advocaat, of hij klapte volledig dicht.

'Ik was het niet,' fluisterde Dale.

'Oké, vriend, dat is duidelijk. Maar laat me de situatie even samenvatten,' zei Lionel. 'Twee ontvoerde meisjes. Je kent ze allebei. Bloed op de plaats delict wijst op een schotwond. Je Glock is onvindbaar. Je hebt je auto met bleekmiddel schoongeboend. Je hebt geen alibi voor gisteravond. Vanochtend werd je betrapt toen je van je laptop kinderporno downloadde.'

Dale schudde zijn hoofd. 'Het is mijn laptop niet,' mompelde hij.

'Wist je dat computers het bijhouden telkens als een gebruiker inlogt?' vroeg Lionel.

Dales hoofd schoot omhoog. Hij had kennelijk geen idee. In een poging zijn zelfvertrouwen op te krikken ging hij wat rechter zitten. 'Wachtwoorden kunnen gestolen worden.'

'De laatste keer dat iemand op je laptop inlogde, was op 12 mei van dit jaar. De inhoud van je map met Sacrale Concerten werd tijdens je lunchuur gedurende eenentwintig minuten bekeken.'

'Iedereen luncht op –'

'Nee, luister.' Lionel legde hem met opgeheven vinger het zwijgen op. 'We hebben camerabeelden waarop je drie minuten voor er wordt ingelogd de aula binnengaat en vier minuten nadat er wordt uitgelogd ga je weer weg. Je bent achtentwintig minuten binnen geweest. Op 24 mei hetzelfde verhaal. Je gaat in de lunchpauze de aula binnen, blijft vierentwintig minuten ingelogd, je logt uit, en dan pakt de camera je wanneer je de aula weer verlaat.'

Met ingehouden adem boog Emmy zich naar voren, Dale in stilte smekend om eindelijk toe te geven.

'De...' Dale schraapte zijn keel. 'De camera op de gang is kapot.'

'Klopt, tot voor kort,' zei Lionel. 'Maar de camera achter het kaartjesloket in de hal heeft altijd prima gewerkt.'

Emmy zag alle kleur uit Dales gezicht trekken. Hij sloeg zijn handen ineen op zijn schoot. Alle arrogantie was opeens verdwenen. Hij leek bang.

'Eindelijk,' mompelde ze.

'Dale,' zei Lionel. 'We gaan door met het bekijken van die camerabeelden, die vergelijken we met de inlogtijden, en zo stellen we onweerlegbaar vast dat jij tijdens schooltijd op jóúw schoollaptop inlogde om je af te rukken terwijl je naar kinderporno keek.'

'Nee,' zei Dale hoofdschuddend.

'Mag ik je vertellen hoe het volgens mij vanochtend echt is gegaan?' vroeg Lionel. 'Toen je je auto met bleekmiddel aan het schoonmaken was, dacht je aan alle zwakke punten waardoor de meisjes aan jou gelinkt konden worden, en opeens raakte je in paniek vanwege die laptop.'

'Nee,' hield Dale vol.

'Je wist dat het in de stad wemelde van de politie. Je wist dat het een kwestie van tijd was voor die met de docenten van de meisjes ging praten. Je was bang dat een of andere agent de laptop zou vinden, of dat iemand van school zich herinnerde dat die achter de dossierkast was geschoven.'

'Hij is niet van mij.'

'Je wist dat het serienummer naar jou zou voeren. Je wist dat als iemand de bestanden op die laptop zag, jij in verband zou worden gebracht met de ontvoering, want hoe groot is de kans dat een pedo die zich afrukt bij plaatjes van misbruikte, kwetsbare meisjes niet dezelfde verkrachtende moordenaar is die twee jonge meisjes die hij al twee jaar kent heeft ontvoerd?'

'Het zijn geen jonge meisjes. Het zijn bijna volwassen vrouwen.'

'Wil je beweren dat je ze jonger nog lekkerder vindt?'

'Het enige wat ik beweer is dat u fout zit.' Dale sloeg nu een andere toon aan. Hij was kwaad. 'Stel dat uw krankzinnige theorie klopt – en die klopt trouwens niet – waarom zou ik de laptop dan niet gewoon meenemen en vernietigen?'

Lionel grinnikte, alsof het antwoord voor de hand lag. 'Omdat je denkt dat je slim bent, Dale. Omdat je in gedachten alle kutsmoezen over die laptop al hebt doorgenomen – *Die ben ik kwijtgeraakt. Ik weet niet meer aan wie ik hem gegeven heb. Ik heb hem per ongeluk in de plee laten vallen* – en toen besefte je dat er maar één ding op zat, namelijk de harde schijf wissen en hopen dat het daarmee afgedaan was.'

Dale sloeg zijn blik neer, maar Emmy zag nog net de verbijsterde blik in zijn ogen. Hij had inderdaad gedacht dat hij slim was. Hij was inderdaad in paniek geraakt.

Lionel boog zich weer naar voren, met zijn ellebogen op zijn knieën. 'Mijn collega heeft met je vrouw gesproken.'

Het werd zo stil in beide vertrekken dat Emmy Dale hoorde slikken.

'Hij zei dat Esther parttime als secretaresse in de baptistenkerk werkt. Hij vond haar een deugdzame christelijke dame. Ben je het eens met die beschrijving van je vrouw, Dale?'

'Ja,' fluisterde hij.

'Esther is er kapot van, Dale. Ze huilde aan één stuk door. Ze moest zelfs overgeven toen we het haar vertelden. Mijn collega moest er een dokter bij halen.'

Voor het eerst sinds dit alles begon leek Dale bezorgd om iemand anders dan zichzelf. 'Ze lijdt aan angsten.'

'Op dit moment lijdt ze zeker,' zei Lionel. 'Ze maakt zich zorgen om Madison en Cheyenne.'

Emmy zag Dales onderlip trillen. Zijn ogen waren nat van de tranen.

'Een van de belangrijkste beginselen van het christendom is vergeving,' zei Lionel. 'Denk je dat Esther je dit zal vergeven?'

Dale veegde onder zijn bril om zijn tranen te wissen.

'Ik denk dat Esther je uiteindelijk zal vergeven, Dale. Je vrouw gelooft in de Bijbel. Ze is een godvrezend mens.' Lionel zweeg even. 'Maar ze kan je niet vergeven als je de waarheid niet vertelt. En dat wil je toch? De waarheid vertellen?'

Dale begon te knikken, maar de woorden kwamen niet over zijn lippen.

'Die laptop is van jou, toch?'

Dale schudde zijn hoofd.

'Zeg waar de meisjes zijn, Dale. Dan kan ik ze thuisbrengen, naar hun familie.'

Hij bleef zijn hoofd schudden, maar zweeg nog steeds.

'Dale, help me om Cheyenne en Madison thuis te brengen. Ruth moet haar kind zien. Hannah wil haar meisje in haar armen houden.'

Nu vulden Emmy's ogen zich ook met tranen. Ze keek naar haar vader. Gerald had zich niet verroerd. Zijn blik was nog steeds op de monitor gericht waarop het gezicht van Dale Loudermilk te zien was.

'Vertel het maar,' zei Lionel. 'Gooi het maar van je af, man. Zeg waar ze zijn.'

Eindelijk knapte er iets bij Dale. Een luide snik trilde door de speaker. Hij smeet zijn bril op tafel, sloeg zijn handen voor zijn gezicht. Hij begon te huilen, maar algauw ging het gehuil over in gejammer. Hij schommelde heen en weer, als om zichzelf te sussen.

Met haar handen om de armleuningen van haar stoel geklemd keek Emmy naar hem. Ze kon alleen nog maar aan Madison en Cheyenne denken. Hadden zij ook zo gehuild? Waren ze doodsbang geweest? Hadden ze zich hulpeloos en verlaten gevoeld? Besefte Cheyenne dat haar leven voorbij was toen Dale haar door het hoofd schoot? Zat Madison te jammeren als een klein kind op die donkere plek waar hij haar mee naartoe had genomen?

'Dale, luister.' Lionel legde een kalmerende hand op zijn schouder. 'Kijk me eens aan. Je kunt je alleen van deze schuld bevrijden door me te vertellen waar ze zijn. Verder maakt het niemand wat uit. Zeg waar ze zijn.'

Dale hield zijn handen voor zijn gezicht. Hij mompelde iets, maar zijn stem was te gedempt om door de microfoon te worden opgepikt.

'Wat zei je?' Lionel verstond hem ook niet. Hij trok Dales handen weg en keek hem aan. 'Vertel.'

'Ik zei dat ik het niet gedaan heb!' schreeuwde Dale. Hij duwde zich van de tafel af en begon met zijn armen te zwaaien. 'Ik heb het godverdomme niet gedaan! Ik heb het niet gedaan! Ik heb het niet gedaan!'

Emmy hoorde zijn geschreeuw weergalmen, eerst vanaf de gang en een halve seconde later vanuit de microfoon.

'Shit,' fluisterde ze. Het liefst had ze de monitor een dreun verkocht. 'Hij geeft niet op, nooit,' zei ze tegen haar vader. 'Dat weet jij ook.'

Gerald reikte naar de speaker en klikte het geluid uit. De gedempte kreten stopten abrupt. Emmy zag dat Lionel was opgestaan. Hij strekte zijn handen uit in een poging Dale te kalmeren.

'Cheyennes kluisje,' zei Gerald. 'Laat eens zien.'

Emmy pakte haar telefoon. Ze scrolde door de foto's en gaf het toestel aan haar vader. 'Wat zie ik over het hoofd?'

'Geen idee.' Hij bewoog zijn vingers onhandig over het scherm. Pas na enkele pogingen lukte het hem om in te zoomen. 'Geen halskettingen.'

Emmy snapte niet dat ze het zelf niet had gezien. 'Die hebben ze afgelopen kerst voor elkaar gekocht. Ik denk niet dat ze die voor de foto's zouden hebben afgedaan. Ze dragen hun andere sieraden nog wel. Dat betekent dat de foto's minstens zeven maanden oud zijn.'

Gerald swipete over het scherm. Hij deed hetzelfde wat Emmy in de school had gedaan: hij bestudeerde de achtergrond op zoek naar aanwijzingen voor de plek waar de fotosessie had plaatsgevonden.

'Een kleurenprinter?' vroeg hij.

'Ja, met de inkt en het papier schieten we niks op. Die zijn van het soort dat je bij Office Depot koopt. Zonder watermerk of tijdsaanduiding.'

Hij swipete door. 'Vertel eens over Cheyennes telefoon.'

'Ik heb het serienummer in het systeem ingevoerd. De iPhone stond geregistreerd als gestolen, vorig jaar februari, in Atlanta. We hebben het Atlanta Police Department opdracht gegeven de oorspronkelijke eigenaar te achterhalen, maar alle data op de telefoon zijn gewist. Cheyenne heeft de fabrieksinstellingen teruggezet.' Vooruitlopend op de volgende vraag, want die zat haarzelf ook hoog, zei ze: 'Celia vertelde dat Mrs Burrough Cheyenne naar haar kamer had gestuurd om haar telefoon af te geven. Ze was in haar eentje op de gang en had alle tijd van de wereld om onderweg alles te wissen.'

'Maar ze haalde de simkaart er niet uit.'

'Waarschijnlijk wist ze niet dat ze die ook moest wissen. Daarom ging Madison twee dagen later terug.'

'In opdracht van wie?'

Ze keken allebei naar de monitors. Dale zat weer, met zijn armen gekruist voor zijn borst. Hij wekte niet de indruk erg technisch te zijn.

'Wat weten we?' vroeg Gerald.

Emmy keek op haar horloge. 'We zitten al bijna op zeventien uur na de ontvoering. Een man van wie beide slachtoffers les hebben gehad, blijkt een pedofiel te zijn. We hebben twee plaatsen delict. Allereerst het voetbalveld waar de twee fietsen, Cheyennes bloed en Madisons telefoon zijn gevonden. De andere is op een landweg, waar een gebroken gouden halsketting is aangetroffen naast afdrukken van fietsbanden, een paar grote voetafdrukken en een paar kleinere voetafdrukken.'

'Wat denken we te weten?'

'Er loopt een man rond die de Viespeuk wordt genoemd, die we niet kunnen vinden en die mogelijk niet eens bestaat. Verder is er een drugsdealer, een zekere Wesley "Woody" Woodrow, die hen misschien van drugs voorzag. Cheyennes klaptelefoon, die bekend is bij haar ouders, moet nog ergens liggen. De tweede wegwerptelefoon, die ze kocht ter vervanging van de telefoon die Celia in beslag had genomen, moet ook nog ergens liggen. De geconfisqueerde telefoon is om de een of andere reden door Cheyenne gewist. Om de een of andere reden nam Madison het risico om betrapt te worden op de koop toe toen ze twee dagen later de simkaart uit Celia's kamer stal. Ze knipte de kaart in drie stukken, die ze bewaarde, ook al is het onmogelijk om bij de gegevens te komen, wat betekent dat ze ze aan iemand wilde geven als bewijs dat het kaartje vernietigd was.'

'Wat zijn dat voor gegevens?'

'Op een simkaart staan het telefoonnummer, de netwerkautorisatie, contactenlijsten en een beperkt aantal berichten. De gegevens gaan samen met het kaartje over op de telefoon waar je het weer in stopt.'

'Foto's? Filmpjes?'

'Nee,' zei Emmy. 'Maar misschien heeft Cheyenne ze naar de cloud geback-upt. Met een betaalpas kun je opslagruimte kopen. Dan geef je een nepnaam en nepadres op. Zo moeilijk is dat niet.'

'Staat onze ontvoerder op de foto's?' vroeg Gerald. 'Of op de filmpjes?'

Wat Emmy betrof mocht iemand anders die vinden. 'De FBI zegt dat het vrijwel onmogelijk is om de gegevens op de gewiste telefoon te herstellen. Iets met een encryptiesleutel of iets anders technisch wat ik niet snapte, maar het komt erop neer dat we dat kunnen vergeten. Ze denken meer geluk te zullen hebben met Madisons telefoon. Of met de tweede wegwerptelefoon van Cheyenne, als we die vinden. Of misschien met haar klaptelefoon.'

'Te veel telefoons,' vond Gerald. 'Ga eens terug naar die envelop in het kluisje.'

Emmy wist dat hij het logo van Clifton Tool and Die bij de afzender had zien staan. 'Felix Baker werkt op de fabriek, dus misschien had hij thuis wat enveloppen liggen. Maar hij zei dat hij Ruth en Pamela bij de rivier had afgezet en toen naar zijn werk was gegaan. Hij heeft een gat van vier uur waarvoor we een verklaring moeten vinden.'

'Is al gebeurd,' zei Gerald. 'Vanmorgen heb ik met de fabriek gebeld en met de beveiliging gepraat. Baker checkte om vijftien uur achtentwintig in met zijn keycard en om achttien uur eenenvijftig checkte hij uit. Hij staat op de beveiligingscamera's in het gebouw. Zijn busje stond op het parkeerterrein.'

Zo gemakkelijk kwam Felix Baker niet van Emmy af. 'Volgens zijn vrouw was hij rond halfacht bij de rivier, maar kunnen we haar vertrouwen? Als Felix om achttien uur eenenvijftig van zijn werk is vertrokken, heeft hij nog tijd gehad om naar het park te gaan en de meisjes mee te nemen en zijn gang met hen te gaan, waarna hij op tijd terug kon zijn om Ruth en Pamela naar huis te brengen.'

Gerald reikte naar de wandtelefoon, toetste het nummer van Virgils toestel in en zette het apparaat op speaker. Het gerinkel vibreerde door de donkere kamer.

'Hallo, chef?' zei Virgil.

'Heb je het logboek?'

'Dat kwam net mijn inbox binnen,' zei Virgil. 'Het kenteken van het busje van Felix Baker werd gisteravond om negentien uur zestien door de verkeerspolitie geregistreerd toen de auto Front Basin Road in sloeg. Het werd weer gescand om drieëntwintig uur twee, toen hij wegreed.'

Emmy wist dat alle auto's van de verkeerspolitie een kentekenscanner voor op de grille hadden zitten. Front Basin Road was de enige weg van en naar het vuurwerkterrein, dus Felix Baker ging vrijuit.

'En de telefoongegevens?' vroeg Gerald.

'Ik verwacht dat Madisons telefoonverkeer van gisteren elk moment geüpdatet wordt. Ondertussen ben ik samen met de provider bezig de logbestanden van de twee wegwerptelefoons te achterhalen. Het enige wat ik tot nu toe weet, is dat het eerste toestel vorig jaar augustus online is gegaan.'

'En de klaptelefoon?' wilde Gerald weten.

'Felix heeft vanochtend Cheyennes logbestanden doorgestuurd. De klaptelefoon communiceerde met maar vier personen: Felix, Ruth, Pamela en Madison.'

'Verbaast me niks,' zei Emmy. 'Cheyenne wist dat haar ouders haar digitale leven scherp in de gaten hielden. Ruth heeft haar laptop aan de kerk gedoneerd nadat ze Cheyenne erop betrapte het ouderlijk toezicht te omzeilen. Ik was van plan vanochtend naar ze te bellen, maar toen kwam dat akkefietje met Dale ertussen. Ik wil wel –'

'Nee.' Gerald gebaarde dat ze moest blijven zitten. 'Virgil?'

'Zorg ik voor,' zei Virgil. 'En nog iets: ik heb Brett naar de telefoonwinkel in de outlet en naar de Good Dollar gestuurd. Op de dag dat Cheyennes nieuwe nummer online kwam, zijn er in totaal zes telefoons met simkaartjes verkocht. We hebben alle kopers kunnen achterhalen. Eentje is een bookmaker, twee zijn alleenstaande moeders die het tegenzit, en de overige drie bekenden dat ze de telefoon gebruikten om hun vrouw te bedonderen.'

'Cheyennes eerste wegwerptelefoon staat als gestolen in Atlanta geregistreerd, meer dan een jaar geleden,' zei Emmy. 'De tweede was waarschijnlijk ook gestolen, maar het simkaartje kan lokaal aangeschaft zijn. Daarvoor hoef je geen nieuwe telefoon te kopen. Je verwisselt ze gewoon.'

'Het enige wat de provider me kon vertellen was dat beide kaartjes in North Falls geactiveerd zijn. Ik heb van beide kaartjes de ICCID-nummers van twintig cijfers, maar die dingen worden in batches verkocht. Ze krijgen pas waarde wanneer iemand er geld op zet. Het is zoiets als een cadeaukaart die niet geactiveerd is. Die valt niet naar een verkoper te herleiden.'

'Oké.' Zo te horen wilde Gerald door. 'Irma Woodrow hoort bij jouw kerk,' zei hij tegen Virgil.

'Klopt.'

'Ze heeft een kleinzoon, Wesley. Wordt ook wel Woody genoemd. Handelt in drugs. Ik wil weten of hij contact heeft gehad met Cheyenne of Madison. Vraag eens of pastoor Nate met je mee wil.'

'Komt in orde, chef.'

Gerald verbrak de verbinding. Emmy had verwacht dat hij nu zou opstappen, maar hij sloeg zijn armen over elkaar en leunde achterover.

'Schiet de zwakke plekken er eens uit,' zei hij.

Dat was een van de spelletjes die ze speelden, ook wanneer ze zeker wisten dat ze de juiste persoon hadden gearresteerd. Een goede advocaat ging altijd op zoek naar de zwakke plekken in een zaak. Een goede agent zorgde ervoor dat hij bot ving.

Emmy keerde zich naar de monitors toe, met beelden van hun hoofdverdachte in de verhoorkamer. Dale liep heen en weer, nog steeds geagiteerd. Zonder twijfel hield hij nog steeds vol dat hij niets te maken had met de ontvoering van Cheyenne en Madison.

Stel dat dat deel van zijn verhaal klopte?

Dale was zonder enige twijfel een pedofiel, maar was hij de pedo die twee meisjes had ontvoerd? Of hoorde hij alleen maar bij de overige zevenentachtig geregistreerde pedofielen in het district?

'De FBI heeft Dales bankgegevens opgevraagd,' zei ze. 'Met de hypotheek, de aflossing van Esthers auto en hun studieleningen blijft er nauwelijks genoeg over om het eind van de maand te halen. Zij werkt op het kantoor van de kerk. Door dat jaarlijkse zomerbaantje in de sporthal kunnen ze de eindjes net aan elkaar knopen.'

'Oké.'

'Cheyenne had zestienduizend dollar op haar kamer verstopt. En ondertussen deelt Dale voor een minimumloontje handdoeken uit in de sporthal?' Emmy bedacht nog iets. 'Kaitlynn hoorde Cheyenne een grapje maken over de oudere man met wie ze contact had. Ze zei zoiets als dat ze wou dat zijn pik net zo groot was als zijn portemonnee. Dale heeft niet bepaald een grote portemonnee.'

'Misschien waren er meer oudere mannen.'

'Die kinderporno op Dales laptop,' zei Emmy. 'De meisjes die hij bekeek waren prepubers: negen, tien, elf jaar oud. Cheyenne en Madison waren al dik in de puberteit. Dat is wel een verschil.'

Gerald keek nu ook naar de monitors. Lionel richtte zijn vinger op Dales gezicht. Het gejojo was eindelijk voorbij, maar de nieuwe tactiek leek even weinig effect te hebben als de oude.

'Kom, we gaan rijden,' zei Gerald.

Pas toen ze op de gang stond, besefte Emmy wat een claustrofobisch kamertje het was. Ze knipperde tegen het felle plafondlicht. Nog voor haar ogen zich hadden aangepast, kon ze Brett al horen.

'Chef.' Hij klonk opgewonden. 'Die andere FBI-agent zei dat ik erbij mag zijn als hij Dales vrouw ondervraagt. Vind je dat goed?'

'Nee,' zei Gerald. 'Jij gaat op zoek naar een man die de Viespeuk wordt genoemd. De straat op en arresteer hem.'

Brett deed een mislukte poging zijn teleurstelling te verbergen. 'Oké, chef.'

De deur naar de verhoorkamer ging open. Emmy ving een vleugje bedompte zweetlucht op toen Lionel Faulkner de gang op stapte en de deur achter zich dichttrok. Op gedempte toon zei hij tegen Gerald: 'Harde dobber, die gast.'

'Dat heb je met die lui.'

'Is je nog wat opgevallen?'

'Als je niks weet, kun je jezelf van alles wijsmaken. Makkelijk zat.'

Lionel moest lachen. 'Klinkt als een raadsel verpakt in een puzzel.'

'Succes.'

Gerald liep door, nagekeken door een beduusde Lionel. Emmy haalde haar schouders even op en volgde haar vader naar de zij-uitgang. Ze wierp hem haar sleutels toe en nam plaats op de bijrijdersstoel van haar patrouillewagen. De auto had staan bakken in de zon. Ze sloeg haar armen over elkaar om haar blote huid niet in aanraking te brengen met de gloeiend hete stoel.

Gerald stak de sleutel in het contact. Warme lucht uit de ventilatoren sloeg in haar gezicht. Pas na vijf ellendige minuten zou de zaak wat afkoelen. Ze waren al halverwege Main Street toen Emmy haar vader naar het verhoor vroeg. Gerald had kennelijk iets op de monitors gezien wat hem op andere gedachten had gebracht.

'Wat heb ik gemist?' vroeg ze.

'VNG,' was het antwoord.

Voelt Niet Goed.

Emmy probeerde naar haar lichaam te luisteren. De knoop in haar maag werd weer aangetrokken. Ze had Lionel Faulkner verweten een fysieke jojo te zijn, maar emotioneel deed ze hetzelfde. De afgelopen vier uur waren haar gevoelens minstens twintig keer op en neer gestuiterd. Het ene moment maakte ze zichzelf wijs dat Madison nog leefde en gevonden zou worden. Het volgende moment wist ze zeker dat ze dood was. Ze was bijna opgetogen geweest toen ze Dale had gearresteerd, overtuigd als ze was dat hij de waarheid zou vertellen. Vervolgens was ze weer ten einde raad geweest omdat hij niet wilde praten. Dale zou nooit vertellen wat er gebeurd was. Hij zou hen niet naar de lichamen brengen. De meisjes zouden nooit gevonden worden.

'Ik weet niet of hij het is,' zei Gerald.

'Wat?' Met een ruk draaide Emmy zich naar hem toe. 'We hebben wat zwakke plekken gevonden, maar geen doorbraak. Dale lijkt me de aangewezen persoon.'

'Neem de voors en tegens eens door.'

Over de voors hoefde ze niet na te denken. Natuurlijk was het Dale. Het indirecte bewijs tegen hem stapelde zich op. Ze maakte een opsomming: 'Hij heeft beide meisje twee jaar lang lesgegeven. Hij heeft ieder van hen alleen in zijn auto gehad. Tussen de lessen door kon hij moeiteloos wat tijd voor zichzelf vrijmaken. 's Middags is hij vrij. Zijn wapen is onvindbaar. Vanochtend heeft hij zijn auto met bleekmiddel schoongemaakt. Hij schrok niet van de kinderporno in Cheyennes kluisje. Hij probeerde zijn eigen verzameling van zijn laptop te halen. Hij heeft geen alibi voor gisteravond. Hij past naadloos in het daderprofiel. Hij is arrogant, vindt zichzelf slimmer dan wie dan ook. Hij is het gewend de situatie in de hand te hebben. Hij probeert macht uit te oefenen door –'

'Emmy Lou.'

'Ik weet dat je niks met de theoretische kant hebt, maar het klopt wel, pap. Er zijn profielen voor dat soort lui. Gisteravond zei je dat het geld en de drugs ons van de zaak zouden kunnen afleiden. Misschien heb je gelijk. De meisjes kunnen zijn meegenomen puur omdat het twee jonge meisjes waren. Slechte mannen hebben geen logische reden nodig om vrouwen kwaad te doen. Ze doen ze pijn omwille van de pijn.'

'Oké,' zei hij. 'Nu de tegens.'

'Die heb ik al genoemd. Het geld. Dale heeft geen grote portemonnee.' Emmy wist dat hij daar geen genoegen mee nam en dacht even na. 'Als het Dale niet is, is het iemand die op hem lijkt. Een lid van de gemeenschap van wie niemand iets doorheeft. Waarschijnlijk heeft hij een slecht huwelijk of is hij gescheiden. Waarschijnlijk heeft hij eerst alleen maar op zijn computer naar kinderporno gekeken voordat hij besloot zijn fantasieën te verwezenlijken.'

'Gisteravond?'

'Nee, hij is de meisjes al een tijd aan het groomen. Anders is er geen verklaring voor de wegwerptelefoons, het geld en de drugs. Als we op grond van de foto's in Cheyennes kluisje concluderen dat de ontvoerder al contact met hen had voor ze afgelopen kerst die halskettingen voor elkaar kochten, dan speelt dit al minstens zeven maanden. Onlangs heeft iets hem tot actie aangezet.'

Gerald minderde vaart en sloeg af. 'Neem het eens verder met me door.'

'Vorige week woensdag moest Cheyenne haar telefoon aan Celia afgeven. Dat heeft ze vast tegen de ontvoerder gezegd. Die vrijdagochtend was Madison in Celia's kamer en pikte de simkaart. Die knipte ze in drie stukken, maar ze liet ze dat weekend op school liggen. Misschien geloofde hij haar niet toen ze zei dat ze de kaart had vernietigd. Misschien werd hij bang en besloot hij hen voor altijd het zwijgen op te leggen. Hij is ouder en dus geduldig, berekenend, en hij weet het juiste moment af te wachten. Hij weet dat ze samen in het park naar het vuurwerk gaan kijken. Ze zijn niet de enigen, de hele stad komt daar samen. De straten zijn dan verlaten. Hij besluit ze op woensdagavond te ontvoeren.'

'Hoe dan?'

'Hij zal eerst met Cheyenne op een of andere plek hebben afgesproken. Daarom was Madison zo bezorgd. Cheyenne was te laat. Ze zouden elkaar treffen onder de eik in het park.'

'Hoe laat?'

'Rond acht uur, denk ik, een uur voor het vuurwerk begon. Dat zou dan betekenen dat Cheyenne rond zeven uur of halfacht met de ontvoerder had afgesproken. Madison was ongetwijfeld van de afspraak op de hoogte. Daarom was ze zo ongedurig toen ik haar sprak. En toen ik haar in de kou liet staan, pakte ze haar fiets en ging in haar eentje op zoek naar Cheyenne.'

'En?'

Emmy sloot iets te lang haar ogen. Het beeld van Madison die haar bij de tribune had opgewacht was zo echt dat ze nog steeds de spanning voelde die als de hitte van een laaiend vuur van het vijftienjarige meisje afstraalde. Waarom had ze niet even tijd voor haar vrijgemaakt? Waarom had ze niet opnieuw Madisons hand gepakt en gezegd dat ze haar kon vertrouwen? Waarom had ze niet geluisterd naar wat het meisje te vertellen had?

'Iets hield haar tegen,' zei Gerald.

Emmy zweeg even om zich te herpakken. In haar verbeelding keek Madison haar na toen ze mokkend naar het toilet verdween. Ze liep weg van de tribune. Zocht haar fiets op en sleepte die over de betonnen trap naar boven.

'Madison nam haar fiets mee naar het parkeerterrein,' zei ze. 'Het was donker. Alle lampen waren uit. Het vuurwerk kon elk moment beginnen. De ontvoerder komt aanrijden in zijn sedan. Hij heeft Cheyennes fiets in zijn kofferbak. Dat ziet Madison omdat het vuurwerk is begonnen. Ze gaat naar de auto. Dan gebeurt er iets. Misschien probeert Cheyenne ervandoor te gaan. Madison rent achter haar aan. De ontvoerder rijdt het veld op. De meisjes proberen zich onder de bomen te verschuilen. De ontvoerder springt uit zijn auto en schiet Cheyenne neer.'

Onwillekeurig kromp Emmy ineen. Ze kon de wapenolie bijna ruiken, de terugstoot van Dales Glock 20 bijna zien toen de hamer neerkwam, de kogel door de lucht sneed en een gat sloeg in de schedel van Cheyenne Baker.

'En?' vroeg Gerald.

'Het geluid van het vuurwerk overstemt het schot. Ondertussen gaat Madison er op haar fiets over het veld vandoor. De ontvoerder rent haar achterna. Hij grijpt haar. Houdt haar in bedwang. Hij laat de fiets liggen en draagt haar naar de auto. Hij duwt Madison de auto in, legt Cheyenne in de kofferbak en rijdt dan naar een of andere afgelegen plek die hij van tevoren heeft uitgezocht. Daar misbruikt hij Madison waarschijnlijk voor hij ook haar doodt en zich van beide lijken ontdoet.'

'Waar?'

'Eens denken...' Emmy probeerde de cijfers boven te halen. 'Bij de meeste ontvoeringen waarbij sprake is van een zedendelict worden de lichamen gevonden binnen een straal van zo'n dertig kilometer. Over het algemeen is de ontvoerder bekend met het gebied. Hij keert er vaak naar terug om zijn wandaden te herbeleven. Gewoonlijk verbergt hij de lijken ergens: onder bladeren, in een ondiep graf, onder water, in een verlaten gebouw of leegstaande schuur, in stukken gehakt en op een stortterrein gedumpt.'

'Maak het kleiner.'

'Kleiner gaat niet, tot we meer weten over Dale,' zei Emmy. 'Maakte hij voettochten? Kampeerde hij weleens? Ging hij vissen? Kajakken? Of maakte hij lange ritten? We zijn omringd door bomen. Overal zijn bossen. Overal zijn parken. Dan heb je nog de Flint River. Tientallen meren. Afwateringsgreppels. Houthakkerswegen. Oude brandgangen. Het Okefenokee-moeras is vanaf hier maar vier uur rijden.'

Emmy's hart ging tekeer, want ze dreunde niet alleen een lijstje met natuurschoon op. Voor haar geestesoog zag ze de meisjes op elke locatie. Cheyennes schotwond die leegbloedde op droge bladeren. Madisons verzwaarde lichaam op de bodem van het moeras.

'Stel dat we hun lichamen nooit vinden?' vroeg ze aan haar vader. 'Stel dat Hannah zich de rest van haar leven moet afvragen of Madison dood is of nog leeft?'

Gerald reikte over de middenconsole en pakte haar hand.

Emmy besefte dat er een traan over haar wang was gegleden. De zwerende wond had zich weer geopend. De pijn om het verlies van Madison. De ruzie met Hannah. Het verpletterende schuldgevoel. Ze keek uit het raampje en zag de bomen in een waas voorbijtrekken. Ze had het recht niet om te huilen. Haar vader had ongelijk, dat kon niet anders. Lionel Faulkner moest Dale Loudermilk klein zien te krijgen. Een volledige bekentenis aan hem ontlokken. Ontdekken dat Madison nog leefde. Hannah het allerdierbaarste in haar leven teruggeven.

Ze moest weten dat hoe dan ook, tegen alle verwachtingen in, alles weer normaal zou worden.

Gerald liet Emmy's hand los en reed naar de landwegen, de naamloze paden die kriskras tussen de verschillende boerderijen door liepen, langs grazend vee, langs akkers met pinda's en sojabonen, langs paarden. Boerderijen die van de ene generatie Rijke Cliftons op de volgende waren overgegaan.

Op dat moment bevonden ze zich op het land van Taybee en Terrell. Emmy herkende het aan de strak geverfde witte omheining die hun terrein afbakende. De rode klei van de landweggetjes was glad en ingeklonken van alle paardentrailers, veewagens en landbouwwerktuigen die er in de loop van bijna tweehonderd jaar overheen waren gereden. Iedereen in de stad had weleens zo'n landweggetje genomen om een route af te steken of om een bepaald gebied te vermijden. Als meisjes waren Emmy en Hannah eroverheen gefietst op weg naar de stad, om naar de paarden te kijken of om bij de vijver rond te hangen die zich langs een van de helften van tante Millies terrein uitstrekte.

'Enig idee waarom Millie me steeds belt?' vroeg ze aan haar vader.

'Ik zou het niet weten.'

Emmy was vergeten dat Millie niet met Gerald sprak. Dat bedoelde Hannah als ze het over haar gestoorde familie had. Cliftons hadden om de haverklap ruzie met elkaar. De vier jaar stilte tussen Myrna en Celia stelden niets voor vergeleken met alle grieven die tientallen jaren teruggingen. Millie was de op twee na oudste nog levende Clifton. Ze had een geheugen als een ijzeren pot.

Gerald minderde vaart. Verderop zag Emmy een wit busje met op de portieren het logo van het Georgia Bureau of Investigation. Het forensisch team was de plek nog aan het doorzoeken waar de gouden halsketting en het bloed waren gevonden. Ze hadden een groot stuk terrein afgezet met metalen staken waaraan felgeel politielint was bevestigd.

Emmy wist waarom haar vader hiernaartoe was gereden. Ze citeerde een van zijn betere adviezen. 'Als je niet weet wat je doen moet, begin je bij het begin.'

'Yep.' Gerald stapte uit.

Ze zette zich schrap tegen de felle hitteklap. Toen ze stond, voelde ze zich wat licht in het hoofd. Ze was vergeten te ontbijten en inmiddels was het lunchuur ook al verstreken. Haar telefoon ging toen ze op het busje afstapte. Ze verwachtte Millies nummer te zien, maar de nummermelder vermeldde GOOD DOLLAR.

Emmy kende Louise Good al vanaf de kleuterschool. Toen ze allebei op Mercer College zaten, waren ze hechter geworden, tot Louise voor apotheker ging studeren om later in de familiezaak aan de slag te kunnen. De Good Dollar leverde aan heel North Falls en aan het grootste deel van Verona. Het was ook op fietsafstand van waar Cheyenne en Madison woonden.

Emmy stak een vinger op naar haar vader en zei: 'Hoi, Louise, goed dat je belt.'

'Als dit over de telefoons gaat die we vorige week hebben verkocht, dan is Brett al langs geweest.'

'Nee. Het gaat om iets anders.' Emmy sprak zachtjes en koos haar woorden met zorg. 'Wat voor anticonceptie gebruikt Madison Dalrymple?'

'Meid, als ik je dat vertel, zijn de problemen niet te overzien.'

Emmy sloot haar ogen. Hannah kon die informatie opvragen. Ze was Madisons officiële voogd. Het enige probleem was dat Emmy het haar zou moeten vragen.

'Shit,' zei Louise, maar Emmy hoorde al getik toen ze begon te typen. 'Oké, dokter Carl heeft haar één-punt-vijftien milligram Solaire-Freedom voorgeschreven. Dat zijn vierentwintig roze en vier witte pillen per blisterverpakking.'

Emmy herkende het recept. Het kwam overeen met de pillen die ze in Cheyennes geheime bergplaats had gevonden. 'Wanneer is ze ermee begonnen?'

'Eens even kijken.' Al neuriënd liet Louise het toetsenbord weer ratelen. 'Hebbes. Ze leverde het recept in op 13 september. De veertiende haalde ze het op.'

'En Cheyenne Baker?' Weer zorgde Emmy dat ze niet in de verleden tijd verviel. 'Is die ook aan de pil?'

'Nee, zeg,' zei Louise. 'Toen het gezin hier kwam wonen, had haar huisarts in Iowa haar voor dertig dagen amoxycilline voorgeschreven tegen haar puistjes. Daar raakte het arme kind vreselijk van aan de schijt. Ik zei tegen Ruth dat ze de pil zou kunnen proberen. Nou, je zou bijna denken dat ik had voorgesteld het kind levend te villen.'

Ruth Baker ten voeten uit. 'Heeft Hannah Madisons anticonceptie afgehaald?'

'Geen idee. En als ik het aan de balie vraag, willen ze weten waarom.' Ze zweeg even. 'Waarom vraag je het Hannah niet?'

'Die heeft momenteel genoeg aan haar hoofd.' Emmy ging er verder niet op in. Ze bedacht iets anders. 'Werd Madisons anticonceptie vergoed door Hannahs verzekering?'

'O, da's een goeie.' Meer geklik en meer geneurie. 'Nee, het ging buiten de verzekering om. Die pillen kosten honderdachtenzeventig dollar per maand, wat belachelijk is. Hier staat dat Madison het recept voor het laatst afhaalde op 28 juni, om twaalf uur eenentwintig. Contant betaald.'

Dat kon kloppen. Madison was om twaalf uur klaar met zomerschool. Er ontbraken vier pillen aan de blisterverpakking, wat betekende dat ze er op de eerste dag van de maand mee begonnen was.

'Bedankt, Louise. Je hebt me geweldig geholpen.'

'Zorg maar dat je die twee lieve meiden vindt,' zei Louise. 'Ik weet dat Hannah altijd een speciaal plekje in je hart heeft gehad. Beloof me dat je ze thuisbrengt.'

'Oké.' Emmy besefte dat ze het nietszeggende 'oké' van haar vader gebruikte, dat betekende dat het geen belofte inhield die ze misschien niet kon inlossen. Voor Louise kon reageren beëindigde ze het gesprek. Ze keek achterom, naar Gerald. Die was in gesprek met iemand van de forensische recherche, een slungelige man in een wit Tyvek-pak.

Ze keek weer op haar telefoon, alsof ze iets belangrijks aan het lezen was, maar in werkelijkheid had ze even tijd nodig om tot zichzelf te komen. Ze scrolde door allerlei nichtenberichten die ze door het waas voor haar ogen niet kon lezen. Tante Millie had zes voicemails ingesproken. Emmy nam niet de moeite ze te beluisteren. Het was altijd hetzelfde. Haar tante die op barse toon 'Met Millie Clifton' zei, waarop ze met wat scherpe klikken de hoorn weer op de haak probeerde te leggen.

Inwendig gaf ze zichzelf een schop onder haar kont. Ze veegde met de rug van haar hand langs haar neus en ging aan het werk.

Stof wervelde rond haar broekspijpen en sloeg neer op haar schoenen toen ze naar het busje liep. De genadeloze zon had de rode klei van Georgia gebleekt tot een helwit waarvan haar ogen gingen tranen. Ze zag dat de forensisch rechercheurs hun spullen begonnen te verzamelen en de staken uit de grond trokken. Het gele lint viel neer. Van dichtbij herkende ze in de lange slungel in het Tyvek-pak special agent Michael Berry-Lawhorn.

Hij knikte naar Emmy. 'Ik zei tegen je vader dat ons tweede team zojuist een kogelhuls heeft gevonden op het voetbalveld. Die zat half in de grond. Werd geplet door een van de autobanden. Hij is opgestuurd voor ballistisch onderzoek, maar komt vermoedelijk van een randvuurpatroon, .22 mag.'

'Dus van een geweer of een revolver,' zei Emmy. 'We hebben een verdachte met een geregistreerde Glock 20, met een .10mm-patroon.'

'Ik weet zo goed als zeker dat dat niet het wapen is dat hier is gebruikt,' zei Michael. 'Als jullie slachtoffer een .10mm door het hoofd had gekregen, zou het hier vol bot- en hersenresten liggen. Een .22 is kleiner en lichter. Die tolt als een flipperkastballetje door de hersenpan. Het enige wat meestal naar buiten komt, is bloed.'

'Hebben jullie hier iets gevonden?' vroeg Gerald.

'Niets wat opviel, maar als je even geduld hebt, doen we een rondje over het terrein.'

Gerald wachtte tot Michael naar zijn team stapte en zei toen: 'Ruger heeft een randvuurpistool. Standaardmodel. Enkelzijdige demontagepal. Grendelsluiting. Drop-down mag. Mooi dingetje.'

Wat wapenkennis betrof zou Emmy haar vader nooit kunnen evenaren. 'Waar wordt-ie voor gebruikt?'

'Vooral voor sport. Doelschieten. Plinking.' Hij voegde eraan toe: 'Browning Buck Mark. Beretta Neos. Colt Ace. Er zijn er meer. Ruger is de beste.'

'Ik zie Dale in zijn vrije tijd nog geen blikjes van een schuttingpaal schieten.' Emmy googelde de Ruger op haar telefoon. Het semiautomatische pistool was voor het eerst in 1949 geproduceerd. 'Het ziet eruit als iets waarmee een nazi in een oude oorlogsfilm loopt te zwaaien.'

'Gebaseerd op de Japanse Nambu.'

Ze schoof haar telefoon weer in haar zak. 'Dale is nog steeds onze hoofdverdachte. De voors vallen niet weg tegen de tegens.'

'Misschien hebben we het juiste tegen nog niet gevonden.'

'Madison kreeg dat recept voor de pil van dokter Carl, maar het was voor Cheyenne bedoeld.' Emmy zag hem verrast opkijken, maar ze wist dat hij moeiteloos kon bedenken wie de bron was. 'De eerste keer dat ze het recept bij de apotheek afhaalde, was op 14 september. Ik vermoed dat Cheyenne een paar weken heeft gewacht, en toen op 1 oktober is begonnen.'

'Het duurde even voor ze was overgehaald,' zei Gerald.

'Misschien,' zei Emmy met een slag om de arm, want ze wist hoe idioot tieners soms waren. Ze had al drie maanden seks met Jonah gehad voor ze uit angst voor zwangerschap als een haas naar de Planned Parenthood-kliniek in Clayville was gegaan. Celia had haar gebracht zodat haar ouders er niet achter kwamen.

'Sheriff.' Michael wikkelde het losse afzetlint om zijn hand zodat het net een felgele want leek. 'Ik ben zover.'

Onder het lopen keek Emmy naar de grond. Aan weerszijden van het pad waren afwateringsgreppels, met zware stenen op de zinkputten vanwaar het water naar de retentievijver werd afgevoerd. Terrell hield het gras kort om te voorkomen dat slangen de paarden aan het schrikken maakten. Zo'n vijftien meter verderop was de afrastering van wat het achterland werd genoemd, een weidegebied voor zijn melkkoeien. Emmy keek naar de glooiende heuvels erachter en toen naar het hoge gedeelte waarop de boerderij troonde, als de kroon op de Clifton-juwelen.

'Taybee en haar gezin waren gisteravond bij de rivier,' zei ze tegen haar vader. 'De arbeiders gaan om vier uur naar huis. Tussen zeven en acht uur is hier vast niemand geweest.'

Gerald knikte. 'We zijn zover,' zei hij tegen Michael.

'Yes, *sir*.' Al pratend ritste Michael zijn pak open. 'De FBI neemt de identificatie van de bandensporen en schoenafdrukken voor hun rekening. Die kunnen we midden volgende week terugverwachten. Maar dit is zonder meer het terrein waarop de worsteling heeft plaatsgevonden. We hebben vastgesteld dat de fiets uit westelijke richting kwam. Veertig meter verderop zijn we de afdruk kwijtgeraakt, maar je ziet hoe de fiets over de weg heen en weer heeft gezwabberd.'

Emmy zag de ruime slingers en dacht aan Cheyenne die aan het trappen was, met haar ellebogen naar buiten, hoe ze naar links hing en dan weer naar rechts, als een vliegtuig, terwijl ze dacht aan wat ze met die oudere man ging doen en aan alle lol die ze later met Madison in het park zou hebben.

'De auto kwam ook uit westelijke richting,' vervolgde Michael. 'De sporen pikten we na zeven meter op. Dit pad wordt veel gebruikt door landbouwwerktuigen, dus het is onmogelijk om ze eerder op te pikken. We weten dat de bestuurder op dit punt ineens stopte en uitstapte. Deze afdrukken zijn van mannenschoenen maat tweeënveertig. Van wandel- of werkschoenen, vermoed ik, maar dat moet de FBI nog bevestigen. We gaan nu naar beneden.'

Gerald bleef op de weg staan terwijl Emmy achter Michael aan de greppel in ging. Het grind verschoof onder de dikke zolen van haar schoenen. Stof wolkte op tot in haar mond. Ze hoestte.

'Kijk.' Michael wees terug naar de weg. 'Vanaf hier kun je die losse zode beter zien.'

Emmy hield beide handen boven haar ogen tegen de zon. Ze tuurde naar de samengepakte klei, maar kon de inkeping alleen zien omdat Michael had gezegd waar ze moest kijken. Ze schudde haar hoofd, want zo had ze het zich totaal niet voorgesteld. 'Bedoel je dat de auto de fiets heeft geraakt?'

'Ja.' Hij wees naar een plek op een paar meter van de zode verwijderd. 'Daar vond de botsing plaats. Hier is de fiets gevallen.'

Emmy klom de weg weer op om het beter te kunnen zien. Als straatagent had ze met tientallen fietsongelukken te maken gehad. Ze zakte op haar knie om de plek beter te bestuderen. De trapper had het eerst de grond geraakt, als een soort anker, waarna het achterwiel door de vaart van de fiets was rondgedraaid.

'De rand van het achterwiel was verbogen,' wist ze weer. 'De ketting lag eraf.'

'Ik denk dat de linkervoorbumper van de auto het achterwiel heeft geraakt. Door de klap verboog de rand en vloog de fiets de lucht in. Samen met de fietser.'

Het filmpje in Emmy's hoofd ging van een zorgeloze Cheyenne die slingerend over de weg fietste naar een doodsbang meisje dat als een gek trapte om een optrekkende auto te ontwijken.

'Hij reed niet eens zo hard,' zei Michael. 'Misschien vijfentwintig kilometer per uur, maar we hebben het wel over een auto van een kleine ton tegen een fiets van ruim tien kilo met een tenger meisje erop. Ze sloeg hier tegen de weg en rolde daar de greppel in.'

Weer zag Emmy het in gedachten voor zich. Cheyennes doodsbange gezicht toen ze de auto steeds dichterbij hoorde komen. De schok toen de fiets werd geraakt. De afschuw toen ze door de lucht vloog en op het grind smakte, waarna ze naar de bodem van de greppel rolde.

'Hebben jullie nog een ander stuk van de gouden halsketting gevonden?' vroeg ze.

'Niets, maar op deze plek heeft de verkeerspolitie de ketting gisteravond gevonden. Zonder een lichaam is het moeilijk vast te stellen of hij van haar hals werd gerukt of door de klap doormidden brak.'

Emmy zag nog iets. Uit het grind in de greppel waren drie ronde happen geschept. 'Lag er bloed op het grind?'

'Ja, we vonden spatten van de klap, en ook verscheidene druppels van toen ze weggedragen werd of zelf de weg op is gekrabbeld. Ik ga ervan uit dat het bloed uit haar neus en mond kwam. Misschien van een schaafwond. We zullen het in het lab op DNA testen om er zeker van te zijn dat het van haar is. Sorry, maar ik moet even opnemen.'

Hij klom uit de greppel en beantwoordde ondertussen zijn telefoon.

Emmy richtte zich tot haar vader. 'Dat verandert de zaak, pap. De ontvoerder kwam gewoon aanrijden en ramde haar fiets. Hij wilde haar de stuipen op het lijf jagen. Misschien was hij van plan haar ter plekke te doden.'

'Yep.'

'Waar waren ze in godsnaam bij betrokken?'

Gerald keek naar de weg. 'Hoe is ze hier gekomen?'

Emmy keek ook. Om zich te oriënteren pakte ze haar aantekenboekje en tekende drie horizontale lijnen die ze doorkruiste met drie verticale lijnen op gelijke afstand van elkaar. Dat waren de landwegen.

'Volgens Michael kwam ze uit westelijke richting.' Emmy hield haar boekje zo dat haar vader het ook kon zien. 'De landweggetjes lopen zo, ongeveer als op een boter-kaas-en-eierenbord met drie extra vierkantjes aan de onderkant. Hier is Cheyennes huis, in Verona. Hier werd haar fiets geraakt door de auto. Voor haar is dit hier de snelste route, vanuit het oosten, niet vanuit het westen. Vanwege de honden heeft ze Taybees terrein gemeden. Bovendien is er de omheining. Dan had ze haar fiets over de –'

'Hier is ze langs gegaan.' Gerald plaatste zijn vinger in de benedenhoek.

Emmy was als door de bliksem getroffen. 'Dat is het land van tante Millie. Taybee zei dat ze klaagde over onbekenden die een stuk afsneden over haar erf.'

'Bel haar eens.'

Emmy zag dat de gemiste oproepen van Millie zich hadden opgestapeld. Er waren elf voicemails. Het was alsof haar maag dubbelklapte toen ze het nummer selecteerde. Ze tikte op het icoontje om het gesprek op de speaker te zetten. Pas nadat de telefoon vijf keer langdurig was overgegaan, nam haar tante op.

'Met Millie Clifton,' sprak ze.

'Met Emmy. Taybee zei –'

'Het heeft even geduurd voordat je terugbelde,' onderbrak Millie haar. 'Je hebt geluk dat ik toevallig net thuiskwam van het zoeken naar die arme meisjes omdat ik mijn bloeddrukpillen moest innemen. Waarom heb je niet opgenomen toen ik je belde?'

'Tante Millie.' Emmy probeerde haar toon te matigen. 'Als je nu eens vertelt waarom je me belde.'

'Vanwege een van die vermiste meisjes. Ze was gisteren op mijn erf, en niet voor het eerst. Ik herkende haar gezicht van een foto in de krant.'

Emmy was verbijsterd – niet vanwege de informatie, maar omdat ze dit die ochtend al had kunnen weten. 'Heb je Cheyenne Baker op je erf gezien?'

'Nee, die andere, dat iets dikkere meisje.'

'Madison.' Emmy's keel sloot zich rond de naam. 'Wat was ze aan het doen?'

'Ze was met Adam aan het praten.'

Emmy keek Gerald vragend aan. Hij schudde zijn hoofd.

'Wie is Adam, tante Millie?' vroeg ze.

'Die man over wie ik je vorige maand heb verteld. Die ik heb ingehuurd om mijn keermuur te repareren. Ik zei toch dat hij niks goeds in de zin had. Dat zit daar maar sigaretten te roken met allerlei uitschot dat hij binnenhaalt. Jullie meiden luisteren ook nooit naar me. Jullie zien me voor een ouwe gek aan.'

Emmy bleef haar hoofd maar schudden. 'Hoe laat heb je Madison gezien?'

'Dat moet vlak voor de lunch zijn geweest. Adam zei dat hij het geen punt vond om op 4 juli door te werken, maar toen ik uit mijn keukenraam keek, zag ik ze allebei roken en lachen met hun blote voeten in mijn vijver.'

Het was alsof Emmy's hart elk moment kon exploderen in haar borstkas. 'Wat is Adams achternaam?'

'O, dus nou wil je opeens van alles over hem weten?' zei Millie. 'Ik vertel je al een maand over vreemden op mijn erf die met hem willen praten. Een of andere gek klopte zelfs 's middags om vijf uur op mijn voordeur. Ze dacht dat hij bij me in huis woonde. Ik heb het dus over een jong meisje, nog maar net van school. Ik wist niet hoe ik het had.'

'Alsjeblieft, tante Millie. Ik moet Adams achternaam weten.'

'Goed dan. Eens even in mijn adresboek kijken. Hij staat niet onder de A van Adam...' Millie begon het alfabet te zingen. 'A, B, C, D, E –'

Emmy beet op haar lip om het niet uit te schreeuwen. Het adresboek van haar tante was zo dik als een telefoonboek, maar Millie hield er wel een eigen indelingssysteem op na.

'v,' zei Millie ten slotte. 'Hebbes. Adam Huntsinger.'

'Dank je.' Emmy's vinger hing al boven de knop om het gesprek te beeindigen, maar opeens verstijfde ze.

De kriebel. De *Voelt Niet Goed*-tinteling.

'Tante Millie,' zei ze. 'Waarom staat Adam Huntsinger onder de v in je adresboek?'

'O, dat komt door dat meisje dat hier aanklopte,' zei Millie. 'Dat snotaapje kijkt me recht in de ogen en zegt: "Ik ben op zoek naar de Viespeuk."'

7

Emmy had de Viespeuk ergens in de twintig geschat, maar volgens het arrestatierapport van Adam Johnathan Huntsinger was hij een man van negenenveertig met zwart haar en bruine ogen; hij was één meter vijfentachtig lang en woog zesentachtig kilo. Hij was te herkennen aan de tattoo van een slang die om zijn linkeronderarm kronkelde. Hij had zich nooit als zedendelinquent hoeven registreren en op zijn strafblad stonden geen vergrijpen tegen minderjarigen.

Daarmee was niet gezegd dat hij geen bekende van de politie was.

Zes jaar geleden had Adam negentig dagen in een politiecel doorgebracht nadat hij in Verona was aangehouden wegens een kapot achterlicht. Adam had geen rijbewijs kunnen tonen. Bovendien had de agent een joint gezien in de asbak van zijn groene Chevy-pick-up uit 1982.

Drie jaar later had Adam opnieuw dertig dagen moeten zitten omdat hij met dezelfde pick-up door Clayville was gereden, weer zonder rijbewijs en zuipend uit een blikje Jack Daniel's.

Hij had de ene voorwaardelijke veroordeling na de andere op zijn naam staan. Zijn arbeidsverleden was nogal rommelig. Hij had in de fabriek gewerkt, in de veevoerzaak, weer in de fabriek, en ten slotte had hij allerlei losse karweitjes aangenomen, zoals tuinonderhoud en lichte bouwklussen voor mensen zoals Millie Clifton.

Volgens de rechtbankgegevens was zijn laatste bekende adres dat van zijn ouders. Zijn vader, Walton, was tandarts en reisde regelmatig met een groep vrijwilligers langs achtergestelde gemeenschappen om daar tandheelkundige hulp te verlenen. Alma, zijn moeder, was een geliefde basisschooljuf. Ze leed aan vroege maculadegeneratie, die haar zicht zo ernstig had aangetast dat ze niet meer zelf naar haar werk kon rijden.

Haar zoon zette haar dagelijks af bij de basisschool en haalde haar 's middags weer op.

Het was dezelfde school waar Hannah als leerkracht werkte.

Dezelfde school die Madison had bezocht.

Emmy keek op naar de twee woonlagen hoge boerderij waar de Huntsingers woonden. Ze bevonden zich in Elsinore Meadows, voormalig grasland dat zich rond de stadsgrenzen van North Falls en Verona plooide. Hun naaste buur woonde driekwart kilometer verderop langs de onverharde weg. Op de oprit stond een auto, een zwarte Jetta met een dikke laag stof van alle zand en grind. Langs de rand van de kofferbak was wat lak afgeschilferd, alsof de klep tegen een ander stuk metaal was gestoten. Emmy liet haar blik over de rest van de auto gaan en liep er langzaam omheen, naar de voorkant. De linkerkant van de bumper was ergens langs geschampt. Ze zag een veeg kunststof door de grijze primer onder de zwarte laklaag heen schemeren. Smal, niet heel diep, het soort kras dat je kon verwachten bij een auto die het achterwiel van een fiets had geraakt.

Emmy's hart klopte in haar keel. 'Hij is het, pap. Dit is de auto.'

'Yep.' Gerald had zijn hand al aan zijn pistool toen hij opkeek naar het huis. 'Controleer de achterkant.'

Ze trok het riempje van haar Glock los, stapte gedecideerd langs de veranda aan de voorkant en gluurde in het voorbijgaan door de ramen van de woonkamer. Binnen zag ze niemand. Ze draaide zich om toen ze haar vader bij de voordeur hoorde. De klink klikte. De deur zat op slot.

'Opendoen!' Gerald bonsde zo hard op de deur dat het hele huis leek te schudden. 'Politie!'

Emmy luisterde of iemand reageerde, maar ze hoorde binnen niets bewegen. Ze zwaaide haar been over het hek en kwam aan de andere kant neer. Het gras was onlangs gemaaid. Er liep een grindpad naar de betonnen trap aan de zijkant van het huis, waar zich twee ingangen bevonden, de ene bovenaan de treden die naar de keuken voerden, de andere twee treden naar beneden, naar het souterrain.

Emmy voelde aan de deur van het souterrain, maar die was op slot. Ze keek door het raam. Een staande lamp verlichtte de hele ruimte, die niet groter was dan een goedkope motelkamer. Donkere lambrisering langs de muren. Geplette bierblikjes op de vloer. Boordevolle asbakken op de salontafel. Fastfoodzakken puilden uit een afvalbak. Kleren lagen her en der op de vloer. Een xbox was aan een enorm tv-scherm gekoppeld. Een futon diende als bed, met daarop een smerige deken. De deur naar de badkamer ontbrak, waardoor ze tot aan de beschimmelde douche kon kijken. Ze zag geen kledingkast, alleen een paar grijze lockerkasten met slordig gevouwen shirts en jeans. Het leek de slaapkamer van een tiener, maar haar intuïtie zei dat Adam Huntsinger hier bivakkeerde.

Ze kreeg die klootzak wel te pakken.

Geen denken aan dat de FBI hem drie uur lang schouderklopjes ging geven en hem de ene keer van verkrachting en moord beschuldigde om hem vervolgens beleefde vragen te stellen over zijn passie voor tuinonderhoud. Ook al moest ze een pistool tegen zijn hoofd zetten, Adam Huntsinger ging haar vertellen wat hij met Madison en Cheyenne had gedaan.

'Emmy Lou!' riep Gerald vanaf de voorkant.

Toen ze op een drafje naar hem toe liep, hoorde ze de stem van een tweede man. Sinds haar tienertijd had ze Walton Huntsinger niet meer gezien, maar hij was weinig veranderd. Grote oren, slanke bouw, maffe grijns. Zijn haar was nat. Hij droeg een badjas. Kennelijk had hij gedoucht.

'...moest even het stof van de weg afspoelen,' zei hij tegen Gerald. 'Ik was in West Virginia met de Tooth Troopers. Ik ga met wat vakgenoten langs –'

'Waar is Adam?' vroeg Emmy.

Walton keek onthutst toen hij door haar onderbroken werd. Hij gebaarde naar de oprit. 'Zijn pick-up staat er niet.'

'Is dat uw auto?'

'Ja, de aandrijving laat het afweten. Ik heb het niet zo op vliegen. Ik moest een auto huren voor dat hele eind. Volgens mij is de koppeling –'

'Mr Huntsinger,' zei Emmy. 'Het is van het grootste belang dat we Adam zo snel mogelijk vinden.'

'Zit hij in...' Waltons gezicht vertrok. 'Natuurlijk zit hij weer in de problemen. Misschien is hij Alma gaan halen. Die is deze week in Biloxi met wat vriendinnen van school. Ze zou nu zo ongeveer terug moeten zijn.'

'Bel haar maar,' zei Gerald.

Walter liep het huis weer in en kwam terug met zijn mobiele telefoon. Hij toetste het nummer in en wachtte. 'Hé, liefje, met mij. Ik ben net thuis. Nee, de rit viel wel mee. Waar ben je?'

Emmy luisterde naar zijn toon. Die was hoog en nerveus. Hij wist dat het menens was, maar wilde zijn vrouw niet ongerust maken.

'Oké, eh... weet je toevallig waar Adam is?' Hij lachte wat geforceerd.

'Nee, hij zit niet in de problemen. Ik wilde alleen weten of hij je gaat halen of dat ik het moet doen.'

Emmy zag Waltons adamsappel op en neer wippen toen hij slikte. Door de hitte was het zweet hem uitgebroken.

'Tja, dat is weer typisch. Ik heb ook niks van hem gehoord.' Al luisterend keek Walton naar de veranda. 'Oké, schat, geef maar een gil wanneer je bij Trina bent, dan kom ik eraan.'

Zijn borst deinde op en neer toen hij het gesprek beëindigde. Hij zette zich schrap voor wat komen ging.

'Sheriff,' zei hij. 'Wat is er gebeurd?'

'Bel Adam eens,' zei Gerald.

Walton knikte, alsof hij snapte dat hij het gewoon moest laten gebeuren. Hij toetste een nummer in. Luisterde naar de beltoon. Ten slotte schudde hij zijn hoofd. 'De voicemail zit vol. Zeg maar wat ik doen kan.'

'We moeten uw huis doorzoeken,' zei Gerald.

'Oké, eh... ja. Natuurlijk. Kom binnen.'

Gerald was al halverwege de trap tegen de tijd dat Emmy de hal betrad. Ze zag een koffer naast de deur. Een zwarte Samsonite, type handbagage. In de ritszak zat een rode nylon herenportefeuille met het logo van de Georgia Bulldogs. Door het handvat stak een kleurige golfparaplu.

'Volgens het weerbericht ging het regenen in Bridgeport,' zei Walton.

'Hebt u wapens in huis?'

'Eh...' Hij haalde zijn schouders op. 'Misschien slingeren er nog een paar oude pistolen van mijn vader rond. Die deed aan schijfschieten. Toen ik klein was, ging ik weleens met hem mee, dan schoten we met een luchtbuks, maar ik heb nooit iets met wapens gehad.'

Emmy had het gevoel alsof er een vogel in haar ribbenkast zat. Bij het zien van de auto had ze meteen aan Adam gedacht, en nu wist ze het zeker. Hij had de meisjes inderdaad ontvoerd. Hij wist waar het lichaam van Cheyenne was. Misschien had hij Madison ergens verborgen, vastgebonden, geketend, maar nog wel in leven.

'Hoe kom ik in het souterrain?' vroeg ze.

'Bij de keuken is een zijingang.'

'Kun je niet via het huis naar binnen?'

'Nee, het is maar een klein kamertje. Vroeger was het mijn werkplaats. Adam heeft het wat uitgebouwd toen hij zijn baan in de fabriek kwijtraakte.' Hij keek nerveus. 'Sorry, op dat soort verhalen zitten jullie niet te wachten. Ik haal de reservesleutel.'

Emmy volgde hem door een lange gang, voorbij de woonkamer en de eetkamer, tot in de keuken. De muren waren heldergeel geschilderd, en de apparatuur was een allegaartje aan stijlen. Walton trok de la naast de koelkast open, maar hij keek naar de autosleutel op het werkblad.

'Die is van mijn auto,' zei hij. 'Ik had hem boven op mijn ladekast gelegd.'

Emmy hoorde de spanning in zijn stem. 'Mr Huntsinger...'

Hij keek haar aan. Hij was bang. 'Deze keer gaat het om iets anders, hè?'

'Ja.'

Ze keek toe terwijl hij een verzameling pennen, potloden, schroevendraaiers, scharen en losse kaartjes doorzocht. Hij trok een tweede rommella open en begon opnieuw te zoeken. Emmy sloeg haar handen ineen en stond in gedachten weer onder de eik met Madisons hand in die van haar. Ze zag de geërgerde blik van het meisje toen ze zei dat er van haar gehouden werd. Er werd nog steeds van Madison gehouden. Ze kon nog in leven zijn. Er was nog steeds een kans dat Emmy haar thuis kon brengen.

Weer trok Walton een la open. Emmy gaf hem twintig seconden, daarna ging ze de souterraindeur openbreken. De voltallige politie van het district was op zoek naar Adam Huntsinger. Er was een opsporingsbericht uitgegaan voor zijn groene Chevy-pick-up. Agenten spraken met zijn vroegere collega's, zijn vrienden, zijn vijanden, zijn drinkmaten. De federale politie stelde een speciale eenheid samen ter coördinatie van alle agenten in Georgia, Alabama en Florida.

Misschien vond ze in het souterrain een aanwijzing: een bonnetje, een briefje, iets wat haar naar de plek leidde waar Adam de meisjes naartoe had gebracht. Misschien leefde Madison nog. Ze mocht niet dood zijn.

'Wat erg.' Walton had de sleutel gevonden, maar hij hield hem nog even vast. 'Wat hij ook gedaan heeft, ik vind het heel erg.'

Emmy griste de sleutel uit zijn hand. Ze rende de keukendeur uit, de trap af en de hoek om naar het souterrain. Toen ze de sleutel in het slot stak, werd ze opeens overvallen door misselijkheid. Het was geen kriebel, geen slecht gevoel, geen *Voelt Niet Goed*-tinteling. Het was alsof stroomdraden elke zenuw in haar lijf onder spanning zetten. Het had een paar tellen geduurd voor haar brein had verwerkt wat ze zojuist had gezien. Niet in het huis. Niet door het souterrainraam. Maar onderaan de trap naar de keuken. In het gras. Het zonlicht had even geblonken op iets glanzends, iets van goud.

Met stokkende adem draaide Emmy zich om. De zon stond nog op dezelfde plek. Ze zag nog steeds die gouden schittering in het gras. Voorzichtig liet ze zich op één knie zakken. Ze stak haar hand al naar het voorwerp uit toen haar gezonde verstand het overnam. Ook zonder het aan te raken wist ze waarnaar ze keek. Ook twijfelde ze er niet aan wie de eigenaar was. Het krullende gouden schrift verried de naam...

Cheyenne.

Haar mond viel open. Ze ademde al in om haar vader te roepen toen ze nog iets zag, iets nog verschrikkelijkers. Tussen de bomen in de achtertuin stond een grote werktuigenschuur. De lucht in haar longen veranderde in ijs. De schuur was groot genoeg voor een tractor. De twee deuren waren afgesloten met een zwaar fietsslot. De vensterruiten aan weerszijden waren beplakt met aluminiumfolie. Tegen de hitte van de zon? Om de binnenkant aan het oog te onttrekken? Om ervoor te zorgen dat een vijftienjarig meisje niet wist waar ze werd vastgehouden? Om haar duidelijk te maken dat ze niet op redding hoefde te rekenen?

Emmy voelde haar hart vreemd trillen, bijna alsof een bloem zich wilde openen. Het was hoop. Een nietig, ontluikend knopje hoop.

Met zwaaiende armen en pompende benen zette ze het op een rennen, alsof ze net gestart was in een hardloopwedstrijd. De afstand tot de schuur strekte zich voor haar uit alsof ze door de verkeerde kant van een telescoop keek. Emmy dacht aan de hitte, aan dat het buiten achtendertig graden was, dat het onder het metalen dak op de schuur algauw zeven graden warmer was, dat het daarbinnen kokend heet moest zijn. Had Madison water? Was ze buiten bewustzijn? Had ze de moed opgegeven? Dacht ze aan de laatste keer dat ze Emmy had gezien, aan de laatste keer dat ze om hulp had willen vragen en 'nu niet' te horen had gekregen?

Emmy wierp haar schouder tegen de schuurdeuren. Ze stuiterde terug, als op een trampoline. Ze stond weer op en gaf een keiharde ruk aan het slot. De deuren gaven niet mee. Het slot was te sterk. Ze rende naar de zijkant, waar ze weer een met folie bedekt raam zag. Aan de onderkant waren de randen opgekruld. Ze drukte haar handen als een kommetje tegen het glas in een wanhopige poging naar binnen te kijken.

'Madison?' riep ze, maar de naam werd gesmoord in haar keel. 'Ben je daarbinnen, schat?'

Met haar zaklamp sloeg ze het raam in. Het kozijn was door droogrot aangetast. Het hout versplinterde samen met het glas en haalde de rug van haar hand open. Radeloos keek Emmy naar binnen. Het was er donker, duister als de nacht. Ze zag de silhouetten van machines, rook motorolie en benzine. Haar ogen pasten zich aan. Schaduwen veranderden in objecten. Een zitmaaier. Een draadtrimmer. Een benzineblik. Achterin zag ze een tweede stel deuren. Een tweede slot. Een tweede ruimte.

'Madison?'

Emmy luisterde, maar er kwam geen antwoord. Ze deed drie stappen terug en stormde toen op de wand af om er met haar schouder doorheen te breken. De planken versplinterden als aanmaakhoutjes. Ze viel de schuur in en sloeg met haar hoofd tegen de betonnen vloer. Ze tastte naar haar zaklamp. Haar handen waren glad van het bloed. Benzinedamp sloeg op haar ogen. Nadat ze de aanknop van de lamp had gevonden, liet ze de lichtbundel door de ruimte dansen. Over de vloer, in de hoeken, omhoog naar de balken. Weer nam ze een aanloop en nu brak ze door de achterste deuren. Spinrag wikkelde zich om haar lichaam. Ze stootte tegen iets zwaars en massiefs en struikelde. Haar enkel zwikte. Ze viel op de grond en liet de lamp vallen. Ze kreeg geen lucht meer en haar zicht werd wazig. Ze keek omhoog, naar het gebroken spinrag, de reep zonlicht, de spelonkachtige, eenzame ruimte.

De ruimte achterin was leeg.

De schuur was leeg.

Madison was hier niet.

'Emmy Lou?'

Haar vader stond naast de roestige grasmaaier. Zonlicht viel kriskras over zijn lichaam. Ze zag de bezorgde blik in zijn ogen.

'Ik heb de...' Ze was buiten adem. 'Van Cheyenne... Ik heb de...'

'Oké, schat. Ga eens zitten.' Gerald knielde naast haar neer. Voorzichtig wikkelde hij zijn zakdoek om haar hand. Het witte katoen raakte al snel rood doordrenkt. Met zijn duim veegde hij het bloed van haar gezicht. 'Gaat het?'

'Cheyennes halsketting.'

'Die heb ik gezien.'

'I-Ik dacht dat Madison hier was, pap. Ik dacht dat ik haar kon redden.'

Gerald drukte haar tegen zijn borst. Emmy was te kapot voor tranen. Ze kon alleen nog naar het snelle gebonk van zijn hart luisteren. Troostend wreef hij over haar arm. Heel langzaam kwam ze weer bij zinnen. Meteen sloeg de pijn toe. Haar hand stond in brand. Het bloed klopte in haar enkel. Haar hoofd bonkte. Haar armen, gezicht en hals zaten onder de schrammen.

Een volgende schaduw viel over het licht. Het was Virgil, die aan de boord van zijn shirt plukte. Zweet had zijn uniform in plasticfolie veranderd. Hij keek eens goed naar Emmy. Hij zag het bloed, de kapotte deuren.

Ze ging rechtop zitten, slikte het bloed in haar mond door en probeerde zich te herpakken. Geralds zakdoek was drijfnat. Virgil haalde zijn eigen zakdoek uit zijn achterzak en reikte haar die aan. Het katoen was al doorweekt van zijn zweet.

'Beda...' Emmy wilde haar keel schrapen, maar ze hoestte bloed op. Ze had op de binnenkant van haar wang gebeten en voelde met haar tong aan het opengereten vel.

'Chef,' zei Virgil. 'De verkeerspolitie heeft Huntsingers pick-up bij een kroeg in Clayville zien staan.'

Gerald reageerde niet. Ook maakte hij geen aanstalten om op te stappen. In plaats daarvan keek hij bezorgd naar Emmy.

'Het gaat wel, pap. Kom, eropaf.' Met moeite probeerde ze overeind te komen, maar Gerald moest haar ophijsen. De pijn verbijtend die door haar enkel schoot, sloeg ze haar arm om zijn schouders zodat hij haar naar de patrouillewagen kon helpen.

Hij verroerde zich niet.

'Het lukt me wel,' zei ze. 'Kom.'

'Nee. Je gaat naar het ziekenhuis.'

'Wát?' riep ze uit. 'Nee, pap!'

Tegen Virgil zei hij: 'Laat het GBI hier komen. Doorzoek het huis. Kam de tuin uit.'

'Komt voor elkaar, chef.' Virgil klikte de microfoon van zijn schouder en liep de schuur uit. Gerald maakte zich van Emmy los en volgde hem. Ze gingen weg en lieten haar achter.

'Pap!' riep ze. 'Ik –'

Met ijzige blik legde Gerald haar het zwijgen op. Hij had zijn besluit genomen. 'Bel je moeder, zij rijdt je wel.'

Hinkend op één been sleepte ze zich achter hem aan. 'Waarom zou ik mama bellen? Waar ga je naartoe, pap? Naar welke kroeg?'

Hij negeerde haar en liep zachtjes pratend met Virgil door de achtertuin. Ze zag Walton op de stoep van de keuken staan. Ze voelde aan haar enkel en strompelde met opeengeklemde kaken achter haar vader aan.

'Pap!' riep ze. 'Welke kroeg? Zeg nou welke kroeg!'

Gerald verdween om de hoek van het huis. Emmy volgde hobbelend, telkens naar de onderste stang van het verandahek grijpend om bij de oprit te kunnen komen. Haar vader zat al in Virgils patrouillewagen. Net toen ze wegreden, kwam Brett Temple de oprit op rijden. Beide auto's stopten. De raampjes gingen naar beneden. Gerald gaf Brett orders.

'Fuck,' mompelde ze. 'Fuck, fuck, fuck.'

Brett bracht zijn auto naast die van Emmy tot stilstand. Hij floot zachtjes toen hij zag hoe ze eraan toe was. 'Wat is er gebeurd?'

'Hebben ze gezegd waar ze naartoe gingen?'

Brett haalde zijn schouders op. 'Gaat mijn rang te boven. Virgil zei wel dat ik geen radiocontact mocht maken.'

'Ik moet...' Emmy werd misselijk van de pijn. Haar hand stond in brand. Het was alsof haar hoofd binnen in een galmende klok zat. 'Cheyennes halsketting ligt in het gras aan de zijkant van het huis, bij de keukentrap. Markeer hem en stel de plek veilig. De vader –'

'Walton,' onderbrak Brett haar. 'Die heeft vorige week nog een kies getrokken bij mijn kleine neefje.'

'Verhoor hem.' Voor een spelletje 'Ons kent ons in North Falls' had Emmy geen tijd. 'Hij zegt dat hij misschien nog wat oude pistolen in huis heeft liggen. Haal de hele tent maar overhoop. Begin in het souterrain. Daar woont de verdachte.'

'Oké,' zei Brett. 'Maar van je vader moest ik je moeder bellen om te zeggen dat ze je naar het ziekenhuis moet brengen.'

'Ik heb haar al een bericht gestuurd. Ik zie haar daar.' Emmy had nog nooit zo moeiteloos gelogen. Ze moest hier weg. 'Je staat je tijd te verdoen, Brett. Misschien ligt er iets in het souterrain wat we tijdens het verhoor kunnen gebruiken.'

Brett keek sceptisch. 'Je kunt zo niet achter het stuur, vind ik.'

'Het ziet er erger uit dan het is.' Emmy ontkoppelde haar riem ten teken dat ze niet langer in functie was. Ze haalde de microfoon van haar schouder. 'Ga de vader verhoren. Hij is weg geweest, maar misschien weet hij iets. We werken nog steeds aan een zaak, Brett. De arrestatie van Adam Huntsinger garandeert nog niks. Hij zal de locatie van de meisjes als drukmiddel gebruiken. We zijn de vierentwintiguursgrens nog niet gepasseerd. Madison kan nog in leven zijn. We moeten hem zijn macht afpakken.'

Brett knikte. 'Ja, oké.'

Emmy probeerde zonder te strompelen naar haar patrouillewagen te lopen. Ze wierp haar riem op de bijrijdersstoel en klom met op elkaar geklemde kiezen achter het stuur. Ze had haar linkerenkel verstuikt en in haar rechterhand zat een jaap van vijf centimeter, maar rijden kon ze nog wel.

Ze reed de auto achteruit van de oprit en draaide de weg op. De speaker van haar scanner liet ze uit staan. Ze wist dat Gerald radiostilte zou bewaren. Het laatste wat hij wilde was dat de halve stad eropaf kwam en dat de zaak uit de hand liep. Er waren minstens twintig kroegen in Clayville, waarvan de helft in bezit was van haar oom Penley. Ze ging al die tenten een voor een af, tot ze de juiste had gevonden.

Stof wolkte achter de auto op toen Emmy wegscheurde. In gedachten zette ze de route uit. Eerst terug naar de snelweg, en dan een kwartier rijden naar de afrit naar Clayville. Tien minuten als ze haar zwaailicht en sirene aanzette. Ze reikte al naar de knoppen op het dashboard toen ze besefte dat het over de landweggetjes sneller ging.

Het was tijdverspilling om vanaf de hoofdweg de officiële afslag naar de landweggetjes te nemen. Ze nam een scherpe bocht en sneed een stuk af over een open veld, waarbij ze het gras uiteenreet. De banden hobbelden, het chassis kreunde en zelf siste ze van de pijn toen ze de auto met moeite op koers hield. Pas toen de banden over de harde klei van een van de weggetjes zoefden, ontspande ze haar greep. Het bloed op het stuur was gaan plakken. Voor zich zag Emmy de helderwitte omheining die het begin van Taybees en Terrells boerderij markeerde.

Op dat moment ging haar telefoon.

Met haar linkerhand groef ze nogal onhandig in haar rechterzak. Ze tikte al op de antwoordknop toen de nummermelder de naam van de beller vertoonde.

Hannah.

'Emmy?' Haar stem was schor van verdriet. 'Waarom gaan al die agenten naar Clayville? Zijn ze gevonden? Is alles goed met de meisjes?'

Emmy dacht weer aan het sprankje hoop dat in die verlaten schuur was verdord. Dat kon ze Hannah niet aandoen. 'I-Ik weet het niet. Je moet wachten tot –'

'Stop met dat gelieg!' riep Hannah uit. 'Alsjeblieft, Emmy! Zijn ze gevonden? Moet ik ernaartoe? Waar zijn ze?'

'Ik lieg niet, Hannah!' Emmy begon nu ook al te schreeuwen. 'Blijf nou maar thuis. Ik beloof je dat ik –'

'Rot toch op!' gilde Hannah. 'Rot toch op met je stomme beloftes! Het is allemaal jouw schuld!'

De verbinding werd verbroken. Emmy smeet haar telefoon de auto door. Haar ogen waren mistig van tranen waar ze geen recht op had. Ze nam haar voet van het gaspedaal en liet de auto uitrollen. Het gejammer van de V8-motor ging over in een zacht geronk. Ze stopte.

Waar was ze mee bezig?

Ze was gewond. Ze bloedde. Waarschijnlijk had ze een hersenschudding. In het park had ze Madison genegeerd. Ze had al de hele dag Millies telefoontjes genegeerd. Haar vader had haar hulp niet nodig in die kroeg in Clayville. Ze moest doen wat hij haar had opgedragen. Naar het ziekenhuis gaan. Zodat hij één zorg minder had. Niet langer de heldin willen uithangen van dit verschrikkelijke, tragische verhaal.

Emmy had kritiek gehad op Lionel Faulkners verhoortechniek, maar volgens het boekje mocht je ervan uitgaan dat de verdachte schuldig was. Gerald zou de echte verdachte leveren. Uiteindelijk zou Faulkner Adam Huntsinger kleinkrijgen. De verkrachtende moordenaar zou een volledige bekentenis afleggen. Hij zou uitleggen hoe alles in zijn werk was gegaan. En uiteindelijk, hopelijk, zou hij in het belang van Hannah en Paul en om Ruth en Felix voor waanzin te behoeden vertellen waar de lichamen gevonden konden worden.

In de rivier. Een park. Een greppel. Een oude houthakkersweg. Een paar uur geleden had Emmy de cijfers nog aan Gerald opgedreund. De meeste slachtoffers werden gevonden in een straal van ongeveer dertig kilometer van de plaats vanwaar ze ontvoerd waren, en op een plek die de dader goed kende. Doorgaans waren de lichamen ergens verstopt: bedekt met bladeren, begraven in een ondiep graf, onder water, verborgen in een verlaten gebouw of schuur, in stukken gehakt en op een stortterrein gedumpt.

Had Adam Cheyenne in een ondiep graf gelegd? Had hij Madison meegenomen diep het bos in? Was ze weer onder een boom terechtgekomen? Had ze opgekeken naar het bladerdak hoog boven haar, naar het raster van groen, en had ze toen aan Emmy's woorden gedacht? Dat je soms het grote plaatje niet ziet omdat je te veel op de kleinigheden bent gericht? Dat je soms door de bomen het bos niet ziet?

Emmy's voet gleed van de rem. De auto begon te rijden. Een gedachte slingerde zich in langzame, lome bogen door haar brein, ongeveer zoals zij en Hannah vroeger over deze zelfde landweg hadden gefietst. In gedachten hoorde ze haar vaders woorden.

Wat zien we over het hoofd?

Een plek die de dader goed kende. Een plek waar hij zich op zijn gemak voelde. Een plek waarnaar hij kon terugkeren om zijn wandaden opnieuw te beleven. Een plek waar hij om elf uur 's ochtends op de dag van de ontvoeringen gezien was terwijl hij sigaretten zat te roken met een van de slachtoffers.

De vijver van tante Millie.

De auto maakte een heftige slinger toen Emmy het gaspedaal indrukte. Tegen de tijd dat ze aan het einde van Taybees omheining was aangekomen, was de snelheidsmeter naar de honderd gekropen. Rond het weiland achter Millies huis liep prikkeldraad. Emmy brak erdoorheen en sleepte een afzetpaal met zich mee. Verderop zag ze de vijver al. Hij werd gevoed door een ondergrondse bron en was tweehonderd meter in omtrek. In het midden was hij zeven meter diep.

Afgelegen, omsloten, toegankelijk – de perfecte plek om een lichaam onder water te laten verdwijnen.

Emmy kwam met een schuiver aan de rand van het water tot stilstand. De zon had het oppervlak in een spiegel veranderd. Ze stapte uit en schermde haar ogen af tegen het felle licht. Zonder op haar verstuikte enkel te letten rende ze langs de rand van de keermuur. Overal lagen sigarettenpeuken. Adam had zijn gereedschap op de grond laten liggen. Emmy zag iets drijven in het midden van de vijver, iets wat het licht brak op het water. Een rimpeling die zich niet verplaatste. Lichtblauw katoen, hetzelfde lichtblauw als van het T-shirt dat Madison in het park had gedragen.

'Nee...' Emmy kon alleen maar fluisteren. 'Nee...'

Ze dook aan de diepe kant het water in en sneed als een mes onder het oppervlak door. Ongeveer halverwege het midden kwam ze boven voor lucht. Door haar hoge schoenen sleepten haar voeten achter haar aan. Ze trok aan de veters en schopte ze al zwemmend uit. Ze maakte brede slagen met haar armen, groef zich door het water zonder te letten op het brandende gevoel in haar gekneusde enkel en gewonde hand.

Ze was heel dichtbij.

Ze zag de donkere letters op de rug van het lichtblauwe T-shirt. Madison dreef met haar gezicht naar beneden. Haar blonde haren lagen als zijden linten op het water. Ze had haar rechterarm uitgestrekt, en haar vingers bewogen mee met de rimpelingen op het oppervlak.

Met een laatste haal greep Emmy haar hand en trok zich naar het lichaam toe. Ze tilde Madisons hoofd uit het water. Haar gezicht was opgezwollen, haar oogleden waren gesloten, haar lippen waren wit als watten. Hannahs meisje. Het dierbaarste wat ze ooit had gehad. Emmy voelde de verbrijzelde botjes in de hand van het meisje. Voorzichtig bracht ze de hand naar haar hart, het meisje dicht tegen zich aan drukkend, zoals ze de vorige avond had moeten doen toen ze nog leefde, toen ze geïrriteerd en bezorgd was, duidelijk in de problemen zat en hulp nodig had die Emmy had kunnen bieden als ze had geluisterd.

Nu streelde ze Madisons wang en nam het gewicht van haar hoofd in haar handpalm. Water klotste tegen Emmy's mond. Ze hoorde het geluid van kabbelende golfjes tegen de keermuur.

'Het spijt me, schat,' fluisterde ze. 'Het spijt me verschrikkelijk dat ik niet naar je geluisterd heb.'

Tranen prikten in haar ogen. De woorden brachten geen opluchting, geen verlichting van de last, alleen het volle gewicht van alles wat verloren was gegaan.

Voorzichtig liet Emmy Madisons hoofd weer in het water zakken. Haar lichaam was uitgeput, maar ze liet het meisje geen tweede keer in de steek. Ze moest een manier vinden om haar naar de rand van de vijver te brengen, maar iets hield het lichaam op zijn plek. Ze liet haar handen langs de romp van het meisje glijden. Om Madisons middel was een zware ketting gewikkeld. Emmy haalde diep adem en stak haar hoofd onder water om te zien wat haar tegenhield

Een tweede lichaam. Een tweede dierbare dochter.

Flakkerende zonnestralen dansten rond het hoofd van Cheyenne Baker. Haar gouden halssnoer had plaatsgemaakt voor een ketting die in haar hals beet. Het geweld dat ze had ondergaan stond nog steeds op haar gezicht geschreven. Een gespleten lip. Een gebroken neus. Een rimpelige schotwond midden op haar voorhoofd. Cheyenne had de kogel zien aankomen. Ze had geweten dat ze ging sterven. Emmy stak haar hand uit en raakte haar wang aan in een poging nog enige zachtheid te schenken aan dit kind van wie de laatste seconden op aarde één grote verschrikking waren geweest.

Ze had bijna geen lucht meer. Elke molecuul in haar brein zei dat ze naar boven moest om adem te halen. Toch dwong ze zichzelf nog dieper te duiken, waarbij ze de ketting tot op de bodem volgde. Hij zat om een groot blok beton gewikkeld. Het enige wat de meisjes op hun plek hield was het gewicht van de steen. Emmy wrikte de ketting los. Met een ijl hoofd stuwde ze zichzelf weer naar het oppervlak.

'Emmy Lou Clifton!' Millie stond op de keermuur. 'Wat doe je daar?'

Emmy had geen lucht meer voor een antwoord. Als ze de meisjes nu niet uit het water haalde, zou ze het graf met hen delen. Ze zwom om Madison heen, haakte haar arm om de borstkas van het meisje en begon met een haal van haar vrije arm aan de zware rugslag naar de rand van de vijver.

In de loop van haar politiecarrière had Emmy weleens eerder mensen uit het water gehaald, maar nooit twee lichamen tegelijk. Haar conditie hield niet over. Ze kon haar linkervoet niet gebruiken. Cheyenne rolde voortdurend op haar zij. Het dubbele gewicht van de meisjes werd zwaarder naarmate het water ondieper werd. Met de lichamen slepend achter zich aan kroop Emmy op haar knieën uit de vijver. Ze kreeg ze nog net half op het gras voor ze zich op haar rug liet vallen. Ze keek op naar de hemel. Haar longen stonden op ploffen. Ze hoestte. Omringd door lucht kreeg ze nauwelijks adem.

'Arme zieltjes.' Millie boog zich over hen heen. Ze schudde haar hoofd. 'Net twee gebroken engelen.'

Emmy sloeg haar handen voor haar gezicht en begon te huilen.

Twaalf jaar later

8

Emmy Clifton zat aan de keukentafel; ze keek op haar telefoon, naar de voorpagina van de *North Falls Herald.* De foto toonde Adam Huntsinger, die met triomfantelijk geheven vuist het gerechtsgebouw uit liep. Een juichende groep mensen verwelkomde hem. De kop van het artikel was als een klap in haar gezicht.

MOORDENAAR VAN GEBROKEN ENGELEN OP VRIJE VOETEN

Ze was niet in staat het artikel te lezen. Dat was ook niet nodig. De reeks gebeurtenissen die naar dit vreselijke moment had geleid stond in haar brein gegrift. In plaats van zich door het verleden te laten kwellen bestudeerde ze de foto. De dodencel had Adam niet van zijn leven beroofd, maar wel van iets anders. Hij was nu eenenzestig en zag eruit alsof elke seconde van de afgelopen twaalf jaar een laag van zijn ziel had geschaafd. Ondanks zijn glimlach had hij een holle blik in zijn ogen. Zijn door acne gehavende huid leek droog en schilferig. Zijn donkere haar was volkomen grijs geworden. Zijn wangen waren ingevallen. Zijn ogen achter de dikke, door de gevangenis verstrekte brillenglazen hadden iets gekwelds.

Onder de mensen die op dat moment naar dezelfde foto keken, waren er ongetwijfeld die medelijden met hem hadden. Of nog erger, die tot de dwaze horden behoorden die Jack Whitlocks podcast *Verblinde Engel* hadden beluisterd en nu vol vervoering waren, als fans van wie het team zojuist had gewonnen. Mr Pocket Pussy in hoogsteigen persoon stond stralend van trots achter de man die hij twaalf jaar geleden als de Viespeuk had aangewezen. De hele menigte keek op naar Adam alsof hij een held was. Maar Emmy zag een monster dat met dubbele moord was weggekomen. Een man die zich de afgelopen twaalf jaar waarschijnlijk telkens weer had overgegeven aan het seksuele genot dat hij aan zijn gruwelijke wandaden had ontleend. Een pedofiel die zonder enige twijfel weer een kind iets zou aandoen.

Ze zoomde in op Adams geheven vuist. De slangentattoo die zich om zijn onderarm kronkelde, was vervaagd van zwart naar blauw. Zijn lichaam was mager en pezig van de eindeloze uren dat hij push-ups, crunches en *jumping jacks* had gedaan in een cel van tweeënhalf bij vier meter, waarin hij bijna vierentwintig uur per dag zat opgesloten. De aderen leken te kloppen onder zijn huid.

Had de beul maar een naald in een van die aderen gestoken.

Emmy legde de telefoon ondersteboven op de keukentafel. Ze hield haar koffiebeker in haar handen en liet de damp naar haar gezicht stijgen. De laatste keer dat ze de moordenaar van Cheyenne en Madison had gezien, was vanaf de getuigenbank geweest. Haar getuigenverklaring was cruciaal geweest, want zij was bij elke kentering en wending in de zaak aanwezig geweest. Voor zover bekend was Emmy de laatste geweest die in het park met Madison had gesproken. Ze had al het bewijs op het voetbalveld gezien. Tante Millie had háár op de hoogte gesteld. Ze had de beschadigde Jetta op de oprit van de Huntsingers bekeken. Ze had Cheyennes halsketting in het gras bij Adams souterrain zien liggen. En bovenal was zij degene geweest die beide meisjes uit de vijver had getrokken.

Ze sloot haar ogen en was weer terug in het water. Ze vlijde haar hand om Madisons gezicht. Ze keek naar de lichtstralen die rond Cheyennes hoofd dansten. Sinds die noodlottige middag werd ze in haar dromen door beide meisjes achtervolgd. In haar hoofd bestond geen 'ervoor', alleen de verschrikkelijke dingen die erna waren gebeurd.

'Hallo?' riep Myrna van bovenaan de trap. 'Is er koffie?'

Elke spier in Emmy's lijf verkrampte. 'Yes, ma'am. Zal ik je helpen?'

'Nee, rot op met je hulp.'

Emmy klemde haar kiezen op elkaar. Myrna's moeizame gang naar beneden klonk alsof een ratelslang de trap af klapperde. Zonder achterom te kijken wist Emmy precies hoe het ging. Haar moeder klemde met beide handen de trapleuning vast, één voet ging naar beneden, gevolgd door de andere voet op dezelfde tree, dan weer een tree, en zo ging het door tot ze van de resterende treden viel of erin slaagde heelhuids beneden te komen.

Haar tegenhouden had geen zin. Ze hoefde ook niet te vragen of ze een stok nodig had. Of voor te stellen om de tv-kamer tot een gelijkvloerse slaapkamer te verbouwen. Slaande ruzie zou geen enkele invloed hebben op het resultaat. Myrna zou als een peuter op de trap blijven zitten tot je het opgaf en haar met rust liet. De specialist in Atlanta had gezegd dat dit soort koppigheid bij vrijwel alle patiënten met alzheimer in een gevorderd stadium voorkwam, maar Emmy wist uit ervaring dat haar moeders irritante onverzettelijkheid de enige eigenschap was die niet aan haar diagnose geweten kon worden.

'Nou, ik ben heelhuids beneden gekomen.' Myrna leunde zwaar op Emmy's stoel toen ze achter haar langs liep. 'Ook al hoopte je nog zo hard op het tegendeel.'

Langzaam liet Emmy de lucht weer uit haar longen ontsnappen. Ze trilde. Het grootste deel van de nacht had ze geprobeerd bij te komen van Myrna's zoveelste paniekaanval. De bloedstollende kreten waren erg geweest, en de hallucinaties hadden uren aangehouden. Rond een uur of vijf was Myrna eindelijk gekalmeerd, maar Emmy was niet meer naar bed gegaan, want een uur later moest ze alweer op.

Nu keek ze naar haar moeder, die door de keuken scharrelde, een kop koffie inschonk, bacon en eieren uit de koelkast pakte en brood uit de provisiekast. Ze droeg een kamerjas, en haar spookachtig grijze haar hing tot over haar schouders. Telkens wanneer ze zich in of uit het zonlicht bewoog, werd haar gezicht een nieuw masker. Het ene moment leek ze oud en mopperig, dan weer zag ze eruit alsof de jaren van haar af waren gegleden, en vanuit weer een andere invalshoek was de verwarring zichtbaar als ze zich met open mond probeerde te herinneren hoe het fornuis ook alweer aanging.

Myrna morrelde eerst aan de ene knop, toen aan de andere, en werd duidelijk niet wijs uit de symbolen. Ze gaf een harde draai aan de laatste knop. Er gebeurde niets. Er ging geen lampje branden, er klonk geen geklik van de aansteker, geen geruis van gas dat vlam vatte.

'Het fornuis doet het niet,' zei ze tegen Emmy.

Het fornuis was in oktober afgesloten, toen Myrna het huis bijna in de fik had gestoken. 'Ik vraag Cleet wel of hij het komt repareren,' zei Emmy.

'Zeg dat ik exact moet weten wanneer hij komt. Ik kan niet de hele dag op hem zitten wachten.'

Cleet was al vijftien jaar dood, maar niettemin pakte Emmy haar telefoon. 'Ik stuur hem nu een bericht.'

Ze deed alsof ze haar duim over het scherm liet glijden, maar het enige wat ze zag was het ingevallen gezicht van Adam Huntsinger. Ze swipete naar rechts, waarop de vorige pagina verscheen, met een close-up van een ander afgetobd gezicht, maar nu van opzij. De vrouw zat op een kerkbank, met haar blik naar het kruis geheven. Het bijschrift luidde:

Barbara Jericho, de échte Gebroken Engel.

Er kwam een bericht binnen. En nog een. En nog een. Emmy onderdrukte een kreun die ze nooit aan haar moeder zou kunnen uitleggen. Taybee had een oproep aan de nichten gedaan om een babyshower te houden voor haar dochter Kaitlynn. Een van de nichten had al geklaagd omdat ze haar man niet mee mocht nemen. Een andere nicht had Emmy een privébericht gestuurd met de opmerking dat het nogal stijlloos was om een wandelwagen van achthonderd dollar op je verlanglijstje te zetten. En weer een ander had met een dosis zwarte humor opgemerkt dat ze maar een kleerhanger en een fles gin mee moesten nemen.

'Hemeltje, wat speelt die artritis vandaag weer op.' Myrna boog en strekte haar hand, zonder het felrode litteken te zien dat over de bovenkant van haar duim liep. Ze wist niet meer dat ze een maand geleden haar vuist door een raam had gestoten waardoor er bijna een pees was doorgesneden. 'Wat haat ik het als je met dat ding bezig bent wanneer ik met je probeer te praten.'

Emmy legde haar telefoon weer weg. Inmiddels had ze geleerd dat het standje geen teken was dat Myrna zich op de een of andere manier in het heden had weten te verankeren. 'Waar wil je het over hebben, mam?'

'Doe niet zo belachelijk. Ik ben je moeder niet,' snoof Myrna. 'Wie is dat op de oprit?'

Emmy wilde de vraag al aan haar moeders paranoia toeschrijven toen ze autobanden over het grind hoorde knerpen. Ze liep naar het keukenraam om te kijken. Kaitlynn was vroeg vandaag. Millie lanceerde zichzelf al uit de rode Mercedes. Ze sloeg het portier dicht en wankelde over de oprit met een vastberaden frons op haar oudeappeltjesgezicht. Op haar tweeënnegentigste had ze de titel Oudste Nog Levende Clifton verworven, en ze was niet van plan haar kroon binnen afzienbare tijd af te staan.

'Tante Millie is er,' zei Emmy tegen haar moeder.

'Ik weet niet of ik vandaag wel zin heb in een praatje.'

Emmy vermoedde dat dat ook voor Kaitlynn gold. De Mercedes reed met brullende motor en gierende banden de oprit weer af. De dochter was in haar moeders voetsporen getreden, had aan de University of Georgia gestudeerd en werkte nu alweer twee jaar als advocaat, en alleen al daardoor voelde Emmy zich exact honderdtien miljoen jaar oud.

'Millie Clifton!' kondigde Millie zichzelf aan. Nog voor Emmy bij haar was, had ze de hordeur al opengegooid. Ze wierp een papieren zak naar Emmy, die stilletjes een dankgebed prevelde aan Taybee, omdat ze ontbijt had meegegeven.

'Nou, bedankt voor de hulp maar niet heus,' mopperde Millie.

Emmy kon het vandaag niet winnen van de twee oude dames. Ze gaf de papieren zak aan haar moeder terwijl ze Millie naar de tafel hielp. De boodschappentas was zo zwaar dat Millies papperige vel zich rond de hengsels had opgehoopt. Contouren van bibliotheekboeken waren door de tas heen zichtbaar, evenals een exemplaar van de telefoongids van North Falls uit 1978. De boeken waren voor de show. Myrna kon geen verhaal meer volgen. Ze zouden de hele ochtend de alfabetische namenlijst in het telefoonboek doornemen, en dan zou Millie roddelen over en lachen om mensen die dood of zo goed als dood waren en van wie Myrna zich niemand meer kon herinneren.

'Heb je die smeerlap gezien?' Millie nam een opgerolde krant uit de tas en zwaaide ermee alsof ze zich een hond van het lijf moest houden. 'De Viespeuk op de voorpagina. De hele stad is in rep en roer. Ik krijg dag en nacht telefoontjes van allerlei mensen. Nog even en ze gaan eropaf en nemen het heft in eigen hand.'

'Zeg dat ze rustig moeten worden.' Onderwijl ruimde Emmy de bacon en eieren op. 'Adam blijft niet lang op vrije voeten.'

'Dat mag ik toch hopen,' bitste Millie. 'Eigenlijk moet je die jakhals meeslepen naar achter de schuur en hem door zijn kop schieten. Mag een troep kraaien zijn ogen uitpikken.'

'Tante Millie.' Emmy probeerde haar af te leiden. 'Het is geen tróép kraaien, maar een móórd van kraaien.'

'Nee.' Nu ging Myrna zich er ook mee bemoeien. 'Zonder gegrond gekrijs kan het geen moord zijn.'

Emmy lachte verbluft, maar wendde zich toen af om haar tranen te verbergen. Na zes jaar van slopende, meedogenloze aftakeling was Myrna slechts op schaarse momenten nog echt zichzelf. De keren dat haar persoonlijkheid even tevoorschijn piepte, begonnen steeds meer te voelen als een harde herinnering aan alles wat verloren was gegaan. Emmy trok de la open en nam er een pakje tissues uit. Ze snoot haar neus.

'Wat is er nu weer?' Myrna klonk geërgerd. 'Lieve hemel, Martha. Hou eens op met dat gejank.'

Emmy beet op haar lip en probeerde uit alle macht haar tranen te bedwingen. Het was niet de eerste keer dat Myrna haar kinderen door elkaar haalde. Het was alsof ze zich aan een sloopkogel vastklampte wanneer haar moeders geest heen en weer zwalkte tussen begrip en verwarring.

'Myrna Louise Clifton!' riep Millie op ferme toon. 'Dat is Martha niet. Dat is Emmy Lou, je jongste dochter.'

Myrna's verwarring hield aan. 'Wat is er met Martha gebeurd?'

Zelfs Millie bracht het niet op om haar te vertellen dat Martha al ruim vier decennia dood was. 'Weet je nog dat je me vertelde dat je zwanger was van Emmy Lou? We waren toen op bezoek bij de nichten Coleman in Maryland, en jij gleed uit op een bevroren plas op Beulahs oprit en brak je been op twee plekken. Weet je nog?'

Het trage knikje gaf aan dat Myrna er niets van geloofde.

'Ik heb het nog nooit in mijn leven zo koud gehad,' vervolgde Millie. 'De dokter zei dat je een paar maanden moest blijven om te genezen, maar toen kwam Gerald je halen. Die zei dat je thuis ook kon genezen. Je hebt toen een heel schooljaar gemist. Weet je dat niet meer?'

Myrna bleef maar knikken, ook al vond ze het duidelijk nog steeds twijfelachtig. 'Ja, dat weet ik nog.'

Meer leed werd Emmy bespaard toen Cole de trap af kwam. Hij had zijn politie-uniform al aan. De groene cargobroek en het lichte kakishirt waren stukken flatteuzer dan het oude bruine uniform, dat net een hotdog had geleken die te lang in de zon had gelegen. Ook de zware koppelriem waaraan je een hernia kon overhouden was verdwenen. Coles kogelwerende vest hing naast dat van Emmy aan een haak naast de deur. Altijd als ze ernaar keek dacht ze aan de kleine pyjamaatjes die ze inpakte wanneer Cole ging logeren. Nu torende hij zo'n dertig centimeter boven haar uit en was één bonk spieren.

'Goeiemorgen, dames.' Cole had de charmante, ontspannen lach van zijn vader, maar zonder Jonahs bullshit. Hij kuste Millie op haar hoofd, schonk Myrna een glimlach en stootte Emmy even aan toen hij een kop koffie voor zichzelf inschonk. 'Gaat het?'

Hij doelde op Myrna's nachtelijke angsten. Emmy moest haar zoon hier zo snel mogelijk weg zien te krijgen. Een leven als dit was niet goed voor een man van drieëntwintig. 'Best.'

'Ik was van plan dit weekend naar Atlanta te gaan voor het Dogwood Festival.'

'Zeg je dat tegen je moeder of vraag je het aan je chef?'

'Hangt ervan af.' Hij wierp zijn hele lach in de strijd. 'Was het nou mijn moeder of mijn chef die zei dat ik me naast het werk ook voor andere dingen moest gaan interesseren?'

'Ze hadden allebei gelijk, maar laten we eerst vandaag eens afwachten. Opa verwacht ons op zijn kantoor.'

Cole slurpte een mondvol gloeiend hete koffie naar binnen en spoelde zijn kop toen om. Millie sloeg het telefoonboek open om de ochtend te beginnen. Toen Emmy de hordeur achter zich sloot, hoorde ze haar moeder met een zwak stemmetje vragen: 'Wie was die knappe jongeman?'

Weer klemde ze haar kiezen op elkaar. Ze probeerde te ontspannen toen ze de verandatrap af liep. Waarschijnlijk zou Myrna geen hap van haar ontbijt eten. De afgelopen week herkende ze voedsel niet meer en was ze het hongergevoel kwijtgeraakt dat haar tot eten aanzette. Volgens de dokter was het een kwestie van tijd, maar dat zeiden dokters altijd als ze geen idee hadden hoelang iets ging duren.

'Slechte nacht, hè?' zei Cole.

'Yep.'

Emmy stak de oprit over naar het kantoor van haar vader. In gedachten richtte ze zich op de komende dag. Ze moest taken verdelen, het ochtendappel houden en allerlei administratieve zaken afwerken, maar bovenaan haar lijst stond Adam Huntsinger. Het klopte wat Millie had gezegd, dat de hele stad razend was. Emmy had allerlei boze reacties gelezen onder het artikel in de *Herald.* Met sommige van die gevoelens was ze het eens geweest. Bij de gedachte dat de moordenaar van Madison en Cheyenne weer in North Falls rondliep, kreeg ze kramp in haar maag van de stress.

Gelukkig was Adam nog niet helemaal vrij. Theoretisch had hij nog voorwaardelijk, wat zijn rechten aanzienlijk beperkte. Hij woonde bij zijn ouders aan Elsinore Meadows. De groene Chevy-pick-up stond nog steeds op zijn naam. Volgens de bepalingen van zijn voorwaardelijke vrijlating moest hij op zoek gaan naar een baan, zich onderwerpen aan willekeurige huiszoekingen en meewerken aan drugsscreening. Maar hoe er ook gehoopt en gebeden werd dat Adam een van die voorwaarden zou schenden en weer de bak in ging, de stad werd er niet veiliger op.

Emmy's telefoon trilde in haar zak. Ze opende de berichten. De nichten waren nu bezig een datum en tijdstip voor de babyshower vast te stellen. Ze scrolde naar beneden. Nu pas durfde ze toe te geven dat ze stiekem op een bericht van Hannah had gehoopt. Niet om het bij te leggen of om zich met elkaar te verzoenen, maar om haar een kans te bieden om van nut te zijn, om tegen Hannah te kunnen zeggen dat ze het niet opgaf, dat dit niet het einde was, dat ze Adam Huntsinger hoe dan ook weer achter de tralies zou krijgen.

Maar er was geen bericht van Hannah en zelf kon ze onmogelijk de eerste stap zetten. Ze had zich de afgelopen twaalf jaar naar Hannahs wil gevoegd. Ze hadden geen echt gesprek meer gevoerd sinds die schokkende dag waarop ze de meisjes in het water had gevonden. Af en toe knikten ze even als ze elkaar tegenkwamen in een restaurant of bar. Ooit hadden ze elkaar toevallig op de groenteafdeling van de supermarkt getroffen, en toen had Hannah gezegd: 'De perziken zijn lekker dit jaar.' Een andere keer, toen Emmy in de Good Dollar op een recept had staan wachten, had ze gemerkt dat Hannah en zij allebei meeneurieden met de muzakversie van 'Complicated'. Als Hannah al terugdacht aan de vele uren dat ze hadden geprobeerd net als Avril Lavigne hun eyeliner uit te smeren, liet ze dat niet merken.

'Weet je zeker dat je het aankunt, mam?' vroeg Cole. 'Niet om je te beledigen, maar je ziet er belabberd uit.'

'Ach, wat lief, schat. Waarom borduur je dat niet op een kussen als Moederdagcadeau?' Emmy zag nog net zijn grijns toen ze hem met haar heup aanstootte. 'Ben je nog bij dat appartementencomplex in Verona gaan kijken? Je oom Penley zou wel iets met je regelen, zei hij.'

'Staat op mijn lijst.'

Emmy wist dat er geen lijst was. Ze wist ook dat alles wat ze irritant vond aan haar zoon – zijn koppigheid, zijn hondentrouw, zijn blinde plichtsgevoel – dingen waren die ze ook van zichzelf niet kon uitstaan.

'Knoop je boordje dicht,' zei ze voor ze haar hand uitstak naar de deur van Geralds kantoor.

Haar vader keek op van zijn bureau toen ze binnenstapten. Hij schreef iets op een vel gelinieerd blocnotepapier. Zonlicht sneed door de smalle ramen achter hem. Toen Emmy en Cole na de scheiding bij haar ouders waren ingetrokken, had Gerald de oude gereedschapsschuur tot kantoor verbouwd. Langs een van de wanden stonden dossierkasten. Naast het raam hingen twee ingelijste foto's van zijn kinderen. Op de ene stond

Emmy als peuter met een kitten in haar armen. Op de andere, van drie jaar voor haar geboorte, stonden haar bijna volwassen broers en zus, onderaan de waterval. Dat was één jaar voor de dood van Henry. Twee jaar voor het heengaan van Martha. Tommy zag er lang en slungelig uit in zijn zwembroek. Het was zijn eerste jaar aan de universiteit. Zijn haar was destijds bijna even lang als dat van Martha.

'Goeiemorgen, chef,' zei Cole.

'Agent.' Gerald draaide de dop op zijn pen en schoof het papier in een map. Hij keek op naar Emmy. 'Hoe gaat het vandaag?'

Zijn vraag gold Myrna. Ook Gerald had die nacht met haar rondgelopen. Over zijn wang liep een vage, rode streep van Myrna's nagel toen ze hem een klap had gegeven.

Het was niet het enige zichtbare gevolg van Myrna's ziekte. De diagnose had haar moeder jaren ouder gemaakt, maar haar vader naar de rand van de hel gesleept. Op zijn zesentachtigste leek hij tien jaar ouder dan Millie. Zijn gezicht was ingevallen. Hij was in rap tempo vermagerd. Zijn uniform slobberde als een papieren zak om zijn schouders. In allerlei opzichten had Emmy meer moeite met de aftakeling van haar vader dan met die van haar moeder.

'Vandaag is het wel oké,' zei ze, want 'oké' en 'slecht' waren de enige opties. 'Millie is vanochtend bij haar, Tommy komt langs voor de lunch, waarna de thuiszorg het overneemt tot jij of ik weg kan bij het bureau.'

'Ik kan wel helpen,' zei Cole.

'Nee.' Emmy keek haar vader aan. 'Zullen we het doornemen?'

Gerald knikte. 'Oké.'

Emmy was blij dat ze aan de slag konden gaan. Ze wees Cole een stoel en raakte haar eigen boordje even aan om hem opnieuw op het knoopje te wijzen.

'Wat weten we?' begon ze. 'Op de ochtend van de moorden werd Adam Huntsinger rond elf uur bij de vijver gezien, in gesprek met Madison. Op sigarettenpeuken die daar werden aangetroffen zat DNA dat overeenkwam met dat van Adam en Madison. Adams vingerafdrukken en zijn DNA zaten ook aan de binnenkant van het ziplockzakje met wiet dat in Madisons zak werd aangetroffen, en op het zakje wiet in Cheyennes kluisje. De Jetta van zijn vader had schampplekken op de linkervoorbumper die het gevolg konden zijn van een klap tegen het fietswiel. Het naamplaatje van Cheyennes kapotte halsketting werd bij zijn souterrain gevonden, met Adams vingerafdrukken erop. In het huis waren wapens die overeenkwamen met het wapen waarmee Cheyenne was gedood. Bandafdrukken op het voetbalveld en op de landweg komen overeen met die van het standaardmerk en type band voor het jaar en de klasse van Walton Huntsingers Jetta. Afdrukken van werkschoenen maat tweeënveertig werden aangetroffen op de landweg, het voetbalveld en bij de vijver. Adam Huntsinger droeg werkschoenen maat tweeënveertig.'

Emmy liet het woord aan Cole.

'Diezelfde nacht,' zei hij, 'was er een zekere Barbara Jericho, een tweeentwintigjarige stripteasedanseres die in een club iets buiten Macon werkte. Ze trof een klant die haar een lift aanbood naar Savannah om naar het vuurwerk te kijken. Later die ochtend werd ze door een hulpsheriff uit Candler dwalend op straat aangetroffen, in Metter, honderdzestig kilometer verderop. Ze zei dat ze verkracht was. Ze werd naar het ziekenhuis gebracht, waar een verkrachtingstest werd afgenomen. We maken een sprong naar vorig jaar. Jericho luisterde naar de podcast *Verblinde Engel*. Toen ze online naar foto's zocht, herkende ze Adam Huntsinger als de man die haar had aangevallen. Ze nam contact op met het politiebureau van Candler en hoorde dat er nooit iets met die verkrachtingstest was gedaan. Na wat heen-en-weergebel kregen ze het GBI zover dat de test alsnog verwerkt werd, en toen bleek het DNA naar Adam Huntsinger te wijzen. Die verkrachting gaf hem een alibi voor de avond van de ontvoering en moord. Twee dagen geleden heeft hij de dodencel verlaten. Hij is op borgtocht vrijgelaten in afwachting van het verkrachtingsproces.'

'Wat dénken we te weten?' vroeg Emmy.

Coles tong schoot naar buiten, net als toen hij acht was en bijdehand meende te zijn. 'Jullie denken nog steeds dat Adam Huntsinger de dader is.'

'Oké.' Steun zoekend keek Emmy haar vader aan, maar zijn gezicht was even ijzig als zijn zwijgen. 'Ga de zwakke plekken eens langs,' zei ze tegen Cole.

'Eh...' Cole haalde zijn schouders op, maar hij had praktisch elk woord van Jacks podcast onthouden. 'Adam zei dat zijn vingerafdrukken op de halsketting stonden omdat Madison had gevraagd of hij die wilde repareren voor Cheyenne. Misschien had ze de ketting op de landweg laten vallen op weg naar Millies vijver om wiet van hem te kopen. Het moordwapen is nooit gevonden. Cheyennes klaptelefoon met de initialen die ze erin had gekrast, is nooit gevonden. In de Jetta werd geen DNA aangetroffen dat overeenkwam met dat van de slachtoffers. Het zeildoek van pvc dat de duikers op de bodem van de vijver vonden, had als bekleding van de kofferbak kunnen dienen, maar er zaten geen DNA-sporen of vingerafdrukken op. Wat je net zei over de banden en de schoenafdrukken en die schampplek op de voorbumper: dat is een en al "komt overeen met" in plaats van "exacte match".'

'Leren ze je op de academie dat elk bewijsstuk altijd voor de volle honderd procent meegeteld wordt?' vroeg Emmy.

'Ik heb daar geleerd dat DNA de gouden standaard is.'

'Hoelang blijven er DNA-sporen aanwezig in een vrouw na seksueel contact?'

Cole haalde zijn schouders weer op. 'Tot vijf dagen,' zei hij niettemin.

'Dus het is mogelijk dat Adam tot vijf dagen voor de aanval op Barbara Jericho onbeschermde seks met haar heeft gehad. Het is mogelijk dat haar echte aanvaller een condoom gebruikte. Het is mogelijk dat Barbara, die volgens eigen zeggen zo stoned als een aap was, de tijd niet meer goed voor ogen had.'

Ditmaal haalde Cole zijn schouders niet op; wel speelde er een lachje om zijn lippen. 'Bij die verkrachtingszaak van vorig jaar wilde je van dat soort logica niets weten.'

'Vorig jaar hield ik niet twee dode kinderen in mijn armen.' Emmy zag hem ineenkrimpen. Ze peinsde er niet over haar woorden terug te nemen. Op dat moment was ze zijn chef, niet zijn moeder. 'Ik heb de autopsieën bijgewoond. Cheyenne was geslagen en door het hoofd geschoten. De botjes van Madisons handen en voeten waren heel systematisch gebroken, waarschijnlijk met een hamer. Adam heeft haar tussen de twaalf en achttien uur in leven gehouden. Ze kon zich niet verweren. Ze kon er niet vandoor gaan.'

'Maar die hamer hebben jullie nooit gevonden.'

'Leg eens uit wat de uitdrukking "overtuigend bewijs" betekent.'

Ondanks zijn afwerende houding zei Cole: 'Dat iets hoogstwaarschijnlijk waar is.'

'En wat betekent "buiten gerede twijfel"?'

'Dat er geen andere redelijke verklaring is voor het gepresenteerde bewijs.'

'Vertel eens, is er een waarschijnlijker verklaring dan dat Adam Huntsinger de moordenaar is? En kom nou niet aanzetten met die stomme podcast van Jack. Die zat negenennegentig procent van de tijd uit zijn nek te lullen. Dale Loudermilk reed niet in een Jetta. Hij reed in een Ford-pick-up en zijn vrouw in een Audi. Hij heeft geen schoenmaat tweeënveertig. Zijn DNA is nergens op aangetroffen wat ook maar in de verste verte met de meisjes te maken heeft.'

'Dale leende altijd de Audi van zijn vrouw,' zei Cole. 'Iemand zag hem acht uur na de ontvoering die auto met bleekmiddel schoonmaken.'

'Zeven uur later, en niemand heeft ooit beweerd dat die meisjes nooit in de Audi hebben gezeten. Dat gaf Dale tijdens het eerste verhoor al toe. Tijdens het proces onderwierp Adams advocaat Ruth Baker aan een kruisverhoor. Ze bevestigde dat ze Dale toestemming had gegeven Cheyenne met de auto naar huis te brengen. Hannah verklaarde hetzelfde over Madison.'

Cole gaf geen krimp. 'En hoe zit het met het geld en de harddrugs?'

'Goeie vraag,' zei Emmy. 'Merkwaardig dat geen van de volwassen mannen die een vijftienjarig meisje betaalden voor seks en haar van coke voorzagen die ze weer doorverkocht, zich ooit heeft gemeld.'

Hij snoof van ergernis. 'Alma Huntsinger verklaarde dat zij de linkerbumper van de Jetta had beschadigd toen ze nog kon rijden.'

'Alma Huntsinger probeerde haar zoon uit de dodencel te houden. Nadat de jury drie weken lang getuigenverklaringen had aangehoord en al het bewijs had gezien, werd hij buiten gerede twijfel schuldig bevonden.' Nu haalde Emmy op haar beurt haar schouders op. 'Weeg het eens voor me af, vriend. Welke andere verklaring is buiten gerede twijfel?'

Cole hief zijn handen en gaf het op. 'Zeg het maar, chef.'

Emmy hoorde een tweede auto op de oprit. Toen ze uit het raam keek, zag ze Tommy's blauwe Honda zijn vaste parkeerplek onder de magnolia op rijden. Ze hoorde hem fluitend naar de keukendeur lopen. Ze keek op haar horloge. Nu zou haar broer te laat op school komen.

'Cole,' zei Gerald, 'Ik wil je moeder even spreken.'

'Oké, chef.'

Emmy wachtte tot hij weg was. 'Ik zit niet op een preek te wachten, pap. Ik weet dat ik hem te hard aanpak, maar hij denkt dat hij alles weet, en dat is niet zo. Soms slaat hij er maar een slag naar.'

'Oké,' zei Gerald. 'Hoe ziet het plan eruit?'

Zoals zo vaak was ze blij dat ze op haar werk kon terugvallen. 'We moeten bij Adam Huntsinger langs. Millie zegt dat ze allemaal telefoontjes krijgt, dat mensen staan te popelen om iets doms uit te halen. Het geklets online is ook niet mis. Ik weet niet of het gewoon idioten zijn die onzin uitkramen, maar Walton is eind zeventig en Alma ziet geen hand meer voor ogen. Het is onze plicht om hen te waarschuwen.'

Gerald reageerde niet op haar woorden. 'Hoe ziet het plan eruit?' herhaalde hij.

Opnieuw voelde ze die knoop in haar maag, maar nu om een heel andere reden. 'Ik ben van plan mijn taak als waarnemend hoofd van de politie zo goed mogelijk uit te voeren.'

'En daarna?'

Emmy haalde haar schouders op, al even luchtig als Cole had gedaan. 'Pap, de sheriff van Houston County was eenennegentig toen hij eindelijk met pensioen ging. Jij doet dingen niet in het wilde weg. Je gebruikt je hersens wanneer je leiding geeft aan het team. Je hebt nog steeds het vertrouwen van het district. Zolang je je beschikbaar stelt, stemmen ze op jou. Er is geen enkele reden om –'

'Er is wel een reden.'

Emmy wreef haar lippen over elkaar.

'Jij moet je verkiesbaar stellen,' zei hij.

'Het is bijna halfacht. Het enige wat ik moet is als een haas naar mijn werk.' Ze stond op van haar stoel. 'Ik heb momenteel te veel op mijn bord en kan er geen problemen bij hebben. Moet je een lift?'

'Nee,' zei hij. 'Laat eens horen.'

'Pap...'

Geralds onverzettelijke blik was als een krachtige lichtbundel die haar weer naar haar stoel trok.

Met een diepe, geërgerde zucht ging Emmy zitten. Dit deden ze als ze alleen waren op zijn kantoortje. Alleen zij tweeën, mensen die nooit een woord te veel tegen anderen zeiden, maar wel met elkaar spraken.

Ze deed een poging. 'Cole zit maar een beetje zijn tijd te verdoen. Ik zeg steeds dat hij een huis moet zoeken. Het is niet goed voor hem om de hele tijd aan zijn moeder vast te zitten. Hij moet door met zijn leven.'

'Geef hem het goede voorbeeld,' zei Gerald, 'en stel je verkiesbaar als sheriff.'

'Pap.' Ze wilde het over een andere boeg gooien, maar de woorden kwamen er als vanzelf uit. 'Ik ben mama al aan het verliezen. De gedachte dat ik jou –'

'Ik ben er nog, hoor.'

'Maar ik heb je híér nodig.' Ze legde haar hand op haar borst, niet alleen op haar hart, maar ook op de sheriffster die haar vader op haar shirt had gespeld toen Virgil Ingram met pensioen was gegaan. 'Ik hou van je, pap.'

'Ik ook van jou, lieverd. Maar verandering gaat altijd door, ook als je stilstaat. Het gaat een keer gebeuren. Dat weet je even goed als ik. Maak er iets moois van. Vers bloed. Nieuwe ideeën. Computers. Internet. Podcasts. Snapchat. Tic Tac.'

Emmy lachte. 'Nu noem je allemaal dingen op waar je een hekel aan hebt.'

'Dat betekent niet dat ik ongelijk heb.'

'Ik wil het niet, pap. Ik heb geen idee hoe ik campagne moet voeren. Ik heb geen idee hoe ik jou ooit kan vervangen.'

'Iemand zal het doen,' zei hij. 'Uiteindelijk.'

'Hé-hé-hé!' Tommy roffelde met zijn knokkels op de deur en kwam het kantoortje binnenslenteren, vol van de onverbiddelijke positiviteit van een docent die zijn pensioen ziet naderen. 'Hoe gaat-ie, familie?'

Emmy lachte, maar niet van harte. 'Malloot die je bent.'

'Blaag die je bent.' Tommy legde zijn hand op haar schouder. Hij liet zich niet in de maling nemen. 'Alles goed, meis?'

Hoewel ze knikte, voelde ze dat ze in de val was gelopen. Tommy was hier niet zomaar. Kennelijk had Gerald gevraagd of hij langs wilde komen voor hij naar zijn werk ging. Emmy dacht aan de brief die haar vader aan het schrijven was toen ze zijn kantoor binnenliep. Wilde hij zijn ontslag indienen? Dwong hij haar een besluit te nemen? Ze was totaal niet klaar voor dit gesprek. Niet na twee uur slaap met een moeder die haar verstand verloor en een zoon die dacht dat hij Sherlock Holmes was.

'Oké,' zei Gerald. 'Tijd dat we dit afhandelen.'

Emmy keek Tommy aan. Die schudde zijn hoofd. Hij had geen idee wat dit moest voorstellen.

'Wat is er aan de hand, pap?' vroeg hij.

'Ga zitten.' Gerald wachtte tot Tommy zat. En daarna wachtte hij nog iets langer. Ten slotte schraapte hij zijn keel en zei: 'Het is tijd.'

Emmy voelde een ander soort spanning op haar borst. Dit ging niet over haar. Het ging over Myrna.

'Ik heb me niet aan mijn belofte gehouden,' zei Gerald. 'Jullie moeder heeft ons verteld wat ze wilde.'

Nu dreigde de spanning haar te verpletteren. Emmy keek Tommy weer aan. Hij had haar altijd de Vaderfluisteraar genoemd, maar deze keer wisten ze allebei waarover Gerald het had. De dag nadat bij Myrna alzheimer was vastgesteld, had ze de familie bijeengeroepen. Haar verzoek had niets aan duidelijkheid te wensen overgelaten.

'Als het erg wordt, mogen jullie me niet thuis houden, dat moeten jullie beloven,' had Myrna met klem gezegd. 'Breng me naar een tehuis. Of stop me in een container en stuur me de zee op. Ik merk het verschil toch niet meer, maar ik wil niet dat ook maar iemand van jullie zo met me moet leven.'

'Pa...' Tommy's ogen waren nat van de tranen. 'Dat kunnen we niet.'

Emmy was het met hem eens en deed haar mond al open, maar alle excuses werden verdrongen door haar herinneringen aan de afgelopen nacht. De uitzinnige, bloedstollende kreten, als van een sirene. Emmy die uit bed sprong. Gerald die de overloop op wankelde. Cole die aan kwam rennen om te helpen. Emmy die haar moeder al snikkend vasthield en vervolgens met haar rug tegen de deur ging staan toen Myrna begon te tieren tegen de onbekenden die haar huis waren binnengedrongen.

Al ruim drie maanden herkende ze niemand van hen meer.

Myrna had geweten dat dit zou gebeuren. Ze was meer dan vijftig jaar docent Engels geweest. Ze wist hoe ze aan informatie kon komen. Ze was een expert geworden in de verschillende stadia van alzheimer. Ze kende de verschrikkingen die in een laat stadium konden optreden. Emmy herinnerde zich nog goed hoe haar moeder hardop had voorgelezen uit de lijst die ze in een van haar schriften had opgesteld. Myrna had een hele waslijst gemaakt van alles wat ze zichzelf of haar gezin niet wilde aandoen: het jongleren met roosters, het gehaast, het op het laatste moment wijzigen van plannen of opnemen van vrije dagen, het missen van feestjes en mijlpalen en tijd met hun gezin en vrienden, het gedoe met medicijnen, doktersafspraken en testen, de stress en de zorgen, de slapeloze nachten en het veeleisende fysieke werk. Ze zouden haar in bad moeten doen. Haar luiers moeten verschonen. Haar lakens. Haar kleren. Ze zouden bang zijn dat ze weg zou lopen. Ze zouden naar haar zoeken als ze dat deed. Ze zouden haar alle controle zien verliezen. De overgevoeligheid, de wanen, de paranoia, de projecties, de nachtelijke angsten met hun ijselijke kreten, die elkaar inmiddels zo snel opvolgden dat Emmy haar hoofd niet op het kussen kon leggen zonder haar hele lichaam te spannen in afwachting van de volgende keer dat het gebeurde.

'Ik val nog liever ter plekke dood dan dat ik jullie in de toekomst tot last ben.'

Gerald trok de bovenste la van zijn bureau open en haalde er een brochure uit. Emmy herkende het logo van het verpleeghuis dat ze een jaar geleden hadden bezocht. Het Azalea Place Memory Care Center was een gebouw van negen verdiepingen, dat het midden hield tussen een psychiatrische inrichting en een extra beveiligde gevangenis. Tommy en Emmy hadden de rondleiding niet afgemaakt. Na tien minuten waren ze ertussenuit geknepen en naar het parkeerterrein gegaan, waar ze ieder in hun eigen auto hadden zitten snotteren.

Nu zei haar broer: 'Celia en ik hebben het erover gehad. Ik kan met vroegpensioen gaan. Zoveel tijd heeft mama niet meer.'

'Jongen.' Emmy had haar vader nog nooit zo'n milde toon horen aanslaan tegenover haar broer. 'Hoeveel tijd heb jíj nog?'

Tommy boog zijn hoofd. Hij was geen jongeman meer. Hij had meer jaren achter zich dan voor de boeg.

'Jullie moeder was nog helemaal zichzelf toen ze ons vertelde wat ze wilde,' zei Gerald. 'We mogen haar wens niet negeren nu ze niet meer zichzelf is.'

Tommy drukte zijn vingers op zijn oogleden. 'Daar ben ik het niet mee eens.'

'Dat hoeft ook niet,' zei Gerald. 'Het was haar beslissing. Nu beslis ik.'

Tommy hield zijn adem even in. Hij wist dat het geen zin had ertegen in te gaan. 'Wanneer?'

'Morgen.'

Emmy sloeg haar hand voor haar mond om de snik te smoren die ze voelde opkomen.

'Ik kan...' Tommy zoog de lucht naar binnen. 'Ik neem wel vrij van mijn werk om te helpen inpakken.'

'Hoeft niet. Ze herkent haar spullen toch niet meer. Ze herkent ons niet meer. Onze gezichten. Onze stemmen. We zijn allemaal vreemden voor haar. Ze is zo goed als dood.'

Langzaam liet Emmy haar handen weer op haar schoot zakken.

Gerald tikte op de brochure met de stelligheid van een rechter die een zaak afhamert. 'De ambulance komt om halfacht. Ik rijd erachteraan. Jullie gaan naar je werk. De enige manier om je erdoorheen te slaan is door je gedeisd te houden en je taak te doen. Begrepen?'

Tommy, die zijn hoofd al had laten hangen, knikte.

Ook Emmy knikte. Ze streek met haar duim over haar handpalm. Haar zicht werd wazig van de tranen, terwijl haar broer zijn best deed om niet in huilen uit te barsten. Ze voelde zich gebroken. Ze voelde zich beroofd. Ook schaamde ze zich diep, want voor een deel – en niet eens zo'n klein deel – was ze verdomd opgelucht.

De telefoon op Geralds bureau ging over. Ze keek op naar haar vader.

Hij had zijn zakdoek tevoorschijn gehaald om zijn ogen te drogen en gaf hem door aan Emmy voor hij op de speakerknop van de telefoon drukte.

'Brett.' Gerald kuchte even en veranderde van treurende echtgenoot en vader weer in de sheriff van Clifton County. 'Je staat op de speaker.'

'Sorry dat ik je zo vroeg lastigval, chef, maar er is iets behoorlijk mis.' Brett klonk afgemeten. 'Ik sta op de landweg aan de andere kant van Millies erf. Er ligt hier een meisjesfiets. Het achterwiel is verbogen. De ketting is eraf. Zo te zien ligt er ook bloed. Maar nergens een meisje te bekennen.'

Het gal steeg Emmy naar de mond. Het verpletterende gesprek over Myrna werd naar de achtergrond gedrongen. De wereld schoof twaalf jaar terug het verleden in. Emmy stond weer op die weg, samen met Gerald. Michael Berry-Lawhorn leidde hen over de plaats delict vanwaar Cheyenne Baker was ontvoerd.

Ze keek haar vader strak aan, want ze wist dat hij precies hetzelfde dacht. Gerald zweeg. Hij hield haar blik vast, bood haar zijn steun. Toen knikte hij, want ze moest aan de slag.

Emmy haalde diep adem en dwong de lucht haar longen in zodat ze kon praten. 'Weet je van wie die fiets is, Brett?'

'Ja,' zei hij, en ze besefte dat hij niet van opwinding zo afgemeten sprak. Het was angst. Brett had ook op de zaak-Adam Huntsinger gezeten. Hij had de geknakte lichamen van Madison en Cheyenne gezien. Hij wist wat er mogelijk gebeurde met een ander verdwenen meisje. 'In het mandje voorop zit een klassenproject of iets dergelijks met aan de binnenkant een naam. Paisley Walker. Veertien jaar. Ik heb naar haar huis gebeld. Haar moeder nam op. Haar vader was al naar zijn werk. Ze wonen aan Coleman Avenue. Volgens de moeder is het meisje iets voor zevenen naar school vertrokken. Op school is ze niet gesignaleerd.'

'Paisley Walker?' Emmy keek Tommy aan. Hij schudde zijn hoofd. Hij kende haar niet. 'Wie heeft het gemeld?' vroeg ze aan Brett.

'Sylvia Wrigley. Ze is hier nog. Volgens mij...' De telefoon knetterde toen hij zijn stem dempte. 'Volgens mij heeft ze foto's gemaakt.'

Emmy deelde de ergernis die in Geralds blik opvlamde. Sylvia Wrigley was hoofdredacteur van de *North Falls Herald*. Waarschijnlijk had ze de foto's al op haar socials geplaatst. En dat terwijl de stad toch al een kruitvat was. Dat Sylvia er een lont in stak, was het laatste waarop ze zaten te wachten.

'Heb je het ziekenhuis gebeld?' vroeg ze. 'Eerstehulpposten?'

'De moeder en ik hebben alles afgebeld. Het heeft niks opgeleverd.'

'Oké.' Met zwetende handen haalde Emmy haar telefoon tevoorschijn. Al pratend stelde ze een bericht op. 'Ik stuur versterking om de plaats delict veilig te stellen. De verkeerspolitie gaat haar fietsroute natrekken. Jij gaat met haar moeder praten. We willen Paisleys signalement. Vraag wat ze aanhad. En vraag om een recente foto. Stuur alles naar mij door.'

'In orde, chef.'

'Wacht even,' zei Emmy voor hij de verbinding verbrak. Haar brein wierp allerlei verklaringen op die afweken van de allerergste. In bijna de helft van alle zaken die vermiste kinderen betrof, was een ouder verantwoordelijk. 'Observeer de vader en moeder om te zien of een van hen zich vreemd gedraagt. Probeer een beeld te krijgen van het huwelijk. Vraag een huiszoekingsbevel aan en keer het huis binnenstebuiten. Kijk ook in de auto's. Sluit uit dat Paisley zich ergens heeft verstopt.'

'Chef.' Brett aarzelde. 'Ik denk niet dat ze zich heeft verstopt.'

Dat dacht Emmy ook niet, maar ze moesten met alles rekening houden. Zoals met het feit dat bij zevenentwintig procent van alle zaken rond vermiste kinderen een familielid of bekende betrokken was.

'Laat de ouders familieleden en vriendinnen bellen, iedereen met wie Paisley een of andere band heeft, maakt niet uit hoe vaag. Hetzelfde wat de school betreft. Decanen, docenten, klassenassistenten – vraag naar activiteiten waarbij ze betrokken is – het jaarboek, het koor, maakt niet uit. Dat klassenproject deed ze in opdracht van iemand.'

'Oké, chef. En verder?'

Emmy's maag balde zich samen. Dat 'en verder' hield de ergste mogelijkheid in. Een onbekende. Een kinderlokker die een willekeurig kind had gezien en had besloten het mee te nemen.

'Zoek de buurt af,' zei ze. 'Worden er huizen gerenoveerd of gebouwd? Is er een buur met een babysitter of met een familielid of vriend over de vloer? Is er op school een nieuwe invalkracht of een onderhoudsmonteur? We moeten met iedereen praten, Brett. Iedereen moet aan de bak. Niemand gaat naar bed voor we Paisley gevonden hebben.'

'Oké, chef. De versterking is net aangekomen. Verder nog iets?'

'Aan de slag.'

Gerald hing op. Hij griste zijn jasje van de stoel. Emmy kneep even in Tommy's schouder toen ze haar vader het kantoortje uit volgde, heen en weer slingerend van de ene tragedie naar de andere.

Paisley Walker. Veertien jaar. Fietsend over landweggetjes. Zou er nog een kind zijn, een tweede slachtoffer? Herhaalde het patroon zich? Was het meisje meegenomen naar een afgelegen plek waar ze verkracht en gemarteld werd, waar de botten van haar handen en voeten verbrijzeld werden zodat ze zich niet kon verweren, zodat ze niet weg kon lopen?

'Mam!' Cole kwam het huis uit rennen, met hun kogelwerende vesten in zijn handen. 'Ik heb net gehoord –'

'In de auto.'

Verblind door de zon rende Emmy het erf over. Ze hoorde hoeveel moeite haar vader had om haar bij te houden. Haar ogen begonnen te tranen. Ze moest bijna overgeven. Het mocht niet weer gebeuren. Niet nu Adam uit de gevangenis was. Niet nu haar moeder zo aftakelde, haar vaders krachten afnamen, haar eigen leven uiteenviel. Beverig en misselijk opende ze het portier van haar patrouillewagen. Cole sprong op de achterbank. Het liefst wilde Emmy alles vertragen, even op adem komen, ervoor zorgen dat haar gedachten niet naar alle slechte plekken vlogen, maar het ontbrak haar aan tijd.

Gerald klapte zijn telefoon open toen Emmy de oprit af scheurde. Ze zag hem het nummer van het GBI intoetsen. Tijd was essentieel. Er moest een Levi's Call worden opgesteld, in Georgia het equivalent van een Amber Alert.

'Sylvia Wrigley kreeg er duizenden volgers bij nadat ze was geïnterviewd in Jacks podcast,' zei ze.

'Yep.'

Emmy trok haar telefoon uit haar zak. Ze zag een stuk of vijf berichten van de *Herald*. Die swipete ze weg, waarna ze de besloten WhatsAppgroep van lokale vrouwelijke politieagenten opzocht. Ze tikte iets in met haar duim:

Mogelijke ontvoering 14jr meisje details in opsporingsbericht

'Mam,' zei Cole. 'Waar ga je naartoe?'

Emmy was voorbij de afslag naar het politiebureau gereden. 'Naar het huis van Adam Huntsinger.'

'Maar...' Cole klemde zich vast aan de metalen afscheiding. 'Als Adam het meisje heeft ontvoerd, dan is hij toch niet zo dom om haar mee naar huis te nemen?'

'Doe je gordel om,' beval Emmy. 'Ik weet dat Adam niet zo dom is, maar anderen zijn dat wel.'

Weer nam ze een scherpe bocht zodat Cole over de achterbank werd geslingerd. Toen ze de snelweg op reed, deed hij eindelijk zijn gordel om. Emmy keek op haar horloge en maakte een snel rekensommetje. Het stuk landweg waaraan Millie woonde was tien minuten fietsen verwijderd van Coleman Avenue. Zodra Sylvia het bloed had gezien, had ze ongetwijfeld melding gemaakt van de fiets, waarna Brett er razendsnel op af was gegaan en vervolgens de ouders had gebeld, de school en de ziekenhuizen, en ten slotte Gerald.

Dat gaf hun een tijdvenster van vijftig minuten waarin Paisley Walker iets vreselijks kon zijn overkomen. Emmy liep in gedachten alle mogelijkheden nog één keer na. Een ouder. Een familielid. Een bekende. Een onbekende.

Nog niet één procent van kinderontvoeringen werd gepleegd door roofzuchtige kidnappers. De slachtoffers waren bijna allemaal van het vrouwelijke geslacht en gemiddeld veertien jaar oud. Doorgaans werden ze meegenomen van een plek ergens in de openlucht, onder dwang van een vuurwapen. In de meeste gevallen had de ontvoerder een auto bij zich. In vierenveertig procent van de gevallen werd het slachtoffer binnen een uur vermoord. Achtenzeventig procent stierf binnen de eerste drie uur.

Binnen vierentwintig uur waren praktisch alle slachtoffers dood.

'Sherry,' sprak Gerald in de telefoon. 'Ik heb je hulp nodig.'

Emmy sloot zich af voor haar vaders stem. Ze hield de carrousel in haar hoofd draaiende en nam alle geruststellende verklaringen door. Paisley was gevallen met haar fiets en was lopend hulp gaan halen. Of ze had zich ergens verstopt om geen problemen te krijgen. Paisleys fiets was door een auto geraakt. De bestuurder had haar naar het ziekenhuis gebracht. Of naar een spoedkliniek. Het personeel was afgelost en tijdens de wisseling van de wacht was haar dossier kwijtgeraakt. Niemand kon zich haar herinneren. Ze was alweer op weg naar huis.

Al die scenario's waren mogelijk, maar ze voelden geen van alle juist. Adam Huntsinger was nu twee dagen thuis. De halve stad wilde hem opknopen. De andere helft wilde hem op een voetstuk hijsen. Dat was heel veel aandacht voor een man die de afgelopen twaalf jaar praktisch elk uur van elke dag in eenzaamheid had doorgebracht. Volgens studies naar pedofielen die voorwaardelijk werden vrijgelaten, was stress de belangrijkste factor bij recidive.

'Doe ik.' Gerald klapte zijn telefoon dicht. 'Het GBI heeft het opsporingsbericht doen uitgaan. Laat het tijdschema eens horen.'

'Paisley is rond zeven uur van huis gegaan. Sylvia deed haar melding om ongeveer halfacht. Brett heeft je twintig minuten later gebeld, en nu...' Emmy keek op het dashboardklokje. De moed zonk haar in de schoenen.

De kans dat Paisley het overleefde was al bijna de helft kleiner. 'Ze is nu achtenvijftig minuten weg.'

'Zet er een timer op. Dertig minuten.'

Met haar ene hand aan het stuur bracht ze de andere naar haar horloge. Ze wist dat haar vader niets had met statistische waarschijnlijkheden. 'Waarvoor tellen we af?'

'Een telefoontje naar de FBI,' zei Gerald. 'De vorige keer zat ik fout. Heb ik te lang gewacht.'

Emmy stelde de timer in terwijl ze de snelweg verliet. De afgelopen vier maanden hadden ze urenlang over de zaak gesproken, hadden ze alle ongerijmdheden in Jacks podcast onderuitgehaald, het bewijsmateriaal weer onder de loep genomen en besproken hoe ze het anders hadden kunnen aanpakken. Tijdens al die gesprekken had Gerald niet één keer spijt betuigd omdat hij de FBI niet eerder had ingeschakeld.

Het ontbrak haar aan tijd om hem er nu naar te vragen. Het wegdek ging van asfalt over in grind. Achter de auto wolkte stof op. Ten slotte bereikten ze Elsinore Meadows. Emmy wierp via de achteruitkijkspiegel een blik op Cole. Met strakke kaken staarde hij recht voor zich uit. Ze wist dat het inmiddels heel reëel voor hem voelde. Het was één ding om tijdens je ochtendlijke hardlooprondje naar een podcast te luisteren, maar iets heel anders om blindelings in een onderzoek gestort te worden waar elk besluit dat je nam en elke stap die je zette het verschil konden maken tussen het leven en de dood van een kind.

De ruzie met Jonah. Het negeren van Madison. Het niet reageren op Millies aanhoudende telefoontjes. Emmy zou die kleine momentjes waarop ze verkeerde beslissingen had genomen nooit ongedaan kunnen maken. Ze kon alleen maar zweren dat ze nooit meer op die manier de fout in zou gaan.

'Shit,' fluisterde Cole.

Emmy vloekte binnensmonds. Het nieuws dat Sylvia Wrigley de wereld in had gestuurd, had het gevreesde resultaat. Aan weerszijden van de weg stonden auto's geparkeerd. Een groep van minstens twintig mensen had zich op de oprit van de Huntsingers verzameld. Ze schreeuwden, zwaaiden met vuisten, klaar voor de strijd. Emmy liet de sirene een paar keer loeien toen ze eropaf reed, maar ze weken niet terug. Ze waren te kwaad en te bang en te wraaklustig.

Emmy minderde vaart en zei tegen Cole: 'Zet het einde van de weg af. Laat onmiddellijk versterking komen.'

'Ja, chef.' Hij maakte aanstalten om uit te stappen.

'Cole!' riep ze. 'Trek godverdomme je vest aan. En straktrekken!' Ze reed pas door toen hij aan het klittenband begon te sjorren. Ze bracht haar voet naar het gaspedaal, waarna de auto met een slinger naar voren schoot. Dit was niet het moment om beschaafd haar entree te maken. Ze ging op de rem staan, liet de auto zwenken en kwam in één klap tot stilstand.

'Naar achteren!' riep ze toen ze uitstapte. Ze griste haar kogelwerende vest van de achterbank en trok de riempjes aan. Met haar handen in haar zij liet ze haar blik over de meute gaan. Mobiele telefoons registreerden elke beweging die ze maakte. Gezichten waren verwrongen van woede. Twee Glocks, een Sig Sauer, een Smith & Wesson-revolver, een drankfles waaruit een vuile poetsdoek stak. Tot nu toe had niemand zijn wapen getrokken of iets in de fik gestoken, maar dat wilde niet zeggen dat dat zo bleef.

'Naar achteren, zei ik!' Emmy bracht haar ene hand naar haar pistool en wees met haar andere hand naar de weg. 'Naar achteren! Nu!'

Er kwam wat beweging in de groep, maar niet genoeg. Gerald sloeg het portier dicht en stapte op de mensen af. Zonder vest. Zonder wapen. Twaalf jaar geleden zouden ze als de Rode Zee uiteen zijn geweken. Nu bleven ze op hun plek, schreeuwend, krijsend en met hun telefooncamera als wapen in de hand.

'Dit is jullie schuld!'

'Kutpolitie!'

'Waarom betaal ik nog belasting?'

Gerald wachtte tot ze bedaarden. 'Naar huis met jullie.'

'Rot toch op,' zei een vrouw. 'Jullie hebben een pedo vrijgelaten. Nu heeft hij weer een meisje gepakt.'

'Ja!' riep een man. 'Wat wou je daaraan doen?'

Opnieuw wachtte Gerald tot het rumoer bedaarde. 'Aankloppen.'

Een reactie bleef uit. Ze waren nog niet zover heen dat ze zich tegen een eenvoudige oplossing verzetten. Iemand ging aan de kant. Toen nog iemand. Uiteindelijk ontstond er een duidelijk pad zodat Gerald over de oprit kon lopen. Emmy keek hem na toen hij langzaam doorliep. Het huis stond zo'n vijftien meter van de weg, maar ze haalde pas weer adem toen hij de veranda had bereikt. Nog voor hij aanklopte, ging de deur al open.

Gerald verdween naar binnen.

Ze haalde nogmaals diep adem voor ze Coles kant op keek. Hij hield een rij auto's tegen. De mensen die te voet waren gekomen, kon hij niet tegenhouden. Net toen Emmy zich wilde omdraaien, stapte er een vrouw op haar af. Ze herkende haar. Blond haar in een staart. Lichte make-up. Hannahs bezorgdheid was tastbaar. Ze had haar handen ineengeslagen. Ze droeg nog steeds de diamanten ring die Paul Dalrymple met Emmy's hulp voor haar had uitgezocht.

Inmiddels was Paul zwaar aan de drank. Al jaren hoorde Emmy in de stad roddels over hem. Paul die op zijn werk buiten westen was geraakt. Paul die stennis had geschopt tijdens een van Daveys honkbalwedstrijden. Verder waren er de dagvaardingen en bekeuringen in het politielogboek. Verstoring van de openbare orde. Roekeloos rijgedrag. Twee keer rijden onder invloed. Ingetrokken rijbewijs. Zijn bedrijf op het randje van faillissement. Voor de ontvoering van Madison was hij een aardige, nerdy man geweest. Nu was hij verbitterd en beschadigd. De zeldzame keren dat ze elkaar in de stad tegenkwamen, liet Paul geen kans onbenut om Emmy met hatelijke blikken te bestoken.

Hannah hief haar kin ten teken dat ze haar had gezien. Ze ging een paar meter van Emmy af staan en keek naar de meute. Emmy keek ook, maar niet uit nieuwsgierigheid. Er was nog geen versterking gearriveerd. Cole stond een half footballveld verderop. Haar vader was in zijn eentje in het huis van iemand die een dubbele moord had gepleegd, en buiten stond een troep mensen die tien minuten geleden nog om bloed had geschreeuwd.

En een meisje van veertien genaamd Paisley Walker werd nog steeds vermist.

Emmy pakte haar telefoon en deed alsof ze haar berichten las, maar ondertussen swipete ze naar de camera zodat ze de gezichten kon vastleggen. Moeders in leggings. Mannen in fabrieksoveralls. Een paar losse figuren in *business casual*. Verder zag ze Ashleigh Ellis en Brandi Norton, die vroeger samen met Kaitlynn op school tot de populaire meiden hadden behoord. En Dervla Culpepper, die vast had gezeten in de gestrande Miata op het voetbalveld op de avond dat de meisjes ontvoerd waren en twaalf jaar later had gelogen dat ze barstte toen Jack haar had geïnterviewd voor de eerste aflevering van *Verblinde Engel*. Dervla filmde het spektakel met haar telefoon, waarschijnlijk in de hoop er weer tien minuten roem uit te kunnen peuren.

Alles bij elkaar telde Emmy zesentwintig mensen, met meer in aantocht. Ze wist dat daders zich vaak in een onderzoek probeerden te mengen. Dan deden ze alsof ze getuigen waren, of bezorgde burgers of toeschouwers. Vanwaar ze zich nu bevonden, was het niet ver naar de landweggetjes. Tussen de wegen lag een dicht bosgebied, waar je je gemakkelijk van een lijk kon ontdoen.

Hannah kuchte.

Automatisch keerde Emmy zich naar haar toe, en voor het eerst in meer dan tien jaar keek ze haar recht in haar gezicht. Even schrok ze van de lachrimpeltjes die vanuit haar ooghoeken uitwaaierden, van het grijs in haar scheiding. Emmy wist dat Hannah hetzelfde bij haar zag. In tegenstelling tot hun vriendschap had de tijd niet stilgestaan.

'Denk je dat Paisley door Adam ontvoerd is?' vroeg Hannah.

Er ging een schok door Emmy heen bij het horen van Hannahs stem, die haar even vertrouwd was als die van Tommy of van haar vader. Ze gebruikte haar telefoon als smoes om haar blik af te kunnen wenden en filmde de auto's die in de berm geparkeerd stonden. Weer keek ze even naar Cole. Hij leunde tegen de motorkap van een geparkeerde auto. Hij had zijn duimen in zijn vest gehaakt. Het klittenband bungelde naar beneden.

'Als Adam haar had meegenomen, zou hij haar niet hiernaartoe brengen,' zei Emmy.

'Nee,' zei Hannah. 'Zelfs een gekooid dier blijft een jager.'

Emmy hoorde hoe vlak Hannah klonk. Onder haar ogen zaten donkere kringen. Waarschijnlijk had ze geen rustige nacht meer gehad sinds Jacks podcast online ging. Ook vóór de moord op Madison was Paul soms een licht bazige echtgenoot geweest, van het soort dat dingen niet met rust kon laten. De hele stad wist dat zijn drankgebruik uit de klauwen was gelopen. Een paar weken geleden was hij dronken op een van Daveys honkbalwedstrijden verschenen. Waarschijnlijk was Hannah de enige die het gezin nog bijeenhield.

Hier en daar klonk gemompel. De voordeur was opengegaan. Emmy stopte haar telefoon in het borstzakje van haar vest. Gerald stapte de veranda op. Ze herkende Walton Huntsinger aan zijn bouw. Het volgende moment besefte ze dat ze niet naar Walton keek, maar naar Adam.

Hannah had het ook door. Ze hield haar adem in en greep Emmy's hand. Geen van beiden zei iets, maar Emmy voelde de golf van venijn van de mensen om hen heen.

Smeerlap, moordenaar, ik hoop dat-ie in de gevangenis z'n verdiende loon heeft gekregen.

Adam trok de deur dicht. Emmy zag dat haar vader zich verbeet toen hij de verandatrap af liep. Zijn knieën waren tot op het bot versleten. Zijn ruggengraat was zo krom als een herdersstaf. Als hij nog magerder werd, zou hij nog vóór Myrna vertrokken zijn.

Hannah kneep in haar hand. 'Wat erg van je moeder.'

Emmy wreef haar lippen over elkaar. Eigenlijk moest ze beide handen vrijhouden voor het geval er iets gebeurde, maar het fysieke contact met Hannah, de vertrouwdheid, voelde als het enige stabiele wat ze nog had in haar leven. Ze gooide er het eerste uit wat bij haar opkwam. 'Ze is nog steeds niet vergeten dat je haar servies hebt gebroken.'

Hannah lachte snuivend. 'Die verdomde Myrna.'

Emmy knipperde haar ogen droog. Gerald kwam nu de oprit af lopen. Zijn schuifelende gang was opeens heel zichtbaar. Zijn broek moest worden ingenomen. Ze had altijd geweten dat haar vader oud was, maar nu pas begreep ze dat hij gebrekkig was geworden.

Hannah zag het ook. Daarom hield ze Emmy's hand vast. Ze was naar Adams huis gekomen omdat ze bang was, omdat haar hart was gebroken, omdat opnieuw een doodsbange moeder van iets dierbaars was beroofd. En toen was ze teruggevallen in haar oude rol en had ze Emmy willen troosten.

'Oké.' Emmy liet Hannahs hand los en stapte op haar vader af. Hij had zijn elleboog ter ondersteuning op de brievenbus gezet. Hij was buiten adem. Emmy veegde langs haar ogen en probeerde zich te herpakken. Ze gebaarde naar de mensen dat ze achteruit moesten gaan om haar vader wat ruimte te geven. Alleen Dervla Culpepper negeerde het verzoek. Als de eerste de beste roddeljournalist zwaaide ze met haar telefoon. Het liefst had Emmy haar het zicht belemmerd, maar in plaats daarvan nam ze haar gebruikelijke plek rechts van haar vader in.

Gerald wachtte tot het stil werd en zei toen: 'Het meisje is hier niet.'

'Hoe weet u dat?' vroeg een vrouw. 'Hebt u in het souterrain gekeken?'

'Ja,' antwoordde Gerald, maar Emmy wist dat het een leugen was. Je kon niet binnendoor in het souterrain komen. 'Paisley Walker is hier niet. Ga naar huis. Laat ons ons werk doen.'

Niemand verroerde zich, tot een man in een overall zijn handen in de lucht wierp en wegliep. Enkele anderen volgden. Toen nog een paar. Emmy voelde haar horloge tegen haar pols tikken toen de timer het halve uur aangaf. Gerald had gelijk. Ze zouden nu de FBI moeten bellen in plaats van een toneelstuk op te voeren met vechtjassen en lijkenpikkers.

'Sheriff?' Dervla hield haar telefoon voor Geralds gezicht. 'Hoe voelt het dat u en uw dochter met al jullie leugens Adams leven hebben verwoest?'

'Ma'am.' Hij klonk vermoeid. 'De zaak tegen Adam Huntsinger is –'

'Paul!' gilde Hannah opeens.

Emmy kromp ineen.

De paniek in haar stem, de diepe angst, zette elke zenuw in haar lichaam op scherp. Met een ruk draaide ze zich om. De tijd kroop opeens voort. Op één na al haar zintuigen vervaagden. Ze hoorde, proefde, voelde niets meer. Ze zag de woede in de ogen van Paul Dalrymple toen hij een Smith & Wesson-revolver recht op haar borst richtte. Op dat moment dook Hannah met beide handen op het wapen af. Cole kwam vanuit de verte aanrennen. Zijn kogelwerende vest flapperde om hem heen, want hij had het niet strakgetrokken, zoals Emmy had gezegd.

Waarom luisterde hij niet? Waarom luisterde hij nooit?

Cole verdween toen Hannah in Emmy's blikveld opdook. Haar gezicht kwam haarscherp in beeld. De angst in haar ogen. Haar mond die zich opende in een schreeuw. Het wapen was nog steeds op Emmy gericht. Enkele tellen voordat er een vlam uit de revolvermond flitste, draaide ze zich om. Rook bloeide op uit de loop. Emmy opende haar lippen. Ze ademde in. Bereidde zich voor op de klap. Zacht fluitend zoefde de kogel langs haar hoofd. Toen voelde ze achter haar rug iets met veel geweld splijten, als een afbrekende ijsberg, een enorme tak die van een boom spleet. Weer draaide ze zich om, en nu zag ze haar vader op de grond storten.

Wreed scherp klapte de tijd weer terug.

'Pap!' Emmy liet zich naast hem op haar knieën vallen. De kogel had een gat in zijn borst geslagen. Ze klemde haar handen om de wond, probeerde de bloedstroom te stelpen die uit zijn lichaam vloeide. 'Volhouden, pap! Volhouden, alsjeblieft!'

'Opa!' Cole kwam over straat aanrennen. 'Opa!'

'Bel een ambulance!' riep ze. Het publiek om hen heen stond verstijfd. Paul was midden op straat gaan zitten. Hannah knielde neer. De revolver lag op het wegdek. Niemand verroerde zich. Niemand kwam in actie. 'Bel godverdomme een ambulance!'

'Em...' Gerald klappertandde. Zijn hand beefde toen hij die over de hare legde. 'Em-m-m...'

'Volhouden, pap.' Emmy liet haar hele gewicht op zijn borst rusten. Ze voelde de scherpe randen van een verbrijzelde rib. Zijn bloed pulseerde tussen haar vingers door. Alle kleur trok uit zijn gezicht. Zijn lippen trillen. 'Volhouden, alsjeblieft. Alsjeblieft.'

'Em...' Verward schoten zijn ogen heen en weer. 'Emmy Lou?'

'Ik ben bij je, pap.' Ze boog zich voorover zodat hij haar kon zien. 'Ik ben vlak bij je.'

'FBI...' fluisterde hij.

'We gaan ze bellen, pap. Zodra jij in de ambulance ligt, ga ik –'

'M-Moeten...' Hij hoestte. Bloed sijpelde uit zijn mondhoek. 'M-Moeten het... uitpraten...'

Haar keel snoerde zo strak dicht dat ze nauwelijks kon antwoorden. 'Dat doen we later, pap. Oké?'

Ze zag een traan over zijn wang glijden. Hij zei niets, maar keek haar aan, dwong haar het te begrijpen. Hij had gezegd dat ze het moesten uitpraten. Ze moest luisteren.

Emmy voelde een stilte bezit nemen van haar lichaam, een soort kalmte die ze nooit had gekend. Al het andere smolt weg. Nu ging het alleen om hen tweeën, om de mensen die nooit spraken, behalve met elkaar.

Ze plooide haar handen om zijn gezicht. 'Zeg het maar, pap.'

'Je m-moeder...' fluisterde hij. 'Z-Zeg haar... dat het me spijt...'

'Oké.' Met haar duim veegde Emmy zijn tranen weg. 'Ik zal het tegen haar zeggen, pap. Dat beloof ik.'

Zijn oogleden begonnen te knipperen. Emmy streek zijn haar naar achteren. Ze voelde dat zijn lichaam probeerde vol te houden, ook toen de stortvloed aan bloed tot een stroompje was gereduceerd.

'Alsjeblieft, pappie.' Emmy hield zijn blik vast, zoals hij dat altijd bij haar had gedaan. 'Blijf alsjeblieft bij me. Ik kan je nog niet laten gaan.'

Heel even leek hij het vol te houden, voor haar. Ze voelde de troost van zijn aanwezigheid, de vanzelfsprekendheid van zijn liefde. Toen slaakte hij een zachte, klaaglijke zucht. Zijn ogen verloren focus. Ze voelde zijn lichaam ontspannen. Zijn gezicht verslapte. Zorg trok weg uit zijn voorhoofd. De pijn was verdwenen. Alle last verliet hem. Zijn strijd naderde het einde. Ze zag hoe zijn hartslag langzaam wegzakte en oploste in het niets.

Toen sloot hij zijn ogen en was er niet meer.

9

Jude Archer stond achter in de vergaderzaal waar special agent Raheem Davidson met de familie Talbot de twintig jaar oude FBI-zaak tegen Frederick Arnold Henley doornam. Het was donker in de zaal, met als enig licht de monitor aan het hoofd van de lange tafel. Alle jaloezieën waren gesloten voor de grote ramen, die uitkeken over San Francisco's Civic Center. Golden Gate Avenue kwam langzaam tot leven, en het gedempte geluid van claxons en straatventers drong door het dikke, explosiewerende glas van het Phillip Burton Federal Building.

Binnen ging het uitsluitend over de dood. Er waren negentien familieleden aanwezig en nog eens twaalf volgden de bijeenkomst via een beveiligde link. Sommigen maakten aantekeningen. Anderen keken naar hun handen. Weer anderen volgden zwijgend de laserwijzer waarmee Raheem op een kaart relevante gebieden aanwees. Wandelpaden. Klimroutes. Nestgebieden. Spelonken en rotsgrotten die onderdak boden aan minstens dertien verschillende vleermuissoorten.

'Zoals u weet,' zei Raheem, 'heeft Freddy Henley bekend twaalf meisjes tussen de veertien en zeventien te hebben vermoord. Zonder de vasthoudendheid van leidinggevend special agent Jude Archer zouden we tot op de dag van vandaag niet weten waar deze slachtoffers zich bevonden.'

Jude vertrok geen spier toen iedereen zich omdraaide en haar aanstaarde. Raheem was behoorlijk van het draaiboek afgeweken. Familiebijeenkomsten waren bedoeld om informatie te verstrekken, vragen te beantwoorden, nabestaanden het gevoel te geven dat ze gehoord werden. Dit was een plechtig moment. Hier paste geen erkenning of applaus. Al helemaal niet nu het om Freddy Henley ging. In 1993 had hij zijn eerste slachtoffer vermoord. Pas in 1996 was de plaatselijke politie erachter gekomen dat ze met een seriemoordenaar te maken hadden. De FBI had hem op 22 december 1999 gearresteerd, en zestien dagen geleden was eindelijk het stoffelijk overschot gelokaliseerd van een zeventienjarig meisje genaamd Darlene Talbot, dat op 12 maart 1995 was verdwenen. Ze was het derde slachtoffer van Freddy geweest, maar haar lichaam was als laatste van de twaalf teruggevonden.

'We gaan door.' Raheem wachtte tot de aandacht van de familie zich weer op het scherm had gericht. Weer hanteerde hij de laserwijzer. 'Velen van u hebben dit waarschijnlijk al gezien, maar voor de duidelijkheid neem ik de lijst nog eens door. Valerie Lydelle werd gevonden in het zuidelijke deel van de rotsformatie Machete Ridge. Jennifer Wu werd hier gelokaliseerd, in de kloof langs deze beek. Kayse Nguyen werd verderop gevonden, onder een populierenbosje. Steph Haver lag hier, in de Balconies Cave.'

Jude bestudeerde de familie. Het horen van de namen was voor hen nauwelijks te verdragen. Ze waren maar al te vertrouwd met het verdriet dat gepaard ging met het verlies van ieder meisje. Er werd nu driftig geschreven. Een enkeling begon te huilen. Er zouden nog zoveel namen volgen. Tanya Butler was begraven in een ondiep graf in de buurt van de dam. Honora Rios was in het reservoir gedumpt. Natalie Daniels. Wanda Trochek. Mary Kay Morris. De Resurrection Wall. Frog Canyon. Hawkins Peak. Freddy had gebruikgemaakt van elk stuk natuurschoon in een gebied van ruim tienduizend hectare.

Pinnacles National Park lag in Centraal-Californië, zo'n twee uur rijden van San Francisco en nog geen uur rijden van San Jose. Met de auto was het park slechts vanuit twee verschillende richtingen toegankelijk. De oostelijke ingang voerde naar het bezoekerscentrum. De westelijke was favoriet bij rotsklimmers. De twee wegen liepen elk dood aan weerszijden van de geërodeerde resten van een uitgebluste vulkaan met roestkleurige toppen, waaraan het park zijn naam had ontleend. Als je de verkeerde route nam, kostte het wel een uur om de weg terug te vinden.

Jude had talloze uren doorgebracht – en dat twee decennia lang – met het afwisselend doorzoeken van het park, het rijden naar Folsom Prison en het vervolgens weer terugkeren naar het park om de schaarse aanwijzingen te volgen die Freddy met haar had gedeeld. Af en toe sprak hij de waarheid. Af en toe stak Jude een spade in de grond, scheen met een zaklamp op de juiste plek in de juiste spelonk om dan de resten van een van zijn slachtoffers te vinden. De opluchting van een dergelijke ontdekking werd altijd overschaduwd door het verpletterende besef dat alleen zij in staat was de rest te vinden.

Freddy wilde uitsluitend met haar praten. Ergens was een gevangenislogboek waarin alle uren stonden genoteerd die Jude in zijn gezelschap had doorgebracht. Het zei veel over haar leven dat de langste relatie die ze ooit had gehad die met een sadistische seriemoordenaar was. Misschien de meest sadistische seriemoordenaar die ze ooit had gesproken.

Zoals veel psychopaten had Freddie het altijd heerlijk gevonden om de bijzonderheden van zijn wandaden te herbeleven. Verkrachting en moord hadden zijn bloeddorst niet kunnen verzadigen. Hij had zijn slachtoffers dagenlang gemarteld. Hun lichamen geschonden. Hun families geteisterd met e-mails. Gruwelijke foto's op het darkweb gepost. Hun moeders berichten gestuurd en hun zusjes gebeld en zelfs enkelen van hen gestalkt tot ze op het randje van de waanzin balanceerden.

Aan die mensen had Jude gedacht als ze tegenover Freddy Henley in Folsom Prison zat. Ze had een neutraal gezicht getrokken en zich niet verroerd terwijl hij tevergeefs een reactie aan haar probeerde te ontlokken. Hij smachtte naar blikken van afschuw of walging. Een vluchtige flits van ontzetting. Hij had gedacht dat hij haar kon breken. Wat hij niet besefte, was dat zij hém langzaam maar zeker brak.

Net als Freddy had Jude een academische achtergrond. Ze wist hoe ze in zijn taal met hem moest communiceren. Ze beschikte over diepe kennis van wat hem bewoog. Ze had niet alleen zijn misdaden bestudeerd, zijn modus operandi, zijn volkomen normale jeugd en zijn vlekkeloze gedrag op de middelbare school. Ze had bestudeerd wat hij interessant vond. Freddie had aan UC Santa Barbara zijn PhD in geowetenschappen behaald. Hij was gespecialiseerd in de rotsformaties van de Pinnacles. Zijn proefschrift beschreef hoe in de loop van miljoenen jaren de verschuivingen in de San Andreas-breuk de westelijke helft van de Neenach-vulkaan ruim driehonderd kilometer van de Pacific Coast Ranges hadden verplaatst.

Hij kon urenlang over de Pinnacles vertellen. Generaties van zijn familie hadden daar hun vakanties doorgebracht, lang voordat het land officieel een nationaal park werd. Als tiener had hij als vrijwilliger in het park gewerkt. Als student had hij er grondmonsters genomen. Hij had in het park gekampeerd. Hij had er voettochten gemaakt. Door zijn fotografische geheugen kende hij elke hoek en spleet, elke kam en piek. En twintig jaar lang had hij die kennis ingezet voor een kat-en-muisspelletje met Jude over de locaties waar de lichamen van twaalf jonge vrouwen en meisjes zich bevonden.

Haar blik ging weer naar het scherm aan de muur. Raheem nam nog steeds de lijst met slachtoffers door. Voor Jude waren ze even vertrouwd als haar eigen stamboom. Tieners met beugels en puistjes en hoop en dromen en plannen voor een toekomst, die Freddy Henley aan flarden had gescheurd.

Op 22 oktober 1993 was Mandy Crull ontvoerd uit een warenhuis in Santa Barbara. Haar moeder had gevraagd of ze een winkelwagentje wilde halen, maar het meisje van veertien was nooit teruggekeerd. Freddy had haar twee dagen lang gemarteld en verkracht, waarna hij haar had meegenomen naar het park, haar lichaam had verbrand en vervolgens begraven in een ondiep graf, op een plek met een schitterend uitzicht en geliefd bij picknickers.

Op 20 december 2004 had Jude haar lichaam gevonden.

Op 6 januari 1994 was Johna Blackmon in de buurt van haar huis de gezinshond aan het uitlaten. De hond keerde terug naar huis. Johna niet. Freddy had haar ontvoerd in zijn busje. Hij had haar meegenomen naar de Pinnacles, waar hij haar drie dagen lang had verkracht en gemarteld. Hij had haar lichaam in stukken gehakt, die hij her en der in het reservoir had gegooid.

De duikers die Jude erop af had gestuurd, vonden haar op 11 maart 2007.

Later volgden de anderen, verspreid over de jaren. Freddy joeg alleen in het voorjaar of in de herfst op slachtoffers, want 's zomers steeg het mediterrane klimaat van het park naar gevaarlijk hoge temperaturen. Om dezelfde reden was hij in de gematigdere maanden eerder geneigd de vindplaatsen aan Jude te onthullen.

Je mag wel blij zijn, pop, dat ik dat mooie koppie van je niet wil zien verbranden.

Raheem verwisselde de dia. Iemand hapte naar adem toen een foto van Darlene Marie Talbot op het scherm verscheen. Versteend in de tijd. Nooit vergeten. Dochter van Lara en Danny Talbot. Grote zus van Thalia, Ronny, Jimmy en Daniel Jr. Kleindochter van James en Miriam. Nichtje van zoveel ooms en tantes dat Jude ze allemaal in haar schrift moest noteren om ze uit elkaar te houden wanneer ze belden. En belden. En belden.

Waar is ze? Waarom hebt u haar nog niet gevonden? U hebt de andere meisjes wel gevonden, interesseert het u niet?

Darlene was met een stel vriendinnen op een kajaktrip geweest toen ze verdween. Een van de meisjes dacht dat ze naar het toilet was gegaan. Een ander dat ze even pauze had genomen op de oever. In werkelijkheid had Darlene haar pet laten vallen op het pad. Ze was teruggerend om hem te halen toen Freddy Henley uit het bos was opgedoken en haar met een klimbijl op het hoofd had geslagen. De sleepsporen door het bos waren doordrenkt geweest met haar bloed.

Soms kunnen ze maar beter bewusteloos zijn, pop. Snap je? Dat maakt het makkelijker om te doen wat je moet doen.

'En dat brengt ons naar tweeënhalve week geleden.' Raheem tikte op het toetsenbord van zijn laptop. Een nieuwe kaart vulde het scherm. Grof getekend. Zonder veel detail. Jude had Freddy met een bevende, artritische hand in het midden een x zien tekenen. Ze waren in de ziekenboeg van Folsom. Jude had een stoel naar zijn bed getrokken. Het voorgaande jaar had ze gezien hoe de kanker zijn lichaam opvrat. Als Freddy niet vast had gezeten, waren er misschien allerlei agressieve behandelingsopties geweest, maar hij zat vast, dus die waren er niet, wat betekende dat hij op sterven na dood was.

Ze had hem niet gevraagd zijn geweten te zuiveren. Hij was een psychopaat. Hij had geen geweten. Maar hij wilde niet alleen zijn, en Jude was bij hem, en dat had toch iets betekend. Een uur voor hij zijn laatste adem uitblies, had hij haar gewenkt. Hij had om pen en papier gevraagd. Ze voelde zijn tegenzin, als een misselijkmakende wasem, maar uiteindelijk had hij berust in het onvermijdelijke.

Oké, pop, het zal wel kloppen wat ze zeggen. Alle slechte dingen komen ten einde.

Nu wees Raheem op de bibberig getekende x op Freddy's doodsbedkaart. 'Dit is bij de ingang naar Bear Gulch Cave. Zoals u weet, zijn Darlenes resten aangetroffen tussen groepjes taluskeien.'

Er steeg gehuil op uit de zaal en Jude sloeg haar blik neer. Verderop, aan het einde van de gang, hoorde ze het gejammer van een boor. Ze probeerde zich te herinneren hoe vaak in haar zevenentwintigjarige FBI-carrière het gebouw gerenoveerd was.

Toen ze voor het eerst het FBI-kantoor in San Francisco binnen was gestapt, werd het elektriciteitssysteem voor desktopcomputers opgeschaald. Jude was destijds een tweeëndertigjarige wijsneus geweest, met een PhD op zak en gekleed in een zwartgeruit rokje en een leren bikerjack met stevige Doc Martens aan haar voeten. Aan de muur hing een foto van

Bill Clinton. De Olympic Park Bomber liep nog vrij rond. De Ramones hadden voor het laatst opgetreden in de Palace.

Als academicus had Jude geen flauw idee hoe ze zich moest handhaven binnen het rigide FBI-systeem. Ze kleedde zich te grungy. Ze nam geen blad voor de mond. Droeg te veel make-up. Ze had de verkeerde mensen een grote bek gegeven, haar baas op de kast gejaagd, en daarna zijn baas, was bijna ontslagen, had het feit dat ze een van de weinige vrouwen in het gebouw was in stelling gebracht om te kunnen blijven en was toen overgeplaatst naar Ontvoeringen en Vermiste personen in de hoop dat ze een pistool tegen haar hoofd zou zetten of als vermist met haar foto op een melkpak zou eindigen. Ze was zelf nog het meest verbaasd toen ze goed in haar werk bleek te zijn.

Niet alleen was ze er goed in. Het was haar lust en haar leven.

Op het scherm verscheen een dia met DNA-matches. Raheem naderde het einde van zijn briefing. Jude ving zijn blik en hield haar telefoon omhoog, zogenaamd omdat ze moest opnemen. Hij keek nerveus toen ze de zaal verliet. Jude besloot hem later wat moed in te spreken. Toen besefte ze dat er geen later meer was. Dit was de laatste dag dat ze door de gangen van de twaalfde verdieping van het Phillip Burton Federal Building liep. De verplichte pensioenleeftijd bij de FBI was zevenenvijftig. Jude had er nog twee jaar bij weten te sprokkelen, maar nu viel er niet meer te onderhandelen. De zaak-Freddy Henley was eindelijk afgesloten. Ze mocht de wei in.

'Jude?' Lara, Darlenes moeder, was haar naar buiten gevolgd. Ze klemde een tissue in haar hand en maakte een radeloze indruk.

'Werd het je te veel?' vroeg Jude.

'Nee, ik moest het weten. Zij moesten het weten. Het is goed om te begrijpen wat er gebeurd is. Wat jij gedaan hebt.' Lara drukte de tissue tegen haar mond. 'Sorry, Jude. Ik had je moeten vertrouwen. Ik had moeten luisteren toen je beloofde dat je haar zou vinden.'

Jude wist nog dat ze die belofte had gedaan. Het was het soort beginnersfout dat ze na jaren van ervaring nooit meer zou maken. 'Het had niet veel gescheeld.'

'Maar het is je gelukt,' benadrukte Lara. 'Je hebt haar gevonden. Je hebt mijn kindje gevonden. Terwijl ik je zo afschuwelijk heb behandeld. Ik haatte je. En waarom? Waarom gaf ik jou de schuld?'

'Hoor eens,' zei Jude. 'In dat soort situaties bestaat fout niet. Alles wat je deed, was precies wat je verondersteld werd te doen.'

'Ik ben tegen je tekeergegaan. Ik heb honderden brieven geschreven om ervoor te zorgen dat je werd ontslagen.'

'Het is prima om dingen van je af te schrijven. Dat lucht op.' Jude wist dat haar chefs nooit enig belang aan die brieven hadden gehecht. De talloze waarschuwingen in haar dossier golden het schenden van de kledingvoorschriften van de FBI en vloeken als een bootwerker. 'Kom, we gaan naar binnen,' zei ze met een knikje naar haar kamer.

Bij het zien van de lege ruimte was ze heel even verbaasd. Het meubilair was blijven staan, maar al haar persoonlijke bezittingen waren verdwenen. De planken waren leeg. De foto's waren van de muren gehaald. Haar platenspeler was weg. Alleen haar tas hing nog aan de kapstok. Al het andere was door de beveiliging ingepakt om er zeker van te zijn dat ze nog geen nietapparaat meepikte.

'Wat moet dit voorstellen?' vroeg Lara. 'Krijg je promotie?'

'Ik ga met pensioen. Vandaag is mijn laatste dag.'

Lara's verwondering maakte al snel plaats voor ontzetting. 'Heb je gewacht tot je mijn kind had gevonden?'

Jude haalde een pakje tissues uit haar tas. 'Weet je, ik dacht net aan de eerste keer dat ik dit gebouw binnenliep. Ik was tweeëndertig en vond mezelf een hele kanjer. Een stel ouwe knarren zat oorlogsverhalen op te diepen over Patty Hearst en Jim Jones. Daarom ga ik weg. Ik wil geen ouwe knar zijn in de ogen van een nieuwe generatie kanjers.'

'Tss,' zei Lara, die haar ogen droogde. 'Kom nog maar eens praten wanneer je zo oud bent als ik.'

Jude wist dat ze ongeveer even oud waren, maar Lara was zichtbaar getekend door al die jaren stress en onzekerheid. 'En jij?' vroeg ze. 'Wat nu?'

'Wat nu?' Met een diepe zucht liet Lara zich op de bank zakken. 'Eerlijk gezegd weet ik het niet. Wat blijft er nog van me over zonder de strijd om Darlene thuis te brengen?'

Jude leunde tegen haar bureau. Ze wist dat Lara niet om een antwoord vroeg.

'Ik heb altijd nog gehoopt. Dat hield me overeind.' Lara klonk alsof ze iets opbiechtte. 'Ook nadat Freddy had bekend dat hij haar had vermoord, ook nadat je me over de foto's had verteld die hij had genomen. Niet dat ik je niet vertrouwde, maar er was geen lichaam. Alle andere meisjes waren gevonden, behalve Darlene. Telkens als er weer een gevonden was, telkens als zij het niet was, had ik hoop dat ze nog leefde.'

'Dat weet ik,' zei Jude. Lara Talbot was niet de eerste moeder die dit geheim met haar deelde.

'Iedereen heeft het steeds over afsluiting, of over vergeving, of over je leven weer oppakken, maar ik kan het wel tegen hen uitschreeuwen. Freddy Henley verdient geen vergeving.'

Jude vertelde haar de harde waarheid. 'Hij is dood, en ook toen hij nog leefde, boeide het hem niet of jullie hem al of niet vergaven. Hij heeft geen seconde aan jullie gedacht.'

Lara knikte, maar niet instemmend. 'Hij heeft tegen je gezegd waar je haar kon vinden. Zo heeft hij het toch enigszins goedgemaakt.'

'Dat deed hij niet om iets goed te maken. Hij deed het omdat we een spel speelden, en ik won omdat hij doodging.'

Ze keek verbijsterd. 'Is het zo simpel?'

'Psychopaten malen niet om goed of kwaad. Ze hebben hun eigen regels. Met Freddy kon je onderhandelen. Ik bezocht hem. Ik praatte met hem. Ik was interessant. Hij gaf me voldoende informatie om ervoor te zorgen dat ik bleef komen.'

'Hoe heb je dat al die jaren gedaan? Ik zou niet met die maniak in één kamer kunnen zitten.'

Jude deelde nooit persoonlijke informatie als ze in functie was, maar dit was haar laatste dag en ze had er bijna haar hele carrière aan gewijd om het kind van deze vrouw thuis te kunnen brengen.

Ze ging naast Lara op de bank zitten. 'Mijn broer stierf toen ik nog jong was. Hij verdronk in de rivier.'

Lara's mond viel open van verbazing.

'Zijn vrienden zagen hem kopje-onder gaan. Hij kwam niet meer boven. De stroming sleurde hem mee.' Jude kreeg een schraperig gevoel in haar keel. Het was voor het eerst in jaren dat ze dit verhaal vertelde. 'Hij was verdronken, dat stond vast. Maar zijn lichaam werd pas na zes dagen gevonden.'

Lara's onderlip begon te trillen. 'Dus je weet het.'

'Ik weet hoe die zes dagen voelden,' zei Jude. 'Ik was misselijk van hoop. Dat waren we allemaal. Zonder lichaam was er geen bewijs. Stel dat hij stroomafwaarts een tak had kunnen vastgrijpen? Stel dat hij in het bos was gestrand? Stel dat hij gewond en alleen was? Mijn moeder ging er kapot aan. Mijn vader dronk zichzelf helemaal lam. Alles was zo donker en benauwend. Alsof er bij ons allemaal een rotsblok op onze borst drukte. Dat niet-weten voelde alsof het ons zou verstikken.'

Lara knikte. Het was een vreselijke club om lid van te zijn.

'Toen de politie hem uiteindelijk vond... Ik weet het niet. Het is bijna niet te beschrijven. De druk werd van ons afgenomen. Hoewel we nog steeds ontredderd waren, konden we weer ademen. Mijn vader minderde met drinken. Mijn moeder kwam haar bed weer uit. Ze douchte zich. Ze begon de begrafenis te regelen, koos zijn kleren uit. Ik hoorde mijn tante aan haar vragen hoe ze het volhield, waarop mijn moeder zei: "Ik had gewoon een plek nodig om mijn verdriet in te begraven." '

Lara liet haar tranen de vrije loop.

'En zo lukte het me om in één kamer te zijn met Freddy Henley. Ik wilde dat jullie en de overige families een plek hadden om je verdriet in te begraven.'

Lara depte haar ogen met de tissue. 'Ik hoop dat je moeder trots op je is.'

'Ik ga ervan uit dat ze trots zou zijn geweest.'

'O, nee. Ze is er niet meer. Wat erg.'

'Ja, vind ik ook.' Jude stond op van de bank. Raheem moest nu zo ongeveer klaar zijn. 'Zal ik met je teruglopen naar de vergaderzaal?'

'Nee, je hebt al genoeg voor me gedaan.' Ze wilde vertrekken, maar keerde zich weer naar Jude toe. 'God zegene je.'

Jude glimlachte, maar het speet haar dat ze het verhaal had verteld. De gezinnen die door Freddy Henley een kind waren verloren, vormden een hechte groep. Ze spraken elkaar bijna dagelijks. Ze hadden Facebook-pagina's en besloten chatgroepen, en één keer per jaar spraken ze af bij de Pinnacles, waar ze een herdenkingsdienst hielden. Waarschijnlijk zou Lara met goede bedoelingen Judes privé-informatie delen. En dan zou iemand het aan iemand anders vertellen en over een maand zou een producent van *Dateline* bij haar aankloppen om naar het verlies uit haar jeugd te vragen.

Met een diepe zucht keerde ze terug naar haar lege kamer. In plaats van aan haar bureau plaats te nemen ging ze bij het raam staan en keek naar beneden, naar het verkeer op Turk Street, die achter het gebouw langs liep. Naar de auto's, straatventers en mensen die zich een weg door het staartje van de ochtendspits baanden. Verderop, vanuit de Tenderloin, klonken sirenes. Duiven streken neer op het parkeerdek aan de overkant.

Jude had de zon over de Golden Gate Bridge zien gluren toen ze de stad in was gereden. Nu baadde de muur tegenover haar bureau in warm licht. Ze trok haar vinger langs de donkere rechthoek waar een fotolijst had gehangen. Twaalf spookachtige schimmen gaven de plekken aan waar de twaalf foto's van jonge vrouwen tussen de veertien en zeventien hadden gehangen. Je had de verschillende tijdperken kunnen aflezen aan hun kapsels en make-up, evenals de culturele overgang tussen tieners die maar al te graag ouder wilden lijken en de plotselinge drang om voor jonger door te gaan.

De zaak-Freddy Henley was niet de enige waaraan Jude had gewerkt, maar wel de zaak die haar loopbaan had bepaald. Nu die loopbaan ten einde was gekomen, stelde ze zichzelf dezelfde vraag waarmee Lara Talbot had geworsteld: wie was ze eigenlijk zonder de strijd om alle slachtoffers van Freddy Henley aan hun families terug te geven?

Die vraag zou Jude voor een andere dag bewaren. Vanmiddag werd ze geacht te speechen op haar afscheidsfeestje, waarop een diner zou volgen. Afgaand op de talloze afscheidsfeestjes die ze inmiddels had bijgewoond zou ze een T-shirt krijgen met de tekst SPECIAL AGENT FUCK ALL en een koffiebeker met de woorden DE SMERIS SMEERT 'M.

Het was zo'n deprimerende gedachte dat ze bijna via de achteruitgang het gebouw uit was geglipt. In plaats daarvan ging ze aan haar bureau zitten en tikte haar computer tot leven. Ze was niet van plan een volle inbox achter te laten. Ze had tientallen afscheidsmailtjes. Ze las ze allemaal, gaf haar privémailadres aan de mensen met wie ze contact wilde houden en stuurde een zeer diplomatieke reactie aan degenen die ze nooit meer hoopte te zien. Toen ze op het punt stond naar de vergaderzaal terug te keren om bij Raheem te kijken, ging de telefoon op haar bureau.

Ze nam op. 'Archer.'

'En wat wordt het: een keramiekcursus of vogels spotten?' vroeg Chaz Hollister.

Jude zuchtte hoorbaar. Haar baas was halverwege de dertig en had nog niet door dat hij op het randje van een rots stond waar iedereen uiteindelijk af tuimelde. 'Macramé leek me wel wat.'

'Geen idee wat dat nou weer is.' Hij lachte de ontspannen lach van een man die nog nooit aan zijn eigen intelligentie had getwijfeld. 'Maar even serieus, Quantico zou heel blij met je zijn.'

'Waarvan akte.' Jude nam haar leesbril af. Ze had geen zin om weer les te geven. Evenmin voelde ze iets voor advisering, speurwerk, beveiliging of een van de andere opties voor gepensioneerde agenten. 'Je kunt tegen de middag het beoordelingsverslag over Raheems briefing in de Talbot-zaak verwachten. Hij is het nu met de familie aan het afronden.'

'Mooi,' zei Chaz. 'Maar daarvoor belde ik niet. Ik heb gehoord dat HBO een nieuwe documentaire wil maken over de Pinnacles Killer. Ze weten dat jij degene bent die de zaak heeft opengebroken.'

Jude hield de hoorn van zich af opdat hij haar niet zou horen vloeken. Toen bedacht ze dat haar hele papierwinkel al was weggehaald, dus daar kon ze niet op terugvallen. 'Schat, ze weten geen fuck.'

Chaz lachte welwillend. 'Ik snap dat je eerder niet voor de camera wilde, maar Freddy Henley is dood. Die krijgt je niet meer te zien op tv. Nu je het laatste slachtoffer –'

'Darlene Talbot.'

'Precies,' zei Chaz. 'Maar wat ik wou zeggen: het zou weleens goed voor de zaak kunnen zijn. Een soort viering van onze successen.'

'We hebben twaalf dode jonge vrouwen en we hebben er meer dan twintig jaar over gedaan om ze aan hun families terug te geven. Niet bepaald een succes.' Jude zag een melding voorbijflitsen op haar computer. Ze reikte al naar de muis, maar aarzelde toen ze de oorsprong van het bericht zag.

FBI: ATLANTA – GEORGIA BUREAU OF INVESTIGATION: North Falls, Georgia (Clifton County; zw) Minderjarige jonge vrouw 14 jr vermist – mogelijk ontvoering door onbekende

'Bekijk het eens van de andere kant,' zei Chaz. 'Het zou je kunnen helpen bij de start van je tweede carrière. Je zou geld binnenharken op het lezingencircuit. Ik zie je al heel stoer het podium op stappen in je leren jack.'

'Als je de waarheid vertelt, hoef je niet stoer te doen.' Jude zette haar bril weer op. Ze klikte het bericht open en scrolde door de bijzonderheden. Paisley Walker. Blond. Blauwe ogen. 1.60, 50 kilo. Het laatst gezien in een blauwe hoody met lange mouwen met het opschrift TAYLOR SWIFT ERAS TOUR en met witte Skechers-sneakers met roze veters. Is op de fiets van huis vertrokken. Verdween tussen 7.00 en 7.30 uur.

Jude keek op de klok. San Francisco liep drie uur achter op Georgia. Het meisje werd nu vijf uur vermist. Hopelijk was het bureau in Atlanta al in actie gekomen. North Falls was een kleine gemeenschap in het zuidwesten van de staat. Het ontbrak hun aan de middelen voor een dergelijk onderzoek.

'Van wat ik gehoord heb,' vervolgde Chaz, 'hoef je je alleen maar in te schrijven bij een sprekersbureau...'

Jude draaide de hoorn weg van haar oor en klikte de link van een plaatselijke krant aan. De voorpagina van de *North Falls Herald* vulde de bovenste helft van het scherm.

PAISLEY WALKER NOG STEEDS VERMIST

POLITIEMOORDENAAR IN HECHTENIS

Haar hart voelde als een vuist die tegen de binnenkant van haar borstkas sloeg. Ze deed haar mond open om te kunnen ademen. De foto onder de kop was niet van het vermiste meisje, maar van een hulpsheriff. De vrouw zat over het lichaam van een oudere man gebogen. Bloed was tegen haar gezicht gespat. Ze had een diep gekwelde blik. Ze leek volkomen alleen. Jude las het bijschrift:

Ondanks haar aanwezigheid bij de moord op haar vader leidt commissaris Emmy Lou Clifton nog steeds de zoektocht naar Paisley Walker...

'Jude?' zei Chaz.

Ze nam haar bril af. Haar hand trilde. 'Wat zei je?'

'Ik vroeg of ik je ergens mee kan helpen.'

'Ja.' Jude keek weer naar de foto. 'Wie is onze man in Atlanta?'

10

Emmy zat tegenover Elijah Walker, de vader van Paisley. Deze keer waren ze op het politiebureau in plaats van thuis bij het gezin in het westen van North Falls. De verzekeringsagent droeg nog steeds het witte overhemd en de donkergrijze pantalon die hij had gedragen toen hij de vorige ochtend naar zijn werk was vertrokken.

'Ik kan me...' Elijahs stem haperde. 'Ik kan me niets van hem herinneren.'

Ze keek op haar horloge. Het was zestien over twaalf 's nachts. Ze waren de zeventienuursgrens sinds Paisleys ontvoering al gepasseerd.

'Ik weet niet wat u van me wilt,' zei Elijah.

Onwillekeurig keek Emmy telkens naar haar horloge. In de kroon zat opgedroogd bloed. Er waren vijftien uur verstreken sinds de dood van haar vader. Ze hoefde maar met haar ogen te knipperen om zijn gezicht te zien.

'Ms Clifton?' zei Elijah.

Emmy ademde diep in voor ze weer opkeek. 'Het is sheriff Clifton, Mr Walker. Neemt u uw ochtend nog eens met me door.'

Hij schudde zijn hoofd. 'Wat heeft dat voor zin? Ik heb u het hele verhaal al duizend keer verteld. U zou op zoek moeten gaan naar –'

'Iedereen is op zoek naar Paisley. Het volledige bureau van de sheriff, elk politiekorps in het stedelijke gebied, de opsporingsdienst van de brandweer, het Georgia Bureau of Investigation, de verkeerspolitie, en elk rechtsdistrict binnen een straal van achthonderd kilometer.' Emmy sloeg haar hand om haar horloge. Ze voelde het glas gloeien tegen haar huid. 'Ik zit hier met u te praten omdat wat u gisterochtend gezien hebt weleens heel belangrijk zou kunnen zijn.'

'Ik weet niet eens of ik wel gezien heb...' Hij wreef over zijn gezicht. 'Misschien was het niet eens zijn pick-up. Weet u wel hoeveel pick-ups –'

'Mr Walker.' Met tegenzin nam Emmy haar hand van haar horloge en legde die plat op tafel. Haar been begon te trillen. Ze kreeg haar spanning nauwelijks onder controle. 'We moeten weer vanaf het begin beginnen. Ik weet hoe teleurgesteld u bent, en ik weet ook dat u uw dochter terug wilt, maar ik verzeker u dat we de grootste kans van slagen hebben als u met me doorneemt wat u gisterochtend gezien hebt.'

'Het was...' Weer schudde hij zijn hoofd. 'Een zwarte pick-up. Een wat ouder model met een kapotte uitlaat.'

De enige pick-up die Emmy kon bedenken was die van Adam, maar die was lichtgroen en heel opvallend, met een voorkant die deed denken aan Tow Mater uit de Pixar-film *Cars*. 'Een ouder model, zegt u. Bedoelt u een auto uit de vorige eeuw of –'

'Ik heb geen verstand van pick-ups. Ik heb niet eens goed gekeken. Ik was met mijn telefoon bezig.'

Dat was nieuw. 'Wie was u aan het bellen?'

'Niemand. Ik beluisterde mijn voicemail van de vorige avond. Als iemand een ongeluk krijgt, word ik gebeld. Dan bel ik terug en nemen we de bijzonderheden door. Ik keek even naar het scherm, en toen ik weer opkeek, zag ik hem. Ik liep bijna tegen zijn auto aan.'

Weer een nieuw detail. 'Hebt u zijn gezicht gezien?'

'Ik kon niet door zijn voorruit kijken. Het ging allemaal heel snel. Maar ik weet nog dat ik dacht dat die pick-up op de wagen van die ene vent leek. Anthony, of iets dergelijks.'

'Mooi.' Emmy waakte ervoor de naam te herhalen om te voorkomen dat die in zijn brein werd gegrift. 'Vertel eens over de bestuurder.'

Elijah slaakte een geërgerde zucht. 'Dat is alweer vier maanden geleden. Ik kan me de details niet herinneren. Ik was de post aan het halen toen hij stopte en zei dat hij ergens in mijn straat aan het werk was geweest. Ik weet niet meer bij wie. Maar hij zei dat hij nog wat gedroogde dennennaalden overhad van een andere klus, en als ik wilde, kon hij die wel over de bloembedden uitstrooien.'

'Oké.' Emmy ging ervan uit dat de man met de balen dennennaalden had rondgereden in de hoop er wat mee te verdienen. 'Stapte hij uit om met u te praten?'

'Nee, hij leunde met zijn arm over het open raampje.'

'Op ooghoogte? Was hij hoger of lager dan u?'

'Ooghoogte, geloof ik.'

Emmy vermoedde dat het om een doorsneeformaat ging, wat Adams Chevy uit 1982 uitsloot. 'Weet u nog hoeveel hij ervoor vroeg?'

'Weet u wel hoeveel mensen ik in de loop van het jaar geld betaal?'

Ze gooide het over een andere boeg. 'Door de week bent u op kantoor, toch? U werkt nooit vanuit huis.'

Elijah keek verbaasd, alsof ze misschien toch wel wist wat ze deed. 'Oké, dan moet het een zaterdag of zondag zijn geweest.'

Emmy knikte om hem aan de praat te houden. 'Probeert u zich nog eens te herinneren hoe hij eruitzag.'

'Dat zei ik al, hij leek Mexicaans. Donker haar. Donkere huid.'

Emmy hoorde hoe neerbuigend hij klonk, alsof het woord eerder een smet was dan naar herkomst verwees. 'Bedoelt u dat hij ook echt uit Mexico kwam of –'

'Ik heb hem niet gevraagd waar hij vandaan kwam.'

'Had hij een accent?'

'Ik geloof het wel.' Hij dacht weer even na. 'Ja, maar hij was wel makkelijk te verstaan.'

'Droeg hij een horloge, een zonnebril of een pet?'

Hij schudde zijn hoofd en haalde tegelijkertijd zijn schouders op. 'Dat weet ik niet meer.'

'Geen tattoos?'

Weer die hoofd- en schouderbeweging. En weer was hij geïrriteerd. 'Weet ik niet meer.'

'Geeft niet. We nemen er alle tijd voor.' Emmy legde haar hand op haar been om het wippen tegen te gaan. Ze kreeg kramp in de holte van haar voet. 'Hoe was hij gekleed?'

'Als een hovenier. Ik heb niet goed naar zijn kleren gekeken. Wat maakt dat trouwens uit? Gewoon, kleren. Hij droeg kleren.'

'Werkschoenen?'

'Ik denk het?'

Emmy wachtte een tel en vroeg toen: 'Was uw vrouw thuis?'

'Nee, Carol is tijdens de feestdagen wat aangekomen. Ze was naar spinning.' Weer een onthulling. Knippend met zijn vingers wees hij naar Emmy. 'Dan was het dus een zaterdag. Haar les is om tien uur, daarna laat ze haar nagels doen, ze luncht met haar Bijbelstudiegroep en doet boodschappen. Meestal is ze uiterlijk om twee of drie uur thuis.'

'Weet u dat zeker?'

'Ja, natuurlijk weet ik dat zeker. Anders zou ik niet alleen thuis zijn geweest met Paisley. Zondagen brengen we altijd samen door, als gezin. 's Morgens naar de kerk, dan gezamenlijk eten met de gemeente.'

'Oké.' Emmy klemde haar dijbeen vast in een vergeefse poging het trillen te stoppen. Haar spieren stonden strak. Haar brein weigerde een stopsignaal te sturen. 'Dus u zegt tegen de man in de pick-up dat u die dennennaalden wel wilt hebben, hij gaat ze uitstrooien, en dan?'

'Ik ging weer naar binnen. Ik keek even bij Paisley. Ik dacht dat ze nog in bed lag, maar ze was niet in haar kamer. Ze was achter op de veranda met haar telefoon bezig.'

'Met wie was ze in gesprek?'

'Ze was niet in gesprek – jongeren praten niet. Ze was aan het appen of op Snap. Geen idee. Ik heb het niet gevraagd. Ik zei alleen dat ze haar muziek zachter moest zetten.'

'En deed ze dat?'

Hoewel Elijah zijn hoofd weer schudde, zei hij: 'Ik denk het. Ik ging douchen. Toen ik uit de badkamer kwam, was de muziek uit. Ze was met hem aan het praten. Met die Anthony.'

'Waar was hij?'

'In de achtertuin, bij dat stuk apengras dat om de boom heen groeit. Hij had wat van dat dennennaaldenspul in zijn handen, maar hij keek naar haar op, en ik weet nog dat het me niet aanstond. Zoals hij naar haar keek, dat stond me totaal niet aan.'

Emmy sloeg haar benen over elkaar, maar ze voelde ze nog steeds trillen. 'Stond of zat Paisley op de veranda?'

'Ze leunde over de reling.' Weer schudde Elijah zijn hoofd. 'Ook dat vond ik maar niks. Ze had haar pyjama nog aan. Het broekje zat te strak om haar billen. Je kon bijna alles zien. Carol zou het er met haar over hebben. Paisley was te oud om dat soort dingen te dragen. Van mij moest ze zich wat zediger kleden.'

'Wat vond Carol daarvan?'

'Wat maakt dat nou uit?' zei hij. 'U weet best waarom ik me zorgen maakte. Paisley gaf de verkeerde signalen af. En kijk wat er met haar gebeurd is.'

Voorzichtig probeerde Emmy het gesprek een andere wending te geven. 'Loopt Paisley in het weekend doorgaans de hele dag in haar pyjama rond?'

'Nee, we hebben als regel dat ze tegen de lunch aangekleed moet zijn.'

Weer ging hem een licht op. 'Dat geeft aan hoe laat het ongeveer was, toch? Carol ging om kwart voor tien van huis, dus het was later, maar nog voor halfeen, want dan gaan we lunchen.'

'Ik snap het,' zei Emmy. 'En die hovenier? Wat had hij aan?'

'Ik zei toch dat ik me niet...' Hij verstarde, met zijn mond nog open. 'Een lichtgekleurd shirt. Lichtbruin, zoiets. Er zat een embleem op genaaid. Hier.'

Hij legde zijn rechterhand op de linkerkant van zijn borst.

'Wat voor kleur had dat embleem?' vroeg Emmy.

Geconcentreerd kneep Elijah zijn ogen dicht. 'Er zat groen stiksel op, een boom of struik of iets dergelijks. En zijn broek was ook lichtbruin. Daarom dacht ik dat zijn verhaal wel klopte, want zo te zien werkte hij voor een hoveniersbedrijf.'

'Oké, mooi.' Emmy had haar voeten weer naast elkaar gezet. Nu hoorde ze de hak van haar schoen tegen de vloer tikken. Ze boog zich naar voren en probeerde de onwillekeurige beweging te stoppen. 'Nog even terug naar toen u Paisley en die man buiten zag. Hebt u iets van hun gesprek opgevangen?'

'Nee, maar Paisley moest lachen. Ik vond het niet prettig klinken. Gemaakt, en op zo'n hoge toon. En toen ik de deur opendeed en naar buiten liep, stopten ze met praten.'

'Zei u toen iets?'

'Nee, en dat was ook niet nodig. Ze wisten waar ze mee bezig waren.' Zichtbaar getergd veegde hij met zijn hand langs zijn mond. 'Anthony strooide het laatste restje dennennaalden uit. Paisley ging naar binnen. Ik zei dat ze niet moest flirten met dat soort kerels. Ik nam me voor het er later met Carol over te hebben, maar toen was er een of ander akkefietje met die waardeloze broer van haar en ik...' Weer veegde hij langs zijn mond.

'Hoe reageerde Paisley toen u haar terechtwees?' vroeg Emmy.

'Ze kreeg een driftbui. Ze zei dat ik haar voor schut had gezet. Dat ik het niet snapte. Maar ik snapte maar al te goed wat er aan de hand was. Wie een volwassen man uitdaagt, kan de gevolgen verwachten.' Hij had zijn gebalde vuisten op tafel gelegd. 'En had ik gelijk of niet? Ze was met die vent aan het flirten en God mag weten wat hij nu met haar uitspookt.'

Emmy wachtte tot Elijah wat bedaard was, maar hij bleef woedend.

'Waarom bent u hier eigenlijk?' vroeg hij. 'Uw vader is gisterochtend vermoord. Waarom bent u niet bij uw familie?'

Emmy's keel kneep dicht. 'Mijn vader zou hebben gewild dat ik hier was, Mr Walker. Een van de laatste dingen die hij tegen me zei, was dat ik de FBI moest bellen. Ik moest Paisley vinden, dat wilde hij.'

'Echt?' vroeg hij. 'Net als toen u die dode meisjes in de vijver vond? Nou, petje af.'

Emmy perste haar lippen op elkaar.

'Ik heb naar Jacks podcast geluisterd. Hij noemde u de "Verblinde Engel". Hij zei dat u er zo op gebrand was iemand achter de tralies te krijgen dat u zich op de verkeerde richtte. En stel dat u zich vergist wat die Anthony betreft? Stel dat Adam Paisley heeft ontvoerd om zich op u te wreken en dat we nu onze tijd zitten te verdoen met een of andere Mexicaan in een zwarte pick-up?'

Emmy liet de stilte nog even voortduren tot ze zeker wist dat hij was uitgeraasd. 'U hebt een grote tuin.'

'Wat?'

'Die man strooide dennennaalden uit in uw voortuin. U ging douchen, en toen u klaar was, was hij nog steeds aan het strooien, maar nu in de achtertuin. Daar heeft hij best lang over gedaan.'

'En?'

'Hoeveel contant geld hebt u gewoonlijk in huis?'

Met een overdreven gebaar haalde Elijah zijn schouders op. 'Weet ik het, vijftig dollar? Carol heeft altijd wat in haar tas voor het geval ik het nodig heb.'

'Maar Carol was er niet,' zei Emmy. 'Dus hoe betaalde u hem voor zijn werk?'

'Ik heb geen… Shit.' Haastig haalde hij zijn telefoon uit zijn zak. 'Cash App. Daar heb ik mee betaald. Shit!'

Emmy keek toe terwijl hij het wachtwoord intoetste om het scherm te ontsluiten en de app te openen.

'Oké, hebbes. AntonioR45. 18 juni. Ik heb zijn QR-code gescand.' Elijah smeet haar de telefoon bijna toe. 'Kunt u hem hiermee vinden?'

'Blijf hier maar. Ben zo terug.'

Emmy hoorde telefoons overgaan toen ze op een drafje door de gang liep. Ze sloeg links af en liet haar blik even door Geralds verlaten kantoortje gaan. In de teamkamer zat er om het andere bureau een agent telefoontjes aan te nemen of aanwijzingen na te trekken. Helemaal achterin trof ze de FBI'er die het aanspreekpunt was bij ontvoeringen. Special agent Seth Alexander zat gebogen over een papieren landkaart van het zuidoosten van de Verenigde Staten. Hij tekende de zoveelste concentrische cirkel vanuit North Falls. Inmiddels waren er zeventien cirkels, die elk een afstand van honderdtien kilometer per auto-uur aangaven vanaf het moment dat Paisley was meegenomen. Ze deden Emmy aan boomringen denken.

'Hier.' Zonder het scherm aan te raken gaf ze hem Elijahs telefoon. 'Hij zei dat-ie de hovenier via Cash App had betaald. Ik heb niks aangeraakt om niet met de geschiedenis van wat dan ook te knoeien. Het hoofdwachtwoord is acht-zeven-twee-drie-nul-een-zes.'

'Mooi, gaan we mee aan de slag.' Seth noteerde het wachtwoord op de rand van de kaart. 'Verder nog iets?'

'Die Elijah lijkt me een nogal stijve lul. Dominante baas. Hij was het niet eens met de kledingkeuze van zijn dochter.'

'Welkom bij de club,' zei Seth. 'Verdenk je hem?'

'Hij houdt iets achter. Ik laat hem nog een tijdje zweten en kom dan weer bij hem terug.'

'Weet je dat mijn regionale directeur met Gerald heeft samengewerkt toen ze net van Quantico kwamen? Hij stuurt de zwaargewichten om te helpen. Als je iets nodig hebt, moest ik van hem zeggen, dan zal hij dat regelen.'

'Oké.' Emmy vroeg zich af of ze ooit weer haar vaders naam zou kunnen horen zonder het gevoel dat ze een stomp tegen haar keel kreeg. 'Elijah zei iets over een akkefietje vier maanden geleden met "de waardeloze broer" van zijn vrouw. Zo te horen zit daar wat kwaad bloed.'

Seth bladerde terug door zijn aantekeningen. 'Reggie McAllister. Zevenendertig. Gearresteerd omdat hij met een mes zwaaide tijdens een potje straatbasketbal. Heeft nog voorwaardelijk. Getrouwd, geen kinderen. Huurt een huis iets buiten Mobile. Bezorger voor een zaak in verlichtingsarmaturen. We hebben een team naar zijn huis gestuurd, maar volgens zijn vrouw is hij op weg naar zijn zus. Hij is een halfuur geleden vertrokken. Ik heb de verkeerspolitie van Alabama opdracht gegeven hem tot aan de grens te volgen. Zodra hij de staatsgrens oversteekt, neemt de verkeerspolitie van Georgia het over. Wat heb je nog meer?'

'Elijah gaf me een signalement van Antonio. Latijns-Amerikaans, misschien uit Mexico of ergens ten zuiden van de grens. Praat met een accent. Donker haar. Bruine ogen. Draagt een lichtbruin shirt met bijpassende lichtbruine broek. Hij had een embleem op zijn borst met mogelijk een logo. Ik neem de lijst door met hoveniers van wie de buren gebruikmaken en kijk of er bij zijn die bedrijfskleding dragen.' Emmy wilde al opstappen, maar voegde er voor de zekerheid aan toe: 'Hij heeft zijn telefoon ontsloten en aan mij gegeven. Dat houdt toch toestemming in om het apparaat te doorzoeken?'

'Absoluut. Damian is onze technische man. Die duikt in Elijahs e-mails en berichten, trekt via eventuele apps en zijn browsergeschiedenis zijn locatie na. We halen alles uit de kast.'

'Stuur me een bericht als je iets vindt.' Emmy zag Virgil met een van de FBI-agenten praten die de tiplijn bemanden. Ze had hem een bericht gestuurd met het verzoek om te helpen, maar de waarheid was dat ze behoefte had aan iemand anders dan Cole aan haar zij. Alleen al de aanblik van haar oude mentor gaf haar het gevoel dat een deel van de last van haar schouders was genomen.

Virgil schonk Emmy een treurig lachje toen ze op hem afstapte. Hij was in die twaalf jaar niet veel veranderd. Na zijn pensioen had hij zijn conditie onderhouden. Nog steeds had hij een kaarsrechte rug, schouders naar achteren en borst naar voren, zoals hij dat in bootcamp geleerd had. Emmy besefte dat hij ongeveer even oud was als Gerald was geweest ten tijde van de dood van Madison en Cheyenne.

Ze kwam meteen ter zake. 'Ik vind het reuzelullig dat ik je vraag om terug te komen en te helpen, vooral nu het weer om een vermist kind gaat.'

'Ik was toch al van plan mijn hulp aan te bieden,' zei Virgil op milde toon. 'Mijn knieën zijn te roestig om nog onder huizen te kruipen, maar ik kan wel goed met een telefoon en een computer overweg.'

Voor opluchting ontbrak het Emmy aan tijd. 'Pak maar een bureau. De FBI heeft al naar Paisleys socials gekeken, maar misschien dat iemand die de situatie ter plaatse kent iets opmerkt wat zij over het hoofd hebben gezien.'

'Komt voor elkaar.' Voor hij ging, legde hij bij wijze van steun zijn hand op haar schouder. 'Je kunt dit, Emmy Lou.'

'Ik hoop het.' Toen ze naar Bretts bureau liep en ging zitten, gleed er opnieuw iets van de druk van haar af. Ze tikte zijn computer tot leven en voerde haar gegevens in. Net toen ze haar notitieboekje uit haar zak wilde halen, viel haar blik op de ramen van Geralds kamer.

Het was ook haar kamer. Hun bureaus stonden tegen elkaar aan geschoven. De lampen waren uit. Haar vaders regenjas hing nog aan de haak aan de muur. De klapstoel waarop Cole twee dagen eerder had gezeten om met hem te praten, stond nog steeds naar Gerald toe gericht.

Dat stomme been van haar begon weer te trillen. Emmy gaf een zoekopdracht voor het eerste bedrijf op haar lijst: Albright Landscaping. Haar zicht werd wazig. Het was geen uitputting waardoor ze zich zo voelde. Dankzij Myrna's nachtelijke angsten kon ze met erg weinig slaap toe. Haar lichaam keerde zich tegen haar en duwde het verdriet naar buiten dat ze steeds probeerde in te slikken.

Haar mobiel zoemde. Ze herkende het nummer. 'Heb je haar gevonden, Brett?'

'Nee, chef.'

Emmy hoorde het luide gepiep en de dieselmotoren van zwaar materieel. Brett was op een vuilstort in Tallahassee. Een van de buren van de Walkers zat midden in een grote verbouwing. De puincontainer op hun oprit was de vorige ochtend om halfacht geleegd. Brett had de rit van vier uur naar Florida gemaakt om de vuilstort te doorzoeken voor het geval Paisleys ontvoerder zich op die manier van haar lijk had ontdaan.

'Chef?' Brett klonk bezorgd.

Ze kreeg weer kramp in haar voet. 'Het gaat wel, Brett.'

'Weet ik,' zei hij. 'Maar je vader is pal voor je ogen gestorven. Ik weet dat de Cliftons ijswater in hun aderen hebben, maar niemand zou het raar vinden als je dit aan je voorbij liet gaan.'

Emmy keek naar haar vaders kantoor. De nette stapels mappen. Zijn lievelingspen. Haar geopende laptop stond tegenover de ingelijste foto's op zijn bureau. Cole en Emmy in uniform. Tommy met een platte hoed op zijn hoofd. De vorige ochtend had Emmy zich er nog over verbaasd dat haar zoon nu een volwassen man was. Halverwege diezelfde ochtend had ze hem in haar armen gehouden zoals ze dat sinds zijn kindertijd niet meer gedaan had.

'Emmy,' zei Brett. 'Denk eens aan wat de baas zou willen.'

Emmy wist maar al te goed wat haar vader zou willen. 'Als we hem willen eren, moeten we ons werk doen. Kom zo snel mogelijk terug. We moeten iemand vinden die de rioolbuizen en hemelwaterafvoer in kan langs de route die Paisley over de landweggetjes heeft afgelegd. Millies vijver moet ook weer doorzocht worden.'

'Weer?' vroeg hij. 'Het zou behoorlijk stom zijn om Paisley op dezelfde manier te dumpen als Madison en Cheyenne.'

'Het zou ook behoorlijk stom zijn om de mogelijkheid buiten beschouwing te laten.'

'Oké,' zei Brett. 'Ik roep de duikers weer op.'

Emmy legde de telefoon neer en keerde terug naar de zoeklijst. Ze was bijna klaar toen Cole de teamkamer binnenliep. Voor hij haar opmerkte, maakte ze van de gelegenheid gebruik om hem eens goed te bestuderen. Zijn ogen waren bloeddoorlopen. Hij zag bleek. Evenals zij had hij willen doorwerken, doorzetten. Evenals zij zag hij eruit alsof hij bij de lichtste aanraking in duizend stukken zou breken. Het enige wat hem overeind hield, was het ijswater in zijn aderen.

'Niks gevonden, chef.' Cole had met een van de teams de landwegen uitgekamd op zoek naar een teken van Paisley. 'Ik kreeg een telefoontje van Celia. Ze zei dat ik jou niet mocht lastigvallen, maar oma heeft weer een slechte nacht.'

Opnieuw voelde Emmy de druk, alsof er om haar hals een strop strak werd getrokken. 'We hebben een waardeloze aanwijzing van Elijah: een voertuig dat gisterochtend in de wijk is gesignaleerd. Misschien leidt het nergens toe, maar we moeten het wel natrekken. Het enige wat hij wist was dat het "een oudere zwarte pick-up" was. Neem de registraties door en kijk of je het kunt toespitsen. Misschien is hij ongedocumenteerd, maar hou dat maar voor jezelf. We hebben geen behoefte aan de zoveelste burgerwacht die het op onschuldige mensen heeft voorzien.'

'Komt in orde, chef.'

Hij wilde gaan, maar Emmy pakte zijn hand. Ze voelde een trilling, maar wist niet of die van haar of van Cole kwam.

'Mam,' zei hij gespannen. 'Mijn chef heeft me een opdracht gegeven.'

Ze voelde zijn vingers wegglijden. Het was duidelijk dat ze erin was geslaagd de zoveelste Clifton groot te brengen, maar ze wist niet of ze daar trots op moest zijn of dat ze zich verslagen moest voelen.

'Emmy?' Sherry Robertson, de GBI-agent voor Zuidwest-Georgia, wenkte haar mee naar achteren. 'Heb je even?'

Emmy haalde haperend adem toen ze naar de andere kant van het vertrek liep. Ze zag alles schokkerig. De stop-motion was terug. Het GBI had rechtsbevoegdheid over alle schietincidenten waarbij politie betrokken was. Sherry onderzocht de moord op sheriff Gerald Clifton.

'Paul ligt zijn roes uit te slapen in de cel,' zei ze. 'Hannah heeft om een advocaat gevraagd.'

Dat verbaasde Emmy niet. Jaren geleden had ze het er bij Hannah in gestampt dat je nooit zonder de aanwezigheid van een advocaat met de politie moest praten. 'Nog iets uit de filmpjes van omstanders?'

'Niks bruikbaars,' zei Sherry. 'Alleen heeft dat Culpepper-mens een filmpje online gezet waarop je Gerald kunt zien. CNN heeft zijn gezicht onscherp gemaakt, maar het is behoorlijk expliciet.'

Emmy nam zich voor daar later over na te denken. 'Was Dervla Culpepper niet Hannah en Paul aan het filmen toen dat wapen afging?'

'Dat kon ze niet. Gerald hield zijn arm voor Dervla's gezicht. Hij probeerde haar te beschermen.'

Ook dat verwees Emmy naar een later moment. 'En hoe zit het met getuigen? Er waren daar ruim twintig mensen.'

'Een derde zegt dat Hannah het pistool in handen had. Weer een derde zegt dat het Paul was. En de overigen waren te panisch om ook maar iets te kunnen zien.'

Dat klonk aannemelijk. 'Wat wil je van me?'

'Details,' zei ze. 'Ik heb je getuigenverklaring, maar je hebt er al een tijdje over kunnen nadenken. Weet je zeker dat je niet kon zien wie het wapen vasthield toen het afging?'

Inmiddels had Emmy minstens drie variaties op deze vraag gehoord. Ze kende de techniek, had die zelf toegepast op Elijah Walker. Je bleef de vraag herhalen, omdat je naar nieuwe informatie zocht of omdat je wijzigingen in het verhaal probeerde te ontdekken.

'Nee, sorry,' zei ze tegen Sherry. 'Ik had tunnelvisie. Ik keek naar het wapen, niet naar degene die het vasthield. Het enige wat ik verder nog zag, was mijn zoon die over straat rende. En toen zag ik mijn vader en...'

Hun zwijgen had iets plechtigs. Sherry had jarenlang met Gerald samengewerkt. Elke wetsdienaar in de staat kende hem of had met hem samengewerkt. Emmy had condoleancetelefoontjes genegeerd van politieofficieren, sheriffs, de voorzitter van het staatsparlement en zelfs van de gouverneur.

'Emmy,' zei Sherry. 'Ik weet dat de directeur al met je heeft gesproken, maar als je familie iets nodig heeft van het GBI, dan zijn we er voor jullie.'

Ze knikte. 'Dank je.'

'Heeft iemand van de crisishulpdienst al contact opgenomen?'

Weer knikte Emmy. Na de moord op een politieagent werd er onmiddellijk een medewerker van de crisishulpdienst aan de familie toegewezen, die hen bijstond bij alle stappen die volgden: het aanvragen van een overlijdensuitkering, verzekeringsclaims, staats- en federale bijstand, omgang met de pers, en uiteindelijk de organisatie van de uitvaart.

Op dat moment was Emmy niet in staat over dat alles na te denken.

'Tommy heeft die man al gesproken,' zei ze. 'Ze hebben vanochtend een afspraak. Ik moet weer aan het werk.'

'Oké. Laat het me weten als je je nog iets herinnert over dat wapen.'

Sherry gaf een kneepje in Emmy's arm. 'Misschien wil je je vader nog zien voor hij naar het hoofdkwartier wordt overgebracht. De patholoog wordt hier over een halfuur verwacht.'

De strop om haar nek werd strakker getrokken. Alles ging zo snel. Nog voor zonsopkomst zou Gerald de stad hebben verlaten. 'Ik geef het aan Tommy door.'

Emmy pakte haar telefoon als smoes om het gesprek te kunnen beëindigen. Lopend door de gang stuurde ze een berichtje naar Tommy. Hij was nog op en zond bijna meteen een duimpje terug. De emoji was Tommy's versie van hun vaders 'oké'. Het kon betekenen dat hij het bericht had gezien of dat ze elkaar zouden treffen in het uitvaartcentrum. Over een halfuur zou ze dat vermoedelijk weten.

Ze had nog tijd om naar Elijah terug te gaan. Of misschien kon ze beter met Carol Walker gaan praten. Brett had haar al ondervraagd, maar toen Emmy het had willen overnemen, was Paisleys moeder zo hysterisch geworden dat er een arts bij moest komen om haar te sederen. De valium was nu zo ongeveer uitgewerkt, dacht Emmy. Ze zou de vrouw naar haar broer vragen. De staat van het huwelijk proberen te peilen. Kijken of Elijahs zorgen over zedigheid tot spanning met zijn dochter hadden geleid.

Maar ze kon het niet opbrengen.

Emmy liep via de zijingang naar het parkeerterrein. Het was al bijna twee uur 's nachts, maar het was voor het eerst sinds haar vader was gestorven dat ze een moment voor zichzelf had. Dat had ze nodig om alles te voelen wat ze had proberen te verdringen. Om toe te geven aan de spanning die ervoor zorgde dat haar lichaam zich tegen haar keerde. Om de nachtlucht in te ademen en naar de stilte te luisteren. Ze leunde met haar rug tegen de muur. Het ruwe steen schraapte langs haar schouderbladen. Ze keek op naar de donkere hemel, sloot haar ogen en ademde diep in.

'Pap,' fluisterde ze, 'wat moet ik nu?'

Ze wist wat Gerald zou hebben gezegd.

Wat weten we?

Paisleys kans om te overleven was tot enkele cijfers teruggebracht. De vader van het meisje was vijandig en overheersend. Haar moeder was niet aanspreekbaar. Hun enige aanknopingspunt was een Latijns-Amerikaanse man met een pick-up die zo algemeen was in deze streek dat hij net zo goed in de onzichtbare straaljager van Wonder Woman had kunnen zitten.

Wat dénken we te weten?

Vier maanden na Paisleys praatje met de hovenier was Elijah nog steeds kwaad omdat zijn dochter een strakke pyjamashort had gedragen. Hij ging er dus van uit dat een kind verantwoordelijk was voor de daden van een volwassen man. Het was moeilijk te zeggen of Elijah een abnormale obsessie voor zijn dochter had gekoesterd of dat hij gewoon een dominante lul was.

'Emmy?'

Ze tuurde het donker in. Een lange man met een diplomatenkoffertje stak het parkeerterrein over. Hij kwam uit de richting van het cellenblok. De moed zonk haar in de schoenen toen ze hem herkende. Dylan Alvarez was zo ongeveer de laatste die ze op dat moment wilde zien.

Ze maakte zich los van de muur. 'Wat doe jij midden in de nacht in het cellenblok?'

'Ik vertegenwoordig Hannah,' zei Dylan.

'Jij bent toch van het familierecht? Ze moet een strafrechtadvocaat hebben.'

'Precies, dat heb ik ook gezegd, maar ze luistert niet. Ze is te radeloos om naar iemand te luisteren.' Dylan zette zijn koffertje op de grond. 'Kun jij op de een of andere manier een boodschap aan haar doorgeven?'

'Meen je dat nou?' Met moeite hield Emmy zich in. 'Vraag je nu echt aan een smeris om een bericht aan je cliënt door te geven?'

'Beetje dimmen graag. Je staat niet tegen een achterlijke kleuter te blaffen.' Dylan hield zich duidelijk ook in. 'Hannah zit er helemaal doorheen. Je weet dat ze je vader aanbad. Hij was erbij toen haar eigen vader stierf. En toen haar moeder stierf.'

Dat wist Emmy. Ze was er zelf ook bij geweest.

'Ze wil me niet eens vertellen wat er gebeurd is,' zei hij. 'Ze wil alleen weten hoe het met jou gaat.'

'Dus ik moet haar onder het oog van het GBI een briefje toespelen in haar cel?'

'Ik weet dat het een stom idee is, maar ik probeer naar een oplossing toe te werken waarbij Hannah niet in de dodencel eindigt omdat ze een politieman heeft gedood.'

Het was alsof er een bijl in Emmy's hart was geplant. Ze had geweigerd verder dan Sherry Robertsons vragen te denken.

Dylan legde het uit. 'Het GBI past dezelfde strategie toe als destijds bij de vader van die schoolschutter. De revolver die Paul bij zich had staat op naam van Hannah. Ze bewaarde het wapen in een kluis waarvan ze wist dat Paul er ook bij kon. Ze wist dat hij jou en je vader met de dood had bedreigd. Ze wist dat hij wispelturig en onvoorspelbaar was. En anders dan de vader van de schoolschutter was Hannah ter plekke aanwezig. Ze stond naast een agent en zei niets. Uiteindelijk wordt er een getuige gevonden die onder ede zal verklaren dat Hannah het wapen aanraakte toen het afging. Meer heeft een jury niet nodig om haar ter dood te veroordelen.'

Het zweet was Emmy uitgebroken. Zij had Hannah overgehaald het wapen te kopen toen ze na haar studie naar huis terugkeerde. 'Ze probeerde hem tegen te houden. Ze riep naar me om me te waarschuwen. Dat heb ik ook aan de rechercheur verteld.'

'Wat heb je nog meer gezegd?'

'Dat ik een getuige van niks ben. Ik draaide helemaal door. Ik was in paniek. Ik heb niet gezien of Hannah het wapen al of niet aanraakte.' Emmy wist dat ze hem te veel informatie gaf, maar dat boeide haar niet. 'Ze kunnen haar niet opsluiten als ze niet weten wie de trekker heeft overgehaald.'

'Lieverd, je weet hoe medeplichtigheid aan moord werkt. Er hoeft niet eens sprake van opzet te zijn. Alleen al het feit dat ze van het bestaan van het wapen en van Pauls bedoelingen afweet, is voldoende om haar in staat van beschuldiging te stellen.' Dylans woorden waren grimmig, maar zijn toon was mild. 'Je vader werd in de politiewereld op handen gedragen. Het hele district heeft de blik momenteel op de openbaar aanklager gericht. In november zijn er weer verkiezingen. Je weet wat ze gaat doen.'

Emmy had geen lucht meer in haar longen. Ze had dat alles nog niet op een rijtje willen zetten. 'Hannah is docent. Ze is moeder.'

'Ze kan voor een schikking gaan als ze tegen Paul getuigt, maar zelfs dan, met alle advocatenkosten, het verlies van haar baan en de strijd in de rechtszaal, gaat ze eraan onderdoor.'

'Zoekt Hannah daarom contact met me? Uit angst om aangeklaagd te worden?'

'Ze zoekt contact met je omdat ze verdrinkt in verdriet. En ze maakt zich zorgen om je. Dat doen we allebei.' Dylans stem klonk nu nog zachter. 'Je vader is in je armen gestorven, Emmy. Waar is Cole? En hoe zit het met Celia en Tommy?'

'Cole is aan het werk. Celia en Tommy zorgen voor mama.'

'Wie zorgt er voor jou?'

Ze legde haar hand op haar horloge. Ze dacht aan het aangekoekte bloed op de kroon. Gerald had altijd voor haar gezorgd. Vanaf haar geboorte had ze altijd op haar vader kunnen rekenen.

'Liefje.' Dylans toon was vervuld van een zachtheid die ze niet verdiende. ‘Het is niet verkeerd om toe te geven dat je in de rouw bent. Ik ben ook in de rouw.’

Emmy verstijfde. ‘We hebben wel te maken met een meisje van veertien dat inmiddels waarschijnlijk al dood is. En dan wil jij dat ik in een hoekje ga zitten huilen terwijl ik de enige ben die dit hele bureau bij elkaar houdt?’

‘God verhoede dat je ook maar een greintje zwakte vertoont!’

‘En God verhoede dat je je met mijn ellende bemoeit.’

Dylan keek de straat in. Ze wisten allebei dat de woordenwisseling die ze op dat moment uit de weg gingen, dezelfde woordenwisseling was die ze al duizend keer hadden gehad. Soms bleven ze kalm. Soms schreeuwden ze de longen uit hun lijf. Emmy was te gesloten. Ze praatte nooit over dingen. Ze uitte zich niet. Ze was te onafhankelijk, te solistisch, te afwerend, en Dylan had geen puf meer om te wachten tot er verandering in kwam.

‘Waarom heeft Hannah jou gebeld?’ vroeg ze.

Hij slaakte een geërgerde zucht. ‘Ik ben werkzaam in familierecht, chef. Wat denk je?’

Van alle emoties die Emmy niet wilde toelaten, was haar medelijden met Hannah het moeilijkst te bedwingen. ‘Gaat ze van Paul scheiden?’

‘Twee maanden geleden heeft ze scheiding van tafel en bed aangevraagd. Hij weigerde het huis te verlaten.’

‘Haar moeder heeft dat huis in een fonds voor Hannah ondergebracht. Volgens de wet –’

‘De wet doet er niet toe als je niet bereid bent er werk van te maken. Hannah wil niet degene zijn die de vader van haar zoon achter de tralies laat verdwijnen.’

Emmy kende die valstrik maar al te goed. Jonah had van hun scheiding een marteling gemaakt. ‘Hoe is het met Davey?’

‘Niet zo best.’ De vraag verbaasde Dylan. ‘Zijn beide ouders zitten vast.’

Emmy sloeg haar blik neer. Haar brein haalde de hele tijd trucjes met haar uit in een poging Geralds dood te scheiden van het feit dat zowel Hannah als Paul gearresteerd was wegens de moord op hem.

‘Hoe is het met Cole?’ vroeg Dylan.

‘Niet zo best,’ zei ze. ‘Zijn opa is dood. Zijn oma is haar verstand kwijt. Zijn moeder lijkt wel een razende bitch.’

‘Lijkt wel?’

Emmy’s lach stokte in haar keel. De tranen waren terug. Het beven dreigde het over te nemen. Toen ze haar ogen sloot, zag ze haar vader weer. Het wasachtige wit van zijn huid. Het donkerblauw van zijn lippen.

Zijn laatste verzoek, zijn laatste bevel, om tegen een vrouw die zich zijn gezicht niet meer kon herinneren te zeggen dat het hem speet.

'*Mi amor.*' Dylan kwam dichterbij. Zijn stem was zo troostend dat ze haar hart naar hem voelde uitgaan. Voorzichtig legde hij zijn handen om haar hals. 'Laat me er voor je zijn. Al is het maar voor één keer.'

Emmy voelde zijn warmte aan haar trekken, het smachtende verlangen om in zijn omhelzing op te gaan, om terug te gaan naar zijn huis, naar het huis dat ze ooit deelden, in bed te liggen en zich geborgen te voelen in zijn nabijheid.

Een halfjaar geleden, toen Myrna's nachtelijke angsten steeds erger werden, had Emmy haar relatie met Dylan verbroken. Ze had zichzelf wijsgemaakt dat het te zwaar was om twee kanten op te worden getrokken, maar in werkelijkheid vond ze het te moeilijk om zichzelf overeind te houden als ze bij Dylan was. Ze had moeten huilen om mierzoete reclames en had zich als een kind aan hem vastgeklampt als ze thuiskwam van een bezoek aan haar ouders.

Nu ging Emmy er bijna aan onderdoor, zo hard had ze hem nodig. Zou het zo erg zijn als ze Dylan vertelde wat ze voelde? Dat elke stap een marteling was? Dat ze haar hoofd nauwelijks hoog kon houden? Dat ze nog steeds gruwelijk veel van hem hield en hem nodig had? Of zou ze, als ze toegaf aan haar gevoelens en het er allemaal uit gooide, zo leeg zijn dat ze niet verder kon?

'Oké.' Ze maakte zich los uit Dylans armen en liep het gebouw weer in. Haar ogen traanden van het felle licht boven haar hoofd. Ze zag Cole aan zijn bureau zitten. 'En?'

'Er zijn zo ongeveer zesduizend zwarte pick-ups. Ik moet weten wat Elijah bedoelde met een ouder model.'

'Vraag het hem maar,' zei Emmy. 'Ga met hem praten. Misschien praat hij makkelijker met een man. Ben zo terug.'

Emmy griste haar jasje van de haak. Ze keek nog even naar Cole, die op zijn toetsenbord zat te rammen. Hij had een schoon uniform aangetrokken. Zijn boord was dichtgeknoopt. In zijn haar zat een keurige scheiding.

Nadat Gerald was gedood, had ze haar zoon er niet zomaar een beetje van langs gegeven. Ze had hem met de grond gelijkgemaakt. Ze hadden in haar patrouillewagen gezeten. Emmy was verdoofd geweest. Ze zat onder het bloed van haar vader. Ze beefde van verdriet. Net als Cole. Zijn uniform was doordrenkt nadat ze zich boven Geralds lichaam aan elkaar hadden vastgeklampt. Toen was ze tegen hem tekeergegaan omdat hij zijn vest niet had vastgesnoerd zoals ze hem godverdomme bevolen had.

Emmy schoot in haar jasje en liep achter Cole langs. Ze drukte haar lippen op zijn hoofd, voordat ze het bureau via de voordeur verliet.

Er brandden geen lampen in Main Street. De etalages waren donker. De kledingwinkel. De slijterij. Het koffietentje. Ze zag de schijnwerpers die het gerechtsgebouw verlichtten. De Amerikaanse vlag en de vlag van de staat Georgia hingen allebei halfstok. Ze draaide zich om en keek naar het politiebureau. Ook daar hingen beide vlaggen halfstok op het dak.

Emmy wendde zich af. Ze nam een hap lucht en voelde hoe die als mist in haar longen neersloeg. Ze had niet beseft hoe koud het buiten was en ritste haar jasje dicht. Haar horloge gloeide op in het donker. Ze raakte de kroon even aan en liep toen door tot ze een paar blokken verderop bij het uitvaartcentrum bleef staan.

In de lobby brandde licht. Aan de paal buiten het gebouw hing een verlichte vlag, ook halfstok. Ze dacht aan al die vlaggen bij veteranengebouwen, bureaus van de verkeerspolitie en de gouverneursvilla aan Paces Ferry Road in Atlanta. Allemaal hingen ze halfstok ter ere van haar vaders leven.

Emmy stak haar hand in haar zak, maar zonder haar telefoon te pakken. Ze wilde weten wat Tommy met die duimpjes bedoelde. Dat ze elkaar zouden treffen bij het uitvaartcentrum? Bleef hij bij Myrna om haar bij te staan in haar nachtelijke angsten? Beide keuzes waren begrijpelijk. Gerald was dood. Myrna leefde nog. Vaak kon Celia hun moeder niet in haar eentje aan. Het was redelijk als haar broer bij zijn vrouw bleef.

Ook al had zijn kleine zusje hem heel hard nodig.

Emmy trok haar hand weer uit haar zak. Ze liep om de zijkant van het lage gebouw heen. Toen ze nog straatdienst had, was ze meer dan eens laat op de avond in het uitvaartcentrum geweest. In Georgia was lijkschouwer een gekozen functie. Milo Kinley, de directeur van het uitvaartcentrum, zat al bijna veertig jaar onbetwist op zijn plek.

En niet alleen dat. Hij had met haar vader op school gezeten. Zolang Emmy zich kon herinneren, hadden die twee elke zaterdag gekaart met Virgil en Louis Singh. Milo had vrijwel alle doden van de familie Clifton begraven. En nadat de patholoog-anatoom Geralds lichaam had geopend om de moord op hem te documenteren, zou Milo hem gereedmaken voor zijn graf.

In het kantoor achter in het gebouw brandde licht. Emmy hoefde niet aan te kloppen. Het gebouw was nooit onbeheerd. Meestal werden de telefoons bemand door een stagiair van de uitvaartopleiding, voor het geval er een lijk moest worden opgehaald, maar deze nacht zat Milo aan het bureau naast de deur. Hij was aan het schrijven toen Emmy binnenkwam. Ze dacht weer aan de vorige ochtend, toen ze Geralds kantoortje was binnengegaan. Ook hij had een brief zitten schrijven.

'Emmy Lou.' Milo stond op om haar te begroeten. 'Wat verschrikkelijk, schat.'

Ze klemde haar kiezen op elkaar toen hij haar wat klungelig omhelsde. 'De patholoog is onderweg,' zei ze. 'Die kan hier elk moment zijn.'

'Ik heb haar al gesproken. Alles is geregeld. De verkeerspolitie van Georgia staat stand-by om hem naar het hoofdbureau van het GBI te begeleiden.' Milo wees naar de balsemkamer. 'Ik heb hem gereedgemaakt voor jou en Tommy. Neem er alle tijd voor. Je moet alleen een paar formulieren ondertekenen voor je weggaat.'

Weer besefte Emmy dat ze niet zo ver vooruit had willen denken. Er was altijd papierwerk, het veiligstellen en documenteren van bewijs, al die dingen die ze op de academie had geleerd maar waarvan ze nooit had gedacht dat ze ze nog eens voor haar eigen vader zou doen. Of voor haar eigen moeder, want ze was er al die tijd simpelweg van uitgegaan dat na Myrna's snel naderende dood Gerald alles zou regelen.

'Ik moet met Tommy overleggen, horen wat hij wil,' zei ze.

'Goed idee, schat. Begin hier maar mee.' Hij reikte haar een vel papier aan. 'Het is een standaardformulier dat ik aan mensen geef als hulp bij het schrijven van het overlijdensbericht.'

Emmy nam het aan, maar ze zag te wazig om de woorden te kunnen lezen. Ze zag alleen dat sommige getypt waren en dat andere met pen waren ingevuld.

'Ik heb wat voorstellen gedaan wat de formulering betreft. Zo zeg je bijvoorbeeld dat Gerald jou, Tommy en Myrna achterlaat. Wat Henry en Martha betreft, de standaardfrase is dat hij in de dood werd voorgegaan door twee van zijn kinderen, van wie je dan de naam en leeftijd noemt. Henry was zeventien. Ik meen dat Martha achttien was toen ze overleed.'

Emmy bleef maar naar het formulier staren. Al het andere in de kamer wervelde om haar heen.

'Laat ook maar.' Milo nam het papier terug. Op een van de hoeken hadden haar vingers zweetvlekken achtergelaten. 'Ik geef dit wel aan Tommy. Of misschien willen jullie dat Celia het doet? Zij heeft per slot van rekening een mooie graad in de Engelse taal- en letterkunde.'

'Pap...' zei Emmy gesmoord. 'Hij heeft al iets geschreven. Vorige maand. Geen overlijdensbericht, maar wat hij wilde voor zijn begrafenis. Hoe die geregeld moest worden, de muziek en wat het mocht kosten. Hij wilde ons daar niet mee belasten. Niet wat hemzelf betrof en ook niet wat mama betrof. Hij schreef ook alle instructies op voor haar begrafenis.'

'O, oké.'

'Hij wilde niet dat anderen het wisten, maar misschien had je het wel door...' Emmy's mond was helemaal droog. Ze kon amper woorden vormen. 'Daarom werd hij zo mager. Het begon in zijn longen, die tumoren. We ontdekten het vorig jaar. Hij werd behandeld, maar zes weken geleden kreeg hij een biopsie en werd hij gediagnosticeerd met uitgezaaide leverkanker, waaraan niets meer gedaan kon worden. Ik bedoel, er kon nog wel iets aan gedaan worden, maar dat wilde hij niet. Hij wilde in het beetje tijd dat hij nog had niet telkens op en neer rijden naar het ziekenhuis. Niet nu mama hem nog nodig had. Dus... toen schreef hij alles op.'

Milo keek al even aangeslagen als Emmy zich had gevoeld toen ze over de kanker had gehoord. Daarom had Gerald tegen haar gezegd dat ze zijn baan als sheriff moest overnemen, en daarom had hij ook een plek in een verzorgingshuis voor Myrna geregeld. De vorige maand had hij Emmy en Tommy bij zich geroepen en gezegd dat hij had besloten de kanker de vrije loop te laten.

Jullie gaan gewoon rustig door met jullie werk. Jullie hebben een eigen leven. Jullie moeder heeft het niet eens door als ik er niet meer ben.

Milo legde zijn hand op haar schouder. 'Wat erg, schat. Ik wist dat hij zich niet goed voelde, maar hij was erg gesloten. We hadden het alleen maar over football en over onze kinderen. Hij was zo trots op jou en Tommy. Jullie waren het licht in zijn leven.'

Emmy veegde met de rug van haar hand langs haar neus. 'De artsen weigerden te zeggen hoelang we nog hadden. Ze zeiden dat het drie, zes of misschien wel twaalf maanden kon duren, maar weet je, er was nog altijd zeven procent kans dat hij het overleefde. Als hij zich had laten behandelen. Maar dat wilde hij niet. Daar was hij heel duidelijk in toen... Maar ik hoopte dat hij... Je weet wat een vechter hij was. Hij ging de strijd altijd aan en dan won hij.'

'Zeker.' Milo knikte, maar ze zag het verdriet in zijn ogen.

Weer veegde Emmy haar neus af, terwijl ze probeerde haar rug te rechten. Misschien kwam het door de kanker dat ze niet was ingestort. Ze had anderhalve maand de tijd gehad om eraan te wennen dat haar vader stervende was. Ze hadden er urenlang op zijn kantoortje over zitten praten. De afgelopen zes weken was ze meer over Gerald Clifton te weten gekomen dan in alle dagen die eraan vooraf waren gegaan.

'Wat die kanker betreft. Ik weet niet of daarmee rekening gehouden moet worden tijdens de...' Emmy kreeg het woord 'autopsie' niet over haar lippen. 'Misschien moet je het de patholoog laten weten. Voor als er voorzorgsmaatregelen getroffen moeten worden.'

Milo knikte, maar waarschijnlijk dacht hij dat ze gek was geworden. Kanker was niet besmettelijk. Je kreeg er geen griep van. 'Wil je even alleen met hem zijn?'

Emmy kreeg er geen woord uit. Ze kon alleen maar knikken.

'Ik ben hier, mochten jullie me nodig hebben.' Milo gaf haar een kneepje in haar arm. 'Ik ben er voor jullie, Emmy Lou. Tot mijn laatste adem.'

Weer knikte Emmy. Toen was het zover. Milo opende de deur naar de balsemkamer.

Ze haalde bibberig adem. De deur sloot zich geruisloos achter haar.

Gerald lag op een tafel in het midden van de ruimte. Een wit laken lag over zijn lichaam en was onder zijn kin ingestopt. Emmy wist dat Milo dat voor haar had gedaan. Ze had hem nooit eerder een slachtoffer op die manier zien toedekken.

Slachtoffer.

Emmy schudde haar hoofd en zei tegen zichzelf dat ze zich vergiste. Haar vader was geen slachtoffer. Hij was een onschuldige toeschouwer geweest. Het wapen was op Emmy's borst gericht geweest. De afgelopen twaalf jaar had Paul niets anders gedaan dan haar dreigend aankijken, haar beschimpen en mompelend schofferen. En toen had hij een revolver meegenomen naar Elsinore Meadows om haar te doden.

De compressor van de inloopvriezer schakelde zichzelf uit. Het werd zo stil in de kamer dat ze haar hartslag kon horen. Aarzelend stapte Emmy op haar vader af. Geralds gezicht was verslapt. Zijn ogen waren gesloten. Zijn lippen waren bijna zwart. Het bloed was van zijn mond gewassen. Het schrammetje dat Myrna de vorige ochtend met haar nagel had toegebracht leek eerder op een toevallig streepje van een van haar correctiepennen.

'Pap.' Met een diepe zucht boog Emmy zich over het lichaam.

Ze had nooit begrepen wat het betekende als mensen zeiden dat het leven iemand had verlaten. Nu snapte ze het. Er was geen leven meer in haar vader. Er was slechts een door kanker verwoest lichaam, een artritische ruggengraat, knieën die zo versleten waren dat zijn benen krom stonden. Ze reikte onder het laken en pakte zijn koude hand. Ze wachtte tot ze iets voelde, wat dan ook, een teken dat dit het laatste moment was dat ze samen waren. Het leek in niets op wat ze erover in boeken had gelezen of in films had gezien. Het gevoel dat iets afgesloten werd. Het gevoel dat zijn geest lang genoeg was blijven hangen om afscheid te nemen. Dat hij over haar zou blijven waken. Naar haar zou blijven luisteren. Naar haar zou blijven omzien.

Ze sloot haar ogen en probeerde de klank van zijn stem op te roepen.

Emmy Lou? Wat missen we?

'Jou,' fluisterde ze de stilte in. 'Ik mis jou.'

Ze liet haar hand van de zijne glijden. Ze was niet in staat Milo's kantoor weer binnen te gaan. Ze wilde niet over in memoriams praten, over kisten, regelingen of rouwstoeten. Ze wilde alleen zijn.

Emmy liep om het lichaam heen naar de afscheidsruimte, toen naar de kapel tot ze in de lobby stond met zijn felle plafondlampen, bloemenvazen en discreet in hoeken weggestopte tissuedozen. Haar zicht vervaagde weer, maar niet door tranen. Ze dreigde flauw te vallen. Ze zocht steun bij de muur. Opeens was ze weer op straat voor Adams huis. Ze hoorde Hannah gillen. Zag het wapen afgaan. Ze zag Cole rennen, met zijn vest wapperend achter hem aan. Ze voelde het grote splijten weer achter zich, een ijsberg die afbrak, een enorme tak die van een boom scheurde. Ze raakte op drift. Ze viel. Zonder hem was ze totaal verloren.

'Emmy?' Jonah klopte op de glazen deur. 'Gaat het?'

'Shit,' fluisterde ze. Waarom bleven die mannen maar aan haar kop zeuren? 'Wat wil je?'

'Dat je die stomme deur opendoet.'

Emmy draaide aan het slot. Een bedompte wietlucht ging hem voor de lobby in. Zijn bar sloot om twee uur, wat betekende dat hij al geruime tijd had zitten drinken voor hij achter het stuur was gekropen.

'Gaat het wel?' vroeg hij.

Ze week terug om de stank niet te hoeven ruiken. 'Ik red me wel, Jonah. Wat wil je?'

'Je hoeft niet zo bitchy te doen. Ik wil alleen weten hoe het met onze zoon gaat. Hij neemt niet op als ik bel. Ik was op weg naar het huis toen ik je door het glas heen zag.'

Zelfs op een normale dag beantwoordde Cole Jonahs telefoontjes niet. 'Wacht nou maar tot het ochtend is. We hebben het allemaal zwaar op dit moment.'

'Snap ik,' zei hij. 'Toen mijn pa doodging, was het alsof er een goederentrein over me heen denderde.'

Emmy leunde tegen de muur. Stilletjes smeekte ze hem om weg te gaan.

'Herinner je je de begrafenis nog?'

Emmy wist nog dat Jonah zo dronken was geweest dat hij op de achterbank van de auto knock-out was gegaan.

'Had pa nog maar meegemaakt dat ik me weer kon redden.' Jonah glimlachte wat treurig. 'Dat ik mijn eigen bar heb. Dat ik elk weekend optreed. Volgens mij zou hij eindelijk trots op me zijn geweest. Maar hij mocht het niet meemaken.'

Emmy zei tegen zichzelf dat het niet meer haar taak was om Jonah Langs ego te strelen. Zijn vader zou van hem gewalgd hebben. Het geld waarmee hij de bar had gekocht kwam van Emmy, die het huis van haar grootmoeder had moeten verkopen om van hem af te zijn.

'Em, wil jij Cole voor me bellen?' vroeg Jonah. 'Zeg maar dat hij met zijn pa moet praten.'

Met moeite slikte Emmy haar ergernis weg. 'Ik ga me er niet mee bemoeien. Hij belt je wel wanneer het hem uitkomt. Dwang levert niks op.'

Jonah lachte. 'Als ik wacht tot het die jongen uitkomt, doet hij zijn mond nooit open. Alleen door mijn aanpak is hij niet in zo'n robot als jij veranderd.'

Hier had Emmy geen zin meer in. 'Heb je het bureau geprobeerd?'

'Jezus, mens. Heb je hem weer laten werken?'

'Dat wilde hij zelf, zei hij.'

'En dat vond jij goed?' vroeg Jonah verontwaardigd. 'Wat is er in godsnaam mis met jou?'

'Je hebt vast nog wel ergens een lijst.'

'De hele stad heeft een lijst.'

'Cole is volwassen. Hij heeft recht op zijn eigen ruimte.'

'Hij is ook al zo'n klote-Clifton. Daar heb jij wel voor gezorgd.'

'Jonah.' Ze moest hem de deur uit werken voor ze razend werd. 'Voor de duizendste keer, ik had er niets mee te maken dat Cole zijn achternaam veranderde. Dat deed hij voor pa toen hij hoorde dat die kanker had.'

'En mijn pa dan? Die is ook dood. Hoe denk je dat hij dat gevonden zou hebben? Dat zijn bloedeigen kleinzoon de naam Lang niet zou doorgeven? Die sterft nu samen met mij uit. Is dat wat je wilt?'

Emmy duwde zich af van de muur. Het enige wat ze wilde was hem zo hard in zijn nieren stompen dat hij bloed ging pissen. 'Zou je er voor één keer in je leven voor willen zorgen dat het niet altijd over jou gaat? Nog geen vierentwintig uur geleden is mijn vader vermoord.'

'Die ging toch al dood.'

Pas toen het te laat was, besefte Emmy hoe razend ze was. Woede dreef de adrenaline naar elke cel van haar lichaam. Haar zicht verscherpte zich. Ze proefde bloed. In plaats van een stomp gaf ze hem zo'n harde klap dat hij achterover op een stoel tuimelde. Toen sloeg ze hem nog eens, en nog eens, en al die tijd schreeuwde ze: 'Bek houden! Bek houden! Bek houden!'

Hij duwde haar van zich af. Zijn lip bloedde. 'Jij vuile teef.'

Ze zag hem zijn vuist ballen. 'Sla me maar. Toe dan, als je durft.'

'Dat zou je wel willen, hè.'

'Weet je wat ik zou willen?' riep ze. 'Dat ik je vader kon opgraven en tegen hem kon zeggen dat je die klotekroeg alleen maar hebt omdat je die van mij hebt gekregen. Doordat ik zo hard werkte, kreeg jij die basgitaar waarop je niet eens kunt spelen, en al mijn spaargeld waarmee je je bij die band kon inkopen die je de straat op schopte zodra het geld op was.'

'Zo is het niet gegaan!' Jonah sprong overeind en stampte de lobby door. Hij trok de deur zo hard open dat hij weer keihard terugscharnierde. 'Vuile teef.'

'Klootzak!' riep Emmy hem na. Toen ze hem in de pick-up zag springen die zij had betaald, werd ze nog woedender dan ze al was. Ze duwde haar hand in haar zak en greep haar telefoon. Ze ging een patrouillewagen bellen om te zeggen dat zijn auto doorzocht moest worden. Dan kreeg hij een bon vanwege de joints die hij ongetwijfeld in zijn middenconsole had liggen. Of vanwege de geopende fles in de bekerhouder. Van haar mocht hij de cel in.

Met moeite liet Emmy de telefoon weer los. Dat kon ze Cole niet aandoen. Maar haar woede hield aan. Ze begon door de lobby heen en weer te lopen. Ademde diep in en blies de lucht tussen haar tanden door weer naar buiten. Ergens wist ze dat ze haar razernij op de verkeerde richtte. Uiteraard verdiende Jonah een pak op zijn flikker, maar nu dwong haar lichaam het verdriet naar buiten via de enige emotie die ze op dat moment kon uiten.

'Hoi.'

Met een ruk draaide Emmy zich om. Een wat oudere vrouw stond in de deuropening naar de kapel. Ze droeg een zwartleren jack, donkere jeans en motorlaarzen met veters. Een suède tas hing om haar schouder. Smokey eyeliner. Een wilde bos bruin haar, dat tot op haar schouders viel. Het was bijna drie uur 's nachts, en ze zag eruit alsof ze elk moment met Courtney Love het podium kon delen.

Met moeite kreeg Emmy weer grip op zichzelf. Ze was nog in uniform.

Het leek haar het best om te doen alsof de vrouw haar niet als een dolle hond naar Jonah had zien uithalen. 'Kan ik ergens mee helpen, ma'am?'

'Ik ben leidinggevend special agent Jude Archer. Dat wil zeggen... inmiddels een stuk minder special.' Even glimlachte ze. 'Maar dat is een lang verhaal.'

Emmy moest bijna lachen. 'Je ziet er anders niet uit als een FBI-agent.'

'Dat hoor ik vaker.'

'Jullie mensen zijn op het bureau.' Emmy vond dat ze deze poseur het best aan Seth Alexander kon overlaten. Haar kaak stond op dat moment zo strak dat hij op slot dreigde te gaan. 'Drie blokken verderop, links. Als ik hier klaar ben, kom ik ook die kant op.'

'Eigenlijk wil ik je graag onder vier ogen spreken.' Jude wees naar de kapel. 'Zullen we daar gaan zitten?'

Als deze vrouw zo dom was om te denken dat Emmy op een kerkbank ging zitten om haar hart uit te storten, was er meer mis met haar dan het feit dat ze zich uitgaf voor een FBI-agent. 'Hoor eens, ik heb helemaal geen zin om met je te praten. Draai je om, ga terug naar waar je vandaan komt en laat me met rust.'

'Oké.'

Emmy wachtte tot ze wegging, maar de vrouw verroerde zich niet. Ze bleef staan alsof dat 'oké' van haar geen teken van instemming was, maar alleen aangaf dat ze het verzoek had gehoord. De intonatie, de zangerige uithaal aan het einde, het was zo vertrouwd dat het bijna leek alsof Gerald was opgestaan van de tafel in de balsemkamer en nu in de deuropening stond.

Emmy's zenuwen begonnen op te spelen en zonden een pulserende stroomstoot van het topje van haar hoofd naar haar tenen. De kriebel. Het slechte gevoel. Die *Voelt Niet Goed*-tinteling. Ze wist wie de vrouw was. Ze was geen vreemde, integendeel.

'Niet doen, alsjeblieft,' smeekte Emmy. 'Niet nu.'

'Aha,' zei Jude. 'Dus ze hebben het je verteld.'

Voor Emmy kon reageren, ging de glazen deur open. Tommy stapte de lobby in en probeerde met neergeslagen blik de rits van zijn jasje te openen. Hij keek op en keek nog eens goed. Zijn geschokte gezicht was bijna komisch. Heel even was hij met stomheid geslagen. 'Martha?' fluisterde hij.

Jude glimlachte naar haar broer. 'Hé, Tommy.'

11

Jude zag Emmy's mond open- en weer dichtgaan, waarna ze zonder een woord via de glazen deuren het gebouw verliet. Tommy zei niets. Deed niets. Met een diepe zucht schoof hij de afgelopen ruim veertig jaar terzijde. Alsof ze weer opeengepakt naast Henry onder de achterklep van Myrna's Chevy Vega zaten te wachten tot Gerald eindelijk de bar uit kwam strompelen.

Maar ze waren geen kinderen meer. Henry was al heel lang dood. Tommy had de wat gezette houding van een man die te veel tijd achter een bureau had doorgebracht. Onder zijn ogen zaten donkere kringen. Hij had zich niet geschoren. Hij was volkomen kaal.

'Ga je niet achter haar aan?' vroeg Jude.

'Daar is ze het type niet voor.'

Het verbaasde Jude niet. Cliftons verdwenen het liefst geruisloos van het toneel.

Tommy sloeg zijn armen over elkaar. Hij bekeek haar eens goed en stelde toen een typische Tommy-vraag: 'Weet Billy Idol dat je zijn look hebt gestolen?'

'Weet Kojak dat jij de zijne hebt gepikt?'

Hij schonk haar datzelfde halve lachje van lang geleden. 'Kom je op pa's graf dansen of...'

Jude wachtte op het vervolg, maar dat bleef uit. 'Hoe is het bij Myrna aangekomen?'

'Bij Myrna komt tegenwoordig niets meer aan.' Tommy krabde over zijn stoppelwangen. 'Ze heeft alzheimer. Vergevorderd. Ze herkent ons niet meer. Ze vergeet dat ze moet eten. Ze kan zichzelf niet meer wassen. Wordt midden in de nacht schreeuwend wakker vanwege –'

Jude hoorde hoe abrupt Tommy zijn zin afbrak. Ze zag hem langdurig op zijn horloge kijken als excuus om zijn verdriet te verbergen.

'Wauw, ik had niet door hoe vroeg het is.' Hij kuchte voor hij opkeek. 'Ze wordt klokslag halfacht naar een tehuis overgebracht, dus over een paar uur. Pa heeft het vlak voor zijn dood geregeld. Hij liet ons niet veel keus.'

Jude moest de informatie even verwerken. Ze had zich voorbereid op Myrna's scherpe toon en snijdende blik. Nu ze hoorde dat haar moeder er eigenlijk niet meer was, besefte ze dat ze heimelijk op enige vorm van verzoening had gehoopt.

'Het lijkt je niet te verbazen dat ik nog leef,' zei ze.

Weer glimlachte hij, een nerveuze tic. 'Halverwege de jaren negentig klopten er twee FBI-agenten bij me aan. Ze zeiden dat ze een achtergrondonderzoek deden als onderdeel van je mogelijke indiensttreding.'

'Wat heb je gezegd?'

'Eerst heb ik wat staan stotteren en stamelen. Soort van geschokt omdat ze deden alsof je nog leefde. Toen vertelde ik ze de waarheid. Dat ik je al meer dan tien jaar niet gezien had. Dat je destijds een feestbeest was, maar dat ik geen idee had wat je recent uitspookte.'

Jude vermoedde dat hij haar een dienst had bewezen. 'Hebben ze met pa gepraat?'

Hij haalde zijn schouders op. 'Dat zou logisch zijn geweest, maar hij heeft het er nooit met mij over gehad.'

Jude wist wat het vervolg op zijn antwoord was. Tommy had het er ook niet met Gerald over gehad. Ze keek naar de deuren waardoor Emmy zojuist was verdwenen. 'Kennelijk weet zij het ook.'

'Vorig jaar moesten we bij pa komen en toen heeft hij het verteld.'

'En toen deed je alsof je verbaasd was?'

'Misschien kun je het je niet meer herinneren, maar ik kan heel goed doen alsof.'

Zijn nerveuze lachje verscheen weer. Ze vermoedde dat Tommy nog steeds het liefst alle confrontatie meed. Hij was altijd al een soort eenling geweest. Henry en Jude, die veertien maanden van elkaar scheelden, waren onafscheidelijk geweest, elkaars schaduw. Voor Tommy's behoeften was bitter weinig ruimte geweest.

Jude bedacht dat dit een goed uitgangspunt was. 'Een van de vele dingen waarvan ik spijt heb, is dat Henry en ik je zo vaak buitensloten. Sorry dat je niet mee mocht doen. We hadden met z'n drieën moeten optrekken. Je was een fijne broer, Tommy. Het kwam nooit door jou.'

'Niet zo'n goed idee, vind ik, om het nu over spijt te hebben.' Weer krabde hij over zijn stoppels. 'Pa stopte met drinken toen je weg was. Van de ene op de andere dag. Toen ik thuiskwam van de universiteit waren alle flessen verdwenen.'

'Heeft hij gezegd waarom?'

'Nee, maar ik vermoedde dat het vanwege Emmy was.' Deze keer was zijn glimlach oprecht. 'Ze was een zonnestraaltje. Ze gaf hun een nieuwe kans – ons allemaal, eerlijk gezegd. Ze deden het zo goed met haar. Het waren betere mensen. Ik kan het niet uitleggen, maar als ik niet zoveel van haar hield, zou ik jaloers zijn.'

'Zo waren ze ook met Henry. In het begin tenminste.'

'Nee, dat was niet hetzelfde. Ze waren niet zomaar dol op haar, ze aanbaden haar. Toen ze een baby was, nam mama zelfs een heel jaar verlof om bij haar te kunnen zijn.'

Onwillekeurig glimlachte Jude ook. 'Wie corrigeerde iedereens taalfouten toen Myrna weg was?'

Ze gaven tegelijk het antwoord: 'Celia.'

De lach die ze even deelden haalde iets van de druk van Judes borst. Ze was blij dat Emmy een betere versie van Myrna en Gerald had gekregen dan zij. 'Elk kind krijgt een ander stel ouders, ook als ze in hetzelfde huis opgroeien.'

Eerst leek dat inzicht hem te verbazen, maar toen zei hij. 'De jongens van de FBI zeiden dat je psychiater was.'

'Forensisch psycholoog. En jij geeft geschiedenisles en Celia is hoofd van je middelbare school.'

Hij trok zijn rechterwenkbrauw op. 'Weet de FBI dat je ons volgt?'

'Dat heb je zelf allemaal op je Facebook-pagina gezet, Hot4Teacher81.'

Hij lachte. 'Ben je getrouwd? Heb je kinderen?'

'Gescheiden, maar het was geen verkeerde man. En ik ben nooit het moedertype geweest.' Jude keek weer naar de deuren. De straat was donker en verlaten. 'Ze is beeldschoon.'

'En keihard,' zei hij. 'Toen Emmy klein was, wilde ze een nachtlampje op haar kamer, maar niet omdat ze bang voor het donker was. Het donker was bang voor haar.'

'Jezus, Tommy.'

Hij grinnikte even. 'En ze is slim als de hel. Pa nam haar onder zijn hoede. Hij leerde haar het politievak.'

'Zoals hij met Henry deed.'

'Nee, ik meende het toen ik zei dat ze anders waren. Er kwam geen druk of woede aan te pas. Pa was geduldig. Aardig. Hij hielp haar alleen maar met iets waar ze van nature al goed in was.'

Jude kon zich geen voorstelling maken van een aardige, geduldige Gerald. 'Is ze goed in haar werk?'

'In veel opzichten beter dan hij, want ze snapt dat het bij mensen geen kwestie van zwart of wit is.' Hoewel hij zijn schouders ophaalde, wist hij hoe belangrijk dat was. 'Haar zoon, Cole, is geweldig. Heeft het verstand van zijn moeder en de charme van zijn vader.'

Jude had de ruzie tussen Emmy en Jonah gehoord. Veel charme kwam er niet aan te pas. 'Ze was erbij toen pa vermoord werd.'

'Dat geldt voor allebei. Cole zit ook bij de politie.' Een flauw lachje speelde om Tommy's mondhoek. 'Ze hadden geen van beiden het lef om het onderwijs in te gaan.'

Jude lachte ook, maar ze zag dat dit nog steeds gevoelig lag bij Tommy. Hij was de oudste, maar Henry was altijd Geralds oogappel geweest, degene die in zijn voetsporen had moeten treden. Ze zei: 'Ik weet nog dat pa tegen me zei dat hij zijn tijd niet ging verspillen door mij het politievak bij te brengen, want ik zou er toch mee stoppen als ik ging trouwen.'

'Dat weet ik ook nog.' Weer haalde Tommy zijn schouders op, maar ze wist dat hij nog steeds voelde hoe kleinerend dat voor haar moest zijn geweest. 'Met Emmy was pa heel anders. Hij stond vierkant achter haar. Wij allemaal. Ma paste op Cole zodat zij kon studeren. Pa gaf haar vrij van haar werk. Celia en ik hielpen wanneer we konden.'

'Eén grote, gelukkige familie.'

Tommy schonk haar een scherpe blik. De lach was verdwenen. 'Je doet haar geen pijn, begrepen?'

Jude voelde een vreemd soort leegte vanbinnen, een neiging tot dissociatie. In de loop van tientallen jaren was ze dat gevoel vergeten. Deze familie. Dit stadje. Deze mensen. Maar haar ziel kon de herinnering aan de pijn die ze haar hadden toegebracht niet vergeten. Sommige dingen liet je nooit achter je.

De Jude in San Francisco zou het hebben uitgepraat, maar dit was North Falls en ze was hier met een reden. 'Oké.'

Tommy knikte. 'Oké.'

Hij vertrok via de kapel. Jude keek hem na tot hij door de deur achter de katheder verdween. Haar broer zou Gerald opgebaard in de balsemkamer zien liggen. Milo zou achter zijn bureau zitten. Het ongeloof op het gezicht van de uitvaartondernemer toen Jude zijn kantoor was binnengestapt, was al snel overgegaan in achterdocht. Ze was blij geweest met de ijzige ontvangst. Daardoor wist ze dat de mensen van North Falls ondanks het verstrijken van de jaren geen spat veranderd waren.

Jude stak haar handen in de zakken van haar jasje toen ze via de voordeur het gebouw verliet. Haar innerlijke klok stond nog op de tijd van de westkust, maar de vlucht van vijf uur en de rit van drie uur daarna hadden hun tol geëist van haar lichaam. Bovendien voelde ze de stress van haar terugkeer naar een plek die ze ooit thuis had genoemd.

Het centrum van North Falls was niet veranderd sinds ze in het holst van de nacht met anderhalve liter Jack Daniel's en wat geld op zak was gevlucht. De etalages hadden andere opschriften, maar de gebouwen waren nog hetzelfde. Simpele winkels van één verdieping stonden aan weerszijden van Main Street. Aan de ene kant was het politiebureau, aan de andere kant de ijzerwarenzaak. Ze herinnerde zich nog hoe ze met Henry aan haar zij tussen die twee heen en weer was geslopen. Kijken of hun vader aan het werk was, dan terug via het steegje aan de achterkant om te zien of hun moeders auto achter de houtstapels stond geparkeerd, waar Myrna na school met Louis Singh afsprak.

Jude sloeg haar blik neer. Ze zag haar laarzen tegen het beton van het trottoir slaan. Ze probeerde zich in het heden te verankeren in plaats van zich het verleden binnen te laten sleuren. Ze had een hele speech in haar hoofd, die ze in gedachten had uitgewerkt toen ze bij de gate op haar vlucht had gewacht, toen ze in het vliegtuig naast een flirterige zakenman had gezeten, toen ze vanaf Atlanta deze kant op was gereden.

Mam, ik ben niet gekomen om problemen te veroorzaken. Geef me de kans om te helpen.

Jude wist maar al te goed hoe alzheimer eruitzag. Natalie Daniels, het zesde slachtoffer van Freddy Henley, was het enige kind geweest van een alleenstaande ouder. Doug Daniels had als contactpersoon gefungeerd tussen de FBI en de families. Hij was een vredestichter, een zachtmoedige man, iemand voor wie Jude enorm veel respect had gehad. Ze was een van de eersten geweest aan wie Doug over zijn diagnose had verteld. Ze was ook een van de weinigen geweest die hem bezocht hadden tot lang nadat hij van zijn verstand was beroofd. Dat ze er niet in geslaagd was om Natalie tijdens zijn leven thuis te brengen, was een van haar grootste professionele nederlagen geweest.

Ze nam een pakje tissues uit haar tas. Ze wist dat ze het te kwaad kreeg om Doug Daniels omdat ze geen tranen had voor de vader en moeder die ze zelf kwijt was.

'Martha?' Virgil Ingram stond bij het bureau. Hij had op zijn telefoon gekeken, maar die schoof hij snel in zijn achterzak. Virgil was minstens vijftien jaar ouder dan Jude. In haar herinnering stond hij altijd in uniform naast Gerald. Nu droeg hij jeans en een T-shirt met lange mouwen. Zijn haar was grijs geworden. Te oordelen naar de spierbundels onder zijn kleren wijdde hij nog steeds elk vrij moment aan het berijden en showen van paarden.

'Ik vroeg me al af of je zou komen opdagen,' zei hij.

Jude nam een diepe, verkwikkende hap adem. 'Het bericht over mijn dood was nogal overdreven, begrijp ik.'

'Vorig jaar vertelde Gerald het. Hij zei dat je inmiddels een hotemetoot bij de FBI was.'

Ze weigerde stil te staan bij het feit dat haar vader deze informatie met Virgil had gedeeld. 'Ik ben hier om te helpen met de zaak-Paisley Walker.'

'Dat kunnen ze goed gebruiken. In theorie ben ik met pensioen. Ik doe nu wat detectivewerk. Emmy vroeg of ik wilde helpen. Dat arme kind is vanaf een landweggetje verdwenen. Net als de vorige keer.' Hij wilde het uitleggen. 'Er was een zaak –'

'Ik heb de podcast beluisterd. *Verblinde Engel*?'

Virgil bromde iets. 'Jack Whitlock is een sukkel, en het was bullshit van de bovenste plank om alle aandacht op Emmy te richten. Ze had niet eens de leiding over die zaak. Die had Gerald. En voor de goede orde: niemand was hier verblind. Ze kregen de dader te pakken. Kun je je Adam Huntsinger nog herinneren? Die was altijd al door en door verdorven.'

Jude wist dat mensen hetzelfde van haar konden zeggen. Ze keek op naar het politiebureau. De rode baksteen was donkergrijs geverfd. Op de muur zat een lichtbord in plaats van de koperen letters van vroeger. 'Wie heeft nu de leiding?'

'Emmy, vermoed ik. Gerald heeft haar tot plaatsvervangend sheriff gepromoveerd nadat ik met pensioen ging.'

'Is ze er geschikt voor?'

'Voor dat werk? Absoluut. Eigenlijk heeft ze de afgelopen twee jaar de toko al gerund. Gerald wilde dat ze het overnam, maar ik weet het niet.

Volgens mij wil ze het niet. En bovendien betwijfel ik of het team haar zou accepteren.'

'Ook al bekleedt ze die functie nu al?'

'Zonder Gerald als achtervang is het een heel ander verhaal.'

'Een man hoeft zich maar één keer te bewijzen. Een vrouw moet zich elke dag bewijzen.'

Hij lachte. 'Ben je nu opeens feminist geworden?'

'Ik ben een realist.' Ze knikte in de richting van het bureau. 'Wat ga ik daar aantreffen?'

'We gaan kijken.' Hij hield de deur voor haar open. 'Na jou.'

Haar hele carrière was Jude nogal gedachteloos teamlokalen binnengelopen. De geur was altijd dezelfde: zweet en wanhoop. Doorgaans was de sfeer vijandig of wrokkig. Veel agenten zagen het inschakelen van de FBI op z'n best als een noodzakelijk kwaad en op z'n slechtst als erkenning van falen. Het kwam erop neer dat niemand ooit blij was om haar te zien. Daar kon ze wel inkomen. Als de FBI een zaak overnam, kreeg de FBI ook alle credits. Maar als de zaak in de soep liep, dan lag de schuld overduidelijk bij het plaatselijke korps.

'Krijg nou wat,' hoorde ze een man zeggen. 'Is dat Ms Archer?'

Hij sprong zowat over de bureaus heen om bij haar te komen. Opzij gekamd kort haar. Gesteven wit overhemd. Lichtblauwe das. Speldje van de Amerikaanse vlag. Jude herkende meteen de onberispelijke, formele uitstraling van een FBI-agent op de carrièreladder. Hij stak haar zijn hand toe. Ze voelde het klamme zweet toen ze die schudde.

'Ms Archer, wat een eer om u persoonlijk te ontmoeten. Ik ben special agent Seth Alexander.' Hij klonk als een ademloze fanboy. 'Mijn chef zei al dat hij de zwaargewichten zou sturen, maar ik wist niet dat het om een grootheid ging. Wat fijn dat u bent gekomen, ma'am. Een paar jaar geleden heb ik u op Quantico horen spreken. Ik vind het een eer om lid van uw team te zijn.'

'Dank je, maar ik ben officieel met pensioen. Ik ben hier als adviseur.' Op zoek naar Emmy liet Jude haar blik even op Geralds verlaten kantoortje rusten. 'Waar is de sheriff van dienst?'

'Die is even naar buiten. Zal ik haar zoeken?'

Voorlopig vond Jude Emmy iets te veel van het goede. Het was gemakkelijker om terug te vallen op een vertrouwd patroon. 'Praat me eerst maar eens bij. Wat weten we?'

'Paisley Walker, veertien jaar.' Seth ging haar voor naar de achterkant van het vertrek.

Jude keek op de plattegrond van North Falls, die opengevouwen op een bureau lag. Cirkels gaven de mogelijke route van de ontvoerder aan.

'Hier.' Seth wees naar een rood kruisje op Coleman Avenue. 'Volgens de moeder is Paisley iets voor zeven uur op de fiets naar school vertrokken. Rond halfacht belde een getuige 911. Ze was hier, op een van de boerenzandpaden die door de plaatselijke bevolking landwegen worden genoemd. De beller zei dat er een kinderfiets lag. Geen spoor van de fietser. Verbogen achterwiel, de ketting was eraf, en er lag bloed. De politieagent die als eerste ter plekke was, belde naar de gebruikelijke adressen en doorzocht het huis van het gezin. Het leverde allemaal niets op.'

Jude bestudeerde de plattegrond, hoewel ze de route kon dromen. Vroeger fietste ze met Henry en Tommy over die weggetjes om in Millies vijver te gaan vissen.

'En toen?' vroeg ze.

'Ze hebben met de ouders gepraat, verwanten nagetrokken, het schoolpersoneel ondervraagd, met buren gesproken, bij iedereen tussen het ouderlijk huis en de vindplaats van de fiets aangebeld. Vuilcontainers zijn doorzocht, afvalbakken, riolen, steegjes. We hebben de vader, Elijah Walker, meegenomen voor verhoor. De moeder heet Carol. Ze is thuis. Ze moest gesedeerd worden, maar volgens mijn agent is ze in staat om te praten.'

'Heb je iemand op het oog?' vroeg Jude.

'Nee, ma'am,' antwoordde Seth. 'Een wat lepe oom, die onderweg is vanuit Alabama, en verder een latino in een zwarte pick-up die vier maanden geleden wat hovenierswerk voor het gezin heeft verricht. De vader zegt dat hij op de ochtend van de verdwijning misschien diezelfde zwarte pick-up heeft gezien. We zijn de man via een betaalapp aan het opsporen.'

'Daar moet je mee uitkijken.' Jude keek de teamkamer weer in. Ze zag een jonge agent met zijn hoofd naar een computer gebogen. Knap. Bruine krullen. Karakteristiek gezicht. 'Het is een klein stadje,' zei ze tegen Seth. 'Mensen laten zich snel opstoken.'

'Yes, ma'am,' zei Seth. 'U weet van die vermoorde politieman?'

'Ja, dat weet ik.' Jude wendde haar blik af. 'Hebben jullie mogelijke verbanden onderzocht tussen de verdwijning van Paisley en de zaak-Adam Huntsinger?'

'Huntsinger is drie dagen geleden uit de gevangenis ontslagen in afwachting van een aanklacht wegens verkrachting. Moeten we achter hem aan? Betreft het een seriemoord?'

'Onduidelijk.' Zijn opgewonden toon stond Jude niet aan. Hij was te veel met de jacht bezig in plaats van met de slachtoffers. 'Wat heb je verder nog?'

'We hebben de telefoon van Elijah Walker.' Hij wenkte een andere goedverzorgde, onberispelijke agent. 'Special agent Damian Reynolds. Onze IT-man.'

'Het is me een eer, Ms Archer,' zei Damian. 'Een van de plaatselijke agenten is het gelukt om toegang te krijgen tot Elijah Walkers telefoon. De berichten zijn schoon. De browsergeschiedenis betreft voornamelijk fantasy football en porno. Ik moet de software nog op zijn WhatsApp loslaten, maar zijn foto's zijn een verhaal op zich.'

Jude haalde haar brillendoos uit haar tas en pakte haar leesbril. Ze scrolde door de foto's. Tijdens haar loopbaan was ze zich er talloze keren pijnlijk van bewust geweest dat ze de enige vrouw was in een ruimte vol mannen. Nu ze naar de obscene foto's van mannelijke en vrouwelijke geslachtsdelen keek die op de telefoon van Elijah Walker waren opgeslagen, had ze weer datzelfde gevoel.

Damian zei: 'Van de metadata zijn de locaties verwijderd, maar de datums op alle foto's zijn van vorig jaar.'

Jude nam haar bril af. 'Wat voor porno stond er in zijn browsergeschiedenis?'

'Lichte bondage. Volwassen vrouwen. Niet al te kinky. Geen minderjarigen of op het randje van legaal.'

'Wat is het hoofdwachtwoord van de telefoon?'

Damian las het getal van een papiertje. 'Acht-zeven-twee-drie-nul-een-zes.'

'Vertel eens over die ouders,' zei Jude tegen Seth.

'Elijah Arnold Walker, zevenendertigjarige witte man. Verzekeringsagent. Diaken in de kerk. Zijn vrouw is Carol Diane Walker, eenendertigjarige witte vrouw. Huisvrouw. Doet drie dagen per week vrijwilligerswerk in de plaatselijke kringloopwinkel. Geen van beiden is eerder getrouwd geweest. Paisley is hun enig kind.'

'Dus zij was zeventien en hij drieëntwintig toen ze Paisley kregen,' zei Jude. 'Alibi's?'

Seth moest de rekensom nog even verwerken. 'De moeder was thuis. Buren zagen haar naar de brievenbus lopen nadat de dochter vertrokken was. De vader was de hele ochtend op zijn werk. Zijn secretaresse was bij hem op kantoor toen hij het telefoontje kreeg.'

'Breng me naar hem toe.'

'Yes, ma'am. Deze kant op.'

Hoewel Jude de verhoorkamers ook zonder hulp kon vinden, was ze blij dat Seth haar voorging. Ze wierp een blik in Geralds verlaten kantoor. Het licht was uit. Zijn bureau stond van het raam afgekeerd. Een tweede bureau was ertegenaan geschoven. Jude zag een laptop, een vervaagde foto van een jongen met een bos bruine krullen, die sprekend leek op de jonge agent die nog steeds op zijn computer tuurde.

Weer nam dat onrustige gevoel bezit van haar. Tommy had gezegd dat Gerald dankzij Emmy was veranderd. Dat ook Myrna erop vooruit was gegaan. Dat Emmy licht in hun leven had gebracht. Wat haar broer had verzwegen, behoefde geen toelichting: het licht was pas doorgebroken nadat Judes duisternis was opgetrokken.

Seth bleef voor de deur van de eerste verhoorkamer staan. 'Wilt u dat ik mee naar binnen ga, ma'am?'

'Ik neem aan dat er camera's zijn. Hou het maar op afstand in de gaten. Ik geef wel een seintje als ik je nodig heb.' Hij wilde vertrekken, maar Jude hield hem tegen. 'Wie is de plaatselijke agent die Walker zijn telefoon liet ontsluiten?'

'Emmy Clifton. Ik heb haar als eerste op hem losgelaten.'

Jude probeerde haar wrevel te onderdrukken. Dat de telefoon vrijwillig was ontsloten, was niet zonder betekenis. 'Heeft ze nog gezegd wat ze van Walker vond?'

'Ze zei dat hij als een dominante en – in haar woorden, ma'am – stijve lul overkwam. Ze dacht dat hij iets achterhield. Het was haar opgevallen dat de kledingstijl van zijn dochter hem niet aanstond.' Seth haalde zijn schouders op. 'Lijkt me nogal normaal dat een vader daarover inzit. Misschien dat het een persoonlijk dingetje van Emmy was.'

'Ken je haar goed?' Jude zag de vraag in zijn ogen. 'Je noemt haar steeds Emmy. Zij is toch plaatsvervangend sheriff?'

'Nee, ma'am, ik ken haar niet, maar ze is inderdaad plaatsvervangend sheriff.' Hij was zo wijs om een berouwvol gezicht te trekken. De FBI had een strenge gedragscode, waar Jude doorgaans geen moer om gaf. 'Ik heb gehoord dat sheriff Clifton heel hecht was met haar vader. Dat ze zonder hem geen stap verzette. Misschien hebben haar eigen gevoelens haar beoordelingsvermogen aangetast.'

'Bedoel je dat ze niet tegen haar taak is opgewassen?'

'Ze is al wat langer plaatsvervangend sheriff, maar ik heb van sommige plaatselijke agenten begrepen dat haar vader al het zware werk deed. Ze heeft de zaak-Adam Huntsinger verkloot. Waarschijnlijk heeft ze er opnieuw een zooi van gemaakt.' Nerveus streek hij zijn stropdas glad, alsof hij iets goed moest maken. 'Toch vreemd dat haar vader dood is en zij gewoon doorwerkt alsof er niets is gebeurd.'

'Ik vind het prijzenswaardig. Het getuigt van karakter om je eigen verdriet opzij te schuiven en op zoek te gaan naar een vermist kind.'

'Inderdaad, ma'am.' Opnieuw streek Seth over zijn das. 'Ik zou niet weten wat ik zou doen als mijn vader pal voor mijn ogen vermoord werd.'

'Ik hoop dat je dan je hoofd koel houdt en je werk doet.'

Jude opende de deur naar de verhoorkamer. Een fractie van een seconde was het alsof ze door een poort terug in de tijd was gelopen. Ze was weer dertien en liep de kamer op en neer in een spelletje good-cop-bad-cop met Henry als meestercrimineel.

Toen knipperde ze met haar ogen en zag ze alleen een boze man van middelbare leeftijd die tegen haar begon uit te vallen.

'Jezus, wat moet dit allemaal voorstellen?' Elijah had duidelijk dat moment afgewacht om uit zijn vel te springen. Rood van woede schoof hij zijn stoel naar achteren. 'Het is midden in de nacht. Ik hoor nu bij mijn vrouw te zijn. Wie zijn jullie eigenlijk?'

'Ik ben Jude Archer. Ik werk als adviseur bij de FBI.' Ze tikte het wachtwoord in op zijn telefoon en liet hem een van de vele obscene foto's van het voorgaande jaar zien. 'Is dit uw penis?'

De man viel stil, hield zelfs zijn adem in.

'Is dit uw penis?' herhaalde Jude.

'Hoe hebt u...' Elijah probeerde de telefoon weg te grissen, maar Jude drukte het apparaat tegen haar borst.

'Ga zitten, Mr Walker.'

Even keek hij alsof hij haar wilde slaan, maar uiteindelijk nam hij heel langzaam weer aan tafel plaats. 'Hoe komt u aan mijn telefoon?'

'De telefoon die u zelf hebt ontsloten en aan de plaatsvervangend sheriff hebt gegeven?'

'Dat stomme wijf had het recht niet om naar iets anders dan naar mijn Cash App te kijken.'

'Aan wie stuurde u foto's van uw penis?' vroeg Jude.

Hij schudde zijn hoofd. 'Ik heb niet...'

Ze toonde hem een nieuwe foto, deze keer van een vrouw. 'Van wie is deze vagina?'

Met onversneden haat keek Elijah haar aan. 'Dit is belachelijk. U staat uw tijd te verdoen.'

Jude trok de andere stoel onder de tafel vandaan en ging tegenover hem zitten. Ze bekeek hem aandachtig. Elijahs haar was vettig. Zijn huid was glad van het zweet. Hij was ziekelijk bleek, op zijn gezicht na, dat zo rood afstak tegen zijn hals dat hij net een kersenlolly leek. 'Mr Walker, ik heb u twee simpele vragen gesteld. Weigert u te antwoorden?'

Hij klemde zijn kaken op elkaar. Onder zijn oog zag ze een adertje kloppen. 'Wat zei ik nou? Dat heeft niks met Paisley te maken.'

'Ging u vreemd?'

Hij zweeg.

'Ging u met verschillende vrouwen vreemd?' Jude zette haar bril op en scrolde door meer foto's. 'Zo te zien is het steeds dezelfde vagina. Interessante moedervlek op de binnenkant van haar dijbeen.'

'Stoppen!' Elijah sloeg met zijn vuist op tafel.

Ze zag dat hij gewend was zijn woede als wapen in te zetten. Waarschijnlijk werkte het bij de vrouwen in zijn leven, maar niet bij haar.

'U hebt alle recht om te zwijgen, Mr Walker.' Jude stond op. 'Om halfacht houden we een persconferentie om het publiek naar informatie te vragen over de verblijfplaats van uw dochter. Dan kan ik het publiek ook vragen naar de identiteit van deze vrouw.'

'What the fuck?' Elijahs stem ging de hoogte in. 'Dat kun je niet maken, klerewijf.'

'Reken maar dat ik dat kan maken.' Ze reikte naar de deurknop.

'Wacht.'

Jude leunde met haar rug tegen de muur. Weer bestudeerde ze zijn gezicht. Alle kleur was weggetrokken en nu was hij lijkbleek. Zijn ogen schoten heen en weer terwijl hij bedacht hoe hij zich hieruit kon redden. Emmy had het goed gezien toen ze zei dat Elijah de behoefte voelde om anderen te domineren. Jude had hem volledig onderuitgehaald door hem zijn macht te ontnemen. Nu was het tijd om hem iets terug te geven. Ze keek naar zijn handen. Op de eerste knokkel van zijn linkerwijsvinger zat eelt.

'Doet u aan vliegvissen?' vroeg ze.

De vraag overrompelde hem. 'Hoezo?'

'Die eeltplek op uw vinger lijkt een lijnbrandwond te zijn. Mijn broer kreeg altijd op dezelfde plek een sneetje als hij stroomafwaarts op de Flint aan het dobbervissen was.' Weer vroeg ze: 'Doet u aan vliegvissen?'

Elijah keek naar zijn wijsvinger alsof hij die voor het eerst zag. 'Ja.'

'Dan weet u hoe het is om honderd keer een lijn uit te werpen op honderd verschillende plekken in de hoop iets te vangen.' Jude sloeg haar armen over elkaar. 'Dat doen we namelijk als er een kind is ontvoerd, Mr Walker. Dan werpen we honderden lijnen uit in honderden verschillende richtingen in de hoop iets te vangen. Neem nou deze foto's op uw telefoon. Het kan een vis zijn of rommel die aan de lijn is blijven haken. Nu kan ik mijn tijd verdoen door het na te trekken, maar u kunt me ook de waarheid vertellen.'

'Het is rommel,' zei hij. 'Dat is alles.'

'U gaat vreemd.'

Hij schudde zijn hoofd. 'Dat is niet vreemdgaan.'

'Is het een sekswerker? Betaalt u haar?'

Hij nam zijn hoofd in zijn handen, met zijn vingers voor zijn ogen.

Zwijgend wachtte Jude tot hij met een nieuwe smoes kwam of een naam noemde. Elijah rekte de tijd. Ze luisterde naar het gedempte telefoongerinkel in de teamkamer. De klok aan de muur kroop naar 3.40 uur. Ze kende de cijfers als het om de ontvoering van een kind ging, het verschil in overlevingskansen als het een ouder betrof of een onbekende. Het was niet de eerste keer dat ze alleen in een kamer was met een mogelijk roofdier, maar het was wel een van die zeldzame momenten dat haar intuïtie het liet afweten.

In gedachten nam ze de hele zaak nog eens door. Haar intuïtie was niet vertroebeld door haar terugkeer naar North Falls. Het had niets te maken met Tommy of Emmy, en zelfs niet met haar ouders. Het was de vrijlating van Adam Huntsinger die alles veranderde. De achtergelaten fiets op de landweg. Het verbogen achterwiel. De ketting die eraf lag. Het bloed. Jude geloofde niet dat toeval nooit een rol speelde bij politiewerk, maar ze wist wel dat toeval in North Falls niet bestond.

Elijah nam een hap lucht. 'Ik heb haar al maanden niet gezien, oké? Ik ben ermee gestopt. Het schuldgevoel werd me te veel.'

'Hoe hebt u haar ontmoet?'

'Online,' zei hij. 'We zaten allebei op een datingsite. Ik weet de naam niet meer.'

Jude knikte. 'Oké.'

'Ik heb nooit verzwegen dat ik getrouwd was. Heb ook nooit beloofd dat ik bij mijn vrouw weg zou gaan.' Hij schudde zijn hoofd. 'Ik dacht dat ze in mij geïnteresseerd was, maar toen begon ze over geld. Ze heet Trixie. Haar achternaam weet ik niet. Het was maar een paar keer.'

'Hoe maakten jullie afspraakjes?'

'Ik moest van haar WhatsApp downloaden. Zo communiceerden we.

Eerst stuurden we alleen foto's, later ontmoetten we elkaar in het echt.' Hij slaakte een diepe zucht, alsof de bekentenis hem verscheurde. 'Ik zweer het, het was maar een paar keer. Drie of vier maanden geleden ben ik ermee gestopt. Het is precies zoals ik het vertel. Zoals ik het haar verteld heb. Ik zou nooit bij mijn vrouw weggaan. Ik hou van Carol. Ik hou van mijn gezin.'

'Waar ontmoetten jullie elkaar om seks te hebben?'

'In een hotel in Clayville. De Dew Drop Inn.'

Jude kende het hotel uit haar vergooide jeugd. Elijah Walker moest daar als een mormoonse zendeling zijn opgevallen. 'Wel een wat schimmig deel van de stad voor iemand zoals u. Neemt u graag risico's?'

'Het was geen...' Hij wiste het zweet van zijn voorhoofd. 'Carol is niet avontuurlijk. We zijn ook al heel lang getrouwd.'

'Wat kreeg u van Trixie? Hebben we het over kinky? Bondage?'

'Nee, altijd recht op en neer.'

'Hoeveel vroeg ze?'

'Vierhonderdvijftig voor twee uur, plus de prijs van de kamer.'

Jude ging over op de tegenwoordige tijd. 'Geeft u haar het geld rechtstreeks, of is er een tussenpersoon?'

'Ik leg het geld op de ladekast, dan ga ik douchen, en zodra ik uit de badkamer kom, zet zij de wekker.' Hij kwam overeind op zijn stoel en rechtte zijn schouderbladen. 'De laatste keer is alweer maanden geleden. Sindsdien heb ik geen contact meer met haar gehad.'

'Weet u in wat voor auto ze rijdt?'

Hij schudde zijn hoofd. 'Daar heb ik nooit op gelet.'

'Heeft ze het ooit over hobby's gehad of iets wat verband hield met haar familie?'

'Ik weet helemaal niks over haar.' Hij bleef zijn hoofd maar schudden. 'Ik betaalde haar niet om gezeur over haar kinderen of haar problemen aan te horen. Ik was er voor mezelf. Puur voor mezelf.'

'Wat is het wachtwoord van uw WhatsApp?'

'Weet ik niet. Dat zei ik toch? Ik heb al maanden niet ingelogd. Ik heb de app alleen gedownload omdat zij dat wilde.'

'Mr Walker, hebt u enig idee waar Paisley op dit moment is?'

'Nee. Ik zweer het op mijn leven.' Eindelijk keek hij haar aan. 'Vergeet dit alstublieft. Het heeft niks met Paisley te maken.'

'Momentje alstublieft.' Jude liep de gang op en trok de deur achter zich dicht. Seth dook op uit de oude opslagkast. Ze zag de gloed van schermen op een bureau, met daarvoor twee stoelen, dicht op elkaar.

'Dat van dat vliegvissen, slim hoor,' zei Seth.

'Sheriff Clifton heeft het goed gezien. Hij verbergt iets.' Jude reikte hem de telefoon aan. 'Zeg tegen Damian dat deze gekraakt moet worden, en wel meteen. Je stuurt een team met Walkers foto naar de Dew Drop Inn om te zien of ze hem herkennen. Verder moet je Walkers secretaresse naar het bureau halen. Klop maar bij haar aan. Maak haar wakker. Zij is zijn alibi voor gisterochtend. Ik wil weten of ze met hem naar bed gaat. Als dat niet het geval is, heeft ze vast wel een vermoeden met wie Walker een scheve schaats rijdt.'

'Bedoelt u Trixie?'

'Dat is niet de naam die ze hem heeft gegeven,' zei Jude. 'Dat is eerder zoiets als Ashley of Katie. Vierhonderdvijftig dollar voor twee uur is een vriendenprijsje. Hij neukt haar tien minuten en de rest van de tijd praat hij over zijn zware leven en over zijn vrouw die hem niet begrijpt.'

Seth keek iets te verbaasd.

'De escort heeft een bemiddelingsbureau dat al haar cliënten screent. Walker betaalt aan het bureau. We moeten zijn creditcarduitgaven en al zijn betaalapps uitkammen. Er moet ergens een spoor zijn. Hij heeft die vrouw niet op een datingsite ontmoet. Of die man, trouwens. Het is namelijk niet de penis van Elijah Walker.'

Seths wenkbrauwen schoten omhoog. 'Pardon?'

'Walkers handen, hals en gezicht zijn bleek. Tenzij hij naar de zonnebank gaat en alleen zijn genitaliën en buik eraan blootstelt, is het niet zijn penis.'

'Oké.' Seth pakte de telefoon. 'Denkt u dat Walker wordt gechanteerd?'

Jude had Paisleys foto op het mededelingenbord in San Francisco gezien. 'Zijn dochter is een aantrekkelijke blondine.'

'Ja.' Seth keek nu niet meer verbaasd. Van kinderhandel had hij dus wel gehoord. 'Wat die persconferentie om halfacht betreft. Sorry, maar ik wist niet dat u die al geregeld had. Gaat u een oproep doen?'

'Dat was bluf, maar ga het maar regelen. Om halfacht, dan heeft de nationale pers vier uur de tijd om naar Atlanta te komen. Dit wordt jouw show.' Jude wilde niet het gezicht van het onderzoek worden. 'Vergeet niet sheriff Clifton en de plaatselijke politie te bedanken voor de samenwerking. Zeg tegen de pers dat we aanwijzingen natrekken. Vraag of getuigen zich willen melden. Geef het nummer van de tiplijn.'

'Yes, ma'am.'

'Ik ga met de moeder praten. Misschien weet Carol Walker wat haar man in zijn schild voert.' Net toen Jude wilde opstappen, bedacht ze iets. 'Je moet twee foto's uit Elijahs verzameling uitprinten. Van elk een, op ware grootte, in kleur.'

Hij keek geschokt. 'Laat u die aan zijn vrouw zien?'

'Schat, je moet goed beseffen dat ik hier niet ben om handjes vast te houden en gevoelens te ontzien. Ik ga alles op alles zetten om een meisje van veertien thuis te brengen.'

'Yes, ma'am. Ik vraag een agent om u naar het huis van de Walkers te brengen.'

'Nee, ik lift met de sheriff mee.'

12

Emmy zat in het cellencomplex, in het donker. Eindelijk trilde haar been niet meer, maar dat kwam alleen doordat de spieren zichzelf hadden opgebrand. Terwijl de wijzers van de klok naar vier uur in de ochtend kropen, was het alsof het leven bij elke tik verder uit haar vloeide. Ze had geen reserves meer. Ze kon alleen nog naar de rij monitors vóór haar staren. Twaalf camera's aan de kant van de mannen. Acht aan de kant van de vrouwen.

Voor zijn eigen veiligheid zat Paul Dalrymple in isolatie. Hij had door zijn cel geijsbeerd toen Emmy de bewaker had afgelost. Nu stond hij met zijn handen om de tralies geslagen en tikte zachtjes met zijn hoofd tegen het metaal. Zijn zwart-wit gestreepte uniform was doordrenkt van het zweet. De voorkant zat onder het braaksel. Onderhoud was erbij geroepen om zijn toilet te ontstoppen. Hij leed aan onthoudingsverschijnselen. Eigenlijk moest er een dokter komen, maar Emmy was niet in de stemming ook maar een vinger uit te steken voor de man die de dood van haar vader op zijn geweten had.

Ze liet haar blik naar het scherm in de rechterbenedenhoek gaan. Hannah zat ook alleen in een cel, maar dat was omdat ze onder permanente bewaking stond om te voorkomen dat ze zelfmoord pleegde. Sinds Emmy de bewakingscentrale was binnengegaan, was Hannah niet van haar veldbed af gekomen. Ze lag opgekruld op haar zij, in foetushouding en met afgewend hoofd, maar Emmy zag haar schouders schokken. Haar hart brak. Het liefst ging ze de cel in om haar in haar armen te nemen, om te zeggen dat alles goed zou komen.

Eigenlijk zou ze willen dat Hannah dat ook met haar deed.

In de afgelopen twaalf jaar waren er talloze keren geweest dat Emmy had gesmacht naar de troost van hun vriendschap. Toen er alzheimer bij Myrna was geconstateerd. Toen ze hard achteruit begon te gaan. Toen Gerald longkanker bleek te hebben. Daarna leverkanker. En nu het krankzinnige feit dat haar oudere zus opeens weer opdook, nog geen vierentwintig uur nadat hun vader op straat was doodgeschoten.

Hannah was de enige in Emmy's leven geweest die had gezegd dat de Clifton-gekte niet normaal was. Dat de dingen die ze allemaal hadden gezien maar waar ze nooit over hadden gesproken, zoals Geralds alcoholisme of Myrna's sporadische affaires of Millies kleptomanie of Taybees dwangstoornis of de verzamelwoede van een nicht of het gokken van een neef of de merkwaardige obsessie van een oom die fruitstickers verzamelde, eigenlijk totaal gestoord waren.

Emmy keek op haar telefoon, die voor haar op het bureau lag. Toen Gerald had verteld dat Martha nog leefde, had ze op alle mogelijke legale manieren naar Martha Judean Clifton gezocht. Het was nooit bij haar opgekomen dat haar zus haar tweede naam zou gaan gebruiken, zoals het ook nooit bij haar was opgekomen dat Martha misschien getrouwd was en een andere achternaam had. Emmy had net een nieuwe zoekopdracht ingetikt toen Seth Alexander haar het werk uit handen had genomen. Hij had een opgetogen bericht gestuurd.

Niet te geloven, wat boffen we! Zij heeft dat boek geschreven!

Hij had een link gestuurd naar het betreffende boek.

'Statistische vergelijkingen van onderzoeksmodaliteiten bij het ontvoeren en kidnappen van kinderen' (Rev. 2022) door J.M. Archer, PhD.

Emmy was al bekend met het wetenschappelijke werk. Bij het schrijven van haar proefschrift had ze gebruikgemaakt van een eerdere versie.

'Mam?' Cole stond in de deuropening, en dat was het nadeel van de Life360-app, die de hele familie op de telefoon had staan. Zijn blik ging rechtstreeks naar de monitor in de rechterbenedenhoek. Hannah had contact gehouden met Cole omdat ze van hem hield en omdat hij het niet kon helpen dat zijn moeder zo'n afgrijselijke vriendin was. Emmy kon elke emotie op het gezicht van haar zoon lezen. En opeens kon ze niets meer lezen, want haar opvoeding had niet kunnen voorkomen dat hij net zo emotioneel onvolgroeid was als de rest van zijn familie.

'De FBI heeft een vrouw gestuurd om de zaak over te nemen,' zei hij. 'Echt een kanjer. Ik hoorde een van de agenten zeggen dat ze ooit een seriemoordenaar heeft gepakt.'

Emmy ademde diep in. 'Wat is ze aan het doen?'

'Ze ondervraagt Elijah Walker. Misschien weet zij iets uit hem los te krijgen.'

Emmy ademde weer uit. Op dat moment kon ze nog meer stress niet aan. Ze moest focussen op het vinden van Paisley Walker. 'Kan hij zich verder nog iets over die pick-up herinneren?'

Cole leunde tegen de deurpost. 'Niks, maar hij blijft maar zeuren over wat Paisley aanhad toen ze het huis uit ging. Tegen mij zei hij dat hij haar had verboden een legging te dragen zonder dat er een rok of een short overheen ging. Hij zei dat ik dat wel zou snappen, waarmee hij waarschijnlijk bedoelde dat mannen walgelijk zijn.'

'Vind je dat vreemd? Dat hij zich zo druk maakt om wat ze aanhad?'

'Ik vind het vreemder dat hij het als verwijt aan zijn dochter gebruikt, alsof ze die ontvoering aan zichzelf te danken heeft.' Cole haalde zijn schouders op. 'Kon het opa iets schelen wat je aantrok?'

'Meestal kreeg ik er van oma van langs omdat ik altijd een spijkerbroek en T-shirt droeg.'

Cole schonk haar een vluchtig lachje. 'Papa heeft me een bericht gestuurd.'

Emmy was de ruzie met Jonah bijna vergeten. Cole boog zich voorover en legde zijn telefoon naast die van haar op tafel. Ze keek naar het bericht.

Zeg maar tegen je moeder dat je blij bent dat je dur niet gearresteert heb voor geweldpleging.

'Taal is nooit zijn sterkste kant geweest.' Dat ze nu in Myrna veranderde, zag Emmy als de rotte kers op de zoveelste bedorven taart. 'Als iemand doodgaat, schat, brengt dat soms een hele lading aan onopgeloste troep naar boven.'

'Heb je het nu over Jonah of over jezelf?'

Hij was te schrander, die zoon van haar. 'Je moet hem geen Jonah noemen. Hij is nog altijd je vader.'

'Weet je dat hij Adam Huntsinger heeft aangenomen voor achter de bar?'

Emmy hield zich nog net op tijd in. 'Tja, iedereen moet toch ergens werken.'

'Oké.' Cole pakte zijn telefoon en wilde weggaan.

'Wacht. Blijf nog even zitten.'

Hoewel Cole zichtbaar aarzelde, deed hij wat hem gevraagd werd. 'Wat is er?'

Emmy voelde haar vastberadenheid verkruimelen, maar er zat niets anders op. Ze wilde niet dat haar zoon op dezelfde manier als zij overrompeld werd. Toch kostte het haar moeite om het hardop te zeggen. 'Ik heb geen puf meer om eromheen te draaien, dus zeg ik maar gelijk waar het op staat. Je tante Martha leeft nog. Zij is die FBI-agent voor wie Seth Alexander een rondedansje maakte. Ze noemt zichzelf tegenwoordig Jude Archer, maar zij is het.'

Cole zei niets, maar in zijn ogen flitste de schok als een neonbord op.

'Vorig jaar heeft opa Tommy en mij over haar verteld.' Emmy wist dat ze nu te veel op zijn bord dumpte. Ze liet het even tot hem doordringen. 'Nadat je oom Henry in de rivier was verdronken, raakte Martha het spoor finaal bijster. Ze ging aan de drank en de drugs en begon ze te stelen om haar verslavingen te onderhouden. Uiteindelijk stal ze de auto van je oudtante Millie. Ze was dronken. Op de snelweg reed ze bijna iemand dood. Die andere automobilist heeft het er goed afgebracht, maar hij heeft wel een week in het ziekenhuis gelegen. Mensen waren woedend. Uiteindelijk is Martha er midden in de nacht vandoor gegaan. Ze heeft nooit meer iets van zich laten horen.'

Cole schudde zijn hoofd, alsof hij het niet begreep. 'Maar waarom zei opa dan dat ze dood was?'

'Omdat bepaalde mensen in de stad haar wegens dat ongeluk wilden aanklagen.' Hij begreep het nog steeds niet. 'Schat, dat is meer dan veertig jaar geleden. Er was toen geen internet. Niemand had een computer. Elk politierapport, elke klacht stond op een vel papier dat je achter in een dossierkast kon schuiven of kon weggooien. Je oudoom was de districtsaanklager. Je andere oudoom was de districtsrechter. Tante Millie was hoofdredacteur van de *Herald*. Oom Penley was burgemeester. Als Gerald Clifton zei dat zijn dochter was omgekomen bij een auto-ongeluk in Memphis, dan ging iedereen ervan uit dat zijn dochter was omgekomen bij een auto-ongeluk in Memphis.'

'Oké.' Cole was op zoek naar de zwakke plekken. 'Hoe zat het met de begrafenis?'

'Opa bazuinde rond dat ze gecremeerd was. Er was geen begrafenis. Tommy was op de universiteit. Ik was nog een baby en had geen idee wat er allemaal speelde. Tante Millie was razend vanwege haar auto. Ze legde de neven en nichten het zwijgen op. Dat kostte haar niet veel moeite. Jude had wel heel veel schepen achter zich verbrand.'

Weer gaf Emmy hem tijd om het te laten bezinken. Toen maakte ze een sprong naar de volgende vraag waarvan ze wist dat hij die zou stellen. 'Natuurlijk wist je oma ook hoe het zat. Dat was een van de redenen waarom opa het ons vertelde. Oma bleef maar zeggen dat Martha nog leefde. Opa vond het verkeerd dat we steeds benadrukten dat ze dood was. En hij wilde vast dat wij het ook wisten. Dat was rond de tijd dat er longkanker bij hem werd geconstateerd. Zelfs toen was de prognose al niet goed. Hij zei dat zijn geesten niet in onze demonen mochten veranderen.'

Cole was nog niet tevreden. 'Waarom is ze niet eerder teruggekomen?'

'Laat me raden,' zei Emmy. 'Ze had tegen opa gezegd dat ze pas weer voet in Clifton zou zetten als hij dood was.'

Cole stak zijn kin naar voren. Hij was altijd voor zijn grootvader opgekomen. 'Wat zei Tommy?'

'Dat het ingewikkelder lag dan opa aangaf, maar dat hij die ingewikkelde dingen voor zich hield.' Emmy wist dat dit het minst verrassende deel van het verhaal was. 'Hoe dan ook, opa zei dat hij destijds veel fouten heeft gemaakt.'

'"Fouten bieden je een kans om te vergeven."'

Nu citeerde hij Gerald. Emmy beet op haar lip om haar tranen tegen te houden.

'Waarom heeft niemand me dit ooit verteld?' vroeg Cole.

'Omdat...' Emmy kende de hendels die ze nu kon overhalen om verdere vragen af te kappen. Het waren dezelfde hendels die Gerald had overgehaald, dezelfde waaraan Tommy als een aap heen en weer had gezwaaid, maar ze was niet van plan ze als wapen tegen haar zoon in te zetten. 'Omdat we allemaal lafaards zijn die weigeren over zaken te praten waarvan we overstuur raken.'

Cole liet een geschrokken lach horen. 'Dat kan wel zo ongeveer kloppen.'

Weer slaakte Emmy een diepe zucht. Ze had de grens van haar eigen stoutmoedigheid bereikt. 'Heb je tegenover Sherry Robertson je verklaring afgelegd over het neerschieten van opa?'

Het duurde even voor hij de abrupte verandering van onderwerp had verwerkt. 'Ja, maar ze vraagt steeds naar het wapen. Ik heb gezegd dat ik niet kon zien wie het vasthield.'

'Dat heb ik ook tegen haar gezegd.' Emmy hield haar adem even in. 'Ik wil dat je meegaat als ik Carol Walker ondervraag. Kijken of ze zich iets kan herinneren.'

'Kom, dan gaan we.'

'Wacht even. Eerst moet je iets anders doen.' Emmy knikte naar de monitors. Ze wist niet of ze het voor Dylan deed of voor zichzelf, maar op dat moment was het niet belangrijk. 'Ga terug naar het isoleerblok van de vrouwen en zorg dat je tante Hannah je bij de deur ziet staan. Je staat voor het glas, maar gaat niet naar binnen. Zo komt je gezicht niet in beeld. Daarna zien we elkaar buiten en gaan we naar het huis van de Walkers.'

Hij keek wat ongemakkelijk. 'En als ze met me wil praten?'

'Dan glimlach of zwaai je even, of zie maar. En daarna loop je weg. Oké?'

Hij had vragen, dat was duidelijk, maar ook haar zoon had het lafhartige gen geërfd. 'Oké.'

Emmy volgde hem op de monitors toen hij zijn Glock opborg in de kluisjes op de gang en vervolgens het cellenblok binnenging. Ze kwam al overeind toen iemand de deuropening versperde.

'Knappe jongen,' zei Jude.

Emmy's kiezen knarsten op elkaar. Ze vroeg zich af of haar kin ook naar voren stak, net als bij Cole. 'Ik heb gehoord dat je mijn zaak overneemt,' zei ze.

'Ik ben hier alleen om advies te geven, en jij bent hier nog steeds de baas, sheriff.'

Emmy's kaak begon pijn te doen. 'Plaatsvervangend, zul je bedoelen.'

'Wat betekent dat je sheriff van dienst bent nu Gerald er niet meer is. Zorg dat iedereen weet dat jij de baas bent.'

'Rot toch op met je advies.' Emmy zag dat de klap doel had gemist. 'Weet de FBI eigenlijk wel dat je alcoholist bent?'

'Ja.'

'En aan de coke?'

'Coke is fantastisch, maar met alcohol had ik pas echt een probleem.' Jude leunde met haar schouder tegen de deurpost, net als Cole had gedaan. 'Tijdens het achtergrondonderzoek heb ik alles opgebiecht. Ik ben al negenendertig jaar en twee maanden nuchter.'

'Chapeau.' Emmy wees naar de deur. 'Als jij bij mij uit de buurt blijft, blijf ik bij jou uit de buurt.'

'Elijah Walker bedriegt zijn vrouw.'

Het kostte Emmy moeite om haar gezicht in de plooi te houden. 'Heeft hij je dat verteld?'

'Ik heb het hem verteld.' Jude trok een grote envelop uit haar suède tas, waar ze twee uitgeprinte foto's uit haalde, die ze voor Emmy omhooghield. 'Deze zaten op zijn telefoon.'

Dat Emmy overrompeld was, was net zoiets als constateren dat de afgelopen vierentwintig uur heel zwaar waren geweest. Het kwam niet zozeer door de foto's, maar doordat ze in het cellenblok stond waar haar voormalige beste vriendin vastzat wegens moord en haar dode zus haar een dickpic en een wijdopen vagina liet zien, alsof ze stond te pronken met haar Europese vakantie.

'Wat zie je?' vroeg Jude.

'Eh...' Emmy was nog steeds van slag. 'Ik denk niet... Ik bedoel... Die is niet van Elijah, tenzij nog uit de tijd dat hij dagelijks naar de sportschool ging en zichzelf met bronzer bespoot.'

'Mooi. En verder?'

Met tegenzin keek Emmy nog wat beter. 'Je zou makkelijk kunnen nagaan of hij nog steeds die moedervlek onder zijn navel heeft. Mogelijk is hij biseksueel, maar ik vermoed dat hij een screenshot heeft gemaakt van een onbekende penis en die voor zijn eigen pik heeft laten doorgaan.'

'Denk ik ook. En deze?' Jude reikte haar de foto van de vrouw aan. 'Elijah zegt dat hij deze vrouw op een website heeft ontmoet. Hij zegt dat ze zichzelf Trixie noemt en dat ze voor twee uur vierhonderdvijftig dollar vraagt.'

'Eh...' Emmy knipperde met haar ogen. Het was alsof ze aan een test werd onderworpen. 'Trixie is ongetwijfeld een werknaam, maar die prijs klopt niet. Dat is twaalf keer zoveel als wat de meiden bij het truckerscafé vragen. Met die vlindervormige moedervlek kunnen we haar misschien traceren, maar we hebben meer kans met de brazilian. Er zijn twee plekken in de stad waar dat soort waxwerk gedaan wordt: Sugar Babies in de outletmall en Peggy Ingrams zaak.'

'Peggy Ingram,' herhaalde Jude. 'Heeft ze haar moeders bedrijf overgenomen?'

'Ja en nee.' Emmy gaf de foto terug. 'Sinds Virgil met pensioen is, heeft ze de salon niet langer in het souterrain. Hij is nu privédetective en moet een discrete plek hebben om zijn cliënten te ontvangen. Peggy heeft die zaak tegenover de ijzerwarenwinkel overgenomen.'

'Waar de schoenmaker vroeger zat?'

'Ja, die bleef wel bij zijn leest.'

Jude glimlachte. 'Stuur een bericht naar Peggy. Vraag of ze zich een klant met een dergelijke moedervlek herinnert.'

Emmy keek op haar horloge. En toen keek ze nog eens goed, want dit was een van de langste dagen van haar leven geweest. 'Het is halfvijf. De zon is nog niet eens op.'

'Dan leest Peggy het wanneer ze wakker wordt.' Jude keek achterom. Cole was op de gang blijven staan. 'En dan ben jij vast mijn neef.'

Cole keek eerst Emmy en toen Jude aan. 'En dan ben jij mijn dode tante.'

'Jude Archer.' Voor hij de foto's kon zien, stopte ze ze weer in de envelop. 'Als jij nou eens met ons meerijdt naar het huis van Carol Walker, Cole.'

Cole keek Emmy weer aan in afwachting van haar reactie. Jude deed hetzelfde. Op dat moment had Emmy allerlei dingen kunnen zeggen, maar geen van alle zou hen helpen om Paisley Walker thuis te brengen. Jude was nu een uur in de stad en had al meer uit Elijah Walker losgekregen dan zijzelf. Dit was niet het moment om nieuwe wonden toe te brengen. Als Paisley door een van haar ouders was ontvoerd, was ze misschien nog in leven.

'Kom, we gaan,' zei Emmy.

Ze liepen achter elkaar aan naar het parkeerterrein. Aan de hemel stond een afnemende maan. De lantaarns op het parkeerterrein hielden bozig de zwarte koepel tegen. Emmy begon haar bericht aan Peggy Ingram in te toetsen. Ze piekerde zich suf over de beste manier om de vraag in te kleden. Peggy was een zacht, grootmoederlijk type. Maar aan de andere kant waxte ze wel genitaliën achter in haar salon. Waarschijnlijk was er weinig waar ze van opkeek.

Sorry dat ik je lastigval, maar ik heb een wat rare vraag over een mogelijke waxcliënt van je, met een vlindervormige moedervlek aan de binnenkant van haar linkerdijbeen. Brazilian. Gebleekt streepje haar. Waarschijnlijk witte vrouw. Kun jij ons helpen? Ik heb een foto, maar weet niet of je die wilt zien.

'Welke auto is van jou?' vroeg Jude.

Emmy gaf antwoord door in de patrouillewagen te stappen die op de parkeerplaats met het bordje SHERIFF CLIFTON stond. Ze startte de auto. Jude klom op de bijrijdersstoel. Cole schoof op de achterbank. Het felle licht van zijn telefoon viel op zijn gezicht toen hij begon te tikken.

Jude klapte de zonneklep naar beneden zodat ze hem in de spiegel kon zien. 'Zit je me te googelen, schat?'

Emmy ving Coles schuldbewuste blik in de achteruitkijkspiegel.

'Mam,' zei hij. 'Hier staat dat ze Freddy Henley heeft gepakt.'

Emmy had vorig jaar samen met Dylan naar de serie over de Pinnacles Killer gekeken. 'Er werkten geen vrouwen aan die zaak.'

'Niet elke agent zit op een interview te wachten,' zei Jude.

Emmy sloeg Main Street in. 'En al helemaal niet een agent die zogenaamd dood is.'

'Klopt, maar daarbij kwam ook dat hij zijn mond niet meer open zou hebben gedaan als ik beroemder was geworden dan hijzelf.' Jude keek via het spiegeltje weer naar Cole. 'Kaarten en fouten. Zo is Freddie Henley gepakt. Dat overkomt veel van die gasten. Ted Bundy werd aangehouden na een verkeersovertreding. Son of Sam kreeg een parkeerboete. BTK gebruikte de verkeerde computer. Niet dat rechercheurs buitengewoon slim zijn. Het is eerder zo dat boeven in paniek raken en domme fouten begaan.'

Emmy merkte dat Coles belangstelling gewekt was. 'En hoe zit het met die kaarten?' vroeg hij.

'Freddy's derde slachtoffer werd meegenomen naar Pinnacles National Park. De rest werd ontvoerd vanuit een gebied rond UC Santa Barbara, dat een van de beste geologiefaculteiten van het land heeft. Pinnacles is een heel bijzondere geologische plek. Het park wordt door rotsformaties in tweeën gedeeld. Er is een westingang en een oostingang, maar de wegen staan niet met elkaar in verbinding. De grotten aan de oostkant zijn afgesloten, ter bescherming van de vleermuispopulatie, maar die aan de westkant zijn toegankelijk. Volg je het nog?'

'Ja.' Cole volgde het niet alleen, hij hing aan haar lippen. 'De westkant is meer afgelegen.'

'Goed, dus als je een lijk wilt verbergen, kies je de westelijke ingang. Het parkeerterrein geeft toegang tot vlakke wandelroutes. Zo kom je er makkelijker in en uit. Er is veel beschutting en het kost je minder moeite. Van half juni tot begin september is het er te warm om te klimmen, wat betekent dat er maar weinig mensen in het gebied zijn, maar je wilt ook niet de enige zijn, toch?'

'Nee,' beaamde Cole.

'Ik bestudeerde de weerpatronen, zocht uit wat de beste maanden en tijdstippen waren voor een bezoek, vergeleek die tijden met de ontvoeringen, ging toen praten met iedereen die verbonden was aan zowel de universiteit als het park en daar was geweest tijdens de meest optimale perioden, waarbij ik terugging naar eind jaren tachtig.'

Cole keek verbaasd. Zelf had hij tijdens patrouilles op de nodige deuren geklopt. 'Hoeveel mensen waren dat wel niet?'

'Negenhonderdachtentwintig.'

'Heb je al die mensen gesproken?'

'Bij nummer zeshonderdnegenenveertig had ik beet.' Judes glimlach gaf aan dat er nog een heel verhaal achter schuilging. 'Op een dag klopte ik bij Freddy aan en die bekende.'

'Zo simpel?'

'Min of meer.' Jude hield een slag om de arm. 'Een seriemoordenaar leidt een eenzaam leven. Er zijn niet veel mensen met wie hij over zijn hobby's kan praten.'

Emmy zag Coles mondhoek omhooggaan.

'Ben je soms profiler?' vroeg hij.

'De eenheid Gedragswetenschappen had al het verplichte aantal vrouwen in dienst toen ik erbij kwam. Ik ben forensisch psycholoog. Ik hou me bezig met vermiste en gekidnapte kinderen. Jouw beurt, schat. Paisley Walker. Ik heb de tijdlijn al. Wat denken we te weten?'

Het was alsof Emmy een stomp in haar maag kreeg bij die vraag, die ze alleen kende uit de mond van haar vader.

Cole aarzelde geen moment. 'De kidnapping van Paisley lijkt veel op die van Cheyenne Baker, en die is weer gekoppeld aan de kidnapping van Madison Dalrymple. Achtergelaten fiets op een landweggetje. Beschadigd achterwiel. Bloed op de plaats delict.'

'Weten we zeker dat Paisley is gekidnapt?' vroeg Jude. 'Theoretisch spreken we van kidnapping als een kind van zijn of haar ouder wordt gescheiden. En van een ontvoering als een kind wordt meegenomen en tegen zijn of haar wil wordt vastgehouden.'

Emmy beet op haar lip. Wat verbeeldde dat mens zich wel dat ze haar zoon een lesje leerde?

'Wil je daarmee zeggen dat een van de ouders haar misschien heeft meegenomen?'

'De vader ging vreemd. De moeder had bij wijze van wraak de kidnapping in scène kunnen zetten. Of anders Elijah, om druk op Carol uit te oefenen. Of misschien was er iemand anders in het leven van de vader die haar heeft meegenomen.'

Cole begon te knikken. Het liefst had Emmy met haar ogen gerold. Het was een soort heks, deze vrouw. Er waren nog geen vijf minuten verstreken en Cole was al volledig in haar ban.

‘Maar stel dat het een seriemoordenaar is,’ zei Cole.

‘Als dezelfde dader drie kinderen heeft ontvoerd, zouden we weleens met een seriepleger te maken kunnen hebben. In dat soort gevallen wijzen de slachtoffers ons naar de dader.’

Emmy had genoeg van alle bullshit. ‘We hebben al gezocht naar verbanden tussen de drie slachtoffers. Er waren geen overeenkomsten.’

‘En de fiets dan? Het verbogen wiel? Bloed op de plaats delict?’

‘Toeval, geen bewijs.’

‘Ik heb mijn hele loopbaan geprobeerd verdwenen kinderen terug te brengen naar hun ouders,’ zei Jude. ‘Als het dezelfde dader is, is er altijd een overlapping. Die hebben jullie alleen nog niet gevonden.’

‘Goed, Ms Archer,’ zei Emmy. ‘Jij bent de deskundige. Laat eens horen: wat is de overeenkomst?’

‘Ik heb de oorspronkelijke dossiers nog niet doorgenomen, maar ik zou beginnen met overheersende ouders.’

Emmy moest lachen. ‘Welkom bij de club. Als dat de criteria zijn, kunnen we nog duizend andere ontvoeringen verwachten. Cole, niet in witte busjes stappen.’

‘Goed advies, dat wel, maar het punt met overheersende ouders is dat ze hun kinderen onderdanigheid aanleren,’ zei Jude. ‘Als alle drie de meisjes het slachtoffer van dezelfde seriepleger zijn, moet het iemand uit Clifton of omgeving zijn. Een vertrouwd iemand of iemand met gezag. Iemand die je op straat kunt tegenkomen en die een verleden van pedofilie heeft.’

‘Wauw, dat beperkt het aantal echt. Een pedofiel. We hebben alle geregistreerde zedendelinquenten al gecheckt. Dan lopen er nog altijd zo’n twintigduizend verdachten vrij rond in het district.’

‘Ongeveer vierennegentig procent van alle zedendelinquenten is man.’

Wat de cijfers betrof weigerde Emmy Judes gezag te erkennen, ook al had ze honderd keer dat stomme boek geschreven. ‘Oké, dus ongeveer de helft van de inwoners is vrouw. Dan zit je nog altijd met zo’n tienduizend mannelijke verdachten.’

‘Doorgaans slaan pedofiele verkrachters toe in hun eigen bevolkingsgroep. Een wit kind zal eerder door een witte man worden gepakt.’

‘Zeker, goed punt. Het district is voor vijfenzestig procent wit. Nu zitten we op zevenduizend verdachten.’

‘Daders hebben meestal een baan of doen vrijwilligerswerk waarbij ze in aanraking komen met potentiële slachtoffers.’

'Mooi, dan gaan we uit van een derde van dat aantal. Zitten we nog steeds met bijna tweeënhalfduizend witte mannen.'

'Om een dader nauwkeurig te profileren, heb je het lichaam van het slachtoffer nodig. Ben je bij de autopsie op Baker en Dalrymple geweest?'

Weer was het alsof Emmy een stomp in haar maag kreeg. De vraag voerde haar terug naar de autopsiezaal op het hoofdbureau van het Georgia Bureau of Investigation. Madison lag op de roestvrijstalen tafel. Het laken was teruggetrokken. Haar tengere lijf was blootgesteld aan het genadeloze lamplicht. Door de verbrijzelde botten waren haar handen en voeten wanstaltig misvormd. De patholoog had aan Emmy uitgelegd dat de huid zwart was omdat Madison urenlang inwendig had gebloed.

Ze kuchte. 'Ja, ik was erbij.'

'Wat naar.' Jude had haar stemmingswisseling opgepikt. 'Zelf ben ik nooit aanwezig geweest bij de autopsie op een slachtoffer dat ik kende. Dat moet heel moeilijk zijn geweest.'

Emmy zat niet op haar medeleven te wachten. 'Wat was je vraag?'

'Waren de botten van de handen en voeten systematisch of willekeurig gebroken?'

Emmy kreeg een brok in haar keel. Ze had gevoeld dat Madisons hand was gebroken toen ze die in de vijver had vastgehouden, maar ze was zich pas bewust geworden van de omvang van de schade toen ze de röntgenfoto's had gezien. 'Systematisch. Elk botje over de lengte van haar handen en voeten was gebroken.'

'Mogen we ervan uitgaan dat de dader medische kennis heeft?'

'We mogen ervan uitgaan dat hij handen en voeten heeft,' bracht Emmy ertegen in. 'Waar de botten zitten lijkt me nogal duidelijk.'

'Maar de breuken waren niet willekeurig en in razernij toegebracht.' Judes afgemeten kalmte werkte op Emmy's zenuwen. 'De dader gaat voorzichtig en beheerst te werk. Hij is in elk geval vakkundig.'

'Dat geldt voor iedere arbeider op de fabriek. Met de kanttekening dat de meesten uit Noord-Afrika komen. In Clayville is een vluchtelingencentrum.'

'Toen ik hier nog woonde, kwamen ze allemaal uit Cambodja.' Jude keerde haar gezicht naar het raam, maar Emmy ving nog net haar melancholieke blik op.

Ze gaf haar geen kans om zich te herpakken: 'Wat was eigenlijk het doel van dit lesje?'

'Als het om een seriepleger gaat, is het hoogstwaarschijnlijk een witte man die geschoold werk verricht waarvoor enige opleiding en discipline vereist zijn. Zijn baan brengt hem regelmatig in contact met kinderen. Hij is een gerespecteerd lid van de gemeenschap. Waarschijnlijk heeft hij een gezin, maar alleen als dekmantel voor zijn wandaden. Hij doet heel hard zijn best om normaal over te komen, maar ook dat doet hij alleen om zijn wandaden te verbergen.'

'Geen wonder dat ze niet op je zaten te wachten bij profiling,' schamperde Emmy. 'Adam Huntsinger was niets van dat alles.'

'Wanneer een kind wordt vermist, zit er altijd heel veel druk op de ketel. Met twee vermissingen kun je jezelf in alle urgentie verliezen. Dan worden er fouten gemaakt,' kaatste Jude de bal terug. 'Weet je zeker dat het Adam was?'

'Eén ding weet ik zeker: ik laat mijn vaders politiewerk niet door jou in diskrediet brengen.'

'Maar toch...' Jude wendde zich weer af. 'We hebben het nu van twintigduizend verdachten teruggebracht naar ongeveer tweeënhalfduizend. Dat is een stuk overzichtelijker, vind je niet?'

Emmy gaf geen duimbreed toe. 'Echt, je wilt niet weten wat ik op dit moment denk.'

'De Walkers wonen hier rechts.'

Emmy klemde haar kiezen weer op elkaar. Alsof ze niet wist waar dat huis stond. Ze stuurde haar wagen naar de stoeprand en stopte vlak voor de brievenbus. Iemand had de naam van het gezin op de zijkant geschilderd.

The Walkers'

'De kennis van het weglatingsteken gaat ook hard achteruit,' zei Jude.

Emmy hoorde Cole lachen op de achterbank. Het was al erg genoeg om dat mens net als Gerald een zaak te horen ontleden. Dat ze nu ook al net als Myrna over leestekens zat te zeiken, was de hel.

'Cole,' zei Emmy. 'Bel het bureau. Vraag of ze weten hoe laat die broer uit Alabama ongeveer hier is. Verrassingen kan ik nu niet gebruiken.'

'In orde, chef.'

Jude wilde al uitstappen toen ze zich nog even naar Cole toekeerde. 'Ik weet dat het moeilijk is, schat, maar ik zou haar voortaan maar sheriff noemen.'

Het portier sloeg dicht voor Emmy haar kon corrigeren. Met moeite maakte ze haar vingers los van het stuur en stapte uit. Ze keek Jude over het dak van de wagen aan. 'Je hoeft echt de socratische methode niet op mijn zoon los te laten. Hij kent zijn vak en weet hoe hij me moet aanspreken.'

Ze knikte. 'Begrepen.'

Cole wilde ook uitstappen, maar Emmy sloeg het achterportier weer dicht. 'Laat één ding duidelijk zijn, voor het geval je het zelf niet doorhebt,' zei ze. 'Ik heb je hier liever niet, en ik tolereer je alleen omdat je blijkbaar weet wat je doet. Zodra je niet meer van nut bent, haal ik je van deze zaak af.'

Jude knikte. 'Oké.'

'Zit me niet te oké'en alsof je lid van de familie bent,' zei Emmy. 'Je zat net op te scheppen dat je veertig jaar lang hebt geprobeerd vermiste kinderen terug te brengen naar hun ouders, maar is het nooit bij je opgekomen om zelf maar eens thuis te komen?'

'Zevenentwintig jaar,' zei Jude.

'Wat?'

'Zo lang werk ik nu bij de FBI. Zevenentwintig jaar. Geen veertig.'

Emmy opende Coles portier en liep naar het huis van de Walkers.

13

Carol Walker had een rozenkrans in haar hand toen ze de voordeur opende. Ze knipperde in het donker met haar ogen tot ze besefte dat ze de verandalamp aan moest doen. Ze bewoog zich traag en voorzichtig, alsof elke beweging zo weinig mogelijk aandacht mocht trekken. Intuïtief wist Jude dat dit waarschijnlijk geen kidnapping door een ouder betrof. De vrouw was te lijdzaam. Verdriet en zorgen hadden haar niet van de ene op de andere dag afgemat. Ze had de houding van iemand die haar hele leven te horen had gekregen dat ze het mis had. Carol Walker zou haar man slechts verlaten op een brancard of in een lijkwagen.

'Ma'am,' zei Emmy. 'Tot mijn spijt hebben we geen nieuws over Paisley. U herinnert zich vast mijn zoon nog wel, agent Clifton. En dit is Jude Archer. Ze is van de FBI.'

Carol knikte traag, maar kennelijk had ze alleen het deel over Paisley gehoord. Hoewel ze niet meer gedrogeerd was, hadden haar ogen iets glazigs. Terwijl ze met de schichtigheid van een gevangen vogel de kralen door haar vingers liet glijden, ging ze hun voor naar de woonkamer.

Jude, die achter haar liep, bekeek haar eens goed. Het was bijna vijf uur in de ochtend, en Carol droeg een witte legging onder een lange spijkerrok die eruitzag alsof ze erin geslapen had. Dat gold ook voor haar witte blouse met het kanten garneersel langs de boord en de manchetten aan de lange mouwen. De overdadig ingerichte woonkamer met zijn bloemdessins, glazen beeldjes en onderleggertjes maakte de ouderwetse stijl compleet. Het was er te warm. De lampen waren te fel. Er was geen stofje te bekennen. Alles stond op zijn plek. De vrouw hechtte blijkbaar grote waarde aan uiterlijke schijn. Jude vermoedde dat Carol op de hoogte was van het overspel van haar man, maar dat ze te bang was om hem ermee te confronteren. Nu ging het er alleen om of ze de naam wist van zijn maîtresse.

Emmy had kennelijk hetzelfde vastgesteld. Ze had haar blik over de collectie familiefoto's laten gaan die aan de muur achter de bank hing. In allerlei formaten, vormen, lijsten en kleuren. Ze hingen om een enorm kruis met een driedimensionaal en in kleur uitgesneden Jezus. Hij liet zijn hoofd hangen. Het bloed van de doornenkroon liep in felrode stroompjes aan weerszijden van zijn gepijnigde gezicht.

Dit was geen gezin waarin echtscheiding tot de mogelijkheden behoorde.

'Is Elijah...' Carol klonk bedeesd. 'Is alles goed met hem? Ik heb naar het bureau gebeld, maar ze zeiden dat hij niet met me mocht praten, en hij nam zijn mobiel ook niet op.'

'Het gaat goed met hem, ma'am. Hij is heel behulpzaam geweest. Het enige wat hij wil is dat Paisley wordt gevonden.' Emmy draaide zich naar de achterkant van het huis. 'Is hier soms nog iemand?'

'Pastoor Nate,' zei Carol. 'Hij is thee aan het zetten.'

'Ik ga hem wel even helpen,' zei Jude.

Ze wachtte niet op toestemming en had ook geen hulp nodig bij het vinden van de weg. Haar oudoom Constantine had de huizen in dat deel van North Falls ontworpen. Niet dat hij zo'n goede architect was, maar verkopen kon hij wel. De Walkers hadden geprofiteerd van de renovatiesubsidie op de ramen, zodat het huis niet als een ondergrondse bunker aanvoelde. In de keuken brandde het plafondlicht. Het ochtendlicht viel paarsig over de tuin. Pastoor Nate Trask zette net de ketel op het fornuis, maar bij het zien van Jude liet hij die bijna vallen.

'Jij was toch dood?'

Ze haalde haar schouders op. 'Dat zeiden ze ook van Jezus.'

'Nog steeds die kwaadaardige tong, zo te horen,' zei hij. 'Wat doe je hier? Alsof dit gezin niet genoeg heeft meegemaakt. Je gaat hier geen problemen veroorzaken.'

'Ik ben hier om Paisley Walker thuis te brengen.' Jude bezat nog steeds haar oude visitekaartjes. Ze reikte in haar tas en legde er eentje met een klap op het aanrecht. 'Waar was u gisterochtend, pastoor?'

In plaats van het kaartje aan te raken boog hij zich er met veel misbaar overheen. 'Judas heeft Jezus verraden.'

'Bedankt voor het laatste nieuws. Waar was u gisterochtend?'

Hij zwol op van woede. 'Wat wil je daarmee zeggen?'

'Niks. Ik vraag heel duidelijk naar uw alibi.'

'Pastoor.' Emmy was ongemerkt achter Jude opgedoken. 'Carol heeft u nodig. Ik zal de thee wel brengen.'

Jude keek al even giftig terug toen de pastoor haar in het voorbijgaan een vernietigende blik toewierp.

'Virgil belde net,' zei Emmy. 'De verkeerspolitie is Carols broer kwijtgeraakt. Ze proberen zijn auto weer op te sporen.'

Jude knikte, hoewel Nate haar flink uit haar evenwicht had weten te brengen. Ze zocht naar concrete voorwerpen in de keuken die haar weer terug moesten voeren naar het heden: de Cuisinart-keukenmachine, het Keurig-koffieapparaat, aan de muur een tweede Jezus in 3D met allemaal familiefoto's er als een venndiagram omheen. Haar hartslag keerde terug naar normaal.

'Dat is de broer. Reggie McAllister.'

Jude had haar leesbril niet nodig. Reggie stond met zijn arm om Paisley geslagen. Ze hadden hetzelfde blonde haar en dezelfde blauwe ogen, hoewel Reggies gevangenistattoos een sterk contrast vormden met de witte communiejurk van het meisje.

Emmy draaide aan een knop van het fornuis. Het gas ontvlamde onder de ketel. Met haar heup tegen het aanrecht geleund vroeg ze: 'Waarom deed je zo lelijk tegen pastoor Nate?'

'Uit wrok,' bekende Jude. 'Kennelijk ben ik in oude patronen vervallen.'

'Waarschijnlijk heeft Elijah wel een biertje in de koelkast, als je zin hebt.'

'Whisky was meer mijn ding, maar toch bedankt.' Jude opende de kastjes op zoek naar theezakjes. Ze had het helemaal gehad met Emmy's gekat. 'Als dit een ontvoering door een bekende is, is dat via de heimelijke contacten van de vader gegaan.'

'Yep,' zei Emmy. 'Ik heb Cole naar de ouderslaapkamer gestuurd om daar eens rond te neuzen. Misschien heeft Elijah een paar telefoonnummers in zijn zakken laten zitten.'

'Je hebt het goed gedaan met hem. Het is een slimme jongen.'

'Ik zit niet op jouw goedkeuring te wachten.' Emmy opende een kastje boven het fornuis. Ze vond de doos met theezakjes en schudde eraan alsof ze een prijs had gewonnen. 'Wat heb je tegen pastoor Nate?'

'Hij is een geestelijke in een tijd dat geestelijken niet meer op het voordeel van de twijfel kunnen rekenen,' zei Jude. 'Bovendien is het een klootzak.'

Emmy haalde haar schouders op, alsof het haar om het even was.

'Heeft Nate ooit contact gehad met de vorige slachtoffers?' wilde Jude weten.

'De Bakers waren trouwe katholieken. Paul Dalrymple ging niet naar de kerk. Hannah is als baptist opgevoed, maar ze noemt zichzelf een kerstchristen. Ze gaat alleen tijdens feestdagen naar de kerk.'

Jude bespeurde een verandering van toon. 'Hannah Dalrymple, Madisons moeder?'

Emmy knikte. 'Yep.'

Door het korte antwoord had Jude het gevoel tegen een miniversie van haar vader te praten. 'Hannah en Paul waren bij de schietpartij betrokken.'

Weer haalde Emmy haar schouders op. 'Paul was degene die met een wapen naar de bewuste plek reed en het op mijn borst richtte. Hannahs betrokkenheid is onduidelijk. Niemand heeft gezien wie de trekker overhaalde.'

Jude trok haar wenkbrauw op. 'Richtte hij eerst op jou?'

'Yep.' Ze was niet langer kortaf. 'Hannah riep om me te waarschuwen en stak haar hand uit om hem tegen te houden.'

'Raakte ze het wapen aan toen het afging?'

'Ik was zo in paniek dat ik niets zag. Mijn vader werd pal voor mijn ogen vermoord. Ik was niet bezig alles te onthouden om later uitgebreid verslag te kunnen doen. Ik kon alleen maar janken als een baby.'

Jude vond het interessant dat degene die geneigd was de kamer uit te lopen om haar gevoelens niet te hoeven tonen opeens blijk gaf van allerlei gevoelens. 'Wat erg dat je dat moest –'

'Wist je van mijn bestaan?' vroeg Emmy. 'Wist je dat ze mij kregen nadat jij was weggegaan?'

'Ja.' Jude koos haar woorden met zorg. Ze wist niet of Emmy zou toeslaan of zich weer in stilzwijgen zou hullen, maar ze wist wel dat het antwoord te belangrijk was om over de reactie in te zitten. 'Ik was er slecht aan toe. Ik rouwde nog steeds om het verlies van mijn broer. Ik worstelde met verslaving. Ik dacht niet dat ik ruimte in mijn hart had voor wie dan ook.'

Emmy was druk bezig theezakjes in de bekers te dompelen, met haar rug naar Jude gekeerd. Steunend tegen het aanrecht keek ze door het raam naar de achtertuin. Het spookachtige paarse licht accentueerde de bladeren aan de bomen.

Jude snapte de hint en liet Emmy alleen in de keuken. Ze zag dat Cole klaar was met het doorzoeken van de slaapkamer. Met zijn duimen in zijn dienstvest gehaakt leunde hij tegen de muur bij de voordeur. Er ging iets nonchalants van hem uit, maar hij lette heel goed op, merkte ze.

Carol Walker zat naast pastoor Nate op de bank. Ze hield de rozenkrans tussen haar ineengeslagen handen terwijl Nate bad voor Paisleys veilige terugkeer. Jude wachtte tot het 'amen' klonk voor ze plaatsnam op de stoel tegenover hen. Snel berekende ze wat de beste benadering was om in zo weinig mogelijk tijd de informatie te krijgen die ze nodig had.

Als ze Carol de naaktfoto's op Elijahs telefoon liet zien, werd de vrouw waarschijnlijk hysterisch. Als ze de naam van zijn minnares van haar wilde horen, trok ze zich ongetwijfeld terug in een beschaamd stilzwijgen. Het leek haar beter voorzichtig het gesprek aan te gaan in plaats van tijd te verspillen door haar eerst tot de grond toe af te breken en haar vervolgens weer in elkaar te zetten. Al helemaal nu Nate als een gier in een toog naast haar op de bank zat.

'Mrs Walker.' Jude koos met zorg de manier waarop ze haar aansprak. 'Heel naar om u onder deze omstandigheden te ontmoeten. Zoals sheriff Clifton al heeft gezegd, ben ik Jude Archer. Ik werk als adviseur voor de FBI. Hoewel ik weet dat u al heel veel vragen hebt moeten beantwoorden, heb ik er helaas ook nog een paar voor u.'

Haast om toestemming vragend wierp Carol een blik op pastoor Nate. Hij knikte kort en keek Jude toen dreigend aan.

'Ga uw gang,' zei de vrouw.

'Vertel eens over Paisley. Wat is het voor meisje?'

Tranen stroomden uit Carols ogen. Ze was bestookt met vragen over tijdstippen, locaties, nietige details die niets met elkaar te maken leken te hebben. Niemand had haar naar haar meisje gevraagd.

'Elijah zegt altijd dat hij op een dag de jongens met zijn geweer van het erf zal moeten jagen. Geen idee hoe ik aan zo'n mooi kind ben gekomen. Het was altijd zo'n vrolijk ding. Al toen ze een baby was, vond iedereen haar er altijd zo blij uitzien.'

Jude liet haar blik over de ingelijste foto's boven de bank gaan. Gezinsvakanties. Allerlei schoolfoto's van Paisley door de jaren heen. De overgang van meisje naar jonge vrouw was in realtime vastgelegd. Het ene jaar was Paisley nog zacht en engelachtig, maar een jaar later was haar gezicht scherper en haar lach minder ongedwongen.

'Voor sommige meisjes is veertien een moeilijke leeftijd,' zei Jude. 'Er verandert zoveel.'

'O, ze kan soms een lastpak zijn.' Carol liet een nerveus lachje horen.

'Maar het is een bovenstebeste meid. Ze luistert goed naar haar vader en ikzelf. Ze probeert haar best te doen.'

Jude onderdrukte haar innerlijke Myrna die Carols taalgebruik wilde verbeteren. 'Doet ze het goed op school? Heeft ze een lievelingsvak?'

'Ja.' Carol wilde knikken, maar weer keek ze naar Nate voor toestemming. 'Ze is dol op scheikunde. Dat is haar lievelingsvak.' De vrouw liet haar handen op haar schoot vallen. Ze zat niet langer aan de rozenkrans te friemelen.

'Waarom scheikunde?' vroeg Jude. 'Bent u daar soms ook in geïnteresseerd?'

'Vroeger hield ik van wiskunde en natuurkunde, maar nu ben ik gewoon moeder.' Het klonk geringschattend. 'Elijah plaagt haar er altijd mee dat ze zo hard haar best doet. Jongens houden niet van pientere meiden.'

Jude hield haar mening wijselijk voor zich. 'Doet Paisley aan sport?'

'O nee, ze mag van Elijah niet te gespierd worden.' Nu lachte Carol flauwtjes naar Nate. 'Dat is toch niet vrouwelijk?'

Net toen Nate zijn mond opendeed, begon de ketel te fluiten in de keuken. Zijn mond klapte weer dicht. Jude vond zijn onmiskenbare ongemak interessant. De pastoor Nate die zij had gekend, had het als zijn persoonlijke missie beschouwd om streng op de meisjes van North Falls toe te zien. Ze richtte zich weer tot Carol. 'Heeft Paisley een lievelingsdocent?'

'Ze is dol op Ms Heller, haar scheikundelerares. En Mrs Clifton is ook altijd heel aardig.'

'Mrs Clifton is de rector.' Jude probeerde voorzichtig te werk te gaan. 'Heeft Paisley ooit problemen gehad op school?'

'O nee, verre van dat. Wel waren er vorig jaar wat meiden uit de onderbouw die lelijk tegen haar deden. Daar heeft Mrs Clifton een stokje voor gestoken. Dat heeft ze heel goed aangepakt.' Weer keek Carol naar Nate. 'Volgens Elijah is Mrs Clifton een kille vrouw vanwege dat ze nooit kinderen kon krijgen, maar ze is heel goed voor Paisley geweest en dat is niet niks.'

In die laatste zin lag veel besloten, maar Jude pikte alleen het relevante gedeelte eruit. 'Was er iets speciaals waarmee die meisjes Paisley plaagden?'

'Tja, u kunt het wel raden. Paisley was lichamelijk eerder rijp dan zij.' Deze keer keek ze niet naar Nate, maar liet haar kin bedeesd in de richting van haar borst zakken, alsof alleen zij en Jude wisten dat jonge meisjes borsten kregen. 'Ze waren gewoon jaloers, maar toen werd het zomer en gingen ze allemaal over naar de derde en haalden elkaar in, dus toen was het geen probleem meer.'

'Werd er geroddeld over Paisley?'

'Ja, dat was het vervelende. Ze zeiden dat ze het met iedereen deed.' Carol keerde zich naar Nate toe en richtte zich rechtstreeks tot hem. 'Zoiets heeft Paisley nooit gedaan, meneer pastoor. Vraag maar aan dokter Carl. Van Elijah moest hij haar onderzoeken toen dat geroddel begon, want je weet maar nooit, maar dokter Carl zegt dat ze nog ongeschonden is.'

Weer deed Nate zijn mond open, maar niet om iets te zeggen. Hij keek bezorgd.

'Carol.' Jude vroeg zich af of ze Elijahs rol te snel buiten beschouwing had gelaten. Haar intuïtie had het laten afweten toen ze hem probeerde te doorgronden, maar iedere gek kon zien dat er iets niet in de haak was met zijn relatie tot zijn dochter. 'Mag Paisley vriendjes hebben?'

'O, hemeltje, nee, daar is ze veel te jong voor. Van Elijah mag ze eigenlijk niet eens make-up op.'

Jude sprong meteen in de geboden opening. 'Ik heb hiervoor een gesprek met Elijah gehad. Hij leek zich zorgen te maken over hoe Paisley zich de laatste tijd kleedt.'

Weer begon Carol aan de kralen te frunniken. 'Hij is eerder verdrietig. Hij wil dat ze papa's meisje blijft.'

'Maakte u zich ook zorgen om de manier waarop Paisley zich kleedt?'

'Ja,' zei ze, maar tegelijkertijd schudde ze haar hoofd. 'Ze wil op haar vriendinnen lijken. Voor meiden van die leeftijd is het beter als ze erbij horen. Jongens moeten er niks van hebben als je om de verkeerde redenen opvalt.'

Jude zag Carols blik weer naar de kralen gaan. 'Is er iemand met wie Paisley weleens praat, Mrs Walker? Die ze in vertrouwen neemt?'

'Ze weet dat pastoor Nate er altijd voor haar is.' Met een flauw lachje keek Carol weer op naar de pastoor. 'Op school had ze een vriendin, Lily, maar dat gezin is afgelopen zomer verhuisd. Haar vader kreeg een baan bij de autofabriek in North Carolina. Ik heb die andere agent, Temple, het nummer en dergelijke van haar moeder gegeven.'

'Bedankt. Fijn dat u ons zo goed helpt.' Jude vond het tijd worden om ter zake te komen. 'Waarschijnlijk hebt u sommige vragen die ik stel al eerder beantwoord, maar vertel eens over gisterochtend. Is uw man eerder naar zijn werk vertrokken dan dat Paisley naar school ging?'

'Ja, ze...' Carol keek nog eens naar Nate. 'Ze ging altijd na hem weg.'

Op die leeftijd had Jude ook altijd gewacht tot Gerald en Myrna vertrokken waren voor ze zelf ging. 'Was dat omdat hij niet mocht zien wat ze aanhad?'

Na de zoveelste blik op Nate knikte Carol. 'Soms is het gewoon makkelijker.'

'Makkelijker om vergeving dan om toestemming te vragen?'

Carol keek naar de rozenkrans. Ze had iets vermoeids over zich wat niets met de verdwijning van Paisley te maken had. Jude vroeg zich af hoe vaak ze per dag op eieren moest lopen om de lieve vrede te bewaren. Ook vroeg ze zich af of ze haar tijd niet beter kon besteden dan aan praten met Carol. Elijah was degene die van de ene emotie in de andere verviel. Als ze hem iets harder aanpakte, brak hij misschien.

Op dat moment kwam Emmy binnen met de thee. Het viel Jude op dat ze zich wat stijfjes bewoog toen ze drie bekers op de salontafel zette. Het was duidelijk dat ze het gesprek vanuit de keuken had gevolgd en dat ze vond dat er nogal iets op Judes techniek viel af te dingen. Ze keek Jude nadrukkelijk aan en richtte haar blik toen op de foto's aan de muur.

Jude keek ook. Op de foto's waren dezelfde familieleden te zien als op die in de keuken. Grootouders, neven en nichten, broers en zussen. Picknicks, scoutinguitjes en familievakanties. De foto die Emmy haar had aangewezen zat in de rechterbovenhoek. Hij was groter en glanzender, een professionele print. Reggie droeg een blauwe smoking. Hij zat op een zwartleren bank, met zijn arm beschermend om het meisje op zijn schoot, dat hij tegen zijn borst drukte zodat haar hoofd op zijn schouder rustte.

In de keuken had Emmy op een vergelijkbare foto gewezen, maar zonder haar leesbril had Jude het meisje voor Paisley aangezien en was ze ervan uitgegaan dat de witte jurk voor haar eerste communie was. Van veraf had ze altijd goed kunnen zien. Op tweeënhalve meter afstand zag ze dat de lange sleep bij een trouwjurk hoorde en dat het jonge meisje op Reggies schoot niet zijn nichtje was.

Jude ving Emmy's blik en knikte even om haar eerdere vergissing te bevestigen.

'Ik zie dat jullie een hechte familie zijn,' zei ze tegen Carol.

Carol keek nu ook naar de foto's. Ze wees de verschillende mensen aan. 'Dat zijn mijn grootouders. Dat is de moeder van Elijah, dan komen zijn twee oudere zussen, en zijn oom Jeremy en zijn gezin. Zijn vader stierf toen hij nog een baby was. En dat is mijn broer, Reggie. Hij woont in Alabama, aan de baai.'

'Ik kan zien dat jullie familie van elkaar zijn.' Jude stond op en deed alsof ze het van dichterbij wilde bekijken, hoewel het beeld waziger werd nu ze haar leesbril niet ophad. 'Wie is dat bij hem op schoot?'

'O, dat is Shelley. Ze zijn vorig jaar getrouwd. Ze verwacht een tweeling.'

'Geweldig.' Jude probeerde oprecht enthousiasme in haar stem te leggen. 'Bent u hecht met uw broer?'

'Reggie heeft in het verleden wat problemen gehad, maar hij is altijd heel goed voor mij en Paisley geweest. Hij wordt vast een geweldige vader. Hij heeft de wieg al in elkaar gezet en ook de commode op de kinderkamer.'

'Komt Reggie vaak op bezoek?' vroeg Jude.

'De laatste tijd niet vaak meer.' Ze sprak met gedempte stem, alsof ze iets vertrouwelijks deelde. 'Een paar jaar geleden zat hij in moeilijkheden, maar dat heeft hij nu allemaal achter zich gelaten.'

Emmy verstrakte, waaruit Jude opmaakte dat ze meer over die moeilijkheden wist dan zij. Ze sloeg haar armen over elkaar ten teken dat Emmy het over mocht nemen.

'Mrs Walker,' zei Emmy. 'Ik heb zojuist van een van mijn agenten gehoord dat Reggie over een paar minuten hier kan zijn.'

'O, godzijdank.' Carol was zichtbaar opgelucht. 'Misschien kan hij met jullie praten. Hij is veel beter in dat soort dingen dan ik.'

'In welk opzicht beter?' vroeg Emmy.

'Eh...' Carol was duidelijk verward. 'Met mensen praten, denk ik.'

'Met de politie?' Emmy had haar toon op precies het juiste moment gewijzigd. 'Reggie heeft voorwaardelijk, toch? Er waren wat problemen met hem tijdens een footballwedstrijd.'

'Dat was gewoon stommiteit.' Nu richtte Carol zich tot Nate. 'Reggie liet zich in alle opwinding door een stel vrienden meeslepen. Zo is hij altijd al geweest.'

'Brengt Reggie veel tijd met Paisley door?' vroeg Emmy.

'Niet sinds de...' Carol haalde haar schouders op. 'Hij, eh... mocht Mobile niet uit. En daarna ontmoette hij Shelley en moest hij zich om duidelijke redenen op haar concentreren.'

'Wat zijn die duidelijke redenen?'

'Eh...' Opnieuw trok Carol haar schouders op, ditmaal tot aan haar oren. Opmerkelijker was dat ze leek te vechten tegen de aandrang om hulp bij Nate te zoeken. 'Shelley was namelijk zwanger toen ze trouwden. Maar daarom is hij niet met haar getrouwd. Hij houdt van haar, echt.'

'Ze is nog wel jong,' zei Emmy. 'Ze lijkt niet veel ouder dan Paisley.'

Carol glimlachte wat gespannen. 'Officieel is ze volwassen.'

Ondertussen keek Jude naar pastoor Nate. Hij zat met stramme rug en getuite lippen. Dat was de stijve, afkeurende rotkop die ze zich van vroeger herinnerde.

'Hoelang is Shelley al zwanger?' vroeg Emmy.

'Ik zou niet...' Carols vingers bewogen zo snel dat de kralen als tanden tegen elkaar klakten. 'Ik weet het niet.'

Nate ging verzitten op de bank. 'Hoe oud is ze, Carol?'

Carols hand fladderde naar haar borst. 'Zeventien, meneer pastoor. Ze is net zeventien geworden.'

'Carol.' Nates stem klonk verbazend vastberaden. Hij probeerde zowaar te helpen. 'Hoe oud was Shelley toen ze zwanger raakte van Reggie?'

Carols blik ging naar Jude, maar alleen omdat ze Nate niet aan durfde te kijken.

'Carol,' drong Nate aan. 'Dit is het moment om helemaal eerlijk te zijn.'

De kralen klikten nog steeds verwoed tegen elkaar. Carol sloeg haar blik neer en zag de kralen als water tussen haar vingers door stromen. 'De eerste keer vijftien. Maar toen verloor ze de baby, en... en nu is ze vijf maanden heen. Dat is toch een zegen? Kinderen krijgen?'

Jude zag Emmy's kaak verstrakken. Ze wist maar al te goed hoe zelfverwijt eruitzag. Emmy gaf zichzelf ervanlangs omdat ze zich niet eerder op die broer had gericht. Begrijpelijk, maar het leverde niets op. In gedachten begon ze de seconden te tellen dat de stilte voortduurde. Bij tien zou ze het overnemen, maar zover kwam het niet, want er werd luid op de deur geklopt.

'Carol?' klonk een mannenstem. 'Doe eens open. Ik ben het, Reggie.'

Met een knikje naar Cole vroeg Emmy om rugdekking. Ze opende de deur. Reggie had zijn hand al geheven om opnieuw te kloppen. Emmy liet het voorstellingsrondje achterwege, pakte Reggie bij zijn pols, draaide hem om en marcheerde hem naar de straat.

'Hier blijven.' Jude wachtte niet op een reactie. Ze rende naar buiten.

Emmy duwde Reggie het trottoir over. De lantaarns brandden nog. De patrouillewagen was verlicht alsof hij op een toneel stond. Zo had Jude onbelemmerd zicht op Emmy, die Reggie voorover op de motorkap sloeg.

Ze begon hem te fouilleren en gooide de inhoud van zijn zakken op het wegdek. Jude zag een wolk verfrommelde bonnetjes uit zijn bruine leren portefeuille fladderen toen die op het beton viel. Cole raapte alles op. Zijn gezicht stond panisch. Dat soort gedrag was hij niet van zijn moeder gewend.

'Zeg op, klootzak.' Emmy drukte Reggies gezicht tegen de motorkap. 'Waar is Paisley?'

'Ik weet niet...' Reggie hapte naar adem toen ze zijn arm omdraaide. 'Ik weet het niet!'

'Zeg waar ze is!' beval Emmy.

'Ik zei toch dat ik het niet –'

'Wou je het zo spelen?' Emmy haalde haar boeien tevoorschijn en klikte zijn polsen vast achter zijn rug. 'Je hebt het recht om te zwijgen.'

'Alsjeblieft,' smeekte Reggie. 'Ik wil geen problemen, oké? Ik weet niet waar ze is. Jezus, ik woon in Mobile. Ik ben hier net.'

'Alles wat je zegt kan en zal in de rechtszaal tegen je gebruikt worden.'

'Jezus! Ik praat wel met je, oké? Alleen –'

'Bek houden,' waarschuwde Emmy. 'Je hebt recht op een advocaat.'

Jude legde haar hand op Emmy's schouder. Het was bedoeld als waarschuwing, om haar terug te brengen naar het hier en nu, maar het gebaar had het tegenovergestelde effect.

'Weg met die hand, verdomme,' beval Emmy. 'Cole, haal haar weg.'

Jude stak haar handen bezwerend omhoog toen Cole op haar afstapte.

'Alsjeblieft!' smeekte Reggie. 'Luister nou naar me! Ik zweer dat ik –'

'Bek houden, zei ik.' Met een ruk draaide Emmy Reggie weer om. Ze klemde de voorkant van zijn shirt in haar vuist. Met haar tunnelvisie hoorde ze geen woord van wat hij zei. 'Als je geen advocaat kunt betalen –'

'Reggie!' Jude verhief haar stem in een poging Emmy weer bij zinnen te brengen. 'Zie je af van je rechten? Bedoel je dat? Wil je praten?'

'Jezus, ja, dat zeg ik toch!' riep Reggie terug.

Emmy keek Jude strak aan, maar haar plotseling opgelaaide razernij was duidelijk weer getemperd. Na enkele eindeloze seconden keerde haar ijzige vastberadenheid terug. Ze keek naar Reggie alsof ze hem nu pas zag. De paniek in zijn ogen. Zijn borst die van angst op- en neerging. Ze liet zijn shirt los en deed een stapje terug. 'Reggie Lee McAllister,' zei ze. 'Zie je af van je rechten?'

'Ja!' Het woord klonk als een smeekbede. 'Ik heb voorwaardelijk. Als ik weer gearresteerd word, moet ik vijf jaar zitten. Het maakt dan niet uit of het een vergissing was. Dan is mijn leven voorbij.'

Emmy was nog steeds zichtbaar aangeslagen. Jude kende dat misselijkmakende gevoel, de wanhoop die je stommiteiten liet uithalen met stupide mensen. Het was zo gemakkelijk om door de bomen het bos niet te zien.

'Reggie.' Nu nam Jude het over. 'Waar was je gisterochtend tussen zeven en acht uur?'

'Ik was...' Reggie zweeg om op adem te komen. 'Ik was aan het werk. Ik klokte om halfzeven in en stapte in mijn pick-up om bestellingen weg te brengen. Er zit een gps in. Zo weten ze waar ik ben. Dat kunnen jullie nagaan.'

'Mam.' Cole had een van de bonnetjes in zijn hand. Hij liet het aan Emmy zien. Ze bestudeerde het zo lang dat Jude aannam dat ze tijd kocht om haar emoties weer in bedwang te krijgen. Ten slotte gaf ze het bonnetje aan Jude.

'Even mijn leesbril pakken.' Onder het licht kon Jude de kleine lettertjes waarschijnlijk wel lezen, maar ook zij wilde tijd rekken zodat Emmy weer tot zichzelf kon komen. Ze stak haar hand in haar tas en tastte om de envelop met de foto's van Elijahs telefoon heen tot ze haar bril had gevonden. Nadat ze die had opgezet, bestudeerde ze het bonnetje.

Het logo was van het WaWa-tankstation in Fairhope, Alabama, een stadje tegenover Mobile aan de overkant van de baai. De vorige ochtend om 6.38 uur had hij daar een grote mochaccino met een bagel gekocht. Fairhope lag in de Central Time-zone en liep een uur op Clifton achter.

'Dat is bewijs.' Reggies opluchting was groot. 'Ik moest tanken voor ik aan mijn rit begon. Dat is het bonnetje van mijn ontbijt. De diesel ging op het bedrijfspasje. Jullie kunnen het natrekken op de camera's van de WaWa, toch?'

Jude wist dat de camera's nagetrokken zouden worden, zoals ze ook wist dat Mobile minstens zes uur rijden was van de plek waar ze nu stonden. Reggie had onmogelijk in North Falls Paisley kunnen ontvoeren als hij tegelijkertijd in Fairhope koffie en een bagel had gekocht. Jude wachtte tot Emmy tot dezelfde conclusie kwam.

'Omdraaien,' zei Emmy.

Reggie draaide zich om. Jude zag het sleuteltje in het slot van de handboeien glijden. Emmy's handen trilden. Ze stond nog steeds zo strak als een snaar.

'Wanneer heb je je nichtje voor het laatst gezien, Reggie?' vroeg Jude.

'Met kerst.' Hij wreef over zijn polsen. 'Ik moest eerst toestemming vragen aan mijn reclasseringswerker. Ik had nog steeds een enkelband om.

Die is er pas twee weken geleden afgegaan. Vraag het hem maar. Ik heb hem gebeld voor ik naar hier vertrok. Alles is vastgelegd.'

'Weet je reclasseringswerker hoe oud je vrouw was toen ze zwanger raakte?'

'Shit.' Hij bleef maar over zijn polsen wrijven. 'Zij legde het trouwens met mij aan. Ze werkte bij de McDonald's vlak bij mijn huis. Het liep gewoon lekker tussen ons, dat is alles. Haar ouders gaven toestemming voor ons huwelijk. Vraag het ze maar.'

'Cole,' zei Emmy met onvaste stem. 'Neem Reggie mee naar het huis. Noteer het nummer van die reclasseringswerker. Ik regel de rest wel.'

Gehoorzaam volgde Cole het bevel op, en de twee mannen verwijderden zich over het trottoir. Jude bleef achter. Emmy keek alsof ze iets wilde zeggen, maar ze bedacht zich. Ze pakte haar telefoon uit haar zak, keek even op het scherm en toetste een nummer in.

Jude luisterde niet naar het gesprek, maar bestudeerde Emmy's gezicht. De spanning in haar voorhoofd. De uitgeputte blik in haar ogen. Als je midden in een onderzoek naar een ontvoerd kind zat, kon dat je jaren van je leven kosten. Tel daarbij op dat ze Myrna langzaam zag vervagen, dat ze erbij was geweest toen Gerald werd doodgeschoten en dat ze vervolgens geconfronteerd werd met een onbekende die alles over haar familie maar niets over háár wist. Iedereen zou eraan onderdoor gaan, zelfs de allersterkste persoon. Jude snapte niet hoe ze nog overeind bleef.

'Oké.' Emmy beëindigde het gesprek. 'Dat was Virgil. Hij gaat achter die camerabeelden bij de WaWa aan. Damian heeft de gegevens van Elijahs Cash App. De hovenier heet Antonio Ramirez. Hij woont met zijn gezin in Phoenix. De zwarte pick-up staat op zijn naam in Arizona geregistreerd. Seth heeft een paar agenten naar zijn huis gestuurd, maar Elijah kan Antonio gisterochtend onmogelijk bij hem in de straat hebben gezien.'

'Waarom geeft Virgil en niet Seth Alexander die informatie aan je door?'

Emmy spreidde verbaasd haar handen. 'Doet dat ertoe?'

'Ja, dat doet ertoe. Er geldt een bepaalde hiërarchie. Je bent geen toevallige bijkomstigheid in dit onderzoek. Jij bent de sheriff van dienst. Seth moet rechtstreeks verslag aan jou uitbrengen, niet via een gepensioneerde hulpsheriff.'

'Virgil was voor mijn geboorte al bij de politie. Hij weet wat hij doet.'

'Emmy.' Jude matigde haar toon. 'Ik kan me geen voorstelling maken van hoe de afgelopen vierentwintig uur geweest moeten zijn, maar je moet echt naar me luisteren als je je baan wilt houden wanneer dit voorbij is. Je bent overal en nergens. Je moet jezelf intomen. Anders zie je de belangrijke details over het hoofd.'

'Noem eens een detail dat ik over het hoofd zie. Nou?' zei Emmy. 'Je hebt ooit tegen pa gezegd dat je geen voet meer in dit stadje zou zetten tot hij dood was. Is dit je overwinnaarsrondje?'

'Dat gesprek bewaren we voor later. Nu concentreer je je en doe je je werk. Later mag je van alles bedenken om me pijn mee te doen.'

'O, dus ik doe jóú pijn?' schamperde Emmy. 'Kijk eens goed in de spiegel, mens. Wat je daar ziet is mijn bloed tussen jouw tanden.'

Jude hief haar blik ten hemel. Ze ademde diep in voor ze het woord weer nam. 'Je bent uitgeput. Je hebt een afgrijselijk trauma doorstaan. Het is begrijpelijk dat je het op iemand moet afreageren.'

'Hou eens op met dat gepsychoanalyseer. Ik ga de strijd met jou niet meer aan.'

'Ik zeg niet dat je de strijd met míj moet aangaan. Je moet de strijd met hén aangaan.'

'Mam.' Het was duidelijk dat Cole het gewend was zich tussen twee vechtende volwassenen op te stellen. 'Ik heb Reggies reclasseringswerker gesproken. Zijn verhaal klopt. Van A tot Z, ook dat Shelleys ouders toestemming hebben gegeven voor het huwelijk.'

'Jezus.' Emmy las een berichtje op haar telefoon. 'Dat is Peggy. Ze wil de foto zien.'

'Welke foto?' vroeg Cole.

Emmy schudde haar hoofd, maar of ze dat deed om hem verder het zwijgen op te leggen of als teken dat de situatie zojuist een stuk erger was geworden, ging Judes deductievermogen te boven.

Jude haalde de envelop uit haar tas. 'We moeten haar beide foto's sturen. Er is een kleine kans dat ze de tweede ook herkent.'

'Goed,' zei Emmy op vlakke toon. Tegen Cole zei ze: 'Elijah had pornofoto's op zijn telefoon. Close-ups van de geslachtsdelen van een man en een vrouw. Waarschijnlijk liet hij de foto van de man doorgaan voor eentje van hemzelf. Omdat de vrouw een waxklant van Peggy zou kunnen zijn, dacht ik dat Peggy de foto misschien zou herkennen.'

'O,' zei Cole. 'Oké.'

Jude ging ervan uit dat iemand van Coles generatie ergere dingen had gezien dan wat Elijah Walker op zijn telefoon had staan. Ze hield de foto van de vrouw omhoog zodat Emmy een opname kon maken. Hetzelfde deed ze met de foto van de man. 'Meer dan één moedervlek om hem te identificeren.'

Cole zette grote ogen op, maar het sierde hem dat zijn gezicht onbewogen bleef.

'Shit.' Emmy siste tussen haar tanden door toen ze de foto's verstuurde. 'Waarom heb je Carol niet naar Elijahs affaire gevraagd?' wilde ze van Jude weten.

'Denk je dat ze me de waarheid zou hebben verteld?'

'Wel als pastoor Nate had gezegd dat het moest.'

'Je hebt veel meer vertrouwen in die Nate dan ik.'

'Meen je dat?' vroeg Emmy. 'Hij heeft Carol zover gekregen dat ze de waarheid over Reggies kinderbruid vertelde.'

Jude besefte dat ze door haar emoties zelf waarschijnlijk ook details over het hoofd zag. Ze deed haar mond al open om haar fout toe te geven toen Emmy het woord weer nam.

'Mensen zijn anders dan toen jij hier nog woonde. Dat is ruim veertig jaar geleden. Wat voor bekrompen beeld jij ook van pastoor Nate hebt, dat is inmiddels veranderd, want dat doen mensen namelijk: ze veranderen.'

Jude wist niet of Emmy boos of geïrriteerd was. 'Dit gaat niet over pastoor Nate, hè?'

'Ik weet niet waar het over gaat.' Emmy keek naar haar telefoon. 'Jezus christus. Peggy heeft de vrouw op de foto herkend.'

14

Emmy beefde van uitputting tegen de tijd dat ze weer op het bureau waren. Haar brein kon het geluid van rinkelende telefoons, rondrennende agenten en het verwoede gerammel op toetsenborden niet aan, want niets van dat alles bracht Paisley Walker weer thuis.

Zwijgend bood Virgil haar zijn stoel aan, maar ze bleef staan, leunend tegen het bureau terwijl Seth Alexander naar Jude luisterde, die verslag uitbracht van de laatste ontwikkelingen.

'De sheriff heeft de identiteit kunnen achterhalen van de vrouw op Elijahs telefoon. Ze heet Belinda Pfeiffer. Tweeëntwintig jaar. Ze werkt bij een leverancier van kookartikelen in de plaatselijke mall. Geen strafblad.' Jude keek even naar Emmy voor ze zich weer tot Seth richtte. 'Wat heb jij ontdekt?'

'Elijahs secretaresse, Misty Norris, zei dat haar inderdaad iets was opgevallen vorig jaar. Elijah had elke laatste vrijdag van de maand een afspraak waarvoor hij een paar uur in zijn agenda blokte en dan verdween. Norris zei dat er dan ook altijd zeshonderd dollar uit de kas ontbrak. Walker nam nooit een bonnetje mee terug, maar hij is de baas, dus vroeg ze er niet naar.'

Jude keek weer naar Emmy. 'En het hotel?' vroeg ze. 'Heeft iemand Elijahs foto herkend?'

'Nee.' De avondreceptionist zei dat ze hem nooit heeft gezien. Uiteraard ontkent ze dat daar duistere zaken plaatsvinden, maar het is een louche tent. Allerlei criminele praktijken, en buiten staan verscheidene motoren geparkeerd. Lijkt me een hotspot van de drugshandel.'

'Inderdaad,' beaamde Virgil. 'Als privédetective zit ik nogal eens vanaf de overkant vreemdgangers te fotograferen. Er zit daar een dealer genaamd Wesley Woodrow, die zijn handeltje drijft vanuit kamer 19, achterin. Woody, zo wordt-ie genoemd. Hij gaat over bijna alle fentanyl en heroïne die het district in en uit gaan.'

'En de dagreceptionist?' Opnieuw ging Judes blik even naar Emmy voor ze Seth weer aankeek. 'Je zei dat je Elijahs foto aan de nachtreceptionist hebt laten zien. Maar hoe zit het met de dagreceptionist?'

'Eh...' Seth keek beduusd. 'Ik weet niet of Damian daar werk van heeft gemaakt.'

'Damian brengt verslag uit aan jou,' zei Jude. 'Ga maar achter die receptionist aan.'

Seth streek zijn stropdas glad. 'Yes, ma'am.'

'Nog nieuws van de tiplijn?'

'Het gebruikelijke,' zei Seth. 'Allerlei vrouwen die hun vriendjes en ex-echtgenoten aangeven. Heel veel meldingen van witte busjes, wat niet zo vreemd is, want die zie je overal. We trekken alle aanwijzingen na. Kloppen op alle deuren. Zonder er een clownsnummer van te maken.'

'En bloedhonden?'

'We gaan ervan uit dat hij haar in een auto heeft meegenomen.'

'Wat de ontvoering van Paisley Walker betreft gaan we nergens van uit. Zet de honden in op de landweggetjes. Laat het me weten zodra je met de dagreceptionist van het hotel hebt gesproken. Laat hem of haar ook een foto van Belinda Pfeiffer zien.' Jude keerde zich van hem af en vroeg aan Virgil: 'Verder nog iets aan jouw kant van de zaak?'

'De politie van Verona heeft Belinda Pfeiffer net opgepikt. Ze woont in een van die nieuwe flats die je oom Penley heeft gebouwd. Ze wordt hiernaartoe gebracht.' Virgil scheurde een blaadje uit zijn notitieboekje. 'Ondertussen heb ik ook even op Paisleys Snap- en Instagram-accounts gekeken. Ze wisselt berichten uit met een paar meiden van school. Ik heb hun namen genoteerd en ga erachteraan. De meeste filmpjes zijn van het soort dat je kunt verwachten. Ze houdt van katten, is dol op lezen, vindt exacte vakken leuk en is fan van Taylor en K-pop. Typisch een meisje van veertien.'

'Ik zet IT aan het werk op haar elektronica,' zei Jude. 'Misschien heeft ze een sokpopaccount. Sheriff, heb je even?'

Net toen Emmy wilde antwoorden, dook Brett uit het niets op.

'Emmy?' Hij had een stapeltje papier in zijn handen. 'Ik heb hier een lijst met hoveniers die in de wijk van de Walkers actief zijn. Weet je zeker dat ik daar nog achteraan moet? Misschien heb je niet gehoord dat de FBI de vent van die dennennaalden heeft gevonden?'

Emmy klemde haar kiezen op elkaar. Het zou haar waarschijnlijk niet zijn opgevallen als Jude er niet voortdurend over zanikte, maar Brett was er tien jaar geleden, toen ze tot plaatsvervangend hoofd was gepromoveerd, mee gestopt haar bij haar voornaam te noemen. Maar nu Gerald er niet meer was, gebruikte hij die weer.

Ze schoof haar stoel naar achteren en probeerde haar rug te rechten. 'Ja, agent. Bel ze allemaal. Vraag om hun roosters en de namen van alle medewerkers. Doe dat maar terwijl je heimelijk een oogje op Adam Huntsinger houdt.'

'Adam?' vroeg Brett. 'Shit, Emmy. Denk je echt –'

'Wat ik denk is dat mijn vader gisterochtend is vermoord en ik wil niet dat een meute weer het recht in eigen hand neemt en iets stoms uithaalt terwijl Adams bejaarde ouders thuis zitten.' Emmy was nog niet uitgepraat. 'Laat één ding duidelijk zijn, Brett: je mag Adam geen moment uit het oog verliezen. Als je moet pissen, gebruik je maar een fles. Als je moet schijten, bel je eerst iemand om op Adam te letten. Begrepen?'

Hij knikte. 'Begrepen, chef.'

Tegen Virgil zei ze: 'Geef me een seintje zodra Belinda hier is.'

Ook Virgil knikte. 'Ja, chef.'

Emmy zag Cole aan zijn bureau zitten, weer over zijn toetsenbord gebogen. Ze wenkte hem en zei tegen Jude: 'Kom, we gaan naar achteren.'

'Goed gedaan,' zei Jude toen ze de teamkamer amper uit waren.

'Ik zei toch dat ik niet op jouw goedkeuring zit te wachten. Iemand moet hier de leiding hebben. Dat was pa's wens.'

'Hé.' Voor de deur naar de controlekamer hield Jude haar staande. 'Over wat je eerder zei. Ik ben hier niet voor een overwinningsrondje. Ik ben hier voor jou.'

Emmy kon niet blijven balanceren tussen werk en dit, wat het ook inhield. Ze deed de lampen aan. De twee monitors stonden te gloeien op het bureau, met de bluetoothspeaker ertussenin. Op de linkermonitor was Elijah te zien, aan de tafel in de verhoorkamer. De gevoelige microfoons in het plafond pikten zijn zwoegende ademhaling op. Emmy keek naar het andere scherm, met daarop de lege stoel tegenover Elijah. Opeens zag ze dubbel en even sloot ze haar ogen. Ze was zo moe dat ze niet eens meer goed kon zien.

'Emmy,' zei Jude. 'Het klopt dat ik je niet ken, maar hier ben ik goed in, en als je de afgelopen veertig jaar beschouwt als een soort voorbereiding van mijn kant om jou met deze zaak te helpen, bewijs je ons allebei een dienst.'

'Mooi.' Emmy zag Cole aan komen lopen. Hij maakte een wat ontdane indruk. 'Wat is er?' vroeg ze.

'Er is opeens ontzettend veel geklets online. Mensen zeggen dat Adam Huntsinger Paisley heeft ontvoerd, maar dat wij te dom zijn om dat zelf te bedenken.'

Emmy voelde de vertrouwde knoop in haar maag weer straktrekken. 'Heb je het gevoel dat er iets staat te gebeuren?'

'Moeilijk te zeggen wie alleen maar stoer zit te doen en voor wie het menens is, maar de gemoederen zijn behoorlijk verhit.' Cole klonk oprecht bezorgd. 'Er is een soort burgerspeurgroep die allerlei theorieën opwerpt. Ze zeggen geen van allen iets nieuws. De meesten denken dat Adam het heeft gedaan.'

'Het lijkt me verstandig om die groepen goed in de gaten te houden,' zei Jude. 'Sommigen nemen het heel serieus. Anderen vervelen zich alleen maar en willen onrust stoken. Hoe denk jij over die Adam Huntsinger?'

Emmy wist niet zo goed wat ze dacht. 'Ik ga ervan uit dat Brett hem in de peiling houdt. Of Adam haar al of niet heeft ontvoerd, weet ik niet.'

'Wat zegt je intuïtie?' vroeg Jude.

Emmy's intuïtie zei dat ze straks ging kotsen van slaapgebrek. 'Ik krijg er geen vat op.'

'Ik evenmin,' zei Jude. 'Wat weet je over die Belinda Pfeiffer?'

Tot haar schrik besefte Emmy dat ze niet verder dan de naam had gedacht. 'Ik zit met Daphne, haar moeder, in een boekenclub. Die doet rozijnen in haar aardappelsalade. Veel meer weet ik niet over dat gezin. We hebben Belinda niet als sekswerker op de radar. Ik betwijfel of haar moeder weet wat ze uitspookt. Heb jij iets ontdekt, Cole?'

'Belinda komt in geen enkel patrouillerapport voor. Niemand heeft haar op de radar. Ze is nooit gearresteerd. Nooit een bon voor te hard rijden. Haar TikTok gaat vooral over *The Bachelor* en alle *Housewives*.'

'Gaat ze naar de katholieke kerk?' vroeg Jude.

'Ze hoort bij de New Holiness Church, maar ik heb op haar socials niks religieus ontdekt.'

'Dat is de pinkstergemeente,' zei Emmy tegen Jude, maar waarschijnlijk wist Jude dat al. 'Zou Elijah haar dan toch op een datingsite hebben ontmoet? Zo eentje voor getrouwde mannen?'

'Ik betwijfel of hij het bij één affaire heeft gehouden,' zei Jude. 'We komen vast meer vrouwen tegen als we zijn geschiedenis natrekken. Cole, heb je viagra gevonden toen je de slaapkamer van Elijah en Carol doorzocht?'

Hoewel de vraag hem leek te verbazen, zei Cole: 'Ja, maar niet in het medicijnkastje. Die zat in een schoenendoos in zijn kledingkast.'

'Hij verstopte de pillen voor Carol,' zei Jude. 'Mannen zoals Elijah slikken viagra voor hun minnaressen. Ze verspillen dat spul niet aan hun vrouw.'

'Elijah zei tegen me dat Carol niet avontuurlijk genoeg was.' Emmy voelde zich duizelig worden. Ze keek naar de vloer en haalde diep adem. Door Myrna's nachtelijke angsten en doordat ze ruim vierentwintig uur haar bed niet had gezien, had ze het gevoel dat haar hersens in een aquarium ronddobberden.

'Gaat het?' vroeg Jude.

'Ja.' Ze keek weer op, wilde zich niet laten kennen. 'Volgens Virgil woont Belinda in die appartementen van Penley in Verona. Er wonen daar allemaal alleenstaande jonge mensen met geld op zak. Jonahs bar is iets verderop. Misschien heeft het er niks mee te maken, maar Woody handelt daar in drugs vanuit de achterdeur.'

'Dezelfde Woody die vanuit kamer 19 in de Dew Drop Inn dealt?' vroeg Jude.

'Die bedoel ik,' zei Emmy. 'Woody is slim. Die maakt geen vuile handen. Maar zijn naam dook op in de zaak van de Gebroken Engelen. Hij was toen een tiener. Cheyenne had allemaal harddrugs verstopt in het plafond van de kledingkast op haar slaapkamer, plus zestienduizend dollar cash. We hebben nooit kunnen achterhalen hoe ze daaraan kwam.'

'Niet van Adam?'

'Nee, die dealde alleen in wiet voor zover we wisten.' Emmy zag Virgil aan het einde van de gang. Hij stak zijn kin omhoog. 'Belinda is er,' zei ze tegen Jude. 'Wat ga je met haar doen?'

Jude zweeg even. 'Zeg het maar, sheriff,' zei ze toen.

Emmy moest even nadenken. 'Ze heeft geen strafblad. Waarschijnlijk heeft ze ook nog nooit de binnenkant van een politiebureau gezien.'

Jude glimlachte. 'Zullen we haar bij Elijah zetten en hun gesprek afluisteren?'

'Yep.' Emmy stuurde Virgil naar de verhoorkamer. Hij knikte, waarna ze zich met een zeker genot op de stoel voor de monitors liet zakken. Uit haar mond ontsnapte een soort gekreun. Vechtend tegen de drang om haar ogen te sluiten keek ze naar Elijah Walkers profiel op het scherm. Hij zag er al even afgetrokken uit als zij zich voelde. Tussen zijn handen klemde hij een piepschuimen beker. Ze dacht weer aan twaalf jaar geleden, toen ze samen met haar vader op dezelfde schermen Dale Loudermilk had geobserveerd.

Emmy keek naar haar zoon. Coles schouders waren gespannen. Zijn ogen waren nog steeds bloeddoorlopen. Eigenlijk zou ze hem naar huis moeten sturen zodat hij kon rusten, maar ze wilde hem bij zich houden. 'Knip het licht uit, Cole, en doe de deur dicht.'

Het werd donker in de kamer. Jude nam plaats op de andere stoel. In de gloed van de monitors zag Emmy de gekwetste blik in Coles ogen toen Jude op de plek van zijn grootvader ging zitten. Ze reikte naar achteren en kneep in zijn hand. Hij hield haar even stevig vast, waarna hij met zijn vuist onder zijn oog wreef.

'Belinda!' Elijahs stem snerpte door de speaker. Virgil had haar de kamer in geduwd en de deur gesloten.

Emmy zag Elijah met een overdreven gebaar zijn schouders ophalen.

'Wat doe jij hier in godsnaam?' vroeg hij.

'Wat denk je?' beet Belinda terug. 'Je dochter wordt vermist en jij bedriegt je vrouw. Kan zo op *Dateline*.'

'Doe niet zo belachelijk,' snoof Elijah. 'Niemand denkt dat ik mijn eigen dochter heb ontvoerd.'

'Moet je zien waar je nu zit, schat,' zei Belinda vol ongeloof. 'Ze houden je niet urenlang op het politiebureau vast als ze niet denken dat je iets op je kerfstok hebt.'

Zonder met zijn ogen te knipperen keek Elijah haar aan. Zijn blik veranderde toen het langzaam tot hem doordrong dat ze gelijk had. Hij liet zich achteroverzakken op zijn stoel en legde zijn handpalmen op het tafelblad. Emmy herkende de pure uitputting in zijn ogen. Hij was uit zijn slaap gehouden, ze hadden vragen op hem afgevuurd, hem elk gevoel van controle ontnomen. Woede had hem overeind gehouden, en hij had alleen gereageerd op wat zich recht voor hem bevond, maar nu drong de werkelijkheid zich aan hem op en wist hij dat alles anders was geworden. Hij kon nooit meer terug naar zijn leven van twee dagen geleden.

'Ze...' Zijn stem klonk schor. 'Ze vroegen me steeds naar het wachtwoord van mijn WhatsApp. Misschien hebben ze het gehackt.'

'Zo zijn ze mij waarschijnlijk op het spoor gekomen.' Belinda was duidelijk een betere speurder dan Elijah. 'Straks kan de hele wereld onze berichtjes lezen.'

'Dat zouden ze nooit... Dat kunnen ze nooit...'

'O ja, schat, dat kunnen ze wel.' Belinda's stem ging de hoogte in, alsof ze het tegen een onnozel kind had. 'Maak je er niet langer druk over dat mensen allerlei shit ontdekken die er niet toe doet. Het enige wat nu telt, is dat Paisley weer thuiskomt.'

'Je hebt gelijk. Je hebt gelijk.' Hij begon te knikken. 'Dit is waanzin. Zoiets gebeurt niet in...'

Emmy zag dat ze allebei zwijgend zijn zin afmaakten. Zoiets was wel degelijk in North Falls gebeurd, twaalf jaar geleden.

'Denk je...' Ze hoorden Elijah via de speaker luid slikken. 'Denk je dat ze gevonden wordt?'

'Daar heb ik voor gebeden.'

Het was een ontwijkend antwoord, maar dat pikte Elijah niet op. 'Ze stellen me steeds dezelfde vragen. Ik weet niet wat ik moet zeggen. Ze moet gevonden worden, dat is het enige.'

'Ze stellen je steeds dezelfde vragen om te zien of je steeds dezelfde antwoorden geeft.'

Elijah keek verbaasd. Hij draaide in kringetjes rond, stopte de gebeurtenissen in hokjes om te voorkomen dat zijn lichaam het volledig liet afweten. Emmy wist nog dat Ruth Baker twaalf jaar geleden in dezelfde emotionele draaikolk had gezeten. Voor een ouder was het verlies van een kind een ondraaglijke gedachte.

'Je bent toch wel eerlijk tegen ze?' vroeg Belinda.

'Natuurlijk. Ik heb ze niet over jou verteld, want ik dacht dat het er niet toe deed.'

Belinda trok de stoel naar achteren en ging tegenover hem zitten. Haar gezicht vulde de tweede monitor. 'Elijah, nou moet je eens goed luisteren. Je moet ze alles vertellen. Laat de deskundigen maar vaststellen wat belangrijk is.'

Emmy zag de tersluikse blik waarmee Belinda naar de camera in de hoek keek. Ze wist dat ze geobserveerd werden.

Jude had het ook gezien. 'Die is slimmer dan ze lijkt.'

Emmy richtte haar aandacht weer op Elijah.

Tranen gleden over zijn wangen. 'Die agent bezwoer me dat iedereen naar haar op zoek is. Maar het duurt te lang, hè? Ze hadden haar toch al moeten vinden?'

'Ik wilde eigenlijk helpen zoeken, maar ik wist niet wat voor indruk dat zou maken, snap je?' Weer had Belinda zijn vraag ontweken. 'In het bos bij de landweggetjes wemelde het van de mensen toen de politie me hiernaartoe bracht. Iedereen doet zijn stinkende best.'

'Maar stel...' Zijn stem schoot de hoogte in. Hij probeerde zijn angst in te slikken. 'Stel dat ze haar niet vinden?'

Belinda wierp weer een blik op de camera en keek toen naar Elijah. 'We kunnen alleen maar bidden dat de Heer over haar waakt.'

'Ik heb geprobeerd om te bidden, maar telkens hoor ik een stem in mijn hoofd die zegt dat het mijn schuld is.'

Emmy schoof naar het puntje van haar stoel.

Belinda deed hetzelfde. 'Hoezo is het jouw schuld?'

'Ik ben haar vader. Ik had haar moeten beschermen. Dat is mijn enige taak.' Hij slaakte een gekwelde zucht. 'Ze was zo kwaad op me toen ik gisteren naar mijn werk ging. Ziedend was ze. Ik overwoog haar vanuit de auto te bellen, maar toen zag ik dat ik acht berichten had en daardoor raakte ik afgeleid, en nu kan ik nooit meer tegen haar zeggen dat het me spijt.'

Emmy zag dat Jude haar ellebogen op de armleuningen van de stoel had geplant en haar kin in haar hand had genomen. Ze keek nu niet naar de monitor, maar naar de speaker. Elijah sloeg een andere toon aan. Eindelijk sprak hij de waarheid.

'Waarom was Paisley ziedend?' vroeg Belinda.

'Vorige week vroeg ze of ik haar met haar natuurkundeproject wilde helpen, maar ik zei dat ze moest leren om grote opdrachten in haar eentje af te handelen.'

'Tja.' Belinda rekte het woord uit. 'Je probeerde haar onafhankelijkheid bij te brengen. Dat is niet verkeerd.'

'Nee, het was egoïstisch. Ik had geen zin in dat project. Ik wilde tv kijken en dan naar bed. Daarom deed ik net zolang bot tegen haar tot ze naar haar kamer stormde.' Elijah schudde zijn hoofd.

Emmy vermoedde dat de man al zijn missers met Paisley de revue had laten passeren toen hij alleen in de verhoorkamer had gezeten.

Hij vervolgde: 'Toen ik gisterochtend naar buiten ging, probeerde ik haar op haar wang te kussen. Ze trok zich terug alsof ik de pest had. En toen ik zei dat ik van haar hield, rolde ze alleen maar met haar ogen. Tegenwoordig rolt ze de hele tijd met haar ogen naar mij. Ik zei toch dat ze geen greintje respect voor me heeft. De afgelopen paar maanden lijkt ze door een duivel bezeten. Het ene moment is ze heel lief, maar het volgende doet ze alsof zij het voor het zeggen heeft, alsof ik haar vader niet meer ben.'

'Klinkt bekend,' mompelde Emmy.

Jude keek haar aan. 'Over wie heb je het?'

'Madison zocht altijd de grenzen op bij Paul en Hannah. Felix en Ruth Baker zeiden hetzelfde over Cheyenne. Ze gaven Madison de schuld, die in hun ogen totaal losgeslagen was.'

'Wie gaf jij de schuld?' vroeg Jude.

'De puberteit.' Ze haalde haar schouders op. 'Echt, die twee staken elkaar aan. Volgens mij waren ze elkaars grootste vijand.'

'Zo ongewoon is dat niet,' zei Jude.

Emmy nam de moeite niet het te beamen. Ze zag Belinda een pakje tissues uit haar Fendi-tas pakken. Van de politie in Verona had ze zich mogen omkleden voor ze werd meegenomen naar het bureau. Ze droeg een croptop die haar platte buik vrijliet, en een kort zwart rokje waaronder de vorm van haar benen goed uitkwam. Haar make-up was uitgelopen, waarschijnlijk omdat ze die niet had verwijderd voor ze naar bed was gegaan. Onwillekeurig vergeleek Emmy haar met Carol, die zich kleedde als een verzuurde victoriaanse.

'Die foto's in de keuken,' zei ze tegen Jude. 'Aan het begin van hun huwelijk zag Carol er heel anders uit. Toen kleedde ze zich meer zoals Belinda.'

'Hij voelt zich tot haar aangetrokken omdat hij haar geest wil breken,' zei Jude.

Emmy wist dat ze gelijk had. Zo was Jonah ook geweest. Toen ze aan het daten waren, had hij het prachtig gevonden dat ze zo zelfverzekerd en gedreven was, maar toen ze eenmaal getrouwd waren, kon hij die eigenschappen uiteindelijk niet uitstaan.

Het geluid van Elijah die zijn neus snoot weergalmde door de speaker.

'Hoe is het met Carol?' vroeg Belinda.

'We mochten maar heel even met elkaar praten.' Hij kneep de tissue samen in zijn hand. 'Ze is er kapot van. Ze verwijt zichzelf dat ze Paisley heeft laten fietsen. Ze had haar met de auto naar school moeten brengen.'

'Niemand heeft schuld,' zei Belinda. 'Jij niet en Carol niet. Paisley gaat altijd op de fiets naar school.'

'Maar niet zo vroeg.' Elijah reikte weer naar de tissues. Hij veegde langs zijn ogen. 'Ik had haar ook kunnen brengen. Ik had... Ik had zoveel kunnen doen.'

'Goed, ik zeg alleen wat we allebei denken, namelijk dat het gedaan is met ons pleziertje. Je moet er nu zijn voor Carol, en ik denk dat ik maar eens bij mijn tante Jenny in Copper Hill op bezoek ga, want ik heb geen zin in vuile blikken telkens als ik mijn appartement uit kom.'

'Je hebt gelijk,' zei hij. 'Ik vind het heel erg. Ik vind het echt klote.'

Jude keerde zich van de monitors af en keek Emmy aan. 'Ze is geen sekswerker. Het is een affaire, denk je niet?'

'Jazeker, maar ik garandeer je dat Elijah haar ook bedroog, met een sekswerker. Dat verhaal van hem, dat hij vorig jaar iemand online had ontmoet, dat hij naar dat hotel ging en hoe hij het geld moest achterlaten, dat was veel te gedetailleerd om verzonnen te zijn.'

'Mee eens,' zei Jude. 'We moeten weer met zijn secretaresse gaan praten. Het viel haar op dat Elijah elke laatste vrijdag van de maand een vergadering had en dat er dan ook altijd geld miste uit de kas. Zij kan ons vertellen wanneer het begon en wanneer het eindigde en of er nu misschien een ander patroon is met een andere vrouw.'

De speaker trilde toen Elijah zijn neus weer snoot.

Belinda pakte zijn hand. 'Weten ze al wie haar heeft meegenomen?' vroeg ze.

'Vast een of andere Mexicaan.'

'Die kut-Mexicanen,' zei Belinda. 'De hele stad gaat naar de klote.'

'Dit hele kutland.'

Emmy slaakte een diepe zucht. Ze hadden in elk geval nog racisme met elkaar gemeen. Ze draaide het geluid uit. 'Wat nu?' vroeg ze aan Jude.

'Ik wil de zaak van de Gebroken Engelen heropenen.'

Uit het snelle antwoord concludeerde Emmy dat Jude hier al een tijdje mee rondliep. Zelf had ze even omschakeltijd nodig. Ze was al even erg als Elijah en keek alleen naar de dingen pal voor haar neus.

'Je wilt weten waar pa en ik de fout in zijn gegaan,' zei ze.

Jude keek wat behoedzaam. 'Eén vraag: wat was Gerald plan?'

'Hoezo?'

'Die podcast, *Verblinde Engel*, gaat online. De twaalf jaar oude verkrachtingskit in Metter wordt getest en er is een match met Adams DNA. Hij wordt vrijgelaten uit de dodencel. Wat was Geralds plan?'

'Om Adam weer achter de tralies te krijgen.'

'Goed,' zei Jude. 'Als je niet weet wat je doen moet, begin je bij het begin.'

Emmy zou er nooit aan wennen om de woorden van haar vader uit de mond van deze onbekende te horen. 'Pa had Virgil al gevraagd om alle oude dossierdozen uit de opslag van het GBI-kantoor te halen. Dit weekend zouden we alles nog eens doornemen bij hem thuis.'

'Waarom bij Virgil thuis?'

'Pa wilde er geen ruchtbaarheid aan geven dat we de zaak heropenden.'

'Dat is een gepasseerd station,' zei Jude. 'Zeg tegen Virgil dat hij alles naar het bureau brengt, dan nemen we de zaak samen weer door.'

'Geen sprake van,' zei Emmy. 'Paisley Walker gaat voor.'

'Lieverd, we zitten al bijna op de vierentwintiguursgrens. Dit is geen ontvoering door een ouder of kennis. Paisley is niet weggelopen. Ze houdt zich niet ergens schuil. Ze is door een monster meegenomen. Dit is geen sprint meer, maar een marathon. We kunnen alleen nog hopen dat er een lichaam wordt gevonden zodat Carol en Elijah rust krijgen.'

Emmy wist dat ze gelijk had, maar ze wilde de hoop niet helemaal opgeven. 'Ik haal geen manschappen weg van de zoektocht naar een vermist kind dat in gevaar is.'

'Dat vraag ik ook niet van je,' zei Jude. 'Vertel eens wat je intuïtie je influistert. Met wie moeten we gaan praten? Waar moeten we gaan zoeken? Wat zien we over het hoofd?'

Emmy moest het antwoord schuldig blijven. Haar intuïtie liet het afweten. Alles voelde verkeerd.

'Er blijven honderden mensen naar Paisley zoeken – iedereen in de teamkamer, elke politiedienst. Ze gaan opnieuw alle huizen langs, doorzoeken opnieuw alle terreinen, ondervragen leerkrachten, andere leerlingen, iedereen in Paisleys leven. Ondertussen duiken wij in de zaak-Adam Huntsinger en zoeken de zwakke plekken op. Met een beetje geluk komen we zo Paisley op het spoor.'

Emmy schudde haar hoofd, maar op dat moment kon ze niks beters bedenken. Drie uur geleden had ze niet kunnen denken dat het zo gemakkelijk zou zijn om zich naar Jude te schikken. 'Goed, ik rij met Virgil naar zijn huis om de dozen te halen. Dan installeren we ons in het vergaderlokaal van het cellenblok; daar zitten we niemand in de weg.'

'Nee,' zei Jude, want kennelijk had zij de leiding weer overgenomen. 'Je bent zo uitgeput dat je je woorden half inslikt. Het is nu zes uur in de ochtend. Om tien uur komen we hier weer samen. Dan heb je vier uur om wat slaap in te halen, te douchen en je om te kleden.'

'Je hoeft mij niet te vertellen wat ik moet doen.'

'Ja, dat moet ik wel.' Jude stond op. 'Ik zie jullie tweeën hier om tien uur weer terug.'

Emmy was niet in staat om haar tegen te houden. Ze keek op naar Cole. Zijn kaak stond strak. Toen ze de lampen uitdeed, zei ze: 'Je was zonet wel erg stil.'

'Ze heeft geen ongelijk als ze die oude zaak op zwakke plekken wil onderzoeken.'

'Maar heeft ze gelijk?' Er trok een waas voor Emmy's ogen. Eén ding moest ze toegeven: haar botten deden pijn van vermoeidheid. Maar ze kon nog niet weg. 'Doe de deur dicht. Zeg eens wat je voor me verzwijgt.'

Cole sloot de deur en leunde er met zijn rug tegenaan. Hij keek haar recht in de ogen. 'Ik wil mijn chef spreken.'

Emmy probeerde moed te vatten. 'Die zit voor je.'

Coles blik schoot weg. Hij keek naar de muur achter haar. Zijn neusvleugels trilden. Ze zag dat zijn ogen zich vulden met tranen.

'Hé.' Emmy stond op en nam zijn hoofd tussen haar handen zodat hij haar moest aankijken. Dit was geen werkoverleg. Hij had zijn moeder nodig. Emmy streek over zijn wang. 'Praat met me, schat. Ik ben er voor je.'

Cole ademde diep in. Zijn halsspieren verstrakten. Emmy voelde haar vermoeidheid wegtrekken. Elke cel in haar hersens werd scherpgesteld terwijl ze wachtte tot haar zoon voldoende moed had verzameld om te praten.

'De foto van die pik op de telefoon van Elijah Walker,' zei Cole. 'Die heeft hij niet van internet gehaald. Die is van iemand hier uit de stad. Ik herkende de moedervlekken.'

'Oké.' Het verbaasde Emmy niet dat haar zoon een seksleven had. Hij was op zijn vijftiende al uit de kast gekomen. 'En?'

'Het is, eh...' Weer zweeg hij. 'Het is Jack.'

Emmy lachte. Ze kon het niet helpen. 'Je houdt me voor de gek, hè? De dickpic op de telefoon van Elijah Walker is van Jack Whitlock?'

'Jezus, mam.' Cole maakte zich van haar los. 'Het is niet grappig.'

'Nee, natuurlijk niet.' Emmy schaamde zich diep omdat ze gelachen had, maar op de een of andere wrede manier was het logisch dat Jack iets vreselijks alleen maar erger had gemaakt. De slijmerige sukkel had Emmy tot het middelpunt van zijn verhaal gemaakt en had haar herhaaldelijk beschreven als een 'beeldschone maar gemankeerde' rechercheur. Ook had hij in zijn eentje de belangstelling voor de zaak-Adam

Huntsinger weer opgerakeld, wat rechtstreeks had geleid tot Adams vrijlating uit de dodencel, wat in zeker opzicht had geleid tot de moord op haar vader.

Bovendien had hij het hart van haar zoon gebroken.

'Liefje, wat erg,' zei ze. 'Ik weet dat je het moeilijk vindt om erover te praten, maar toch moet ik het vragen: kan het zijn dat Jack een foto online heeft gezet en dat Elijah die voor een eigen foto heeft laten doorgaan?'

'Dat heet *cockfishing*, en nee.'

Emmy had er iets liefs voor overgehad als ze dat woord nooit had gehoord.

'Elijah is Jacks verzekeringsagent,' zei Cole. 'We maakten vroeger grapjes over hem omdat hij zo preuts is.'

Emmy's keel snoerde dicht. Ze herinnerde zich dat Elijah het in een eerder verhoor over Jacks podcast had gehad. Op dat moment had ze het afgedaan als weer typisch North Falls, maar nu besefte ze dat ze het over het hoofd had gezien.

'Sorry.' Cole schudde zijn hoofd, alsof hij niet kon geloven dat hij zo dom was geweest. 'Jij regelt mijn verzekeringen. Ik heb geen idee hoe dat werkt. Jack sprak altijd met Elijah af op de laatste vrijdag van de maand. Hij zei dat ze het dan over zijn polissen hadden. Ik dacht dat dergelijke afspraken met je agent normaal waren.'

Hij keek zo verslagen dat Emmy hem het liefst in haar armen had genomen, zoals toen hij nog klein was. Maar ze moest het vragen: 'Wist je dat Jack geld aannam voor seks?'

'Nee, maar het kan wel kloppen. Hij had altijd heel veel geld op zak.' Cole lachte droogjes. 'Ik hoefde nooit te betalen.'

'Je had hém moeten laten betalen. We weten allebei dat jij iets te hoog gegrepen was voor hem.'

'Ja.'

Emmy merkte dat het te vroeg was voor grapjes. Het punt was dat ze het nooit helemaal vertrouwd had zoals Jack werk maakte van Cole. Hij was een paar jaar ouder en veel ervarener, maar ze had haar mond gehouden want het was niet aan haar om tegen haar zoon te zeggen met wie hij mocht daten. Dat herinnerde haar er op pijnlijke wijze aan hoe haar eigen familie was omgegaan met haar slechte relatie met Jonah.

Ze zei tegen Cole wat anderen tegen haar hadden moeten zeggen: 'Jack is een vreselijke vent. Hij probeerde via jou je opa en mij te pakken. Hij gaf je de indruk dat je bijzonder was, maar ondertussen gebruikte hij jou om zijn eigen waardeloze bestaan op te krikken. Je bent veel te goed voor iemand als hij. Hij was je niet waard.'

Hoewel Cole knikte, maakte hij nog steeds een verslagen indruk.

Emmy besloot het praktisch aan te pakken. 'Ik zal je laten zien hoe het werkt met verzekeringen. Zo ingewikkeld is het niet. Je bent een volwassen man. Ik had het je eerder moeten uitleggen.'

'Oké.' Cole veegde zijn neus af aan zijn mouw. Hij rechtte zijn schouders. 'Ik ben op Jacks TikTok gegaan om te zien waar hij was toen Paisley verdween. Hij zit al sinds zondag in Los Angeles. Daar is een producer bij wie hij zijn podcast pitcht.'

Emmy had de mogelijkheid niet eens overwogen dat een streamingdienst de podcast kon oppikken, maar nu schrok ze pas echt.

Cole zei: 'Hij postte een filmpje waarin hij zei dat Paisley deel twee van de serie wordt. Hij heeft een nachtvlucht terug naar Georgia genomen. Ik weet zeker dat hij nog harder in de shit gaat roeren zodra hij terug is.'

Emmy knikte moeizaam. 'Oké.'

'Ga je het tegen haar zeggen?'

Hij doelde op Jude. 'Nee, maar ik wil dat jij vluchten natrekt en bevestigt dat Jack niet in de stad was, zodat we het zeker weten, snap je?'

'Yep.' Weer ademde Cole diep in. 'We zien elkaar hier om tien uur.'

Emmy keek hem na toen hij de deur opendeed en de gang op liep. Hij liet zijn hoofd hangen. Ze wist niet wat hem het meest pijn deed, zijn hart of zijn trots. Wat haarzelf betrof speet het haar dat ze de kans niet had gegrepen om Jack met zijn eigen pocket pussy dood te slaan. De klootzak had een halfjaar lang achter Cole aan gelopen zonder te vertellen dat hij aan de podcast werkte. Hij had gedacht dat Cole met alle plezier zijn eigen moeder en grootvader voor de bus zou gooien.

Dat had hij dus verkeerd gedacht.

Emmy richtte zich weer op de monitors en vroeg zich af wat Jack verder nog aan klotestreken in petto had. Ze had haar best gedaan om alle kinky shit te vergeten die Jack onder zijn matras had verstopt, maar nu het haar zoon betrof, lukte dat niet langer. Ze vermoedde dat Elijah Walker iets dergelijks bedoelde toen hij zei dat zijn vrouw niet avontuurlijk genoeg was. Ze bestudeerde het gezicht van de man. Hij beet op zijn lip. Seth had Belinda al weggestuurd. Elijah zat in zijn eentje aan de tafel. Emmy reikte naar de achterkant van de videorecorder en trok het snoer eruit.

Elijah schrok toen ze de verhoorkamer binnenliep. Hij sprong op van zijn stoel. Weer die what-the-fuck-vertoning van de rechtschapen echtgenoot en vader die hij pretendeerde te zijn.

'Je betaalde Jack Whitlock voor seks, toch?' vroeg ze.

Elijahs mond viel open als de bek van een vis op het droge.

'Jack neukte je niet meer toen zijn podcast vorig jaar een succes bleek, klopt dat? Hij had het geld toch niet meer nodig?'

Elijahs mond klapte dicht.

'Daarvóór sprak je elke laatste vrijdag van de maand met hem af in de Dew Drop Inn.' Emmy zweeg even. 'Ik kan de FBI erbij halen zodat dit allemaal vastgelegd wordt, of jij vertelt me hier en nu of het klopt wat ik zeg. Ja of nee?'

'Ja.' Hij knikte. 'Maar ik ben geen –'

Emmy sloeg de deur achter zich dicht. Nu wist ze in elk geval hoe Jack in zijn levensonderhoud had voorzien toen hij de podcast maakte. Ondanks het soort werk dat ze deed, veroordeelde ze mensen niet die hun talenten gebruikten om geld te verdienen, maar je moest over een stel stalen kloten beschikken om drie generaties politie te verneuken.

'Vuile eikel,' mompelde ze toen ze het bureau via de zijuitgang verliet om de teamkamer te omzeilen. Ze stuurde Seth Alexander een bericht waarin ze zei dat Elijah Walker wat haar betrof vrijgelaten mocht worden, al was het alleen maar vanwege zijn in verdriet gedompelde vrouw.

Ze probeerde diep in te ademen, maar haar longen weigerden zich uit te zetten. De maan stond laag aan de hemel, want aan deze helse nacht kwam nooit een eind. Ze liep weg van het parkeerterrein en baande zich een weg door het bosje aan de achterkant. Ze stak haar armen omhoog om lage takken opzij te duwen. Ze had deze route al een halfjaar niet afgelegd, maar haar lichaam kende de weg.

Er brandde licht in Dylans huis. Ze zag hem tegen het aanrecht leunen; waarschijnlijk las hij de *Herald* op zijn iPad. Hij was een man van vaste gewoontes. Ze wist dat hij al had hardgelopen, al had ontbeten en gedoucht, en dat hij nu het nieuws doornam voor hij naar zijn werk vertrok. Emmy opende het hek naar zijn achtertuin. Ze zag haar Burmese kat voor het raam van de woonkamer zitten. Bap-Bap had zijn kop tussen zijn poten gestoken. Emmy had Dylan gevraagd of hij de kat wilde houden, want ze was bang dat Myrna het beest iets zou aandoen. Afstand doen van de kat was bijna nog moeilijker geweest dan het uitmaken met Dylan. Ze had de hele weg naar het huis van haar ouders in de auto zitten huilen.

Emmy streek langs haar ogen. De uitputting was genadeloos. Haar botten leken te rammelen in haar lichaam. Ze zag alles dubbel. Ze knipperde met haar ogen in een poging weer scherp te zien. Onderaan Dylans verandatrap bleef ze staan in de hoop dat hij uit het raam keek en haar zag.

Hij was nog steeds een knappe man. Donker, opzij gekamd haar, gladgeschoren gezicht. In zijn pak met das al helemaal klaar voor de rechtszaal. Twaalf jaar geleden was Dylan Alvarez een randfiguur in Emmy's leven geweest, een soort 'stel dat'. Stel dat ze niet met Jonah getrouwd was. Stel dat ze Dylan mee uit vroeg na de scheiding. Stel dat ze wachtte tot Cole zijn school had afgemaakt. Stel dat Dylan met niemand anders aan het daten was. Stel dat ze niet goed genoeg voor hem was. Stel dat ze alleen maar relaties met foute mannen kon aangaan.

Dat het überhaupt iets was geworden, was nog steeds een mysterie. Ze was hem in de supermarkt tegen het lijf gelopen, in de bioscoop, in het park. Hij had haar op een drankje getrakteerd. Toen op een etentje. Toen op een slaapmutsje. En toen maakte hij ontbijt voor haar klaar. Hij stelde haar voor aan zijn dochter, Jenna, en zij stelde hem aan Cole voor. Zo verstreken er twee jaar voor Emmy genoeg moed had verzameld om te zeggen dat ze van hem hield. En nog steeds was ze niet echt bij hem ingetrokken, maar was ze slechts af en toe blijven logeren. Eerst in het weekend, toen wat langer, en uiteindelijk vier jaar.

Tot het bergafwaarts ging met Myrna.

De dag dat Emmy bij Dylan was weggegaan, had ze gezegd dat ze hem nog steeds zou blijven zien, maar dat had ze niet gedaan. Ze had gezegd dat ze zou bellen, maar dat had ze niet gedaan. Hij had alle recht nooit meer een woord met haar te wisselen. Maar een paar uur geleden, bij het cellenblok, had hij gevraagd of hij er voor haar mocht zijn. Ze wist niet of het aanbod nog gold, maar op dat moment was ze wanhopig en stond hij in het huis dat ze ergens nog steeds als haar thuis beschouwde.

En hij had nog steeds niet opgekeken van zijn iPad.

De moed zonk haar in de schoenen. Emmy pakte haar telefoon om hem een bericht te sturen. Een scherpe pijn schoot door haar borstkas. Onwillekeurig stootte ze een kreet uit. Nog eerder dan haar brein had haar lichaam de informatie op het schermpje al verwerkt. Het ging niet over Paisley. Er waren geen updates. Het was het tijdstip. Zes uur vierentwintig in de ochtend. De vorige dag rond deze tijd had Emmy met haar moeder aan de keukentafel gezeten. Ze hadden dezelfde routine gevolgd die ze al een halfjaar hadden gevolgd. Toen was Cole de trap af gekomen. Toen waren ze naar Geralds kantoortje gegaan om Adams zaak te bespreken.

Dat alles, elke seconde van die ochtend, zou nooit meer terugkomen.

'Emmy?' Dylan had de achterdeur geopend en liep de veranda op. 'Alles goed?'

Ze voelde tranen over haar wangen biggelen, maar veegde ze niet af. 'Ja, fantastisch.'

'Dat zie ik.' Hij glimlachte, maar was zichtbaar bezorgd. 'Wat kan ik voor je doen, Em?'

Ze wist precies wat hij voor haar kon doen. Wat hij vroeger deed. Haar tegen zich aan laten kruipen. Haar laten verdwijnen. Zijn armen beschermend om haar heen slaan zodat ze eindelijk de adem kon laten gaan die ze had ingehouden sinds ze haar vader op de grond had zien vallen. Voor dat ene moment van loslaten had ze alles over. Alles, behalve dat ze hem de waarheid vertelde.

'Zin in seks?' vroeg ze.

'Ja, hoor.' Dylan wist dat het haar daar niet echt om ging, zoals hij ook wist welke rol er van hem werd verwacht. 'Als je nou eerst even in bad gaat?'

'Oké.'

Hij hield de deur voor haar open. Op weg naar de badkamer begon Emmy haar kleren al uit te trekken. Haar kogelwerende vest. Haar riem. Shirt. Met gevoelloze vingers knoopte ze haar broek los. Het duizelde haar. Ze viel bijna voorover toen ze zich bukte om haar schoenveters los te maken.

'Laat mij maar.' Dylan trok zijn colbert uit. Hij deed het deksel van het toilet naar beneden zodat ze kon zitten. Toen begon hij aan de veters. Hij schudde zijn hoofd, zichtbaar geërgerd. 'Als ik je had aangehouden wegens roekeloos rijgedrag, zou je inmiddels gearresteerd zijn. Je kunt nauwelijks op je benen staan.'

'Sla me maar in de boeien.'

Hij lachte, maar niet omdat het zo grappig was.

'Over drieënhalf uur moet ik weer op het werk zijn,' zei ze.

'Dat is heel veel seks.'

'Dat hebben we eerder gedaan.' Ze boog opzij en draaide de kranen van het bad open. 'Mijn zus is uit de dood opgestaan.'

'Weet ik.' Hij trok haar schoenen uit. Toen haar sokken. Toen de rest.

'Ze noemt zichzelf Jude.' Emmy zag Bap-Bap de badkamer binnen komen trippelen om te zien wat er aan de hand was. 'Ze zei dat ik wat rust moest pakken.'

'Dat is idioot.' Hij hielp haar het bad in. 'Wie denkt ze wel dat ze is?'

'Mijn zus, kennelijk.'

'Wat een sukkel.' Dylan draaide haar pols om zodat hij haar horloge kon losmaken.

Emmy raakte de rug van zijn hand aan en wachtte tot hij opkeek. 'Pa's bloed zit in de kroon.'

Dylans blik veranderde. Hij keek even naar het horloge. Hield het tegen het licht om het bloed te kunnen zien. Zijn borstkas ging op en neer. Ook hij had van Gerald gehouden.

Ze keek naar hem toen hij opstond en het horloge voorzichtig op het plankje boven de wasbak legde. Toen nam hij een handdoek en waslap uit de kast. Hij kriebelde Bap-Bap achter zijn oren. Knielde naast de badkuip neer. Stroopte zijn mouwen op. Wierp zijn das over zijn schouder. Maakte de waslap nat onder de kraan. Liet de zeep schuimen en begon Emmy's rug te wassen.

Ze sloot haar ogen. Het gerammel van haar botten nam af. Haar hartslag vertraagde. De troost van zijn handen. De warmte van het water dat haar lichaam omhulde. Haar spieren ontspanden. Het was alsof ze die nacht de hele wereld bij elkaar had moeten houden en nu pas voelde ze haar greep verslappen.

'Dylan?'

'Ja?'

'Als je me gevraagd had, zou ik met je getrouwd zijn.'

Hij spoelde de zeep van haar rug. 'Als je gewild had, zou ik je gevraagd hebben.'

Gewillig liet ze hem haar arm optillen en de waslap over haar huid halen. Weer keek ze naar zijn gezicht. Het stond nog steeds geërgerd, maar ze wist dat hij ook bezorgd was. 'Ik wilde toen dat je kwaad op me was.'

'O, reken maar dat ik kwaad op je ben.'

'Niet vanwege de stomme manier waarop ik ben weggegaan.' Ze reikte naar de kranen en draaide ze dicht. 'Ik heb het over twaalf jaar geleden, met Madison.'

Dylan hing de waslap over de kraan en ging op zijn hurken zitten, wachtend op uitleg. Af en toe deed Emmy dit, wanneer ze samen waren, alleen zij tweeën, dan praatte de vrouw die alleen maar met haar vader praatte met de man die wanhopig graag wilde horen wat ze te zeggen had.

'Weet je nog toen we elkaar op school zagen op de ochtend nadat de meisjes waren verdwenen?' vroeg ze.

Hij knikte.

'Ik zei dat Madison vlak voor de vuurwerkshow met me wilde praten, maar dat ik haar afwimpelde, en toen zei jij dat je het vreselijk vond als iets dergelijks gebeurde, alsof het heel vaak gebeurt.'

'Het gebeurt ook heel vaak.' Hij legde zijn hand op de hare. 'Waarom zou ik je iets aanrekenen wat zo vluchtig was en waar je geen grip op had?'

'Daarom.' Emmy dwong zichzelf door te gaan. 'Jonah had me verschrikkelijk te grazen genomen. Ik koos voor hem in plaats van voor Hannah. Ik koos voor hem in plaats van voor Madison. Ik verdiende jouw vergiffenis niet.'

'Schat, je was een jaar jonger dan Madison toen je Jonah ontmoette. Jullie zijn bijna twintig jaar samen geweest. Je kunt niet voor iets kiezen als je niet weet dat je een keuze hebt.'

Dat vond Emmy te makkelijk. 'Als ik naar haar had geluisterd…'

'Je weet niet hoe het dan gegaan zou zijn.' Hij streek haar tranen weg. 'Jongeren doen alsof de belangrijke dingen niet belangrijk zijn en alsof de dingen die er niet toe doen heel belangrijk zijn.'

'Ik ben te moe om te snappen wat je zegt.'

'Dat weet ik, *mi cielo*.' Hij kuste haar voorhoofd. 'Ik zet de wekker op halftien. Er hangt nog steeds een uniform van jou op Jenna's oude kamer. Ik heb je spullen in een plastic bak op de bovenste plank gelegd. Ik moet me klaarmaken voor de rechtszaal, en jij moet even rusten.'

'Is Hannah al in staat van beschuldiging gesteld?'

'Nog niet. Ze hebben nog vierentwintig uur. Je weet hoe het werkt. Ze moeten haar aanklagen of vrijlaten.' Dylan haalde zijn schouders op, maar ze zag dat het hem zwaar viel. Hij behandelde doorgaans echtscheidingen, geen moordzaken. 'Het GBI verhoort opnieuw getuigen om te kijken of iemand heeft gezien dat Hannah het wapen aanraakte toen het afging.'

Emmy's maag verkrampte. Sherry Robertson was bloedserieus. Ze probeerde er een moordzaak van te maken. 'En Paul? Hij kan toch zeggen dat Hannah het wapen niet heeft aangeraakt?'

'Als hij weer bij zijn positieven komt en beseft dat hij de doodstraf kan krijgen, heeft hij er vast geen enkele moeite mee om haar erbij te lappen. Je weet hoe het in z'n werk gaat. De doodstraf gaat van tafel als hij tegen Hannah getuigt. Zo'n rat is-ie wel.'

Emmy weigerde het te geloven. 'Ze is de moeder van zijn kind. Dat zou hij nooit doen.'

Dylan droogde zijn handen af. 'Ik hoop dat je gelijk hebt, schat. We zullen zien.'

Emmy leunde achterover en legde haar hoofd op de rand van de badkuip. Ze keek naar het plafond. Ze hoorde Dylan in de keuken. Hij ruimde de vaatwasser in, pakte zijn sleutels en liep via de voordeur naar buiten. Bap-Bap sprong op het toiletdeksel. Hij draaide drie keer in de rondte en ging toen liggen. Ze zag hem met zijn ogen knipperen en nog eens knipperen, waarna hij ze sloot en in slaap viel.

Het liefst wilde ze het hem nadoen, maar ze dacht niet dat het zou lukken. Al een halfjaar sloegen de zenuwen toe zodra haar hoofd het kussen raakte. Dan wachtte ze tot Gerald om hulp riep. Tot Myrna begon te schreeuwen. Ze zat over Cole in. Over Tommy. Over Celia. Over Dylan. Over Bap-Bap. Over haar werk. Over de podcast. Over Adam. Over een geluid dat ze had gehoord en of ze moest gaan kijken, en als ze toch al op was, kon ze evengoed opblijven, want over een paar uur moest ze weer aan het werk.

En als Emmy dan in haar eentje aan de keukentafel zat, schoten haar gedachten alle kanten op, terwijl ze zocht naar nieuwe dingen om zich zorgen om te maken, naar nieuwe rampscenario's, tot de spanning een hoogtepunt bereikte en ze bovenaan de trap het gekraak van Myrna hoorde. Op dat moment balde haar maag zich samen en vroeg ze zich af of haar moeder weer van de trap zou vallen of heelhuids de keuken zou weten te bereiken, of ze Emmy zou herkennen of haar Martha zou noemen of zou schreeuwen tegen de onbekende die in haar eentje aan haar keukentafel zat.

Emmy hoorde de kraan druppen. Bap-Bap begon te snurken. Haar oogleden trilden. Ze kon zich er niet meer tegen verzetten.

Voor het eerst in een halfjaar gaf Emmy zich over aan de slaap.

15

Jude keek vanuit haar huurauto naar het huis waarin ze was opgegroeid. Oorspronkelijk was de woning uit de jaren twintig een driekamerbungalow. Toen was de keuken uitgebouwd en was er een verdieping aan toegevoegd. Vervolgens een garage. En een veranda rond het hele huis. Een schuur voor een kleine tractor om de vijfentwintig hectare aan de achterkant te bewerken. Judes kamer was op de eerste verdieping geweest, aan de rechterkant van het huis en met zicht op de veranda, wat handig was want ze kneep er altijd tussenuit. In de achterslaapkamer paste met enige moeite een stapelbed voor Henry en Tommy. Myrna en Gerald hadden in de grote kamer ertegenover geslapen. Er was maar één badkamer, aan het einde van de overloop.

Het enige wat de afgelopen veertig jaar leek te zijn veranderd was de schuur, die zo te zien tot een extra leefruimte was verbouwd. Op het grind stonden drie auto's geparkeerd. De patrouillewagen van de sheriff van Clifton County was een wat modernere versie van de lompe Plymouth Fury waarin Gerald vroeger had gereden. Jude herkende de legergroene Alfa Romeo-cabrio die Celia's vader altijd had vertroeteld alsof het zijn lievelingskind was. De Mercedes van honderdduizend dollar was uiteraard van een van de Rijke Cliftons. Die hadden hun rijkdom altijd al van de daken geschreeuwd.

Jude was geneigd weg te rijden, maar ze wilde niet toegeven aan de Clifton-gewoonte, die inhield dat je ongemakkelijke situaties zoveel mogelijk meed. Ze stapte uit en liep naar de veranda. Ze zag een vrouw, die bij het aanrecht de afwas deed. Met haar wipneus en smalle gezicht hoorde ze onmiskenbaar in het kamp van de Rijke Cliftons. Ze was halverwege de veertig, waarschijnlijk de dochter van nicht Cynthia en Ruel, die bij haar geboorte zo klein was geweest dat iedereen haar Tiny Baby had genoemd, en zoals dat gaat was dat verbasterd tot Taybee. Naar haar lengte te oordelen was de oorspronkelijke naam ergens rond de puberteit niet meer van toepassing geweest.

'Hallo daar!' De vrouw ontving Jude bij de keukendeur en hield de hordeur voor haar open. 'Dan ben jij mijn nicht Jude. Ik ben Taybee Clifton-Clifton. Welkom terug in de stad.'

'Ben je soms met een neef getrouwd?' liet Jude zich ontglippen.

'Ho ho, zo doen we dat niet.' Taybee stak haar arm door die van Jude en sleepte haar mee naar de keuken. Er was niets veranderd. Zelfs de lichtblauwe telefoon aan de muur niet. 'We zijn allebei Cliftons, meid. We moeten voor elkaar opkomen.'

Jude keek toe hoe ze de hordeur op de haak deed. Vervolgens haalde ze hem van de haak en deed hem er weer op. En nog een keer. 'Hoe is het met je moeder?'

'Dood, net als mijn pa.' Taybee liep bij de deur vandaan. 'Mijn moeder kreeg baarmoederhalskanker. Ik studeerde destijds rechten aan de University of Georgia, dus het is alweer lang geleden, God hebbe hun ziel.' Taybee nam een beker van het droogrek, die ze met het oor loodrecht op de rand van het aanrechtblad zette voor ze koffie inschonk. 'Dus FBI-agent, hè? Die lui van jullie zwermden gisteren over mijn hele erf om het uit te kammen op zoek naar dat arme kind. Hoe is het om G-man te zijn? G-woman, bedoel ik.'

'Veel papierwerk.' Jude keek toe terwijl Taybee wel drie keer achtereen de koffiekan in de Mr. Coffee rechtzette. 'Wat erg trouwens van je ouders.'

'Je mocht mijn moeder niet.'

'Nee, we hebben nooit met elkaar kunnen opschieten.' Jude pakte de beker en zette die op goed geluk op tafel. 'Maar zoals je al zei: we waren wel Cliftons.'

'Wat je zegt.' Taybee zette de beker recht. 'Je hebt Myrna net gemist, hoewel die arme ziel niet meer zou hebben geweten wie je was. Ze wordt per ambulance naar dat nieuwe tehuis in Verona gebracht, waar vroeger het oude ziekenhuis stond. Tommy is meegegaan, maar Celia is boven. Cole slaapt nog, die schat; die liep op zijn laatste benen. Toen kreeg Myrna ook nog een aanval op het moment dat de ambulance arriveerde. Geen idee hoe iedereen zijn werk moet doen nu Gerald er niet meer is.'

Jude was niet van plan het over haar vader te hebben. 'Waar is Emmy?'

'Eens kijken.' Taybee nam haar roodleren tas van de stoel en haalde er een telefoon in een bijpassend hoesje uit. 'Ah, wat lief. Ze is bij Dylan thuis.'

Jude zag de Life360-kaart op Taybees telefoon. 'Volg je haar?'

'Natuurlijk. Ik weet niet hoe het met jou zit, maar ik voel me veiliger als ik weet waar iedereen is.'

'Hm-m.' Jude nam een slok koffie en keek ondertussen naar Taybee, die een tweede roodleren hoesje tevoorschijn haalde, ditmaal voor visitekaartjes. Ze trok er een uit, tikte drie keer met de rand op het hoesje en gaf het aan Jude.

'Hier heb je mijn gegevens, mocht je me nodig hebben. Ik zet mijn telefoon nooit uit. Ik heb jouw nummer al van pastoor Nate gekregen. Wauw, die raakte niet uitgepraat over jou.' Ze keek op haar horloge. 'Godsamme. Ik moet naar de rechtszaal. Zeg tegen Emmy dat het fornuis het weer doet. Ik heb er net een draai met een moersleutel aan gegeven, dus ik hoop dat het huis niet de lucht in vliegt. Ik heb wat eten in de koelkast gezet. Er staat daar ook nog wat ontbijt. Niet in de magnetron doen. De oven is al voorverwarmd. Hooguit tien minuten erin en eet smakelijk.'

Jude nam weer een slok en keek ondertussen hoe Taybee door de kamer tolde. Ze raakte de deur van de koelkast drie keer aan. Toen tikte ze drie keer op het aanrechtblad. En toen leek ze pas klaar voor vertrek.

'Oké, fijne dag dan maar.' Taybee bracht haar vingers naar haar lippen en wierp Jude drie handkusjes toe voor ze naar buiten liep. Ze draaide zich om en controleerde een paar keer of de hordeur goed dicht zat, waarna ze op haar idioot hoge hakken het trapje af hobbelde.

Jude keek haar via het keukenraam na. Taybee tikte drie keer op de motorkap van de rode Mercedes, stapte in en begon toen de spiegels, de stoel en het stuur bij te stellen. Alles bij elkaar was het een dwangstoornis uit het boekje en een onmogelijke manier van leven. Jude hoopte dat ze hulp kreeg, maar ze wist ook dat het niet in de aard van een Clifton lag om die te zoeken. Zeker niet voor een Clifton-Clifton. En al helemaal niet voor een mogelijk driedubbele Clifton.

Toch had de keuken iets verlatens zonder Taybees nerveuze energie. Jude voelde zich een indringer. Ze stond achter haar oude stoel aan tafel, maar kon zich niet herinneren wanneer ze voor het laatst op die plek had gestaan. De avond dat ze van huis was gegaan, had ze buiten op de veranda moeten blijven toen ze met haar vader sprak. Het was na middernacht geweest. De regen was met bakken naar beneden gekomen. Ze had over Geralds schouder naar binnen gekeken en Myrna aan tafel zien zitten. Haar moeder had zich niet eens willen omdraaien om afscheid te nemen, maar had woedend naar de koelkast gestaard.

Jude liet haar hand op de rugleuning rusten. Ze dreigde door melancholie bevangen te worden en keek naar de deurpost. De streepjes waarmee Myrna hun groei had bijgehouden stonden er nog. Tommy. Henry. Martha. Een zekere droefheid overviel haar toen ze naar de betrekkelijk nieuwe toevoegingen keek. Emmy. Cole. Ze had alles gemist.

De stilte werd verbroken door gekraak op de overloop. Jude sloot haar ogen. Het geluid voerde haar rechtstreeks terug naar haar kindertijd. Ze zat met Henry en Tommy aan tafel. Myrna riep dat het eten koud werd. Gerald stond zwaaiend bovenaan de trap, zo dronken dat het een wonder mocht heten dat hij nooit naar beneden was gevallen.

Heimelijk had Jude daarop gehoopt.

'Emmy?' Celia's stem had nog dezelfde kalmerende klank als tientallen jaren geleden. Ze waren vanaf de kleuterschool hartsvriendinnen geweest. Toen was Jude weggegaan en hadden ze elkaar nooit meer gesproken.

'O.' Celia bleef op de trap staan. 'Je bent oud geworden.'

Jude moest lachen. Afgezien van het grijs in haar haren was Celia sinds de middelbare school bijna geen spat veranderd. 'Je rijdt nu in de Alfa van je vader.'

'Ik had hem beloofd dat ik die na zijn dood aan het automuseum zou schenken. Die domme ouwe lul geloofde me ook nog.' Celia bekeek Jude aandachtig toen ze de keuken binnenkwam. 'Mijn god, ben je het echt?'

'Zal ik mijn jeans uittrekken en je het litteken laten zien van die keer dat je een hap uit mijn been nam met dat dartpijltje?'

'Dat was Henry.'

Jude glimlachte treurig. Ze was vergeten hoe het voelde om Henry met iemand anders te delen. 'Wat fijn om je te zien, Ceals.'

Celia beantwoordde haar lach, maar zonder iets soortgelijks terug te zeggen. 'Waarom ben je hier?'

'Omdat...' In gedachten verweet Jude zichzelf dat ze geen beter antwoord paraat had op de meest voor de hand liggende vraag. 'Omdat ik de alert binnenkreeg over de vermissing van Paisley Walker, en toen ik op de link klikte, zag ik die foto van Emmy met pa.'

'Dat klinkt eerder als een aaneenschakeling van gebeurtenissen dan als een verklaring.'

Jude lachte, want dat was makkelijker. 'Ik heb gehoord dat je nu schoolhoofd bent. Echt iets voor jou.'

'Maar dat wist je al voordat je hier kwam.' Celia opende de koelkast en haalde er wat tupperwarebakken uit. 'Je hebt ons gevolgd op Facebook.'

'Tommy heeft me verraden.'

'Dat was niet nodig. Dacht je dat ik dat zelf niet kon uitpuzzelen?' Celia nam een bord van het afdruiprek. 'Je had altijd al de pest aan de naam Martha, en je was dol op Paul McCartney, en bovendien zou je jezelf nooit van je leven Judean noemen. En Archer, dat komt toch van Isabel Archer? *The Portrait of a Lady*. Je eerstejaarspaper ging over Henry James.'

Jude had met doorgewinterde agenten gewerkt die minder slim waren. Maar in tegenstelling tot Celia waren die niet met Jude opgegroeid. 'Waarom heb je me nooit een berichtje gestuurd?'

'Waarschijnlijk om dezelfde reden waarom je mij nooit een bericht hebt gestuurd.' Celia legde twee broodjes op haar bord en deed er wat plakjes bacon op. 'Ik ken Paisley Walker van de bovenbouwintroductie. Ik weet niet meer hoe ze eruitzag of wat ze zei, maar er staat een foto in de krant waarop ik haar hand schud, zoals ik dat met alle nieuwe bovenbouwers doe.'

Jude hoorde haar bedroefde toon. 'Wat weet je over dat gezin?'

'Elijah regelt onze autoverzekering.' Ze trok het magnetrondeurtje open. 'Ik mag hem niet, maar iedereen maakt gebruik van zijn diensten. Je weet hoe het gaat.'

Dat wist Jude inderdaad. Mensen uit North Falls deden zaken met bedrijven uit North Falls. 'Volgens Taybee moeten die in de oven worden opgewarmd.'

Celia zette het bord in de magnetron en sloot het deurtje. En nog eens. En nog een keer.

Onwillekeurig moest Jude lachen.

'Nu ga ik vast en zeker naar de hel. Taybee heeft ons de afgelopen paar jaar geweldig geholpen.' Celia schakelde de oven uit en ging op Henry's stoel zitten. Ze wenkte Jude. 'Goed, vertel op. Waarom ben je hier?'

Jude ging rustig zitten. 'Vermiste kinderen opsporen is mijn werk. Er wordt een kind vermist. Ik dacht dat ik Emmy zou kunnen helpen.'

'Emmy is niet van het soort dat hulp aanvaardt.'

'Ze lijkt zoveel op Gerald.' Het lukte Jude niet de verwondering uit haar stem te bannen. 'Net als hij ziet ze meteen allerlei aanwijzingen. Maakt korte metten met bullshit. Ze weet de waarheid te achterhalen. En ze is al even stekelig als Myrna. Het is lang geleden dat iemand me zo de les heeft gelezen.'

'Emmy heeft van beiden het beste geërfd, maar ze heeft wel altijd een eigen karakter gehad,' zei Celia schouderophalend, maar ze was zichtbaar trots. 'Heeft Tommy je over Geralds kanker verteld?'

'Ik hoorde het van Milo in het uitvaartcentrum.' Jude had de schok van haar vaders dood amper verwerkt of er was een tweede golf verdriet over haar heen geslagen. Hoewel Gerald had geweten dat hij doodging, had hij geen contact met haar gezocht. 'Wie is Dylan?'

'Een heel aardige man bij wie Emmy is weggegaan omdat het haar te veel werd: Gerald die doodging aan kanker, en Myrna die steeds verder weggleed.' Celia legde haar handen ineengeslagen op tafel. 'Tommy heeft gedaan wat hij kon. Net als ik. Dat oude wijffie is alles vergeten, behalve dat ze de pest aan me heeft.'

'Ik zei tegen mezelf dat we misschien tot een soort akkoord konden komen.'

'Gerald was niet de enige reden dat je wegbleef.'

'Nee.' Jude peuterde aan de rafelige placemat. De melancholie dreigde weer toe te slaan, en daarmee het verdriet over alles wat verloren was gegaan. 'Het laatste wat ik tegen hem zei, was dat ik hem haatte.'

Celia's wenkbrauwen schoten omhoog.

'Ik zei het niet gewoon. Ik schreeuwde het,' bekende Jude. 'Ik zei tegen hen allebei dat ik pas weer een voet in Clifton zou zetten als ze dood waren.'

'Tja,' zei Myrna. 'Gerald liet Myrna buiten dat deel van het verhaal, maar dat is zo ongeveer wat hij aan Tommy en Emmy vertelde.'

Jude wist dat het geen omissie van haar vader was. Hij had Myrna willen beschermen. 'Wat gaf hij voor verklaring voor mijn nepdood?'

'Het auto-ongeluk waarbij Bubba Rawley bijna om het leven kwam. Gerald wilde je weg hebben, zodat hij je niet hoefde te arresteren. Millie wilde een aanklacht tegen je indienen omdat je haar auto had gestolen. Hij zei tegen iedereen dat je dood was, en iedereen geloofde hem.'

Jude knikte, maar alleen omdat het een goed verhaal was. 'Hoe is het met die ouwe Bubba?'

'Die is nu opa. Zijn kinderen zijn waardeloze slampampers, net als hij vroeger. En Bubba is nog steeds een klootzak. Hij schijnt te zijn vergeten dat hij high was van de coke toen die auto's tegen elkaar knalden. En maar goed ook. Anders zou hij het waarschijnlijk niet overleefd hebben.'

Jude wilde het al evenmin over het auto-ongeluk hebben. 'Ik ben blij dat je met Tommy bent getrouwd. Je was altijd al verliefd op hem.'

Celia zweeg even voor ze reageerde, als om aan te geven dat ze wist wat Jude aan het doen was. 'En aan wie ben jij blijven hangen?'

'Iemand van de Vereniging van het Amerikaanse leger, die dacht dat we hetzelfde wilden.' Jude haalde haar schouders op. 'Dat was niet zo. Maar het was een prima kerel. Hij heeft nu een vrouw en drie kinderen.'

'Je hebt zelf geen kinderen?'

'Voor mij geen kinderen.'

Celia zuchtte eens diep. 'Wat heb je gedaan nadat je wegging? Ben je net zolang doorgereden tot je bij de Pacific kwam en ben je daar blijven hangen?'

'Ik heb achter in een Volkswagenbusje door het land getourd als zangeres van een band genaamd The Radical Fiends.' Jude lachte al even hard als Celia, want het was een van de stomste, lachwekkendste dingen die een meisje kon doen als ze een kleine stad achter zich liet. 'Ik had iets met de basgitarist, daarna met de drummer, en toen werd ik eruit geschopt omdat ik vreemd was gegaan met de keyboardspeler. Vervolgens ben ik naar de avondschool gegaan, waarna ik een master heb gehaald en een vaste baan kreeg aangeboden. Uiteindelijk nam ik ontslag en ging bij de FBI.'

'En ondertussen ben je ook met drinken gestopt.' Celia zweeg even, maar Jude vulde de lege plekken niet in. 'Je hebt je PhD. Wat zou Myrna trots zijn geweest.'

'Wie weet.' Jude was er niet zo zeker van. 'Hoe word ik weer maatjes met Tommy?'

'Hij zit niet zo ingewikkeld in elkaar. Hij houdt van zijn familie. Als je weer met Emmy door één deur kunt, kun je dat ook met Tommy.'

'Makkie dus,' grapte Jude.

Ze draaiden zich allebei om toen er weer gekraak klonk bovenaan de trap. Cole droeg een witte boxershort. Zijn spieren leken uit marmer gehouwen. Op zijn linkerheup zat een tattoo van een doodshoofd met gekruiste knekels.

Zijn blik ging naar Jude. 'Is Paisley gevonden?'

'Nee, schat. Tot mijn spijt.'

Celia begon door de keuken te scharrelen, schonk koffie in en pakte nog een bord. 'Waarom ben je al op? Je had nog een uur kunnen slapen.'

Cole liet zich op een stoel zakken. 'Ik blijf maar over Paisley piekeren. Denk je echt dat ze dood is?'

De vraag was aan Jude gericht. Ze ging er geen doekjes om winden. 'Als je naar de cijfers kijkt, is het hoogst onwaarschijnlijk dat ze nog leeft.'

'Madison werd nog minstens twaalf uur in leven gehouden,' zei hij.

Jude wees hem er maar niet op dat ze dat punt allang gepasseerd waren. 'Volgens mij kun je bij dat soort zaken maar het best pragmatisch zijn. Hoop kan iets verschrikkelijks zijn. Afmattend.'

'Alsjeblieft.' Celia drukte een kus op Coles hoofd toen ze het ontbijt voor hem neerzette. 'Je moet eten.'

'Dus we gaan de hele zaak weer doornemen?' vroeg Cole aan Jude.

'Ja, maar eerst wil ik Adam Huntsinger spreken.'

Celia verstrakte, maar zei niets.

Haar reactie was Cole niet ontgaan. Hij keek Jude onderzoekend aan. 'Wat vindt mijn moeder daarvan?'

'Ik ben hiernaartoe gereden om het te vragen, maar ze is er niet, en als ze slaapt, wil ik haar niet storen. Zou je die agent willen bellen die hem in de gaten moet houden?'

'Die heet Brett Temple, maar Adam zit waarschijnlijk in Jonahs bar te wachten tot de bierwagen komt.' Cole schoof een broodje zijn mond in. Jude moest heel wat gekauw doorstaan voor hij zijn verhaal vervolgde. 'Jonah heeft hem in dienst genomen om mama op stang te jagen.'

Aan Celia's houding kon Jude zien dat Jonah meer mensen op stang had gejaagd dan alleen Emmy. 'Het is negen uur in de ochtend,' zei ze tegen Cole. 'Serveren ze daar ontbijt?'

'Lunch,' zei hij. 'Het bier wordt om halftien afgeleverd, en als het niet hoeft, staat Jonah echt niet vroeg op.'

'Kleed je aan,' zei Jude. 'Geef me maar een lift. Bel Brett zodat we zeker weten dat Adam in die bar zit.'

'Yes, ma'am.' Cole propte het tweede broodje in zijn mond en verdween naar boven.

'Bovenstebeste jongen,' zei Jude tegen Celia.

'Vertel hem niet dat ik het gezegd heb, maar hij is volmaakt.' Celia ging weer aan tafel zitten en vouwde haar handen samen. 'Jonah heeft de Hang Out van jullie oom Penley gekocht met het geld dat hij na de scheiding van Emmy heeft gekregen.'

Jude werd al misselijk van de naam van de gore kroeg. Ze zag het interieur weer voor zich. Plakkerige vloeren, luide videogames, achterin een paar pooltafels, toiletten links van het kleine podium en de dansvloer. Ze ging er vroeger stiekem met Henry naartoe. Er werd sterkedrank geschonken en het boeide niemand dat je minderjarig was, al helemaal niet als je vader de sheriff was en je oom eigenaar van de tent.

'Hé,' zei Celia. 'Gaat het?'

Jude knikte. 'Moeilijk te geloven dat Penley de bar heeft verkocht. Hij hield van die kroeg.'

'Hij houdt nog meer van Emmy, en neem maar van mij aan dat ieder van ons met liefde een nier had gedoneerd als dat ervoor had gezorgd dat Jonah haar met rust liet.' Wat stroef haalde Celia haar schouders op. 'Jullie hebben iets gemeen. Jonah is ook een mislukte muzikant.'

Jude kon er niet om lachen. 'Net als Charles Manson.'

Celia lachte al evenmin. 'Weet je zeker dat je Adam weer wilt zien?'

'Nee.' Jude ging verder niet in op het onderwerp Emmy en Jonah. Ze opende haar tas en haalde haar make-up tevoorschijn. Lippenstift, oogschaduw, eyeliner, mascara. Ze zette haar poederdoos tegen het peper-en-zoutstel. 'Liggen de lucifers nog bij het fornuis?'

Celia trok de la open, pakte een aansteker en gooide die op tafel. 'Wat ben je van plan?'

'Adam laten denken dat ik er precies zo uitzie als hij had verwacht.' Jude bracht een royale laag poeder aan op haar gezicht en probeerde niet op de rimpels rond haar mond en ogen te letten, die nu extra geaccentueerd werden. 'Vertel eens over hem.'

'Waardeloze klootzak. Verkocht wiet aan kinderen. Stal geld van zijn ouders. Zijn moeder is inmiddels blind. Walton nam een hypotheek op het huis in een poging hem uit de dodencel te houden.' Celia trok een nors gezicht. 'Heb je over de podcast gehoord?'

'*Verblinde Engel*.' Jude liet de aansteker klikken en hield het eyelinerpotlood boven de vlam om de was te laten smelten. 'Wat een lulkoek. Die Jack Whitlock had het duidelijk op Emmy voorzien. Schilderde haar af als een tragische, overdreven emotionele Keystone Kop.'

'Je weet de helft nog niet.' Weer hield Celia de bijzonderheden achter. 'Hoe breng je zonder leesbril die eyeliner aan? Ik wed dat je net zo blind bent als ik.'

'Bek houden en helpen.' Jude gaf haar het potlood en richtte haar blik op het plafond. 'Wat denk jij, Ceals? Was het Adam? Of had Gerald het mis?'

'Ik moet me concentreren.' Zwijgend trok Celia het gesmolten potlood onder Judes ogen door. Het was alsof ze weer op school zaten. Het enige wat eraan ontbrak, was een plaat van David Bowie op de stereo. 'Nadat jij vertrokken was, ging het van kwaad tot erger met Adam. Overal waar hij kwam, was het gedonder. Om de haverklap zat hij in de cel. Hij verkocht nog steeds wiet, maar hij deed ook allerlei losse klussen, en ondertussen woonde hij het grootste deel van de tijd bij zijn ouders.'

'Wist Gerald niet dat Millie een boef had ingehuurd om de tuin te doen?'

'Dat wist Millie zelf niet. Ze had Adams telefoonnummer op het mededelingenbord in het ouderencentrum gezien. Ze betaalde hem contant en stelde geen vragen. Niet dat het iets uitmaakt,' zei Celia schouderophalend. 'Millie en Gerald spraken niet met elkaar toen de meisjes verdwenen.'

Jude was maar al te goed op de hoogte van de familievetes die generaties overspanden. 'Wat een verrassing.'

'Tja, ik praatte zelf niet met Myrna, dus ik heb geen recht van spreken,' moest Celia toegeven. 'Ik zat tot aan mijn nek in de menopauze. Dat Tommy het heeft uitgehouden, de schat.'

Judes ex was minder soepel geweest. 'Ze zouden het de fuckopauze moeten noemen, want het interesseert je allemaal geen fuck meer.'

Celia's klaterende lach was niet veranderd sinds ze achter de ijssalon stiekem wijn hadden staan slurpen. 'Jij bent de FBI-expert, Ms Archer. Wat denk je? Heeft Adam het gedaan?'

'Ik denk dat ik moet uitkijken geen beerput open te trekken.' Jude bekeek zichzelf in het spiegeltje. De eyeliner was te scherp. Na hem met haar duim te hebben uitgestreken, bestudeerde ze het resultaat. Toen bracht ze meer oogschaduw aan dan in de hele afgelopen veertig jaar. 'Jezus, niet te geloven dat ik dit vroeger elke dag deed.'

'Er is hier vast wel ergens een veiligheidsspeld.' Celia boog zich weer over de la en reikte Jude een naaisetje aan. 'Had je de betere versies van Myrna en Gerald maar gekend. Volgens Tommy veranderden ze vanwege Emmy, maar ik denk dat ze het verlies van Henry moesten verwerken.'

'Ze wilden me weg hebben zodat ze het los konden laten.' Jude probeerde de bitterheid uit haar stem te weren. 'Jij was hier tijdens die zes dagen dat er naar zijn lichaam werd gezocht. Wat ging Myrna tegen me tekeer. En Gerald, die weigerde me ook maar aan te kijken. Ik was pas zestien. Ik was mijn broer ook kwijt.'

'Alles wat je zegt is waar,' zei Celia. 'Het waren vreselijke mensen. Vreselijke ouders. Het was onvergeeflijk zoals ze je behandelden. Het was jouw schuld niet dat Henry die avond de rivier in ging. Voor hetzelfde geld was jij het geweest. Myrna en Gerald hebben je zowat eigenhandig de stad uit gejaagd.'

Jude draaide het mascarabuisje open. 'En toen ik eenmaal weg was, werden ze andere mensen.'

'Net als jij.'

Jude lachte. 'Die zit. Ik heb er dertig jaar therapie voor nodig gehad om tot dezelfde conclusie te komen.'

'Shit, laat niemand horen dat een Clifton in therapie is geweest. De hele stamboom zal in vlammen opgaan.'

'Was dat maar zo.' Jude ramde het borsteltje een aantal keren in het mascarabuisje. Ze streek er twee keer mee over haar wimpers om er zeker van te zijn dat het spul goed aankoekte, toen trok ze met de punt van de veiligheidsspeld de wimpers uit elkaar. 'Ik weet nog hoe woedend Myrna werd als we dit deden.'

'Zo krijg je bindvliesontsteking!' krijste Celia. Ze had Myrna altijd al perfect na kunnen doen. 'Jezus, niet te geloven hoe het met haar gegaan is. Het is te treurig voor woorden.'

Jude bracht een dikke laag lippenstift op. 'Ik maakte me vroeger zorgen om mijn slechte knieën, maar nu vraag ik me alleen nog maar af of ik genetisch ook zo in elkaar zit.'

'Tante Millie kan je vertellen van welke kant van de familie het komt.'

'Krijg nou wat!' Jude had gedacht dat ze de verbazing voorbij was. 'Leeft Millie nog?'

'Cole noemt haar tante Spoiler, want ze kan je van iedereen vertellen hoe-ie is doodgegaan.' Celia reikte Jude een papieren handdoekje aan. 'Die ouwe heks redt zich beter dan ik. De Clifton-vrouwen zijn gewoon te koppig om dood te gaan.'

Jude depte haar lippen, maar zo dat ze de lippenstift iets uitsmeerde. 'Hoe lijkt het?' vroeg ze.

'Fantastisch,' zei Celia. 'Ik wou dat ik weer oogschaduw op kon doen. Als ik in de spiegel kijk, is het net alsof ik met een krijtje op een balzak heb getekend.'

Bovenaan de trap kraakten de planken weer. Cole was terug. Hij had zijn uniform aangetrokken. 'Waarom zie je er zo uit?' vroeg hij aan Jude.

'Als een afgedankte oude hoer?' Ze glimlachte toen ze zijn reactie zag. 'Ik heb Adam Huntsinger vroeger goed gekend, schat. Die praat niet met me als ik er te netjes uitzie.'

'Is dat een boomerding?'

Celia woelde door zijn haar. 'Generatie x, sulletje.'

Uit Coles grijns maakte Jude op dat ze dat spelletje vaker speelden. Onwillekeurig glimlachte ze toen ze haar make-upspullen weer opborg in haar tas. Op weg naar buiten legde ze haar hand even op Celia's schouder.

In de auto keek ze naar Cole, die net als Gerald zijn elleboog op de middenconsole liet rusten en met twee vingers stuurde. Ze voelde zich onverwacht treurig. In de loop van de jaren had ze zo vaak gerouwd om het verlies van haar vader dat zijn echte dood als bijzaak had gevoeld toen ze over het land vloog. Nu ze naast Cole zat en deelde in zijn ontspannen zwijgen, was ze onwillekeurig blij dat de dingen die ze als tiener was kwijtgeraakt dubbelop waren teruggegeven aan de jongeman naast haar.

'Ga je gang,' zei ze. 'Kom maar op met je vragen.'

Hij was maar al te bereid. 'Waarom ben je bij de FBI gegaan?'

Jude ging hem niet vertellen dat het een dikke middelvinger naar haar vader was, die had gezegd dat ze voor dat soort werk niet uit het goede hout was gesneden, maar ze hoefde de waarheid ook geen geweld aan te doen. 'Als forensisch psycholoog kon ik kiezen tussen onderwijs en een klinische praktijk. Ik zag mezelf niet voor de klas en ik wilde ook geen praktijk in een kantoorgebouw of ziekenhuis. Ik vond dat ik me met mijn diploma nuttiger kon maken bij de FBI.'

'Hebben ze je gerekruteerd?'

'Dat is meer iets voor de CIA.' Aan zijn opgewonden blik zag ze dat hij iets te veel films had gezien. 'Je weet wat er met je oom Henry is gebeurd?'

'Min of meer. Oom Tommy vindt het moeilijk om over dingen te praten. Over alles eigenlijk.'

Jude wist dat dit niet overdreven was. 'Gerald wilde dat Henry hem ooit zou opvolgen als sheriff. Vanaf zijn geboorte gaf hij al zijn wijsheid, al zijn technieken en benaderingen aan hem door. En ik zat erbij en luisterde. Dat gaf me een voorsprong toen ik bij de FBI ging.'

'Opa heeft mama het politiewerk bijgebracht.' Cole had duidelijk door wat Jude verzweeg. 'En hij leerde het ook aan mij. Dat probeerde hij tenminste. Ik had beter moeten luisteren.'

Ze zag tranen blinken in zijn ogen. Zijn kin stak naar voren. Jude wilde zijn arm pakken, maar Cole schoof zijn hand naar de bovenkant van het stuur om afstand te bewaren.

'Waarom ben je gestopt met drinken?' vroeg hij.

'Om dezelfde reden dat de meeste mensen stoppen. Ik kreeg er genoeg van. Het is al heel snel niet leuk meer, en dan blijf je zitten met de katers, je voelt je rot, je doet lelijk tegen de mensen van wie je houdt en je haalt allerlei stomme dingen uit waarvan je weet dat je ze niet moet doen, dus drink je nog meer om alles te vergeten, waarna de hele kermis opnieuw begint.'

Cole knikte. 'Dat is ongeveer wat opa zei. Dat hij het zat werd. En dat hij mama en mij wilde zien opgroeien.'

Nu knikte Jude ook, maar zijn woorden dreigden een heel oude wond open te rijten. 'Wat vond je van de podcast *Verblinde Engel*?'

'Ik vond dat het fout was om mijn moeder zo te pakken. Ze had niet de leiding over de zaak. Die had opa. En ze hadden heel veel bewijs. De jury was het met hen eens nadat ze alles gehoord hadden.'

Jude ving de onderliggende woede op. Ook vond ze het interessant dat Cole niet benadrukte dat Gerald het bij het goede eind had gehad. 'De podcast hintte op een andere verdachte. Dale Loudermilk.'

'Hij was koordirigent op school. Er werd een hele vracht kinderporno op zijn computer aangetroffen, maar hij werd niet als verdachte in de ontvoeringszaak aangemerkt.'

'Waarop was dat gebaseerd?'

'Op het feit dat Adam vanwege het vele bewijs meer voor de hand lag als verdachte. Adam had contact met Madison gehad op de dag dat ze verdween. Hij gaf toe dat hij haar het zakje wiet had verkocht dat in haar zak werd gevonden. Tante Millie zag hen die ochtend samen bij de vijver zitten. Bovendien had Adam Cheyennes halsketting bij zijn huis laten vallen. Tel daarbij op het gedoe met zijn vaders Jetta, dat hij schoenmaat tweeënveertig had, geen alibi, en dat soort zaken.'

'Waar is die Dale Loudermilk nu?'

'Mama heeft dat gisteren nagetrokken, toen Paisley Walker werd vermist. Hij zit nog steeds in de gevangenis. Hij komt pas over vier jaar in aanmerking voor voorwaardelijke vrijlating.' Cole reikte naar beneden en zette zijn zwaailicht even aan om een snelheidsmaniak te waarschuwen. 'Wat vind jij van die podcast?'

'Ik weet dat podcasters over het algemeen niet over de informatie beschikken die de politie heeft, dus het is gemakkelijk om er een alternatieve theorie op los te laten. Niet dat ze altijd ongelijk hebben, maar ze verkopen wel een verhaal. Goed en fout. Helden en schurken. De meesten proberen naam te maken. Ze denken vaak niet aan de slachtoffers. Ze richten zich op de slechterik in plaats van op de mensen die hij ellende heeft bezorgd.'

'Nou, deze slechterik heeft veel mensen ellende bezorgd,' zei Cole. 'Mijn moeder en Hannah waren altijd dikke vriendinnen. Praktisch zussen. Toen gebeurde dat met Madison en sindsdien hebben ze niet meer met elkaar gepraat.' Hij haalde een schouder op. 'Heel raar, ze doen niet lelijk tegen elkaar, maar blijven bij elkaar uit de buurt.'

'Heb je je moeder gevraagd wat er gebeurd is?'

'Ze zei dat ik het op een dag wel zou begrijpen, maar dat zegt ze meestal wanneer ze over bepaalde dingen niet wil praten.'

Jude hoorde aan zijn toon dat de breuk tussen de twee vrouwen hem dwarszat. Hij was nog zo jong. Dat harde Clifton-harnas was bij hem nog niet volledig ontwikkeld. 'Je hebt zeker niet gezien wie het wapen vasthield toen Gerald gisteren werd neergeschoten?'

'Nee.' Cole spande een paar keer zijn kaken. 'Nog meer vragen over die podcast?'

Jude zweeg enige tijd, tot het ongemakkelijk dreigde te worden. 'Ik vond het vreemd dat Jack zijn podcast *Verblinde Engel* noemde, terwijl hij het nooit over dat nummer heeft of het laat horen.'

'Is dat een nummer?'

'Ja, een prachtig nummer van de Cowboy Junkies.' Jude schraapte haar keel en begon te zingen over een verblinde engel met een hart als dat van Gabriel, puur en wit als ivoor, en een ziel als die Lucifer, zwart en koud als lood.

Tegen de tijd dat ze stopte, had Cole een grijns op zijn gezicht. 'Wat heb je een mooie stem.'

'Kan ermee door.' Jude probeerde het tactvol te benaderen: 'Sommigen denken dat het over een vrouw gaat die vastzit in een gewelddadige relatie.'

Coles gezicht verstrakte. Misschien was zijn harnas toch dikker dan ze had gedacht. De podcast had langs het gestrande huwelijk van Emmy en Jonah geschampt, maar zelfs na veertig jaar had Jude nog steeds een antenne voor de gecodeerde taal van North Falls.

'Hoor eens.' Coles stem klonk hard. Hij hoorde ook bij North Falls. 'Ik ben geen verdachte en laat me niet door jou over mijn moeder ondervragen.'

'Snap ik.' Jude keek uit het raam en ging over op een ander onderwerp. 'Zijn dat de appartementen van oom Penley?'

Cole kuchte. Het zat hem duidelijk nog dwars. 'Ja, mijn moeder wil dat ik daar ga wonen, maar nu oma het huis uit is weet ik het niet.'

'Je bent te jong om nu al een eenzame ouwe vrijer te worden.'

Hij schonk haar een klassieke Myrna-blik. 'Oma had haar spullen al opgeruimd voor het slechter met haar ging. Ze wilde niet dat wij alles moesten uitzoeken. En opa had toch al niet veel. Alleen zijn hengels en albums.'

'Fotoalbums?'

'Ik moest hem leren hoe hij zelf foto's kon uitprinten.' Cole glimlachte wat weemoedig. 'Al na zes pogingen had hij het door.'

Inmiddels waren ze bij de bar aangekomen, die er nog net zo uitzag als vroeger, alleen met een nieuwe lik verf. Penleys HANG OUT-bord was vervangen door de blauwe neonletters van JONAH'S PLACE. Jude zag een patrouillewagen bij de stoeprand staan. Kennelijk had Brett Temple het woordje 'heimelijk' gemist toen Emmy hem die surveillanceopdracht gaf. Net als het memootje dat je niet geacht werd onder diensttijd in slaap te vallen. Zijn hoofd hing achterover, en zijn mond stond wijd open. Jude had tijdens haar hele politieloopbaan met mannen als Brett te maken gehad. Hij was het soort man dat een vrouw tot op het slagveld zou volgen, zolang ze nooit enig teken van zwakte vertoonde.

'Zeg tegen je moeder dat Brett zat te slapen tijdens zijn dienst,' zei Jude.

'Eh...'

'Hoor eens, schat, dat je een Clifton bent, overstijgt elke andere loyaliteit. Als hij ook maar de kans ziet, stelt die snurkende debiel zich verkiesbaar voor sheriff. We moeten hem nu kaltstellen. Begrepen?'

'Yes, ma'am.'

Jude stapte uit en liep naar het lage gebouw. Neonbordjes gloeiden zachtjes in de ochtendzon. De deur stond open om wat frisse lucht binnen te laten. Toen ze dichterbij kwam, rook ze de stank van angstzweet, verschaald bier en drank. Ze hield haar pas in en probeerde zich te wapenen tegen wat haar te wachten stond.

De afgelopen nuchtere negenendertig jaar was Jude zo vaak bars in en uit gelopen dat de verleiding was afgezwakt, maar het betrof nooit de kroeg die ze nu binnenging. Hier had ze met Henry gedanst terwijl hun ouders sliepen. Tommy had hier gevochten met een jongen uit een hogere klas omdat ze het niet eens konden worden over de muziek uit de jukebox. Jude had achterin bij een pooltafel gestaan toen ze verliefd was geworden op Jack Daniel's. Haar eerste lijntje coke had ze van een snijplank in de vettige keuken gesnoven. Op het damestoilet had ze haar maagdelijkheid verloren.

Jude bleef op de drempel staan, want het was alsof ze door een krachtveld werd tegengehouden. Adam Huntsinger stond met zijn rug naar de deur. Hij vulde de voorraad drankflessen op de schappen aan. Ze herkende de slangentattoo die zich om zijn onderarm slingerde. De inkt was vervaagd tot een spookachtig blauw, maar in haar herinnering waren de lijnen fel en dreigend.

Adam bukte zich om een nieuwe fles te pakken. Van opzij zag Jude dat hij drastisch was verouderd. Zijn door acne geschonden gezicht was totaal verwoest. Zijn kaaklijn was kwabbig. Hij stond krom en zijn hoofd stak als de kop van een schildpad naar voren. Hij had ruim tien jaar in de dodencel gezeten. Vanbuiten leek hij twintig jaar ouder dan zijn werkelijke leeftijd, maar vanbinnen had hij er waarschijnlijk nog honderd jaar bij gekregen. Ze had haar eigen redenen om er nog eens honderd bij te doen, en nog eens honderd, tot zijn ziel door het gewicht de hel in werd getrokken.

Jude stapte naar binnen. Ze stak haar hand in haar tas, haalde er een briefje van twintig dollar uit en legde het met een klap op de bar. Haar bestelling klonk als een kinderrijmpje. 'Een dubbele Jack met water op zijn nek.'

'We zijn geslo–' Adam gaapte haar met open mond aan.

Van dichtbij zag Jude dat hij zijn haar onnatuurlijk zwart had geverfd. De groeven rond zijn mond en ogen hadden in klei uitgesneden kunnen zijn. Zijn dikke brillenglazen zaten vol vegen. Hij miste een boventand. In de gevangenis stond tandzorg op één lijn met gezondheidszorg, wat erop neerkwam dat beide ontbraken.

'Martha?' zei hij.

Ze trok een wenkbrauw op. 'Kennen wij elkaar?'

'Jezus.' Adam liet een waarderend lachje horen. 'Je bent nog steeds een verdomd lekker ding.'

'Dus je kent me nog.' Jude ging aan de bar zitten. Ze wist niet of hij verbaasd was omdat ze nog leefde of omdat ze op deze plek opdook. 'Zullen we iets drinken onder het praten?'

Terwijl hij haar vol bewondering aankeek, reikte Adam naar de whisky. Emmy had tegen Jude gezegd dat mensen de afgelopen veertig jaar waren veranderd, maar de begerige glans in Adams kraaloogjes was nog precies dezelfde.

'Godverdomme,' zei hij. 'Jullie Clifton-meiden zijn net goede wijn: hoe ouder, hoe lekkerder.'

'Adam Huntsinger.' Jude dwong zichzelf hem recht in zijn ogen te kijken. 'What the fuck is er met jou gebeurd?'

Hij goot een driedubbele Jack in het glas. 'En met jou? We dachten allemaal dat je dood was. Ik stond daar bij de pooltafel toen je oom Penley d'r eentje inschonk om op je te toosten.'

Penley ten voeten uit. 'Bubba Rawley wilde me achter de tralies hebben vanwege dat ongeluk. Dat leek me een goed moment om de stad achter me te laten.'

'Gelijk had je.' Adam zette de whisky voor haar neer en vulde een glas met water. 'Was ik maar gelijk met jou vertrokken. Had me een boel ellende gescheeld.'

Ze leunde naar achteren op de barkruk om wat afstand te scheppen, maar ving nog net zijn zure alcohollucht op. 'Waarom ben je gebleven?'

'De gebruikelijke shit.' En daarmee vatte hij doodleuk twee moorden samen. 'Wat erg van je vader. Ik heb gehoord dat het met je moeder ook niet zo best is.'

Jude wist dat het hem geen moer kon schelen. Ze wist ook hoe het ging in Clifton County. Het nieuws over haar komst was waarschijnlijk het hele district door gegaan, maar Adam deed alsof hij van niets wist. Ze vond het geen enkel probleem om een stoelendans met de waarheid op te voeren. Haar hele professionele leven was ze gespitst geweest op het moment dat de muziek stopte. 'Hoe is het met je ouders?'

'Mijn moeder heeft het nog niet opgegeven. Mijn pa heeft zijn praktijk verkocht, maar hij springt nog steeds één keer per maand bij om te helpen, en verder heeft hij zijn liefdadigheidsding. Racet het hele land door om tanden en kiezen te trekken.'

'Wat goed.' Jude pakte de whisky, maar zonder te drinken. 'Het lijkt erop dat ik een zusje heb gekregen toen ik weg was.'

'Ik zal je één ding vertellen.' Hij plaatste zijn handen op de bar en leunde naar voren. De zweetlucht mengde zich met de alcohol die uit zijn poriën wasemde. 'Die zus van je, wat een ijskoud kreng.'

Jude klemde het glas tussen haar vingers om te voorkomen dat ze de rest van zijn gebit eruit ramde. 'Schenk jezelf eens in. Dan drinken we op oude tijden.'

'Nee, ik ben al tien jaar nuchter.'

'Wauw.' Ze kon de krasse leugen wel waarderen. Een klassieke alcoholist. 'Wat doe je zoal in je vrije tijd?'

'Ik zorg voor mijn moeder. Die heeft iets aan haar ogen. Ze ziet alleen nog schimmen. Mijn vader is nog prima in vorm, maar de zorg voor haar vreet aan hem. Ik ben er niet echt voor ze geweest. Dus ik vond het tijd worden om in actie te komen en mijn plicht te doen.'

'Bewonderenswaardig.'

'Nou, pas na heel veel gelazer besefte ik dat er niks belangrijkers is dan familie.' Zijn lachje kreeg iets geslepens. Nu kwam de echte Adam om de hoek kijken. 'Je weet hoe het is met familie. Je haalt alles uit de kast om ze te helpen.'

Jude hoorde zijn kwelerige toon. De muziek was eindelijk gestopt. Nu was het de vraag wie was blijven staan. 'Hé, Adam,' zei ze.

'Hé, Jude.' Zijn lip bleef haken in het gat tussen zijn tanden. De roddels van pastoor Nate waren duidelijk de hele stad door gegaan. Het had Adam niet verbaasd dat ze nog leefde. Het verbaasde hem haar hier te zien. 'Ga je je kleine zusje helpen me weer de bak in te krijgen?'

Ze haalde haar schouders op. 'Hoe zou ik dat moeten doen?'

'Door me iets stoms te laten zeggen.'

'Volgens mij hoef je helemaal niks te zeggen, want je DNA koppelt je rechtstreeks aan die verkrachting in Metter.'

Hij lachte snuivend. 'Die meid kan zich geen fuck herinneren. We waren allebei stomdronken.'

'Je was niet zo dronken dat je haar niet kon verkrachten.' Ze zag hoe zijn lichaam zich spande, hoe de pezige lijnen van zijn armspieren straktrokken. 'Heb ik een gevoelige plek geraakt?'

'Dacht je dat ik niet weet dat je een soort van FBI-agent bent?'

'Betrapt,' zei Jude schouderophalend.

'Judy-Jude.' Adams grijns had nu iets ranzigs. 'Rond deze tijd gisterochtend zag ik je pa tegen de vlakte gaan. Je zus draaide helemaal door. En je neefje werd gek.'

In gedachten bedankte ze Freddy Henley, die bij haar de unieke gave had aangescherpt om wreedheid onbewogen tegemoet te treden.

'Geralds bloed ligt nog op straat. Ik ben er vanochtend op weg naar mijn werk overheen gereden.' Hij keek haar aan, in de hoop op een reactie. 'Die ouwe gek klopte bij me aan en kwam naar binnen alsof hij een misverstand uit de weg wilde ruimen, maar ik wist wat hij van plan was.'

'Wat was hij van plan?'

'Hij probeerde me weer de bak in te krijgen, net als jij.' Adam priemde met zijn vinger in haar richting. 'Denk nog maar eens goed na, bitch. Ik ga niet weer zitten voor die twee meiden, en al helemaal niet voor een of andere stripper die twaalf jaar later van gedachten is veranderd en het nu verkrachting noemt.'

'Barbara Jericho.' Jude zag zijn neusvleugels trillen. 'Zo heet de vrouw die je hebt verkracht. Barbara Jericho.'

'Alsof ik niet weet hoe dat liegende kreng heet.' Adams blik ging naar het glas whisky. 'Ik hoef niet naar deze shit te luisteren.'

'Tuurlijk niet, maar waarom grijp je deze kans niet aan om met me te praten?' vroeg Jude. 'Vertel eens waarom je niet schuldig bent. Zoals je al zei, werk ik voor de FBI. Die kan ik op je afsturen, maar je kunt me ook overhalen om ze de andere kant op te sturen.'

'Krijg de klere. Ik ben geen vuile pedo.'

'O nee?' zei Jude. 'Ik was pas vijftien toen je me achter in deze bar verkrachtte.'

Weer verstrakte hij. Jude zette zich al schrap, maar hij zei niets. Zijn oog begon te trillen. Hij balde zijn handen tot vuisten. Inwendig bereidde ze zich voor op een vuistslag of een fles of misschien dook hij over de bar om haar te wurgen.

Adam deed niets van dat alles. Zijn borstkas ging op en neer toen hij rustig probeerde te worden. Jude had dit bij duizenden veroordeelden gezien. Ze leerden het in de gevangenis bij agressietherapie. Breng je ademhaling onder controle. Denk aan iets waar je blij van wordt. Loop weg.

Hij liep niet weg, maar ademde weer in en zei: 'Ik was achttien, maar een paar jaar ouder dan jij.'

'Je hield me in bedwang. Ik beet in je hand toen je die over mijn mond wilde leggen.'

Hoewel hij er geen litteken aan had overgehouden, streek Adam met zijn duim over de plek waar ze hem gebeten had.

'Ik riep om hulp,' zei ze. 'Ik smeekte je om te stoppen.'

Hij schudde zijn hoofd. 'Zo ging het niet.'

'Je stompte me in mijn maag. Ik kotste over je rug.'

Hij bleef zijn hoofd maar schudden. 'Je moest kotsen omdat je te veel had gedronken.'

'Toch ging je door met me verkrachten.'

Adam sloeg zijn blik neer. Hij keek weer naar het glas. Jude herkende de gretigheid waarmee hij over zijn lippen likte.

Ze schoof de whisky naar hem toe. 'Ga je gang.'

Hij sloeg het glas in één keer achterover, zette het toen voorzichtig neer en blies zijn adem sissend tussen zijn tanden door. 'Je was de hele avond met me aan het flirten.'

'Verkracht je elk meisje van vijftien dat met je flirt?'

Weer likte Adam over zijn lippen. Hij wilde meer whisky. 'Ik weet niet waar je al die onzin vandaan haalt. Na afloop praatte je met me alsof er niks aan de hand was.'

'Ik praatte met je omdat ik bang was dat je me ging vermoorden.'

'Fuck,' zei hij lachend. 'Als het verkrachting was, had je het wel aan je pappie verteld.'

Het was nooit bij Jude opgekomen om het aan haar vader te vertellen. Gerald zou woest zijn geweest omdat ze ertussenuit was geknepen, dronken was geworden, zichzelf in zo'n kwetsbare situatie had gemanoeuvreerd. 'Ik vertelde het pas een maand later aan Henry. We waren bij de waterval. Hij wilde je helemaal verrot slaan, maar ik wilde aan de zuip. Ik raakte buiten westen en hij ging het water in. Pas zes dagen later werd zijn lichaam gevonden.'

'Op Henry dan maar.' Adam schonk zichzelf weer een driedubbele whisky in en sloeg het glas achterover. 'Toch slaagde je pa erin me op te sluiten. Hij schoof me de moord op die meisjes in de schoenen. Weet je wat ze in de bak met pedo's doen?'

'Dus het is verkrachting wanneer het jou overkomt, maar niet als het een kind van vijftien betreft?'

'Nog altijd die fucking vuile bek.'

Weer vulde hij zijn glas, deze keer tot bijna aan de rand. Met zijn blik op Jude gericht wierp hij zijn hoofd in zijn nek en klokte de drank naar binnen. Hij liet een keiharde boer en begon weer bij te schenken. Zijn handen trilden. Vocht klotste op de bar. Wat hij voor Judes komst ook gedronken had, maakte nu korte metten met hem.

'Nou moet je eens goed naar me luisteren.' Hij pakte het glas en richtte het op haar. 'Ik heb niks te maken met die bitch van een Paisley. Waarom zou ik me die ellende op de hals halen?'

'Maar je had wel iets te maken met Madison en Cheyenne. Millie heeft je met die twee meisjes gezien.'

Hij goot de drank naar binnen en zette het lege glas met een klap op de bar. 'Ze heeft me alleen met die dikke gezien. Ik heb haar met geen vinger aangeraakt. Het was nog maar een kind.'

Judes nekharen gingen overeind staan. Geen beter waarheidsserum dan sterkedrank. 'En de dunne?'

'Cheyenne. Dat was me d'r eentje, neem dat maar van mij aan.' Hij veegde met zijn vingers over zijn mond. Zijn ogen stonden glazig. 'Geen man in deze stad die zich niet door dat kreng heeft laten pijpen. Het was geen geheim dat ze zichzelf aanbood. Ik had geen idee hoe oud ze was, ze zei zeventien, maar gedroeg zich als iemand van dertig.'

Jude keek onbewogen. 'Hoeveel vroeg ze ervoor?'

'Vijftig dollar per keer, maar ik hoefde nooit te betalen. Ik hielp haar aan wat wiet, dat is alles. Ze praatte graag. Ze zei dat ze het geld spaarde. Ze had grote plannen, wilde ervandoor, net als jij.' Hij slikte zijn woorden half in, maar toch goot hij nog meer whisky in zijn glas en dronk het op. 'Als ze high was, mocht je haar vingeren, maar ik heb haar nooit met mijn pik geneukt.'

'Heb je haar ook nooit coke gegeven?' vroeg Jude. 'Ik meen me te herinneren dat je daar zelf niet vies van was.'

'Jezus, nee zeg.' Weer schonk Adam zichzelf bij. 'Dacht je dat ik me zou laten oppakken omdat ik een lijntje aan een derdeklasser had verkocht?'

Een minuut geleden had hij nog beweerd niet te weten hoe oud Cheyenne was.

'Wat een schijtzooi.' Adam miste bijna de rand van de bar toen hij de fles neerzette. 'Shy handelde zelf in coke. En in molly. Die kreeg ze aangeleverd van die rat op school.'

'Woody?'

'Sst.' Adam deed een mislukte poging zijn vinger naar zijn mond te brengen. Inmiddels was hij ladderzat. 'Woody was niet betrokken bij haar andere shit. Van hem mocht Shy aan de jeugd van North Falls verkopen, maar daar hield het mee op.'

'En wat was haar andere shit?'

'Weet ik veel.' Hij liet het glas staan en dronk nu rechtstreeks uit de fles.

'Ik heb gehoord dat Woody dealt vanuit de achterdeur van deze bar,' zei Jude.

'Shit.' Weer wilde hij op zijn mond tikken om haar het zwijgen op te leggen, maar het lukte niet. 'Wat zei je nou allemaal?'

Jude merkte dat de whisky het punt van teruglopend rendement had bereikt. 'Ik zei dat ik vermoed dat Penley zijn jachtgeweer met afgezaagde loop in de bar heeft laten liggen toen hij de tent verkocht.'

'Dat heb je dan goed geraden, mop.' Lachend deed Adam alsof hij het wapen wilde pakken. 'Vertel eens: waarom zou ik dat krengetje willen doden als ik me kon laten pijpen wanneer ik maar zin had?'

'Omdat het bij neuken om het genot gaat. Verkrachten gaat om macht.'

Hij keek haar even aan en liet toen een bulderende lach horen. 'Hier is Oprah Fucking Winfrey, dames en heren.'

Jude nam vier briefjes van twintig uit haar portefeuille en spreidde ze uit op de bar. 'De volgende fles is voor mijn rekening.'

Met knikkende knieën liep ze naar de deur. Opeens was ze weer vijftien en voelde ze Adams roofzuchtige blik in haar rug toen ze door de drukke bar liep, terwijl ze het bloed negeerde dat langs haar benen tot in haar laarzen droop, zich afvroeg of hij een rib had gebroken toen hij haar een stomp gaf, probeerde te bedenken hoe ze langs het latwerk naar haar slaapkamer moest klimmen en zich afvroeg of ze meteen zou douchen of tot de volgende ochtend zou wachten om te voorkomen dat haar ouders wakker werden van de tikkende leidingen.

Buiten knipperde ze tegen het plotselinge felle zonlicht. Haar ogen waterden, en ze moest toegeven dat het voor een deel tranen waren. De zwarte eyeliner was ongetwijfeld uitgelopen. Ze nam haar zonnebril uit haar tas en zette hem op toen ze op Cole en Brett afstapte. Ze was gekomen in de hoop op antwoorden, maar wat ze had gekregen was zoete wraak.

'Adam Huntsinger schendt de voorwaarden voor zijn vrijlating op borgtocht,' zei ze tegen Brett. 'Hij is dronken en onder de bar ligt een jachtgeweer met een afgezaagde loop. Bel zijn reclasseringswerker en kijk of je hem wegens die overtreding weer in de cel krijgt.'

Brett keek haar bevreemd aan. 'Meen je dat nou? Iedereen weet dat daar een geweer ligt.'

'Wat ben je dan voor slome lul dat je hem niet eerder hebt opgepakt?' Ze richtte zich tot Cole. 'Breng me naar het bureau.'

Hij knikte. 'Yes, ma'am.'

16

Emmy reed over een lange zandweg, een aftakking van de landweggetjes. Haar borst deed nog pijn. Het strakke gevoel was terug. Dylan had de wekker op halftien gezet, maar dat had ze niet gehaald. De drie uur zalige onwetendheid was verstoord door een reeks berichten. Seth was nog niks opgeschoten in de zoektocht naar Paisley Walker. Tommy was bij Myrna in kamer 612 van het Azalea Place Memory Care Center. Sherry Robertson had doorgegeven dat de autopsie op Gerald die middag om vier uur zou plaatsvinden. Cole reed naar de bar van haar ex-man, samen met haar uit de dood herrezen zus, die het soort onrust veroorzaakte waar Emmy niet op zat te wachten.

Hoewel het allemaal belangrijk was, voelde maar één deel ervan echt.

Emmy had zes lange, bewogen jaren gewacht op de vreselijke dag dat Myrna uiteindelijk naar een verzorgingshuis moest worden gebracht, en de afgelopen zes weken had ze met angst en beven de langzame dood van Gerald zien naderen. Nu waren ze opeens, in een oogwenk, allebei weg en was ze in feite wees. Haar vader zou nooit meer haar gids zijn die haar voorzichtig in de goede richting stuurde. Myrna zou haar nooit meer dat extra duwtje geven. Ze was op zichzelf aangewezen.

Dylan zou het niet met haar eens zijn geweest. Hoelang zei hij al niet tegen haar dat ze haar lasten niet alleen hoefde te dragen? Maar als ze die met anderen deelde, was ze bang dat ze de grip verloor. En nu al helemaal. Paisley Walker rekende op haar. Het team verwachtte leiding van haar. De stad had behoefte aan een zekere afronding. Misschien liepen er meer kwetsbare kinderen gevaar. Ze wist wat haar ouders van haar zouden hebben verwacht. Myrna zou hebben gezegd dat ze plannen moest maken, actie moest ondernemen, er iets aan moest doen. Gerald zou hebben gezegd dat ze kalm moest blijven en zich op haar werk moest richten.

Ze sloeg de lange oprit in die naar de boerderij van Virgil en Peggy voerde. Zolang ze zich kon herinneren, had het echtpaar al paarden gehouden. Als kind had Emmy samen met Virgil ritten gemaakt. Later hadden ze Cole meegenomen over de glooiende velden achter het huis. De gedachte aan die momenten nam iets van de spanning uit haar schouders. Het was fijn om mooie herinneringen te hebben te midden van al het slechte dat zich opstapelde.

Aan het eind van de oprit maakte Emmy een korte draai en stuurde haar patrouillewagen achteruit een parkeerplek op. Virgils pick-up was aan een paardentrailer gekoppeld. Toen ze uitstapte, rook ze mest. Een briesje was opgestoken. De wolken werden donker. Er was onweer op komst. Net toen ze naar Virgils voordeur liep, zag ze hem uit de schuur komen. Emmy zocht zich een weg over de steile heuvel naar de achterkant van het gebouw. Ze voelde haar voeten wegglijden in haar schoenen. Ze had drie uur in Dylans badkuip zitten slapen. Haar huid was rimpeliger dan die van Millie.

'Hé!' Virgil sloeg de deur dicht. Hij nam de zware ketting van zijn schouder. 'Nog nieuws over Paisley?'

'Niks.' Ze zag de teleurstelling op zijn gezicht. 'Ik wilde de dozen meenemen die je van pa uit de opslag moest halen. Jude wil op het bureau die hele zaak-Huntsinger weer doornemen, voor het geval we iets over het hoofd hebben gezien.'

Virgil keek verbaasd. 'De dozen staan in het souterrain. Ik dacht dat je vader er geen ruchtbaarheid aan wilde geven dat we de zaak heropenen.'

'Dat wilde hij ook niet,' zei Emmy. 'Maar ik kan niks anders bedenken, en Jude zit vaker goed dan fout, dus vandaar.'

'Klinkt redelijk.' Hij trok de ketting door de beugel op de deur en legde er toen een losse knoop in. 'Eens zien of de eekhoorns daarmee uit de voeten kunnen.'

Emmy lachte wat gedwongen om zijn grapje, al was het alleen maar om aan te geven dat hij zijn best deed. Samen met Virgil liep ze naar zijn huis. Cole had haar al verteld dat Jude allerlei vragen over haar stelde. Ze bedacht dat Virgil de enige in de stad was die een eerlijk antwoord zou geven op vragen over Jude. 'Je hebt Martha toch gekend, hè, toen ze hier nog woonde?'

'Ik kende haar als Geralds dochter. Ik was bezig zelf een gezin te stichten toen ze ontspoorde. Was ik even blij dat we zonen kregen. Meiden grootbrengen kan een man z'n dood worden.'

Deze keer kon Emmy niet om zijn grapje lachen.

'Je zus was een echte herrieschopper, zoals we dat toen noemden. Een echt feestbeest en dol op drank. Ik heb haar een paar keer aangehouden wegens rijden onder invloed, tot ik besefte dat Gerald er niets mee ging doen.' Hij haalde zijn schouders op toen Emmy hem schuin aankeek. 'In die tijd ging alles gewoon anders. Van rijden onder invloed werd niet zo'n punt gemaakt. Bovendien had Gerald zelf drankproblemen, dus ik denk dat hij haar daarom niet te hard aanpakte en daarmee voor lief nam dat anderen ervoor moesten boeten.'

Emmy trok haar wenkbrauwen op. Ze had Virgil nog nooit de geringste kritiek op haar vader horen uiten.

'Sorry, meid, het was een nare tijd. Martha heeft heel veel mensen heel veel ellende bezorgd.'

'Bedoel je dat auto-ongeluk?'

'Dat maakte er een belangrijk deel van uit, maar door alles wat er aan die botsing voorafging wilden mensen haar gestraft zien worden. Martha was ladderzat toen ze Bubba Rawley schepte. Het kostte hem bijna zijn arm. Tot op de dag van vandaag heeft hij last van zenuwschade. Tommy had zo'n zware hersenschudding dat hij amper rechtuit kon lopen.'

Dat was nieuw voor Emmy. 'Was Tommy ook bij dat ongeluk betrokken?'

'Hij zat naast Martha toen ze frontaal tegen Bubba's pick-up knalde.' Virgil schoof zijn hand onder haar elleboog om haar over het steilste stuk helling te helpen. 'Die botsing was kort na Henry's dood. Tommy probeerde in de voetsporen van zijn broer te treden, maar hij kon niet tegen Martha op. Dat kon niemand.'

Emmy twijfelde er niet aan dat Tommy het had geprobeerd. 'Ze hebben me nooit verteld wat er met Henry is gebeurd, alleen dat hij in de Flint is verdronken.'

'In die tijd gingen jongens en meiden vaak drinken bij de waterval. Klinkt dat bekend?'

Hij wachtte tot Emmy weer glimlachte, want tot het eind der tijden zouden er jongeren drinken bij de waterval.

'Martha en Henry knepen er laat op de avond tussenuit. Ze werden dronken. Zij ging knock-out. Henry ging zwemmen of hij viel in het water.

Hij kon goed zwemmen, maar het alcoholpercentage in zijn bloed was gigantisch. Ook had hij coke gebruikt. Wat er vervolgens gebeurde weet je waarschijnlijk. Pas na zes lange dagen werd zijn lichaam gevonden. Je ouders waren kapot. Myrna was in alle staten. Gerald was de godganse dag daas van de drank. Maar het verbaasde me niet dat ze de schuld op Martha schoven. Henry was een goede jongen, zo lang als het duurde. Martha wilde toch al nooit deugen. Als je het me destijds had gevraagd, zou ik hebben gezegd dat ze nog eens dood of in de gevangenis zou eindigen, of allebei.'

Emmy hoorde iets van verbittering. Ze kon het beeld van het meisje dat haar broer was verloren niet verenigen met dat van de vrouw die vrijwel haar hele loopbaan had gewijd aan het terugbrengen van kinderen naar hun ouders. Het was al even moeilijk om in Gerald het soort man te zien dat zijn eigen dochter de rug toekeerde.

'Hoe was pa als hij dronk?'

'Heeft Tommy je dat nooit verteld?'

Deze keer moest Emmy oprecht lachen. 'Nee, dat heeft Tommy me nooit verteld.'

'Tja,' verzuchtte Virgil. 'Dan zeg ik hetzelfde tegen jou als wat ik tegen je vader zei wanneer we het erover hadden. Toen hij nog dronk, was Gerald Clifton zo ongeveer de grootste hufter die er rondliep.'

Emmy wist niet wat ze hoorde. Nog nooit had iemand in haar bijzijn zo negatief over Gerald gesproken. Zelfs Myrna, die toch overal iets op aan te merken had gehad, was nooit zo bot geweest.

'Sommigen mannen vinden het makkelijker om naar de bodem van een fles te kijken dan iemand recht in de ogen te zien. Ik kreeg verdomd veel respect voor Gerald toen hij zijn leven op de schop nam. Ik zou voor hem door het vuur zijn gegaan. Het was de allergrootste eer om onder hem te mogen dienen.' Ze waren bij de oprit aangekomen. Virgil zette zijn voet op de treeplank van de trailer. 'Je kunt een mens niet in een hokje plaatsen, Emmy Lou, en al helemaal niet wanneer zo iemand ouder wordt. Je moet zijn hele leven in ogenschouw nemen als je een oordeel velt. Wanneer je jong bent, haal je allerlei rottigheid uit waarvan je later spijt hebt. Wanneer je oud bent, doe je allerlei goeds in de hoop het weer recht te trekken. Uiteindelijk was Gerald een goede man die wat slechte dingen had gedaan. Hij leerde van zijn fouten. Met jou ging hij niet weer de fout in.'

Ze wist nog dat ze twaalf jaar geleden tegen haar vader had gezegd zich niet te kunnen voorstellen dat hij ooit de fout in ging. Nu gaf ze Virgil hetzelfde antwoord dat Gerald haar had gegeven. 'Gelukkig maar.'

'Inderdaad.'

Emmy was blij dat het gesprek daarmee was afgerond. Ze liep achter Virgil aan naar de achterkant van het huis, een stenen ranch met een souterrain dat een uitgang naar buiten had. Ze had talloze uren in Peggy's salon boeken zitten lezen terwijl Myrna haar haar liet doen. Hoewel ze wist dat Peggy nieuwe apparatuur had aangeschaft toen ze een kapsalon in de stad was begonnen, was het vreemd om de oude spullen tegen de muur te zien staan. De grote droogkappen voor suikerspinkapsels, en de twee knipstoelen met het gebarsten vinyl op de zitting. Zelfs de oude eerstehulpdoos hing nog aan de muur. Roest had het rode kruis op de klep aangevreten. Emmy herinnerde zich nog dat Peggy een pleister uit de doos had gepakt toen ze haar vinger aan de schaar had gesneden.

'Peggy wilde al die troep op eBay verkopen, maar toen kreeg ze het te druk om er werk van te maken.' Virgil zocht boven de deurpost naar de sleutel. Na een schop tegen de onderkant van de deur ging die open. 'Ik zeg altijd tegen klanten dat ze hier wel een zaak kunnen laten oplossen, maar dat ze voor een permanentje naar de stad moeten.'

Weer lachte Emmy wat geforceerd toen Virgil de gordijnen voor de deur en de twee grote ramen opentrok die uitkeken op de achtertuin. Ze deed het tl-licht aan. Links, waar vroeger de wasbakken waren, stonden nu zijn bureau en twee klapstoelen. Achter in de ruimte zag ze stapels dossierdozen naast metalen opbergschappen. Ze telde er eenentwintig, verzegeld met de tape van het politiebureau van Clifton County. Op de etiketten herkende ze haar eigen handschrift.

DALRYMPLE, M

BAKER, C

HUNTSINGER, A

LOUDERMILK, D

Ze liet haar blik over de onderkoppen gaan. Telefoonlogs, autopsieverslagen, verklaringen, politierapporten. Ze keek naar de metalen schappen. Alles zat onder een dun laagje stof. Een oude matrixprinter, een Dell-desktopcomputer uit het begin van de eeuw en een oud kopieerapparaat waarvan de glasplaat over de bovenkant schoof. Tientallen uiteenvallende dossierdozen stonden dicht op elkaar gepakt in een open kast. Virgil was altijd ongelooflijk ordelijk geweest, maar Emmy had het gevoel dat hier al een tijdlang niet was opgeruimd.

'Heeft de hulp zich ziek gemeld?' vroeg ze.

'Ja, ik heb het min of meer laten versloffen.' Gegeneerd keek Virgil naar zijn handen. Onder zijn nagels zat vuil van het werk in de schuur. 'We wilden er geen ruchtbaarheid aan geven, maar Peggy is al een tijdje bij me weg. Het zou voor een proefperiode moeten zijn, maar het ziet ernaar uit dat het blijvend is. Vorige maand hebben we de paarden weggedaan. Het werk stelt ook niet veel meer voor. Ik overweeg naar Florida te verkassen om dichter bij de kleinkinderen te zijn.'

Er ging een steek van verdriet door Emmy heen. Het verbaasde haar niet dat het nieuws niet de hele stad rond was gegaan. Na al die jaren in de kapsalon kon Peggy als de beste een geheim bewaren. 'Wat akelig.'

'Volgens mij heeft dit werk meer van me gevergd dan ik dacht.' Virgil lachte flauwtjes. 'Laat het een waarschuwing zijn.'

Om iets omhanden te hebben pakte Emmy een van de dozen. Virgil tilde er twee van de stapel. Zwijgend liepen ze heen en weer naar de patrouillewagen. Eerst laadden ze de diepe kofferbak vol en toen de achterbank. Net toen ze dacht dat ze de auto dichter bij het souterrain had moeten parkeren, stouwde Virgil de laatste doos op de bijrijdersstoel.

'Oké,' zei hij. 'Laat maar weten als je nog iets nodig hebt.'

Emmy wreef haar lippen over elkaar. Volgens Geralds plan zouden ze met z'n vieren de zaak doornemen. Hij zou de vragen stellen. Virgil en Emmy zouden de details paraat hebben. Cole zou advocaat van de duivel spelen. 'Ik weet dat het veel gevraagd is, maar niemand kent het papierwerk van deze zaak beter dan jij.'

Virgil wierp een blik op de schuur. 'Later vandaag komt er iemand langs om de rest van het hooi over te nemen. Ik wil niet dat de boel gaat schimmelen.'

'Nee, natuurlijk niet,' zei Emmy. 'Ik snap het.'

Virgil keek weer naar de schuur. 'Ach, ik zeg wel dat hij morgen moet komen. Ik ga me even wassen en dan zie ik je over een halfuur op het bureau.'

Emmy besefte pas dat ze haar adem had ingehouden toen ze weer achter het stuur van de politiewagen zat. Zachtjes liet ze een stoot lucht ontsnappen. Virgils onverstoorbare aanwezigheid had altijd als een balsem gefungeerd. Zonder Gerald zou het al moeilijk genoeg zijn om de zaak-Adam Huntsinger weer door te nemen. In haar eentje kon ze de strijd tegen Jude niet aan.

Ze zette haar zonnebril op en sloeg de zandweg weer in. Het geluid van de scanner zette ze wat zachter en ze deed het raampje iets open tegen de muffe lucht uit de dozen. In plaats van de hoofdweg te nemen koos ze voor de landweggetjes. Niet de route die achter Taybees boerderij langs liep, maar die over Millies privéterrein voerde. In de verte zag ze de vijver. Zonlicht had het wateroppervlak in een spiegel veranderd.

Emmy liet haar tranen de vrije loop. In Dylans badkuip was ze te uitgeput geweest om te dromen, maar toen ze in het water wakker was geworden, was ze zo gedesoriënteerd geweest dat het was alsof ze weer in Millies vijver zwom. Ze dook onder. Ze reikte naar Madisons gebroken hand. Ze hield het gewicht van het meisjeshoofd in haar handpalm.

Het spijt me, schat. Het spijt me verschrikkelijk dat ik niet naar je geluisterd heb.

Haar telefoon trilde in haar zak. Ze ging ervan uit dat het Millie was die haar de mantel wilde uitvegen omdat ze zich op verboden terrein bevond, maar het was een bericht van Dylan.

Even checken of je niet verdronken bent.

Ze voelde nieuwe tranen opkomen, zo dankbaar was ze voor al zijn goedheid. Voor het tijdelijke gevoel van veiligheid dat hij haar had bezorgd. Dat was niet in een berichtje te vatten. Ze kon het nauwelijks recht in zijn gezicht tegen hem zeggen. Om snel te reageren tikte ze twee keer op het bericht, maar haar duim aarzelde tussen het duimpje en het hartje, wat wel het toppunt was van haar emotionele achterlijkheid. Ze maakte het nog erger door 'haha' te kiezen, waarna ze de telefoon in de bekerhouder dumpte.

Het parkeerterrein bij het politiebureau was vol toen Emmy haar vaste plek op reed. Op weg naar het cellenblok passeerde ze de teamkamer. Ze zond een bericht naar de brigadier van dienst met de opdracht een paar agenten naar haar auto te sturen om alle dossierdozen naar de vergaderruimte over te brengen. Toen checkte ze Coles locatie op Life360. Hij stond op een van de landwegen in de buurt van Taybees boerderij. Ze vermoedde dat hij Jude de plek liet zien vanwaar Cheyenne en Paisley met een tussenpoos van twaalf jaar waren verdwenen. Ook vermoedde ze dat Jude een lange lijst aan het opstellen was met alles wat Gerald en zij tijdens het onderzoek fout hadden gedaan.

Emmy streek langs haar ogen voor ze zich met haar pasje via de achterdeur binnenliet. Ze bevond zich aan het einde van een lange gang. Het was ongebruikelijk stil in het cellenblok, want de meeste arrestanten waren naar de rechtbank gebracht om te worden aangeklaagd. Ze opende een volgende deur, die naar de cellen voerde, en toen een derde en een vierde tot ze in de toegangspoort naar het isolatieblok voor vrouwelijke gevangenen stond.

Ze keek door het glas in de deur. De lange, smalle gang liep dood tegen een betonnen muur. Rechts waren de drie eenpersoonscellen, groter dan de cellen in het algemene blok, met aan drie zijden betonnen muren en aan de voorkant tralies zodat de bewakers te allen tijde door de gang konden lopen om de gedetineerden te inspecteren. Camera's hielden alle hoeken in de gaten. Elke camera had een microfoon die het geringste zuchtje opving. Aan het waakzame oog in de controlekamer viel niet te ontsnappen.

Hannah zat op haar bed, met haar knieën opgetrokken en haar armen om haar benen geslagen. Haar mond viel open toen ze Emmy zag door het glas. Emmy raakte haar keel aan en tikte er met haar vingers op. Het was een teken uit hun kindertijd en gaf aan dat er een volwassene in aantocht was, of dat Tommy hen weer probeerde te besluipen, of dat Taybee hen weer eens aan het afluisteren was, en dat ze op hun woorden moesten letten.

Pas toen Hannah knikte ten teken dat ze het begreep, deed Emmy de deur open.

Hannah bevond zich in de eerste cel, en ze was de enige vrouw in isolatie. De stank was erger dan in de rest van de gevangenis. De roestvrijstalen toiletten en wasbakken uit één stuk waren eigenlijk een open riool. In de drie smalle openingen in de buitenmuur zat vijf centimeter dik glas, maar ze waren niet zozeer als ramen bedoeld, eerder als waarschuwing dat ontsnappen onmogelijk was. Elke vierkante centimeter van het beton was in een plasticachtig helderwit geschilderd. De kussens stonken naar zweet. De schuimrubberen matrassen waren een paar centimeter dik en lagen ook weer op beton. De kunststof hoezen roken naar terpentine. De dekens en lakens waren dun en kriebelig. Tot haar schaamte besefte Emmy dat ze zich nooit eerder om zulke dingen had bekommerd. Pas nu ze zag dat Hannah het ermee moest doen, raakte het armzalige van het verblijf haar.

Ze zei het eerste wat in haar opkwam: 'Ik zorg dat je een schoon kussen krijgt.'

Hanna glimlachte flauwtjes. 'Zeg maar tegen het meisje dat ze het mee moet nemen wanneer ze de kamer komt doen.'

Emmy besefte hoe stumperig ze teruglachte. 'Heb je verder iets nodig?'

'Dylan heeft...' Hannahs adem stokte. Het kostte haar moeite het spelletje vol te houden. 'Hij heeft ervoor gezorgd dat Davey bij mijn tante Barb werd ondergebracht.'

'Mooi.' Ook Emmy had het er moeilijk mee. Ze kon niet meer op haar benen staan en gleed met haar rug tegen de muur naar beneden tot ze op de koude vloer zat. 'Ik vind het heel erg.'

Hannah bleef haar aankijken. 'Ik ook.'

Emmy keek toe terwijl Hannah opstond en langzaam naar de voorkant van haar cel liep, waar ze zich in kleermakerszit installeerde. Ze leunde met haar voorhoofd tegen de tralies, nog steeds met haar blik op Emmy gericht. Het was alsof ze weer in Hannahs oude slaapkamer zaten en over hun moeders klaagden of over jongens kletsten of eindeloos naar Sarah McLachlan luisterden die 'Building a Mystery' zong, tot ze de tekst uit hun hoofd kenden.

'Je hebt dus een zus,' zei Hannah.

Emmy moest lachen, want uiteraard had een vrouw in een isoleercel in het politiebureau van Clifton County de laatste roddels opgepikt. 'Ze schijnt een soort misdaadgenie te zijn. Alle FBI-agenten draaien als knipmessen om haar heen.'

Hannah lachte vluchtig. 'Ik vind het zo klote, Em.'

Emmy's ogen schoten weer vol, maar ze deed geen moeite haar tranen te verbergen. Er viel iets voor te zeggen om in het gezelschap van iemand te zijn die je al eens op je allerslechtst had meegemaakt. 'Hij was gisterochtend nog een brief aan het schrijven.'

Nu begon Hannah ook te huilen.

'Die ligt nog op zijn bureau, maar ik durf hem niet te lezen. Ik kon het vanochtend niet eens aan om naar huis te gaan.'

'Ik heb in Gerald anders nooit een brievenschrijver gezien.' Hannah drukte haar vingers onder haar ogen. 'Wat denk je dat erin staat?'

Emmy haalde haar schouders op. 'Melk. Eieren. Brood.'

Hannahs schalkse lach kaatste van de harde oppervlakken. Emmy lachte mee. Het voelde zo goed om zich aan iets anders dan verdriet over te geven.

'Weet je nog van die brief die Cole je stuurde vanuit het zomerkamp?' vroeg Hannah.

Emmy wist het nog. '"Lieve mama. Ze zeiden dat ik ijs kreeg als ik een brief aan je schreef. Ondertekend, Cole."'

Weer lachten ze, maar het duurde niet lang. Dit was geen gezellig meidenavondje. Ze zaten niet in de biergarten een fles wijn soldaat te maken.

'Ik ben blij dat je Dylan hebt gevonden,' zei Hannah. 'Het is een goede vent.'

'Te goed,' gaf Emmy toe. 'Ik dacht steeds dat hij bij me weg zou gaan. Toen ging het bergafwaarts met mijn moeder, mijn vader werd steeds zieker en ik zei tegen mezelf dat het te veel was, dat hij nu echt bij me weg zou gaan, maar dat deed hij niet, en toen ben ik bij hem weggegaan.'

'Wauw, wat een verrassing dat je niet met je emoties kon dealen en er daarom maar tussenuit kneep en nooit meer een woord met hem wisselde.' Hannah had recht op haar sarcastische toon. 'Is er nog een andere situatie in je leven waarbij je misschien dezelfde fout hebt gemaakt?'

Deze keer kon er bij Emmy geen lachje af. In de eindeloze twaalf jaren die waren verstreken, was het nooit bij haar opgekomen om weer contact te zoeken met Hannah. Ze had gewacht en gewacht tot Hannah het initiatief nam, en nu zaten ze hier.

'Rustig maar,' zei Hannah. 'Paul liet er geen misverstand over bestaan dat ik moest kiezen tussen jou en hem. Zo te zien hebben we allebei de verkeerde keuze gemaakt. Bij mij duurde het langer voor ik het doorhad.'

Emmy veegde haar neus af. Ze was hier met een reden gekomen. 'Praat je daarom nu met me, omdat je twee maanden geleden met Paul hebt gebroken?'

Hannah ging er niet op in. 'Ik weet niet of het je is opgevallen, maar ik zit letterlijk geboeid te luisteren.'

Emmy's neus bleef maar lopen. Ze veegde hem af aan haar mouw. 'Myrna had er altijd veel waardering voor dat jij wist hoe je het woord "letterlijk" moest gebruiken.'

Hannah reikte achter zich naar de rol goedkoop toiletpapier naast de wc. Het was dun en voelde als karton. Ze wikkelde het papier om haar hand en stak die tussen de tralies door. Emmy boog zich naar voren. Hun vingers raakten elkaar. Zo bleven ze een paar tellen zitten voor ze weer achteroverleunden.

'Misschien heb je er iets aan,' zei Hannah, 'maar ik snap eindelijk waarom je het zo moeilijk vond om bij Jonah weg te gaan.'

'Het was niet moeilijk,' zei Emmy, hoewel de scheiding had gevoeld als sterven aan duizend onbenulligheden. 'Het was zoals jij altijd zei. Ik was te koppig en te trouw aan iemand die niet trouw aan mij was.'

'We weten allebei hoe hij je heeft behandeld,' zei Hannah. 'Als buitenstaander is het makkelijk zat om te zeggen dat je weg moet gaan. Maar als je er zelf in zit, als je ziet hoe hard je kind een vader nodig heeft, als je jezelf wijsmaakt dat de man op wie je ooit verliefd bent geworden er nog steeds is, diep vanbinnen...'

Emmy hoorde het verdriet toen haar stem wegstierf.

'Ik dacht steeds dat Paul wel weer de oude zou worden, snap je?' Hannah wikkelde ook wat toiletpapier voor zichzelf af. 'Ik dacht dat hij uiteindelijk – nou ja, niet dat hij eroverheen zou groeien, want over het verlies van een kind groei je nooit heen – maar dat hij uiteindelijk wel een andere manier zou vinden om ermee om te gaan. Dat hij zou beseffen dat er ook nog een levend kind was dat hem nodig had. Een vrouw die samen met hem wilde rouwen. Maar hij zonk erin weg, en het duurde te lang voor ik doorhad dat hij ons met zich meesleurde. Ik heb te lang gewacht. Ik had jaren geleden bij hem weg moeten gaan. Dat had een hoop pijn gescheeld.'

Emmy tikte weer op haar keel, ten teken dat Hannah voorzichtig moest zijn.

'Ik weet het,' zei Hannah. 'Maar het is ingewikkeld, Em. Het is veel ingewikkelder dan ik besefte, en het spijt me zo.'

Emmy voelde weer die bekende kramp in haar borst, haar lichaam dat haar waarschuwde dat ze haar emoties binnen moest houden. Maar deze keer lukte het haar niet. Niet op dat moment. Niet tegenover Hannah. 'Het is mijn schuld, Han. Het is mijn schuld dat je het allerdierbaarste kwijt bent geraakt.'

Hannah bood haar geen vergeving. Alleen haar treurige lachje. 'En wat was ze dierbaar, hè?'

Emmy ademde diep in. Ze voelde de kramp wegtrekken. Al die jaren had ze met dit verdriet geleefd, een smart die ze nooit had kunnen delen. 'Absoluut.'

'Het laatste wat ik tegen haar zei was dat ze nieuwe zonnebrand op moest doen. Alsof ik had gezegd dat ze de Mount Everest moest beklimmen. Ze rolde met haar ogen en stiefelde weg.' Hannah lachte terwijl ze haar ogen depte. 'Je moet het haar nageven. Ze liet zich verbranden alleen om mij dwars te zitten.'

Nogmaals ademde Emmy diep in. Ze dacht aan een van de laatste keren dat ze Madison had gezien. Niet toen ze in die vijver dreef. Ook niet toen ze onder de eik stond. Emmy had in de autopsiezaal op het hoofdbureau van het GBI staan luisteren naar de patholoog-anatoom, die wees op de zonnebrand achter op Madisons benen.

'En dan Paisley Walker,' zei Hannah. 'Ik vraag me steeds af of Carol ook denkt aan het laatste wat ze tegen haar heeft gezegd. Of het een gewone ochtend was, of ze ergens ruzie over hadden gemaakt, of ze blij of verdrietig waren.'

Emmy zag dat Hannah geen antwoord op de vraag verwachtte. De cel was vooral een plek waar je nadacht over al het erge dat er in je leven was voorgevallen.

'Madison was nog maar net twaalf toen de ruzies begonnen. Ik zweer het. Ze deed niets anders dan manieren bedenken om me een rotgevoel te bezorgen.' Hannah glimlachte, maar Emmy herinnerde zich nog hoe hard Madisons beledigingen aankwamen. 'En dan gaf ze me weer uit het niets een compliment, dan zei ze dat ik zo'n mooie jurk aanhad, of dat mijn haar zo goed zat, en dan was het alsof ik de hoofdprijs had gewonnen.'

Emmy moest lachen, net als Hannah.

'Weet je wat het is, jij en ik beschouwden haar nog steeds als een kind, maar drie jaar later zou ze al volwassen zijn geweest. Ze zou haar diploma halen. Gaan studeren. Trouwen. Zelf kinderen krijgen. Maar op dat moment, op de dag dat ze vijftien werd, moest ze nog uitvinden wie ze was. De verschillende types uitproberen die ze wilde zijn. Mij op stang jagen. Grenzen verleggen. Ze wilde wanhopig graag een vrouw zijn, maar ze voelde zich nog een kind.'

Dat onzekere gevoel kon Emmy zich nog goed herinneren uit haar eigen tienerjaren.

'Vooral dat gaat me vreselijk aan het hart,' zei Hannah. 'We hebben haar nooit echt leren kennen. Madison zal altijd tussen die twee mensen vast blijven zitten. De vrouw die we niet hebben leren kennen en het kind dat we ooit hebben gekend.'

Hannahs verdriet vulde de ruimte. Onwillekeurig voelde Emmy het ook. Ze treurden niet alleen om Madison. Ze treurden om zichzelf. Emmy had zichzelf opgeofferd aan Jonahs onzekerheden. Hannah had zichzelf opgeofferd aan Pauls verdriet. Virgil had bij wijze van grap gezegd dat meiden opvoeden een man z'n dood kon worden, maar hij had geen idee hoe verdomd zwaar het was om tot een vrouw uit te groeien.

'O,' zei Hannah. Ze keek naar de deur. Ze zat nu bijna dertig uur vast in deze krappe ruimte. Al haar zintuigen waren gespitst op beweging aan de andere kant van het glas.

Emmy keek wie er stond. Haar borst verkrampte weer toen ze zag dat het Jude was. Ze fronste haar voorhoofd al precies zoals Myrna als Emmy iets doms of teleurstellends had uitgehaald.

'Als je maar weet, Miss Bennet, dat er met mij niet te spotten valt,' zei Hannah schertsend.

Emmy moest lachen om haar imitatie van Lady Catherine uit *Pride and*

Prejudice, maar ze wist dat Jude hier niet voor niets was. Ze stond op. 'Ik maak werk van dat kussen,' zei ze tegen Hannah.

Jude deed een stap terug, het poortje weer in, zodat Emmy de deur kon openen. Coles badge hing aan een koord om Judes nek.

'Heb je die van mijn zoon gepikt?' vroeg ze.

'Geef je mij ervanlangs omdat ik de procedure omzeil terwijl jij net twintig minuten lang de zaak van het GBI tegen een verdachte van de moord op een politieman aan het bederven bent?'

'Het was eerder een kwartier.'

'Veeg die grijns maar van je gezicht,' snauwde Jude. 'We weten allebei dat jullie hele gesprek is opgenomen. Geen jury die jullie ziet geinen gelooft nog dat Hannah schuldig is. Ze kan niet eens meer als getuige worden opgeroepen. De openbaar aanklager zou de zaal uit gelachen worden.'

'Oké.' Emmy viste haar eigen badge uit haar zak. 'Kun jij uitleggen waarom de reclasseringswerker van Adam Huntsinger belde om te vragen of ik Adam weer de cel in wilde hebben?'

Weer fronste Jude haar voorhoofd. 'Waarom belde die man jou? Ik heb tegen Brett gezegd dat híj erover ging.'

'Sinds wanneer geef jij orders aan mijn agenten?'

'Wat heb je tegen Adams reclasseringswerker gezegd?'

Emmy had genoeg van het vragenspelletje. 'Ik zei dat hij zelf maar moest zien wat hij deed, want alleen een dwaas zou het politiebureau als wapen inzetten tegen Adam Huntsinger terwijl alle ogen op ons zijn gericht.'

'Dus dat kwartiertje van jou met Hannah Dalrymple was –'

'Iets wat jou totaal niet aangaat.' Emmy zwaaide met haar badge om de deur te openen en liep de gang door. Achter zich hoorde ze het boze gestamp van Judes motorlaarzen.

'Adam Huntsinger heeft bekend dat hij seksueel contact heeft gehad met Cheyenne Baker,' zei Jude.

Emmy verstijfde. Ze had haar hand al naar de volgende deur uitgestoken. Het koord met de gelamineerde badge slingerde als een pendule heen en weer. Ze draaide zich om en herhaalde in gedachten de informatie om die te kunnen begrijpen.

'Hij zei dat Cheyenne normaal vijftig dollar voor een pijpbeurt vroeg, maar dat ze het bij hem in ruil voor wiet had gedaan,' zei Jude.

Emmy was sprakeloos.

'Hij zei dat ze heel veel klanten had en dat ze het geld spaarde, want ze had het er steeds over dat ze weg wilde uit de stad – dat zal je niet verbazen. Ook zei hij dat ze niet aan vaginale penetratie deden, maar bedenk wie het zegt.'

Emmy knikte, al was het maar om Jude te laten weten dat ze luisterde.

'Hij zei dat hij Madison nooit had aangeraakt. Beweerde dat ze te jong voor hem was, maar ook dat neem ik met een korreltje zout.' Jude reikte langs Emmy en opende de deur met Coles badge. 'Links of rechts?'

'Links,' kreeg Emmy er met moeite uit. Ze was al wat bekomen van de eerste schrik. Nu wist ze niet of ze jaloers of onder de indruk moest zijn omdat Jude na amper vierentwintig uur in de stad erin geslaagd was Adam Huntsinger te breken. 'We hebben wel geruchten gehoord dat Cheyenne zichzelf verkocht voor seks. Maar we hadden geen bewijs.'

'En de drugs, waar kwamen die vandaan?'

'Vertel.'

'Adam beweert dat Woody gebruikmaakte van Cheyenne om zijn handel uit te breiden naar North Falls. Behoorlijk riskant, maar ik vermoed dat de winst het de moeite waard maakte. Die lui van North Falls gaan echt niet naar het truckerscafé om tien dollar te besparen op een paar gram cocaïne. En dat geldt ook voor seks. Waarom zou je een uitgebluste sekswerker twintig dollar per pijpbeurt betalen als een tiener uit North Falls het voor vijftig doet? Voor veel van die kerels is het taboe deel van de kick.'

Emmy kuchte. Ze ging Jude niet vragen hoe ze die informatie uit Adam los had gekregen. Haar zus was echt een soort heks. 'We vermoedden al dat Woody Cheyennes leverancier was. Maar we hadden geen enkel bewijs. Virgil probeerde hem over te halen vrijwillig naar het bureau te komen voor verhoor, maar dat weigerde hij.'

'Slim voor een tiener.' Jude bleef op een paar meter van de vergaderzaal staan. 'Hoe denk jij nu over Woody? Loont het om met hem over Paisley te praten?'

Emmy schudde haar hoofd. Ze had het gevoel nog steeds achter de feiten aan te lopen. 'Hij is te slim. Die neemt meteen een advocaat. We zijn een hele dag kwijt voor zijn advocaten vanuit Atlanta hier zijn aangekomen en dan dienen ze tegen het eind van de week een aanklacht in wegens intimidatie.'

'Heb je nooit een undercoveractie tegen hem ingezet?' vroeg Jude. 'Kennelijk weet de hele stad dat hij dealt vanuit de achterdeur van de bar van je ex.'

'De politie van Clayville laat hem met rust. Ik weet eerlijk gezegd niet of het uit angst is of dat ze betaald worden om een oogje dicht te knijpen. De motorbendes die de heroïne uit Florida halen, zijn rijk en meedogenloos. De sheriff beweert dat hij niet over de middelen beschikt om zo'n diepgaand onderzoek in te stellen.'

'Wat had pa voor excuus? Ik snap dat hij daarvoor de plaatselijke politie niet wilde inzetten, maar hij had het GBI of het drugsagentschap kunnen inschakelen.'

'Dat heb ik nooit gevraagd. Ik ging ervan uit dat hij Cole wilde ontzien.'

'Misschien wilde hij Jonah ontzien,' zei Jude. 'Wist pa dat hij jou mishandelde?'

Emmy opende haar mond en nam een hap lucht. Zo snel liet ze zich niet beheksen. Ze wierp een blik op de open deur. Haar zoon zat waarschijnlijk in de vergaderzaal. Net als Virgil.

'Ik heb Virgil gevraagd de zaak met ons door te nemen,' zei ze tegen Jude. 'Hij was plaatsvervangend sheriff toen Madison en Cheyenne verdwenen. Hij heeft alle telefoongesprekken en zendmastgegevens nagetrokken. Ik stel voor dat we teams vormen. Virgil en ik doen dan "Adam is schuldig". Jij en Cole nemen "Adam is onschuldig" voor je rekening.'

De lange stilte die daarop volgde was zonder meer bedoeld om aan te geven dat Jude ervoor koos om door te gaan. 'Ik weet niet of ik een bepaalde kant kies. Ik wil onbevooroordeeld blijven. Het is nog altijd mogelijk dat Adam Cheyenne en Madison heeft vermoord.'

Omdat Emmy niet wist waar ze haar handen moest laten, sloeg ze haar armen over elkaar. De opmerking over Jonah had de spoken in haar lichaam wakker geroepen. 'Omdat Adam zich liet afzuigen door Cheyenne?'

'Omdat Adam nog steeds de meest voor de hand liggende dader is. De enige reden waarom hij niet meer in de dodencel zit en voorwaardelijk vrij is, is dat hij twaalf jaar geleden in Metter een vrouw heeft verkracht.'

'Maar Barbara Jericho was tweeëntwintig toen hij haar verkrachtte. Madison en Cheyenne waren vijftien.' Als Emmy niet zo aandachtig naar Jude had gekeken, zou ze de verandering in haar blik niet hebben opgemerkt. Die had iets hards. Iets vertrouwds. 'Wat hou je voor me achter?' vroeg ze.

Weer veranderde Judes gezicht. 'Statistisch gezien laat een verkrachter het niet bij één keer en over het algemeen heeft hij ook meerdere slachtoffers.'

'Clifton is een typisch Amerikaans district. We hebben duizenden nog openstaande verkrachtingszaken en honderden onverwerkte verkrachtingskits. Het ontbreekt ons aan geld of andere middelen om van al die zaken werk te maken, en ook al zouden we dat doen, dan heeft Paisley Walker daar niets meer aan.'

'Is Adam nooit gearresteerd wegens een zedendelict? Of onder verdenking vastgehouden?'

'Nooit,' zei Emmy. 'De enige gemene deler bij al zijn arrestaties is dat hij zonder rijbewijs achter het stuur zat.'

Weer veranderde de blik in Judes ogen. Deze keer liet ze kennelijk alle alternatieven de revue passeren. 'Denk even niet aan pa en aan je eigen trots. Is Adam schuldig of onschuldig? Wat zegt je intuïtie?'

Emmy's intuïtie vloog alle kanten op. 'Ik heb er nooit vat op kunnen krijgen. Ik heb het aan mijn brein overgelaten en naar de feiten gekeken. Logisch gezien komt Adam als eerste in aanmerking. De officier van justitie dacht er hetzelfde over. Net als de twaalf leden van de jury.'

'Oké,' zei Jude. 'Wat weten we?'

Deze keer kwam de vraag minder hard aan. 'Adams vingerafdrukken zaten op Cheyennes halsketting, die ik bij zijn souterrain vond. Millie had Adam die ochtend samen met Madison bij de vijver gezien. Van beiden zat het DNA op sigaretten die ze hadden gerookt. De Jetta van Walton had hetzelfde merk banden als dat van de bandensporen op het voetbalveld en op de landweggetjes. Op de voorbumper zat een kras die veroorzaakt zou kunnen zijn door een klap tegen het achterwiel van een fiets. Adam had de beschikking over hetzelfde soort pistool dat bij de moord op Cheyenne was gebruikt. Zijn vingerafdrukken zaten op het wietzakje in Madisons zak.'

'En nu de zwakke punten.'

'Het bewijs was een en al "komt overeen met" maar nergens "exacte match".' Emmy was zich ervan bewust dat ze nu eigenlijk Coles woorden van de vorige ochtend citeerde. 'Geen van de pistolen matchte met de resultaten van het ballistisch onderzoek. In de Jetta zijn geen vingerafdrukken of DNA-monsters aangetroffen die matchten met die van de meisjes. We hebben geen schoenen maat tweeënveertig gevonden die matchten met de afdrukken. Het bandenprofiel van de Jetta paste niet bij het bandenprofiel ter plaatse. Adam gaf toe dat hij wiet had verkocht aan Madison. Hij zei dat Madison hem had gevraagd de kapotte halsketting van Cheyenne te maken en dat die uit zijn zak moest zijn gevallen. Cheyennes klaptelefoon met haar initialen in de behuizing is niet gevonden. Ook hebben we de hamer waarmee Madisons handen en voeten waren gebroken niet kunnen vinden. Evenmin zijn we op een andere ontvoerings- of moordzaak met een vergelijkbare modus operandi gestuit.'

Jude ging recht op de kern af. 'De klaptelefoon was van Cheyenne. De hamer was bij Madison gebruikt.'

'Denk je dat hij ze als trofeeën bewaarde?' Emmy's hart ging als een drum tekeer. Ze waren er altijd van uitgegaan dat Adam een betrapte pedofiel was, niet een seriepleger met meer slachtoffers. Ze moest er niet aan denken wat dat voor Paisley Walker kon betekenen. 'Ik ga ervan uit dat Adam de moordenaar is,' zei ze. 'Volgens jou heeft hij waarschijnlijk al eerder meisjes verkracht. Denk je dat hij andere kinderen kan hebben gedood, nog voor Madison en Cheyenne?'

'Sinds de jaren zeventig zijn er in de Verenigde Staten nog geen twintig gevallen bekend van dubbele kinderontvoeringen. Het is buitengewoon zeldzaam. Statistisch gezien, zo weten we uit de profielen van de daders, is de kans heel groot dat er in hun criminele geschiedenis eerdere verkrachtingen, ontvoeringen en moorden voorkwamen.'

Emmy hoorde iets academisch in Judes toon. 'Madison en Cheyenne waren niet zijn eerste slachtoffers.'

'Hun ontvoerder wist wat hij deed,' zei Jude. 'Hij pakte ze niet in een opwelling. Hij groomde ze. Hij kende hun roosters. Hij wist hoe hij Cheyenne moest aanpakken. Hij wist hoe hij Madison moest aanpakken.'

'En hij wist hoe hij Paisley moest aanpakken.'

'Heb je gezocht naar vergelijkbare zaken waarbij een hamer was gebruikt om handen en voeten te breken?'

'Ik heb twee zaken gevonden, maar de slachtoffers waren geen kinderen. Het ene slachtoffer was negentien en kwam uit Tillar, Arkansas. Het tweede was eenentwintig, uit Hidalgo, Texas. De botten waren weliswaar gebroken, maar niet systematisch, en we konden geen enkel bewijs vinden dat Adam ooit de staat heeft verlaten.'

'Als het Adam was – áls – en als hij op reis ging met de bedoeling een misdaad te plegen, dan wist hij dat hij zijn sporen moest wissen. Zijn telefoon moest uitschakelen. Bonnetjes moest weggooien en alleen cash moest betalen.' Jude nam haar telefoon uit haar tas. 'Ik ga bellen met mijn contactpersoon bij het nationale centrum voor vermiste en misbruikte kinderen. Die hebben een gedetailleerdere databank dan de FBI.'

'Hoe kan dat?'

'De FBI is voor het verzamelen van gegevens afhankelijk van de politie.

Het is niet verplicht om verslag uit te brengen, en de naleving rammelt. Het centrum gaat zelf actief op zoek naar data.'

Emmy voelde een zweetdruppel langs haar nek naar beneden glijden. 'We moeten dit aan Seth Alexander melden. Misschien mist Paisley iets persoonlijks, dat als trofee is meegenomen.'

'Nee.' Jude keek op van haar telefoon. 'Voorlopig blijft dit tussen ons. Je mag het zelfs niet aan Cole vertellen.'

'Mijn zoon kan als geen ander een geheim bewaren.'

'Dat weet ik, schat, maar soms is het nog moeilijker om een geheim te weten dan om het te bewaren.' Jude wierp een blik over haar schouder om er zeker van te zijn dat ze alleen waren. 'Als we de trofeeën vinden, hebben we de moordenaar te pakken.'

17

Jude bestudeerde de conclusies in het autopsierapport van Madison Dalrymple. Kneuzingen, schaafwonden, stomp trauma, puntbloedingen, verbrijzelde botten, ontwrichte kaak, gebroken tongbeen. Het rapport bevatte bijna honderd pagina's met foto's en gedetailleerde beschrijvingen van de martelingen en het misbruik dat het vijftienjarige meisje urenlang had ondergaan voor ze gewurgd werd.

Elk botje in Madisons handen en voeten was met een stomp voorwerp verbrijzeld. De klappen waren meer dan eens met zoveel kracht toegebracht dat de bijna perfecte afdruk van de kop van de halve kilo zware klauwhamer duidelijk zichtbaar was. De ravage was al vroeg in de loop van de ontvoering aangebracht. Ten tijde van haar dood was de zwelling zo groot geweest dat de huid was gescheurd.

Het feit dat Madison nog minstens twaalf uur in leven was gehouden, zette Jude aan het denken. De ontvoerder had toegang tot een plek die zo veilig en beschut was dat het geschreeuw van een kind door niemand gehoord werd. Clifton County was een landelijk gebied, dus dat maakte het lokaliseren van een dergelijke plek er niet makkelijker op. Eigenlijk had niets van wat Jude tot dusver had ontdekt het er ook maar enigszins makkelijker op gemaakt.

Bij zedenzaken waarbij een kind was betrokken, had de ontvoerder doorgaans maar één motief: het kind seksueel misbruiken. Zodra zo iemand aan zijn trekken was gekomen, ontwikkelde hij een soort instemmingsformule ter rechtvaardiging van wat hij al die tijd al wist: hij ging het kind vermoorden. Hoe vaak had Jude de voorwendsels van al die daders niet moeten aanhoren?

Ik wilde haar geen pijn doen, maar ze kon me identificeren.

Ik kon mijn leven niet door één fout naar de klote laten helpen.

Ik was bang dat mijn moeder erachter zou komen.

Zo ben ik niet; ik ben een goed mens.

Zodra de moord was gepleegd, moest er alleen nog een plek worden gevonden waar hij zich van het lijk kon ontdoen. Water was verreweg de beste keuze, want sporen werden dan afgespoeld, maar dat de moordenaar van Cheyenne en Madison Millies vijver daarvoor had uitgekozen, sloeg nergens op. Jude en Henry hadden vrijwel elke zomer in het koele water gezwommen. Het was een heerlijke plek om te zonnebaden, maar de vijver lag wel heel zichtbaar midden in het dertig hectare grote terrein achter Millies huis.

Langzaam bladerde Jude terug door de kleurenfoto's. In de loop van haar carrière had ze talloze vergelijkbare foto's gezien en talloze schokkende beschrijvingen gelezen, maar ze had nog nooit de magische UIT-knop gevonden die haar verdoofde voor de wreedheden die kinderen konden worden aangedaan.

Ze nam haar leesbril af om haar ogen wat rust te gunnen. Het betrekkelijk beknopte autopsieverslag van Cheyenne had ze al doorgenomen. Het meisje was met een .22 randvuurpistool door het voorhoofd geschoten. De dood was onmiddellijk ingetreden. Er waren geen tekenen die op seksueel misbruik wezen, hoewel de vele kneuzingen en vochtophopingen erop duidden dat de dader voor haar dood keihard met zijn vuisten op haar had ingebeukt. Het opmerkelijkste, vond Jude, was dat de moordenaar Cheyennes handen en voeten niet had gebroken, zoals hij wel bij Madison had gedaan.

Ze pakte haar pen en tekende op haar blocnote aan dat er gekeken moest worden naar het negentienjarige moordslachtoffer in Arkansas en het eenentwintigjarige slachtoffer in Texas, van wie de handen en voeten met een hamer kapot waren geslagen. Jude wilde hun autopsieverslagen inzien. Het gebruik van een hamer bij een gewelddadige aanval was niet ongewoon, maar wel de plek waar de botten waren gebroken. Ze had zo'n gevoel dat haar contactpersoon bij het nationale centrum voor vermiste en misbruikte kinderen meer zaken zou kunnen vinden.

Jude legde haar pen neer. Ze keek naar het whiteboard aan het hoofd van de vergadertafel. Er waren geen aanwijzingen gevonden die om nader onderzoek vroegen. Op het zwarte scherm van de monitor sprong het zegel van de politie van Clifton County alle kanten op.

Cole, Virgil en Emmy zaten nog steeds met gebogen hoofd honderden, zo niet duizenden datapunten door te nemen. Alleen Cole gebruikte een laptop. De rest had de dozen uit Virgils souterrain opengemaakt. De inhoud werd gesorteerd in stapels uitgeprinte foto's, deposities, getuigenverklaringen, rapporten, procesverslagen, thumbdrives met camerabeelden en de uiteenlopende rommel waarmee een belangrijke zaak gepaard ging.

Elk document had een Bates-stempel met een nummer en code ten teken dat het bewijs was geregistreerd. Bij elk telefoonnummer dat was gebeld, bij elke aanwijzing die was nagetrokken stonden handgeschreven notities. Jude herkende zo langzamerhand Emmy's gewoonte om willekeurig hoofdletters te gebruiken, iets wat Myrna tot razernij moest hebben gedreven. Gerald had haar niet alleen het politievak bijgebracht. Hij had haar ook geleerd hoe belangrijk het was om je documentatie op orde te houden.

Jude nam even de tijd om Emmy en profil te bekijken. Ze zat met gebogen hoofd boven de procesverslagen van 'De staat Georgia versus Adam Johnathan Huntsinger'. Haar uniform vertoonde geen kreukeltje en haar haar zat netjes opgestoken, maar ze had nog steeds dezelfde gekwelde blik in haar ogen als in het uitvaartcentrum. Het was niet uitputting waardoor ze van binnenuit werd opgevroten, maar beklemming. Jude wist hoe het was om oude zaken door te nemen en herinneringen toe te laten die de wrede details weer tot leven wekten. Het vinden van een lichaam bracht een beangstigend soort opluchting. Je had een doel bereikt, je hartverscheurende zoektocht was eindelijk voorbij, maar tegen een verschrikkelijke prijs.

Die herinneringen droeg je de rest van je leven met je mee.

Cole onderdrukte een gaap. Hij stond op van de vergadertafel en liep naar het keukentje achter in de zaal. Jude volgde hem om even haar benen te strekken. Tot haar vreugde was hij verse koffie aan het zetten. De zorgelijke blik in zijn ogen was nieuw. Waarschijnlijk had hij het moedig van zichzelf gevonden om aan te bieden de zaak-Dale Loudermilk door te nemen. Emmy had de pornografische kinderfoto's die Dale op zijn laptop had gedownload weggelaten, maar soms waren de nietsverhullende beschrijvingen even schrijnend. Aanklagers werden aangemoedigd om geen enkel schokkend, walgelijk detail achterwege te laten.

'Gaat het, schat?' vroeg Jude.

'Ja hoor, maar god, wat een vuile klootzak.' Cole schepte koffie in het filter. 'Ik heb nog les gehad van Loudermilk. Ik ben blij dat ik van Jonah bij het schoolorkest moest in plaats van bij het koor.'

Onwillekeurig moest Jude glimlachen, want uiteraard was Cole bij het orkest gegaan. 'Welk instrument speelde je?'

'Tamboerijn.' Dat lepe lachje was weer terug. De jongen had het duidelijk heerlijk gevonden om zijn vader op stang te jagen. 'Waarom heb je eigenlijk geen zuidelijk accent?'

'Dat hoor je alleen als ik kwaad, dronken of moe ben.'

'Ik hoorde het inderdaad toen je kwaad was op Brett.' Cole vulde de koffiekan met water. 'Moeilijk te geloven dat die gast op dezelfde school lesgaf als Tommy en Celia en dat die geen idee hadden hoe ranzig hij was.'

'Met pedofielen is het zo dat ze niet alleen hun slachtoffers groomen. Ze groomen hun hele omgeving.' Jude deed een stap naar achteren zodat hij het reservoir kon vullen. 'Dat is een vast onderdeel van hun aanpak. Ze zijn superattent. Ze helpen je een bank verplaatsen of het gras maaien of ze brengen je naar een doktersafspraak. En als een kind de moed bijeen heeft geraapt om de waarheid te vertellen, gelooft niemand dat zo'n aardige vent tot zoiets onbeschrijflijks in staat is.'

'Zijn vrouw is bij hem gebleven tot ze een paar jaar geleden stierf.' Cole drukte de knop van het apparaat in. 'Zelfs toen Dale bekende in ruil voor strafvermindering, schreef ze nog een brief aan de rechter met het verzoek om clementie.'

'Dale had vast tegen haar gezegd dat hij die deal had gesloten omdat hij geen keuze had en dat het allemaal één groot misverstand was.'

Cole keek verbaasd. 'Hoe wist je dat?'

'Dat doen ze allemaal, schat.' Jude wreef over zijn arm. Ze was blij dat hij die deze keer niet terugtrok. 'Kom, aan de slag maar weer.'

Emmy keek op van het rechtbankrapport toen Jude de vergaderzaal binnenkwam. Zoals gewoonlijk ging ze recht op haar doel af. 'Je zei dat je voor een accuraat daderprofiel van een moordenaar een lijk nodig had. Je hebt de autopsieverslagen gelezen. Hoe ziet jouw profiel eruit?'

'Nog hetzelfde.' Jude had de rust niet om weer te gaan zitten. Met haar armen over elkaar stelde ze zich aan het hoofd van de tafel op, alsof ze les ging geven. 'Het is een witte man, met een baan waarvoor vakkennis nodig is en waarvoor hij de nodige opleiding of training heeft gehad. Hij heeft regelmatig contact met kinderen en is een gewaardeerd lid van de gemeenschap. Waarschijnlijk is hij getrouwd en mogelijk heeft hij zelf kinderen.'

'Als een soort dekmantel zeker?' vroeg Cole. 'Zodat niemand hem verdenkt.'

Jude knikte. 'Dat klopt.'

'Het probleem is,' zei Emmy, die achteroverleunde op haar stoel, 'dat Adam het dan niet kan zijn. Die heeft geen opleiding gehad. Is nooit getrouwd geweest. Heeft altijd gedonder. Rijdt rond met een open fles whisky en een joint in de asbak en zonder rijbewijs. Hij was buitengewoon verdacht. Hij werd door scholieren de Viespeuk genoemd omdat hij altijd bij hen in de buurt rondhing.'

'Ze heeft gelijk.' Virgil keek Jude over zijn brillenglazen heen aan. 'Ik weet dat jij hier de specialist bent, maar ook als je Adam Huntsinger buiten beschouwing laat, dan spits je met dat profiel de zaak niet toe, en al helemaal niet in een staat met elf miljoen inwoners, van wie ongeveer de helft man.'

'Hij woont in Clifton County,' zei Jude. 'Hij had alle tijd om een band op te bouwen met Madison en Cheyenne. Hij dumpte hun lichamen in het volle zicht. Ik vind het verbijsterend dat Millie niet heeft gezien hoe hij de meisjes in die vijver liet afzinken. Toen ik jong was, stond ze altijd voor haar keukenraam te loeren of er niemand over haar terrein liep.'

'Millie was met de rest van de stad naar de meisjes aan het zoeken,' zei Virgil.

'Ze ging naar huis om haar bloeddrukverlagers in te nemen,' verklaarde Emmy. 'Ik heb die dag wel tien voicemails van haar ontvangen, maar ik belde haar pas terug toen we beseften dat Cheyenne waarschijnlijk via haar terrein naar de landweggetjes was gefietst. Toen vertelde ze me dat Adam de Viespeuk werd genoemd. Ik had haar eerder moeten bellen.'

Jude hoorde het zelfverwijt in haar stem. Als je iets over het hoofd zag dat zich pal voor je ogen afspeelde, hield je daar een vreselijk schuldgevoel aan over. Dat gold ook voor nutteloos in kringetjes ronddraaien in een vergaderzaal vol dozen. Jude moest een besluit nemen. 'We staren ons straks nog blind op die documenten,' zei ze. 'Laten we het eens omdraaien en de misdaad niet meer door de ogen van Cheyenne en Madison bekijken. Bekijk het eens vanuit het perspectief van de moordenaar. We maken een frisse start en doen alsof die hele Adam niet bestaat. We noemen de dader de Schoft. Wanneer ontmoette de Schoft de slachtoffers? Hoe? Waar?'

Virgil zei: 'Cheyennes eerste wegwerptelefoon ging in augustus van het voorgaande jaar online, dus dat was waarschijnlijk rond de tijd dat ze hem ontmoette.'

'Madison kreeg in september van dokter Carl een recept voor de pil,' zei Emmy. 'Maar die pil was voor Cheyenne bedoeld. Ik vond de doordrukstrip op de zolder boven haar kledingkast. Ze begon er op 1 oktober mee. Ik heb het vermoeden dat de Schoft haar in de outletmall ontmoette. Daar hangen al die jongeren rond. Hij begon haar op zijn dooie gemak te groomen, want hij wist dat ze steeds terug zou komen.'

'Heb je de indruk dat hij eerst Cheyenne ontmoette?' vroeg Jude.

'Ja,' antwoordde Emmy. 'Als de Schoft inderdaad hier woonde, zou het stom zijn geweest om Madison te benaderen. Iedereen wist dat Hannah mijn beste vriendin was.'

Weer hoorde Jude die spijtige toon. 'Past Cheyenne in het slachtofferprofiel van de Schoft? Dominante ouders, opstandige tiener?'

'Ja,' zei Emmy nogmaals. 'Madison ook, vermoed ik, maar minder. Paul, haar vader, had een tracker op haar telefoon geïnstalleerd. Hannah probeerde niet te helikopteren, maar het is moeilijk om een kind dat zich losmaakt niet te verstikken. Toen kwam Cheyenne in Clifton wonen en werden ze onafscheidelijk. Virgil heeft honderden onderlinge berichtjes en telefoontjes per dag nagetrokken.'

'En dat is niet overdreven,' zei Virgil. 'Ik heb hier de lijst.'

Jude wachtte terwijl hij in zijn papieren rommelde. Bovenaan de pagina's zag ze het zwarte AT&T-logo van de provider. Onder het stempel stonden Emmy's handgeschreven samenvattingen.

'Komt-ie.' Virgil schoof zijn bril naar boven om het te kunnen lezen. 'Op 4 juli waren er achttien telefoontjes tussen Madison en de tweede wegwerptelefoon van Cheyenne. Ze wisselden zevenennegentig berichtjes uit. Dan is het zes uur en stopt alle communicatie. Die begint pas weer om acht uur, maar alle telefoontjes en berichtjes zijn van Madison. Cheyenne antwoordt niet. De laatste ping van haar telefoon naar de zendmast van North Falls was om twee voor zes. Toen was het gedaan met de pings. Ze moet hem hebben uitgezet.'

'Of het is het werk van de Schoft,' zei Jude.

'Maar nu het volgende.' Emmy stond op van haar stoel. Ze had weer nieuwe energie gekregen. 'Volgens de buren ging Cheyenne rond halfvier op haar fiets van huis. We weten niet wat ze gedaan heeft in de tweeënhalf uur voor ze haar telefoon uitschakelde. Niemand heeft haar in de stad gezien. Destijds had je niet al die bewakingscamera's op straat of in winkels. En de meeste mensen waren bij een van de vuurwerkshows.'

'Er was maar één zendmast voor heel North Falls,' zei Virgil. 'De geodata waren nog niet zo nauwkeurig, dus we konden Cheyennes locatie niet preciezer vaststellen dan dat ze zich binnen de stadsgrenzen van North Falls bevond.'

'Hoe warm was het die dag?' vroeg Jude.

'Achtendertig graden in de schaduw,' antwoordde Emmy. 'Dat is trouwens een goed punt. Ze moest op een plek met airconditioning zijn. De bibliotheek was gesloten. Misschien de Chilly Treat?'

'Die zijn allemaal ondervraagd,' zei Virgil. 'Niemand heeft haar gezien.'

'Misschien vergisten de buren zich in de tijd dat Cheyenne van huis ging?' vroeg Emmy zich hardop af. 'Of misschien kwam ze weer terug zonder dat ze het zagen?'

'Oké.' Jude voelde dat ze weer in kringetjes ronddraaiden. 'Cheyenne had drie telefoons. De klaptelefoon, de eerste wegwerptelefoon en de tweede. Vertel er eens over.'

Emmy gaf antwoord. 'De eerste wegwerptelefoon werd op school door Celia in beslag genomen. Op weg naar Celia's kantoor zette Cheyenne hem weer op de fabrieksinstellingen.'

'Daardoor werd het hele apparaat schoongeveegd,' zei Virgil. 'Quantico kon er niets meer mee.'

'Cheyennes tweede wegwerptelefoon,' vervolgde Emmy, 'werd in haar achterzak aangetroffen toen de lichamen waren geborgen. Het apparaat had te lang in het water gelegen om er nog data vanaf te halen. De klaptelefoon hebben we nergens gevonden, maar we weten dat Cheyenne haar initialen erop had gekrast: C.B.'

Virgil voelde de volgende vraag al aankomen en zei: 'Madisons telefoon werd op het voetbalveld gevonden, totaal verbrijzeld. Het GBI-lab heeft er niets af kunnen halen. Geen van de apparaten had een back-up naar de cloud. We vonden een laptop die de moeder van Cheyenne aan de kerk had geschonken, maar die was schoongeveegd. De desktopcomputer van het gezin was schoon. Madisons laptop was schoon. Alle digitale voetafdrukken waren gewist, verloren gegaan of ze waren er nooit geweest.'

Jude bedacht iets. 'Wat voor merk klaptelefoon gebruikte Cheyenne?'

'Een Nokia,' zei Virgil. 'Die was van haar vader geweest, van Felix. Hij gaf hem aan haar toen hij zelf een iPhone kocht. Ze mocht van haar ouders niet online zonder dat zij het wisten.'

'Wat voor model?' vroeg Jude.

'Dat heb ik hier ergens.' Virgil begon een dikke stapel papier te doorzoeken. 'Kan wel even duren.'

Met een knik naar Cole gebood Emmy hem even mee te helpen.

'Laten we ons ons weer op de Schoft concentreren,' zei Jude. 'Hoe zag zijn feestdag eruit? Het ligt voor de hand dat hij Cheyenne op een van de landwegen zou treffen, toch?'

'In theorie wel,' zei Emmy. 'We weten niet of hij haar verraste of dat ze hadden afgesproken. Haar ketting en haar bloed werden aangetroffen op het stuk weg achter Taybees boerderij.'

Onwillekeurig moest Jude grinniken. 'Natuurlijk, de boerderij is naar Taybee gegaan.'

Emmy rolde met haar ogen, maar bleef bij de les. 'Als het een afspraak was, neem ik aan dat de Schoft tegen Cheyenne zei dat ze haar telefoon om zes uur moest uitschakelen. Hij wist vast niet dat we haar positie vanaf de zendmast niet konden geolokaliseren. Ik vermoed dat ze om een uur of halfzeven met hem had afgesproken. Dan gingen ze hun ding doen, wat dat ook was. En daarna zou Cheyenne Madison uiterlijk om acht uur in het park treffen.'

'Waarom hadden de Schoft en Cheyenne afgesproken?'

'Seks?'

'Anderhalf uur voor een pijpbeurt?' vroeg Jude verbaasd.

'Misschien ging ze uiteindelijk akkoord met penetratie?' Emmy haalde haar schouders op. 'Vijftig dollar voor oraal tegen een paar honderd, misschien wel duizend dollar voor seks met alles erop en eraan. Als het echt haar eerste keer was, had Cheyenne vast geen idee hoelang dat zou duren. Ze deed zich geraffineerd voor, maar ze was nog een kind.'

Jude zag de pijn in Emmy's ogen. Ze had Cheyenne Baker gekend. De theorie was iets persoonlijks geworden.

'Goed,' zei Jude, 'Cheyenne en de Schoft hadden rond halfzeven een afspraak voor seks. Hij zou haar oppikken op een van de landweggetjes. En toen?'

Emmy haalde haar schouders op, maar zei niettemin: 'Als we het nog steeds over het plan hebben, dacht Cheyenne misschien dat de Schoft haar mee zou nemen naar zijn huis of naar een motelkamer. Ze zal er wel een heel romantisch beeld bij hebben gehad. Hij had vast niet gezegd dat het op de achterbank van de Jetta ging gebeuren.'

'En toen?' vroeg Jude.

'Ik denk dat Cheyenne tegen acht uur met Madison in het park had afgesproken.' Emmy klonk nu zekerder wat de tijdlijn betrof. 'Madison was heel gespannen toen ik haar tussen kwart over acht en halfnegen sprak.

Rond tien voor negen wilde ze weer met me praten, maar ik wimpelde haar af. Ik denk dat ze gewacht heeft tot het vuurwerk om negen uur begon en toen Cheyenne is gaan zoeken.'

Jude zag Emmy's kaak naar voren schuiven toen ze haar kiezen op elkaar klemde. Haar blik was een en al zelfverwijt. Jude wist dat het nutteloos was om een poging te doen haar zorgen weg te nemen.

'Dan zit er dus een gat van ongeveer tweeënhalf uur tussen het moment dat onze Schoft Cheyenne vanaf die landweg ontvoert en de ontvoering van Madison in het park.'

'Precies. En dat heeft me altijd dwarsgezeten.' Emmy leunde met haar ellebogen op de rugleuning van de stoel. 'Ik ben even de Schoft. Ik rijd rond in mijn Jetta. Cheyenne en haar fiets heb ik in mijn auto. Ik wacht tweeënhalf uur tot de zon ondergaat, en dan ga ik op zoek naar Madison in het park, maar ik neem Cheyenne en haar fiets mee.'

'Bij dubbele ontvoeringen wordt het ene meisje doorgaans bedreigd om het andere meisje mee te krijgen,' zei Jude.

'Maar we weten dat de Schoft een wapen had. Nou, dan luister je wel. En kennelijk had hij ergens een stille plek waar hij Madison mee naartoe nam, zo afgelegen dat hij haar urenlang kon martelen.' Moeizaam haalde Emmy haar schouders op. 'Waarom heeft hij Cheyenne daar niet naartoe gebracht en vastgeketend om vervolgens op zoek te gaan naar Madison? Zelfs als er vrijwel niemand in de stad was achtergebleven, was het riskant om haar in de auto vast te houden.'

'Zo riskant,' zei Jude, 'dat Cheyenne weet te ontsnappen wanneer de Schoft het voetbalveld op rijdt. Ze rent naar de bomen. De Schoft schiet haar door het hoofd. Hij gaat achter Madison aan. Hij zet ze allebei in de auto en rijdt ervandoor.'

'Het ging net even anders,' zei Emmy. 'Voor hij wegreed, had hij nog tijd om hun fietsen te verplaatsen. Die van Madison lag midden op het voetbalveld. Die van Cheyenne verderop bij de bomen. En voor zover we konden nagaan, legde hij Madisons fiets op de grond. Die van Cheyenne smeet hij zo'n drie meter het bosje in, waar hij tegen een boom klapte.'

'Hoewel hij kwaad was op Cheyenne, was hij toch kalm genoeg om te proberen de politie op een dwaalspoor te brengen.' Jude had de uiterst gedetailleerde kaart gezien die Emmy van de eerste plaats delict had getekend. 'Je moet behoorlijk sterk zijn om een fiets zo ver weg te gooien.'

'Je moet ook sterk zijn om naar het midden van de vijver te zwemmen met twee aan elkaar vastgeketende meisjes op sleeptouw,' zei Emmy. 'Hij trok de lichamen daarnaartoe en ketende ze toen met een zes meter lange ketting aan een betonblok vast zodat ze als een stel vliegers omhoogdreven in het water. Hij wilde dat ze gezien werden.'

Jude zag Emmy haar lippen op elkaar persen. Ze wist maar al te goed hoe dergelijke herinneringen voelden.

'Ik weet het niet.' Virgil keek op van zijn papieren. 'Zo te horen raakte de Schoft in paniek. Hij wist niet meer wat hij deed. Hij nam Cheyenne mee in de auto en misschien besloot hij in een opwelling om Madison ergens mee naartoe te nemen.'

'Nee,' zei Jude. 'Dat van die fietsen was gepland. Net als dat van die lijken. Hij was niet in paniek. Hij ging uiterst nauwgezet te werk.'

Emmy schudde haar hoofd. 'Dat klinkt niet als Adam Huntsinger.'

Jude was het met haar eens. Adam was impulsief, losgeslagen. Die zou er niet bij stilstaan dat hij betrapt kon worden. Die zou alleen maar bezig zijn met hoe hij weg kon komen.

'Gevonden.' Cole liep naar de laptop en begon te tikken. De monitor voor in de zaal begon te flikkeren en vertoonde toen zijn scherm. 'De klaptelefoon van Cheyenne was een Nokia N93i.'

Jude herkende het model. Het was een fors apparaat, ruim twee centimeter dik wanneer het was ingeklapt. Geopend fungeerde het bovenste deel van de telefoon als een soort zoeker.

Cole wees op het dikke rechthoekige scharnier aan de klep. 'Wat is dat?'

'Dat is een 480p videocamera,' zei Jude. 'Dat gleufje aan de zijkant is voor een mini-SD-kaart met ongeveer twee gig aan data.'

Emmy was naar het scherm gelopen om de telefoon beter te bekijken. 'Op de achterwand van Cheyennes kluisje vond ik buitengewoon seksueel getinte foto's. Daarop stonden zij en Madison in krappe bijpassende bh's en slipjes. Madison was in het wit, Cheyenne in het zwart.'

'Madonna/hoer.' Er trok een alarmerende huivering door Jude heen. Het stond haar totaal niet aan dat het deze kant op ging. 'Leken de foto's in scène gezet?'

'Ik zou het geen professionele fotoshoot noemen, maar iemand had er wel over nagedacht en ervoor gezorgd dat alles heel neutraal was. Ruwe betonvloer. Matwitte muren. Kale tweepersoonsmatras op de vloer.' Emmy liet de foto's uit de bestanden niet zien, waarschijnlijk vanwege Cole. 'Er was maar één grensoverschrijdend plaatje bij. Cheyenne lag naakt op haar rug op de matras, met haar benen gespreid. We vroegen ons af of er andere foto's waren waarop de man was te zien die ze had gemaakt.'

'Wat zou betekenen dat onze Schoft nog andere dan seksuele motieven had. Hij had door die meiden in de gevangenis kunnen belanden. Heb je geen mini-SD-kaarten gevonden?' vroeg Jude aan Virgil.

Hij schudde zijn hoofd. 'Nee, en ik moet toegeven dat ik ook niet diep in die telefoon ben gedoken. Ik ging ervan uit dat het een gewone klaptelefoon was.'

'Kon ze met dat ding berichtjes versturen?' wilde Cole weten.

'Ja,' zei Jude. 'Kijk maar naar de letters onder de cijfers. Je moest tot drie keer op een cijfer drukken om één letter te selecteren.'

'Twaalf jaar geleden kon je geen grote videobestanden versturen,' voegde Emmy eraan toe. 'Er was nog niet overal wifi zoals nu. Zo'n hoeveelheid data zou het hele mobiele abonnement van het gezin opslurpen. Haar ouders zouden het merken.'

'Hoe bekeek je die filmpjes dan?' vroeg Cole.

'Bij de telefoon hoorde een snoertje dat je achter in de tv stak,' zei Jude. 'Of je pakte de mini-SD en plugde die in een adapter die op je computer was aangesloten.'

'Waarom weet je zoveel over deze telefoon?' vroeg Emmy.

'Omdat die heel populair was bij pedo's,' zei Jude. 'In die tijd waren zelfs de kleinste videocamera's nog heel lijvig en moeilijk te verbergen. Destijds was dit de hoogste kwaliteit stereo en video op de markt. Je schoof hem in je zak en ging naar de speeltuin.'

'Shit,' mompelde Cole.

'Die telefoon is eerst van Felix Baker geweest,' zei Virgil.

'Felix had een keihard alibi.' Emmy schoof een van de thumbdrives over de tafel. Op het etiket stond haar gedrongen handschrift. 'Dit zijn opnamen van Felix die de voordeur van de fabriek in en uit loopt op de tijdstippen die hij aan ons doorgaf. Bovendien zie je zijn auto op de parkeerplaats, en ook waren er camera's in het gedeelte van het kantoor waar hij werkte, met opnamen van hem aan zijn tekentafel. Kentekenscanners filmden hem op weg naar de rivier.'

'Hadden de scanners beelden van andere verdachte personen?' vroeg Jude.

'Nee.' Virgil pakte weer een dikke stapel papier en dumpte die met een luide klap op tafel. 'Ons systeem was niet compatibel met dat van de verkeerspolitie. Ik moest deze een voor een doornemen. Nergens dook de Jetta op. En niet dat je ernaar gevraagd hebt, maar er zaten ook geen ongebruikelijke telefoonnummers in de ruwe data van de zendmast. Ik heb hoogstpersoonlijk elk nummer nagetrokken dat niet uit deze omgeving kwam.'

'En andere Jetta's?' Jude zag hen onderling blikken wisselen. 'Wat is er?'

Virgil zei: 'De fabriek produceerde destijds aandrijflijnen voor de Jetta. Iedereen had een Jetta.'

'Oké.' Het kon Jude nooit duidelijk genoeg zijn. 'We denken allemaal dat Cheyenne een filmpje van de Schoft op de Nokia had staan, toch?'

Iedereen knikte.

'En waarschijnlijk was ze de Schoft aan het chanteren, denk je niet?'

Alleen Emmy en Cole knikten.

'Chantage is behoorlijk ingewikkeld,' zei Virgil. 'Ze was nog maar vijftien.'

Emmy keek alsof ze haar lachen moest inhouden. 'Toen ik acht was, betrapte ik Tommy op het stelen van een sigaret van Penley en ik heb hem toen vier jaar lang gechanteerd voor snoep.'

Virgil stak zijn handen omhoog; hij gaf zich gewonnen.

'Oké.' Jude liep naar het whiteboard. Al schrijvend somde ze de in het oog springende details op. 'Cheyenne sprak om halfzeven met de Schoft af, op een van de landweggetjes. Ze zou de Nokia met de mini-SD ruilen voor geld. Vervolgens had ze om acht uur met Madison in het park afgesproken. Madison was gespannen, want ze was van het plan op de hoogte. Ze wist dus dat het niet helemaal veilig was.'

Emmy nam het van haar over. 'Cheyenne had zestienduizend dollar in haar kledingkast. Ze was aan het sparen om er samen met Madison vandoor te kunnen gaan. Ze pijpte mannen voor geld. Ze verkocht drugs. Kaitlynn, Taybees dochter, hoorde Cheyenne met Madison praten over een oudere man met wie ze weleens afsprak. Bij wijze van grap zei ze dat ze wou dat de pik van die vent even groot was als zijn portemonnee. Als de inhoud van dat filmpje schadelijk genoeg was, hebben we het hier vast niet over duizend dollar. Ze moet veel meer hebben gevraagd. Genoeg om er eindelijk met z'n tweeën tussenuit te kunnen knijpen.'

Jude had het gevoel dat een deel van de puzzel eindelijk in elkaar klikte. 'Dat zou de tweeënhalf uur tussen de twee ontvoeringen kunnen verklaren. Cheyenne was slim. Misschien wilde ze het risico spreiden. Stel dat ze de Nokia aan de Schoft gaf, maar niet de mini-SD-kaart. De Schoft zou dan des duivels zijn geweest. Uit het autopsierapport blijkt dat hij Cheyenne helemaal verrot had geslagen voor ze stierf.'

'Ze hield het tweeënhalf uur vol voor ze tegen hem zei waar hij Madison kon vinden,' zei Emmy.

Iedereen zweeg toen de details van wat er die avond werkelijk was voorgevallen tot hen begonnen door te dringen.

Emmy kuchte. 'De meiden waren hem aan het belazeren. Ze dachten dat zij het voor het zeggen hadden, dat zij de touwtjes in handen hadden, maar de echte macht lag al die tijd bij de Schoft.'

'Ga door,' zei Jude.

'Hij ontdekte dat Cheyennes eerste wegwerptelefoon op school in beslag was genomen. Ze verzekerde hem dat ze het toestel had gereset voor ze het aan Celia had gegeven. Hij wilde de simkaart zodat het ding niet naar hem getraceerd kon worden. Madison knipte die in stukken, maar ze gaf hem het kaartje niet. Dat bewaarde ze in haar kluisje in plaats van het weg te gooien of aan de Schoft te geven.'

'Want?' vroeg Jude.

'Want ze was gewoon aan het klieren of ze probeerde hem te plagen of ze was zo dom om niet te snappen hoe gevaarlijk dat spelletje was.' Haar opgetrokken schouder weersprak haar woorden. 'Om dezelfde reden haalde Cheyenne haar in beslag genomen telefoon niet op, ook al mocht het. Ze nam gewoon een nieuw wegwerptoestel. Ondertussen wist de Schoft maar al te goed wat er op het spel stond. Hij kon betrapt worden. Dan was het afgelopen met hem, dan kon hij naar zijn vrijheid fluiten. De meisjes dachten alleen aan wat zij erbij te winnen hadden. Ze stonden nooit stil bij wat de Schoft te verliezen had.'

Weer viel er voor Jude een puzzelstukje op zijn plek. 'Er is hier nog iets aan de orde. Pedo's hebben het op kinderen voorzien omdat die gemakkelijker te manipuleren zijn. Volwassen vrouwen kunnen ze niet aan. De moordenaar van Cheyenne en Madison moet woest zijn geweest omdat ze hem van zijn macht probeerden te beroven. De meisjes beseften niet wat een dodelijk spel ze speelden.'

Emmy wierp een stuk of zes foto's van de plaats delict op tafel. Jude herkende de landweg aan het witte hek dat Taybees land markeerde.

'Cheyennes eerste plaats delict,' begon ze. 'Volgens de analyse van het GBI achtervolgde de Schoft Cheyenne met zijn auto over dit deel van de weg. Volgens de bandensporen die werden aangetroffen slingerde ze heen en weer in een poging hem van zich af te schudden. Hij reed niet snel, maar hij tikte het achterwiel van haar fiets hard genoeg aan om de velg te verbuigen en de spaken te breken. Cheyenne verloor de macht over het stuur en belandde in de greppel, hier. Er lag behoorlijk veel bloed, zoals je ziet.'

Jude bestudeerde de bloedspatten op de foto. Cheyenne had zo'n smak gemaakt dat het grind alle kanten op was gespat. 'De Schoft wist dat hij haar ging vermoorden,' zei ze. 'Er zit niks anders op als je een kind op een fiets hebt aangereden. Hij ging geen getuige achterlaten.'

'De enige reden waarom hij haar niet meteen doodde,' zei Emmy, 'was omdat hij besefte dat de mini-SD niet in de Nokia zat.'

'Met Cheyenne was er sprake van een transactie, niet van iets seksueels,' merkte Jude op. 'Precies het tegenovergestelde van hoe hij het met Madison aanpakte. Ze werd meegenomen naar een afgelegen plek zodat hij zijn gang met haar kon gaan. Hij martelde haar urenlang. Hij botvierde al zijn fantasieën op haar.'

Emmy pakte van ieder meisje een schoolfoto. Anders dan de vorige legde ze elke foto met zorg op tafel. 'Madison had nog van dat babyvet. Ze leek nog een kind. Cheyenne leek al een jonge vrouw.'

Een respectvolle stilte vulde de zaal. Ze hadden allemaal tijd nodig om de absolute wreedheid van de moorden tot zich door te laten dringen. Madison had een bijna engelachtig gezicht. Een van haar voortanden stond wat scheef. Ze had lang blond haar dat over haar schouders viel. Cheyennes donkere haar was korter en warrig geknipt. Ze was zwaarder opgemaakt. Op de foto had ze pruillippen. Ze deed vreselijk haar best om ouder te lijken, om het leven te leiden waarvan ze beroofd was.

Jude haalde diep adem. 'Madison werd minstens twaalf uur lang vastgehouden op een afgelegen plek. De Schoft had haar daar langer kunnen houden. Waarom deed hij dat niet?'

Emmy zei: 'Nadat Millie me had verteld dat Adam Huntsinger de Viespeuk was, ging het nieuws al snel rond dat we naar hem op zoek waren. Pa en ik gingen rechtstreeks naar het huis van zijn ouders. De politie van Clayville had zijn pick-up gezien, die stond voor de Hang Out geparkeerd. Pa en Virgil gingen hem halen. Zo'n vijf minuten nadat ze vertrokken waren, belde Hannah. Als zij het wist, wist iedereen het.'

'Hoelang had Adam in die bar gezeten?' vroeg Jude aan Virgil.

Schouderophalend antwoordde hij: 'Volgens je oom Penley ongeveer een uur.'

'Het is Adam niet.' Emmy klonk heel zeker van haar zaak. 'Alles wat we tot dusver hebben samengevat wijst naar een controlfreak die tot strategisch denken in staat is. De ontvoering van en moord op Cheyenne en Madison waren goed gepland en uitgevoerd. Adam Huntsinger is impulsief en dom. Zijn strafblad staat vol stupide delicten: een open laadkist, rijden onder invloed, verkeersovertredingen. De helft van de tijd heeft hij zelfs zijn rijbewijs niet bij zich. Hij kan dat alles onmogelijk voor elkaar hebben gekregen.'

'Tot nu toe staat niets van wat we weten nog vast,' zei Jude. 'Laten we overal voor open blijven staan.'

Weer schudde Emmy haar hoofd. Ze leek wel in shock. 'We hebben het mis.'

'Laten we eens naar alternatieven kijken.' Jude richtte zich weer op het whiteboard. Bovenaan schreef ze Adams naam. 'We zijn allemaal op de hoogte van de zaak tegen Adam. Wie waren de andere mannen in het leven van Cheyenne en Madison van wie de namen tijdens het onderzoek opdoken?'

Toen Emmy niet reageerde, nam Virgil het over. 'Felix Baker is de vader van Cheyenne, Paul Dalrymple is de vader van Madison, en Dale Loudermilk had ze alle twee in zijn koor. Bij Wesley Woodrow waren er drugs als invalshoek, en daar is een overlap mogelijk. Dokter Carl Whitlock had Madison als patiënt.'

'We hebben Felix weggestreept, maar ik hou hem er toch in.' Jude schreef de namen onder die van Adam en voegde pastoor Nate eraan toe. 'Cheyenne kwam toch uit een katholiek gezin?'

Emmy herpakte zich. Ze doorzocht de stapel mappen. 'We hebben vastgesteld dat het Nate niet kan zijn. Die was in Smyrna voor een afspraak met de aartsbisschop van Atlanta. Ik ben ernaartoe gereden, want ik wilde hem persoonlijk spreken. Dit is een foto van die dag.'

Jude bekeek de foto. Nate stond naast een groep andere dikke, witte mannen in feestjurken, die allemaal hun duim opstaken naar de camera. 'Hoelang is het rijden van North Falls naar Smyrna? Uur of drie?'

'Zo ongeveer,' zei Virgil. 'Nate is daar de hele dag geweest. De scanners en camera's van de verkeerspolitie trackten zijn Cadillac.'

Jude moest toegeven dat ze onder de indruk was. Gerald kende Nate al tientallen jaren, maar toch hadden ze alles tot op de bodem nagetrokken. 'En Paul?'

'Die was bij Hannah,' zei Emmy. 'Ik heb hem die dag af en aan wel ergens in het park gezien. Ook Brett Temple heeft hem gezien. Tegen de tijd dat het vuurwerk begon, was Paul beschonken.'

'Dokter Carl was de hele avond samen met zijn zoon, Jack Whitlock. Ze zijn elkaars alibi. Ik heb de zoekgeschiedenis op Jacks computer bekeken. Hij was de hele avond online, behalve de drie kwartier dat hij samen met zijn pa vanuit hun achtertuin naar het vuurwerk keek.'

Jude kon zich Carl nog goed herinneren. Hij was bevriend geweest met Tommy. 'En Walton Huntsinger? Hij is de plaatselijke tandarts. Toen we jong waren, ging iedereen die ik kende naar hem toe. Waren Cheyenne en Madison ook patiënten van hem?'

'Hij bracht een noodvulling aan bij Cheyenne toen ze pas in Clifton woonde, maar op 4 juli was hij niet in de stad.' Emmy sloeg een nieuwe map open. Ze schoof een foto over de vergadertafel. 'Dit is een selfie die we vanaf Waltons telefoon hebben uitgeprint, bewijs dat hij niet eens in de buurt van North Falls was toen de meisjes werden ontvoerd. Er is een organisatie genaamd de Tooth Troopers waarvoor hij vrijwilligerswerk doet. Ze werkten drie dagen lang vanuit de American Legion Hall in Bridgeport, West Virginia. Walton huurde een auto, want de versnelling van zijn Jetta pakte niet. Daarom kon Adam over de auto beschikken.'

Jude keek naar de selfie van Walton Huntsinger, die voor een stenen gebouw stond. Ze herkende zijn gerimpelde kop moeiteloos. Nog dezelfde vriendelijke glimlach. Dezelfde wat loensende blik. Hetzelfde gitzwarte haar. 'Die familie is niet vies van wat haarverf.'

'Hij was toen al behoorlijk oud,' zei Cole. 'Waarschijnlijk pist hij inmiddels stof.'

'Cole,' zei Emmy berispend. 'Walton is maar een paar jaar ouder dan Virgil.'

'En ik pis nog geen stof, jongen.' Na een scherpe blik op Cole haalde Virgil een geel carbonnetje tevoorschijn van een betaalbewijs voor een huurauto. Dat schoof hij naar Jude toe. 'De Hertz in Verona bevestigde dat Walton op 2 juli een auto huurde, die hij ongeveer een uur voordat Emmy en Gerald hem thuis opzochten terugbracht.'

'Zijn koffer stond nog in de gang,' zei Emmy. 'Hij was zich aan het douchen toen pa aanklopte.'

'Goed.' Jude pakte de volgende naam. 'Hoe zit het met Woody?'

Virgil nam het weer over. 'Die was bij Lake Allatoona met de familie van zijn vader. Ze kregen het aan de stok met een andere groep. De politie moest erbij komen. Een paar mensen gingen naar het ziekenhuis. Daar kwam allerlei rotzooi van. Echte patriotten om zo Fourth of July te vieren.'

Emmy legde Jude een foto voor. 'Woody's politiefoto van na de arrestatie.'

Jude keek gebiologeerd naar het gezicht van de tiener. Hij had een vuile grijns om zijn lippen. Zijn kraaloogjes keken woedend in de camera. Op zijn blote borst zaten tattoos. Hij had een verse jaap op zijn voorhoofd. Zijn gezicht had iets akelig bekends. Er liep een rilling over haar rug.

'Is Woody familie van Bubba Rawley?' vroeg ze.

'Yep,' zei Vigil. 'Hij is zijn kleinzoon. Tanya heeft hem in de steek gelaten. Hij is grootgebracht door zijn oma. Die is een paar jaar geleden gestorven. Fentanyl.'

Met moeite maakte Jude haar blik los van de foto. 'Waarvan werd hij op 4 juli beschuldigd?'

'In eerste instantie? Dronkenschap en verstoring van de openbare orde, met bovendien geweldpleging,' zei Virgil. 'De advocaat wist het terug te brengen tot opruiend gedrag.'

Emmy tikte op een van de USB-sticks. 'Hierop staan beelden van Woody's politieverhoor. IJzig, en weigert ook maar één vraag te beantwoorden, tot ze het opgeven.'

'Net zijn opa.' Op het bord was nog één naam overgebleven. 'Dale Loudermilk,' zei Jude. 'Wat had die voor alibi?'

'Dat had hij niet,' zei Emmy. 'Hij was die week alleen thuis. Zijn vrouw was op bezoek bij haar zus in Carrolton. Hij had twee dagen vrij van de sporthal. Zijn buren waren naar het vuurwerk. Niemand heeft hem gezien, tot halfzes op de ochtend van 5 juli, toen een buurman hem op de oprit zijn auto zag wassen.'

Jude herinnerde zich iets uit de podcast. 'Waarom volgden jullie Dale die dag op school, door de gang?'

Deze keer pakte Emmy geen foto en ze tikte niet op een USB-stick. Ze liep naar de laptop die Cole had gebruikt. Nadat ze langs verschillende mappen had geklikt, vond ze wat ze zocht. Jude keek op de monitor. Een schoolgang vulde het scherm. De kleur was verbleekt en het blauw van de kluisjes liep over in de lichtbruine vloer. Twee kluisjes stonden open, het ene een paar rijen onder het andere.

Emmy zei: 'Ik was met Celia op haar kamer toen we Dale op een van de bewakingsmonitors zagen. Hij wist niet dat de camera op de gang een paar dagen eerder was gerepareerd. Het bovenste kluisje is van Cheyenne. De foto's van haar en Madison in bijpassende bh's en slipjes zaten op de achterwand geplakt.'

Jude zag Dale Loudermilk in beeld komen. Ze had de arrestatiefoto van de man gezien, maar driedimensionaal zag hij er precies zo uit als ze zich had voorgesteld: volkomen normaal, als zo ongeveer iedere docent die op een Amerikaanse school rondliep. Kakishort. Groen shirt van de sporthal.

Borstelsnor. Hij liep de gang door, maar bij Cheyennes kluisje stopte hij. Secondelang bleef hij naar de foto's kijken. Toen keek hij naar links. En naar rechts. En toen stak hij zijn hand naar binnen.

'Dat is de naaktfoto van Cheyenne, waarop ze alles laat zien,' zei Emmy. 'Ik had hem ondersteboven in het kluisje gelegd.'

Jude bleef naar Dale kijken. Hij tuurde naar de obscene foto. Ze zag zijn gezicht en profil, maar bespeurde niet de geringste emotie. Het leek eindeloos te duren. Pas na een halve minuut legde hij de foto weer in het kluisje en liep weg.

'Ik heb de opnamen aan elkaar gekoppeld zodat we hem kunnen volgen naar de aula,' zei Emmy.

Jude zag Dale door de lange gang lopen. Zijn handen bewogen in zijn zakken. Hij maakte een verwarde indruk en had niet door dat Emmy een eindje achter hem liep. Na een vluchtige blik naar links en naar rechts opende hij de deuren naar de aula. Vanuit een andere invalshoek liep hij over het middelste gangpad naar een tweede stel deuren. Een paar tellen later kwam Emmy op een drafje aanlopen en glipte net voor de deuren weer sloten naar binnen.

Emmy zette de opname stil. 'Achter het podium waren geen camera's.'

'Je stapte niet op hem af,' zei Jude waarderend. 'Je volgde hem. Met je intuïtie is dus niks mis.'

'Tja.' Emmy haalde haar schouders op. 'Ik weet het niet. Op dit moment ziet het er voor Dale een stuk beter uit dan voor Adam Huntsinger.'

Coles vraag lag voor de hand: 'Waarom zag niemand van jullie Dale voor de moordenaar aan?'

Emmy somde het rijtje op: 'Cheyenne en Madison stonden op geen van de foto's op zijn laptop. Ze waren allebei vijftien. Alle meisjes in Dales verzameling waren tussen de negen en elf jaar oud. We hebben urenlang alle beelden van de bewakingscamera's op school uitgeplozen om te zien of er opnamen waren van Dale die zich tegenover Madison of Cheyenne ongepast gedroeg. We vonden niets in die richting. We hebben alle docenten en leerlingen die ook maar iets met de meisjes te maken hadden uitgebreid ondervraagd. We hebben gepraat met mensen in de sporthal en in de outletmall. En alle keren dat Dale hen thuisbracht na koorrepetitie klopten de tijden. De repetitie eindigde om vijf uur, en tien minuten later waren de meisjes thuis. Zowel Hannah als Ruth heeft tijdens Adams proces een verklaring over de tijdstippen afgelegd. Er was geen greintje bruikbaar bewijs dat we aan hem konden koppelen.'

'En Adam leek logischer,' zei Virgil. 'Jullie weten de redenen, maar ik gok nog steeds op hem. Voor wat het waard is.'

Jude was minder overtuigd. Ze keek weer naar de namen op het bord. Ze was tientallen jaren weg geweest, maar minstens vier van de mannen kende ze oppervlakkig. 'Weten we of er mannen op die lijst staan die elkaar kenden?'

'Tja...' zei Emmy schouderophalend. 'De meesten komen uit North Falls. Ze kennen elkaar misschien van in het voorbijgaan. We hebben alleen onderzoek naar hen gedaan in verband met de meisjes.'

'Hebben ze elkaar ooit gebeld?' vroeg Jude aan Virgil.

Hij zweeg even, alsof hij haar vraag moest laten bezinken. 'We hadden geen gerede aanleiding om een gerechtelijk bevel aan te vragen voor anderen dan Adam en Dale, en niets wees erop dat die twee met elkaar gecommuniceerd hadden.'

'Zat Adam op het mobiele abonnement van zijn ouders?' wilde Jude weten.

Weer zweeg Virgil. Doorgaans zag hij geen detail over het hoofd. 'Ja, ik heb kopieën van alle telefoongegevens van het gezin, tot een halfjaar terug. De vaste lijn, plus de mobiele telefoons van Walton en Alma. Die zitten allemaal in een doos bij mij in het souterrain. Ik dacht dat we ze niet nodig zouden hebben.'

'Wacht eens even.' Emmy hief haar handen, alsof ze alles stil wilde zetten. 'Zou Adam misschien de telefoons van zijn ouders hebben gebruikt om met een handlanger te communiceren?' vroeg ze aan Jude.

'Bij serieontvoeringen heb je doorgaans geen handlangers, maar het komt weleens voor. Meestal zijn het een man en een vrouw in een folie à deux, maar als het twee mannen betreft, gaat het er soms uitzonderlijk gruwelijk aan toe. Leopold en Loeb. De Toolbox Killers. De Hillside Stranglers.'

Emmy keek ontzet. 'Als Adam een handlanger had, zou dat weleens de ontvoerder van Paisley kunnen zijn.'

'Laten we niet op de zaken vooruitlopen,' zei Jude. 'Dit zijn nog allemaal theorieën. We hebben nog niets concreets.'

'Ik wil de gevangenis wel bellen om te kijken of we Adams bezoekerslogboek mogen inzien,' bood Virgil aan.

'Doe dat maar op pa's kamer,' zei Emmy. 'En zorg dat niemand je hoort.'

'En vraag om een lijst van alle bewakers op zijn verdieping,' voegde Jude eraan toe, 'en van alle gevangenen die maaltijden en post rondbrachten of met de bibliotheekkar langs de cellen gingen. Vraag om alle scans van zijn e-mails en overige correspondentie.'

'Wacht even,' zei Emmy toen Virgil al bij de deur stond. 'Bel ook naar Dooley State Prison. Ik wil weten wie er allemaal contact hebben gehad met Dale Loudermilk. Vraag om dezelfde zaken en informeer naar zijn kantineaankopen. Kijk eens of iemand buiten de gevangenis zijn leven in de cel wat aangenamer maakt.'

'Dale werd op heterdaad op porno betrapt,' zei Jude. 'Hij wist dat hij heel lang zou moeten zitten. Als hij inderdaad een handlanger had, zou hij zijn zwijgen duur verkopen.'

'Begrepen.' Op weg naar buiten bracht Virgil haar een saluut.

Jude keek weer naar het whiteboard. Ze voelde tot in haar botten dat ze in de buurt zaten. Weer liet ze haar blik over de namen gaan. Ze had haar uiterste best gedaan om haar kijk op de zaak niet te laten vertroebelen door haar afschuwelijke ervaring met Adam, maar zijn naam stond niet zomaar bovenaan de lijst. Ze dacht aan wat Emmy had gezegd, dat veel van het bewijs tegen hem 'overeenkwam met', zonder een 'exacte match' te zijn. Een handlanger zou de ongerijmdheden kunnen verklaren.

'Wat voor auto had Dale?' vroeg ze aan Cole.

'Een pick-up. Een witte Ford F-150. Zes jaar oud.'

Emmy liep naar de laptop. 'De auto die hij om halfzes 's ochtends uitzoog en schoonmaakte met een bleekoplossing was een zwarte Audi A4 van drie jaar oud en eigendom van Esther, zijn vrouw.'

Jude keek weer op de monitor terwijl Emmy met een pijltje door de opnamen ging: de kofferbak vanuit verschillende invalshoeken, de voor- en achterbumpers, verschillende foto's van het interieur, de stoelen, de vloer, het stuur en de console, en nog een close-up van de rand van de achterklep, waarvan wat lak was afgeschilferd.

'Dale zei dat de lak beschadigd raakte toen hij zijn grasmaaier naar de reparateur bracht,' legde Emmy uit.

'Laadde hij die grasmaaier in de Audi in plaats van in de pick-up?' vroeg Jude.

Emmy gaf met een knikje aan dat het een slappe smoes was. 'Hij heeft de auto heel grondig schoongemaakt. Er werd geen materiaal aangetroffen van wat het ook was waar de achterklep tegenaan sloeg. Op de linkervoorbumper zijn evenmin beschadigingen gevonden. Vanwege het bleekmiddel hadden we geen positieve testuitslag voor bloed of ander lichaamsvocht.

Destijds gingen we ervan uit dat Dale de auto schoonmaakte omdat hij hoopte dat we er niet achter zouden komen dat hij Madison en Cheyenne na school weleens een lift naar huis had gegeven.'

'Toen de vijver werd afgedregd, werd er toch een groot stuk plastic naar boven gehaald?' vroeg Jude.

'Yep,' antwoordde Emmy. 'Groot genoeg om de kofferbak mee te bekleden, maar er zat geen forensisch bewijs op het plastic.'

Cole schraapte zijn keel. 'En die nummers op de sticker?'

Jude had geen idee waarover hij het had. 'Laat eens zien.'

Cole selecteerde op de laptop een foto van het interieur van de Audi, met het stuur in het midden van het beeld. Hij zoomde in op de linkerbovenhoek van de voorruit. Daarop zat een vierkant plakkertje met het logo van de Speedy Go Garage. Onderaan stonden de datum en de kilometerstand waarbij de olie ververst moest worden.

'Bij die chique auto's wordt de olie om de zestienduizend kilometer of om de twaalf maanden ververst, afhankelijk van wat het eerst komt. Volgens de sticker moest de olie weer ververst worden op 2 juli van het volgend jaar, wat betekent dat het voor het laatst was gebeurd twee dagen voor de ontvoering van Madison en Cheyenne.'

'Dat kan wel kloppen,' zei Emmy. 'De week ervoor was Esthers zus in Florida. Ze pikte haar op toen ze op de terugreis naar Carrolton was. In haar afwezigheid bracht Dale haar auto naar de garage om de olie te laten verversen.'

Jude pakte haar leesbril. Ze ging iets dichter naar de monitor toe om de cijfers te kunnen lezen. Ze had het gevoel dat Cole iets op het spoor was. 'Ga door,' zei ze.

Hij liep naar het whiteboard en begon te schrijven. 'Volgens de sticker moet de olie weer ververst worden wanneer de teller op 26.526 kilometer staat, oké? Dus als je daar zestienduizend van aftrekt, wil dat zeggen dat de teller twee dagen voordat Cheyenne en Madison werden ontvoerd op 10.526 kilometer stond, klopt dat?'

'Shit.' Emmy kneep haar vingers samen op de touchpad om het paneel achter het stuur zichtbaarder te maken. 'De teller staat op 11.543.'

Cole trok een streep onder het cijfer om de som uit te rekenen. 'Dat is –'

'Duizendzeventien,' zei Jude.' In twee dagen heeft Dale duizendzeventien kilometer met de Audi afgelegd.'

'Heen en terug zou dat dan ongeveer vijfhonderdacht kilometer per keer zijn,' zei Cole.

'Dale heeft het nooit over een rit buiten de stad gehad,' zei Emmy.

'Walton ging wel de stad uit,' merkte Jude op.

Emmy schudde haar hoofd. 'Bridgeport, West Virginia, is heen en terug tweeëntwintighonderd kilometer. Virgil heeft de teller vergeleken met het bonnetje van de huurauto. Voor alle zekerheid heb ik de binnenlandse veiligheidsdienst alle vluchtgegevens in het land op die datums laten controleren om te kijken of Walton Hubert Huntsingers naam erbij was. Dat was niet het geval. Dan heb je ook nog –'

Jude richtte zich weer op de monitor. Met behulp van Google Earth zocht Emmy het American Legion-gebouw in Bridgeport, West Virginia, op. Ze klikte om Street View te vergroten.

'Dat is hetzelfde gebouw als achter Walton op de selfie op zijn telefoon. En de metadata van de jpeg geeft ook die locatie. Hij was dus wel degelijk in West Virginia.'

'Oké.' Jude nam haar bril af. 'Wat zegt je intuïtie?' vroeg ze aan Emmy.

'Dat Dale en Adam samenwerkten.'

'Hoe beredeneer je dat?'

Emmy stak haar hand op en somde op: 'We weten dat Adam met beide meisjes contact had. Hij is gezien toen hij met Madison wiet zat te roken. Vanochtend heeft hij toegegeven dat hij zich door Cheyenne liet pijpen. We weten dat iemand kinderporno maakte. We weten dat Cheyenne kinderporno van zichzelf in haar kluisje had. We weten dat Dale kinderporno verzamelde. We weten dat hij naar de illegale foto van Cheyenne stond te kijken zonder een spier te vertrekken. We weten dat hij om halfzes 's ochtends de Audi van zijn vrouw als een gek heeft staan schoonmaken.'

'Dat is overtuigend, maar niet afdoende,' zei Jude. 'We moeten erachter zien te komen waar Dale naartoe ging in de Audi.'

'Esther is dood, dus aan haar kunnen we het niet meer vragen, en de zus in Carrolton weigert ons te woord te staan. Het verleden is geweest, zegt ze.' Emmy keek naar de kilometerberekening op het whiteboard. 'Dat is heen en weer ongeveer tien uur rijden. Madison is minstens twaalf uur ergens vastgehouden. Maar waarom zou Dale zo ver met haar wegrijden, haar dan terugbrengen, haar lichaam aan dat van Cheyenne vastketenen en ze dan allebei in Millies vijver dumpen?'

Het slechte gevoel dat Jude eerder had gehad, kwam op volle kracht terug. 'Misschien bracht hij haar naar iemand toe. Een klant, bijvoorbeeld.'

'Bedoel je dat hij haar verhandelde?' vroeg Cole.

'Zoiets,' zei Jude. 'Dat zou die foto's in Cheyennes kluisje verklaren. De meisjes zijn waarschijnlijk met een smoes overgehaald om te poseren. Ze hadden vast geen idee dat ze voor geld werden aangeboden.'

Emmy sloeg haar handen voor haar mond. Ze dacht ongetwijfeld aan de laatste twaalf uren van Madisons leven. Ze verdween in het keukentje voor Cole de tranen over haar gezicht kon zien stromen.

Jude wist dat ze niet achter haar aan moest gaan. 'Weet jij hoe je reisafstand vanaf een centraal punt kunt plotten?'

'Bedoel je of ik alle plaatsen in een straal van vijfhonderdacht kilometer van North Falls voor je kan opzoeken? Yes, ma'am.' Cole ging achter de laptop zitten. 'Een kaart is ook maar een kaart, hè?'

'Zoiets, ja.' Het was moeilijk voor Jude om zich niet door zijn enthousiasme te laten meeslepen. Het was al even moeilijk om niet aan de vele keren te denken dat ze zich in dezelfde situatie had bevonden. 'Stap voor stap, schat. Het is nog steeds een marathon, geen sprint.'

Emmy's telefoon trilde op tafel.

Jude zag de nummerweergave op het schermpje.

CLIFTON COUNTY SHERIFF MELDKAMER

Emmy kwam de vergaderzaal weer in. Met inmiddels droge ogen tikte ze op de telefoon om op te nemen. 'Marla, je staat op de speaker.'

'Chef.' Het klonk heel bezorgd. 'Adam Huntsinger heeft 911 gebeld. Hij wil je per se spreken.'

Emmy fronste haar voorhoofd. 'Wordt hij nog door Brett geschaduwd?'

'Yes, ma'am. Brett heeft vijf minuten geleden voor het laatst ingecheckt, toen stond hij bij het huis van de Huntsingers. Ik heb zijn patrouillewagen op de gps, op vijftig meter van de oprit.'

'Neem contact op met Brett en schakel Adam naar mij door.'

'Ik zet hem over, chef.'

Een reeks lage tonen klonk door de speaker, gevolgd door een zware, schorre ademhaling.

Emmy's borst ging op en neer toen ze een snelle hap lucht nam. 'Mr Huntsinger, met sheriff Clifton. Wat kan ik voor u doen?'

'De tyfus kun je krijgen,' siste Adam. Hij slikte zijn woorden half in. Kennelijk had hij flink ingenomen in de uren nadat Jude de bar had verlaten. 'What the fuck? Wat heb ik je ooit aangedaan?'

Opnieuw ademde Emmy zachtjes in. 'Mr Huntsinger –'

'Ik heb gevonden wat je zus in mijn pick-up heeft verstopt!' riep hij. 'Deze keer ga ik er niet de bak voor in. Ik heb niks te maken met dat krengetje dat vermist wordt.'

Emmy keek Jude aan, die slechts haar hoofd kon schudden. Cole deed hetzelfde. Geen van beiden had enig idee waar Adam het over had.

'Mr Huntsinger.' Emmy wist haar stem in bedwang te houden. 'Doet u eerst maar eens rustig en vertelt u me dan wat u in uw pick-up hebt gevonden.'

'Doe zelf rustig, dame. Ik praat niet meer.' Adam verbrak de verbinding niet, maar Jude hoorde nu het al te bekende geluid van een man die een flinke teug uit een fles nam. 'En nog iets, bitch. Haal die fucking smeris uit mijn straat, en wel meteen, want anders pak ik dit geweer en schiet zijn klotekop eraf.'

18

Emmy scheurde met haar politiewagen de afrit op naar Elsinore Meadows. Ze had het blauwe zwaailicht aangezet om het overige verkeer aan de kant te jagen. Om haar komst niet aan te kondigen stond de sirene uit. Het enige wat ze boven het gebrul van de motor uit hoorde, was het bloed dat door haar oren suisde. Ze klemde het stuur vast. Onder haar kogelwerende vest droop ze van het zweet. Toen ze de lange weg op reed, probeerde ze niet aan de vorige ochtend te denken, aan dezelfde rit, maar dan met Cole achterin en Gerald aan haar zij. Haar hoofd was van angst vervuld geweest. Paisley Walker werd vermist. Een razende meute schreeuwde om bloed. Ze had niet geweten dat haar hele leven in een oogwenk zou veranderen.

Deze keer had ze Cole op het bureau achtergelaten. Haar zoon had geprotesteerd, maar een bevel moest opgevolgd worden en dat wist hij. Emmy had gezegd dat hij met Jude moest samenwerken, maar in werkelijkheid kon ze niet functioneren als ze Cole meenam naar de confrontatie met een gewapende crimineel die niets te verliezen had. Ze was haar beide ouders al kwijt. Als ze ook haar zoon verloor, zou dat het einde van haar wereld betekenen.

Verderop zag Emmy een rij zwarte gemarkeerde SUV's, die in de berm waren geparkeerd. Rick Tuttle stond midden op de weg, met zijn zwaar gespierde armen gekruist voor zijn uitpuilende kogelwerende vest. Het hoofd van de politie in Verona was één meter zevenentachtig en gebouwd als een linebacker, hoewel hij sinds hun schooltijd geen voet meer op een footballveld had gezet. Om hem heen stond een groep van zes al even imposante mannen. De agenten van Verona droegen camouflagekledij en gevechtslaarzen, en met de uitrusting aan hun vest konden ze een bescheiden oorlogje beginnen. Vergeleken met hen leek Brett een peuter die politie-en-boefje speelde.

Emmy parkeerde haar auto achter de laatste SUV. Ze sprong eruit en trok onder het lopen de riemen van haar vest strak. De spanning hing zwaar in de lucht. Boven haar hoofd waren de wolken grijs geworden. Vanaf de Golf van Mexico drong regen landinwaarts. Ze richtte haar gedachten op Adam Huntsinger. Als de theorie die ze in de vergaderzaal hadden ontwikkeld klopte, had hij ergens een handlanger. Een man die op dat moment misschien Paisley Walker aan het verkrachten en martelen was. Er was nog een kansje dat ze levend gevonden werd.

'Chef.' Brett kwam op een drafje naar haar toe. Hij was inmiddels klaarwakker. 'Tien minuten geleden heb ik Adam in het huis gezien. Hij deed alle gordijnen dicht. Hij had dat geweer met de afgezaagde loop in zijn hand. Geen teken van zijn ouders, maar Waltons auto stond op de oprit toen hij hier arriveerde.'

'Dan gaan we ervan uit dat zijn moeder ook thuis is. Alma heeft al jaren niet gereden.' Inmiddels waren ze bij het groepje mannen aangekomen. 'Bedankt voor jullie komst,' zei Emmy tegen Rick. 'Mijn mensen zijn nog steeds op zoek naar Paisley Walker.'

'Geen probleem. Blij dat we kunnen helpen.' In zijn zonnebril met spiegelglas zag ze de weg achter haar. Het kostte haar moeite om niet aan Cole te denken, die met flapperend vest was komen aanrennen.

'Hoe staat het ervoor?' vroeg ze.

'Vanuit Ocmulgee is een SWAT-team onderweg,' zei Rick.' Dat kan hier over twintig minuten zijn.'

Emmy ging niet op een speciale eenheid wachten. 'Adams ouders, Walton en Alma, zijn thuis. Ze zijn allebei achter in de zeventig. Alma is volledig blind. Adam is gewapend met een geweer. Hij heeft al gedreigd mijn plaatsvervanger neer te schieten. En hij heeft de hele dag lopen zuipen.'

'Daarom blijven we op SWAT wachten,' zei Rick. 'Ik ga hier mijn mannen niet voor opofferen. Niet voor een pedo en twee ouwe mensen.'

Emmy klemde haar kaken op elkaar. Ze moest haar hals strekken om de zes potige kerels om haar heen te kunnen aankijken. Tot de tanden bewapend. Klaar voor een spelletje wie de stoerste was.

'Oké.' Ze richtte zich tot Brett. 'We gaan.'

'Waarnaartoe?' vroeg Brett.

'Ons werk doen.'

Emmy liep op een drafje naar het huis. Even viel haar blik op de donkere vlek op het asfalt waar Gerald was neergestort. Het gespleten gevoel dreigde terug te keren, die plotselinge leegte. Ze wist met elke vezel van haar lijf wat haar vader op dat moment van haar zou verwachten. Het SWAT-team uit Verona was niet alleen een schietgraag clubje. Ze gingen er ook prat op nooit iemand gevangen te nemen. Over veel dingen was Emmy onzeker, maar één ding wist ze wel: dood kon Adam Huntsinger niet meer praten.

'Chef.' Brett kwam naast haar lopen. 'Wat is het plan?'

Emmy haalde even adem, maar ze was te gestrest om opgelucht te zijn. 'Ga naar de achterkant. Er zijn daar twee uitgangen: een bij de keuken en een bij de achterste veranda. Als Adam door een van die deuren naar buiten komt, moet je allereerst jezelf beschermen, maar als het enigszins kan, schiet je hem niet neer. We moeten hem aan het praten krijgen. Hij kan ons misschien vertellen waar we Paisley kunnen vinden.'

Brett knikte kort. 'Begrepen, chef.'

Emmy minderde vaart om Brett tijd te geven om het huis heen te lopen. Ze pakte haar telefoon, zette de camera aan en stopte hem in de borstzak van haar kogelwerende vest, met de lens naar buiten gericht. Gerald was altijd tegen bodycams geweest, maar alles wat er tussen haar en Adam Huntsinger voorviel moest vastgelegd worden, ook een schot hagel tegen haar borst.

In het voorbijgaan wierp ze een blik in Waltons zwarte Toyota Corolla. Adams oude Chevy pick-up stond in een scherpe hoek dichter bij het huis geparkeerd. De achterwielen hadden diepe sporen in het grind achtergelaten. De cabine was leeg maar in de laadbak stond een open gereedschapskist. Geel kunststof met een kapot handvat. Emmy zag een verzameling roestige moersleutels, schroevendraaiers en tangen.

Ze trok de veiligheidsriem van haar Glock los, sloeg haar vingers om de greep en liep de verandatrap op. De ramen waren donker. Geen gordijn bewoog. Ergens achter in het huis hoorde ze harde tv-geluiden. Ze hoefde niet over haar opties na te denken. Ze deed hetzelfde wat haar vader de vorige dag had gedaan. Ze hief haar hand en sloeg met haar vuist op het massieve hout. Hard genoeg om boven de tv uit te komen, maar niet zo hard dat de deur schudde in zijn scharnieren.

Emmy deed drie stappen terug en draaide weg van de deur voor het geval Adam er dwars doorheen schoot. Met haar hand aan haar Glock wachtte ze af.

Hoewel de deur niet openging, werd het geluid van de tv uitgezet. In de stilte luisterde ze naar het gekraak van de oude vloerplanken. Ze dacht weer aan die noodlottige dag van twaalf jaar geleden. Hoe Gerald aan de afgesloten voordeur had gerammeld. Hoe ze zelf om het huis was gelopen. Geralds stem toen hij riep dat ze weer naar de voorkant moest komen.

Weer klopte Emmy aan, deze keer zachter, maar nog steeds doelbewust.

'Adam?' De vrouwenstem klonk broos en veraf. 'Is er iemand bij de deur?'

Dichterbij hoorde Emmy het gemompel van stemmen. Twee mannen waren het oneens met elkaar. De een klonk luider dan de ander. Adam en Walton. Het gesprek stopte abrupt. Weer het gekraak van vloerplanken, van schuifelende voeten, en toen zwaaide de voordeur open.

Het gezicht van Walton Huntsinger stond strak. Zijn ogen achter de dikke brillenglazen waren vermoeid. Zijn onnatuurlijk zwarte haar was opzij gekamd om een kale plek te verbergen.

'Mr Huntsinger,' zei Emmy. 'Alles goed met uw vrouw en uzelf?'

'Ja, hoor.' Hij klonk verslagen. Ze waren hier al eens eerder geweest. Hij wist hoe dat was afgelopen. 'Adam is in de keuken. Kom maar mee.'

Emmy stapte naar binnen. Er was niets veranderd. Het enige wat ontbrak in de hal was Waltons koffer. Ze liep langs de plek waar die gestaan had en zag in gedachten de zwarte Samsonite weer voor zich, met de kleurige golfparaplu door het handvat gehaakt en een rode nylon herenportefeuille met het logo van de Georgia Bulldogs in de ritszak. Ze volgde Walton door de lange gang, langs de zitkamer en langs de eetkamer naar de keuken. Het felgeel van de muren was verbleekt, maar de apparaten vielen niet meer uit de toon. Op het werkblad lag een sleutelhanger met een autosleutel voor de Toyota.

Adam zat aan de keukentafel. Zijn mondhoeken krulden omhoog toen hij Emmy zag. Hij tuurde naar haar door zijn dikke bril. Voor hem op tafel lagen drie voorwerpen.

Penleys geweer met afgezaagde loop uit de bar.

Een halflege fles Jack Daniel's.

Een klauwhamer van een halve kilo.

Emmy's adem stokte. De houten steel was bijna zwart van het opgedroogde bloed. Het bloed rond de stalen kop was helderder, verser.

Paisley.

'Laat ons maar even, pa,' zei Adam.

Zonder Emmy aan te kijken schuifelde Walton de keuken uit. Op de een of andere manier voelde de ruimte kleiner zonder hem.

'Ga zitten, sheriff,' zei Adam.

Maar Emmy ging niet zitten. Haar blik schoot naar de ramen. De gordijnen voor de deur zaten niet helemaal dicht. Ze zag dat Brett zijn hand naar de deurkruk uitstak. Hij had zijn Glock in zijn rechterhand. Emmy schudde haar hoofd ten teken dat hij buiten moest blijven.

'Waar is Paisley?' vroeg ze aan Adam.

'Fuck you,' zei hij. 'Verkeerde vraag.'

Emmy wist welke vraag hij wel wilde horen. Daarvoor had hij haar gebeld. 'Vertel eens over de hamer.'

'Alsof jij niet weet hoe het met die hamer zit.'

Emmy hield zijn rechterhand in de gaten, die hij plat op tafel legde. Dicht bij de fles. Dicht bij het geweer. Dicht bij de hamer. Stuk voor stuk wapens waarmee hij haar te lijf kon gaan. Ze leunde tegen het aanrecht, buiten het bereik van zijn arm. De ene vraag na de andere schoot door haar heen.

Waarom had hij 911 gebeld om haar te spreken? Waarom had hij Brett bedreigd? Waarom had hij de hamer op tafel gelegd, als een kat die haar een dode vogel bracht? Probeerde zijn handlanger hem erin te luizen? Probeerde Adam haar om de tuin te leiden?

Emmy ademde diep in en vroeg met enige moeite: 'Komt die hamer uit je gereedschapskist in je pick-up?'

'Waar je zus hem heeft neergelegd.'

'Waarom zou ze dat doen?'

'Dat weet je best.'

Weer hield Emmy haar adem even in toen Adam zijn hand bewoog, maar hij greep slechts naar de fles. Onder het drinken hield hij zijn blik op haar gericht. Zijn keel maakte een luid klokkend geluid. Toen zette hij de fles met een klap weer op tafel. Ze zag zijn linkerhand naar het geweer schuiven. De slangentattoo pulseerde bijna om zijn arm. Ze wist dat hij haar bang wilde maken. Hij wilde haar angst zien.

Emmy was niet van plan hem zijn zin te geven. 'Waar is Paisley?'

'Waarom vraag je de hele tijd naar dat stomme krengetje?'

Emmy liet de stilte voortduren tot Adam onrustig werd. Hij ging verzitten. Begon op de whiskyfles te trommelen. 'Waar zijn we mee bezig, Adam?' vroeg ze.

'Ik ben aan het drinken.' Toen hij grijnsde, bleef zijn lip haken in de spleet tussen zijn tanden. 'Wil je ook?'

'Nee.' Emmy nam haar hand van de Glock en legde hem achter zich op het aanrecht. Ze wist dat zij veel sneller haar wapen kon pakken dan Adam het zijne. 'Je hebt me op het alarmnummer gebeld. Je bent duidelijk dronken. Je zei dat je een geweer had. Je dreigde mijn plaatsvervanger te zullen doden. Dacht je dat ik hier naar binnen zou gaan om je dood te schieten? Of wilde je praten?'

Hij staakte zijn getik. 'Je gaat me toch niet geloven.'

'Laat eerst maar eens horen.'

Met een weids gebaar haalde hij zijn schouders op. 'Ik heb ze niks gedaan. Geen van beiden. Ik weet niet waar Paisley is. Ik had niks met Madison of Cheyenne te maken. Jezus christus, wie heeft die namen bedacht? Van een T-shirt, een straat en een of andere kutstad in Montana.'

'Wyoming.'

'Shit.' Hij liet zijn handen weer op tafel vallen. 'Al net zo bijdehand als je zus. Altijd iedereen aan het verbeteren. Ze denkt nog steeds dat ze beter is dan wie dan ook.'

Weer wachtte Emmy een paar tellen, ditmaal om zeker te weten dat hij was uitgepraat. 'Als jij Madison en Cheyenne niet vermoord hebt, wie dan wel?'

'Die podcastmalloot zei dat Dale het had gedaan.'

'Oké,' zei Emmy. 'Wat heb je voor bewijs?'

'Denk je dat ik dat dan twaalf jaar geleden niet gezegd zou hebben?' Hij sloeg zo hard met zijn vuist op tafel dat de hamer naar de rand wipte. 'Weet je hoe het is om in de dodencel te zitten wachten tot iemand een naald in je arm ramt en je doodmaakt voor iets wat je godverdomme geeneens hebt gedaan?'

'Zeg maar wie het anders zou kunnen zijn.'

'Jullie hebben twaalf jaar van mijn leven gestolen,' zei hij. 'Jij en je pappie. Hij wilde niet eens naar me luisteren. Ik zei tegen hem dat ik het niet gedaan had. Ik zei het tegen iedereen. Niemand geloofde me. Zelfs mijn eigen familie niet. Ik zou nog steeds op mijn executiedatum zitten wachten als die lul met die podcast er niet was geweest.'

Weer wachtte Emmy tot zijn woede wat bekoeld was. 'Wie zou jou erin willen luizen, Adam? Wie kan die hamer in je gereedschapskist hebben gelegd?'

'De vent die die meiden heeft vermoord!' riep hij uit. 'Dezelfde gast die Paisley heeft ontvoerd! Godsamme, dat probeer ik je de hele tijd al te vertellen!'

Weer wachtte Emmy even. 'Ik dacht dat je zei dat Jude de hamer in je pick-up had gelegd.'

'Misschien zit zij ook in het complot.' Het was ongerijmd, maar dat wuifde hij weg. 'Iemand probeert me te naaien. Ik heb nooit niks verkeerds gedaan. Gewoon wat wiet aan jonge gastjes verkocht, voor de gein.'

'Wie zou jou erbij willen lappen?'

'Jullie zijn de politie. Waarom zoeken jullie dat niet uit?'

'Laten we het eens helemaal doornemen. Is er iemand in je leven die het op jou heeft voorzien?'

'Behalve de hele klotestad? Heb je ze daarbuiten niet om mijn bloed horen schreeuwen toen je pa werd neergeschoten?'

'Een vriend misschien?' opperde Emmy. 'Iemand die je weer in de gevangenis wil hebben.'

'Fuck, niemand praat met me. Ik heb geen vrienden. Ik heb advocaten. En die podcastlul die me voor een interview probeert te strikken alsof-ie Walter Cronkite zelf is.' Adam richtte zijn vinger op haar. 'Ik heb echt wel door dat hij me probeert te verneuken. Die wil me laten pakken voor de verkrachting van die bitch van wie ik de naam niet eens meer weet.'

Emmy keek toe terwijl hij de fles greep en weer een slok nam. Opnieuw wachtte ze tot hij klaar was. 'We gaan eens terug naar twaalf jaar geleden. Vertel eens over de tijd vóór je arrestatie. Met wie ging je om?'

'Gewoon, met mensen. Weet ik veel. Ze lieten zich geen van allen meer zien nadat jullie hufters tegen iedereen hadden gezegd dat ik een vuile pedo was.'

'Was er iemand met wie je in die tijd hecht was?' vroeg Emmy. 'Iemand met dezelfde interesses als jij?'

Er kwam geen nieuwe uitbarsting. Adams houding veranderde. Hij kneep zijn ogen tot spleetjes. Hij begon met zijn vingers op de tafel te trommelen. Schoof zijn hand een paar centimeter naar links, toen naar rechts en toen weer terug, alsof hij twijfelde tussen de hamer en het geweer. 'Waar wil je naartoe met je vragen?'

Ze haalde haar schouders op. 'Ik probeer je te helpen erachter te komen wie die hamer in je pick-up heeft gelegd.'

'Waarom vraag je dat niet aan Dale?'

'Dale Loudermilk zit in Dooley State Prison de rest van zijn straf uit.'

'Shit.' Adam sloeg zijn armen over elkaar en leunde achterover op zijn stoel. 'Je weet dat die klootzak hier is geweest, hè?'

Emmy voelde haar hart bonzen. Deze keer rekte ze de stilte om zélf weer rustig te worden. 'Wanneer is Dale Loudermilk hier geweest?'

'Toen ik nog dingen repareerde hier in de schuur, heb ik het blad van zijn grasmaaier vervangen.' Hij wees met zijn duim over zijn schouder, in de richting van de achtertuin. 'Die klerelijer heeft me niet eens betaald.'

Emmy herinnerde zich Dales verhaal over de grasmaaier, zijn verklaring voor de afgeschilferde lak op de kofferbak van de Audi. 'Wanneer was dat?'

'Wat kan jou dat schelen?'

'Dat kan me iets schelen omdat je me zonet hebt verteld dat Dale Loudermilk je thuis opzocht. Ik wil weten wanneer precies hij hier was.'

'Wanneer precies,' deed hij haar na.

'Adam –'

'Je weet wie het gedaan heeft, hè?' Adam begon weer op de tafel te tikken. 'Je weet het wel, maar je beschermt hem.'

'Adam –' herhaalde Emmy.

'Typisch North Falls,' zei Adam. 'Die lui beschermen altijd hun eigen mensen, niet?'

'Komt hij uit North Falls?' Het lukte Emmy niet om de gretigheid uit haar stem te weren. 'Woont de man die Paisley te pakken heeft in North Falls?'

Adam wrong zijn mond tot een grijns. Hij keek Emmy niet aan. Hij keek naar de telefoon in haar vest. 'Ik wil een advocaat.'

'Adam –'

'Ik wil een advocaat.' Langzaam hief Adam zijn handen. 'Ik wil een advocaat. Ik wil een advocaat. Ik wil een advocaat.'

Emmy keek hem aan, hem inwendig smekend om van gedachten te veranderen. Maar dat deed hij niet. Nog steeds hield hij zijn handen omhoog. Emmy keerde zich naar de deur toe en knikte naar Brett ten teken dat hij binnen kon komen.

Ze opende het geweer. Het stomme ding was niet eens geladen. 'Adam Huntsinger, je staat onder arrest wegens het bedreigen met de dood van een politieman en het schenden van de voorwaarden voor je vrijlating.'

Adam perste nadrukkelijk zijn lippen op elkaar.

'Opstaan.' Brett haalde zijn handboeien tevoorschijn en greep Adams arm.

Emmy besefte dat haar telefoon nog aan het opnemen was. Ze nam het toestel uit haar vestzak en zette de opname stop. Tegen Brett zei ze: 'Breng hem naar Rick. Verona mag hem hebben.'

'What the fuck?' Hoewel zijn handen al geboeid waren, begon Adam zich te verzetten. 'Jullie kunnen me niet aan Verona uitleveren. Die jagen een kogel door mijn achterhoofd.'

'Waar is Paisley?' vroeg Emmy.

'Ik weet godverdomme niet waar ze is!' Adam haalde naar haar uit, maar Brett trok hem met een ruk naar achteren. 'Je kunt me niet aan Tuttle meegeven! Jezus christus!'

'Laatste kans,' zei Emmy. 'Waar is Paisley?'

'Fuck you!' zei Adam met een spottende grijns.

Emmy deed een stap naar achteren, want ze wist wat er ging komen. Adam schoot een fluim in haar richting. Brett sloeg hem met zijn gezicht tegen het aanrecht, beklopte hem en leegde zijn zakken. Sleutels van de Chevy pick-up. Pakje Marlboro Reds. Portefeuille. Een Android-telefoon. Ziplockzakje met losse stengels en zaadjes. Een pakje vloeipapier. Een plastic Bic-aansteker.

'Wijs hem op zijn rechten,' zei Emmy tegen Brett. 'Neem op de terugweg een paar bewijskits mee zodat we dit alles kunnen verwerken.'

'In orde, chef.'

Emmy sloot zich af voor Bretts stem toen hij Adam op zijn rechten wees. Op de gang hoorde ze het vertrouwde schuifeltje van Walton. Alle hoop trok weg uit zijn gezicht toen hij besefte wat er in de keuken aan de hand was.

'Pa!' schreeuwde Adam. 'Pa! Bel de advocaat! Ze willen me vermoorden!'

Walton stond zwijgend toe te kijken toen Brett Adam via de zijdeur naar buiten duwde. Emmy hoorde Adam nog steeds om hulp schreeuwen toen hij over de oprit werd afgevoerd.

'Mijn god.' Walton zocht steun bij het aanrecht. Hij had zijn hoofd gebogen en leek net een leeggelopen ballon. Zonder Emmy aan te kijken vroeg hij: 'Gaat het om dat andere meisje? Om Paisley Williams?'

'Paisley Walker.' Emmy legde een zekere mildheid in haar stem. 'Hoe erg ik het ook vind, Mr Huntsinger, maar ik denk dat Adam iets met haar ontvoering te maken heeft gehad.'

'Het is mijn schuld. Ik had die advocaat nooit in de arm moeten nemen.' Tranen dropen op de vloer. Hij kon haar nog steeds niet aankijken. 'Kan ik iets doen? Is ze… Is ze misschien nog in leven?'

Vreemd genoeg voelde Emmy enige ontspanning. Zodra Walton en Alma hadden beseft dat ze mogelijk bijdroegen aan de terdoodveroordeling van hun zoon hadden ze hun hulp bij het onderzoek naar de dood van

Madison en Cheyenne gestaakt. Nu het om Paisleys leven ging, maakten ze misschien een andere keuze.

'Zouden u en uw vrouw een paar vragen willen beantwoorden?' vroeg ze.

Walton haalde schraperig adem. Hij wist wat haar werkelijke vraag was. 'Mij moet je daarvoor niet hebben. Alma is altijd hechter geweest met Adam. Haar heeft hij altijd in vertrouwen genomen. Het liep gewoon soepeler tussen die twee. Misschien wilde ik te veel. Vroeg ik te veel.'

'Paisley is misschien nog in leven.' Emmy probeerde niet te veel druk op hem uit te oefenen. 'Haar ouders, Elijah en Carol, hebben er alles voor over om haar te vinden. Ze zijn kapot. Ze is hun enige kind.'

Weer die schraperige ademhaling. 'Ik weet niet of Alma wil praten. Ze heeft Adam altijd aanbeden. Ze wilde zijn slechte kant nooit zien, alleen de goede.'

'Zou u het haar willen vragen?' Emmy probeerde het hem zo gemakkelijk mogelijk te maken. 'Dan zet ik een bak koffie of thee. We hoeven niet over Adam te praten als ze dat niet prettig vindt. Ik kan alle vragen beantwoorden over de gang van zaken en de reden waarom hij is gearresteerd.'

Het klonk zo neutraal dat hij zich liet overhalen. 'Alma's Sanka-oploskoffie staat in de kast naast het aanrecht.'

Emmy keek Walton na toen hij weer schuifelend de gang in liep en links afsloeg naar de trap. De pot met het oranje etiket stond in dezelfde kast als de koffiekopjes. Emmy kende de cafeïnevrije koffie omdat haar tante Millie die met liters tegelijk dronk. Ze nam de ketel van het fornuis en vulde die bij de spoelbak. Haar blik werd naar het raam getrokken.

De plek in de achtertuin waar de schuur had gestaan, was helemaal overwoekerd. Alleen de besmeurde betonnen vloer was overgebleven. Emmy kon zich haar totale paniek nog herinneren toen ze zich door het verrotte hout had gebeukt, hopend en biddend dat ze Madison levend zou aantreffen. Het volgende moment had Gerald haar in zijn armen genomen. Virgil had bezorgd op haar neergekeken. Door de intense hitte in de schuur waren ze alle drie nat van het zweet geweest.

Emmy zette de ketel op het fornuis en ontstak het gas. Leunend tegen het aanrecht keek ze neer op de rommel uit Adams zakken. Wikkeltjes en sigaretten. Een Android-telefoon. Een rode nylon herenportefeuille met het logo van de Georgia Bulldogs.

Opeens verstijfde ze.

De kriebel. Het slechte gevoel. De *Voelt Niet Goed*-tinteling.

Ze keek naar de portefeuille zonder het ding te zien. Het was weer twaalf jaar geleden en ze stond in de hal. Gerald liep de trap op. Walton wenkte haar mee naar de keuken om de sleutel van het souterrain te pakken. Zijn zwarte Samsonite-koffer stond naast de deur. Een kleurige golfparaplu was door het handvat gehaakt. Uit de ritszak stak een rode nylon herenportefeuille. Op de voorkant stond het logo van de Georgia Bulldogs.

Het was dezelfde portefeuille die Brett een paar minuten daarvoor uit Adams achterzak had gehaald en op het aanrecht had gelegd.

Emmy slikte het speeksel in dat zich in haar mond had verzameld. Ze keek de gang in om te zien of Walton soms terugkwam naar de keuken. Met stramme vingers trok ze voorzichtig het klittenband los. Ze bleef staan en probeerde in het huis geluiden op te vangen.

Niets.

De portefeuille bevatte zestien dollar. Een bonnetje voor een pakje sigaretten en benzine van het tankstation verderop in de straat. Geen creditcards. Geen foto's. Het plastic rijbewijshoesje was in de loop van de jaren vergeeld. De foto was nauwelijks zichtbaar. Emmy moest het plastic openbreken om het rijbewijs eruit te halen. Ze keek naar de datums. Adam was negenveertig geweest toen het was afgegeven. Zijn lengte was één meter vijfentachtig geweest en zijn gewicht zesentachtig kilo. Het rijbewijs was verlopen toen hij nog in de dodencel zat. Het adres was van het huis waarin ze zich nu bevond.

Alle logische verklaringen die ze kon verzinnen liepen stuk. Het was onmogelijk dat Walton het goedkope nylon ding twaalf jaar lang had gebruikt. Ook als Adam de portefeuille ergens had zien rondslingeren, was er geen enkele reden waarom hij zijn verlopen rijbewijs erin zou stoppen. Hij was nog geen week geleden uit de gevangenis ontslagen. Het plastic hoesje had zo lang tegen het document aan gezeten dat de afdruk nu op de binnenkant stond.

Emmy bekeek de pasfoto. Adams gezicht stond strak, bijna vijandig. Zijn haar was gitzwart geverfd. Zelfs bij zijn slapen zat geen grijs. Zijn gezicht was al gerimpeld en zijn huid zat vol acnelittekens. Hij kon moeiteloos doorgaan voor een zeventien jaar oudere man.

En een man die zeventien jaar ouder was, kon moeiteloos doorgaan voor Adam.

Dezelfde dikke brillenglazen. Hetzelfde onnatuurlijk zwarte haar. Dezelfde pezige bouw. De vorige dag nog had Emmy Adam voor Walton aangezien toen hij in de deuropening met Gerald had staan praten. Een gestreste beveiligingsbeambte op het vliegveld zou zomaar dezelfde fout kunnen maken.

Emmy klemde haar kaken op elkaar. Ze haalde moeizaam adem. Ze probeerde zich in te houden. Was het echt zo eenvoudig? Was het echt zo simpel dat het na twaalf lange jaren, nadat ze Cheyenne en Madison uit die vijver had gesleept, nadat ze haar vader was verloren, nadat ze zichzelf tot het uiterste had gedreven in de zoektocht naar Paisley, neerkwam op een goedkope nylon portefeuille? En op één enkele aanwijzing, die Emmy de afgelopen paar uur minstens drie keer had genoemd?

Geen enkele keer dat Adam gearresteerd was, had hij zijn rijbewijs bij zich gehad.

Kwam dat doordat Walton het ID-bewijs van zijn zoon gebruikte om zijn sporen te wissen? Was het waar wat Adam zei, dat hij erin geluisd werd? Was de medeplichtige van Dale Loudermilk niemand minder dan Walton Huntsinger, een witte man in een hoge positie waarvoor je gestudeerd moest hebben? Wiens werk hem regelmatig met kinderen in aanraking bracht? Een gerespecteerd lid van de gemeenschap? Een getrouwd man met een gezin?

Emmy stelde zich zo op in de keuken dat ze door de verlaten gang helemaal naar de hal kon kijken. Ze toetste Coles nummer in op haar telefoon.

'Ik ben nog steeds bij Jude, mam,' zei hij. 'Alles in orde?'

Met gedempte stem zei ze: 'Zet me op de speaker zodat zij het ook kan horen.'

Na een klik hoorde ze Jude zeggen: 'Hier ben ik. Wat is er aan de hand?'

'Check alle regionale luchthavens binnen een straal van vijfhonderdvijftig kilometer van Clifton County.' Emmy drukte de telefoon tegen haar borst om eventuele geluiden in het huis op te vangen. Toen bracht ze het toestel weer naar haar oor en fluisterde: 'Volgens mij is Walton met de Audi naar een klein vliegveld gereden. Daar heeft hij met Adams rijbewijs contant een retourticket gekocht. Hij vloog naar Bridgeport, West Virginia. Daar maakte hij een selfie voor het gebouw van het American Legion om te bewijzen dat hij er geweest was. Vervolgens pakte hij de vlucht terug en reed met de Audi naar North Falls, waar hij Cheyenne en Madison ontvoerde.'

Het bleef doodstil aan de andere kant van de lijn.

'Daarom dook Waltons naam niet op toen ik de binnenlandse veiligheidsdienst alle vluchtgegevens liet doorlichten: hij vloog onder de naam Adam Johnathan Huntsinger. Walton heeft al die kilometers op de Audi gezet. Hij is de man over wie Cheyenne bij wijze van grap zei dat ze wou dat zijn penis even groot was als zijn portemonnee. Walton keerde stiekem terug naar Clifton om haar op die landweg te treffen. Toen ging hij achter Madison aan. Daarom was Dale de Audi met bleekmiddel aan het schoonmaken. Walton was zijn medeplichtige. Alles wat we dachten te weten over Adam geldt voor zijn vader.'

Jude reageerde nog steeds niet. Emmy zette zich al schrap voor een nieuwe reeks bedenkingen en de opmerking dat ze eigenlijk niks zeker wisten, dat dit een marathon in plaats van een sprint was.

'Cole,' zei Jude op scherpe toon. 'Regionale luchthavens hebben een beperkt aantal maatschappijen die erop vliegen. Het makkelijkst is om te kijken welke regionale maatschappijen vanuit Bridgeport, West Virginia, vliegen. Trek dat vervolgens door naar een kleiner vliegveld dat vanuit hier met een auto bereikbaar is.'

Emmy spitste haar oren en kon Cole horen tikken op zijn laptop. Ze keek op haar horloge en telde de seconden. Het water kwam aan de kook. Ze haalde de ketel van het fornuis en draaide het vuur uit. Daarna nam ze haar positie weer in zodat ze helemaal tot aan de hal kon kijken. Haar handen dropen van het zweet. Ze kreeg nauwelijks genoeg lucht in haar longen.

'Shit-shit-shit.' Jude kon haar opwinding nauwelijks bedwingen. 'Op de website van SouthJet Airlines staat dat ze vanaf 1997 tussen het North Central West Viginia Airport in Bridgeport en het Northwest Alabama Airport vliegen. Ze hebben een Bombardier CRJ die elke dag twee keer op en neer vliegt.'

Cole zei: 'Muscle Shoals ligt zo'n vijfhonderdvijftig kilometer van Clifton County. Dat is vijf uur rijden heen en vijf uur rijden terug.'

'De vluchttijden zijn de afgelopen jaren vast niet veel gewijzigd,' zei Jude. 'Als Walton die ochtend om halfnegen de eerste vlucht uit Muscle Shoals heeft gepakt, had hij ruwweg een uur om een selfie te maken bij het American Legion in Bridgeport voor hij terugvloog naar Muscle Shoals. De retourvlucht landt rond de middag. Dan kon hij tegen vijf uur terug zijn in North Falls. Die afspraak met Cheyenne op de landweg was pas om halfzeven.'

'Hij is het.' Emmy kon haar eigen woorden niet geloven. 'Al die tijd was hij het.'

'Mam,' zei Cole. 'Ik heb de afstand opgezocht tussen de American Legion Hall in Bridgeport en het vliegveld. Dat is maar zo'n zeshonderd meter. Walton hoefde alleen maar een eindje te lopen en de selfie te maken, waarna hij weer terugliep en een vliegtuig pakte.'

'En nog iets,' zei Jude. 'Ik heb Cole laten kijken naar de banden van de Audi A4. Die heeft dezelfde all-seasonbanden van Michelin als de Jetta.'

'Daarom "kwam het loopvlak overeen", maar was het geen "exacte match",' zei Emmy. 'We dachten dat de Schoft in een Jetta reed, maar hij reed in Dales Audi.'

De deur van de keuken ging open en Brett kwam binnen met een aantal bewijskits. Emmy gebaarde dat hij de deur heel zachtjes moest sluiten.

Tegen Jude zei ze: 'Twaalf jaar geleden, toen pa en ik hier voor Adam kwamen, zat de voordeur op slot, maar de zijdeur naar het souterrain niet. Toen ik de trap af liep, zag ik Cheyennes halsketting in het gras liggen. Die moet Walton daar hebben neergelegd toen hij terugkwam van Millies vijver.'

Brett liet een van de kits vallen.

'Walton zei dat hij pa niet had horen kloppen omdat hij onder de douche stond,' vervolgde Emmy, 'maar dat was een leugen om zijn natte haren te verklaren. Hij had kort daarvoor de lichamen vastgeketend in het water. En zijn sleutels van de Jetta lagen op het aanrecht. Hij zei tegen mij dat die meestal boven lagen. Hij wees ons toen al in de richting van Adam. Daarom stal hij Adams rijbewijs. Als hij ooit werd betrapt, was hij van plan het op zijn zoon af te schuiven.'

'En dat werkte,' zei Jude.

'Jezus,' fluisterde Emmy. De wandaden waren van een niet te bevatten gruwelijkheid. Niet alleen de monsterlijke dingen die Cheyenne en Madison waren aangedaan, maar ook het sadisme van iemand die zijn bloedeigen zoon in een dodencel liet wegrotten.

'Concentreer je,' zei Jude. 'Wat zegt je intuïtie?'

Emmy's intuïtie liet er geen misverstand over bestaan. 'Dat Walton peentjes begon te zweten toen die podcast online ging. Vervolgens kwam Adam vrij en wist hij dat pa en ik het onderzoek naar de dood van Cheyenne en Madison zouden heropenen. Hij probeert het weer op Adam af te schuiven om te voorkomen dat we er te diep in duiken. Hij heeft Paisley gisterochtend meegenomen. Hij heeft die hamer vandaag in Adams pick-up gelegd. Dat moet dezelfde zijn die hij bij Madison heeft gebruikt. Hij ligt hier, op de keukentafel. Hij zit onder het bloed. Oud bloed en vers bloed. Ik wil wedden dat Walton hem bij Paisley heeft gebruikt zodat Adam ook aan haar wordt gekoppeld.'

'Hoe oud is Walton?'

'Niet te oud om de fiets van een tiener te scheppen en een wapen op haar hoofd te richten. En zoals je zelf al zei, is Paisley het gewend om bevelen op te volgen.'

'Cole en ik komen naar je toe,' zei Jude.

'Nee, Brett is bij me. Straks schrikt hij als de cavalerie aan komt galopperen. Ik denk dat ik Walton en Alma zover heb dat ze over Adam willen praten. Eerst maar eens zien hoe dat gaat. Als ik Walton kleinkrijg, is er een kansje dat we Paisley nog levend vinden.'

Jude liet een nieuwe geladen stilte vallen, maar toen zei ze: 'Oké.'

Emmy verbrak de verbinding. 'Zet de ketel maar weer op het vuur,' zei ze tegen Brett.

Net toen hij het gas aanstak, verscheen Walton in de hal aan het eind van de gang. Hij schuifelde als een oude man, maar Emmy had hem door. Ze wist hoe een kwetsbare oudere van achtenzeventig eruitzag. Bang om te vallen zocht zo iemand steun bij muren en stoelen. Walton hield zijn handen samengevouwen voor zijn buik. Hij liep in een rechte lijn op haar af. Deze man had nog genoeg leven in zich – leven dat hij gebruikte om anderen kwaad te doen.

'Anderhalve theelepel Sanka, agent,' zei ze tegen Brett. 'Anders smaakt het naar slootwater.'

'Oké, chef.' Op zoek naar een lepel trok Brett lades open en schoof ze weer dicht.

Walton had inmiddels de keuken bereikt. 'Het bestek ligt daar, naast de vaatwasser,' zei hij tegen Brett.

'Bedankt.' Brett keek nerveus.

'Mr Huntsinger.' Emmy ging voor Brett staan. Ze schonk Walton een wat geforceerd lachje. 'Heel fijn dat u wilt helpen met Adam. Dit is anders dan de vorige keer. Paisley Walker wordt nog steeds vermist. Als ze nog leeft, moeten we alles op alles zetten om haar te vinden. En als ze dood is, moeten we haar thuis kunnen brengen, naar haar vader en moeder.'

Bedroefd schudde Walton zijn hoofd. 'Ik smeek de Heer dat ze nog leeft, maar tot mijn spijt heb ik geen beter nieuws. Alma weigert met jullie te praten. Ze heeft nooit willen inzien wie Adam in werkelijkheid is.'

Emmy gaf niet op. 'Vindt u het goed als ik u een paar vragen stel? Misschien herinnert u zich iets van de vorige keer. Iets wat Adam zei, maar wat destijds nergens op sloeg.'

'Eigenlijk praat Adam nooit met me. Ook toen al kwam hij alleen naar me toe als hij geld nodig had, meestal voor een advocaat.' Weer schudde Walton zijn hoofd, een en al treurnis. 'Ik heb hem te veel geholpen. Als ik hem al die eerdere keren naar de gevangenis had laten gaan, was het misschien nog goed met hem gekomen. Ik zal mezelf nooit vergeven wat hij gedaan heeft.'

Het pathos dat hij in zijn woorden legde, ontging Emmy niet. Ze zag nu heel scherp wat voor spel hij speelde. Hij zette zijn ernst, zijn leeftijd, zijn goede daden, zijn positie in de gemeenschap in om de sadistische wreedheid in zijn hart te verhullen. Ze nam zijn ontboezeming als gids. 'Mr Huntsinger, ik weet dat u uw hele leven anderen hebt willen helpen. U bent een goed mens, en als zodanig vraag ik u dit te doen, voor Paisley en voor haar familie.'

Brett was tegen het aanrecht gaan staan. Emmy hoorde het gas branden onder de ketel terwijl Walton deed alsof hij over de gevolgen nadacht. Hij wierp een blik op de tafel, maar ze maakte geen aanstalten bij hem te gaan zitten. Met haar rug tegen de stoel zorgde ze ervoor dat hij niet bij de wapens kon komen.

'Mr Huntsinger, alstublieft.' Emmy zette de wanhoop in haar stem dik aan. 'Help me Paisley terug te brengen naar Elijah en Carol Walker. Ze is nog maar veertien. Eigenlijk nog een kind. U weet vast hoe het voelt als je kind in gevaar is.'

Walton zoog een hap lucht naar binnen, alsof alleen al de gedachte hem diep raakte. Emmy wachtte op het volgende deel van de show. Ze zag dat hij alle mogelijkheden de revue liet passeren. Hij was ongetwijfeld nerveus nu de politie in zijn huis was. Hij wilde meer informatie.

Ze had nog één truc. 'Sorry, ik had niet zo moeten aandringen. We laten u met rust. Brett –'

'Wacht.' Walton glimlachte flauwtjes. 'Ik vind het heel erg wat er met je vader is gebeurd. Hij was een fatsoenlijk man. Ondanks wat Adam allemaal heeft gedaan, heeft Gerald ons altijd met respect behandeld. Hij gaf Alma en mij nooit de schuld van wat er van Adam was geworden.'

Emmy liet hem praten.

'Toen hij was gearresteerd, werden we een soort paria's. Alma moest gedwongen met pensioen. Ik raakte bijna mijn praktijk kwijt. Jouw familie is altijd goed voor me geweest.'

Hoe hij het voor elkaar kreeg was Emmy een raadsel, maar er stonden tranen in zijn ogen. 'Dank u. Mijn vader zei altijd dat hij u bewonderde.'

Walton haalde een zakdoek tevoorschijn en droogde zijn ogen. 'Ik heb het gevoel dat ik veel goed te maken heb. Eigenlijk hoor ik Alma niet te verwijten dat ze hem verwend heeft. Zelf zag ik ook niet wat voor man Adam was. Ik wil het verlies van het zoveelste meisje niet op mijn geweten hebben. Ik zal doen wat ik kan om te helpen.'

'Dank u. Ik weet dat dit moeilijk is. Ik weet dat u van Adam houdt.'

'Zeker,' zei hij. 'God sta me bij, maar ik hou van hem.'

De ketel begon te fluiten. Emmy hoorde dat Brett hem van het fornuis nam en oploskoffie door de beker begon te roeren. Ze hield haar blik op Walton gericht. Een zweetdruppel was over zijn wang naar beneden gegleden.

'Zou u eens willen terugdenken aan de periode voor Madison en Cheyenne werden ontvoerd, Mr Huntsinger?' vroeg ze. 'Was er misschien een plek waar Adam graag naartoe ging? Afgelegen, waar hij alleen kon zijn?'

'Nee, ik heb geen idee. Adam vertelde me nooit waar hij naartoe ging of wanneer hij thuiskwam. Hij kwam en ging wanneer het hem paste. Dat doet hij nog steeds, eerlijk gezegd. Sinds hij uit de gevangenis is ontslagen, heb ik hem maar heel weinig gezien.'

Emmy deed alsof ze dc informatie even moest laten bezinken. 'Weet u misschien of Adam vrienden of andere mensen had met wie hij veel tijd doorbracht?'

Walton tikte met zijn vingers tegen zijn kin, alsof hij het uit zijn geheugen probeerde op te diepen. 'Adam heeft nooit veel vrienden gehad, moet je weten. Ook niet op school. Ik probeerde hem aan het sporten te krijgen of hem enthousiast te maken voor een club, maar hij was altijd al een eenling.'

Emmy hoorde hem het laatste woord beklemtonen. 'Ik weet dat Adam allerlei baantjes heeft gehad. Heeft hij ooit ergens vrienden gemaakt onder zijn collega's?'

Walton dacht weer zogenaamd na en schudde zijn hoofd. 'Niet dat ik weet. Het spijt me. Hij is altijd gesloten geweest. Ik heb nooit begrepen waar die woede vandaan kwam. Zijn moeder en ik hebben ons best gedaan. Het was alleen heel moeilijk. Het was altijd weer de vraag wat hem tot razernij dreef.'

Een eenling. Lichtgeraakt. Gevaarlijk. Het was alsof hij de gedragskenmerken van psychopathie had gegoogeld. 'Wat een vreselijk leven,' zei ze.

'Je wilt het eigenlijk niet hardop zeggen, maar bang zijn voor je eigen kind...'

Emmy gaf hem even de tijd. 'Adam repareerde vroeger toch grasmaaiers?'

'Hij mocht van mij de schuur achter het huis gebruiken. Het ging een tijdje goed.' Het lachje verscheen weer. 'Maar zoals met alles wat Adam aanpakte, kwam er uiteindelijk de klad in. Hij begon mensen te bedonderen. Ik werd gebeld op mijn werk. Alma had hem aanbevolen bij sommige docenten op school. Zoals je weet verdienen leraren niet veel. Die konden bepaald niet met geld smijten'

Emmy sprong in de opening die hij bood. 'Adam zei dat Dale Loudermilk een van zijn vaste grasmaaierklanten was.'

De stilte die viel was deze keer anders. Verstikkender. Veelzeggender.

'Dale Loudermilk?' Walton nam zijn bril af en begon die met een schoon hoekje van zijn zakdoek te poetsen. 'Over een vreselijke naam uit het verleden gesproken. Ik heb gehoord dat hij in de gevangenis is gestorven.' Hij zette de bril weer op en propte de zakdoek in zijn broekzak.

Emmy bespeurde geen verandering van toon of gezichtsuitdrukking. Wel viel het haar op dat hij niet meer met zijn ogen knipperde.

'Dale is nog springlevend en zit in Dooley State Prison,' zei ze.

'O?'

'Hebt u Dale weleens samen met Adam gezien?'

Hij had nog steeds niet met zijn ogen geknipperd. 'Ja, nu je het vraagt. Ik heb ze geloof ik een paar keer samen in de schuur gezien.'

'Zijn ze ooit samen in Adams appartement in het souterrain geweest?'

Zijn ene ooglid begon te trillen. 'Ja, bedenk ik nu. Dale bracht daar veel tijd door. Ze deden nogal geheimzinnig, die twee. Alma begon er al over te klagen.'

'Over dat Dale daar was?'

'Dat niet zozeer, maar wel over Adams warrigheid.' Walton ademde even in. 'De afspraak was dat Adam in het souterrain mocht wonen als hij Alma naar school bracht en weer ophaalde. Hij was altijd te laat. Ook toen al zag ze niet meer zo goed. Maculadegeneratie. Dat begon toen ze in de vijftig was. Nu is ze helemaal blind, de arme ziel.'

Er ging Emmy een licht op. 'Alma moest haar auto zeker verkopen toen ze niet meer kon rijden? Weet u nog wat voor merk en model het was?'

Eindelijk knipperde Walton met zijn ogen. Hij keek eerst naar Brett en toen weer naar Emmy. 'Dat zal ik aan haar moeten vragen. Ze heeft de auto zelf gekocht. Ze nam Adam mee naar de showroom om haar te helpen onderhandelen met de dealer. Volgens mij wilde hij die auto eerder voor zichzelf dan voor Alma. Hij hield de reservesleutel, ook nadat Alma hem had verkocht. Hij zei dat hij die kwijt was geraakt, maar hij liegt de hele boel altijd bij elkaar.'

Deze keer reageerde Emmy niet, maar ze vroeg zich af of ze twaalf jaar geleden ongelooflijk naïef was geweest wat zijn bullshit betrof of dat Walton in de daaropvolgende jaren zijn greep op de zaak was verloren. Steeds schoof hij Adam naar voren, eerst door te zeggen dat hij niet wist waar zijn zoon uithing, toen door hem een eenling te noemen en toen door te laten doorschemeren dat Adam de sleutel van de Audi had gehouden. Het was haar nu volkomen duidelijk. De man wilde zijn zoon koste wat kost weer achter de tralies zien.

'Goed,' zei Walton. 'Ik zal haar vragen wat ze zich nog herinnert. Destijds was ik altijd aan het werk. Als vrijwilliger. Ik ben lid van een groep genaamd de Tooth –'

'Troopers,' vulde Emmy hem aan. 'Hebben jullie ooit vrijwilligerswerk gedaan in Hidalgo, Texas, of in Tillar, Arkansas?'

'Ik weet het niet...' Walton begon over de zijkant van zijn hals te krabben. 'Ik weet het niet precies meer. We zijn veel op pad. Ze hebben ons overal nodig. We gaan naar de allerarmste plekken. Mensen hebben recht op gezondheidszorg. Dat is een van mijn passies. Iets terugdoen. De zwaksten onder ons helpen.'

Emmy voelde dat ze haar greep op hem begon te verliezen. Ze moest nog één poging wagen, al was het alleen maar om zijn leugens vast te leggen met Brett als getuige. 'Mr Huntsinger, hoe goed kende u Dale Loudermilk?'

'O, zo goed nou ook weer niet. We groetten elkaar in het voorbijgaan. En natuurlijk als hij hier was, bij Adam. Zoals ik al zei, brachten ze samen veel tijd door. Alma en ik wisten niet wat we hoorden toen hij gearresteerd werd. Wat verschrikkelijk. Mensen vertrouwden die man hun kinderen toe. De hele stad voelde het verraad. Dat soort vertrouwen krijg je nooit meer terug.' Walton liet zijn hand weer langs zijn zij vallen. Zijn nagels hadden diepe krassen op de zijkant van zijn hals achtergelaten. 'Ik wou dat ik je beter van dienst kon zijn. Mijn geheugen is niet meer wat het geweest is. Het is allemaal zo lang geleden.'

'Twaalf jaar,' zei Emmy.

'Ik moet...' Walton gebaarde naar de gang. 'Ik moet even bij Alma kijken. Die wordt de laatste tijd snel bang. Ze is helemaal van mij afhankelijk. Zonder mij zou haar leven instorten. Snap je?'

Emmy snapte het maar al te goed. Vanwege de blindheid van zijn vrouw wilde hij een vrijbrief voor het verkrachten en vermoorden van kinderen. 'En Paisley? Is die ook bang?'

Walton beet op zijn lip. Zijn instinct zei dat Emmy hem te pakken had. Ze kon bijna zien hoe zijn brein de kansen berekende. Ten slotte plakte hij zijn maffe grijns weer op zijn gezicht en deed alsof hij nog steeds dezelfde ongelukkige oude man was. 'Doorzoek het huis maar, sheriff. Je hebt mijn toestemming. Kijk maar in het souterrain. In Adams pick-up. Wat je maar wilt. We hebben niks te verbergen.'

'Aardig van u om zijn pick-up voor hem te bewaren,' zei Emmy. 'En al zijn spullen. Zoals zijn portefeuille en zijn rijbewijs.'

Waltons blik schoot naar de portefeuille op het aanrecht. Ze zag hem denken aan de koffer in de hal, met de portefeuille die er aan de zijkant uitstak. Hij wist dat hij destijds de fout in was gegaan en probeerde dat snel te herstellen. 'Alma bewaarde Adams spullen. Ze heeft altijd in zijn onschuld geloofd.'

'Echt?' vroeg Emmy. 'Waardoor geloofde ze daarin?'

De maffe grijns loste op. 'Ik moet nu echt bij haar gaan kijken. Misschien heeft ze iets nodig. Neem er alle tijd voor als jullie het huis doorzoeken.'

'Mr Huntsinger?' Ze wachtte tot hij zich omdraaide. 'De Sanka?'

'O ja.' Walton nam de beker van Brett aan. 'Dank je.'

Emmy keek hem na toen hij door de gang liep. Het geschuifel was verdwenen. Ze zag dat hij zijn uiterste best deed om zijn pas in te houden. Dat lukte hem tot aan de hal, waar hij haastig de hoek omging en de trap op snelde.

'Jezus, je had hem bijna te pakken,' fluisterde Brett. 'En nu?'

Wat Walton Huntsinger betrof was er geen 'en nu'. Hij had niet bekend. Hij had de wet niet overtreden. Emmy moest een andere manier verzinnen om hem klem te zetten.

'Stel de portefeuille veilig,' zei ze tegen Brett.

Zelf pakte ze een paar handschoenen uit een van de bewijskits. Ze tilde de hamer tussen duim en wijsvinger op en stopte hem in een zak. De koperachtige bloedlucht sloeg haar op de keel toen ze het stuk gereedschap als bewijs registreerde. Ze wachtte tot Brett klaar was met de portefeuille voor ze hem nadere orders gaf.

'Doorzoek het huis, tot op de vierkante centimeter. Eventuele wapens of munitie stel je veilig. Hou Walton goed in de gaten. Laat het me weten als hij ervandoor wil gaan. Kijk naar paperassen, bonnetjes, alles wat kan wijzen op een locatie waar hij Paisley misschien verborgen houdt. Ze is nog steeds onze prioriteit. Als we hem op Paisley pakken, pakken we hem ook op Cheyenne en Madison.'

'Oké, chef.'

Emmy liep door de zijdeur naar buiten. Het regende zachtjes. Ze zond een bericht naar de meldkamer met de opdracht een team te sturen dat Brett moest helpen zoeken. Tegen de tijd dat ze de weg had bereikt, viel de regen met bakken naar beneden. De SUV's van de politie van Verona waren verdwenen. Ze rende naar haar eigen patrouillewagen en wierp de bewijszakken op de bijrijdersstoel. Pas toen ze de zijweg op reed die evenwijdig aan de snelweg liep, belde ze Cole.

'Mam?' Hij klonk opgewonden, maar ook panisch. 'Je staat op de speaker. Wat is er gebeurd? Alles in orde met je?'

'Ja, alles in orde.' Het was moeilijker om haar stem in bedwang te houden tegenover haar zoon dan tegenover een pedofiele moordenaar. In gedachten zei ze tegen zichzelf dat het er nu om ging Paisley Walker te vinden. 'Walton gaf niet toe, maar hij weet dat ik hem in de peiling heb. Hij smeekte ons zowat om zijn huis te doorzoeken. Ik geef je op een briefje dat hij nog een stuk bewijs ergens verborgen heeft om Adam erbij te lappen. Hij zet alles op alles om ons op een dwaalspoor te brengen.'

'Wat heb je allemaal?' wilde Jude weten.

'Niks concreets.' Emmy veegde de regen van haar gezicht. 'Ik heb Adams portefeuille en de hamer veiliggesteld. Er gaan dagen overheen voor alles getest is. We moeten zo snel mogelijk keihard bewijs zien te vinden waarmee we hem onderuit kunnen halen. Hij vertelt pas waar we Paisley kunnen vinden als hij met zijn rug tegen de muur staat.'

Jude zweeg. Emmy voelde haar bijna een blik wisselen met Cole ten teken dat het zinloos was om te geloven dat Paisley nog in leven was.

Dat was een gedachte die Emmy zichzelf niet toestond. Ze liet de hoop niet varen. 'Heb je de vluchtschema's van Muscle Shoals en Bridgeport?'

'Die lui daar staan nog bij me in het krijt,' zei Jude. 'De informatie moet binnen het uur hier zijn.'

Emmy vloekte zachtjes. Een uur was te lang. 'Die zaken waarover ik je vertelde, in Arkansas en Texas. We moeten eens kijken of Walton daar is geweest met zijn liefdadigheidsclub.'

'Wordt al aan gewerkt,' zei Jude. 'We hebben ook gebeld naar opslagbedrijven in een straal van honderdzestig kilometer om te zien of de namen van Dale, Walton, Alma of Adam ergens opduiken. Is er verder nog iets van je dienst?'

Emmy ging haar gesprek met Walton weer na op zoek naar een aanwijzing die nagetrokken kon worden. 'De Audi A4. Ga eens op zoek naar de eigendomsgegevens. Heeft Esther hem nieuw gekocht of was het een privéverkoop?'

'Ben al bezig,' zei Cole. Het bleef een tijd stil, toen zei hij: 'Krijg nou wat. We hebben een overlap. Drie jaar voor de ontvoeringen heeft Esther Loudermilk de Audi van Alma Huntsinger gekocht.'

Emmy had het liefst met haar vuist op het dashboard geslagen. Alles wat ze twaalf jaar geleden over het hoofd had gezien, kwam nu plotseling scherp in beeld. 'Weet je nog dat Dale zei dat de lak op de kofferbak van de Audi was beschadigd toen hij zijn grasmaaier wegbracht om gerepareerd te worden? Dat is zonder meer door een van de fietsen gekomen, maar raad eens wie twaalf jaar geleden grasmaaiers repareerde vanuit een schuurtje in de achtertuin?'

'Adam Huntsinger,' zei Jude.

'En het wordt nog mooier,' zei Emmy, hoewel het alleen maar erger werd. 'Walton heeft toegegeven dat Dale in die tijd vaak bij het huis rondhing. Daarmee probeerde hij Adam verdacht te maken, zonder te beseffen dat hij ook zichzelf verdacht maakte.'

'Uiteindelijk geven die narcisten het spel altijd weg.'

Voor Emmy was dit geen spel. Om grip op zichzelf te krijgen klemde ze het stuur vast. Het was alsof er elektriciteit door haar lijf stroomde. Een deel van haar voelde zich misselijk door alles wat ze over het hoofd had gezien, een ander deel was doodsbang dat niets van dat alles hen naar Paisley zou leiden. 'Heeft Virgil nog antwoord gekregen op de vraag wie er in de gevangenis allemaal contact hebben gehad met Adam en Dale?'

'Nog niet,' zei Cole. 'Hij zit geloof ik nog op jouw kantoor. Ik ga hem wel halen.'

'Wacht even, Cole.' Emmy maakte een razendsnelle U-bocht en reed weer terug naar waar ze vandaan was gekomen. 'Zeg tegen Virgil dat ik bij zijn huis langsga. Ik ga de doos halen met de belgeschiedenis van Walton en Alma. Misschien vinden we een nummer op Waltons lijn dat er niet thuishoort. Als we dat naar Dale kunnen herleiden, kunnen we Walton aanhouden.'

'Begrepen, chef.'

'Emmy.' Judes stem had iets gespannens wat Emmy nog niet eerder had gehoord. Ze was bang. 'Denk eens na over wat dit betekent. Hij heeft een van zijn trofeeën afgegeven.'

De hamer.

Jude zei: 'Zedendelinquenten offeren hun speeltjes niet op tenzij ze wanhopig zijn. Op zo'n moment zijn ze op hun gevaarlijkst. Dan maken ze fouten. Niet alleen van het goede soort waarmee we geholpen zijn, maar ook van het slechte soort dat mensen met de dood moeten bekopen.'

Jude klonk zeker van zichzelf, maar dat probeerde Emmy te negeren, net als het feit dat haar zus een boek over dit onderwerp had geschreven. 'Zou je nog eens met Adam willen praten? Hij dacht dat jij hem erin wilde luizen. Kennelijk weet jij hem te raken.'

'Wat heeft hij over me gezegd?'

'Niets specifieks.' Emmy wist zeker dat er meer achter het verhaal stak, maar ze kon maar één crisis tegelijk aan. 'Adam zit in Verona in de cel. Als hij ontdekt dat zijn vader hem weer de gevangenis in probeert te krijgen, wordt hij misschien kwaad genoeg om zijn mond open te doen. Voor zover we weten is Walton al anderhalve dag zijn huis niet uit geweest. Misschien heeft hij Paisley ergens vastgeketend achtergelaten. Zonder water houdt ze het drie dagen vol.'

'Schat, je weet dat Paisley al is opgegeven. Het enige wat we nu kunnen doen is Elijah en Carol wat rust geven.'

'Ik geef haar echt niet op.' Emmy's stem stokte, maar dat interesseerde haar niet. 'Ik zal haar vinden, Jude. Deze keer laat ik het niet afweten.'

'Oké.' Jude slaakte een berustende zucht. 'Zeg maar wat ik moet doen.'

'Wacht niet op die vluchtgegevens. Sla Adam om de oren met alles wat we dénken te weten. Jij bent onze beste ondervrager, en Adam is de enige verdachte die misschien dom genoeg is om zijn mond open te doen. Jij moet helpen hem zover te krijgen. Hij heeft vast meer informatie over zijn vader. Misschien is er ergens een plek waar ze naartoe gingen toen hij klein was, een oud familielandje met een jachthut. Als je Adam tegen Walton kunt opzetten, gaat het je ook lukken met Alma.'

Jude ging er niet tegen in. 'Ik vertrek nu.'

Emmy verbrak de verbinding. Nog steeds klemde ze het stuur vast. Regen sloeg tegen de voorruit. De wissers konden het amper aan. Met een scherpe bocht reed ze Virgils oprit in en parkeerde toen achteruit op de plek naast de paardentrailer. Ze rende over het erf naar het souterrain. Haar schoenen gleden uit op de betonnen traptreden. Net toen ze de sleutel van de dorpel wilde pakken, ging haar telefoon.

Ze moest schreeuwen om boven het geraas van de regen uit te komen. 'Wat is er, Brett?'

'Chef,' zei hij, 'er is iets raars aan de hand met Alma Huntsinger. Ik ging naar boven om even bij haar te kijken. Het is foute boel. Ze kan haar ogen niet openhouden. Ze lijkt wel gedrogeerd, ik zweer het.'

Judes waarschuwing zoemde nog rond in Emmy's hoofd. Als je met een zedendelinquent te maken had, was dit het gevaarlijkste moment. 'Waar is Walton?' vroeg ze.

'Beneden in de hobbykamer. Hij heeft de tv zo hard aan dat de ruiten ervan trillen.'

'Bel een ambulance. De hulptroepen kunnen er elk moment zijn.' Emmy stak de sleutel in het slot. Ze schopte tegen de onderkant van de deur om hem los te maken van het kozijn. 'Brett, alert blijven met Walton. Hij doet alsof hij hoogbejaard is, maar hij is nog altijd gevaarlijk.'

'Oké, chef.'

Emmy schopte de deur dicht om de regen buiten te houden. Ze stopte haar telefoon weer in haar vest. Daarna deed ze de tl-verlichting aan. Ze liep naar de kast achter in de ruimte en streek met haar vingers over de etiketten op de dossierdozen, die op elkaar gepropt in de krappe ruimte stonden. Ze herkende sommige namen van Virgils onderzoeken naar overspelige echtelieden. Op geen van de dozen zag ze haar eigen handschrift, maar helemaal onderaan stond een doos met daarop Virgils ouderwetse schrift.

TELEFOONGEGEVENS

Ze had geen tijd om voorzichtig te werk te gaan. In plaats daarvan liet ze zich op haar knieën zakken en gaf een ruk aan de doos om die als een Jenga-blokje uit de stapel te halen. Het karton gleed er niet uit, maar scheurde bij de hoeken. De overige dozen tuimelden boven op haar, donderden op haar schouders en op haar hoofd. Ze viel achterover, met haar armen in de lucht om haar gezicht te beschermen. Stof dwarrelde haar neus en keel in. Ze kreeg een enorme niesbui. In haar voorhoofd zat een jaap. Ze bracht haar vingers ernaartoe en zag bloed toen ze ze terugtrok.

'Shit,' mompelde ze. Ze liet zich op haar zij rollen en hees zich op haar knieën overeind.

Overal lagen papieren, getypt of handgeschreven, foto's, bonnetjes. Gelukkig was de inhoud van de doos met telefoongegevens nog intact. Ze schoof hem naar zich toe. Op het bovenste blad stonden naam en adres van Walton Huntsinger. In de hoek prijkte het logo van AT&T met de vertrouwde blauwe globe. Emmy bladerde door de stapel en bekeek de datums en nummers. Alma's mobiele telefoon. Die van Walton. De vaste telefoon. Alles van de afgelopen twaalf jaar lag voor haar.

Emmy wilde de papierstapel uit de doos halen, maar haar armen hadden de boodschap niet goed doorgekregen. Haar handen bleven in de lucht hangen. Ze voelde dat haar brein zijn best deed om verbinding te maken. Het was alsof haar schedel opeens vol bijen zat.

Ze deed haar mond open en ademde diep in.

Politiewerk dreef op papier. Elk document dat was verwerkt door het bureau van de sheriff van Clifton County kreeg een stempel met een code en datum waarop gezocht kon worden. De informatie werd vastgelegd in een logboek, waarin je kon lezen wie verantwoordelijk was voor de verificatie van de informatie. Dat beleid stamde nog uit de vorige eeuw. Ook als een document niet bij een rechtszaak was gebruikt of niet in de server was gescand, kreeg het nog steeds een stempel aan de onderkant en werd het op de daarvoor bestemde plek gearchiveerd, zodat het indien nodig gemakkelijk terug te vinden was.

Geen van de papieren in de doos had een stempel.

Ook ontbraken Virgils notities. Dat was de andere regel. Als je een telefoonnummer had achterhaald, maakte je een aantekening van de gevonden informatie. Als je op vakantie was of als je aan je bureau de pijp uit ging, kon de volgende agent gewoon weer doorgaan met je werk.

Emmy trok een willekeurige pagina uit de stapel en hield die tegen het licht. Ze zag stipjes correctievloeistof op sommige cijfers van de telefoonnummers. Met een fijnschrijver waren er nieuwe cijfers overheen geschreven. Sinds de onderbouw had Emmy het ondoorzichtige spul niet meer gezien. Myrna had het gebruikt om tikfouten te corrigeren wanneer ze proefwerken opstelde op haar oude Smith Corona-typmachine. Als je handschrift netjes genoeg was, kon je de correcte letter of het correcte cijfer invullen, en als je dan een fotokopie maakte, zag niemand het verschil.

De vloeistof was inmiddels gebarsten en vergeeld. Emmy krabde hem weg met haar duimnagel en hield het papier weer tegen het licht. Het oorspronkelijke nummer was haar even bekend als het vaste telefoonnummer van haar ouderlijk huis. Ze had het talloze keren gebeld, als jonge moeder van een zoontje dat gek was op paardrijden, als politieagent die advies wilde van een vertrouwde mentor, als vriendin die zin had in een glas wijn of een etentje.

Het was het nummer van Virgil Ingram.

Emmy keek naar het oude fotokopieerapparaat dat tegen de muur stond. Naar de antieke matrixprinter. Naar de Dell-desktop uit het begin van de eeuw. Alles wat je nodig had om met bewijsmateriaal te knoeien voor je de vervalste documenten stempelde en in de politieserver scande.

Bloed droop in Emmy's oog. De snee in haar voorhoofd bloedde nog steeds. Duizelig stond ze op. Haar hersenen konden de implicaties van wat ze gevonden had niet aan. Het enige wat ze kon was in gedachten de feiten opsommen. Het nummer dat talloze keren in Walter Huntsingers telefoongegevens opdook was dat van Virgil. Met correctievloeistof was het nummer gewijzigd zodat het niet naar Virgil herleid kon worden. Niets van het echte bewijs was in het systeem opgenomen. Stempels ontbraken. Evenals aantekeningen. Het bewijs had al die tijd in een doos gezeten waar alleen Virgil bij kon.

Op de automatische piloot duwde Emmy de dozen opzij om een pad vrij te maken naar het eerstehulpkastje aan de muur. Ze wrikte de verroeste klep open. Het bloed op haar vingers liet een veeg op het witte metaal achter. Binnen zag ze geen pleisters of verband, wel zestien haakjes van het soort waaraan je doorgaans sleutels hangt. Alleen hingen er geen sleutels in de kist. Aan elk haakje bungelde een doorzichtig zakje met een sieraad. Een dun zilveren armbandje met de letter K. Een gouden halsketting met een kruisje. Een gevlochten vriendschapsarmbandje. Een Griffoendorspeldje. Een paar stervormige oorknopjes van het soort dat je voor een kind koopt dat pas gaatjes in haar oren heeft.

Trofeeën.

Ze reikte naar de oude klaptelefoon die onder in het kastje lag. Zwart met een spiegelende voorkant. Ruim twee centimeter dik. Het scharnier was een langwerpige rechthoek met vanbinnen een cameralens. Emmy opende de telefoon. Ze las het modelnummer: Nokia N93i. Ze draaide het toestel om en bekeek de achterkant. Ze zag de intitalen die in de kunststof waren gekrast: C.B. Ze wurmde het klepje aan de zijkant open. In de gleuf zat een blauwe mini-SD-kaart.

Ademloos keek Emmy op naar het plafond, maar ze zag de smerige tegels niet. Ze zag Virgil over de oprit van Felix en Ruth Baker lopen, twee uur nadat Madison was ontvoerd. Hij droeg shorts en een T-shirt en drukte een zakdoek tegen de diepe schrammen op zijn arm. Hij waarschuwde ze voor de doornstruiken aan de zijkant van het huis. In werkelijkheid bedekte hij de drie diepe krassen die door een vijftienjarig meisje met haar nagels op zijn huid waren aangebracht.

Ze zag Virgil zestien uur later. Ze lag languit op de vloer van de schuur in de achtertuin van Walton Huntsinger. Gerald hield haar vast. Virgil reikte haar zijn zakdoek aan. Het katoen was nat. Net als Virgils haar. Hij plukte aan het boord van zijn shirt. Zijn uniform plakte als folie aan zijn lichaam, want zijn huid was nog nat van toen hij de geketende lichamen van Cheyenne en Madison naar het midden van Milllies vijver had gesleept.

Ze zag het kopieerapparaat. De computer. Het gewijzigde telefoonlogboek dat de talloze keren verhulde dat Virgil met Walton Huntsinger had gebeld op en rond die vierde juli. De Nokia-klaptelefoon. De meisjessieraden. De trofeeën die hij van zijn andere slachtoffers had afgenomen. De schaamteloze wijze waarop hij alles open en bloot had verborgen in het souterrain van zijn eigen huis.

Twaalf jaar geleden was het Virgils taak geweest om alle elektronische apparaten op te sporen. Hij was op zijn woord geloofd toen hij had gezegd dat de wegwerptelefoons niet getraceerd konden worden. De kentekenscanners hadden niets opgeleverd. De gegevens van de zendmast waren onbruikbaar. De man achter de balie van Hertz kon zich Walton nog herinneren van toen hij de auto incheckte. De kilometerstand klopte. De gedoneerde laptop van Cheyenne was schoon geweest. Haar wegwerptelefoon was naar Quantico gestuurd. In de tweede klaptelefoon, die in haar zak was aangetroffen, had te veel water gezeten. Er was geen enkel bewijs dat de meisjes met iemand anders verbond dan met Adam Huntsinger.

Virgil had aan de vergadertafel zitten luisteren naar Jude, die de zaak tegen de moordenaar van Madison en Cheyenne had overgenomen. Hij had aangeboden de gevangeniscontacten van Dale Loudermilk na te trekken, want hij wist dat er één specifieke naam op de lijst zou opduiken: die van Virgil Ingram, een witte man in een verantwoordelijke positie waarvoor opleiding en training waren vereist. Die dankzij zijn baan regelmatig in contact kwam met kinderen. Die getrouwd was en zelf kinderen had.

Emmy bracht haar hand naar haar mond, maar er kwam geen geluid. Haar hart stond stil. Het ijswater in haar aderen was bevroren. Van verbijstering kon ze niet meer denken. Haar hele leven, bij elke stap die ze zette, was Virgil aanwezig geweest. Haar vader had hem blindelings vertrouwd. Hij had Emmy het vak van sheriff bijgebracht. De pedofiel die

Cheyenne Baker en Madison Dalrymple had verkracht en vermoord. Het monster dat Paisley Walker had ontvoerd.

De deur zwaaide met een klap open.

Emmy sprong overeind. Ze liet de telefoon vallen en struikelde bijna over de dozen. Meteen wist ze dat er geen smoes, geen leugen was die haar uit deze situatie zou redden. Virgil had door het raam naar haar gekeken en waarschijnlijk elke ontdekking gezien die ze had gedaan. Hij hield een pistool langs zijn zij. Het leek een ding uit een film over de Tweede Wereldoorlog. Een Ruger .22 randvuur. Demontagepal. Grendelsluiting. Dropdownmagazijn.

Emmy deed automatisch een stap naar achteren. Haar schoen sloeg tegen de zware doos met telefoongegevens. Ze zei het eerste wat bij haar opkwam. 'Jude weet het van Walton. En ook van jou.'

Virgil grijnsde, maar zijn blik was vlak en dreigend donker. 'Ze weet het van Walton omdat ik haar naar zijn deur heb geleid, maar als ze het van mij wist, zou jij hier nu niet in je eentje in mijn souterrain zitten.'

Ze huiverde, zo kil klonk zijn stem. 'Hoe ben je hier zo snel gekomen?'

'Ik was al onderweg, wat zaakjes regelen. Cole belde om te zeggen dat je langs zou komen.'

Emmy wist wat voor zaakjes hij had geregeld. Paisley Walker was dood. Het was een kwestie van tijd voor hij ook haar vermoordde.

'Ik kan niet anders zeggen, meisje, dan dat je een goede sheriff zou zijn geweest. Gerald zou trots zijn geweest.'

Nu zou Emmy doodsbang moeten zijn, maar er was een soort stilte op haar neergedaald. Het was hetzelfde gevoel dat ze had gehad toen ze met haar vader onderweg was. Deze keer hield ze haar hoofd erbij. Ze zoomde in op Virgil. Langzaam reikte ze naar haar Glock. Haar vingers raakten de ruwe kunststof greep.

'Niet doen,' zei hij.

Ze sloeg haar hand om het wapen. De veiligheidsriem hing al los.

Virgil hief de Ruger en richtte die recht op haar borst. 'Niet doen, zei ik.'

Emmy klemde haar wapen vast, maar hield het in de holster. Ze maakte een snel rekensommetje. Vanaf vijf meter zou de .22 kaliber kogel haar een opdonder geven, maar niet door haar kogelwerend vest dringen.

Hij leek tot dezelfde conclusie te komen, want nu richtte hij het wapen op haar hoofd. 'Wat je ontdekt hebt, klopt helemaal. Ik kwam Cheyenne tegen in de outletmall. Destijds werkte ik daar in de beveiliging om een centje bij te verdienen zodat ik Peggy kon helpen haar zaak op te zetten.'

Emmy haalde haar schouders op. 'Boeit me totaal niet.'

'Toch zul je moeten luisteren.'

Hij dacht dat ze ertegen in zou gaan, maar Emmy besefte dat ze tijd moest winnen. 'Hoelang heb je erover gedaan om haar te groomen?'

'Het is geen groomen als je ze geeft wat ze willen hebben, en neem maar van mij aan, schat, dat Cheyenne Baker geneukt wilde worden.' In de hoop op een reactie keek hij haar onderzoekend aan. 'De eerste keer was ze nog maagd, maar die meid hoefde je niks meer te leren. Niks ging te ver. Nee kende ze niet.'

Emmy's hand om de Glock was gaan zweten. Vanuit haar ooghoek nam ze haar omgeving in zich op. Links was een muur. Rechts stonden kappersstoelen. Nergens plek om achter weg te duiken, om te schuilen.

'Met Madison kostte het me meer tijd. Ik moest haar vertrouwen zien te winnen. Haar het gevoel geven dat ze bijzonder was.' Virgils tong schoot tussen zijn lippen door. 'Je weet nog wel hoe ze was. Verdomd fel typje. Ik hou wel van een uitdaging.'

Ze kromde haar vinger rond de trekker, voelde het randje van het ingebouwde veiligheidsmechanisme. Ze zou in een fractie van een seconde het wapen moeten trekken en schieten. Alles draaide om tijd.

'Meiden van die leeftijd, die zijn zo fris en open. Ze willen alleen maar dat je van ze houdt. Ze willen iemand die de leiding neemt. Iemand die ze laat zien hoe hun lijf werkt.'

Uiterst langzaam trok Emmy de Glock uit de holster. Er zaten vijftien kogels in het magazijn, er zat er één in de kamer.

'Wat dat filmpje op de Nokia betreft, ook dat had je goed. Walton is altijd al slordig geweest, maar ik had beter moeten weten. Ik wist niet dat ze ons met haar telefoon aan het filmen was. Met al dat lekkere geneuk en gezuig zouden we de bak nooit meer uit komen.' Hij liet zijn blik weer over haar gezicht gaan, wachtend op een reactie. 'Je kunt wel zeggen dat zo'n dom krengetje liegt, maar Cheyenne had het bewijs. Zodra ze ons probeerde te chanteren, was het afgelopen met die twee.'

Tranen van stress gleden over Emmy's wangen. In gedachten trok ze de Glock en haalde ze de trekker over.

'Niet huilen, Emmy Lou. Ooit ben jij ook zo jong geweest. Zo jong en zo dom. Een en al armen en benen.' Weer likte Virgil over zijn lippen. 'Weet je hoe moeilijk ik het vond om van je af te blijven?'

Emmy verroerde zich niet meer. Zijn vraag had haar verlamd.

'Als Jonah je niet als eerste had gepakt, had ik je kunnen laten zien hoe heerlijk het is om met een man te zijn.'

Emmy haalde haperend adem. Haar vastberadenheid wankelde. De stilte begon weg te ebben.

'Emmy Lou,' fluisterde hij. 'Mooie, onnozele Emmy Lou.'

Ze werd misselijk van zijn intieme toon. 'En Dale dan?'

'Madison en Cheyenne waren niet zijn type.'

'Nu lieg je.'

'Waarom zou ik liegen?' Virgil wachtte op een antwoord, maar dat bleef uit. 'Jaren voor het gebeurde, wist ik al hoe het zat met Dale. Hij heeft me een paar keer een dienst bewezen. Ik heb hem niet naar de gevangenis gestuurd.'

'Wij hebben ook ontdekt hoe het met hem zat.' Met moeite probeerde Emmy hem uit zijn evenwicht te brengen. 'Walton reed in de Audi van Esther Loudermilk naar Muscle Shoals. Hij vloog op Adams rijbewijs naar West Virginia heen en terug. Toen reed hij weer naar North Falls om samen met jou de meisjes te ontvoeren.'

Virgil lachte. 'God, wat ben je toch verdomd slim. Precies zo is het gegaan. Adam liet zijn portefeuille altijd rondslingeren. Die sukkel had totaal niet door dat Walton zijn ID gebruikte. Die foto bij het gebouw van de American Legion was mijn idee. Best een goed idee eigenlijk. Zodra je die foto had gezien, verdween Walton uit beeld.'

'Vertel eens waar je Paisley hebt gelaten. Dan breng ik haar thuis, naar Carol en Elijah.'

'Dat gaat niet gebeuren, liefje.' Virgils borst zette zich uit toen hij diep inademde. 'Ik zal je één ding beloven. Om Cole een plezier te doen laat ik je lijk ergens achter waar hij het kan vinden.'

Emmy voelde een klik in haar hoofd. Er ging een timer af waarvan ze niet wist dat die was ingesteld. Roerloos hield ze haar blik op Virgil gericht, met haar hand aan het wapen en haar vinger aan de trekker.

Toen ramde ze de hak van haar schoen tegen de doos achter haar.

Virgil keek een fractie van een seconde naar beneden, maar meer had Emmy niet nodig. Ze trok de Glock uit de holster, bracht hem omhoog en begon te schieten zodra de loop vrij was.

De eerste kogel ketste af op de vloer. De tweede raakte zijn voet. De volgende verbrijzelde zijn knieschijf, eentje drong in zijn dijbeen, twee andere reten zijn lies en heup open, drie bliezen zijn borst aan barrels, en toen raakte ze de tel kwijt. Ondertussen zwaaide Virgils lijf heen en weer alsof hij door een bokser tegen de grond werd gewerkt.

Hij viel niet zozeer, maar liet zich op zijn rug zakken. Emmy hoorde een rap geklik. Het geluid weergalmde tot in de hoeken. Het magazijn was leeg, maar haar vingers bleven de trekker overhalen. Hijgend haalde ze adem. Haar spieren waren zo verkrampt dat ze het pistool niet los kon laten. Het stramme gevoel verplaatste zich naar haar arm en zette haar elleboog op slot. Pas toen ze met de rug van haar hand tegen een kappersstoel sloeg, ontspanden haar vingers. Het pistool kletterde op de vloer, raakte de kapotte Nokia en bleef naast een kartonnen doos liggen.

De stilte was terug. Haar training nam het over. Ze schopte de Ruger uit Virgils hand en drukte tegen de zijkant van zijn hals om te voelen of hij dood was. Toen beklopte ze zijn zakken op zoek naar andere wapens. Ze nam haar telefoon uit haar vest om de meldkamer te bellen. Ze opende haar mond, maar kreeg er geen woord uit. Haar stembanden voelden verlamd, en daarom stuurde ze Cole een bericht.

Het was Virgil. Hij is dood.

Emmy keek naar de dansende stipjes toen Cole een antwoord probeerde op te stellen. Ze stopten en de telefoon ging over. Haar vinger zweefde boven de groene knop, maar ze was niet in staat die in te drukken. Ze had zelfs geen macht over haar hand. De telefoon viel en het glas barstte.

Het getril begon in haar borst en verspreidde zich via haar buik naar boven, naar haar schouders. Ze zag het door haar armen trekken, tot in haar vingers fladderen. Alles beefde. Haar tanden begonnen te klapperen. Haar ogen voelden schokkerig. Ze kon ze niet richten. Ze zag niets. Ze kon niet eens ademen. Strompelend liep ze naar de deur. De regen was weggetrokken. Ze knipperde met haar ogen in het plotselinge zonlicht en probeerde weer scherp te zien. Virgils pick-up stond op de oprit. Haar eigen patrouillewagen. De paardentrailer.

Kots spoot haar mond uit. Emmy klapte dubbel. Ze hing kokhalzend boven het gras. Gal spatte op haar schoenen en bevlekte haar broek. Ze zat op haar knieën. Tranen stroomden uit haar ogen. Alle ingehouden emoties barstten naar buiten. Ze snikte het uit. Om Cheyenne. Om Madison. Om het feit dat ze een van de twee mannen had gedood die haar naar het lichaam van Paisley Walker konden voeren. Hij had bekend. Hij had haar alles verteld. Maar hij had niet gezegd waar Emmy haar kon vinden.

Ze ging op haar hurken zitten. Ze veegde met haar mouw langs haar mond en keek op naar de donkere wolken. Een fijne mist streelde haar gezicht. Ze zag de zon een poging doen om door te breken.

'Papa,' fluisterde ze. 'Zeg wat ik moet doen.'

Er kwam geen antwoord, maar meer dan ooit verlangde Emmy naar haar vader. Het roer dat haar in de juiste richting stuurde. Zijn subtiele hints waarmee hij haar liet weten dat de aanwijzingen zich pal voor haar ogen bevonden.

Wat weten we? Wat denken we te weten? Wat zien we over het hoofd?

Emmy voelde hoe de vragen zich in trage, lome bogen door haar brein bewogen, net zoals Hannah en zij vroeger slingerend over de landwegen fietsten. Ze dwong zichzelf overeind te komen. Ze keek achterom, naar Virgils huis. Er brandde geen licht. De gordijnen waren open.

Bij de meeste ontvoeringen door een zedendelinquent werden de lichamen gevonden binnen een straal van dertig kilometer van de plek waar de ontvoering had plaatsgevonden. Doorgaans was het voor de ontvoerder bekend terrein. Vaak keerde hij ernaar terug om zijn wandaden opnieuw te beleven. Meestal verborg hij de lichamen ergens – onder bladeren, in een ondiep graf, onder water, weggestopt in een verlaten gebouw of schuur, in stukken gehakt en gedumpt op een stortplaats.

Virgil had Paisley vast niet mee naar huis genomen. Hij moest haar op een afgelegen, rustige, maar toegankelijke plek hebben verborgen. Een plek waar hij zich op zijn gemak voelde. Een plek waarnaar hij kon terugkeren om zijn wandaden opnieuw te beleven. Een plek waar Emmy hem een ketting door een hangslotgrendel had zien halen, net zoals hij een ketting om een betonblok op de bodem van Millies vijver had geslagen.

De schuur.

Ze begon heuvelafwaarts te rennen. Het gras was doornat. Haar voet gleed weg. Ze struikelde, maar ving zichzelf op met haar linkerhand. Een felle pijn schoot door haar pols. Ze sprong weer op en rende door. Op haar kont gleed ze over het laatste stuk helling. Beneden krabbelde ze overeind en sprintte de laatste dertig meter naar de schuur.

Hoop stak de kop weer op. Domme, zinloze hoop. Virgil had niet gezegd dat Paisley dood was. Er was een minieme kans, een statistische afwijking, dat Paisley Walker nog leefde.

De ketting zat nog door de grendel. Met één hand rukte Emmy hem los. Ze wierp de deur open. Licht en schaduw dansten door de schuur. De zon kierde door de spleten tussen de oude planken. Ze voelde het licht over haar gezicht strijken toen ze de lege stallen controleerde, de zadelkamer en voerruimte, de gereedschapskamer, het kantoortje.

'Paisley!' riep ze. 'Paisley Walker!'

Emmy's stem weergalmde tot in de spanten. Ze deed een stap terug om op de hooizolder te kunnen kijken. Hooibalen stonden opgestapeld als de muur van een fort. De ladder ontbrak. Emmy doorzocht de hele schuur, rende weer langs de stallen, duwde de achterdeuren open. Op de grond naast de schuur vond ze de vier meter lange, gammele ladder. Vlammen schoten door haar verstuikte pols toen ze hem naar binnen sleepte. Het kostte veel moeite om hem overeind te zetten, maar op de een of andere manier wist ze de uiteinden in de inkepingen in de zoldervloer te haken. Terwijl haar ene hand klopte als een metronoom hees ze zichzelf met de andere naar boven.

'Paisley!' schreeuwde ze.

Emmy wachtte even en probeerde met gespitste oren een reactie op te vangen.

Niets.

Ze klom door. Er was een smalle richel tussen de hooibalen en de reling. Ze ging op haar tenen staan, maar kon niet over de bovenkant kijken. De balen waren vier hoog opgestapeld en stonden klem tegen elkaar aan. Ze wogen zo'n vijfentwintig kilo per stuk.

Zo bewoog Emmy zich voort over de richel, met haar hand tegen elke stapel duwend, op zoek naar een zwakke plek. Die vond ze pas aan het eind van de rij. Een van de balen gaf mee. Emmy duwde met haar schouder tegen de rest tot de hele zaak omviel. Erachter zag ze slechts duisternis. Ze nam een zaklampje uit haar vest en klauterde over de gevallen balen. Virgil had ze drie diep opgestapeld. Ze verdrong de gedachte dat ze dienden om de ruimte geluiddicht te maken. Als schuilplaats. Om bloed, lichaamsvocht en ellende op te zuigen.

Haar schoen stootte tegen massief hout. De duisternis sloot haar in. Virgil had de wanden en het plafond met panelen bedekt. De zon kon niet binnendringen via de kieren in de planken. De zaklamp gaf een zwak straaltje licht. Ze scheen ermee door de ruimte tot ze een felwitte glimp opving.

Een Skechers-sneaker, met roze veters.

Emmy probeerde de stilte weer op te roepen, maar de wanhoop liet zich niet verdrijven. Ze zag de andere schoen. Een blauwe hoody met het logo van de Eras Tour. Een afgestroopte zwarte legging. Een roze sport-bh. Een slipje met een Hello Kitty-patroon en roze elastiek, want een veertienjarige was nog steeds een klein meisje.

Het licht bewoog door het trillen van Emmy's hand. De lichtbundel schoot naar boven, stuiterde tot in de verste hoek.

'Nee...' fluisterde Emmy. 'Nee...'

Paisley Walker lag op haar zij. Haar gezicht, haar romp en haar benen zaten onder de bloedspatten. Haar ogen waren dicht, haar lippen opgezwollen. Haar handen waren grotesk misvormd. De huid was zwart op plekken waar het bloed zich rond de verbrijzelde botten had verzameld. Haar voeten boden dezelfde aanblik, met de wreven gebogen, net als die van Cole toen hij een baby was.

Emmy schoof naar het meisje toe. Het plafond was laag, dus ze moest kruipen. Ze legde haar zaklamp zo neer dat het licht op Paisleys gezicht viel.

'Paisley?' Emmy kreeg de naam nauwelijks over haar lippen. Ze legde haar vingers op de pols van het meisje. 'Hoor je me, schatje?'

Emmy sloot haar ogen, probeerde haar eigen bonkende hart te negeren toen ze naar een hartslag voelde. Paisleys pols was te opgezwollen. Vocht hoopte zich op onder haar huid, als een met water gevulde ballon. Emmy ging naast het meisje liggen. Voorzichtig draaide ze haar gezicht weg van de vloer en hield het gewicht van haar hoofd in haar handpalm. Ze legde twee vingers tegen de zijkant van haar hals.

Weer sloot Emmy haar ogen. Ze dacht niet aan Madison of Cheyenne, en zelfs niet aan Paisley. Ze dacht aan haar dierbare zoon. De geboorte van Cole was bijna haar dood geworden. Eigenlijk had ze een maand bedrust moeten houden, maar ze was om de paar uur naar de babykamer gegaan om te zien of alles goed met hem was.

De eerste keer dat Emmy als hulpsheriff in haar eentje naar een noodoproep was gegaan, betrof het een baby die aan wiegendood was gestorven. Ze was doodsbang geweest dat hetzelfde lot haar zoontje zou treffen. Ze wist nog hoe opgelucht ze was geweest telkens als ze haar vinger tegen zijn halsslagader legde en het rappe getik van het bloed voelde dat door zijn dierbare hartje pompte. Datzelfde voelde ze nu bij Paisley.

'O god!' riep ze uit.

Ze leefde nog.

'Paisley Walker.' Emmy hield het gezicht van het meisje tussen haar handen. Op krachtige toon zei ze: 'Paisley, ik weet dat je me kunt horen. Je moet me aankijken, nu.'

Het meisje reageerde niet. Emmy twijfelde of ze bij haar zou blijven of haar telefoon zou halen. Een besluit werd haar bespaard toen ze in de verte het geloei van sirenes hoorde. Ze had Cole de stuipen op het lijf gejaagd door niet op te nemen toen hij haar belde. Waarschijnlijk was er geen agent in het hele district die niet over de weg aan kwam jakkeren.

'Paisley!' riep Emmy. 'Hoor je die sirenes? We gaan je terugbrengen naar je papa en mama, maar eerst moet je je ogen opendoen en me aankijken, schat. Je bent nu veilig. Je bent veilig.'

Het meisje reageerde nog steeds niet. Net toen Emmy een nieuwe poging wilde doen, zag ze iets bewegen achter haar oogleden, alsof er twee knikkers heen en weer rolden onder een zijden doek.

'Mooi,' zei Emmy. 'Kijk me eens aan, liefje. Laat me die mooie ogen eens zien.'

Eerst kon Paisley ze slechts op een spleetje openen. Haar pupillen waren gigantische zwarte kringen in een zee van rood. Emmy richtte de zaklamp op haar eigen gezicht en boog zich voorover zodat het meisje haar kon zien.

'Paisley,' zei ze. 'Ik ben sheriff Emmy Clifton. Je bent veilig. Ik kom je helpen, oké?'

Het meisje sloot haar ogen en deed ze langzaam weer open. Haar lippen weken uiteen. Haar adem rook muf en ziek.

'De... De man...' fluisterde ze.

'Hij is dood,' zei Emmy. 'Hij kan je niets meer doen.'

'Ik...' Haar stem stierf weg. Ze sloot haar ogen, maar ze bleef praten. 'Ik zat op mijn fiets en... en toen schepte hij me en ik... ik viel... en ik was... ik was zo bang en... en...'

'En wat, schatje?' Emmy veegde de tranen weg die uit haar ogen lekten. 'Je kunt me alles vertellen. Ik blijf bij je.'

19

Emmy zat naast Cole in de observatiekamer op het politiebureau. Het enige licht kwam van de twee monitors, maar Emmy hield zich even niet met de beelden bezig. Ze keek naar haar rechterhand. De herinnering aan de hartslag van Paisley Walker zat nog in haar vingertoppen. Het meisje was per helikopter naar het kindertraumacentrum in Atlanta overgebracht. Ze was ernstig uitgedroogd en op sterven na dood geweest toen Emmy haar had gevonden. Het was onzeker of ze ooit weer haar handen en voeten zou kunnen gebruiken.

Maar ze leefde. Ze ademde. Ze praatte. Ze was terug bij Elijah en Carol, en ze was veilig.

Iedereen deed alsof Emmy een heldin was, maar dit was een verhaal zonder helden of heldinnen. Ze moest steeds aan Hannahs woorden denken, op de avond dat Madison en Cheyenne waren verdwenen. Ze hadden zich allebei vastgeklampt aan het schilfertje hoop dat Madison nog levend gevonden zou worden. Hannah had de meest voor de hand liggende vraag gesteld.

Hoe moet ze hier in godsnaam van herstellen?

De afgelopen twaalf jaar hadden Emmy niet dichter bij een antwoord gebracht, maar als een rechtgeaarde Clifton had ze geleerd dat je sommige dingen beter kon ondergaan dan onderzoeken.

Ze sloeg haar handen in elkaar in een poging het kloppende gevoel te onderdrukken. Haar beloning was een gruwelijke pijn in haar linkerpols. Ze kreeg amper adem. De ribben bij haar hart waren gekneusd. Voor Virgil viel, had hij één schot gelost met de Ruger. Raak, recht in de borst. De

.22 kogel was als een compressiebout tegen Emmy's kogelwerende vest geslagen. Op dat moment had ze het niet gevoeld, maar nu was elke ademtocht een marteling.

Cole legde zijn hand op haar arm. Ze wist dat hij bezorgd was, maar ze peinsde er niet over om in een ziekenhuisbed te gaan liggen terwijl Walton Huntsinger werd verhoord.

'Niks aan de hand, schat.'

Ze keek langs hem heen naar de monitor waarop Walton onderuitgezakt aan de tafel zat. Jude en Seth Alexander zaten tegenover hem. Seth maakte een uitgeputte indruk. Hij had zijn stropdas losgetrokken en zat over een notitieblok gebogen, dat hij op zijn over elkaar geslagen benen had gelegd. Hij maakte geen letterlijk verslag van het verhoor, maar noteerde ongerijmdheden. Aan het begin had hij als een gek zitten krabbelen. Nu maakte hij alleen af en toe een losse aantekening.

Jude straalde juist energie uit. Niets van wat Walton had gezegd bracht haar uit haar evenwicht. Terwijl hij de walgelijke details van zijn afwijking met hen had doorgenomen, had ze onbewogen en soms zelfs schijnbaar verveeld zitten luisteren. Hij had haar evengoed over de prijs van termijncontracten voor katoen kunnen vertellen. Pas toen het te laat was, kreeg hij door dat ze hem in de val liet lopen.

Emmy was niet te trots om toe te geven dat haar zus een masterclass in verhoortechniek had gegeven. Sinds de arrestatie van Walton waren er zeven lange, genadeloze uren verstreken, waarin Jude hem zorgvuldig tot de grond toe had afgebroken tot Walton zich eindelijk gewonnen had gegeven.

Het geluid van Seth die een blad van het notitieblok omsloeg, ruiste door de bluetoothspeaker.

'Oké,' zei Jude op kordate, professionele toon. 'Ga door.'

Walton keek naar Seths notitieblok. Hij had het laatste stukje van zijn onschuldige façade laten vallen. Wat overbleef was de kinderverkrachter en moordenaar. 'Het was ongeveer tien dagen voor 4 juli. Cheyenne zei dat ze om twaalf uur 's nachts naar mijn praktijk zou komen. Ik dacht dat we iets leuks gingen doen, maar toen liet ze me het filmpje zien.'

'Hoe liet ze dat aan u zien?'

'Op de Nokia N93i. De goede, met een filmcamera die je in je zak kon verstoppen. Virgil wist niet eens dat ze die had. Ik zei toch hoe achterbaks ze was? Hij had haar een wegwerp-iPhone gegeven, maar die controleerde hij voortdurend om te zien of er iets op stond wat naar ons te herleiden was.' Walton haalde zijn schouders op. 'Het was een eersteklas leugenaar.'

Jude liet zich niet afleiden. 'Wat deed u toen Cheyenne dat filmpje liet zien?'

'Ik griste de telefoon uit haar handen. Ze begon te lachen. Ik wilde het geheugenkaartje uit het gleufje halen, maar dat was leeg. Ze zei dat ze het kaartje ergens veilig had opgeborgen.' Walton nam zijn bril af en liet die op tafel vallen. 'Ze zei dat als ik haar geen vijftigduizend dollar gaf, ze het gedeelte waar wij met z'n allen op stonden naar Emmy Clifton zou sturen.'

'Wij met z'n allen?' herhaalde Jude.

'Ik, Virgil, Cheyenne en Madison,' zei Walton, en daarmee had hij zijn wandaden officieel laten vastleggen. 'Cheyenne vond het grappig, een soort zieke grap. Het boeide haar niet dat onze levens geruïneerd zouden zijn.'

Emmy beet op haar lip. Walton en Virgil waren hier niet de slachtoffers.

'En hoe zat het met Madison?' wilde Jude weten. 'Was ze op de hoogte van de chantage?'

'Ja, maar het was niet haar idee.'

'Hoe weet u dat?'

'Madison zou ons nooit iets hebben willen aandoen. Het was een goed meisje. Als ze al bij iets slechts was betrokken, kwam het door Cheyenne.'

Emmy proefde bloed. De meisjes waren geen van beiden slecht. Ze waren aan twee sadistische monsters ten prooi gevallen.

'Goed.' Nog steeds uitzonderlijk kalm vroeg Jude door naar zijn misdaden. 'Wat deed u nadat Cheyenne u dat filmpje had laten zien?'

'Ik raakte in paniek. Ik belde Virgil. Hij zei dat we op 4 juli met allebei zouden afrekenen.'

'Hoe zag jullie plan eruit?'

'Het was Virgils plan,' verbeterde hij haar. 'Niet dat ik de schuld afschuif. Ik zeg alleen dat hij altijd de leiding had, want hij was politieman. Hij wist wat hij deed. Hij zorgde ervoor dat we geen gevaar liepen. Hij sprak met Cheyenne af op een landweggetje, want hij wist dat iedereen bij het vuurwerk zou zijn. Dan zou zij ons de telefoon geven en wij zouden haar het geld geven.'

'Wat ging ze doen met die vijftigduizend?'

'Naar Atlanta vertrekken, samen met Madison. Zo'n vier maanden later, was het plan, op de avond van Halloween, zodat niemand naar hen zou zoeken.'

Emmy sloot haar ogen. Ze zag Madison en Cheyenne voor zich, hoe ze domweg dachten dat ze het helemaal voor elkaar hadden. Het idee dat niemand op Halloween naar hen zou zoeken was absurd.

'Dat plan waarover u het zojuist had,' zei Jude. 'Zo zou het volgens Cheyenne gaan. Maar wat waren u en Virgil van plan?'

'Ik wilde ze afkopen zodat ze uit de stad zouden vertrekken. Het zou gewoon te veel aandacht trekken als we ze iets aandeden.' Walton wreef in zijn ogen. 'Volgens Virgil was vijftigduizend dollar nog maar het begin. Ze zouden steeds om meer komen vragen en daarmee te veel macht over ons hebben. Ik ging er pas mee akkoord toen Cheyenne de druk opvoerde.'

'Hoe deed ze dat?'

'Telefoontjes. Ze belde voortdurend.' Walton krabde over de zijkant van zijn hals. Zijn nagels hadden al vurige sporen over de huid getrokken. 'Cheyenne belde talloze keren per dag. Alma kreeg argwaan. Er was geen geloofwaardige reden waarom een tienermeisje me zo vaak belde. Waarom ze me überhaupt belde. Virgil zei steeds dat we er iets aan moesten doen, maar ik aarzelde. We hebben nog nooit zoiets hier in de stad gedaan. We zorgen er altijd voor dat we met onze activiteiten uit de buurt van North Falls blijven.'

Het viel Emmy op dat hij nu in de tegenwoordige tijd sprak. Het was nog niet helemaal tot Walton doorgedrongen dat hij in de gevangenis zou sterven. Misschien was dat maar goed ook. Virgils trofeeën moesten stuk voor stuk naar een zaak worden herleid. Judes contacten hadden al vijf vermoorde jonge vrouwen achterhaald in vijf verschillende gebieden waar Walton met de Tooth Troopers naartoe was gereisd. Bij op één na alle zaken bleek Virgil volgens zijn rooster minstens twee vrije dagen te hebben opgenomen. Emmy wist nog dat ze bij wijze van grap had gezegd dat hij al zijn tijd in het gezelschap van paarden doorbracht.

'Vertel nog eens over het plan,' zei Jude.

'Virgil legde uit hoe ik mijn alibi moest regelen.' Weer was zijn antwoord zeer gedetailleerd. 'Dale leende me de Audi, waarmee ik naar Muscle Shoals reed. Met Adams rijbewijs boekte ik een retourvlucht naar West Virginia. Ik betaalde contant, zoals Virgil had gezegd. Nadat ik geland was, liep ik naar de Legion Hall om die foto te maken als bewijs dat ik daar geweest was. Toen pakte ik de retourvlucht naar Muscle Shoals. Ik reed de Audi terug naar Dales huis. Daar had ik met Virgil afgesproken. We stapten in de auto en pakten de meisjes.'

'Wie zaten er in de auto?' vroeg Jude.

'Virgil en ik.'

Een nieuw detail. Het antwoord op een nieuwe vraag. Op de avond dat Madison en Cheyenne verdwenen, had Emmy zich afgevraagd hoe één man twee vijftienjarige meisjes in bedwang had kunnen houden. Het waren dus twee monsters geweest.

'Hebben u, Dale of Virgil iets gedaan om de auto gereed te maken voor de klus?' vroeg Jude.

'Eh... ja,' zei Walton, alsof het hem nu pas te binnen schoot. 'Dale bekleedde de kofferbak met zeildoek. Zwart, meen ik. Virgil was woedend, want hij had tegen Dale gezegd dat hij de randen moest afplakken met ducttape om de zaak volledig af te sluiten. Maar Dale was altijd al een eikel. Hij beschouwde alles als bangmakerij.'

Cole vloekte zachtjes. Emmy keek even naar hem. Hij had zijn handen tot strakke vuisten gebald, alsof hij zich door het scherm heen op Walton wilde storten om hem tot moes te slaan.

'Hoe was Dale er die avond verder nog bij betrokken?' vroeg Jude.

'Dat was alles.' Walton haalde zijn schouders op. 'Van Dale mochten we Esthers auto gebruiken, maar zelf bleef hij thuis. Ik zei toch dat hij op jongere meisjes viel. Hij hielp ons alleen omdat hij wist dat Virgil hem kon arresteren. We waren allebei doodsbang voor Virgil. Ik hoef jullie niet steeds te vertellen dat hij politieman was, maar daar ging het juist om. Hij kon ons in een handomdraai kapotmaken. Hij speelde de baas over ons.'

Emmy probeerde het zielige, jankerige toontje te negeren.

Dat leek Jude makkelijk af te gaan. 'Virgil en u stapten in de Audi. Jullie reden weg bij Dales huis. Waar gingen jullie naartoe?'

'We waren aan de vroege kant, en daarom reed Virgil nog een halfuur wat rond. Hij had om halfzeven met Cheyenne op dat landweggetje afgesproken.'

'Wist ze dat u er ook bij zou zijn?'

'Nee, maar zo pakte Virgil dingen aan. We moesten altijd met z'n tweeën zijn.' Walton krabde tot bloedens toe over zijn hals. 'Ik zal u vertellen waarom ik erbij moest zijn. Ik was zijn escape. Als de boel in de soep liep, zou hij me doden en dan leek het alsof hij de grote held was. Zo slim was Virgil wel. Die had altijd een strategie.'

Emmy geloofde meteen dat dit Virgils bedoeling was geweest. Hij had altijd al het griezelige vermogen gehad om tientallen stappen vooruit te denken.

Walton vervolgde zijn verhaal: 'Virgil zei dat hij het eruit zou laten zien alsof iemand Cheyenne had aangereden en ervandoor was gegaan. Hij zou de plek van het ongeluk zo bewerken dat niets naar een van ons tweeën te herleiden was. Hij kon als geen ander met bewijsmateriaal knoeien.'

Cole kuchte om Emmy's aandacht te trekken. 'Daarom werd er maar één paar schoenafdrukken gevonden. Het GBI sloot de afdrukken van politiewerkschoenen uit.'

Ze klemde haar kiezen op elkaar. Ze durfde zich geen voorstelling te maken van al die andere zaken waarmee Virgil geknoeid had. Met dat onderzoek zouden jaren gemoeid zijn.

'Cheyenne zat op haar fiets toen we bij het weggetje aankwamen,' zei Walton. 'Virgil minderde geen vaart. Ze raakte in paniek. Ze begon zo hard mogelijk te trappen en slingerde heen en weer. Virgil tikte met zijn bumper het achterwiel van de fiets aan. Hoewel we niet hard reden, vloog het arme kind door de lucht. Hij wilde de klus afmaken, maar toen besefte ik dat het geheugenkaartje niet in haar telefoon zat.'

'De mini-SD?' vroeg Jude.

'Ja,' zei Walton. 'Cheyenne wilde niet zeggen waar het was. We namen haar mee naar mijn huis en stopten haar in de schuur.'

Emmy kreeg een brandend gevoel in haar borst. Weer een detail verklaard. Weer een vraag beantwoord. Virgil had het doorzoeken van de schuur op zich genomen. Hij had gezegd dat er geen spoor van een van de meisjes te bekennen was.

'Cheyenne was een taaie.' Walton klonk onder de indruk. 'Pas na uren gaf ze Madison prijs. Geen man die niet zou zijn doorgeslagen, maar zij hield vol, tot het bittere einde. Afgezien van Virgil heb ik nog nooit zo'n sterk iemand gekend.'

Emmy walgde van zijn eerbiedige toon. Cheyenne Baker was een meisje van vijftien geweest. Ze hoefde niet sterk te zijn. Ze hoorde veilig te zijn.

'Jullie hadden niet het vermoeden dat Madison de mini-SD had?' vroeg Jude.

'Ik wel, absoluut,' zei Walton. 'Maar Virgil wilde er niets van weten. Ik herinnerde hem eraan dat ze de simkaart in stukken had geknipt, maar die weigerde af te geven. Zo was Mad soms, gewoon koppig zonder enige aanleiding. In het begin gehoorzaamde ze ons altijd. En zo zag Virgil haar nog steeds, als een onschuldig engeltje. Hij weigerde te accepteren dat ze door Cheyenne was verpest.'

Emmy moest aan de foto's denken die ze in Cheyennes kluisje had gevonden. Het ene meisje had een wit, nauwsluitend setje gedragen. Het andere meisje was in het zwart geweest. Goed en slecht. Madonna/hoer.

'Waarom geloofde Virgil uiteindelijk wel dat Madison het mini-SD-kaartje had?' vroeg Jude.

'Cheyenne wist hem ten slotte te overtuigen, maar daar ging wel strijd aan vooraf. Die meid was hard als staal.' Er zweemde nog steeds bewondering door in zijn stem. 'Urenlang onderging ze Virgils gemartel. Het ene moment zei ze dat haar vader het geheugenkaartje had, om vervolgens te verklaren dat ze het in haar moeders tasje had verstopt. U hebt die meisjes niet gekend, maar Cheyenne beschermde Madison tegen van alles en nog wat. Zij had het het zwaarst te verduren van Virgil. Zij ging de straat op om zichzelf te verkopen, handelde in drugs en deed alles om maar weg te kunnen komen.'

'Waarom wilde ze zo graag weg?'

'Haar ouders waren echte klojo's.' Nu klonk Walton als een nukkige tiener. 'Ruth was kil en opvliegend. Felix was nooit thuis. Het waren godsdienstfanaten, allebei. Van het soort dat al in de kerk zit zodra de deuren opengaan. Cheyenne was doodziek van hun bullshit. Eigenlijk was ze geen kind meer. Ze was een jonge vrouw met bepaalde behoeften. Ze gunden haar geen enkel lolletje.'

Niet dat Emmy fan van de Bakers was, maar het verkrachten van een kind door twee volwassen mannen kon je met geen mogelijkheid een lolletje te noemen.

'Wat vertelde Cheyenne jullie daar in die schuur?' vroeg Jude.

'Het duurde even. Ik zei al dat ze Madison altijd probeerde te beschermen. Maar Virgil bedacht uiteindelijk een manier om het uit haar te krijgen. Ze zei dat Madison in het park was. Cheyenne had om acht uur met haar afgesproken, onder een bepaalde boom.'

Emmy's theorie werd bevestigd, maar het schonk haar geen enkele voldoening. Ze kon zich dat gemiste moment onder de eik nog herinneren. De geërgerde blik in Madisons ogen. Opeens die emotionele omslag toen het meisje in huilen dreigde uit te barsten. En Madisons angst boven op de heuvel. Haar eigen 'niet nu', waarna de beschadigde vijftienjarige zelf maar naar Cheyenne op zoek was gegaan.

'Cheyenne zei dus tegen u en Virgil waar jullie Madison en het mini-SD-kaartje konden vinden,' zei Seth. 'En toen?'

'We konden Cheyenne niet in de schuur achterlaten, want ik had geen idee waar Adam uithing. Hij kon elk moment thuiskomen.'

'Waarom doodden jullie Cheyenne toen niet?' vroeg Jude.

Walton wreef over zijn mond. 'Zoals ik al zei, was Virgil min of meer verknocht aan haar. Dat ze zich zo lang had verzet werkte als een afrodisiacum. Hij kon haar nog niet laten gaan.'

Emmy bracht haar hand naar haar hart. Ze voelde dat Cole worstelde om zijn kalmte te bewaren.

'Ga door,' zei Jude.

'Virgil stopte Cheyenne in de kofferbak en toen legde hij de fiets boven op haar. De klep ging niet dicht. Hij zei dat ik die met een touw moest vastbinden, maar ik ben beter in het hechten van wonden. Bij elke hobbel in de weg wipte het ding op en neer.' Walton glimlachte vluchtig. Hij was de enige die het grappig vond. 'We reden naar het park om Madison te zoeken. Virgil wilde haar een bericht sturen op Cheyennes wegwerptelefoon, om te zeggen dat ze naar het parkeerterrein moest komen dat het verst van het publiek verwijderd was, maar Madison was er al toen we aan kwamen rijden. Alsof het lot het zo beschikt had.'

'En toen?' drong Jude aan.

'Ik was zo dom om te denken dat de situatie nog te redden was. Ik zou op Madison inpraten, haar tot inkeer brengen. Ik zei toch dat het een goed kind was. Zonder Cheyenne zou haar hele leven een andere wending hebben genomen.'

Emmy schudde haar hoofd. Walton verschool zich weer achter zijn façade. Onmogelijk dat die twee de meisjes in leven zouden hebben gelaten. Het waren genadeloze moordenaars.

Het was Jude evenmin ontgaan. 'Houdt u zich aan de feiten,' zei ze.

Schouderophalend zei Walton: 'Virgil reed het voetbalveld op om Madison verder bij de menigte weg te lokken. Het vuurwerk was net begonnen. Ik stapte uit, maar Madison keek al in de kofferbak. Ze probeerde Cheyenne eruit te helpen. Ik was bang dat ze het op een gillen zou zetten.'

'Wat deed u toen?'

'Het gaat niet om wat ik deed, maar om wat Madison deed. Ze draaide zich om en keek me aan. Ik was als verlamd. Ik wist niet hoe ik moest reageren. Maar toen sloeg Virgil haar met de hamer op haar achterhoofd.'

Emmy sloot haar ogen en hoopte met heel haar wezen dat het beeld van Madison die een klap met een hamer kreeg haar niet tot in haar dromen zou achtervolgen.

'En toen?' vroeg Jude.

Walton slaakte een diepe zucht. 'Madison paste niet samen met Cheyenne en de fiets in de kofferbak. Daarom droeg Virgil haar om de auto heen en zette haar op de achterbank. Het volgende moment rende Cheyenne in de richting van de bomen. Heel North Falls bevond zich onderaan de heuvel. Ik weet niet hoe het pistool in mijn hand terechtkwam, maar op de een of andere manier ging het af en toen was Cheyenne dood.'

Ook zonder dat ze het autopsierapport had gelezen, wist Emmy dat hij loog. Ze had de schotwond in Cheyennes voorhoofd gezien toen het meisje nog in het water dreef.

'Dat was met het .22 randvuurpistool?' vroeg Jude.

'Ja,' zei Walton. 'Virgil zei dat ik een wapen moest meenemen. Het was het enige dat ik in huis had. Mijn vader hield van sportschieten. Ik heb niks met wapens.'

'Nee hè!' Cole klonk razend. 'Hij heeft meer met hamers.'

Emmy bedwong de neiging hem te kalmeren.

'U schoot Cheyenne dood,' zei Jude. 'En wat deed u toen?'

'Zoals altijd deed ik wat Virgil me opdroeg.' Walton haalde zijn schouders op. 'Hij zei dat we de fietsen moesten achterlaten. Die pasten niet allebei in de kofferbak, en omdat Cheyenne bloedde als een rund, konden we haar niet in de auto zetten. Virgil zei dat ik een van de fietsen midden op het veld moest leggen. De andere smeet hij in de richting van de bomen. Toen sloten we de kofferbak en reden weg.'

Emmy vocht tegen de drang haar ogen weer te sluiten, maar in haar hoofd flitste nog steeds het beeld op van Madison die samen met Cheyennes levenloze lichaam in de auto lag.

'Waar gingen jullie naartoe?' vroeg Jude.

Hij keek neer op zijn bril. 'Naar de schuur. Peggy was de stad uit. Ze zou tegen het weekend thuiskomen. Dat gaf ons tijd om… om een plan te bedenken.'

Emmy hoefde niet naar dat plan te raden.

'Hebben jullie de mini-SD-kaart nog gevonden?' vroeg Jude.

'Die zat in Madisons zak. Virgil stopte hem weer in de Nokia. Ik vroeg of ik het filmpje mocht zien, of ik misschien een kopietje kon krijgen, maar dat weigerde hij. Hij zei dat het te gevaarlijk was, maar ik weet dat hij het filmpje zelf wel heeft bekeken. Wie kan daar nou weerstand aan bieden?'

Jude antwoordde niet. 'Hebt u seksueel contact gehad met Madison Dalrymple?'

'Ja,' zei Walton na enig zwijgen.

'En met Cheyenne Baker?'

'Eerder wel, ja.' Walton aarzelde. 'Daarna niet meer. Dat was Virgils ding.'

Cole greep naar Emmy's gewonde hand. De pijn negerend hield ze hem vast.

'Vertel eens over het letsel aan Madisons handen en voeten,' zei Jude.

'Dat was...' Weer aarzelde Walton. 'Dat vonden we allebei lekker. We wisselden elkaar af. Zoals de breuken vibreren tot in de houten steel, als een nietige trilling... Bijna alsof je bij elke krak klaarkomt.'

Emmy's lippen weken uiteen zodat ze kon ademen. Haar enige troost was dat een jury Waltons zieke, gestoorde bekentenis zou horen en hem zonder enige moeite de dodencel in zou sturen.

'Wie heeft de lichamen laten verdwijnen?' wilde Jude weten.

'Wij allebei,' zei hij. 'Virgil wist dat Millie weer van huis was gegaan om naar de meisjes te helpen zoeken. We haalden een betonblok en een ketting uit zijn schuur. We sleepten de lijken tot halverwege de vijver, en toen verankerden we ze op de bodem. Ik was net op tijd thuis. Mijn haar was nog nat toen de sheriff bij me aanklopte. Virgils uniform was drijfnat, maar dat viel niemand op.'

'Waarom dumpten jullie ze in de vijver?' vroeg Jude.

'Virgil wilde er zeker van zijn dat de lichamen gevonden werden. Hij zei dat we dat aan Madisons ouders verplicht waren. Hij kende ze namelijk. Paul en Hannah. Het waren goede mensen.'

Nu voelde Emmy haar woede pas echt oplaaien. Virgil had Millies vijver niet uit mededogen uitgekozen. Hij had de meisjes daar achtergelaten als een heel dikke middelvinger naar haar en Gerald.

'Cheyenne werd uw patiënt toen ze hier kwam wonen,' zei Jude.

'Ik heb ooit een noodvulling bij haar aangebracht, maar ze hoorde niet bij mijn vaste patiënten.' Weer haalde Walton zijn schouders op, alsof het allemaal buiten hem omging. 'Ze was trouwens Virgils keuze. Ik wilde haar met rust laten, maar hij had haar in de outletmall gezien en toen klikte er vanbinnen iets bij hem. Zo gaat dat met die meiden. Ze lachen naar je of ze zijn wat flirterig, en dan trekt het aan je hart. Je kunt niet slapen. Je kunt niet eten. Je denkt alleen nog aan hen. Als je er niks aan doet, word je gek.'

'Wiens idee was het om Paisley Walker te ontvoeren?' vroeg Jude.

Waltons hele houding veranderde. Het afgelopen uur was hij redelijk open geweest, maar nu sloeg hij zijn armen over elkaar en leunde achterover op zijn stoel. 'Dat was puur en alleen Virgil. Ik had zelfs nog nooit van Paisley gehoord tot ik haar naam in de *Herald* tegenkwam. En toen stonden er opeens allemaal boze mensen voor ons huis. Ik dacht dat Virgil Adam er weer in wilde luizen, maar uw vader vertelde me dat Adam het volgens hem niet had gedaan.'

Emmy boog zich naar voren. Ze bestudeerde Judes gezicht op de monitor. Haar uitdrukking was nog net als eerst, even emotieloos als toen Walton de wrede moord op de twee meisjes had beschreven.

'Heeft Gerald nog uitgelegd waarom hij dacht dat Adam onschuldig was?' vroeg Jude.

'Hij zei dat North Falls te klein was en Adam te groot. Vanwege die podcast kende iedereen hem van gezicht. Adam had onmogelijk ook maar in de buurt van een tienermeisje kunnen komen. Dezelfde meute die bij het huis stond, zou zich op hem hebben gestort.'

Emmy betwijfelde of haar vader er zoveel woorden aan had vuilgemaakt, maar het klonk als het soort inzicht waartoe Gerald zou zijn gekomen, waarschijnlijk toen hij over de lange oprijlaan liep. Door de kogel uit Pauls pistool had hij het niet meer met Emmy kunnen delen.

'Virgil realiseerde zich duidelijk hetzelfde,' zei Walton. 'Hij wist dat hij het niet weer op Adam kon schuiven.'

'Hoezo duidelijk?'

'Omdat ik weet hoe Virgil denkt. Ik zei toch dat ik al die tijd zijn escape was?' Weer dat schouderophalen. 'Toen Adam die klotehamer op mijn keukentafel legde, was dat een soort uitdaging. Ik wist dat Virgil het op mij had voorzien.'

'In welk opzicht was die hamer bezwarend voor u?'

'Omdat mijn DNA erop zit. Virgil had altijd handschoenen aan. Hij had ook altijd een condoom bij zich. Hij onthaarde zich. Hij wist maar al te goed wat er gevonden kon worden.' Walton lachte verbitterd. 'En als er niets gevonden werd, zorgde hij ervoor dat het lab zogenaamd wel iets had gevonden.'

Emmy twijfelde niet aan zijn woorden. Zelf was ze altijd volledig afgegaan op Virgils analyses.

'Waarom bewaarde Virgil al het bewijsmateriaal?' vroeg Jude. 'Hij had alle documenten, alle trofeeën open en bloot opgeborgen.'

'Dat was het spel dat hij speelde.' Walton klonk bijna jaloers. 'Tot kortgeleden woonde Peggy nog bij hem. Ze hoefde de trap maar af te gaan en ze zou alles ontdekken. Maar dat deed ze niet. Ze vertrouwde hem. Iedereen vertrouwde hem: Gerald, Emmy Lou, pastoor Trask, de hele stad. Hij kreeg een kick van al dat bedrog. Het geeft een heerlijk gevoel als je weet dat je slimmer bent dan iedereen.'

Jude wees hem er niet op dat hij uiteindelijk toch niet slim genoeg was geweest. 'Even terug naar twaalf jaar geleden. Was het Virgils idee om Adam te laten opdraaien voor de moord op Cheyenne en Madison?'

'Niemand liet hem ergens voor opdraaien.' De vraag leek Walton te overrompelen, ook al had hij zelf het rijbewijs van zijn zoon voor dat doel gebruikt. 'Zo is het gewoon gegaan.'

'Hoe zit het met de halsketting van Cheyenne?' vroeg Jude. 'Die werd in uw achtertuin gevonden.'

'Ik ga ervan uit dat het klopt wat Adam zei, dat Madison die ter reparatie aan hem had meegegeven. Hij zat altijd aan dingen te prutsen. Hij is echt heel goed met zijn handen.'

'Er is ook een kapotte halsketting gevonden op dat landweggetje waar Cheyenne door de auto werd geraakt.'

'Dan zal ze wel een andere ketting om hebben gehad,' zei Walton. 'U moet weten dat Adam altijd op het verkeerde moment op de verkeerde plek is. Zijn hele leven is één grote rotzooi. Ik heb het altijd voor hem moeten opnemen.'

'Twaalf jaar geleden hebt u het anders niet voor hem opgenomen,' zei Jude. 'Hij werd ter dood veroordeeld. Hij had geëxecuteerd kunnen worden.'

'Maak dat de kat wijs, schat. Je kent Adam nog van vroeger.' Walton sloeg zijn armen weer over elkaar. 'Jij en ik hebben altijd geweten dat hij in de bak zou eindigen. Zijn leven was een ramp. Hij verkocht drugs aan kinderen. In geen enkele baan hield hij het lang uit. Meestal was hij dronken. Ik moest kiezen: zijn leven of het mijne. Ik weet dat je mijn vrijwilligerswerk niet hoog aanslaat, maar ik ben trots op al het goede dat ik gedaan heb. Ik heb gezorgd voor de mensen naar wie niemand omkeek. En ik wist dat Adam Alma aan haar lot zou overlaten. Om er voor haar te kunnen zijn moest ik uit de gevangenis zien te blijven.'

Cole ging verzitten. Hij was laaiend. 'Die klootzak denkt alleen maar aan zichzelf.'

Emmy hield haar aandacht bij de monitors. Jude had op haar horloge gekeken. Ze nam er alle tijd voor. Er waren nog veel meer moorden die afgehandeld moesten worden.

'Zullen we even een plaspauze nemen?' stelde ze voor.

'Ja maar...' Walton kreeg iets aarzelends. 'Kunt u zeggen hoe het met Alma is?'

Jude keerde zich naar Seth toe. Hij keek geschrokken. Het was voor het eerst in uren dat ze liet merken zich van zijn aanwezigheid bewust te zijn. 'Agent Alexander, kun je ons een update geven?'

Seth legde zijn notitieblok en pen neer. 'Volgens de artsen heeft Walton haar een giftige dosis lidocaïne gegeven, maar ze haalt het wel.'

Jude richtte zich weer tot Walton. 'Goed nieuws, hè?'

Walton keek bepaald niet opgelucht. Hij had Alma twaalf jaar lang uit de buurt van de politie gehouden. Alma wist ongetwijfeld meer over zijn wandaden dan ze zelf besefte. 'Zeker. Bedankt.'

Emmy hoorde Cole weer iets mompelen. Ze wachtte tot Walton uit de verhoorkamer werd geleid en deed toen het licht aan. Ze keek naar haar zoon. 'Alles goed, schat?'

Cole had zijn kaken op elkaar geklemd. Zijn onderkaak stak als een aambeeld naar voren. Ze verwachtte dat hij nog wat langer tekeer zou gaan over Walton Huntsinger, maar in plaats daarvan zei hij: 'Je stuurde me dat bericht over Virgil, maar toen ik belde, nam je niet op. Je neemt altijd op als ik bel.'

Emmy voelde wroeging, maar ze was deze keer niet van plan zich erdoor te laten vermorzelen. 'Je hebt gelijk. Het spijt me. Ik was er slecht aan toe.'

Cole moest lachen. 'Understatement.'

'Je oma vindt het vreselijk als je in een gesprek onderwerp en werkwoord achterwege laat.'

Coles glimlach verflauwde. 'Al die tijd hebben we Virgil voor het grijpen gehad.'

'Ik nog langer dan jij,' benadrukte Emmy. 'Virgil was een psychopaat. Hij heeft ons allemaal voor de gek gehouden, de hele stad. Zijn eigen vrouw en kinderen hadden geen idee waar hij mee bezig was. Zelfs opa had niks door. Als je iemand zoekt om de schuld aan te geven, dan heb ik nieuws voor je: niemand is onschuldig.'

Cole leek niet helemaal overtuigd. 'Jude zei dat pedofielen ook de mensen om hen heen groomen. Dus als een kind zegt dat er iets ergs aan de hand is, geloof je de pedo in plaats van het kind.'

'Ze heeft gelijk,' zei Emmy, hoewel het een schrale troost was. 'Vergeet niet wat opa over fouten heeft gezegd.'

'Die bieden je een kans om te vergeven.' Cole staarde naar de lege verhoorkamer op de monitors. Ze zag dat hij het bijna niet meer hield. 'Zo langzamerhand begint het tot me door te dringen dat hij er niet meer is. Over een paar dagen is zijn begrafenis.'

'Kijk me eens aan.' Emmy draaide zijn stoel om zodat hij met zijn gezicht naar haar toe zat. Onwillekeurig frunnikte ze aan zijn boord. Weer had hij het bovenste knoopje niet dichtgemaakt. 'Ik weet dat ik tegen je hoor te zeggen dat je je gevoelens moet toelaten, maar je moet er wel vóór de begrafenis mee dealen. Het wordt geen besloten plechtigheid. De ogen van heel veel mensen zullen op ons gericht zijn. De gouverneur zal er zijn, er komen senatoren, politici, politiemensen uit de wijde omtrek, nieuwscamera's, fotografen. Het zal moeilijk zijn om je groot te houden, maar ik sta naast je, evenals Tommy en Celia en de rest van de familie. Vergeet niet dat je een Clifton bent. Concentreer je en –'

'Doe je werk.' Hij knikte kort, maar ze wist dat hij zich eraan zou houden. 'En Jude? Is zij er ook bij?'

Emmy had er nog niet goed over nagedacht, maar ze had haar antwoord paraat. 'Dat is aan haar. Ik sta haar niet in de weg.'

'Ik ook niet.' Toch keek hij niet opgelucht. 'Ik moet je nog iets vertellen, en dat is best moeilijk.'

Zwijgend zette ze zich schrap voor nog meer slecht nieuws. 'Ga je gang.'

'Over wat je hebt gedaan om Paisley te vinden. De keuze die je moest maken wat Virgil betrof. Ik wou alleen zeggen...' Zijn onderkaak stond strak toen hij zijn emoties onder controle probeerde te houden. 'Ik hoop dat ik op een dag net zo'n smeris word als jij. Ik hoop dat ik leer net zo goed te worden.'

Emmy vocht tegen haar eigen emoties. Ze waren een mooi stel, zij en haar zoon. Daar zaten ze dan in die stille kamer, en allebei probeerden ze de neiging te onderdrukken om in tomeloos gesnik uit te barsten. Uiteindelijk zou ze daar iets op moeten vinden, wilde ze Cole dezelfde veiligheid bieden die Gerald haar had geboden.

Maar vandaag niet.

'Ik hoop dat je nooit voor een dergelijke keuze komt te staan, schat, maar ik weet dat je een goeie smeris zult worden. Je bent al op de juiste weg. Ik ben nog nooit zo trots op je geweest. Je bent bijna volmaakt.'

Ze gaf een rukje aan zijn boord ter illustratie van wat er nog verbeterd kon worden. Toen zocht ze naar een manier om van onderwerp te veranderen. Op dat moment was ze te labiel om stoïcijns over te komen. Gelukkig had ze van huis uit een knop meegekregen die ze maar hoefde in te drukken om het lastige deel van het gesprek te beëindigen.

'Ik moet jou ook iets vertellen. Ik kan het niet makkelijker maken en daarom zeg ik het maar recht voor z'n raap. Tommy en ik hebben een tijd geleden besloten dat we het huis gingen verkopen als opa er niet meer zou zijn en oma naar een verzorgingshuis moest.'

Cole schoot overeind op zijn stoel. 'Wat?'

'Aan het eind van de maand moeten al je spullen weg zijn.'

'Mam.'

'Als ik jou was, zou ik maar snel oom Penley bellen. Celia zei dat Tommy er niet over peinst zijn pettenverzameling uit de logeerkamer te halen.' Emmy stond op. 'Jij blijft het verhoor volgen. Als ik iets moet weten, geef je maar een seintje.'

'Mam –'

'Sheriff van dienst,' verbeterde Emmy hem, wat voldoende was om hem de mond te snoeren.

Emmy liet de deur op een kier staan om wat frisse lucht in de bedompte kamer te laten. Ze moest haar mail checken, het dienstrooster opstellen, kijken hoe het haar agenten verging. Haar hoofd vulde zich met een lange to-dolijst toen ze de gang op liep. Haar lichaam dacht er anders over. Er schoot een prikkel langs haar ruggengraat, een primitief soort waarschuwing. Niet de *Voelt Niet Goed*-tinteling, maar een verdriet dat al een hele tijd sudderde en dat ze de afgelopen paar dagen op afstand had weten te houden. Haar kamer was aan het einde van de gang. Daar was ook Geralds kamer. Het licht was uit. Zijn regenjas hing nog aan de haak.

Ze duwde de deur naar het damestoilet open. Tot haar verbazing stond Jude bij de wasbak. Met gebogen hoofd steunde ze op het blad. De onverstoorbare, ijzige ondervrager was verdwenen. Tranen stroomden over haar gezicht. Het was alsof elk ziek, gestoord woord dat Walton Huntsinger de afgelopen zeven uur over zijn walgelijke lippen had gebraakt haar uiteindelijk onderuit had gehaald.

Emmy vond het buitengewoon gênant om getuige te zijn van zo'n persoonlijk moment. Ze wilde weer weggaan.

'Blijf,' zei Jude.

Emmy voelde zich gevangen aan de verkeerde kant van de deur. Jude zat er helemaal doorheen. Emmy kon zich niet voorstellen dat ze in deze toestand gezien wilde worden.

Jude lachte om haar ongemak. 'Je hebt zeker van Myrna geleerd om bang te zijn voor tranen.'

'Ik denk dat het een genetische afwijking is,' zei Emmy. 'Zoals sommige mensen vinden dat koriander naar zeep smaakt.'

'Dat is een variant van de genen van de geurreceptoren die reageren op de aldehyden in de blaadjes.' Ook Jude had een paar trucjes van Myrna geleerd. Ze leek al wat kalmer toen ze voor de spiegel met haar vinger langs haar eyeliner streek. Via het glas keek ze Emmy aan. Ze waren de enigen op het toilet. 'Het is niet verkeerd om je gevoelens toe te laten.'

'Zeker niet.' Emmy voelde niets voor wat navelstaarderij op het toilet met de van haar vervreemde oudere zus. Ze probeerde hen weer naar veiliger terrein te loodsen. 'We hebben Dale toch te pakken op medeplichtigheid aan de moord op Cheyenne en Madison?'

'Ja.' Jude liep een toilethokje in om wat toiletpapier te pakken. 'Hij verleende materiële hulp aan Virgil en Walton bij het plegen van de misdaden. Na afloop maakte hij de Audi schoon om hen te helpen de moorden te verbergen. Waarschijnlijk gaat hij voor levenslang in ruil voor zijn getuigenis tegen Walton. Het goede nieuws is dat Dale nooit meer een meisje kwaad kan doen.'

Emmy had zich liever wat opgeluchter gevoeld. 'En Adam? Was hij inderdaad de dupe?'

Jude snoot haar neus. 'Als ik op mijn intuïtie afga wel.'

Emmy's intuïtie fluisterde haar hetzelfde in. 'Maar hij gaat nog steeds de cel in omdat hij Brett bedreigd heeft en de voorwaarden van zijn vrijlating heeft geschonden.'

'En voor verkrachting,' zei Jude. 'Er moet recht worden gedaan aan Barbara Jericho.'

Emmy hoopte het. 'Dale Loudermilk stond bij Virgil in het krijt. Er moet meer aan de hand zijn geweest dan kinderporno op zijn laptop. Dale zou best eens slachtoffers in de echte wereld gemaakt kunnen hebben.'

'Je hebt gelijk.' Jude leunde tegen de wastafel. 'Ik zal eens contact opnemen met mijn vroegere bazen. Eens kijken of ze me Dale als nevenproject gunnen. Ik denk dat ik hem wel aan de praat krijg.'

'Dooley Prison is maar een halfuurtje rijden van hier,' zei Emmy schouderophalend. 'Ik ging er trouwens van uit dat je zou blijven voor pa's begrafenis, maar –'

'Weet je dat zeker, Emmy?' Judes pokerface was weer verdwenen. Ze was rauw, bijna ademloos van behoefte. 'Ik zou heel graag pa de laatste eer willen bewijzen, maar niet als jij of Cole zich er ongemakkelijk bij voelt.'

Emmy kon haar kwetsbaarheid niet aanzien. 'En Tommy?'

'Die had geen bezwaar, zei hij, zolang jullie geen bezwaar hebben.'

Emmy wist dat ze in dat opzicht altijd op haar broer kon rekenen. 'Ik vind het prima.'

'Bedankt.' Jude nam er de tijd voor om zich te herpakken. 'Hoor eens, ik weet dat therapie hier in de buurt een vies woord is, maar je moet echt met iemand gaan praten over wat er met Virgil is gebeurd. Niet alleen vanwege het verraad. Het is nogal wat om iemand te doden.'

'Yep.' Daar wilde Emmy het bij laten. Op het lijstje van dingen waaraan ze niet wilde denken, stond Virgil bovenaan. 'Hoelang heb je nodig met Dale Loudermilk?'

'Zo lang als nodig is,' zei Jude. 'Ik denk dat ik hoe dan ook nog wel even blijf. Ik weet dat we vreemden voor elkaar zijn, maar dat zou ik graag willen veranderen.'

Tot Emmy's ontzetting voelde ze tranen in haar ogen prikken. Weer werkte haar lichaam haar tegen. Als ze niet gauw wat slaap kreeg, kon ze afgevoerd worden. 'Dat klopt. We zijn vreemden voor elkaar.'

'Ja,' zei Jude. 'Maar soms is het goed om een vreemde in de buurt te hebben als je de behoefte voelt om te praten.'

Emmy knipperde met haar ogen in een poging haar tranen binnen te houden. In plaats van Jude zag ze Geralds kamer. Zijn lege stoel. De foto's die hij zelf had uitgeprint en ingelijst. Af en toe praatten ze met elkaar, van bureau naar bureau, alleen zij tweeën, de mensen die nooit met anderen hadden gepraat, hadden met elkaar gepraat. 'Yep,' zei ze weer.

Ze veegde langs haar ogen toen ze de gang weer op liep. Ze probeerde adem te halen, maar de pijn van haar gekneusde ribben stak als een hete pook in haar borst. In de teamkamer klonk het gebruikelijke gerinkel van telefoons. Het ondersteunend team van de FBI en de vrijwilligers waren naar huis gegaan. De derde dienst patrouilleerde al op straat. De twee rechercheurs van de sheriff zaten aan hun bureau. Voor het eerst sinds Geralds dood besefte Emmy dat zij nu als enige de leiding over het team had. Niemand die haar ondersteunde. Niemand behalve zijzelf bij wie ze te rade kon gaan.

'Sheriff Clifton?' Sherry Robertson keek nijdig, wat betekende dat ze dat ze het filmpje had gezien waarop Emmy en Hannah in het cellenblok met elkaar spraken. 'Heb je even?'

Gedachteloos nodigde Emmy haar met een knikje haar kamer binnen. Pas toen ze naar de lichtknop tastte, besefte ze wat ze gedaan had. De tl-buizen floepten aan. Twee bureaus, het ene tegenover het andere. Een klapstoel voor bezoekers, die beide kanten op gedraaid kon worden. Emmy sloeg haar blik neer. Haar voeten waren al over de drempel. Ze was niet tot zitten in staat. Leunend tegen haar bureau wachtte ze af.

'Het zal je vast niet verbazen dat ik Hannah Dalrymple vrij moet laten,' zei Sherry.

Emmy weigerde erop in te gaan. 'En Paul?'

Sherry sloeg haar armen over elkaar, maar ging niet verder op de kwestie Hannah in. GBI-agenten waren erop getraind tactvol om te gaan met blunderende plaatselijke politiemensen. 'Hij is weer nuchter en luistert eindelijk naar zijn advocaten. Die willen de doodstraf van tafel. Hij zal bekennen dat hij Gerald heeft doodgeschoten als wij akkoord gaan met onvoorwaardelijk levenslang.'

Emmy wist dat hij door schuld te bekennen een proces vermeed. Hannah zou niet onder ede een verklaring hoeven af te leggen. Er hoefden geen getuigen op te draven. Pauls advocaten zouden geen poging doen de zaak onderuit te halen. Hij zou schuld bekennen aan de moord op haar vader en in de gevangenis sterven.

'Heb je Tommy gevraagd wat hij ervan vindt?' vroeg ze.

'Hij zei dat het aan jou was.'

Van Tommy kon je altijd op aan. 'Ga maar akkoord. Mijn familie heeft al genoeg doorstaan. Net als de zijne.'

Er viel niets meer te zeggen. Sherry vertrok. Emmy sloot de deur. Ze keek de lege kamer rond. Foto's van Cole en haarzelf in uniform. Tommy met een platte hoed op. Celia met haar kat. Eervolle vermeldingen aan de muur. Een foto van de gouverneur en eentje van de president. Op Geralds bureau lagen geen papieren. De afgelopen paar weken waren hem zwaar gevallen. De kanker was uitgezaaid naar zijn ruggengraat. Sommige dagen was de pijn zo hevig geweest dat hij zich 's ochtends amper had kunnen aankleden.

Emmy wist dat ze een moment voor zichzelf moest nemen. Zichzelf de tijd moest gunnen om te rouwen. Om te verwerken wat ze kwijt was. Om een manier te vinden zich erdoorheen te slaan. In plaats daarvan pakte ze haar telefoon en belde Dylan.

'Liefje?' Hij klonk bezorgd. 'Gaat het wel?'

Ze besefte dat zijn bezorgdheid niet het telefoontje gold. Het leek alsof er een heel leven was verstreken tussen nu en het moment dat Emmy Virgil had gedood en Paisley had gevonden. Voor Dylan waren het maar enkele uren.

'Ik ben op het bureau,' was het enige wat ze eruit kreeg.

'Heeft het GBI je al verhoord over de schietpartij?' Dylan klonk nu als een jurist. 'Je weet dat ze niet met je mogen praten zonder dat je advocaat erbij is.'

'Mijn vakbondsafgevaardigde is al onderweg.' Emmy's keel kneep dicht. Ze had niet gebeld om over de dood van Virgil te praten. 'Hannah mag de cel uit.'

Dylan had even tijd nodig. 'Hoe dat ineens?'

'Ik heb mezelf als getuige gediskwalificeerd door met haar te geinen op de bewakingscamera's van het cellenblok.'

'O-ké,' klonk het traag.

'En dat is niet het enige. Niemand kon bewijzen dat zij het wapen vasthield toen het afging. Het GBI kon er geen zaak van maken. Nu gaan ze achter Paul aan. Zijn advocaten halen hem over een bekentenis af te leggen, om te voorkomen dat het een dubbeltje op zijn kant wordt in de rechtszaal.'

Net als Jude wist Dylan met stiltes te spelen, wat waarschijnlijk meer over Emmy zei dan over hen.

Ten slotte vroeg hij: 'Ik weet dat het een stomme vraag is, maar wat vind jij ervan?'

'Ik vind het vreselijk,' gaf Emmy toe. 'Gerald hield van Hannah. Ze is eeuwenlang mijn beste vriendin geweest. Cole aanbidt haar. Paul was haar man. Ze hebben samen een kind. Davey is al een zus aan geweld kwijtgeraakt. Nu raakt hij zijn vader ook nog kwijt. En hij was bijna zijn moeder kwijtgeraakt.'

'Stuk voor stuk correct.'

Nu klonk hij weer als een jurist. 'Ik sta hier voor het eerst sinds mijn vaders dood in zijn kamer, en als ik nu begin te huilen, kan ik nooit meer stoppen.'

Toen Dylan weer tot zwijgen verviel, wist ze dat het kwam doordat hij geschokt was. De laatste keer dat Emmy zo open met hem gepraat had, was twaalf jaar geleden op de gang van een school geweest.

Ze dwong zichzelf door te gaan. 'Ik heb zo lang op hun dood gewacht.' Nu ze de woorden hardop uitsprak, voelde ze zich een monster, maar ze kon de waarheid niet herroepen. 'Niet dat ik ze kwijt wilde, maar toen

Myrna die diagnose kreeg, begon er een klok te tikken, en het enige wat ik sindsdien elke dag, elke week, elke maand en elk jaar heb gehoord, was dat voortdurende getik. Dat wachten tot ze dingen ging vergeten, tot ze plaatsen en herinneringen ging vergeten en uiteindelijk ook mij en Tommy en Cole en pap.'

Steun zoekend leunde ze tegen de deur.

'Toen werd er kanker bij pap geconstateerd en kon niemand ons vertellen hoelang het zou duren voor hij doodging, dus begon er een tweede klok te tikken, en ik kon ze niet allebei tegelijk aan. We moesten toezien hoe pap geleidelijk aan achteruitging, en ondertussen waarde mam als een geest door haar eigen huis en kon niemand ons vertellen wanneer het afgelopen zou zijn.'

Ze zweeg even om te slikken.

'Ik mis ze zo, Dylan. Ik heb er zo lang tegen opgezien om ze kwijt te raken, en opeens is het alsof iemand met een vingerknip beide klokken tegelijkertijd stil heeft gezet, en nu zijn ze weg. Het ergste is nog dat ik zo verdomd opgelucht ben omdat het eindelijk voorbij is en ik niet meer met dat voortdurende getik hoef te leven.'

Ze hoorde Dylan een diepe zucht slaken. 'Ik vind het heel erg, *cariño*. Soms zijn dingen gewoon klote, en dan moet je dat accepteren, en het is niet erg om opgelucht te zijn wanneer het ergste voorbij is.'

Ze veegde met haar mouw langs haar neus. 'Wil jij vanavond voor me koken?'

'Het is middernacht, liefste.'

Emmy keek op haar horloge. Hij had gelijk. Daar in die donkere kamer met Cole was ze alle gevoel voor tijd kwijtgeraakt. Een derde dag na de dood van haar vader kroop dichterbij.

'Als ik nou eens ontbijt voor je maak,' stelde Dylan voor.

'Oké.'

Ze beëindigde het gesprek. Ze kon niet in snikken uitbarsten waar het hele team bij was. Ze veegde haar neus af. Liet haar telefoon op het bureau vallen. Toen ze zich op haar stoel liet zakken, was het alsof er een veeprikker tussen haar ribben stak.

'Klop-klop.' Vanna Temple deed de deur al open voor Emmy 'Binnen!' kon roepen. 'Komt het slecht uit?' vroeg ze toen ze Emmy's gezicht zag.

Emmy had bijna met haar ogen gerold. Wat Bretts irritante vrouw betrof, kwam het altijd slecht uit. En al helemaal nu ze weer zwanger en vol zelfbehagen was. 'Wat kom je doen, Vanna?'

'Ik kom een schoon uniform voor Brett brengen. Je laat hem heel lange dagen maken, juffie.' Met enige moeite nam Vanna op de klapstoel plaats. Haar geel-met-witte stippenjurk stak als een ballon naar voren. 'Ik dacht: ik ga even langs om te zeggen dat Brett zich verkiesbaar stelt als sheriff.'

Emmy wreef haar lippen over elkaar. Het ergste van dit gesprek was dat haar zus vanaf het allereerste begin gelijk had gehad.

'We weten allebei dat je die baan niet wilt,' zei Vanna. 'Niemand kan Gerald vervangen, maar Brett gaat zijn uiterste best doen om je vader trots op hem te laten zijn. Ik hoop dat hij jouw steun krijgt.'

Emmy keek haar zo lang aan dat het ongemakkelijk werd. 'Hoe kom je erbij dat ik die baan zelf niet wil?'

'Tja, het is heel hard werken, toch?'

'Weet je soms niet hoe de afgelopen twee dagen voor me zijn geweest?'

Vanna lachte, hoewel het verre van grappig was. 'Volgens mij is deze stad nog niet rijp voor een vrouwelijke sheriff.'

'Deze stad,' herhaalde Emmy. 'Je bedoelt dat Clifton County, waar alle Cliftons wonen, nog niet rijp is voor een volgende Clifton als sheriff?'

'O, schat, dat was niet tegen jou bedoeld. Het is gewoon niet de natuurlijke gang van zaken.' Vanna haalde haar schouders op ten teken dat het allemaal buiten hun macht lag. 'Vrouwen nemen geen leiding. Dat doen mannen. Zij zijn de jagers. Wij zijn de verzamelaars. Zij beschermen ons. We moeten ons door hen laten beschermen.'

'En tegen wie moeten ze ons beschermen?'

'Hoe bedoel je?'

Emmy toverde haar beste Myrna tevoorschijn. 'Tegen wie moeten vrouwen beschermd worden, Vanna?'

Vanna wist het antwoord, dat was duidelijk. Ze lachte niet meer. 'Doe niet zo gek, Emmy.'

'Sheriff, zul je bedoelen,' zei Emmy. 'Dat is nu mijn functie. Hiervóór was ik plaatsvervangend. Nu ben ik de sheriff.'

'Nou, oké dan, ik zie dat je niet in de stemming bent voor een gesprek.' Vanna lachte afgemeten. 'Ik wens je een gezegende dag, shériff.'

Het venijn van haar afscheidsgroet had enigszins te lijden onder de moeite die het haar kostte om van de stoel overeind te komen. Vanna liet de deur openstaan. Emmy stond op om hem weer dicht te doen. In plaats van weer achter haar eigen bureau plaats te nemen, schoof ze haar laptop naar Geralds kant. Ze nam even de tijd voor ze op haar vaders stoel ging zitten.

Toen Emmy klein was, nam Gerald haar vaak mee naar het werk om Myrna te ontlasten. Dan installeerde hij haar met krijtjes en kleurboeken aan zijn bureau. Ook zette hij de radio aan zodat ze hem niet met Virgil over zaken hoorde praten.

Ze had altijd een hekel gehad aan kleuren. Stilzitten had Myrna haar niet bijgebracht. Meestal draaide ze rondjes op haar vaders stoel tot ze duizelig werd. Toen ze ouder was, bracht ze al haar vrije tijd in het gezelschap van Hannah door. Toen was Jonah op het toneel verschenen. Vervolgens zat ze in uniform in de teamkamer. En ten slotte tegenover haar vader als plaatsvervangend sheriff.

En nu zat ze op zijn stoel, met haar rug naar de muur zodat niemand per ongeluk zag waar ze mee bezig was. Ze opende haar laptop en ging naar de cloudback-up van haar telefoon. Ze koos het filmpje van twee dagen geleden dat ze op straat bij het huis van Adam Huntsinger had gemaakt.

Ze tikte op PLAY.

Met een van eigendunk samengeknepen gezicht stond Dervla Culpepper met haar iPhone de meute te filmen. Ashleigh Ellis keek op haar horloge. Brandi Norton bukte zich om haar veter te strikken. De mensen werden weer rusteloos. Moeders in leggings. Mannen in fabrieksoveralls. Een enkeling in business casual. Zesentwintig explosieve, onvoorspelbare individuen, en er waren er meer in aantocht.

Tegen de tijd dat Emmy was gaan filmen, was Hannah al ter plekke. Gerald was nog in het huis. Emmy had de gezichten in de menigte willen vastleggen, want soms, heel af en toe, probeerden gewelddadige criminelen zich in een onderzoek te mengen. Dan deden ze zich voor als getuigen, als bezorgde burgers of toeschouwers, of het was een gepensioneerde boef die zich met de zaak ging bemoeien.

Er klonk gehoest uit de teamkamer. Emmy wachtte even voor het geval iemand haar kamer binnenkwam. Ze zette het volume zacht toen Hannah vroeg: *Denk je dat Paisley door Adam ontvoerd is?*

Emmy raakte de touchpad aan en veegde langs het gesprek. Ze wist nog wat een schok het was geweest toen Hannah zich rechtstreeks tot haar had gericht. De gedeelde kwelling toen ze Gerald traag en moeizaam over de oprit hadden zien lopen. De troostende warmte van Hannahs hand in de hare. Hoe haar vader gutsend van het zweet tegen de brievenbus had geleund om op adem te komen.

Bij het zien van Geralds broosheid was Emmy zo van slag geweest dat ze haar telefoon in haar vestzak had gestopt zonder de opname stil te zetten.

De camera was nog zestien minuten blijven filmen. Tegen de tijd dat Emmy hem had uitgezet, zat ze onder het bloed naast haar zoon in haar patrouillewagen.

Met een tik op de toets zette ze het filmpje weer op de normale snelheid.

Gerald klampte zich ter ondersteuning aan de brievenbus vast. Iedereen zag hoe slecht hij eraan toe was. Hij was bleek. Door de breuken in zijn ruggengraat kon hij niet rechtop staan. Met schorre stem zei hij tegen de menigte: *Paisley Walker is hier niet. Ga naar huis. Laat ons ons werk doen.*

Emma spoelde een paar seconden door. Gerald had zich losgemaakt van de brievenbus. Hij had het ijswater weer door zijn aderen laten stromen. Daar stond hij: groot en kaarsrecht. De tactiek had gewerkt. De meeste mensen taaiden af, maar Dervla Culpepper had haar telefoon voor Geralds gezicht geduwd. Hij leek uitgeput toen hij antwoord gaf op haar dwaze vraag.

Ma'am, de zaak tegen Adam Huntsinger is –

Hannah riep Pauls naam.

De camera draaide met Emmy mee.

De gebeurtenissen volgden elkaar zo snel op dat Emmy, alleen op haar kamer, het filmpje tot op een kwart van de snelheid moest vertragen om te begrijpen wat er echt was gebeurd.

Paul richtte de revolver op Emmy's hart. De omstanders stoven uiteen. Er brak paniek uit. Er werd gegild. Gehuild. Geduwd. Gedrongen. In de verte kwam Cole aanrennen. Zijn vest flapperde achter hem aan. Toen dook Hannah in het kader en reikte zwaaiend met haar handen naar het wapen.

Emmy boog zich dichter naar het scherm toe en vertraagde het filmpje nog meer.

Ze zag dat Hannah de wijsvinger van haar linkerhand per ongeluk door de trekkerbeugel stak precies op het moment dat Paul vuurde. De loop schoot met een ruk omhoog waardoor de baan van de kogel veranderde, hij langs Emmy ging en zich in Geralds borst boorde.

Emmy zette het filmpje stop. Ze haalde diep adem en leunde achterover op haar vaders stoel.

Hannah had haar leven gered.

Sherry Robertson zou hebben gezegd dat Hannah ook had geholpen het leven van Gerald te beëindigen.

Emmy keek naar het stilgezette beeld. Rook kringelde nog uit de loop van het wapen. De rest hoefde ze niet te zien. De details van de moord op haar vader zouden haar altijd bijblijven. Ze sleepte het bestand naar de prullenmand, vanwaar ze het permanent verwijderde. De volgende dag ging ze een nieuwe telefoon kopen. De oude zou ze net zolang in het water leggen tot de hele bedrading naar de knoppen was. Niemand zou dat filmpje ooit te zien krijgen. Buiten Emmy en Hannah zou niemand ooit weten hoe het echt was gegaan.

Een fractie van een seconde. Een razendsnelle reactie. Een fataal moment in de tijd.

Iets dierbaars verliezen. Een slecht huwelijk in stand houden. Een kind willen beschermen.

Emmy wist als geen ander hoe dat voelde.

Ze wist ook dat fouten een kans boden om te vergeven.

Twaalf dagen later

20

Jude zat naast haar moeders bed. Er brandde geen licht, maar de strepen zon die door de half gesloten jaloezieën vielen, kropen langzaam over de vloer. Myrna had geslapen toen Jude binnenkwam, wat in alle opzichten een geschenk was. Er waren tweeënveertig jaar verstreken sinds ze elkaar voor het laatst hadden gezien. Jude was inmiddels een kleine twintig jaar ouder dan Myrna op die lang vervlogen dag was geweest. Het was bijna ondraaglijk om haar moeder zo afgetakeld aan te treffen. In Judes herinnering was ze een imposante, intimiderende vrouw geweest. Iemand die Nathaniel Hawthorne citeerde om je kleren te beschrijven of die een rode pen tevoorschijn haalde om je Moederdagkaart te corrigeren.

Die Myrna leek niet op de oude vrouw die lag weg te kwijnen in een ziekenhuisbed. Ze leek zo klein, zo kwetsbaar. Haar huid was bijna doorschijnend. Blauwe adertjes liepen kriskras over haar oogleden. De kleur van haar lippen deed denken aan de lichtroze hortensia's die nog steeds in haar voortuin bloeiden.

Dertien dagen geleden had Jude een klinkende speech bijgeschaafd tijdens de vijf uur vliegen vanuit San Francisco, tijdens de rit van drie uur naar North Falls en tijdens het afleggen van de laatste paar meters naar Milo's uitvaartcentrum, waar haar vader lag opgebaard. Het was een korte speech, want haar moeder moest niets hebben van bloemrijke monologen. Het meeste was vervat in een reeks verzoeken, want Jude was ervan uitgegaan dat Myrna zoals altijd over het machtsevenwicht ging.

Mag ik haar zien van jullie? Mag ik met haar praten? Mag ik mijn verdriet begraven?

Door jarenlange therapie was Jude in staat geweest al die duistere momenten in haar leven te verwerken. De avond dat Adam Huntsinger haar verkracht had. Toen ze zwaar aan de drank was geraakt om de pijn te verdoven. Toen ze Henry aan de Flint River was verloren. Al die dagen dat ze hadden gewacht tot zijn lichaam werd gevonden. Al die keren dat ze had toegezien hoe Gerald zich lam zoop, hoe Myrna er kapot aan ging. Tommy, die uiteindelijk in totale onzichtbaarheid verdween. Het schuldgevoel dat ze altijd met zich mee zou dragen voor haar nietige aandeel in de dood van haar broer.

Het was heel veel geweest om te verwerken, maar geen enkele van al die sessies had Jude ertoe kunnen bewegen zichzelf het afstaan van haar baby te vergeven.

Tweeënveertig jaar geleden had ze gekampt met een zware alcoholverslaving. Ze had met de hakken over de sloot haar schooldiploma gehaald. Uiteindelijk hadden Myrna en Gerald haar het huis uit geschopt. Niemand had geweten dat ze zwanger was. Ze had het amper aan zichzelf toegegeven. Ze was labiel, dakloos en bivakkeerde in de auto die ze van tante Millie had gestolen. Ze was naar Memphis gereden om aan een muziekcarrière te beginnen die nooit van de grond kwam. Ze had de zwangerschap genegeerd tot er niets anders op zat dan ermee door te gaan.

Op de een of andere wonderbaarlijke manier was Jude broodnuchter geweest toen ze haar kind baarde. Anders dan de meeste vrouwen kon ze zich bijna elk detail van die koude novemberochtend herinneren. Vooral de vriendelijke verpleegkundige die haar had gewaarschuwd dat de politie onderweg was naar de kraamafdeling. Ze hadden haar willen ondervragen over een aanrijding, waarbij Millies auto volgens getuigen op hoge snelheid was weggereden.

De verpleegkundige had Jude een plastic tas met wat luiers en babyvoeding meegegeven. Het bloed had nog langs haar benen gedropen toen ze via de ambulancepost was weggeglipt. De baby had niet eens een naam. Geen geboorteakte. Was ongeregistreerd. Ze had alleen een alcoholische moeder die zeven maanden in een gestolen auto had gebivakkeerd.

Jude wist nog steeds niet waarom ze haar kind niet in het ziekenhuis had achtergelaten. Ze verkeerde niet in de waan dat haar hart was gezwollen van vreugde toen ze haar baby voor het eerst in haar armen had gehouden. Dat moment was uren later gekomen. Jude had de auto aan de kant van de weg gezet om te kunnen slapen. Toen had de baby het op een brullen gezet. Jude had alles geprobeerd: voeden, verschonen, smeken, pleiten.

Uiteindelijk had ze de radio aangezet, en Emmylou Harris had 'Sweet Dreams' gezongen.

Toen Henry en Jude klein waren, had Gerald hen soms meegenomen naar het politiebureau zodat Myrna thuis een paar uur haar handen vrij had. Dan legde hij krijtjes en kleurboeken op zijn bureau om hun wat te doen te geven. Ook zette hij een plaat op zodat ze hem niet met zijn agenten over zaken hoorden praten.

Emmylou Harris was zijn favoriet geweest. Jude kende elke tekst van elk album. Op die koude, donkere ochtend aan de kant van de weg had ze Emmy Lou wiegend in haar armen gehouden en de allerzachtste serenade voor haar gezongen. Toen ze bij de laatste zin van het lied was aangekomen, had ze alleen zelf nog gehuild. Ze had maar geen genoeg kunnen krijgen van Emmy Lous tere wimpertjes. Het verbluffende helderblauw van haar ogen. Haar lieve krullende lipjes. De zoete geur van haar hoofdje. Het volhardende getik van haar hartje tegen haar handpalm.

Toen ze was weggeglipt uit het ziekenhuis, had ze maar één ding voor ogen gehad: uit handen van de politie blijven. Maar dat moment waarop ze met Emmy Lou in de auto had gezeten, had haar richting gegeven. Ze was naar het zuiden gereden. Had plannen gemaakt. Ze ging studeren. Ze ging haar kind grootbrengen. Ze wilde docent worden, net als haar moeder. Ze wilde Geralds respect terugwinnen. Tegen de tijd dat ze Clifton County binnenreed, was ze euforisch geweest over alle mogelijkheden.

Alles was in één klap veranderd toen Gerald de deur had geopend. Ondanks de bittere kou had hij haar niet binnengelaten. Myrna had Emmy Lou zwijgend van haar overgenomen en was met haar naar de warme keuken verdwenen. Millie en pastoor Nate hadden aan tafel gezeten voor hun wekelijkse kaartavondje. Nadat Gerald had gezegd dat ze op de veranda moest wachten, had hij de deur pal voor haar neus dichtgedaan.

Als een verdoold hondje had ze door het raam boven het aanrecht naar binnen gegluurd. Geen van allen keek terug. Myrna had Emmy Lou over haar schouder gelegd. Met haar onderkaak stijf naar voren had haar moeder naar de koelkast gestaard. Jude had geen woord van het gesprek kunnen opvangen, maar het was van korte duur geweest. Ze hadden allemaal zwijgend geknikt. Vervolgens hadden Gerald en Myrna de deur weer geopend en hun besluit kenbaar gemaakt. Ze hadden het ingekleed alsof Jude kon kiezen, maar in feite was het een ultimatum geweest: Jude kon met Emmy Lou vertrekken, of Jude kon vertrekken en liet Emmy Lou achter.

Achteraf begreep Jude dat ze haar nooit samen met de baby zouden hebben laten gaan. Ze was een alcoholverslaafde, alleenstaande moeder geweest, die in een gestolen auto woonde. Toen had Gerald beloofd dat hij de drank zou laten staan, had Myrna haar bezworen dat ze van haar kind zou houden en had Jude haar ouders beloofd dat ze pas weer een voet in Clifton County zou zetten als ze dood waren.

Uit de gang aan de andere kant van Myrna's dichte deur drongen geluiden naar binnen. Twee vrouwen die met elkaar praatten en het gerammel van borden en bestek. Myrna bewoog haar hand, maar alleen om het laken weg te trekken van haar hals. Het zonlicht was dichter naar het bed gekropen. Jude stond op om de jaloezieën bij te stellen en bleef bij het raam staan om tussen de lamellen door naar het parkeerterrein te kijken. Ze dacht aan iets wat Emmy had gevraagd toen ze bij het huis van Carol Walker stonden: waarom had Jude tientallen jaren van haar leven gewijd aan de hereniging van verdwenen kinderen met hun ouders terwijl ze zelf nooit was teruggekeerd naar Myrna en Gerald?

Het was een goede vraag, maar die ging voorbij aan de ware drijfveer van Judes zevenentwintigjarige loopbaan.

De twaalf foto's van vermoorde meisjes aan de muur van haar werkkamer, de eentonige ritten naar en van Folsom Prison, de uren die ze doorbracht met Freddy Henley, al die jaren waarin ze de Pinnacles had afgespeurd. De wandelpaden. De klimroutes. De nestterreinen. Grotten en talusgrotten die onderdak boden aan minstens dertien verschillende vleermuissoorten. De Resurrection Wall. Frog Canyon. Bear Gulch. Hawkins Peak. Machete Ridge. Tanya Butler, Natalie Daniels, Honora Rios, Wanda Trochek, Mary Kay Morris, Valerie Lydelle, Jennifer Wu, Mandy Crull, Johna Blackmon, Kayse Nguyen, Steph Haver, Darlene Talbot.

Jude had de door Freddy Henley vermoorde meisjes en jonge vrouwen niet gevonden. Ze had hun botten gevonden. Hun as. Hun kapotte tanden. Haar zoektocht ging niet om het herenigen van een ouder met een verdwenen kind. Haar zoektocht diende om de ouders iets te geven wat ze zelf nooit had gehad: een plek om hun verdriet te begraven.

Ze liep weg bij het raam. Myrna sliep nog. De drukte op de gang was verdwenen, maar nu werd er aan de deurkruk gerammeld. Net toen Jude wilde opendoen, zwaaide de deur open.

'Millie Clifton!' kondigde Millie zichzelf aan, en meteen verdween alle zuurstof uit de kamer. De lampen floepten aan. Toen ze Jude zag, fronste ze haar voorhoofd. 'Ik krijg nog drieduizend dollar van je voor die gestolen auto.'

'Die heb ik in Californië voor zeshonderd dollar aan een hoer verkocht.'

'Deze keer mag je contant betalen, wijsneus. Ik laat me niet weer met een valse cheque in de maling nemen.'

Het enige wat Jude verbaasde, was dat ze geen rente vroeg. 'Wat voor draai hebben ze eraan gegeven, Millie? Opeens dook Myrna op met een –'

'Sst!' Millie drukte een knokige vinger tegen Judes lippen om haar het zwijgen op te leggen. Toen strompelde ze als Frankenstein met gespreide armen de kamer door, kennelijk om zichzelf op te vangen als ze viel. Ze greep zich vast aan het nachtkastje, pakte de afstandsbediening en richtte die op de tv. *Gunsmoke* flakkerde aan op het scherm. Miss Kitty en Doc stonden naast een postkoets. Millie zette het geluid zo hard dat het pijn deed aan de oren. Ze liet de afstandsbediening vallen en schuifelde de kamer weer door.

Jude pakte de draad op en vroeg: 'Dus Myrna had opeens een pasgeboren kind, maar niemand stelde vragen?'

'Wat viel er te vragen?' zei Millie, alsof de gedachte alleen al beledigend was. 'Myrna gleed uit over een bevroren plas en brak haar been toen we samen op bezoek waren bij de nichten Coleman. Toen we haar naar de dokter hadden gebracht, bleek ze zwanger te zijn. Gerald reed haar naar huis, waar ze kon herstellen. We zeiden tegen iedereen dat ze bedrust hield en niet naar beneden kon komen. Ik ging elke dag langs om te kijken hoe het met haar ging. Mensen brachten stoofschotels en hartige taarten, maar je weet hoe chagrijnig ze soms was. Er waren er maar weinig die haar per se wilden zien.'

Dat laatste was in elk geval ongelogen, wist Jude. 'Was het echt zo eenvoudig?'

'Waarom niet?' Millie haalde haar schouders op. 'Gerald zei tegen iedereen dat Emmy Lou er al uit kwam voor hij Myrna naar het ziekenhuis kon brengen. Oom Rudy ritselde een geboorteakte. Ik plaatste de advertentie in de krant. Taybees moeder stond een van haar oude babyfoto's af. Van tante Pauline kreeg Myrna een jaar vrij van school om bij het kind te blijven. Emmy Lou was groot voor haar leeftijd, maar oom Enoch zei tegen iedereen dat de Colemans nou eenmaal groot waren.'

Jude was vergeten hoe moeiteloos Cliftons logen voor andere Cliftons. 'En ik was zomaar van het toneel verdwenen.'

'Dat was jullie afspraak.' Millie priemde met haar vinger naar Judes borst. 'Oké, juffie, nu ben ik aan de beurt. Je hebt geen woord gehouden.

Gerald is dood, maar Myrna is er nog. In elk geval haar lichaam. Waarom ben je teruggekomen? Wat ben je van plan?'

Het liefst had Jude haar uitgelachen, recht in haar oude rimpelkop. 'Ik hoef tegenover jou geen verantwoording af te leggen.'

'Wie luistert er anders nog naar je? Alleen Nate en ik zijn er nog. Alle anderen zijn dood. Niemand weet dat je haar hebt afgestaan en nooit meer naar haar hebt omgekeken.'

Met moeite hield Jude haar stem in bedwang. 'Weet je wel hoe vaak ik naar huis heb willen komen?'

Millie snoof vol ongeloof.

Een poging zichzelf te rechtvaardigen tegenover dit verdorven oude wijf was een oefening in waanzin, maar Jude kon zich niet inhouden. Ze had Emmy jarenlang gestalkt via de *North Falls Herald* en de Facebookpagina's van Celia en Tommy. Ze had talloze plannen gesmeed, vliegtickets gekocht, e-mails en brieven geschreven die ze nooit had verstuurd.

'Ik wist dat ze gelukkig was,' zei Jude. 'Ik wist dat pa zich aan zijn belofte hield om van de drank af te blijven. Dat hij voor haar zorgde. Dat mama onvoorwaardelijk van haar hield. Dat Tommy en Celia haar geborgenheid schonken. Dat ze een prachtige, geweldige zoon kreeg – mijn kleinzoon. En ik offerde op wat ik zelf graag wilde, waarnaar ik verlangde, wat ik nodig had om weer heel te worden, want ik wilde dat alles niet kapotmaken. In haar belang. In Coles belang. In hun belang.'

'Tjonge, wat een heilige.'

'En zo is het.' De woede ontvlamde uit zichzelf. Millie had alleen het kind Martha gekend. Ze had de vrouw Jude nooit ontmoet. 'Waarom denk je dat ik het haar niet verteld heb? Het is nog maar twee weken geleden dat ze Gerald verloor. De afgelopen zes jaar heeft ze stukje bij beetje de enige vrouw verloren die ze altijd als haar moeder heeft gekend. Ik peins er niet over om na veertig jaar opeens op te draven om Myrna te vervangen. Dat verdient ze niet. Ma heeft een beeldschoon, slim, fantastisch meisje grootgebracht. Ze heeft hoe dan ook een vredige dood verdiend.'

'O, wat zijn we opeens een goede dochter.'

'Als je niet ziet dat ik altijd van mijn ouders heb gehouden, heb je niks van de liefde begrepen.'

Millie trok een dunne wenkbrauw op. 'Ga je het haar ooit vertellen?'

'Wat heeft dat voor zin?' Sinds ze in Clifton was aangekomen, had die vraag Jude beziggehouden. Ze was tot de conclusie gekomen dat zij de enige was die baat zou hebben bij de waarheid, wat betekende dat er niets te winnen viel. 'Als ik als zus deel van Emmy's leven kan zijn, is dat genoeg. En als je denkt dat ik boete ga doen, dan zou jij als eerste moeten weten dat het soms moeilijker is om een geheim te weten dan om het te bewaren.'

'Dat soort psycho-gezwam heb je vast in Californië opgepikt.' Millie trok weer een nors gezicht, maar daar liet ze het bij. 'Ik geef je één goede raad, schattebout. Ik zou maar op mijn woorden passen in de buurt van dat meisje. Ze is slimmer dan jij. Die komt er wel achter wat er gebeurd is. En wat ga je dan doen?'

Jude gaf het op. 'Dat weet ik niet, Millie. Ze heeft heel veel te verstouwen in haar leven. Misschien kunnen we elkaar helpen.'

'O, nee!'

Bij het horen van Myrna's stem draaiden ze zich allebei om.

'Kijk!' Ze wees naar de tv. 'Chester is van zijn paard gevallen.'

'Niks aan de hand!' riep Millie. 'Hij klimt er alweer op. Er mankeert hem niks!'

Hun woorden drongen nauwelijks tot Jude door. Myrna was eindelijk wakker. Ze keek naar Jude, met een beleefd lachje om haar lippen. Jude glimlachte terug, maar er was geen sprankje herkenning. Haar moeder had evengoed naar iemand van het personeel of naar een toevallig passerende onbekende kunnen kijken. Het duurde hooguit een seconde. Toen ging Myrna's blik weer naar de televisie.

'Dom om toch weer te hopen.' Millie liet geen kans schieten om het er nog even in te wrijven. Ze strompelde naar de afstandsbediening en stelde het geluid bij tot een wat draaglijker sterkte. 'Ze heeft geen flauw idee wie je bent.'

Jude moest haar verdriet verdringen om weer te kunnen praten. 'Weet ze wie jij bent?'

'Nee, maar ik lijk ouder dan haar grootmoeder en ze wil niet onbeleefd zijn.'

Jude hoorde het verdriet in Millies stem. Het moest zwaar zijn om iedereen te overleven die ooit belangrijk was geweest in je leven. Op de typische Clinfton-wijze probeerde ze het goed te maken. 'Echt, ik ben verbijsterd dat je nog op je benen staat.'

'Ik ken er zelf ook niet bij!' kakelde Millie.

'Kan,' corrigeerde Myrna haar. 'Ik kan er niet bij.'

Emmy's luchtige lach ging haar voor de kamer in. Ze schonk Jude het gebruikelijke knikje. Haar uniform was gekreukt. Haar verstuikte pols zat in een brace. Ze drukte een oeroude telefoongids tegen haar borst.

'Mama zal altijd de schooljuf blijven,' zei ze.

Jude glimlachte, maar ze zag Emmy naar Myrna kijken met dezelfde hoop op herkenning. Die bleef uit. Die zou nooit terugkeren. Ze was echt weg.

Emmy schraapte haar keel, net zoals Jude had gedaan. Ze legde het telefoonboek op tafel en zei tegen Millie: 'Deze heb je in de auto laten liggen.'

'Als ik ze niet allemaal meer op een rijtje heb, ben ik hier op de goede plek.' Millie Frankensteinde naar de stoel en liet zich er praktisch op vallen. 'Zeg tegen Kaitlynn dat ze wat mierikswortel meeneemt wanneer ze me komt halen. O, en zoete augurken, maar niet zo'n grote pot. Anders staan ze maar te bederven in de koelkast.'

'Yes, ma'am.' Emmy wenkte Jude mee naar de gang. Zoals gewoonlijk begon ze meteen over het werk. 'Walton Huntsinger wordt overgebracht naar Atlanta. Hij is bereid met de politie van Texas over de zaak Hidalgo te praten. Kennelijk was het slachtoffer de dochter van een senator van die staat. Ze staan daar onder grote druk om de zaak op te lossen.'

Jude sloot de deur om niet boven *Gunsmoke* uit te hoeven schreeuwen. 'Ik heb mijn contact bij het centrum voor vermiste en misbruikte kinderen gesproken. Ze hebben drie andere mogelijke zaken die overeenkomen met de reisjes die Walton met de Tooth Troopers heeft gemaakt. Bij alle is DNA getest. Als er een match is met Walton, brengt dat het totaal op negentien slachtoffers.'

'Jezus,' fluisterde Emmy.

'En het wordt nog erger,' waarschuwde Jude. 'Walton is al heel lang bezig.'

Gespannen fronste Emmy haar voorhoofd. 'En Virgil?'

'De FBI is met gezichtsherkenningssoftware camerabeelden aan het scannen van kleinere vliegvelden binnen een straal van achthonderd kilometer van Clifton County. Ze hebben al ontdekt dat Virgil is vertrokken vanaf Augusta Regional en Punta Gorda in Florida. Hij gebruikte een rijbewijs dat was gestolen van een gevangene in Calhoun State Prison. Die foto leek verdomd goed. Die had hij niet willekeurig uitgekozen.'

'Calhoun is dicht bij de grens met Alabama.'

'We werken samen met het State Bureau of Investigation,' zei Jude. 'Het GBI ondervraagt personeel in Calhoun om uit te vinden wie hem dat rijbewijs heeft verkocht.'

'Komen Virgils clandestiene vluchten overeen met die van Walton?'

'Sommige,' zei Jude. 'Maar besef wel dat Virgil tot kortgeleden met zijn paarden naar shows ging. Ik geloof dat Walton dan alleen reisde. Ik twijfel er niet aan of hij heeft een hele reeks onopgeloste zaken op zijn conto. Het ligt een stuk moeilijker bij Virgil. Die wist hoe hij met bewijs moest omgaan. Ik weet zeker dat hij zijn sporen heeft gewist. Misschien komen we er nooit achter hoeveel meisjes en vrouwen hij iets heeft aangedaan.'

Emmy's kaak verstrakte en stak op dezelfde manier naar voren als die van Myrna vroeger. Ze keek de gang in. Virgils verraad was een wond die niet snel zou helen. Jude zag de tere haartjes van haar wimpers toen ze tranen wegknipperde.

'Oké,' zei Emmy. 'Ik moet dit gebouw uit.'

Jude verwachtte dat ze weer abrupt zou vertrekken, maar met een knikje gaf Emmy aan dat Jude haar moest volgen de gang door. Op weg naar de trap passeerden ze de lift. Ze waren allebei opgevoed door een vrouw die niets van rondlummelen moest hebben. Jude hield zich aan de trapleuning vast om veilig een weg naar beneden te zoeken. Ze had haar motorlaarzen en jeans in het motel achtergelaten. De hakken en het broekpak waren een overblijfsel uit haar vroegere leven.

Emmy bekeek haar tenue toen ze het tussenbordes op stapte. 'Weet Hillary Clinton dat je haar look hebt gestolen?'

'Weet Andy Taylor dat jij de zijne hebt gestolen?'

Emmy keek haar wezenloos aan. 'Wie is Andy Taylor?'

'Gefeliciteerd. Nu heb je me eindelijk weten te kwetsen.' Jude liep achter haar aan de volgende trap af. 'Ik heb vanochtend in Dooley met Dale Loudermilk gesproken. Die zou me geen blik waardig hebben gekeurd als ik in jeans en een bikerjack was verschenen. Hij verwacht dat een vrouwelijke agent er zo uitziet, dus moest ik me ook zo kleden.'

Op het volgende bordes bleef Emmy staan. 'Wat zei hij?'

'We hebben het vooral over muziek gehad, maar uiteindelijk krijg ik hem wel klein en dan vertelt hij me wat hij nog meer weet.'

'Het zal wel terecht zijn dat je zo zeker van jezelf klinkt.'

'Ik had muziek als bijvak toen ik studeerde. Ik heb mijn klassieke muziekkennis wat afgestoft om zijn belangstelling vast te houden.' Jude daalde de laatste treden af naar waar Emmy op het bordes stond. 'Als je een psychopaat vastzet, wordt zijn persoonlijkheid vlak. Het is eenzaam in de gevangenis. Meestal verveelt zo iemand zich te pletter. Als hij op vrije voeten is, spiegelt zo iemand namelijk elke emotie en elke handeling. Omdat hij niet weet hoe een goed mens zich gedraagt, steelt hij die karaktertrekken van de mensen om hem heen. Ik ga Dale spiegelen tot hij bekent.'

'Die beschrijving heb ik eerder gehoord.'

'Virgil Ingram was zonder meer een psychopaat.'

Emmy keek naar de brace om haar pols en stelde het klittenband bij.

Jude had de fysieke tekenen van ongemak bij Emmy leren herkennen. Zoals ze haar lippen over elkaar wreef. De duidelijke poging om haar adem onder controle te krijgen. Hoe ze onnavolgbaar van onderwerp veranderde. Het schrapen van haar keel. Het gefrunnik aan haar telefoon. Of zoals sinds kort het bijstellen van haar brace.

'Heb je er enige vrede mee wat Myrna betreft?' vroeg Emmy.

Haar verdriet was zo tastbaar dat Jude het in haar eigen borst voelde. 'Wanneer mensen sterven,' zei ze, 'betekent dat niet het einde van je relatie met hen. Je ontdekt nieuwe manieren om verbinding met hen te houden.'

'Ik denk niet dat paps stem ooit uit mijn hoofd zal verdwijnen, maar met haar...' Emmy's blik ging van Jude naar de trap. 'Het is moeilijk om haar de hele dag in bed te zien. Ze had altijd haast. Ga door. Maak plannen. Doe iets. Maar toen ze ziek werd, werd ze steeds trager. Eerst was het nog wel te doen, toen werd het iets erger, en toen werd het heel erg, en toen kon het niet erger, en achteraf gezien waren het jaren, maar op dit moment voelt het als minuten.'

Dat waren de moeilijkste momenten met Emmy, het ongewisse, wanneer Jude niet wist of stilte zou helpen of dat ze voorzichtig moest aandringen. Het doden van Virgil was een last die Emmy altijd met zich mee zou torsen, maar die handeling uit zelfbehoud had alleen maar gewicht toegevoegd aan het verlies van Gerald en het vergezellen van Myrna op haar langzame gang naar het graf.

Jude deed een poging: 'Toen ik eind jaren negentig in San Francisco woonde, kwamen er proteaseremmers op de markt. Het was het eerste medicijn dat kon voorkomen dat het hiv-virus zich rechtstreeks tot aids ontwikkelde. Opeens kregen al die mannen en hun mantelzorgers, die al die tijd in het ongewisse hadden verkeerd en hadden moeten omgaan met de dagelijkse onzekerheid of ze ziek zouden worden of dood zouden gaan, hun leven terug. Uiteraard waren ze blij, maar depressie en angst namen een hoge vlucht. Ze hadden zo lang met de druk van onzekerheid geleefd dat ze niet meer goed wisten hoe ze moesten leven. Het werd het lazarussyndroom genoemd. Ze waren als uit de dood herrezen.'

Emmy wreef haar lippen over elkaar.

'Je hebt heel lang voor Myrna en Gerald gezorgd. Het is oké om gelukkig te zijn, echt. Je mag steunen op de mensen om je heen. Gun jezelf wat lucht.'

'Hoe kan het dat als pap met me praatte het als een advies klonk, maar dat als jij het doet het als een gelukskoekje klinkt?'

Jude haalde haar schouders op. 'Ik gebruik tenminste nog bijwoorden.'

Emmy nam de volgende trap. Ze zweeg tot ze bij de uitgang was. Toen draaide ze zich om en zei: 'Ik weet best wie Andy Taylor is.'

Buiten sneed de zon als een scheermes tussen de wolken door. Zoekend naar haar zonnebril volgde Jude Emmy over een slingerend pad naar de kleine tuin, die over een vijver uitkeek. Vogels kwetterden in de bomen. Eenden waggelden door het ondiepe gedeelte van het water. Geen van de zitplaatsen was bezet, want dit was niet een oord waar patiënten veel tijd in de openlucht doorbrachten.

Jude ging aan een van de betonnen picknicktafels zitten. Het briesje dat van over het water kwam, voelde wat kil aan. 'Hoe gaat het met Paisley?'

'Het gaat.' Emmy ging tegenover haar zitten. Ze trok weer aan haar brace. 'De artsen denken dat ze met ondersteuning weer zal kunnen lopen. Ze weten niet in hoeverre ze haar handen weer zal kunnen gebruiken. Psychisch is het nog afwachten. Ik heb tegen Carol en Elijah gezegd dat ik wel met haar wil praten wanneer ze eraan toe is, maar ik heb geen idee hoe ze ooit te boven moet komen wat er met haar is gebeurd.'

'Dat blijft de vraag.' Jude nam haar zonnebril af. Ze kon de kans niet laten schieten om Emmy over Virgil aan de praat te krijgen. 'Ontkenning staat in een negatief daglicht, maar tijdelijk kan het van nut zijn. Het wordt pas een probleem als je blijft ontkennen, want trauma gaat niet weg. Het wordt opgeslagen in het lichaam, vooral bij kinderen. Hoe harder ze het proberen te onderdrukken, hoe meer manieren het lichaam ontdekt om het weer naar buiten te duwen.'

Nu was Emmy een en al aandacht. 'Hoe dan?'

Jude wilde niet klinken alsof ze college gaf. 'Mensen met een trauma hebben een grotere kans op problemen met hun geestelijke gezondheid, op verslaving, op zelfbeschadiging. Ook kunnen er fysieke problemen ontstaan. In de loop van de tijd kan trauma de chemie van je hersenen veranderen en allerlei ziektes veroorzaken, zoals afweerstoornissen en hartziektes, en soms kan het zelfs je leven verkorten.'

Emmy wreef haar lippen weer over elkaar. 'We hebben het nu niet meer over Paisley, hè?'

Jude sloeg haar handen ineen op haar schoot om maar niet die van

Emmy te pakken. De afgelopen twaalf dagen had ze veel nagedacht over wat er in Virgils souterrain was gebeurd. Heimelijk hoopte ze dat Emmy eindelijk in staat was om erover te praten.

Emmy ademde diep in. Ze richtte haar blik op het water. Jude was bang dat ze zou dichtklappen, maar Emmy wist je altijd weer te verrassen.

'Toen Adam uit de gevangenis werd ontslagen, droomde ik steeds over hoe ik Madison en Cheyenne in het water had gevonden. Ik was zo opgelucht toen dat stopte, maar nu droom ik dat ik Virgil doodschiet.'

Jude zag Emmy tranen wegknipperen die ze nooit zou vergieten.

'Ik zag hem in die deuropening staan en wist vrijwel meteen dat ik hem ging neerschieten. Dat had ik nog nooit meegemaakt. Meestal als het erom spant, voel ik stress. Dan word ik zo verdomd gespannen dat ik vergeet te ademen. Maar bij Virgil gebeurde dat niet.'

Hun blikken kruisten elkaar toen Emmy eindelijk wegkeek van het water.

'Ik voelde een soort stilte in mijn lichaam. Ik was volkomen kalm. Ik wist precies wat me te doen stond. Mijn handen trilden niet. Mijn hart ging niet tekeer. Ik zag heel scherp dat het om hem of mezelf ging. En ik deed wat pa altijd zei dat ik moest doen. Ik deed mijn werk. Ik haalde de trekker over en doodde een man die me mijn hele leven gekend had, maar ik voelde er helemaal niks bij.'

'Wat gebeurde er daarna?' vroeg Jude.

Emmy lachte geschokt. 'Jezus, wat haat ik het als jij weer eens gelijk hebt. Ik liep naar buiten en kotste mijn hele maaginhoud eruit.'

In navolging van Emmy nam Jude een grote, kalmerende hap lucht. 'Die stilte waarover je het hebt, is een traumareactie. Daar zijn er maar drie van: vechten, vluchten of bevriezen. Je weet wat vluchten is. Je rent weg. Bevriezen wordt vaak dissociatie genoemd. Geestelijk ga je naar een andere plek zodat je niet hoeft te verwerken wat er met je lichaam gebeurt. Met Virgil koos je brein voor het gevecht. Ter versterking van je gedrag werd je beloningscentrum overspoeld met dopamine, want dat bevorderde je overlevingskansen.'

Nog steeds lette Emmy heel goed op.

'Het gevoel dat je onoverwinnelijk bent, geeft soms een geweldig kick. Het wordt problematisch als je dat soort gedrag opzoekt vanwege de dopaminebeloning. Je gaat je grenzen verleggen, brengt jezelf in gevaar en neemt alleen voor de sensatie slechte beslissingen, en zo breng je jezelf schade toe.'

'Dat klinkt als verslaving.'

'Dat is het ook: verslaving. Beide volgen dezelfde beloningsroutes. Ze kunnen allebei de structuur van het brein veranderen en de verwerking van informatie wijzigen.' Jude haalde haar schouders op. 'Waarom denk je dat ik zo goed was in mijn werk? Het is hetzelfde wat seriemoordenaars ervaren.'

Emmy keek verrast op. 'Vertel.'

'Sommige mensen denken dat seriemoordenaars fouten maken omdat ze gepakt willen worden, maar de echte reden is dat ze even wanhopig zijn als iedere andere verslaafde. De eerste keer dat ze doden, ervaren ze een golf van euforie. De volgende keer is het nog steeds lekker, maar niet zoals die eerste keer. Hun brein heeft een zekere tolerantie opgebouwd. Ze jagen die euforie na door grenzen te verleggen, door sadistischer te worden, begeriger, om die reactie weer op te wekken. Wanhoop maakt ze slordiger. Het enige waaraan ze denken is de kick.'

'Net als bij alcoholici.'

'Net als bij mij. Ik nam stompzinnige risico's en belandde in gevaarlijke situaties. Ik verloor dingen die belangrijk waren. Dingen die ik koesterde. Dingen die ik nog steeds koester.'

Emmy peuterde weer aan het klittenband. 'Wat je vraag naar Jonah betreft. Hij sloeg me niet. Hij duwde me van de trap toen ik zwanger was, en ik voelde me vreselijk kwetsbaar. Ik zat in de val, eerlijk gezegd, want we hadden Cole. Daarna liet ik hem gewoon zijn gang gaan. Dat is het beschamende van het hele verhaal. Hij hoefde me niet eens te slaan, want ik gaf altijd toe.'

De pijn in Judes hart voelde als een stuk glas dat in duizenden scherven was gebroken. Ze had hier moeten zijn. Ze had haar kunnen beschermen. 'Het spijt me, Emmy Lou, dat ik zo'n groot deel van je leven heb gemist.'

Emmy trok haar wenkbrauwen op. 'Nog geen twee weken geleden wist je geeneens dat ik bestond.'

Nu kwam het te dichtbij voor Jude. Ze week terug. 'Het is "niet eens" in plaats van "geeneens".'

Deze keer lachte Emmy niet. Ze ademde diep in en hield de lucht heel lang vast. 'De avond dat Cheyenne en Madison verdwenen, vertelde pap me iets, en ik besefte later pas dat hij het over jou had.'

Ditmaal was het Judes beurt om naar de vijver te kijken. Dissociatie was altijd het voorkeursmechanisme van haar brein geweest. Ze probeerde zichzelf weer in het heden te verankeren. Ze keek naar de brace om Emmy's pols. Naar haar witte horlogebandje. Naar Geralds stervormige sheriffsbadge die ze nog maar kort geleden op haar uniform had gespeld.

'Vertel,' zei ze in navolging van Emmy.

'We hadden het over fouten, en pa zei dat hij zijn grote fouten al vroeg in zijn loopbaan had gemaakt. Dat hij vroeger te rigide was geweest. Dat hij mensen uit zijn leven had verwijderd, maar dat hij het gebeurde niet terug kon draaien en dat het te laat was om spijt te betuigen. Hij zei dat hij zichzelf had moeten aanleren om anders te worden. Dat hij had moeten leren vergeven.'

Jude keek weer naar het water.

'Voor pap was vergeving heel belangrijk. Anderen vergeven. Zichzelf vergeven. Volgens mij wilde hij zeggen dat er te veel tijd was verstreken om vergeving te vragen en op heling te hopen voor wat er tussen jullie tweeën was voorgevallen. Ter compensatie nam hij zijn leven op de schop. Hij stopte met drinken om een beter mens te worden. Om te leren vergeven.'

De ernst in haar stem was hartverscheurend, maar het enige wat Jude dacht was dat een man die de kracht had opgebracht om zijn leven te veranderen, die geleerd had te vergeven, de dochter die hij had weggestuurd in de steek had gelaten.

'Ik heb eens nagedacht over dat cijfer dat je noemde in verband met dubbele kinderontvoeringen, dat er sinds de jaren zeventig minder dan twintig van dergelijke gevallen zijn gerapporteerd in de Verenigde Staten. Je hebt zelf dat boek over kinderontvoeringen geschreven. Je moet over Cheyenne en Madison hebben gehoord. Waarom ben je twaalf jaar geleden niet thuisgekomen?'

'Goeie vraag,' zei Jude, maar alleen om even na te kunnen denken. 'Twee kwetsbare kinderen waren ontvoerd. Dat leek me niet het moment voor een onverwachte familiereünie van de Cliftons. Pa en jij moesten je op de zaak kunnen concentreren. Ik ging geen misbruik van de situatie maken door mezelf in het middelpunt te plaatsen.'

'Oké,' zei Emmy, hoewel het onduidelijk was of ze de verklaring accepteerde of simpelweg verder wilde. 'Ik ben eindelijk thuis naar paps kantoortje gegaan.'

Jude bekeek haar aandachtig. Dit voelde niet als een van Emmy's gebruikelijke willekeurige gedachtesprongen. 'Dat zal wel moeilijk zijn geweest.'

'Daar gaat het niet om,' zei Emmy. 'Sorry als ik wat bot klink, maar ik weet niet hoe ik het anders moet zeggen. Een paar maanden geleden vroeg pap of Cole hem wilde uitleggen hoe de printer werkte. We dachten dat hij foto's wilde printen, maar ik vond zijn plakboek in de dossierkast. Hij had wat artikelen over jou uitgeprint. Het laatste ging over hoe je eindelijk dat meisje Talbot had opgespoord.'

Jude had het gevoel dat de wereld onder haar werd weggetrokken.

'Ik weet niet hoe hij het voor elkaar kreeg, maar hij moet diep in het internet zijn gedoken. Je hebt heel erg je best gedaan om je naam uit de zaak-Freddy Henley te houden, maar pap heeft je gevonden.'

Jude was te verbluft om te reageren. Haar vader had haar loopbaan gevolgd. Hij had geweten dat ze Freddy klein had gekregen. Dat ze de lichamen van zijn slachtoffers had gevonden. Dat ze ze allemaal thuis had gebracht.

'Er is nog meer,' zei Emmy.

Jude lachte omdat ze anders zou gaan huilen.

'Op de ochtend dat pap werd vermoord, was hij een brief aan het schrijven. Cole en ik kwamen binnen terwijl hij bezig was, en hij schoof de brief in een map. Vervolgens gingen we naar het huis van Adam Huntsinger en...' Emmy haalde haar schouders op. 'Hij heeft die brief nooit afgemaakt. Het is niet helemaal duidelijk aan wie hij hem schreef, maar ik denk dat hij voor jou was bestemd.'

Judes hart begon te roffelen als een kleine trom. Ze zag Emmy naar haar achterzak reiken en er een opgevouwen vel van een gelinieerd notitieblok uithalen. Jude deed haar tas open, rekte het moment tot ze haar bril had gevonden en opende het doosje. Haar hand trilde nauwelijks merkbaar toen ze de bril opzette. Ze vouwde het papier open. Zag de datum. Geralds ouderwetse handschrift.

Lieve dochter,
Ik dacht dat ik wel duizend woorden had die ik tegen je wilde zeggen, maar nu ik ervoor ben gaan zitten, heb ik er maar vier. Ik ben vol

Jude las het briefje nog eens. Toen draaide ze het blaadje om. De achterkant was leeg. Dat is alles? *Ik ben vol.* En dan niks meer?'

'Yep,' zei Emmy. 'Als een woordspelletje van de dood.'

'Trots,' zei Jude, want ze wist dat Gerald de brief niet aan haar had geschreven. Emmy woonde onder zijn dak. Hij had haar altijd zijn dochter genoemd. 'Dat is het vierde woord. Hij wilde je laten weten hoe trots hij op je was.'

'Nee, ik denk dat het vierde woord "spijt" is. Hij schreef de brief aan jou. Hij wilde je laten weten hoe het hem speet.'

Jude waardeerde haar grootmoedigheid, maar ze wist dat het nogal vergezocht was. 'Dat zullen we dus nooit weten.'

'Misschien niet,' zei Emmy. 'Maar pap was die ochtend een en al verontschuldiging. Hij ontbood Tommy en mij op zijn kantoortje om te zeggen dat hij Myrna naar een verzorgingshuis stuurde. Hij zei dat ze eigenlijk al weg was. Dat de vrouw die onze moeder was geweest zo goed als dood was. En hij bood ons zijn excuses aan omdat hij zo lang gewacht had voor hij haar naar dat vreselijke oord bracht.'

Jude vouwde de brief op en legde hem tussen hen in op de tafel. 'Ik ben blij dat hij jou die beslissing heeft bespaard. Zoiets is vreselijk moeilijk.'

'Jij komt met gemeenplaatsen terwijl ik jou antwoorden probeer te geven.' Emmy klonk geërgerd. 'Nadat pap was neergeschoten, hadden we nog heel even voor hij stierf. Hij keek me aan, zonder verward of gedesoriënteerd te zijn. Hij was helemaal bij en zei: "Zeg tegen je moeder dat het me spijt." '

Weer verschoof de wereld. Jude dwong zichzelf oogcontact met Emmy te houden, ook al brak het klamme zweet haar uit. Had Emmy het ontdekt? Probeerde ze haar te vertellen dat ze het wist?

'Een paar dagen later heb ik dat tegen haar gezegd.'

Judes adem stokte. Haar handen beefden.

'Hoe belachelijk ik me ook voelde, ik heb het wel tegen haar gezegd. Ze had geen idee waarover ik het had. Mama weet niet meer wie ik ben, en al helemaal niet meer dat ik haar dochter ben.'

Jude probeerde kalm te worden. Uit schuldgevoel vanwege haar geheim trok ze de verkeerde conclusies. Ze gedroeg zich als een verdachte tijdens een verhoor. Een domme fout lag op de loer. 'Wat mis ik hier?'

'Dat lijkt me nogal duidelijk. Denk eens goed na. Pap had die ochtend al aan Tommy en mij zijn excuses aangeboden. Toen moest ik van hem tegen mama zeggen dat het hem speet. Dan blijf jij over. Pa schreef die spijtbrief aan jou.' Emmy vouwde het papier weer open en streek het glad op het beton. '"Lieve dochter. Ik ben vol spijt."'

De wind plukte aan de hoeken van het papier. Jude nam haar leesbril af. Klapte hem dicht en stopte hem weer in de doos. Emmy was degene die iets had gemist. Op de ochtend dat hij stierf, had Gerald Clifton gezegd dat zijn vrouw zo goed als dood was. Terwijl hij daar op straat lag, had hij geweten dat zijn eigen leven ook ten einde was. De overeenkomst die hij tweeënveertig jaar eerder had gesloten zou eindelijk ook rond zijn. Jude had gezegd dat ze pas weer een voet in Clifton County zou zetten als haar beide ouders dood waren. Wat betekende dat Gerald niet door Myrna vergeven had willen worden.

Hij had vergeven willen worden door Emmy's moeder, door Jude.

'Shit.' Emmy had haar telefoon uit haar zak gehaald om een bericht te lezen. 'Taybee droeg me op om geheel vrijwillig aardappelsalade mee te nemen naar de potluck. Ze vraagt of jij de gevulde eieren voor je rekening neemt. Ik heb Myrna's recepten. Zullen we het samen doen?'

Jude keek in de heldere, verbluffend blauwe ogen van haar dochter.

'Oké.'

Dankwoord

Zoals altijd wil ik allereerst Kate Elton en Victoria Sanders bedanken. Vijfentwintig jaar, meiden. Wtf?

Mijn dank gaat ook uit naar mijn vakzuster Bernadette Baker-Baughman, en naar Diane Dickensheid, Christine Kelder en het team van VSA. En verder naar Hilary Zaitz Michael, die altijd weer wonderen verricht.

Bij William Morrow gaat mijn bijzondere dank uit naar Emily Krump, Liate Stehlik, Heidi Richter-Ginger, Jessica Cozzi, Rachel Berquist, Jen Hart, Kaitlin Harri, Chantal Restivo-Alessi en Julianna Wojcik. Bij het wereldwijde HarperCollins wil ik vooral Jan-Joris Keijzer, Miranda Mettes en Kathryn Cheshire bedanken, en laat ik vooral de buitengewoon erudiete en onverminderd vastberaden Ms Liz Dawson niet vergeten.

Wat research betreft heeft David Harper met zijn gebruikelijke geduld en beminnelijkheid al mijn merkwaardige medische vragen beantwoord. John Capo en Charity Norton waren een enorme steun op het gebied van belangrijke juridische bijzonderheden. Sherry Lang was ongelooflijk behulpzaam en ter zake kundig op het gebied van onderzoek naar kidnappingen en ontvoeringen. PS heeft me geholpen met de hiërarchie bij de politie, met procedurele vragen en met al die zaken waardoor ik slimmer klink dan ik in werkelijkheid ben. Maggie Cherneff en Christina Lim bij Snap hebben een aantal belangrijke vragen over veiligheid beantwoord. Bedankt allen, genoemd of niet, die me met hun deskundigheid terzijde hebben gestaan. Uiteraard komen eventuele fouten voor mijn rekening.

Leo Berry-Lawhorn won de geef-je-naam-aan-een-personage-veiling en schonk de twijfelachtige eer aan Michael Berry-Lawhorn, die hopelijk in zijn nopjes is met zijn volledige transformatie in een bolle Tyvek-overall.

Dank aan mijn vader, en wat ben ik blij dat je er nog bent. Aan DA: bij jou ben ik op mijn allergelukkigst.